D1672371

Reinhard Stöckel

Kupfersonne

Ein Roman in drei Büchern

müry salzmann

Meinen Eltern

Ich hatte das Werden eines Menschen bislang als ein Nacheinander, wenn auch in seiner Entfaltung, gesehen; nun, vor dieser Höhle im Stein und in meinem Erinnern, vor dem Gefangenen in Kälte und Ketten begriff ich, dass dies Werden auch ein Zugleich ist: Du verlierst nichts von dem, was du einmal warst, und bist gewesen, was du erst sein wirst. – Meine Kindheit war fünfzig Jahre fern und war mir das so unbegreiflich Andre, aus dem ich in die Vergangenheit trat …

Franz Fühmann, Vor Feuerschlünden

Inhalt

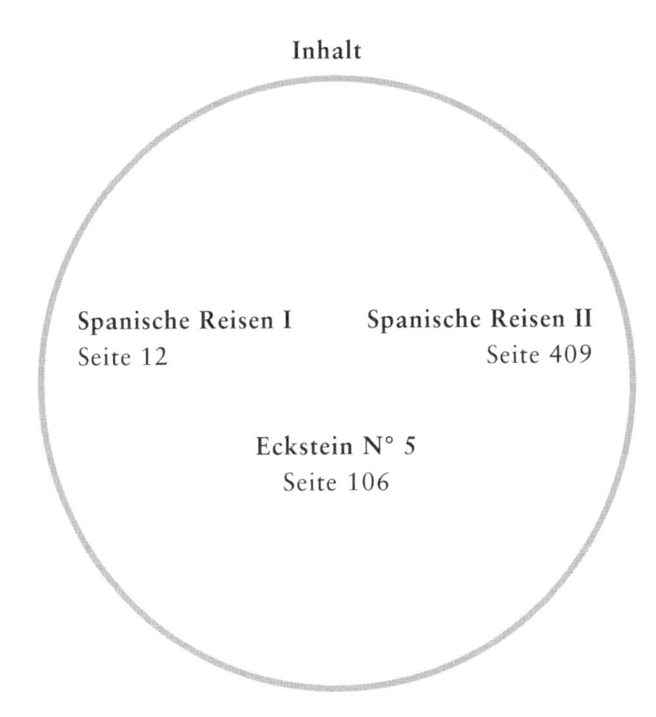

Spanische Reisen I
Seite 12

Spanische Reisen II
Seite 409

Eckstein N° 5
Seite 106

Prolog

Die Dächer Tarragonas leuchten kupfern. Es wird nicht das Material sein, sondern das Licht. Es wechselt im Ton: von Kupfer zu Gold zu Bernstein. Das Insekt, eingeschlossen, bin ich. Ich will raus, ins Freie.

Kann sein, es ist nur ein Traum: dass ich im Krankenhaus liege und eine Schwester die Vorhänge zurückzieht, so dass ich über die Stadt sehen kann.

Kann sein, es war auch damals nur ein Traum: dass ich in die Stube komme und Mutter am Fenster steht. Blatt für Blatt putzt sie den Gummibaum. Sie taucht den Lappen in einen Eimer, wringt ihn aus, fasst das nächste Blatt und sagt: Na, endlich …
Mama …, sage ich und trete hinter Vaters Fernsehsessel. Ich habe den weißen Keiler getötet. Das aber denke ich nur und sage: Er ist im Berg geblieben.
Wer?
Onkel …, sage ich und stocke, weil ich weiß, dass ich Edgar nicht Onkel nennen soll. Also nenne ich ihn wie die Erwachsenen alle: Trybek. Trybek, sage ich, ist in den Stollen gegangen und ich …
Unsinn, der ist rübergemacht.
Aber ich …
Du? Du warst im Berg. Drei Tage lang! Und wir haben dich gesucht überall. Und wir haben uns gesorgt. Und wir sind fast gestorben vor Angst.
Ich auch, Mutter!

Quieto. Still. Schwester Epifania legt den Zeigefinger an ihre Lippen, dann auf meine Stirn, streicht über den fri-

schen Schorf, der seit dem Verkehrsunfall die alte Narbe meines Verschüttetseins überzieht.
Sie salutiert, als der Offizier das Zimmer betritt. Auch ich nehme Haltung an, wenn auch nur in Gedanken, denn mehr steht mir nicht zur Verfügung.
Ich werde inspiziert. Die Schwester sagt, das ist der Oberarzt. Sie scheint zu glauben, das sei die Wahrheit. Ich aber weiß, es ist der Weiße Offizier.
Nur weil ich ihre Sprache nicht spreche, verstehe ich doch die Wörter zu deuten, die von ihren Zungen rollen. Freundlich klingen sie alle. Man redet auch auf ein Tier, das man töten will, beruhigend ein. Sie haben mich mit Medikamenten ins Koma geschickt. Man betäubt auch ein Tier, das man schlachten will, vorher mit einem Schlag gegen die Stirn.
Als der weiße Keiler kam, hatte ich dafür keine Zeit, sage ich. Als ich auf ihn schoss, wollte ich doch nur Trybek nach, aber … ach, das ist dreihundert Jahre her! Nein, entschuldigen Sie, Schwester, kaum mehr als drei Jahrzehnte oder gar vier. – Es hat, füge ich an, Vorteile, wenn die Wörter nicht nach außen, ans Ohr der anderen dringen. Man kann die kühnsten und die dümmsten Gedanken … Ich glaube fast, Schwester, Sie können sie lesen … ablesen vielleicht von den Kurven auf dem Monitor neben meinem Bett?
Sie nickt, als hätte sie mich verstanden, zeigt drei Finger und flüstert: *Tres*.
Der Offizier wiederholt fragend: *Tres?*
Si, tres.
Ja, sage ich, immer sagt ihr, dass es nur drei Tage sind. Mag sein, ich bin seit drei Tagen hier. Aber am Ende werden es dreihundert gewesen sein.

Wieder bin ich eingeschlossen. Eingeschlossen wie damals im Berg. Nur diesmal ist es ein Berg medizinischer Gerätschaften, mit Drähten und Schläuchen bin ich gefesselt. Das einzige, woran ich mich halten kann, Schwester, steckt in meinem Kopf.
Dort aber spricht alles durcheinander. Disziplin! Warum schreitet er nicht ein, der Weiße Offizier?
Die Gedanken blasen sich zu Worten auf und jubeln: Freispruch! Andere rufen: Einspruch! Und bilden einen Satz: dass du dich lieber von einem Auto überrollen lässt als dich zu erkennen. Ein Satz, der mich trifft, nicht nur, weil die Wörter Märtes Stimme benutzen.
Märte? Märte! Endlich!
Doch ihre Stimme – nicht mehr voll Vorwurf, nur noch mit Mitleid versetzt – wiederholt: dass du dich lieber überfahren lässt…
Nein, sage ich, hätte ich sonst, Märte, unsere gemeinsame Reise abgebrochen? Hätte ich dich sonst allein weiterziehen lassen, allein mit einem anderen? – Ich musste doch nach Trybek suchen!
Aber, sagt Märte jetzt zärtlich, was wolltest du finden? Wahrheit oder Rechtfertigung?
Märte, ach, Märte… Lieber hätte ich mich in den Schattensee über deinem Schlüsselbein versenken wollen! Märte?
Dunkel ziehen Wolken herauf, und Märtes leuchtendes Haar vergeht wie das Licht.

Spanische Reisen
I

1

Vor Freude sprang mein Herz, als dein Schopf auftauchte, Märte. Unwillkürlich wie die Zeile eines Schlagers ging mir dieser Satz durch den Sinn, als ich in einer Bar in Tarragona saß und wartete. Es war ein früher Maimorgen des Jahres 2011, und die Tische und Stühle draußen auf der Rambla waren noch zusammengekettet und nass vom nächtlichen Regen. Drinnen standen nur ein paar Angestellte an der Theke, die vor der Arbeit schnell noch einen Espresso tranken, rauchten und einen Blick in die Zeitung warfen.

Meine Finger griffen immer wieder zu einem der auf dem Tisch liegenden Streichholzbriefchen mit dem Wappen der Stadt, ich wartete. Je mehr Zeit verstrich, desto intensiver wurde der Gedanke an Märte, desto eindringlicher reihten sich die Wörter aneinander, als formulierten sie eine Beschwörung. Aber sie beschworen eine Erinnerung, keine Zukunft, zumindest nicht die nächste.

Ein Streichholz flammte auf, ich roch die brandige Brise, sah dem flackernden Flämmchen zu, bis es auf den Fingerkuppen brannte. Das Hölzchen fiel in den Ascher, verlöschte. Nein, Märte würde nicht auftauchen. Meine Verabredung galt nicht ihr.

In dem Augenblick, als Señor Riviera das *Los Escudos* betrat, erkannte ich das vereinbarte Zeichen: eine Krawattennadel in Form eines Engels. Ein goldenes Blitzen auf rötlichem Binder, spanische Farben auf einem weißen Sommerhemd. Zögernd erhob ich mich von meinem Platz.

Señor Riviera hatte einen festen warmen Händedruck und seine Augen blickten freundlich, als schienen sie zu sagen: Bei mir sind Sie in guten Händen.
Señor Riviera hatte in den siebziger Jahren den Beruf des Henkers ausgeübt. Einen Moment lang standen wir uns verlegen gegenüber. Da ich weder des Spanischen und schon gar nicht des Katalanischen mächtig war, und Señor Riviera nicht des Deutschen, waren wir auf einen Dolmetscher angewiesen. Doch mein Freund Antonio ließ auf sich warten.
So setzten wir uns, und ich bestellte mit einem fragenden Blick auf mein Gegenüber zwei *Café solo* und er bot mir eine Zigarette an. Ich rauchte mit Bedacht, froh, auf diese Art Wartezeit überbrücken zu können.
Als unsere Kippen ausgedrückt im Aschenbecher lagen und ich meine spanischen Wörterbuchfloskeln und meine Hilfsgesten aufgebraucht hatte, sah ich Señor Riviera ungeduldig werden, seinen Blick eindringlicher, fragend.
In der Innentasche meiner Jacke steckte seit Tagen eine zusammengefaltete Zeitungsseite. Ich atmete durch und zog sie hervor. Ich schob Tassen und Ascher an den Rand des Tisches, glättete das zerknitterte Papier und zeigte auf das Bild eines jungen Mannes. Die Zeitung war wenige Wochen alt, das Foto jedoch, wie die Bildunterschrift verriet, aufgenommen 1972.
Señor Riviera warf einen kurzen und wie mir schien abwehrenden Blick auf das Bild und hob die Schultern.
Ich fragte nach: Edgar Trybek?
Señor Riviera nahm die Zeitungsseite in die Hand, rieb sich mit der anderen die Stirn, zögerte und stieß dann

beinahe seufzend hervor: *Si, Señor.* Er zündete sich eine weitere Zigarette an und begann zu erzählen. Er schien etwas zu erklären; offensichtlich hatte er vergessen, dass ich ihn nicht verstand. Mitunter wirkte er erregt, fuhr sich mit den Fingern durch den kräftigen Haarschopf oder schüttelte den Kopf, als begriffe er noch heute nicht, was damals geschehen war.
Auch ich konnte nicht glauben, was ich doch vermuten musste: dass der Freund meiner frühen Jugend, dass Edgar Trybek hier in Spanien hingerichtet worden war.
Ich hob Hände und Schultern, ich signalisierte meinem Gegenüber Unverständnis, schimpfte auf den ausbleibenden Antonio ... Ach, Schwester, ich wollte nur noch zurück zu Märte!
Schwester Epifania lächelt, nachsichtig, wie mir scheint, und unter der Schwesternhaube quillt Märtes blondes Haar hervor, der Blusenausschnitt gibt die sanfte Senke über ihrem Schlüsselbein frei.

Vor Freude sprang mein Herz, als Märtes weizenblonder Schopf über die Sandsteinmauer lugte. Ich hastete heran, warf den Rucksack ins Gras, kletterte über die Mauerreste und sah: Armin. Natürlich Armin, was hatte ich erwartet?
Er saß neben Märte und war mit seinem Navigationsgerät beschäftigt. Na, sagte ich zu ihm und ließ mich auf einem der herumliegenden Steine nieder, willst du etwa schon weiter? Märte hielt mir eine Tüte mit Salznüssen hin. Als ich ablehnte, mahnte Armin: Ich sage dir, die musst du essen, weil durch das Schwitzen verlierst du Mineralien und dann ... Armin wusste Bescheid.

Mein Wanderführer schrieb: Biegen Sie gleich hinter der Kirche nach rechts ab. Armins Navigationsgerät warnte, in zweikommafünf Kilometern durchschneidet eine neue Autobahn die Route: Wir müssen geradeaus, unter der Straße durch und dann ... Armin wies die Richtung.
Armin tätschelte den Sandstein: Ich sag euch: echt römisch, nur damit du weißt, worauf dein Arsch hier sitzt ... Armin kannte sich aus.
Er lugte über die Mauer den Weg zurück: Da kommen die nächsten Pilger. Los! Sonst schnappen die uns die letzten Herbergsplätze weg. Auf und vorwärts, Compañeros!
Armin erhob sich, zog seine blaugelbe Radlerhose im Schritt zurecht, schwang seinen Rucksack auf den Rücken und schnallte den Riemen fest um seinen ebenfalls blau-gelb trikotierten Oberkörper.
Armin warf einen wohlgefälligen Blick auf sein Navigationsgerät und einen skeptischen zum Himmel; der zog sich von Südosten her zu. Los Leute, rief er, auf Lotterbetten gelangt man nicht zu Ruhm.
Ich rutschte demonstrativ vom Römerstein ins Gras und ließ mich nach hinten sinken. Hau bloß ab, fauchte ich und setzte noch eins drauf: du Pleitier!
Kopfschüttelnd walzte Armin los. Ist doch nur Spaß, Leute!
Märte sah mich prüfend an: Musst du ihn immer so angehen?
Immer? Ich?
Ja, zu oft. Man muss ihn doch nicht immer an seine bankrotte Firma erinnern.
Und er, sagte ich, was macht er?

Ja, was macht er denn, Hartwig, was?
Ja, was?, dachte ich und schwieg.
Vielleicht, Schwester, waren es Erinnerungen, die dieser Navigator mir anzeigte: Achtung! Baustelle, weiträumig umfahren! Eine alte Baustelle, vergessen, die Absperrbänder zerrissen, auf dem Erdaushub blüht Jahr für Jahr der Mohn...
Sonnenglanz strich über Märtes Hals, ein paar Haarsträhnen ließen Schattenfähnchen über ihr Schlüsselbein wehen.
Ach, sagte ich und winkte ab, geh doch hinterher.
Weißt du, sagte Märte, ich habe mich schon ein paar Mal gefragt, warum du diese Reise vorgeschlagen hast, ausgerechnet du!
Ausgerechnet ich?
Ohne ein weiteres Wort machte sich auch Märte auf den Weg. Ich sah ihr nach, sah ihre Gestalt zwischen den Feldern, jetzt erschien es mir noch unwahrscheinlicher, dass sie jemals Santiago de Compostela erreichte. Bepackt mit ihrem Rucksack, eine Gestalt filigran umhüllt vom Gegenlicht, ein Engel mit verschnürten Flügeln, zu Fuß unterwegs zwischen den roterdigen Feldern Leons. Ich blieb allein zurück.

In den Fugen der Mauerreste, in den Poren der Steine schläft die Zeit, ruht zwischen den Halmen und Krumen des Feldes. Ein Windhauch im Mohn, ein Zirpen, und ich höre die Stille. Aus dieser Stille singt die Kindheit herüber. Ich spüre den Sandstein unter meinen Händen, sonnenwarm und rau, porös, als ließe er sich mit den Fingern zerreiben. Ich fühle den Stein, so wie ich ihn

damals fühlte: nicht Rom, der Mittelpunkt der Welt, sondern Enzthal. Das Dorf, in dem ich aufwuchs: ein versunkener, ein verwunschener Ort, in meine Träume verbannt. Verzaubert, verbannt, wie das Kind, das dort lebt. Wer kann es erlösen?
Unwillkürlich tasten meine Hände die Hosentaschen ab, als könnte ich dort finden, wovon ich in der Nacht vor dieser Reise träumte: Mein Elternhaus ist verschlossen, und ich stehe davor, zurückgekehrt von einer langen Reise. Anders als in der Wirklichkeit von heute, wie ich im Traum registriere, verliert das Haus seinen Putz und gibt wie früher den Blick frei auf die Steine, aus denen es gebaut ist. Sandsteine von rötlichem oder ockerfarbenem Ton, gerade behauen, doch von den Wettern mit Rillen und Riefen versehen, in den Fugen die Löcher, wo im Sommer die Schlupfwespen leben.
Die Tür ist verschlossen. Da öffnet sie sich unerwartet, und Mutter tritt heraus, sieht mich an und sagt mit leisem Vorwurf: Aber du hast doch den Schlüssel?
Im Traum greife ich in die linke hintere Tasche meiner Hose. Tatsächlich, dort trage ich ihn; vielleicht schon immer.
Jetzt steckte dort nur mein Wohnungsschlüssel mit einer alten Patronenhülse als Anhänger. Er drückte schmerzhaft, sobald ich mich wie eben zum Ausruhen setzte. Ich zog das Bund hervor und betrachtete die Messinghülse.
Fünf Patronenhülsen hatte ich damals auf den sonnenwarmen Steinstufen vor unserem Haus mit einer Botschaft befüllt und einer Kneifzange verschlossen. Drei von ihnen, wusste ich, waren weggeworfen worden von ihren Besitzern. Von der fünften Hülse fehlte bis zu

diesem Tag jede Spur, wie auch von dem, der sie besaß: Edgar Trybek.
Hartwig, dachte ich, du sentimentaler Sack, vergiss diesen Kinderkram. Ich stand auf und verstaute den Schlüssel in einer der seitlichen Beintaschen, wo er nicht störte.

2

Hätten Märte und ich zusammenfinden können? Hätte es auch eine andere Geschichte werden können: eine Romanze zwischen Ginster und Mohn, eine Affäre unter Korkeichen oder auch eine ganz gewöhnliche Liebesgeschichte mit Schmerzen im Knie und dem Geruch ausdünstender Schuhe am Abend? Ein Ausflug in die Zukunft statt der Einfahrt in den Schacht der Vergangenheit? Mit einem anderen Protagonisten vielleicht, mit mir, Hartwig Laub, nein. Und nicht mit Armin, den ich beim Aufwachen eine Etage über mir, beim Wandern vor mir und beim Essen neben mir sah, und der mich, je mehr ich mich dagegen sträubte, an ein dunkles Kapitel meines Lebens erinnerte: meine Zeit als Gruppenführer im Regiment *Hans Beimler:* Ein Lied! Drei vier: *Spaniens Himmel breitet seine Sterne…* Lied aus! Und: Arschbacken zusammen und Blick frei geradeaus! Oder die zivile Fassung: Kopf hoch und nach vorn schauen!
Eine Zeit lang schien mir dies Märtes wegen zu gelingen.

Es war der erste Tag gewesen, an dem ich nicht bereut hatte, diese Reise angetreten zu haben. Das verdankte ich meinem Ungeschick am Abend zuvor in der Herberge:

Das kleine Riegelchen, welches die Tür des Bades von innen verschloss, gab meinem ersten kräftigen Druck nach. Unvermittelt stand Märte vor mir, war offenbar gerade beim Abtrocknen und hielt das Handtuch stumm vor die augenfälligen Stellen ihres Körpers. Obwohl Märte in den Jahren war, in denen das Verblühen schon einsetzt, tat sie dies dennoch mit einer mädchenhaften Geste, die mich anrührte. Doch nicht was sie verdeckte, zog mich an, sondern die im Glühlampenlicht glitzernden Tropfen, die sich von den Haarspitzen rinnend über ihrem Schlüsselbein sammelten. Doch in dem Moment, da ich die Tür, eine Entschuldigung murmelnd, hatte schließen wollen, war ihr Handtuch ein Stück herabgesunken und mein Blick auf ihre entblößte Brust gefallen.
Einen Tag später also lag ich hinter römischen Mauerresten allein im Gras und sah, wie sie Armin nachwanderte.

Wir hatten uns auf halbem Wege in Salamanca getroffen. Dort hatte Armin als erstes seinen Pilgerpass genüsslich vor mir entfaltet. Da prangten Dutzende verschiedene Stempel, jeder aus einem anderen Ort, jeder Beleg für zwanzig bis dreißig zurückgelegte Kilometer, jeder eine Trophäe, zig papierne Münzen, abzurechnen in Santiago, kurz vor Finisterre, dem Ende der Welt.
Ja, ja, hatte ich festgestellt, du kommst bestimmt in den Himmel!
Armin darauf: Fünfhundert Kilometer, die holst du nie auf, das sage ich dir.
Dreihundert, höchstens, korrigierte ich ihn.
Aber egal, ob drei- oder fünfhundert Kilometer, er hatte recht. Und ich verfluchte wieder einmal meine Unfähig-

keit, mich den Forderungen meines Chefs entziehen zu können: Du, Hartwig, als leitender Geologe, kannst jetzt nicht… Über meine To-Do-Liste gebeugt, hatte ich Armin um die Insolvenz seines Ein-Mann-Unternehmens beneidet. Als der Termin für unsere Spanien-Tour herangerückt war, hatten sich die Ereignisse in der Firma überschlagen: Die erste Erkundungsbohrung sollte gesetzt werden. Kupfer, das Gold der Lausitz, titelten die Zeitungen. Reihenweise dringende Termine mit Presse, Politik, dem ganzen Pipapo.

Und nun, obwohl ich die Idee zu dieser Reise gehabt hatte, war ich der Neue. Der, der nicht wusste, was die anderen wussten; der, der ihre Anspielungen nicht verstand; der, der ihren gemeinsamen Weg nicht mitgegangen war.

So lehnte ich an der zerfallenen Mauer des Römischen Imperiums und blickte den beiden nach, wie sie die nächste Anhöhe hinaufzogen, in einigem Abstand, aber doch verbunden: in einer für mich uneinholbaren Ferne. Eine hechelnde Hundeschnauze stupste mich aus meinen Gedanken. Ein paar jugendliche Pilger zuckelten in Begleitung des Vierbeiners zu beiden Seiten meines Ruheplatzes vorüber. Gönnerhaft grüßte ich einen jeden: *Buen camino!*

Buen camino!, klang es zu meiner Linken und zur Rechten. Da warf eines der Mädchen im Vorübergehen einem der Jungen lachend eine Orange zu. Ein kurzer Moment, wie die Leuchtspur eines Meteors, die schon verloschen ist, ehe der Blick sie erfasst. Vielleicht, Schwester, der Splitter eines untergegangenen Planeten, er schoss an

mir vorüber, und wieder blitzten Erinnerungen auf: der Apfelsinenbaum. Der Tisch unter dem Apfelsinenbaum. Menschen an diesem Tisch, ein, zwei, drei Dutzend lachende Menschen, kauende Menschen, redende Menschen, unter ihnen fünf Milizionäre der Freien Republik Enzthal… fünf Patronenhülsen, eine Botschaft: zusammen… leben! Der Kragen flattert, der Kopf glüht… Still, still, *quieto*, flüstert die Schwester.
Ich hatte, Schwester, erst als ich meinen Arm senkte, begriffen, dass ich instinktiv versucht hatte, die Orange zu fangen, dass ich einen Augenblick lang geglaubt hatte, dies Geschenk sei für mich bestimmt gewesen.
Schon lag ich wieder im Gras, die Arme verschränkt unter dem Kopf, und wandte meinen Blick von den Weiterziehenden ab. Beeilt euch nur, dachte ich, ich habe Zeit!
Später bereute ich meine Bummelei. Es war nur noch eine knappe Stunde bis Villanueva de la Frontera, ich konnte den Ort unten in der Ebene schon sehen, da ging ein Gewitterguss nieder. Binnen Minuten schoss das Wasser den Hügel hinab. Ehe ich mich entschieden hatte, barfuß weiter zu gehen, um meine Schuhe unterm Regencape trocken zu halten, war es zu spät. Ich spürte, wie sich die warme Feuchtigkeit des Schweißes mit kühler Regennässe mischte. Armin sollte wieder mal Recht behalten: Was hast du denn da für Treter? Leder? Ich sage dir: Da kriegst du nasse Flossen, bei Hitze und bei Regen! Hier, er hob ein Bein wie ein pinkelnder Hund: Astratex, weltraumgetestet!
Als ich in Villanueva eintraf, schien wieder die Sonne und sog die Nässe aus den Gassen. Vergebens sah ich mich nach einem Hinweis auf die Herberge um. Armin pflegte,

da er meist als Erster unsere Tagesziele erreichte, den Weg zur Herberge mit Kreide zu markieren. Doch dem Wolkenbruch war es gelungen, seine Pfeile wegzuwaschen.
Aus dem Dunkel eines geöffneten Fensters scholl, so unvermittelt, dass ich zusammenfuhr, eine Stimme: *Buenos días, peregrino!* Und Sekunden später stand vor mir ein kleiner hagerer Dorfbewohner mit dem Gesicht eines leonesischen Ackers: rötlich, zerfurcht und voller Stoppeln. Er schüttelte mir ausgiebig die Hand, sah mir nun offenbar meine Nationalität an, fragte aber höflich nach: Du deutsch? Da ich nickte, schien er hocherfreut, stellte sich als Antonio vor und ermunterte mich, auch meinen Namen zu nennen. Er begleitete mich zur Herberge, und während er mich durch enge Gassen und über schmale Straßen lotste, erzählte er mir einen Gutteil seiner Lebensgeschichte, von der ich mir fürs Erste nur merkte, dass er zehn Jahre *en Alemania* gearbeitet habe.
Als ich die Herberge betrat, lag Armin dösend auf einem der Doppelstockbetten, und ich war froh, dass er meine Schuhpleite nicht kommentierte. Ich tappte mit meinen Tretern in der Hand zum Bad und klopfte betont höflich an die angelehnte Tür. Märte war dabei, einige ihrer Sachen zu waschen.
'tschuldigung, brummte ich und griff nach einer Rolle Toilettenpapier, brauch' nur was zum Ausstopfen.
Unter der Spüle sind Zeitungen, sagte Märte streng.
Brav sagte ich danke und stellte die Papierrolle zurück. In der Kochnische fand ich einen ganzen Stapel Zeitungen und zottelte eine davon auseinander. Bevor ich sie zusammenknüllte und in die Schuhe stopfte, blieb mein Blick an einem Foto hängen, und ein Name flitzte durch

mein Hirn: Trybek, Edgar Trybek? Unmöglich! Und im Moment, da ich die Schuhe zum Trocknen abstellte, hatte ich das Bild schon wieder aus meinen Gedanken gedrängt. Zu sehr waren sie mit Märte beschäftigt. Obwohl ich noch zwei frische Shirts dabeihatte, fragte ich Märte nach Waschpaste. Die hatte ich zwar eingepackt, behauptete aber, sie nicht finden zu können.

Märte half aus und schien wie ich auf Versöhnung gestimmt. Mit einer Kopfbewegung zum Schlafsaal deutend bemerkte sie: Es ist schon besser geworden mit ihm. Am Anfang wollte er partout neben mir liegen und Wanderlieder singen.

Liegen?!

Liegen? Laufen natürlich, neben mir laufen. Schließlich habe ich zu ihm gesagt: Armin, gut und schön, aber dein Schrittmaß und meins, dass passt nicht zusammen! Ich glaube, er war sogar ein bisschen erleichtert und ist von da an immer vorausmarschiert. Die ersten Tage hörte ich ihn manchmal noch singen, aber irgendwann hat er auch darauf verzichtet.

Ja, gestand auch ich, ohne unseren Navigator wären wir neulich wahrscheinlich stundenlang an der Autobahn entlang geirrt. Weißt du was, fügte ich aufgeräumt hinzu, heute gehen wir ein Bier trinken!

Mit Armin?

Klar, sagte ich, mit Armin! Wo stecken überhaupt die anderen Pilger?

Die, sagte Märte, sind schon weitergezogen.

Die hatten es wohl eilig?

Ja, sogar eiliger als Armin!

Wir lachten.

Eine Handvoll Spanier hockte an der Theke. Sie rauchten, tranken und redeten, wie es sich anhörte, alle auf einmal. Dennoch schien es eine Art Unterhaltung zu sein. Über allem hing das hektische Palaver eines unter die Decke montierten Fernsehgeräts.
Wir setzten uns an einen Tisch und bestellten Bier und einen Teller voller Toastbrot mit Schinken. Schlagartig verebbte das Gebrabbel am Tresen, alle Blicke wanderten zum Fernseher. Man übertrug die Zusammenfassung eines Stierkampfs, zeigte die Höhepunkte: Wie der Stier das Pferd des Picadors attackiert, wie der erste der buntbebänderten Spieße in seinem Nacken hängen bleibt, und schließlich das ihm vorbestimmte Ende, da der Matador ihm den Degen zwischen die Schulterblätter rammt und, wenn der Stier, wie dieser, Glück hat, bis zum Heft mitten ins Herz.
Märte hatte schon nach den ersten Bildern ihren Platz gewechselt, so dass sie mit dem Rücken zum Fernsehgerät saß.
Ich sage dir, kommentierte Armin, da gehört was dazu, das Vieh so dicht rankommen zu lassen, dass dir sein Horn am Sack vorbeischrammt.
Ich feixte, Märte verdrehte die Augen. Die Spanier nahmen ihr Gespräch wieder auf, und in der Überleitung zu einem Werbeblock stürmte der Stier wieder und wieder in die Arena, stießen die Banderillas wieder und wieder in sein Fleisch, fuhr der Degen wieder und wieder in seinen Nacken. Immer aufs Neue brach der Stier in die Knie, immer wieder tönte dazu die fröhliche Fidel eines Folksongs: *Every day we started fighting / every night we fell in love …*

Singend, unbekümmert um Melodie und Tonlage, näherte sich Antonio unserem Tisch, setzte sich, sah Märte theatralisch in die Augen: *I'm in love with a fairytale…*
Hier, Antonio breitete stolz die Arme aus und wechselte übergangslos ins Erzählen, hier bin ich geboren. Dann war ich lange weg, 20 Jahre Granada und…
Zehn Jahre Deutschland, ergänzte Armin mit wissender Miene.
Jawohl, mein Freund, so ist es. Und sieben Jahre Schweiz. Jetzt bin ich… Er schien nach einem deutschen Begriff zu suchen, sagte fragend: *En casa?* und antwortete selbst: Zu Hause. Aber, fuhr er nachsinnend fort, mich kennt hier keiner mehr. Doch ich kenne sie alle. Manchmal denke ich, es waren nur ein paar Tage, doch wenn ich die alten Weiber sehe, die früher junge Mädchen waren… Er fuhr sich mit der Hand durch seine grau verstrubbelten Haare, ach, es müssen wohl doch vierzig Jahre gewesen sein. Was gestern war, ist nur ein Märchen. Aber ich liebe es. *I'm in love with a fairytale…* Nun ja, ich komme zurück und sehe, das Haus, in dem ich geboren bin, ist eine billige Bar, meine Mutter ist gestorben, und mein Vater hat den Verstand verloren. Ihr könnt stolz sein, ihr geht *Den Weg*. Mir schmerzen die Knochen, wenn ich vom Acker komme, und der, er griente erwartungsvoll in die Runde, liegt nur tausend Meter hinter dem Dorf.
Mein Vater, sagte ich, um die Einseitigkeit der Unterhaltung zu beenden, war auch ein Bauer.
Campesino?, no, mein Freund, ich bin Elektriker. Er hielt sich zwei Finger an die Nase und mimte ein Zittern, als fasse er in eine Steckdose. Er lachte: Da lernst du einstecken!

Plötzlich ging ein Raunen durch den Gastraum, wir wandten uns dem Fernseher zu und sahen nur noch einen Stierschädel, dann einen Moment lang den Himmel; bis das Bild ebenso plötzlich in Lärm und Dunkel sackte. Begleitet von einer erregten Sprecherstimme wurde das Geschehen sogleich aus dem Blickwinkel einer anderen Kamera wiederholt: Wir sahen den Stier mit einem schwingenden Degen im Nacken die erste Barriere überspringen, hörten, wie das allgemeine Johlen in erschreckte Schreie überging, als das Tier auch die zweite Holzwand, die es noch vom Publikum trennte, übersprang, direkt auf einen dort filmenden Kameramann zu. Ich hörte das respektvolle Gemurmel der Spanier und sah in Märtes Augen ein triumphierendes Blitzen. Man brach die Übertragung ab, der Wirt schaltete das Fernsehgerät aus, und wir leerten unser letztes Bier.
Vámonos, sagte Antonio, lasst uns gehen.
Die Nacht war klar und kühl, als wir uns auf den Weg zur Herberge machten.
Armin breitete die Arme aus und sang das Lied von *Spaniens Himmel.* Es erinnerte mich unangenehm an die Marschgesänge während unserer Armeezeit, ob wir nun zum Essen marschierten oder zur Sturmbahn: ein Lied, drei vier ... *Spaniens Himmel breitet seine Sterne ...* Eins musste man Armin lassen, er hatte einen glänzenden Tenor und vermochte die Stimme Ernst Buschs perfekt zu imitieren. Er sang, und mir, obwohl sich mein Verstand dagegen wehrte, liefen Schauer über den Rücken. Bis endlich Antonio zu krähen begann: *I'm in love with a fairytale ...* Er legte seinen Arm um Märtes Schulter, sie kicherte und entwand sich. Irgendwo öffnete sich

ein Fenster, jemand schimpfte, Antonio schickte so etwas wie eine Beschwichtigung zurück und sang unbeirrt weiter. Armin war verstummt und tätschelte meinen Rücken: Da zuckt das Marschbein, was!? Ich sage dir, Hartwig, so ein altes Lied ist ein richtiger Gemütsporno, da schubbert's jeden! – Früher war ich mal Komparse am Theater, sie spielten *Cabaret*. Ich stand als Hitlerjunge auf der Bühne und hatte die letzte Strophe mit hochgerecktem Arm zu singen: *Der morgige Tag ist mein*. Ich sage euch: Die Leute haben geklatscht wie verrückt. Und ich fürchte, es war nicht nur meiner Stimme wegen.
Klar, sagte Antonio, das ist die ewige Versuchung. Das ist wie mit den Priestern, die können noch so viele Kreuze schlagen, wenn sie ein Weib sehen, dann... Er lachte, bog in seine Gasse ab und rief: *Buenas noches, compañeros!*
Später, Armin hatte sich zu meiner Erleichterung in seine Koje gewälzt, hockten Märte und ich auf einem zur Bank umfunktionierten Baumstamm vor der Herberge. Märte war, was man glücklicherweise nur selten bemerkte, Lehrerin. Und ich erfuhr, dass sie seit längerem ein Sabbatjahr geplant und diese oder eine ähnliche Reise im Sinn gehabt hatte. Ein Nervenzusammenbruch hatte dieses Vorhaben beschleunigt. Einer ihrer Schüler hatte Silvesterknaller an ihrem Auspuff befestigt. Wenn man einen Schülerscherz, erklärte Märte, für einen ernsten Angriff hält, dann wird es höchste Zeit, Abstand zu gewinnen.
Während sie sprach, berührten sich manchmal unsere Knie, oder sie legte für einen Augenblick ihre Hand auf meinen Arm. Und du, fragte sie unvermittelt, weshalb bist du hier?
Ich? Ausgerechnet ich?

Ihr Gesicht schimmerte mit weitem dunklem Blick im Kupferlicht der Straßenlaterne.
Da begann ich von Las Medulas zu reden, den Ruinen eines römischen Bergwerks, und merkte doch, wie sich mit jedem meiner Sätze ihr Gesicht verschloss. Doch wie hätte ich zu Märte vom Traumbild eines blühenden Orangenbaumes sprechen können, verschwand es doch, sobald ich es zu fixieren suchte, wie Enzthal im Nebel.
Das Neonlicht der Straßenbeleuchtung glitt an Märtes Hals herab, unbeholfen versuchten meine Finger es ihm gleich zu tun. Märte bog sich scheu zur Seite und behauptete plötzlich, zu viel getrunken zu haben. Ein kurzer Kuss auf meine Wange, und schon war sie im Haus verschwunden.
Nachts wälzte ich mich, trotz der körperlichen Erschöpfung, noch lange umher. Armins Wanderstock dirigiert mich durch den Halbschlaf, der Stock verwandelt sich in einen Degen / Antonio schwingt das rote Tuch und singt: Spaniens Himmel breitet seine Sterne / mitten in der Arena steht einer, der bin ich / weit entfernt die Zuschauerränge, doch deutlich das Johlen / ein weißer Keiler stürmt auf mich zu / Märte hinter der Balustrade schreit auf / jemand wirft mir eine Patrone zu, es ist eine leere Hülse / ich erkenne den Werfer: Edgar, sage ich, du? / er lacht und sagt: Ich war doch nur drei Tage fort / ich stehe vorm Haus meiner Eltern, die Haustür ist verschlossen / eine Stimme: Du hast den Schlüssel
Ich schrak auf, schlich mich in die Küche und kramte die Zeitung mit dem Foto hervor.

3

Die Angestellten der umliegenden Büros hatten das *Los Escudos* verlassen, die Tische und Stühle auf der Rambla waren trockengewischt, und die ersten Touristen ließen sich nieder. Señor Riviera nahm den Zeitungsausschnitt erneut in seine Hände, die begannen zu zittern. Wir zündeten uns die nächste Zigarette an. Zwischen uns auf dem Tisch ein altes Foto, geschossen von einem Journalisten Anfang der siebziger Jahre und abgedruckt in der *El Mundo* vom 2. März 2011. Das Bild zeigte, ich war mir sicher, Edgar Trybek. Allerdings wurde in der Bildunterschrift wie auch im zugehörigen Beitrag nur der Name eines gewissen Salvador Puig Antich genannt, der dort als *anarquista español* bezeichnet wurde.

Auch wir, hatte Trybek damals in Enzthal zu mir gesagt, sind Anarchisten: Freiheit UND Gerechtigkeit.

Wir hatten zusammen Ernst Busch von Schallplatte gehört, und ich hatte zum ersten Mal Capas Bild des fallenden spanischen Milizionärs gesehen, das sauber aus einer Zeitschrift geschnitten an der linken oberen Glastür seines Küchenschranks steckte. Damit hatte es angefangen und mit Armin Mueller-Stahl in *Fünf Patronenhülsen*. Wie im Film hatte ich die Botschaft geschrieben, hatte, wie im Film, das Papier in fünf Teile gerissen, jeden der Fetzen zusammengerollt und verteilt. Einen einzigen Satz auf fünf leere Patronenhülsen: *Bleibt zusammen, dann werdet ihr leben!*

Wir sind nicht zusammengeblieben. Nach dem Enzthaler Sommer der Freiheit war Trybek plötzlich verschwunden. *Bleibt zusammen*? Nein, damals war ich sicher, Trybek war verschüttet in *unserem* Stollen.

Wiederum waren Jahre vergangen, als ich im Wartezimmer eines Arztes in einer Zeitschrift blätterte und las, Robert Capas berühmte Fotografie *Der Fallende* sei eine Inszenierung gewesen. Je mehr Zeit verfloss, desto mehr schien auch Trybek selbst eine Inszenierung meiner Träume gewesen zu sein.

Und dann, in jener Nacht in Villanueva, sah ich Trybeks Bild in einer spanischen Zeitung. Er war zwar verschollen gewesen, nicht aber verschüttet. Was mich plötzlich beschäftigte: Hatte er, während ich als Unteroffizier vor frisch einberufenen Soldaten fern jeder Gefahr vom Mut des Interbrigadisten Beimler schwadronierte, zusammen mit diesem Antich den Bürgerkrieg gegen General Franco fortsetzen wollen? Wie hing das – nicht in der Zeit, doch in der Sache – zusammen? War er der Märtyrer einer Idee, die einmal unsere gemeinsame gewesen war? Einer, den man nach heutigen Begriffen wahlweise einen Terroristen oder Freiheitskämpfer nennt. Und der Dreizehnjährige in mir wurde einen Moment lang von Scham erfasst: Nein, mein Freund Edgar hatte mich nicht im Stich gelassen! Nein, ich hatte *ihn* verraten ...

Doch der andere, der erwachsen war, schüttelte den Kopf: Mein Gott, dachte ich, was hat Trybek, dieser Idiot, eben raus aus dem Realsozialismus, denn wirklich in Francos Spanien gewollt?

Als ich vor wenigen Tagen Villanueva verließ, steckte die Zeitungsseite sorgfältig ausgerissen und zusammengefaltet in meiner Brusttasche. Endlich eine Nachricht von Trybek; als hätte mich ein Brief um Jahrzehnte verspätet erreicht. Nur entziffern konnte ich ihn nicht.

Der Weg zwischen den Feldern verlor sich im Dunst des Morgens. Ein Geräusch ließ mich den Blick noch einmal wenden. Ein winziger Traktor bog aus einer der Gassen auf die Dorfstraße ein und zuckelte südwärts. Ich erkannte Antonio. Aber ich rief nicht, hob nicht die Hand, nicht zum Abschiedsgruß und nicht zu einem Signal: Halt, Señor, warten Sie, können Sie mir das übersetzen? – Nein, kein Ton kam mir über die Lippen. Ich wandte mich ab und hastete davon.
Doch das Foto, die Erinnerung, alles rumorte in mir. Auch körperlich. Schon nach ein paar Kilometern trieb es mich immer wieder hinter die Büsche. Mir war schnell klar, dies war weder einem Virus noch einer Überanstrengung geschuldet, sondern der Möglichkeit, Trybek zu finden.
Aber wie? Und wo? Diese Fragen, das spürte ich, waren nur Ausflüchte, Fluchtreflexe vor einer Vergangenheit, die ich eingeschlossen und undurchschaut mit mir trug, so dass sie mich ihrerseits gefangen hielt.
Nach meiner Ankunft in Zamora hielt ich mich abseits. Als Märte und Armin am nächsten Morgen ihre Rucksäcke packten, lag ich noch immer auf meinem Bett. Ich hatte zwar nicht geschlafen, aber ich hatte mich entschieden: Ich musste mir Klarheit verschaffen.
Da ich Armins spöttische Vorbehalte fürchtete und von Märte Fragen erwartete, die ich nicht beantworten konnte, schwieg ich von meinen Gründen und schützte eine Darmgrippe vor: Nein, wartet nicht auf mich. Ja, ich komme nach. Irgendwann. Ja, ich rufe an. Dass ich mein Mobiltelefon, weil ich unerreichbar sein wollte, in meiner Wohnung hatte liegen lassen, war mir in diesem Moment recht.

Zugegeben, ein klein wenig fühlte ich mich wie ein Sitzenbleiber, Studienabbrecher, Gekündigter: Die anderen ziehen weiter, man selber bleibt zurück. *Adiós,* Armin, dem Marschierer! *Adiós,* Märte und dem Schattensee an den Ausläufern ihres Halses! *Adiós,* Kameraden, aber ich muss zurück! Vielleicht würde ich herausfinden, was aus Trybek geworden war, Jahrzehnte nach seinem Verschwinden. Und als ich es herausfand, schrak ich zurück, vielleicht vor mir selbst.
Ich spüre Schwester Epifanias Hand auf meiner Stirn. Die Narbe schmerzt. Ich sehe Trybeks helle Augen, nie verdunkelt von einem Vorbehalt. Ich spüre den festen Griff seiner Hand, als er mich vorm Traktor von der Straße reißt. Ich rieche den Bergmannsschnaps und sehe sein Gesicht auf dem Tisch in einer Pfütze des Hochprozentigen liegen. Ich fühle zwischen den Fingern den Schiefer, als ich den zerbrochenen Kupferhering von den Dielen lese. Ich höre Trybeks Lachen hervorbrechen wie aus Gestein, als er zwischen Freja und Mariechen sitzend Apfelsinenboote verteilt; als der Saft von meinem Kinn tropft; als Ricardas Hand neben meiner lag; als alles möglich schien, damals 1971 in Enzthal.

Mit dem Bus kehrte ich nach Villanueva de la Frontera zurück und fragte mich zu Antonio durch. Schließlich fand ich ihn unweit des Ortes auf seinen Feldern. Ein Acker umschloss in groben Schollen auch einen Garten. Antonio nannte das Grünstück stolz seine Plantage, weil dort ein gutes Dutzend Bäume standen. In einem hockte Antonio: ein kichernder Faun inmitten sattgelber Früchte. Was meinst du, was das für einen

Schnaps gibt?! Da träumst du nur davon, und wenn du ihn trinkst, dann träumst du von Dingen … Dinge, sage ich dir … Er leckte sich die Lippen, ob der imaginären kulinarischen und vermutlich auch erotischen Genüsse, die zu beschreiben ihm die Worte und die Vertrautheit mit mir fehlten. Ich war für ihn ein Fremder, nicht einmal mehr ein Pilger, dessen Vorhaben für eine gewisse Lauterkeit bürgte.

Hola compañero, bist du im Kreis gelaufen?, hatte Antonio gefragt, als ich aufgetaucht war und, um meinem Ansinnen ein paar Höflichkeiten vorauszuschicken, die Obstbäume lobte: Das sind ja prächtige Birnen!

Sie erinnerten mich tatsächlich an die Zitronenbirnen in unserem Garten damals in Enzthal.

Birnen? Antonio lachte. Da, koste!, sagte er, und schon hatte er mir eine der Früchte zugeworfen.

Pflaume? Aprikose?

Mispel!

Mispel? Aha! War ich nicht nach Spanien gekommen, um mir eigenhändig eine Orange zu pflücken? Und nun: Mispeln?

Ja, die Königin des Frühlings, sagte Antonio, stieg von der Leiter, zündete sich eine Zigarette an und stellte sich vor mich hin. Was ist passiert?, fragte er, und es klang fast ein wenig herausfordernd.

Nichts, sagte ich.

Nada? Keiner geht einen Weg für *nichts*. Schon gar nicht den Camino! Den geht man für den lieben Gott. Aber für wen geht man den Camino rückwärts, he!? Für den Hinkefuß?

Unwillkürlich wich ich einen halben Schritt zurück. Er

lachte. Ich streckte ihm den Zeitungsfetzen entgegen: Können Sie mir das übersetzen? Bitte, *por favor.*
Mhm, sagte Antonio, als verstünde er nicht recht, warum er mir aus einer alten Zeitung vorlesen sollte. Deshalb bist du zurückgekommen?
Er besah sich die ausgerissene Seite, hielt sie mit gestreckten Armen vor seine Augen, zog sie langsam näher heran – und sagte schließlich, es täte ihm leid, aber seine Brille läge zu Hause. Er tippte auf das Bild, und aus seinem von Bartstoppeln umwucherten Mund kam wieder ein: *Qien es?* Wer ist das? Es klang auffordernd, und ich sagte: Ein Freund – glaube ich.
Gut, hilf mir bei der Ernte, sagte er, dann sind wir bald zu Hause, und ich kann lesen.
Was blieb mir übrig? So nahm ich ihm den Korb ab, sobald er voll war, und trug ihn zu den flachen Obstkisten, die am Wegrand warteten, gefüllt zu werden. Mispel für Mispel hatte ich sorgfältig dorthinein auf Stroh zu betten: Behandle jede einzelne wie einen Säugling, hatte Antonio gemahnt. Als ich die erste von mir gefüllte Kiste auf die Ladefläche seines Pickup hob, rief er vom Baum: Vorsichtig, jeder Fleck gibt auf dem Markt zehn Cent Abzug!
Der erste Baum war abgeerntet, und wir setzten die Leiter an den nächsten. Plötzlich begann Antonio einen wilden Tanz um den Baum herum aufzuführen: Da, rief er, *un ratón, un ratón,* da läuft sie, fang sie!
Ich begriff nicht.
Diese verdammten Mäuse, fluchte er, machen mir meine Bäume kaputt. Aber wartet nur, euch kriege ich. Ansonsten redete Antonio nicht viel, und von dem Wenigen war

noch weniger zu verstehen, was nicht an seinem schlechten Deutsch lag, sondern eher an der Zigarette, die fast ununterbrochen zwischen seinen Lippen hing.
Auch ich schwieg, obwohl ich meinte, den Abbruch meiner Pilgerfahrt rechtfertigen, ihm zumindest erklären zu müssen.
Gegen Mittag rief Antonio vom Baum: Pause. Ich kramte ein paar Müsliriegel aus meinem Rucksack und trank meinen letzten Schluck Wasser. Antonio zog unterm Pickup einen Wasserkanister und eine Plastiktüte hervor und schleppte beides zu unserem Platz unter die Bäume. Er deutete auf den Kanister: Nimm, wenn du brauchst! Er riss auch ein großes Stück von seinem Brot und reichte es mir. Auch Schinken packte er aus, dunkel und duftend, mit seinem Messer schnitt er eine Ecke ab, groß wie eine Kinderfaust, und streckte sie mir entgegen.
Wie sagt man bei euch: Aber essen kannst du selber?
Ja, sagte ich und aß.
Als er zum Abschluss unserer Mahlzeit eine Flasche aus seiner Tüte kramte, ahnte ich, was auf mich zukam: Mispelschnaps. Da ich in meinem Leben oft mit Bergleuten zu tun gehabt hatte, konnte mich das nicht erschrecken. Dennoch war ich froh, dass Antonio, nachdem wir jeder einen Schluck genommen hatten, die Flasche wieder verkorkte und verstaute.
Kann *ich* mal auf den Baum?, fragte ich, stand tatbereit auf und spürte einen leichten Taumel im Kopf.
Kannst du, sagte Antonio, steckte sich eine Zigarette an und legte sich ins Gras.
Klar, dachte ich und setzte mich wieder, Siesta. Nur gut. Dieser Schnaps hatte es in sich.

4

Kleine gelbe Sonnen über mir im schattigen Grün der Mispelkrone. Dort, wo auch das große Gestirn einen Weg durchs Laub findet, trifft mich blitzende Helle bis unter die geschlossenen Lider. Ich wende den Kopf und sehe durch die Stämme über den grobscholligen Acker. An seinem Rand steht eine funkelnde Sonne.
Wo bist du gewesen, sagt eine Stimme, die Märtes Stimme ist.
Ich trete auf die Sonne zu und sehe in Märtes golden umstrahltes Gesicht. Immer nur hier, sage ich und zeige auf den Garten. Da liege ich doch, dort unter den Zitronenbirnen.
Aber, sagt sie, ich sehe dich nicht.
Ja, sage ich, dich blendet die Sonne. Komm, schließe die Augen wie ich.
Dunkel wie die Nacht streicht ihr Haar mir übers Gesicht, über die Brust und über den Bauch. Erst ihr Haar und dann ihre Brüste.
Aber, sagt sie, ich kenne dich nicht.
Ein kehliges Lachen erschreckte mich, und ich riss die Augen auf: Neben mir hockte Antonio, ein Grasbüschel in der Hand, hustete, lachte bellend und sagte: Du musst sehr bedürftig sein, wenn dich ein wenig Grasgekitzel so stöhnen lässt. Er erhob sich und warf mir lachend das Gras ins Gesicht: Aufstehen! An die Arbeit, Señor!

Endlich kam der Abend. Wir fuhren das Auto beladen mit Mispeln nach Villanueva und tauchten ein in den Schatten des Dorfes. Antonio manövrierte das Auto durch ein enges Tor und rangierte auf dem kleinen Hof einige Male hin und her, bis die Kühlerhaube zur Ausfahrt zeigte. Noch vor Sonnenaufgang würde Antonio die Fracht nach Zamora zum Großmarkt chauffieren.

Während Antonio auf seinem Hof umherwirtschaftete, setzte ich mich in die Küche auf eine Bank vorm Fenster. Vor mir auf dem Tisch Brotkrumen, zwei benutzte Tassen, zwei benutzte Gläser, in einem noch ein Rest Rotwein. Mein Magen knurrte, ich war müde und zerschlagen, aber zufrieden. Zerschlagen, als hätte ich wie früher zu Hause ein Dutzend Kartoffelsäcke in den Keller geschleppt und zufrieden, als gäbe es weder Märte noch Armin auf der Silberstraße, noch ein Bild von Trybek in einer spanischen Zeitung. Ich stützte den Kopf in die Hände und döste.

Plötzlich ein metallisches Klicken, ein spanisches Kommando: ein alter Mann in der Tür, ein Gewehr im Anschlag, der Lauf zeigte auf mich. Langsam hob ich die Hände.

Da tauchte Antonio hinter ihm auf. *Papacito para! No es fascista!*, rief er und schickte noch einige begütigende Worte nach. Dabei zog er dem Alten vorsichtig das Gewehr aus der Hand und legte es auf den Küchenschrank. Er lächelte dabei und sah mich an, es war ein prüfender Blick.

Auch der Alte schien noch nicht überzeugt und griff erneut nach dem Gewehr. Energisch entriss es Antonio seinen Händen, trat an den Tisch, tunkte seinen Zeigefinger in den Weinrest und malte mir ein Zeichen auf die Stirn. Energisch redete er auf den Alten ein und schob die Waffe erneut auf den Schrank.

Misstrauisch hielt ich den alten Mann und das Gewehr im Blick. Doch Antonios Vater hatte jetzt anderes im Sinn. Er setzte sich neben mich, rutschte ohne ein Wort und ohne einen Blick in meine Richtung dicht an mich heran. Immer mehr drängte er sich gegen mich und, da ich ihm irritiert nachgab, schob er mich Stück für Stück von der Bank.

Papacito!, tadelte Antonio und an mich gewandt: Tut mir leid. Das ist sein Platz. Da, mein Freund, er deutete auf den einzigen Stuhl und schob für sich einen Hocker heran.

Antonio schaltete den Herd ein und rührte eine Weile in einem Topf. Es blubberte, dampfte und duftete. Schon bald stand eine Art Eintopf aufgewärmt auf dem Tisch; Antonio nannte es *olla podrida,* und wir begannen zu essen. Das heißt, ich versuchte zu essen. Sobald ich meinen Teller gefüllt hatte, kam Papacitos rechte Hand herüber und griff nach meinem Teller. Wenn er zufasste, blieb der Mittelfinger gestreckt und wies auf eine ordinäre Weise in meine Richtung. Er leerte meinen Teller über seinem aus und schob ihn leer zu mir zurück. All das tat der Alte schweigend und ohne mich anzusehen. Ich versuchte ein zweites und drittes Mal einen Löffel voll zu ergattern, doch immer wieder räumte er meinen Teller leer. Dabei bemerkte ich auf seinem Handrücken eine kreisrunde Narbe, offenbar lag darunter die Ursache für seinen versteiften Finger.

Antonio seufzte resigniert, machte eine Geste, die mich offenbar beschwichtigen sollte: Warte, mein Freund, warte. Und tatsächlich, es dauerte nicht lange, da lehnte der Alte seinen Hinterkopf an die Fensterscheibe, schlief

augenblicklich ein, und ich konnte endlich ungestört essen.
Später öffnete Antonio eine Schublade im Tisch und kramte dort eine Brille mit abgebrochenen Bügeln heraus. Er bedeutete mir, ihm den Zeitungsartikel zu geben. Er strich das Papier glatt und hielt sich die Brille mit der Hand vor die Augen.

Politischer Mord oder Justizirrtum?
Revision im Fall Antich abgelehnt / Zeuge gesucht

Am 25. September 1973 ereignete sich in Barcelona bei einer Operation der politischen Polizei gegen Aktivisten der sogenannten Iberischen Befreiungsbewegung (MIL) ein Zwischenfall. Als die Beamten einen der Anarchisten im Vestibül der Girona Nr. 70 festzunehmen versuchten, kam es zu einer Schießerei, in deren Verlauf Subinspektor Francisco Anguas Barragán, 23 Jahre, tödlich verwundet wurde.
Der bei dieser Aktion festgenommene katalanische Anarchist, Salvador Puig Antich, wurde wegen Polizistenmordes angeklagt und zum Tode verurteilt. Er starb heute vor 35 Jahren durch die Garotte.
Seit langem strebt die Familie Antichs aufgrund neuer Zeugen und Beweise eine Revision des Urteils an. Wie das Oberste Gericht jetzt in einer Pressenote mitteilte, wurde die Wiederaufnahme des Verfahrens abgelehnt. Der Anwalt der Familie erklärte unserer Zeitung gegenüber, man werde den Kampf um Gerechtigkeit fortsetzen. Allein die kriminalistischen Unstimmigkeiten seien unübersehbar. Gegenwärtig bemühe man sich, die Iden-

tität eines Zeugen zu klären. Dies dürfte nach so langer Zeit schwierig sein.
Dr. Arcas von der historischen Fakultät der Universität Salamanca hat uns freundlicherweise nebenstehendes Foto zur Verfügung gestellt. Aufgenommen im Sommer 1972 während eines Treffens der MIL in Toulouse, zeigt es den Mann, auf dem momentan die Hoffnungen der Freunde Antichs ruhen. War er Zeuge, Komplize oder Täter? Dr. Arcas vertritt seine eigene Hypothese und vermutet geheimdienstliche Verwicklungen. Antichs Anwalt ist skeptisch und spricht von Verschwörungstheorien. Unsere Zeitung will helfen, die Wunden unserer Nation zu heilen. Wer erinnert sich an diesen Mann?

Ich. Ich kenne ihn: Sein Name ist Edgar Trybek, wohnhaft bis Anfang 1972 in Enzthal.
Das ist, sagte ich zögernd zu Antonio, das *war* mein, äh, Onkel sozusagen, ein Freund … ich war dreizehn.
Antonio ließ das Zeitungsblatt sinken: Und war er's?
Was?
Zeuge, Komplize oder Täter? Hat er den Polizisten erschossen?
Ich hob die Schultern und fragte: Was ist das, die Garotte?
Antonio stand auf, trat hinter meinen Stuhl, legte mir den linken Arm um den Hals und drückte mir zwei Finger seiner rechten Hand ins Genick. So …, sagte er, zog seinen Arm langsam an und drehte seine Finger wie eine Schraube in meinen Nacken.
Hustend entwand ich mich seinem Griff. Wann ist das gewesen?, fragte ich.

1974, sagte er, im Jahr darauf ist General Franco gestorben.
Ich starrte auf den Zeitungsartikel, als habe mir Antonio eine Information vorenthalten, die sich dort finden ließe. Ich schob den Finger über die Zeilen und folgte selbst noch einmal Wort für Wort dem Text. Und dieser Dr. Arcas?, dachte ich laut, vielleicht sollte man ihn aufsuchen?
Antonio hob die Schultern: Sicher, kann man ...
Könnten Sie, ich zögerte, könnten Sie mich nicht nach Salamanca begleiten? Ich brauche einen Dolmetscher.
Ich könnte, Kollege, sagte Antonio und weckte behutsam seinen Vater, es gibt nur drei Probleme: die Mispeln, die Mäuse und Papacito.
Gut, sagte ich, ich helfe Ihnen, die restlichen Mispeln zu pflücken und apropos Mäuse ... Ich könnte Ihnen etwas zahlen, eine Art Honorar. Sagen wir 50 Euro pro Tag, ist das in Ordnung?
Komm Papacito, Zeit, schlafen zu gehen.
Als Antonio nach einer Weile zurückkam, hielt er zwei Flaschen Bier und die Flasche mit dem Mispelschnaps in den Händen. Also gut, Kollege, sagte er und stellte die Flaschen auf den Tisch, du gehst morgen in die Plantage, ich fahre mit den Mispeln nach Zamora und bringe auf dem Rückweg Material mit für einen Zaun. Abgemacht?
Abgemacht!, sagte ich, und als er eben ansetzte, die Kronkorken mit einem Eckzahn abzuhebeln, zog ich mein Schlüsselbund aus der Hosentasche und öffnete die Flaschen mit meiner Patronenhülse.
Ah, sagte Antonio, du warst Soldat?
Ja, sagte ich und winkte ab, lange her.

Ich, Kollege, sagte Antonio und kramte zwei Schnapsgläser aus dem Schrank, wäre beinahe Offizier geworden. Aber… Lass uns anstoßen, Kollege! Auf die Ernte!
Auf die Ernte!
Ja, sagte er dann, ich wollte unbedingt zum Militär.
Es war mein erster Auftrag als Elektriker. Ich sollte in der Kirche eines gottverlassenen leonesischen Kaffs elektrisches Licht legen. Ich fuhr also nach Ninguna Parte, diesem Ort im Nirgendwo. Eine Stunde war ich schon unterwegs, als zu allem Übel eine Militärkolonne vor mir auftauchte. Mehrmals setzte ich an, um zu überholen, doch die Straße war zu schmal und voller Kurven. Am Ende zuckelte ich an die zwei Stunden hinter der Kolonne her. Da kam mir eine Idee: Warum eigentlich sollte ich nicht in den Streitkräften Karriere machen? Ich war jung, und wenn ich an etwas glaubte, dann waren es Spanien, die Kirche und die Armee.
Ich erinnerte mich, sagte Antonio und leerte sein Glas, an zwei Offiziere, die vor Jahren auf dem Weg zu einem Manöver in Villanueva Quartier gemacht hatten. Es muss um den Johannistag gewesen sein, und auf dem Dorfplatz wurde getanzt.
Glänzend rann der Mispelschnaps in die Gläser. Wir stießen sie erneut mit leisem Klirren gegeneinander und tranken.
Und ich, fuhr Antonio fort, sah vor mir, wie elegant die Offiziere durch die Menge schritten, wie die alten Männer beifällig nickten und die wüstesten Burschen respektvoll beiseitetraten. Wie die beiden galant vor zwei Mädchen hintraten, um sie zum Tanz zu bitten. Wie die eine sogleich aufsprang, und die andere, die zögerte, von

ihrer Mutter Ellenbogen einen ermunternden Stoß in die Seite erhielt – diese Erinnerung schien mir, eingehüllt vom Staub der Fahrzeugkolonne, wie das Bild meiner Zukunft.
Es war Papacito, der mir dieses Bild mit dicken Strichen durchkreuzte. Als ich ihm meinen Plan offenbarte, war ich gewiss, er werde stolz auf mich sein. Aber er, er bekam einen Wutanfall und schrie mich an: Diese Leute haben deinen Großvater auf dem Gewissen! Und du willst denen dienen? Nachdem er sich ein wenig beruhigt hatte, erzählte er mir vom Bürgerkrieg; es war das erste Mal, dass er über seine Zeit bei den Roten sprach.
Warum erfahre ich das erst jetzt?
Du hättest sonst noch Dummheiten gemacht!

Ha, machte Antonio und griff nach der Flasche, die größte Dummheit wäre es doch wohl gewesen, Offizier in Francos Armee zu werden, oder? Beinahe wäre ich seinerzeit der Versuchung erlegen. Trinken wir, Kollege, auf den heiligen Antonius, meinen Namenspatron.
Erst nach dem Gespräch mit Papacito begriff ich, was ich in der Kirche von Ninguna Parte erlebt hatte:
Kurz und gut, in Ninguna angekommen, hatte mir der Priester den Schlüssel zur Kirche gegeben. Noch immer voller Zuversicht, was mein künftiges Leben betraf, machte ich mich an die Arbeit. Ich hatte jedoch vergessen, die Sicherung herauszudrehen, während ich mich schon in Uniform auf den Tanzboden treten sah. Nun gut, dachte ich, erst einmal muss ich den Abend in diesem Kaff herumkriegen. Da warf mich ein heftiger Schlag von der Leiter.

Gelb und rot flammte es eben noch durch meinen Schädel: Spaniens Farben; dann wehten sie kühl wie der Wind von den Bergen um meine Stirn. Ich schlug die Augen auf und sah über mir einen rosenfarbenen Himmel zweifach gewölbt und duftend.
Der Himmel, sagte Antonio, muss meinen Blick gespürt haben, denn im Nu verhüllte er sich mit einer schwarzen Mantilla. Meine Augen suchten und fanden über dem Tuch nun des Himmels Gesicht. Es sah mich prüfend an. Brauchen Sie einen Arzt?, fragte der Himmel mit weiblicher Stimme.
Nein, sagte ich mit schmerzendem Schädel, wenn Sie den Abend mit mir verbringen, werde ich sofort gesund.
Da, rauschend wie ein Flügelschlagen entschwand die Schöne in einem letzten Aufblitzen vom Rot und vom Gelb ihres Kleides. Ich richtete mich mühsam auf und sah sie nicht mehr. Stattdessen fiel mein Blick auf ein Bild an der Wand, das ich bisher nicht bemerkt hatte. Auf dem Fresco erkannte ich St. Antonius, meinen Namenspatron. Und, wie ich sie mir als Kind ausgemalt hatte, sah ich die Gestalten der Hölle, gefiedert, geschwänzt, gehörnt, wie sie den Heiligen versuchten. Mitten unter diesen Höllengestalten sah ich sie wieder: die Schöne, die sich eben noch über mich gebeugt hatte, ihre Mantilla jetzt über die ausgebreiteten Arme gelegt wie dunkle Flügel, stieg sie aus einem flammenden Kleid. Zu Antonios Füßen sah ich ein kleines Schwein, hingekauert wie ein ängstliches Kind.
St. Antonius, mein Freund, er hat mich, dummes Schweinchen, vielleicht vor der Schlachtbank bewahrt oder davor, selber Schlächter zu werden. – Er goss uns

ein, wir stießen an, und er fragte: Und, Kollege, was war deine Versuchung? Er griente. Deine Reisegefährtin? Märte? Ich wollte nicht von Märte reden, nicht zu dieser Stunde und nicht an Antonios Küchentisch.
Meine Versuchung? Ich grübelte. Sagen wir, sie trug ein Kleid in Schwarz-Rot-Gold. Aber das wäre schon damals geschmacklos gewesen. Ein Ährenkranz auf dem Kopf, nun ja, ein romantischer Anblick. In den Händen Hammer und Zirkel, recht praktisch zum Hauen und Stechen. – Was ich wirklich liebte, war ihr roter Unterrock, von dem sie manchmal verheißungsvoll sprach.
Antonio nickte und legte mir die Hand auf die Schulter wie ein Freund, als würde er gleich sagen: Ja, ja, so sind sie, die Weiber. Doch er schwieg, und ich fuhr fort: Ja, sagte ich, ich war Unteroffizier. Und wissen Sie, weißt *du*, wo?
Wo?, fragte Antonio höflich.
Regiment *Hans Beimler! Hans, der Kommissar*. Ein Spanienkämpfer. Aus Deutschland. Auf der Seite der Republik, auf der Seite deines Vaters, Antonio. Gegen Franco, Hitler, Mussolini. Mit jedem Wort schraubte ich mich, mein Schnapsglas in der Hand, vom Stuhl und proklamierte: Gefallen vor Madrid auf Barrikaden! Begraben in Barcelona mit Brimborium! Die Lampe schwankte, die Küche kreiste, ich hob mein Glas und rief: Es lebe die Republik!
Gut, gut, sagte Antonio und tätschelte beruhigend meinen Unterarm, sag das morgen Papacito, dann lässt er dich vielleicht in Ruhe essen.
Beinahe, sagte ich, wäre ich auch noch Offizier geworden! Aber…

Aber?, fragte Antonio neugierig.
Aber, sagte ich und spürte den Alkohol in Hirn und Zunge, es gab – Gründe. Gründe, wiederholte ich und schwieg.
Macht nichts, sagte Antonio, als müsse er mich trösten. Sieh mal, Kollege, St. Antonius sagt, die ganze Welt ist wie ein großes Netz mit Stricken verknüpft. Wer kann den Stricken entrinnen? Keiner! Aber muss man das, muss man ihnen entrinnen? Stricke können fesseln und würgen, ja, sie können aber auch Halt geben oder verbinden. Henkerstrick oder Halteseil, verstehst du? Und manchmal stellt man erst nach Jahren fest, das eine hat sich in das andere verwandelt. – Unsere Gläser schlugen aneinander. Wir tranken, schwiegen und hingen unseren Gedanken nach.
Plötzlich sagte Antonio: Kollege, ich habe eine Idee.
Er hob bedeutungsvoll den Finger.
Was für …, meine Zunge drohte ihren Dienst zu versagen, was für eine I-dee?
Ganz einfach, Schwein muss man haben, so heißt es doch bei euch. Hör zu, mein Freund, erst die Geschichte, dann die Idee: Neulich auf dem Heimweg von Zamora sah ich einen Mann am Straßenrand laufen. Er trug einen Sack auf dem Rücken. Darin, meinte ich, zappelte doch etwas. Obwohl er nicht winkte, hielt ich an und wartete, bis er heran war: Wohin, Kollege, des Wegs?
Nach Hause will ich, nach Hause. Verdammter Mist, erst das Auto kaputt, dann den Bus verpasst. Aus Morales komme ich.
Steig ein, sagte ich, das liegt auf meinem Weg. Wirf den Sack hinten rauf.

Nein, sagte er, stieg ein und hielt den Sack mit beiden Armen umschlungen auf seinem Schoß. Das Tierchen muss geschont werden.

Ah, sagte ich, ein Ferkelchen.

Ja, sagte er, und der Sack grunzte leise zur Bestätigung. Das wird lecker. Meine Tochter, musst du wissen, heiratet.

Wann, fragte ich, nächstes Jahr?

Nein, wieso? Übermorgen!

Gibt wohl keine Feier?

Natürlich, und was für eine!

Mhm, sagte ich, *was für eine*, ich zeigte auf den Sack, eine kleine doch nur. Das Ferkelchen allein ist doch grad mal für die Löcher in deinen Zähnen!

Der Mann aus Morales war verunsichert: Meinst du?

Na sicher! Sag mal, du warst wohl noch nie auf einer Hochzeit?

Doch schon, aber… ich meine, gibt ja noch andere Sachen, sagt meine Frau.

Die ist wohl nicht von hier?

Er nickte betreten.

Klar, sagte ich, noch andere Sachen. Aber die Hauptsache, die Hauptsache muss doch reichen für alle. Willst du deine Familie blamieren?!

Ich weiß nicht, ob ich in diesem Moment wusste, was ich eigentlich erreichen wollte. Vielleicht wollte ich St. Antonius die Ehre erweisen und mich wie er um ein Schweinchen sorgen? Jedenfalls hatte mich der Ehrgeiz gepackt, ihm das Schweinchen abzuschwatzen. Es gelang mir. Ich zahlte ihm, was er gezahlt hatte, und legte noch etwas drauf. Außerdem chauffierte ich ihn ins Nachbardorf,

wo eine Mastanlage stand. Wir standen eine Weile am Gatter und betrachteten die Tiere, die sich in der Suhle räkelten. Bestimmt bio, sagte ich.
Mhm, knurrte er, das wird extra kosten.
Aber Kollege, sagte ich, man muss mit der Zeit gehen. Außerdem kannst du Eindruck damit machen. Ein guter Eindruck bei den Leuten, das ist unbezahlbar. Ich klopfte ihm ermutigend auf die Schulter, verabschiedete mich und stieg in mein Auto. Immer wieder sah ich auf den neben mir im Fußraum zappelnden und grunzenden Sack. Ich kann dir nicht sagen, warum, aber dieses Schweinchen machte mich fröhlich.
Dann, als ich es aus dem Sack holte, sah ich das Zeichen auf seiner Stirn, das Antoniuskreuz. Ich habe es Ninguna genannt und zu ihm gesagt: Pass auf, Ninguna, ich bin jetzt dein Schutzpatron. Aus dir machen wir was Besonderes: Du wirst ein Trüffelschwein!
Jetzt aber habe ich eine noch viel bessere Idee, eine einzigartige Idee: Ninguna wird mein Mausschwein, ein gutes Mausschwein. Neulich hatte sich eine Maus in ihren Futtertrog verirrt. Sie schaffte es nicht wieder hinaus. Und als ich noch überlegte, ob ich ihr helfen sollte, da war Ningunas Rüssel schon über ihr, ein kurzes Schmatzen, und schon war die Sache vorbei.

Zur Nacht führte mich Antonio in ein Zimmer jener Art, die man in Enzthal die *gute Stube* nannte: zugänglich und beheizt im Winter nur an Feiertagen, wenn Gäste zu erwarten waren oder der Weihnachtsmann; dann mit weißer Decke über dem dunklen Nussbaumholz des Tisches.

Antonio hatte, als wir seine gute Stube betraten, mit der Hand auf *el sofá* gewiesen: Wenn du, mein Freund, damit vorliebnehmen möchtest?
El sofá war ein wenig kurz und auch ein wenig schmal; es hatte nichts von der Bequemlichkeit seiner orientalischen Vorfahren; in seinem Inneren meuterten einige Sprungfedern knarrend gegen mein Gewicht. Ich spürte nichts und nahm nur das Neonlicht der Hoflaterne wahr. Sie hing an einem zwischen Wohnhaus und Stall gespannten Drahtseil und schwang leicht im Wind: nach links ein langgezogenes Quietschen und nach rechts ein kurzer Schlag. Hart wie ein Schuss. Da schlief ich schon. Und wache auf im Traum: renne wieder den Trampelpfad des Postens am Kasernenzaun entlang. Dorthin, von wo der Schuss mir noch in den Ohren hallt, wo zwischen Garagen und Kasernenzaun Piper zum Wachdienst aufgezogen ist, und wo er nun liegt, still, nur ein dunkler wachsender Fleck unter der Brusttasche seines Kampfanzuges. Und wieder ein Schlag, und jetzt liegt Armins Hand auf meiner Schulter, schwer wie Blei: Mensch, Harter, das war, ganz klar, ein Unfall!
In meiner Kehle verkeilen sich die Wörter. Nur ein *Du …* kämpft sich hervor und klammert sich an Armins Uniformbluse.
Nun reißen Sie sich mal zusammen, Genosse Unteroffizier! An die Fakten halten, Hartwig, an die Fakten! Wegtreten!
Eine Tür schlägt zu, und meine Hand schließt die Mappe mit dem Bericht über das nächtliche Vorkommnis auf Wache im Regiment *Hans Beimler*.
Das Lied der Hoflaterne sang mich schließlich in den Schlaf. Die Laterne quietschte und stöhnte, rief un-

verständliche Laute, etwas stürzte zu Boden, dem Poltern folgte ein Wimmern. Ich schrak auf, lauschte, die Laterne hing still im beginnenden Regen. Das Wimmern kam aus dem Haus. Eine Tür fiel ins Schloss, Schritte tappten draußen über den Flur, ein Lichtschein fiel unter der Tür hindurch, dann Antonios Stimme, Worte zwischen Fluch und Begütigung.

Am frühen Morgen auf dem Weg ins Bad fiel mein Blick durch eine halbgeöffnete Tür. Ich sah ein Gitterbett, wie für ein Kind. Antonio eilte an mir vorbei, brummte: Papacito bricht immer aus. Dann: Es ist schon spät, ich muss los!

Im Bad vorm Spiegel übers Waschbecken gebeugt entdeckte ich auf meiner Stirn noch immer Antonios Zeichen, das Antoniuskreuz. Es sollte mich schützen, hatte mir Antonio gesagt.

Gott, erklärte Antonio, schickte sechs Männer nach Jerusalem, die Stadt wegen ihrer Sünden zu strafen. Fünf trugen Waffen, einer nur Schreibzeug. Zu dem sprach der Herr: *Gehe durch die Stadt Jerusalem und zeichne mit einem Zeichen an die Stirn die Leute, so da seufzen und jammern über die Gräuel, so darin geschehen. Den anderen aber befahl er: Gehet durch die Stadt und schlaget drein; eure Augen sollen nicht schonen noch übersehen. Erwürget Alte, Jünglinge, Jungfrauen, Kinder und Weiber, alles tot; aber die das Zeichen an sich haben, derer sollt ihr keinen anrühren.* Nun, schloss Antonio lachend, bin ich nicht nur Ningunas, sondern auch dein Schutzpatron.

Ich war sicher, das Zeichen am Vorabend abgerubbelt zu haben. Ich zögerte mit einem erneuten Versuch, denn schließlich würde ich den Morgen allein mit Papacito verbringen müssen.

Der Alte und ich frühstückten. Er trug ein frischgebügeltes Hemd und eine moosgrüne Samtweste, und er ließ mich in Ruhe essen. Die von Antonio angekündigte Nachbarin kam, um auf den Alten aufzupassen. Der Alte griff ihr in die Röcke, Doña Josefa schlug ihm auf die Hand. Er lachte zufrieden. Dann fingerte er in einer seiner Westentaschen, zog so etwas wie eine imaginäre Taschenuhr hervor und tat einen demonstrativen Blick in seine offene Hand wie auf ein Ziffernblatt.

Das verstand ich als Mahnung und sagte: Ja, bin gleich weg. Da packte er mich am Hemd und flüsterte: *No resignarse, muchacho, jamás!* Nicht abfinden, mein Junge, niemals! Zur Bekräftigung entfuhr ihm ein Furz, gefolgt von einem triumphierenden Lachen.

Auf dem Weg über den Hof hörte ich es rumoren und grunzen. Ninguna. Ich folgte dem Geräusch, um sie mir anzusehen. Noch bevor ich den Stall betrat, stieg mir der von Kindheit an vertraute Geruch von Schweinemist in die Nase. Das Tier legte die Vorderläufe auf das Gatter seines Verschlags und sah mich auffordernd an. Geduld, sagte ich, Geduld, bald gibt es Mäuse. Ich trat heran und tätschelte seinen speckigen Nacken. Ninguna war, wie seine iberischen Artgenossen, von dunkler Färbung. Zwischen seinen blitzenden Äuglein jedoch, dort wo der Fleischer das Bolzenschussgerät anzusetzen pflegt, war ein heller Fleck in der Art eines T. Eilig verließ ich den Stall, ging noch einmal in das Haus zurück und wusch mir im Bad das T ein zweites Mal von der Stirn. Das Zeichen der Gerechten, Antonios Kreuz, das griechische T, das Tau.

In der Geologie, Schwester, bezeichnet das Tau die Spannung, die entsteht, wenn zwei Schichten parallel zueinander verschoben werden. Wird die Spannung zu stark, gibt es einen Bruch. Ich erinnere mich nicht, jemals ohne den Gegensatz zwischen der Schicht meiner Alltagswirklichkeit und der meiner inneren Welt gelebt zu haben. Die Zeit im Stollen, die drei Tage, die ich verschüttet gewesen war, drei Tage, Schwester, deren ich mich erinnerte, wie man sich an einen Traum erinnert, drei Tage, die sich zu dreihundert weiteten, in denen Enzthal wie einst Germelshausen versank – dies war so ein Bruch.
Das Zeichen auf meiner Stirn? Natürlich, von der Gewöhnung an das eigene Bild unsichtbar gemacht, die alte Narbe. Das Tau, die Narbe, der Stempel, der meinen Aufenthalt im Stollen beglaubigte.

5

Noch vor Mittag pflückte ich die letzten Mispeln in den Korb, kletterte von der Leiter und setzte mich unter einen der Bäume. Ich wartete auf Antonio. Als ich seinen Pickup den Feldweg entlangrumpeln hörte, stand ich auf und begann die Mispeln aus dem Korb sorgfältig in eine Kiste zu legen. Nachdem Antonio einen kontrollierenden Blick in die Baumkronen und einen zufriedenen auf die gefüllten Obstkisten getan hatte, luden wir das Material für den Zaun vom Wagen. Den Rest dieses Tages und einen weiteren verbrachten wir damit, die Plantage einzufrieden. Am Morgen des dritten Tages verfrachtete Antonio das Schwein in den Pickup. Da Ninguna die

Beifahrerseite besetzt hielt, kletterte ich auf die Ladefläche. Hin und wieder fuhr das Auto eine Kurve, wo keine Kurve war, doch ansonsten verhielt sich Ninguna ruhig. In der Plantage angekommen, machte sich Ninguna schnüffelnd an die Arbeit. Unsere Unterarme auf den Zaun gelegt, sahen wir zu. Ninguna wühlte unter den Bäumen und bald räumte sie schmatzend das erste Mäusenest leer. Antonio zündete sich eine Zigarette an und sagte: Im nächsten Mäusejahr werde ich sie an die Nachbarn vermieten. Und ich besorge ihr einen Eber. Sie lehrt es dem Eber, und später lernen es die Ferkelchen auch. Wir züchten Mausschweine! Verkaufen sie. In ganz Europa. Gute Zeiten, mein Freund, warten auf uns!
Es war kurz nach Mittag, und ich fragte: Nun, fahren wir nach Salamanca?
Morgen, mein Freund, morgen. Wir nehmen Papacito mit. Seine Zeit ist wieder einmal gekommen. Heute, fuhr Antonio fort, hätte er noch zu tun, wolle aber diesen Dr. Arcas schon telefonisch ausfindig machen und mit ihm eine Verabredung treffen.
Mich beauftragte Antonio, derweil Ninguna zu beobachten und die Zahl der vertilgten Mausnester zu notieren. Denn das interessiere schließlich künftige Kunden.
Die Autotür schlug zu, und Antonio preschte davon. Bald war Ninguna fürs Erste gesättigt und streckte sich unter den Mispelbäumen ins Gras. Ich legte mich neben den Zaun und döste ein wenig. Sanft streicht der Wind durch das Laub, zwischen den Blättern blitzt das Licht, violette Ringe, wie Wellen von einem ins Wasser geworfenen Steinchen, pulsieren unter den Lidern. Ich liege wieder am Ufer der Teiche im Heiligenborn, aus

dem alten Stollen geworfen, vom Bergsturz hinausgeschwemmt mit dem Geröll, spüre ein feuchtes Rinnsal von der Stirn über die Schläfe, streiche mit den Fingern darüber, sehe die Fingerkuppen rötlich verfärbt, sehe im Morast des Teiches das Tier, das weiße Tier, den Keiler, schnaufend äugt er herüber zu mir … Etwas schlägt gegen meinen Kopf, Erde spritzt in mein Gesicht.
Ich schrak auf. Ninguna durchwühlte nicht weit von mir das Erdreich, so heftig, dass die Grassoden flogen.
Was mich getroffen hatte, war ein flaches Knochenstück; vielleicht von einem verendeten Tier. Meine alte kindliche Leidenschaft für Fossilien brach sich Bahn, und ich schabte mit den Fingern die restliche Erde ab. Es könnte, dachte ich, das Stück einer menschlichen Schädeldecke sein. Doch wie ein Trinker das Glas, das er sich eben füllte, in plötzlicher Erkenntnis seiner Lage wegstößt, warf ich Ningunas Fund beiseite. Was wollte ich auch noch in fremder Vergangenheit wühlen? Doch ich ahnte, eigentlich schüttelte ich die Fragen ab, die meiner eigenen galten: Hätte ich in Enzthal für Goldborste ein Schutzpatron sein können? Oder später für einen Rekruten, ein armes Schwein namens Piper?
Acht Mausnester schätzte ich gegen Abend. Ich rundete auf zehn und wartete auf meinen Meister. Doch Antonio blieb aus, holte mich nicht wie erwartet mit seinem Auto nach Hause. Vielleicht hatte ich ihn falsch verstanden. Vielleicht hatte er mich auch über seiner Arbeit vergessen. Also machte ich mich zu Fuß auf den Weg.
Als ich hungrig Antonios Haus betrat, wurden, so wie es sich anhörte, in der Küche Schnitzel geklopft. Das Geräusch vermischte sich mit dem Geschrei eines Fuß-

ballkommentators, das aus der offenen Stubentür drang. Dort saß Papacito vorm Fernseher; um ihn he-rum lagen dicke weiße Flocken, die hin und wieder aus einer großen Tüte mit Popcorn fielen, wenn er hineinlangte. Das Klopfen in der Küche wurde heftiger und war jetzt begleitet von kleinen Schreien. Irritiert öffnete ich die Küchentür und sah Antonio mit heruntergelassenen Hosen auf dem Hocker sitzen, auf seinem Schoß Doña Josefa. Ihr weiter Rock bedeckte Antonios Blöße, seine Hände wühlten unter ihrer Bluse. Sie wippte auf und nieder, wobei sie mit einer Hand die Tischkante umklammerte. Der Klopfer in ihrer anderen Hand sauste immer wieder auf das vor ihr liegende Fleisch. Unbemerkt zog ich mich zurück.

Später aßen wir alle gemeinsam. Antonio öffnete Bierflaschen und verteilte sie. Er fasste seinen Vater beim Arm, deutete auf mich und sagte ihm etwas, wovon ich nur den Namen Hans Beimler verstand. Die Nachricht tat ihre Wirkung. Papacito zwinkerte mir verschwörerisch zu und streute mir ein wenig Popcorn auf den Teller. Doña Josefa wedelte es mit einer Handbewegung fort und legte mir gleich zwei große goldbraun gebrutzelte Schnitzel auf. Papacito nahm sich, diesmal meinen Teller verschonend, drei Schnitzel aus der Pfanne, hob seine Flasche und brachte in feierlichem Ton einen Toast aus. Wir stießen an, und Antonio wiederholte für mich den Trinkspruch seines Vaters auf Deutsch: Iss gut, scheiße kräftig und fürchte dich nicht vor dem Tod!

Doña Josefa machte eine einladende Geste, und Antonio sagte: Extra für dich, mein Freund, *deutsches* Schnitzel! – Das Fleisch war zart; tatsächlich, es war gut geklopft.

Am anderen Morgen war es dann soweit, wir fuhren nach Salamanca. Papacito machte es sich neben mir auf der Beifahrerbank bequem, was mir nicht so recht gelingen wollte. Ohne mich auch nur eines Blickes oder gar eines Wortes zu würdigen, drängelte er wieder und schob mich Zentimeter für Zentimeter zur Mitte. Kurz vor dem nächsten Dorf rückte er nochmals kräftig nach, so dass mein Knie den Schaltknüppel betätigte. Antonio schimpfte und überredete seinen Vater, mit mir den Platz zu tauschen. Ein paar Kilometer widerstand ich dem Druck Papacitos. Dann sprang die Beifahrertür auf, und ich wäre um ein Haar aus dem Auto gefallen. Es gelang mir gerade noch, mich am Handschuhfach festzuklammern. Ärgerlich fuhr Antonio an den Straßenrand und befahl Papacito mit einer Handbewegung, auf die Ladefläche zu steigen. Papacito feuerte eine Kanonade spanischer Wörter auf mich ab, verstummte und verschränkte die Arme, ohne sich von seinem Platz zu rühren.
Entschuldige, Kollege, sagte Antonio, ihm fiel heute Morgen ein, dass er seinerzeit bei den Anarchisten kämpfte. Und: Dieser Beimler sei von Moskaus Kommunisten einer gewesen. Und: Einer dieser roten Kommissare habe seine Ehre beleidigt!
Schon gut, sagte ich und stieg statt Papacito aus. Ich kletterte über die Planke und hockte mich hinters Führerhaus. Antonio zuckte mit den Schultern und gab Gas. Die Straße schien hinter uns von der Ladefläche zu fallen, an ihren Rändern Baumgruppen und Viehherden, Baustellen und ein einsamer Pilger. *Buen camino*, rief ich ihm zu und winkte. Das erste Mal seit langem hatte ich das Gefühl, ich war auf dem richtigen Weg.

Schon nach meiner Ankunft in Salamanca hatte ich geträumt, wie ich unentschlossen an einem Dreiwegekreuz stand: In die eine Richtung führte ein Pfad, dort kniete ein Mönch und betete; auf dem mittleren Weg tanzte eine Frau, sie trug ein schwingendes Kleid, bedruckt mit floralen Motiven, und winkte mir zu; die Aufschrift der Wegweiser war nicht entzifferbar, der dritte jedenfalls wies eine Straße entlang, dort stand ein Soldat, das Gewehr marschbereit geschultert. Als ich der Frau folgen wollte, schüttelte sie mit Märtes Lachen den Kopf, und ich erwachte. Nun in der Nacht auf *el sofá* hatte sich der Traum wiederholt, nur diesmal folgte ich einem Befehl an die Seite des Soldaten.

Ich war, bevor ich Märte und Armin in der Pilgerherberge erwartete, noch ein wenig durch Salamanca gebummelt. In der Kirche *San Esteban* legten sich pastorale Musik, Blattgold und Bilderfluten schwer auf mein Gemüt. Als es mich ins Freie drängte, stolperte ich fast über die Füße eines knienden Mönchs.

Länger wäre ich jedoch gern durch die *Villa Art Deco* spaziert, wo die dezente Jazzstimme einer Frau mit dem Licht durchs Atrium floss und in dem heiteren Spiel der Formen seinen Sinn in sich selber fand.

Schließlich stand ich vor dem Bürgerkriegsarchiv, wo mich der Anblick des Wachsoldaten hinterm Schalter beinahe abschreckte, es zu betreten. Doch ein leises Aufklingen von *Spaniens Himmel* zog mich hinein, und ich schritt durch stille Räume, wo auf brüchigen Plakaten Milizionäre stürmten, vorbei an Uniformteilen verlorener Kämpfe und Vitrinen mit den Zeitungsmeldungen

einstiger Ideale. Kein Besucher außer mir; ich war versucht, meine Schritte zu dämpfen, so als würde die Ruhe des Hauses von den aufmerksamen Ohren des Postens im Foyer bewacht.
Spanien: der Mönch, der Soldat, die Frau. Ich sah seit langem nichts mehr, woran zu glauben sich lohnte. Wofür also sollte ich kämpfen? Und war ich nicht vor einer Frau, vor Märte, vor der Liebe, geflohen?
Und doch war ich an diesem Morgen auf dem Pritschenwagen Antonios voller Zuversicht. Hatte ich nicht damals in Enzthal von Trybeks *Mutter-Korn* gekostet; Kornbranntwein, den er zum Zweck des Berauschens mit dem giftigen Getreidepilz versetzt hatte? Und war es nicht der *heilige Antonius*, der einst den Mutterkornbrand, das *Heilige Feuer*, zu heilen verstand?
Es war, als hätte ich in diesem Mispelbauern, der sich Tag für Tag mit seinem verrückten Vater plagte, tatsächlich einen Schutzpatron gefunden: Gute Zeiten, Kollege, warten auf uns!
Als Antonio von der Ringstraße, die Salamancas Altstadt umschließt, ins Universitätsviertel einbog, hielt ich vergebens nach den Störchen Ausschau; stattdessen thronte über einem Portal ein riesiger Frosch auf einem Totenschädel.
Antonio fand schnell einen Parkplatz, stieg aus und verkündete: Als Erstes muss Papacito ins Archiv.
Ins Bürgerkriegsarchiv? Ich hatte eher eine medizinische oder eine kirchliche Einrichtung erwartet. Nun gut, da war Papacitos Gewehr…
Also doch, ich dachte an meinen nächtlichen Traum: der Soldat; nicht Pilgerschaft und Märte nicht.

Als der Posten am Empfang unserer ansichtig wurde, schnellte er hoch und salutierte. Antonio und Papacito hoben fast gleichzeitig die geballte Faust an die Schläfe. Ein auffordernder Blick von Antonio veranlasste mich, auf die gleiche Art den Gruß des Postens zu erwidern. Zufrieden lächelte Papacito und nickte dem Posten freundlich zu. Der telefonierte, und wenig später erschien ein Offizier, salutierte und machte Papacito Meldung. Papacito nannte mit fragender Stimme einen Namen: Carlos Comera Álvarez? Der Offizier schüttelte bedauernd den Kopf. Papacito fragte nach: *No?*
No, wiederholte der Offizier. Dann schüttelte er uns allen freundlich die Hand und geleitete uns hinaus. Dabei bemerkte ich, dass Antonio dem Offizier mit einer Handbewegung, als wische er ihm nur ein Stäubchen von der Uniform, flink einen zusammengerollten Geldschein in die Brusttasche schob.
Später saßen wir vor einem Café und warteten auf unseren Termin mit Dr. Arcas. Die Feuchtigkeit eines Regengusses lag noch auf den Terrassenplatten, und die Kellnerin roch wie frisch geduscht. Sie nahm Antonios Bestellung auf und eine anzügliche Geste Papacitos mit einem leichten Heben der linken Braue hin. Kurz darauf standen vor uns drei *Café solo*, Wasser und ein Teller mit Marmeladentoast. Sofort hüpften drei Spatzen erwartungsfroh um unsere Stühle. Als der Teller leer war, verkrümelte Papacito ein letztes Stück Brot und setzte sich zu einem Nickerchen zurecht. Antonio rauchte, und ich fragte eher beiläufig, wer denn dieser Carlos Comera Álvarez sei.
Das, sagte Antonio, war Papacitos Vater, mein Großvater. Willst du die Geschichte hören?

Ich sah auf meine Armbanduhr: Wenn wir noch Zeit haben?
Zeit, sagte Antonio, ist keine Sache der Uhr, sondern des Herzens.

Antonios Vater, José Comera Sola, den ich bisher nur als Papacito kannte, überwarf sich, als er siebzehn war, mit seiner Familie. Sein Vater, Carlos Comera Álvarez, hatte von Felipe Ferre y de la Rubia, einem Großgrundbesitzer, ein paar Morgen gepachtet. Schon an einem der ersten Tage nach dem Wahlsieg der Volksfront im Jahr 1936 versammelten sich die Landarbeiter und Kleinpächter Villanuevas. Sie beschlossen Don Felipes Ländereien in Besitz zu nehmen und eine Genossenschaft zu gründen. Jetzt und sofort sollte das geschehen, ohne auf irgendeine Direktive der neuen Regierung zu warten.
Josés Vater nahm nicht an der Versammlung teil. Zum einen war er grundsätzlich gegen derart gesetzlose Aktionen, zum anderen schätzte er Don Felipe als verständigen Herrn, der ihm in schlechten Jahren die Pacht gestundet hatte. Für gewöhnlich hatten sie darüber in Don Felipes Weinkeller verhandelt und waren sich immer dann einig geworden, wenn Josés Vater als Zins für die Pacht einen Nachmittag in Form einiger Partien Schach angeboten hatte.
Da Carlos Comera der Versammlung der Landarbeiter und Kleinpächter ferngeblieben war, erschien am darauffolgenden Sonntagmorgen eine Abordnung der Revolutionäre vorm Haus der Comeras. Sie teilten mit, dass nun beschlossen sei, Don Felipes Land gemeinsam zu bewirtschaften. Josés Vater habe also die Möglichkeit,

sich ihnen anzuschließen oder aber sich anderweitig Beschäftigung und Einkommen zu suchen.
Carlos Comera hatte auf den ersten Blick seinen Sohn José unter den Revolutionären entdeckt, der wie alle anderen das schwarz-rote Tüchlein der anarchistischen Gewerkschaft trug. Doch ohne ihn auch nur anzusehen, hatte Carlos Comera seine silberne Taschenuhr gezogen und entgegnet, er habe keine Zeit, über so etwas nachzudenken, denn jetzt werde er in die Kirche gehen.
Einen Moment lang schienen die Männer unentschlossen, denn die Comeras waren geachtete Leute. Einer rief schließlich, man lasse sich auch von ihm nicht aufhalten. Almosen und Hungerlöhne, mehr würden die Reichen freiwillig nicht geben. Don Felipe lasse ganze Felder brachliegen, während ihre Kinder hier kaum genug zu beißen hätten. So ist es, bestätigte die Menge und klatschte.
Der Rufer hob die Hand, um die Erregung zu dämpfen. Er sprach: Ich frage dich, Carlos Comera Álvarez, hat nicht jeder Mensch das Recht zu essen? Haben wir nicht das Recht, unseren Lebensunterhalt mit unserer Hände Arbeit zu verdienen?
Brüder, Geduld, sagte Carlos Comera, gewiss, die Not ist groß. Aber haben wir nicht eine neue, frei gewählte Regierung? Haben wir nicht eine Regierung des Volkes?
Wir regieren uns selber, antwortete einer und lachte.
Carlos Comera appellierte noch einmal: Habt doch Geduld! Gewalt und Gesetzlosigkeit sind kein Weg!
Sprich uns nicht von Gesetzen, Carlos, rief ein anderer, wo am Ende die Kaziken bestimmen, was drinsteht! Wir sind nicht länger ihre Sklaven und Bettler vor ihren

Türen! Diese Herren pissen einem Hungrigen noch ins offene Maul!
Beifall und Johlen darauf. Geh beten, Carlos, schallte es aus dem Haufen, geh beten, aber halt uns nicht auf!
Jawohl, hieß es, das Land gehöre jetzt denen, die es beackern wollen. Das werde man Don Felipe so oder so begreiflich machen, riefen sie und schwangen die Fäuste.

An diesem Sonntag saßen nur die Frauen, ein paar Kinder und bis auf Josés Vater nur alte Männer in der Kirche. Der Priester hantierte gerade am Altar, als ihn ein Raunen und Kichern stutzen ließ. Er wandte sich um und erblickte auf der Kanzel einen nackten Hintern, der sich langsam über die Balustrade schob. Da stürmte der Priester die Kanzel hinauf, es gab ein Gerangel, und der Frevler stürzte über das Geländer. Leblos blieb er mit heruntergelassenen Hosen dort liegen. Carlos Comera besann sich als Erster, nahm seinen Hut und bedeckte damit die Blöße des Toten. In der folgenden Nacht brannte die Kirche.
Wer es auch war, Carlos Comeras Sohn kam nicht als Täter in Frage. José hatte nach einer heftigen Auseinandersetzung mit seinem Vater sein Elternhaus und Villanueva bereits nach Mittag verlassen. Das Letzte, was der Sohn dem Vater entgegenhielt, war: Don Felipe kann dir silberne Uhren schenken, die Revolution ein neues Leben!
Als Josés Vater am nächsten Morgen auf sein Feld fuhr, Bohnen zu hacken und Steine zu lesen, überquerte er wie immer die Chava. Im Sommer oft nur ein sanftes Bächlein, entpuppt sie sich im Frühling als ein rasender

Strom. An diesem Tag führte die Chava ein Fass mit sich. Vielleicht, so dachte Josés Vater, war es flussaufwärts von einem Fuhrwerk gestürzt. Mit Hilfe seiner Hacke gelang es ihm, die eichene Tonne von der Brücke aus ans Ufer zu bugsieren. Es schien ein Weinfass zu sein; doch noch während er es an Land zog, bemerkte er zahllose Nägel in den Dauben. Und als er das Spundloch öffnete, drang aus dem Innern des Fasses kaum wahrnehmbar ein Wimmern.

Entschlossen hebelte Josés Vater den Deckel heraus und zog einen Menschen hervor, zerkratzt und blutig geschunden von den Nägeln, die in das Fass hineinragten. Es war Don Felipe. Notdürftig verband Josés Vater die gröbsten Wunden, lud den Patron auf seinen Karren und brachte ihn zu einem Arzt.

José selbst, also Papacito, erklärte Antonio und zündete sich die nächste Zigarette an, habe sich eine Zeitlang in Salamanca herumgetrieben und dort vorübergehend den Falangisten angeschlossen.

Ich stutzte und fragte nach: Den Faschisten?

Ja, sagte Antonio, es sei, wie Papacito mir später einmal erzählte, ein Versehen gewesen. Eines Tages habe er sich in einen Protestzug unter schwarz-roten Fahnen eingereiht. Viele hätten blaue Arbeiterblusen getragen und skandiert: Freiheit und Brot für jedermann! Auch als er auf den Fahnen ein merkwürdiges Abzeichen aus einem Joch und einem Bündel Pfeile ausmachte und ein Redner auf der Plaza de Mayor Spaniens Einheit und Größe beschwor, sei er immer noch der Meinung gewesen, er befände sich auf einer Kundgebung der anarchistischen Gewerkschaft CNT. Erst als Tage später bei einer Ver-

sammlung ein Deutscher hinter einem Hakenkreuzfähnchen auf dem Podium gesessen habe, sei ihm ein Licht aufgegangen.
Warum, fragte ich ihn damals, wenn alle nur ihre Freiheit wollten und Brot genug für alle, habt ihr euch dann bekriegt?
Wenn die Sklavenaufseher von Freiheit reden und die Reichen von Gerechtigkeit, dann, mein Junge, sei auf der Hut!
Als man schließlich Waffen verteilt habe, um mit den Putschisten gegen die Republik zu marschieren, habe er Salamanca verlassen. Es habe ihn schließlich nach Aragonien verschlagen, wo er als Meldejunge bei einer der Milizen während der Kämpfe um Saragossa in Gefangenschaft geraten sei.
Als Papacito noch bei Sinnen war und Franco tot, sagte Antonio, hat er mir oft erzählt von seinem Glück. Der nationalistische Offizier, der das Erschießungskommando befehligte, habe ihn zu sich gerufen, ihm einen Moment lang ins Gesicht gesehen und gesagt: Du nicht! Geh, *muchacho!*
Doch kaum sei er ein paar Schritte gegangen, da habe er gehört, wie eine Waffe entsichert worden sei. Gewärtig, jeden Moment den Schlag der Kugel zu spüren, sei er stehen geblieben. Doch er habe nur die näherkommenden Schritte des Offiziers gehört. Der habe ihn an der Schulter gefasst, zu sich herumgedreht und gesagt: Damit du nicht eines Tages auf mich anlegst! Dann habe er ihm durch die rechte Hand geschossen.
Antonio lehnte sich zurück und sah dem Rauch seiner Zigarette nach.

Nach dem Ende des Krieges kehrte Papacito nach Villanueva zurück. Doch er fand sein Elternhaus leer, und die Leute im Dorf wussten angeblich nichts über den Verbleib seiner Eltern.
Seine Mutter kam schließlich nach einiger Zeit aus einem Lager Francos zurück. Sie hatte dort genäht. Eine schöne Arbeit, eine wichtige Arbeit, das hatte sie ihrem Sohn José immer wieder versichert.
Ja, Fahnen und Hemden für die Falange habe ich genäht. Eine sehr schöne Arbeit, eine von uns hat dazu immer aus der Bibel vorgelesen. Manchmal hat das auch ein Priester getan: Psalmen oder von unserem Caudillo eine Rede. Ja, der Priester hatte eine sehr schöne Stimme. Die Stimme hat mich geheilt. Wenn einer eine schöne Stimme hat, dann macht dich ihr Wohlklang gesund. Ja, mein Sohn, ich bin für alle Zeiten vom Virus der roten Seuche geheilt.
Mutter, sagte José, *du* warst doch immer „gesund".
Nein, nein, dann hätte ich dich erschlagen müssen, gleich, sofort, bevor das um sich greift. Aber nun, aber nun bist auch du wieder gesund. Du bist doch gesund?
Und was ist mit Vater?
Der auch, der auch, bestimmt ist auch er nun geheilt. Der Priester ist durch das Dorf gegangen und hat ein Zeichen an die Türen gemacht, überall wo die Krankheit ausgebrochen war, auch an unsere Tür. Wie es in der Bibel steht, verschone, habe ich gedacht, die das Zeichen tragen, das Zeichen der Gerechten. Doch dann hat die Guardia die Kranken abgeholt, trotz der Zeichen an ihren Häusern. Das habe ich erst nicht verstanden, und ich hatte eine Wut und habe böse Sachen an die neue Kir-

chentür geschrieben. Aber die Stimme, die Stimme des Priesters, seine schöne Stimme hat mich geheilt, nun sind wir alle geheilt. Wir sind es doch, mein Liebling? Sind wir es, José?
Nur eines hatte Josés Mutter nicht verstanden, warum ihr Mann, wo er doch gewiss auch geheilt war, nicht wieder nach Hause kam.

Großvater, sagte Antonio, blieb verschwunden. Immerhin, Don Felipe hat das Pachtland testamentarisch den Comeras übereignet für ihre Treue. Papacito, sagte Antonio, hat später darauf die Mispeln gepflanzt.
Ich deutete auf den schlafenden Papacito: Und sein Vater, ich meine, hat man nichts herausgefunden?
Antonio zuckte die Schultern, Gerüchte, mehr nicht. Aber das ist nicht das eigentliche Problem, jedenfalls nicht für mich. Wenn wir nach Hause kommen, wird Papacito sein schwarz-rotes Tüchlein durchs Knopfloch ziehen und durchs Dorf laufen. Er wird an den Häusern klopfen und rufen: Nachricht aus Salamanca, Nachricht aus dem Hauptquartier: Die Republik hat gesiegt! Lasst uns ein Gesetz machen, ein Gesetz für die Kollektivierung!
Die Republik, die Republik, dass ich nicht lache. Er hat mir früher selber erzählt, dass die Republik die eigenen Leute massakriert habe. 1934 ließ die Republik General Franco gegen die asturischen Bergarbeiter marschieren, weil die die Erzminen in Besitz genommen hatten. 1937 schickte die Republik den kommunistischen General Lister gegen die anarchistischen Kollektive der Landarbeiter Aragoniens ins Feld. – Und jetzt wird Papacito wieder

hausieren gehen mit solchen Ideen, solange bis ihm wieder einer einen Eimer Jauche über den Kopf gießt.
Ich sagte: Wir hatten früher zu Hause auch eine Genossenschaft. Ganz nach dem Gesetz: Gerechtigkeit, ohne Freiheit. – Das heißt, ein paar Tage lang war das anders, einen Sommer lang.
Aha, sagte Antonio, und sein Finger fuhr mir über die Stirn, dort wo sich meine Narbe befand.
Ich zuckte zurück. Antonio schwieg einen Moment, dann sagte er: Vielleicht hatte Großmama recht, es ist wie eine Krankheit, ein Virus, der das Herz infiziert, der es so ruhelos macht, der es immer wieder suchen lässt nach … nach …
Nach dem Paradies?
Vielleicht. Eine Sucht. Wie das Rauchen eine Sucht ist; heißt ja auch Sehn*sucht*.
Komm, Kollege, Antonio zückte seine Zigaretten und hielt mir die Schachtel hin.
Danke, sagte ich, ich rauche nicht mehr.
Sag, Kollege, sagte Antonio und zündete sich seine Zigarette an, wie hast du das geschafft?
Ein blaues Fähnchen stieg von Antonios Zigarette auf und umschlängelte meine Nasenflügel, eine duftende Versuchung. Utopia, sagte ich, ist der Ort, den es *expressis verbis* nicht gibt.
Ich war dort, sagte Antonio und lachte, im Dörfchen Nirgendwo, *por ninguna parte*. Der Himmel über mir, Mann, was für eine Verlockung! Aber, Kollege, sag, kann man eine Frau lieben, die es nicht gibt? Warum sind manche, wie Papacito, so verrückt nach einer Welt, die es nicht gibt?

Ja, sagte ich, was für eine Unglücksliebe. Aber der Himmel, das hat Trybek mal gesagt, der Himmel ist nur der Widerschein des Herzens. Die Hölle aber auch.
Trybek?
Der Mann von dem Zeitungsfoto.
War der Katholik?
Nein, sagte ich, Anarchist. Aber davon erzählst du deinem Vater besser nichts.
Antonio lachte, besser nicht. Wo er es jetzt so mit den Gesetzen hält. – Bis vor ein paar Jahren traf sich Papacito noch regelmäßig mit anderen Veteranen aus dem Bürgerkrieg in Barcelona. Ich habe ihn chauffiert, setzte mich das erste Mal abseits an einen Tisch und sah zu. Die alten Männer aßen, prosteten sich zu und tranken. Die Kommunisten brachten Toasts aus auf die Anarchisten, und die Trotzkisten ließen die Liberalen hochleben. Sie sangen ihre Lieder und stritten darüber, wer an der Aragoneser Front Reißaus genommen oder Madrid im Stich gelassen hatte. Dann lagen sich alle wieder in den Armen und mit fortschreitender Stunde nochmals in den Haaren und zum Schluss gemeinsam unter den Tischen. Du merkst, mein Freund, ich übertreibe ein wenig. Immer, wenn ich ihn nach weiteren Treffen abholen kam, erhob sich Papacito würdevoll, drückte seinen Kameraden die Hände zum Abschied und schritt straff und aufrecht aus dem Lokal.
Einmal jedoch musste ich ihn nach der Feier aus einer Polizeizelle holen. Er war nicht betrunken, aber noch immer völlig außer sich und schimpfte: Dieser verdammte rote Kommissar! Kommt daher … kommt einfach so daher … sagt mir, mir, verstehst du, mitten ins Gesicht sagt

er, dass… vor allen anderen, vor meinen Kameraden, versteh st du, Junge?
Jedenfalls, dieser Kommissar hätte behauptet, Papacito habe sich selbst die Hand verstümmelt, um sich vor der Front zu drücken. Da hat ihm Papacito eine verpasst. Der Kommissar schlug zurück, und am Ende haben sich die alten Kerle alle miteinander geprügelt. Da, Kollege, hattest du Glück, dass er dich nur vom Beifahrersitz gedrängelt hat. Es scheint mir fast, als kehrte mit dir seine Erinnerung zurück. – Nach diesem Vorfall mit dem Kommissar wollte Papacito nie wieder nach Barcelona; obwohl von dort noch immer Einladungen kommen. Bald darauf begann er seltsam zu werden. Er kam eines Morgens in die Küche und fragte: Wer hat gesiegt?
Ich sagte: Real Madrid natürlich. Wer sonst?
Doch ich merkte gleich, dies war nicht die Antwort auf seine Frage. Bald half es nicht mehr, ihm zu sagen: Franco ist tot! Die Republik hat gesiegt! Immer, wenn er anfängt, auf einen der Pilger loszugehen, ist es soweit. Besonders hat er es auf Deutsche und Italiener abgesehen. Ihm ist dann egal, dass die auch auf seiner Seite gekämpft haben. Mit dem Gewehr hat er allerdings das erste Mal jemanden bedroht.
Jedenfalls war es wieder höchste Zeit, mit ihm nach Salamanca zu fahren. Erst wenn ihm hier, wo Francos Hauptquartier war, ein Offizier den Sieg der Republik meldet, ist er beruhigt. Die Frage nach seinem Vater kann ihm allerdings keiner beantworten.

Antonios Vater räkelte sich. Die Spatzen unterm Tisch stoben davon. Ich zahlte, und wir gingen unter den

pfeifenden Mauerseglern zur Universität, Dr. Arcas zu treffen.
Eine junge Frau führte uns zu seinem Büro, klopfte einmal kurz, öffnete, ohne eine Antwort abzuwarten, die Tür und ließ uns in ein zu kleines oder zu reichlich möbliertes Büro treten. Die Tür fiel hinter uns ins Schloss.
Aktenstapel auf einem Schreibtisch, darüber Staub im Sonnenlicht. Kein Dr. Arcas. Nur ein Summen, etwas summte wie eine dicke Fliege. Das Summen drang aus einer schattigen Ecke des Raumes, von einem mit Grünpflanzen gefüllten Glaskasten her. Mittendrin lag ein Totenschädel. Das Summen verstummte, und der Totenschädel sprach: Setzen Sie sich bitte! Da tauchte hinter dem Terrarium ein Mann auf, klein und drahtig mit Einsteinfrisur. Er summte und vollführte mit der Hand kreisende Bewegungen über dem Totenschädel; die Hand hielt eine Pinzette und die Pinzette eine Fliege. Der Mann entließ die Fliege aus der Gefangenschaft, und gleichzeitig sprang ein kleines grünliches Etwas hinter dem Totenschädel hervor, schnappte die Fliege und landete mit einem kurzen Schmatzen auf dem Schädel.
Zufrieden lächelnd trat der Mann an ein kleines Waschbecken und wusch sich die Hände. Nun wandte er sich uns zu, stellte sich als Dr. Arcas vor und zelebrierte unsere Begrüßung freundlich, verbindlich, ja hingebungsvoll. Dabei entschuldigte er sich mehrfach, dass er uns habe warten lassen. Memento mori, sagte er, aber vergesst die Lebenden nicht! Seine Stimmlage glich einem Flüstern, die mitunter ins Falsett glitt. Vermutlich litt er unter einem Katarrh, denn während unseres Gesprächs

lutschte er fast ununterbrochen Bonbons, deren Papiere er auf dem Tisch zu kleinen Bergen häufelte.
Papacito widmete sich unterdessen der Beobachtung des Frosches, was Dr. Arcas veranlasste, hin und wieder einen misstrauischen Seitenblick in Richtung Terrarium zu werfen.
Als ich auf das Zeitungsfoto wies und den Namen Trybek nannte, meinte er offenbar, sich verhört zu haben. Denn er fragte ungläubig nach. Als ich den Namen wiederholte, war er plötzlich voll konzentriert. Sind Sie wirklich sicher? Wenn Sie wirklich sicher sind … dann … gibt es tatsächlich eine Verbindung: Dieser Mann, dieser Trybek, wenn das tatsächlich sein Name ist, hielt sich im Sommer 1972 in Südfrankreich auf und nahm, wie dieses Foto belegt, an einer anarchistischen Versammlung in Toulouse teil: Die sogenannte Iberische Befreiungsfront verkündete dort ihre Auflösung; eine Finte, wenn Sie mich fragen. – Hier, sehen Sie, das ist Antich, daneben eine Frau, und da, der, ja, das muss Trybek sein. – Im Dezember … einen Moment bitte!
Dr. Arcas schlängelte sich hinter seinen Schreibtisch und legte sich über die Tastatur seines Computers wie ein Radrennfahrer über seinen Lenker.
Noch einen kleinen Moment, bitte, die Herren – da, ja, ich zitiere: *Am 19. Dezember 1973 kam es an einer Straßensperre, die im Zuge einer Fahndung nach den Terroristen der sogenannten Iberischen Befreiungsfront errichtet worden war, zu einem Durchbruchsversuch. Dabei wurde der Zivilgardist Pedro Martinez Costa durch einen Schuss aus einer Handfeuerwaffe getroffen. Der 26-jährige Costa war sofort tot. Angeklagt wegen*

Mordes wurde ein polnischer Krimineller, ein gewisser – Edgar Trybek. Er ... er ... es tut mir leid, Señor, Ihnen das ... jetzt ... hier ...
Ich sagte: Er war nicht mein richtiger Onkel.
Also gut: Er wurde zum Tode verurteilt und starb am 2. März 1974, am selben Tag wie Salvador Puig Antich.
Wie?
Wie Antich, durch die Garotte.
Sind Sie sicher ..., ist es sicher, dass Trybek den Polizisten erschossen hat?
Wissen Sie, flüsterte Dr. Arcas, diese Leute gehen in Restaurants und prellen die Zeche, sie überfallen Banken und schießen auf Polizisten. Sie nennen das Revolution, Unabhängigkeitskampf, Freiheitskrieg. Ich nenne es Zechprellerei, Raub und Mord. Und insofern ist es gleichgültig, ob die Tat politisch motiviert war oder nicht!
Dr. Arcas hielt inne, seine Linke rückte einen kleinen Bilderrahmen, der neben dem Monitor stand und einen Trauerflor trug, mit einer beinahe zärtlichen Geste ein wenig zur Seite, dann straffte er sich und sagte: Bitte entschuldigen Sie, Señor. Das mit ihrem ... äh, Onkel, tut mir aufrichtig leid.
Ich sagte bereits, er war nicht mein richtiger Onkel!
Seien Sie versichert, Señor, ich billige keineswegs solch drakonische Strafen, wie sie seinerzeit exekutiert wurden. Auch ich, wenn mir diese Bemerkung erlaubt ist, gehörte damals zu den Studenten, die gegen Francos Diktatur protestierten. Tausende folgten uns in jenen Tagen, das Wort Freiheit auf den Lippen. Heute sind es Hunderttausende, die auf den Straßen Gerechtigkeit ver-

langen. Sie nennen sich die Empörten, worüber empören sie sich? Über die Freiheit? Über die Ungerechtigkeit? Gut und schön, aber ich fürchte, morgen werden Millionen rufen: *Macht uns, wenn es nicht anders geht, zu euren Knechten, aber macht uns satt!*
Als Historiker neige ich inzwischen dazu, Dostojewskis Großinquisitor zuzustimmen, wenngleich Sie mir gestatten, ihn ein wenig zu aktualisieren: Die Freiheit und die Gerechtigkeit, beide zusammen, sind nicht denkbar. Niemals werden die Menschen ihren Wohlstand untereinander zu teilen verstehen, niemals werden die Reichen den Armen mehr als Brosamen gönnen. Das gilt es hinzunehmen. Empörer sind nichts als unglückliche Menschen, die neues Unglück erzeugen. Ein guter Diktator hingegen – mit gut meine ich gütig und zugleich geschickt – kann zumindest für eine Mehrheit Glück erzeugen: gute Versorgung, gute Gefühle und ein gutes Gewissen.
Doch leider, ich bedaure diesen Schluss zutiefst – doch aller historischen Erfahrung nach muss man ihn ziehen – leider wird es dabei nicht ohne Kollateralschäden auf Kosten dieser oder jener Bevölkerungsgruppe abgehen. Das wird bei aller Güte und allem Geschick unvermeidlich sein.
Nun gut, Señor, genug der philosophischen Erörterungen. Sie fragten, ob es sicher sei, dass Señor Trybek …? Ich weiß es nicht. Doch die Polizei war sich sicher, das Gericht war sich sicher. Ich allerdings bin überzeugt, Trybek war nicht der kleine polnische Kriminelle, als den man ihn der Presse damals präsentierte.
Polnisch, fragte ich, wieso polnisch, Trybek war doch … Er hatte, sagte Dr. Arcas, angeblich einen polnischen

Pass bei sich. Und ich sage Ihnen eines: Wäre dieser arme Hund nicht polnischer Staatsbürger gewesen, sondern deutscher, Franco hätte ihn begnadigt. Es hatte wegen ähnlicher Fälle schon genug diplomatische Verwicklungen mit den Deutschen gegeben, das hatte der Caudillo sich nicht noch einmal leisten wollen. Einen polnischen Gewaltverbrecher jedoch konnte man hinrichten. Und am selben Tag einen katalanischen Terroristen hinzurichten, das bewies nur rechtsstaatliche Normalität. Sogar das Passfoto Trybeks, das sie der Presse zur Veröffentlichung gaben, hatten sie ein wenig retuschiert, so dass *el polaco* tatsächlich wie ein Krimineller aussah.
Im Übrigen, für einen Kriminellen im herkömmlichen Sinn halte ich Señor Trybek nicht. Keiner erwog auch nur, dass ein östlicher Geheimdienst seine Finger im Spiel gehabt haben könnte. Wenn Sie bedenken, wie perfekt man das Attentat auf Francos Ministerpräsidenten Carrero Blanco plante und wie brutal man es ausführte. Wenn Sie weiter bedenken, dass die Zusammenarbeit baskischer und katalanischer Separatisten, zwischen Katholiken und Anarchisten also, bis in die dreißiger Jahre zurückreicht. Dann werden auch Sie, wie ich, schlussfolgern, nichts lag näher als die Gründung einer gesamtspanischen Terrororganisation, die kein geringeres Ziel hatte, als General Franco zu ermorden. Inzwischen gehe ich davon aus, dass dies letztlich nur durch die Festnahmen Trybeks und Antichs verhindert wurde. Das, so Dr. Arcas, sei die Fortsetzung des Bürgerkriegs mit anderen Mitteln gewesen, zumindest behaupteten das seinerzeit die spanischen Emigranten. Zwei Verbrecher, schrieben hingegen die hiesigen Zeitungen, Polizistenmörder!

Wegen Antich hatte es Proteste, internationales Aufsehen gegeben, weil der als Politischer galt. Um Trybek kümmerte sich keiner. Also sollte alles in einem Abwasch geschehen: Seht her, wir behandeln alle nach Recht und Gesetz. Ob in Barcelona, ob in Tarragona, sei er Spanier oder Ausländer, sei er Katalane oder Pole.

Er habe eigentlich nach Warschau und Moskau reisen wollen, so erklärte Dr. Arcas, nun aber, da er dankenswerterweise soeben von Señor Trybeks ostdeutscher Herkunft erfahren habe, werde er zuerst nach Berlin reisen, um Beweise… Mein Gott, entfuhr es Dr. Arcas plötzlich mit kläglichem Krächzen, lassen Sie sofort den Frosch in Ruhe! Bitte, Señor!

Seinem Blick folgend sahen wir Papacito vor dem Spiegel stehen. Der Frosch saß auf seinem Kopf.

Und ehe Dr. Arcas zugreifen konnte, machte das kleine grüne Ungeheuer einen Satz und verschwand inmitten mehrerer Aktenstapel.

Dr. Arcas suchte, lockte, fluchte, rückte Stühle, verschob Akten, kroch auf allen Vieren umher. Wir halfen nach Kräften mit, bemüht, nicht zufällig auf den Ausreißer zu treten. Ich stieß gegen den Schreibtisch, das Bild mit dem Trauerflor kippte um, und ich stellte es vorsichtig wieder auf, es war das Porträt eines Polizisten.

Endlich hockte der Frosch wieder in seinem Glaskasten, und wir sanken erleichtert in die Polster. Wissen Sie, erklärte Dr. Arcas, möglicherweise haben sie am Portal der Universität den Sandsteinfrosch auf dem Totenkopf entdeckt. Nun, jedes Jahr küren die Studenten den beliebtesten Dozenten, der bekommt eine Art Wanderpokal, einen lebenden Frosch inklusive Totenschädel: Für die

Studenten symbolisiert der Frosch den Triumph des Lebens über den Tod. Die ursprüngliche Bedeutung war jedoch: Memento mori. Sie, Señor Comera, sollten besser auf ihren Vater achten!
Wehe, das Tier sterbe oder gehe verloren, bevor ein Jahr vorüber sei. Gegen das, was dem Preisträger dann blühe, wäre Mobbing eine Bagatelle. Aber jetzt sei der Frosch ja wieder da.
Mein Blick blieb einen Moment an dem Schädel im Aquarium hängen, und Ninguna kam mir in den Sinn. Als wir uns von Dr. Arcas verabschiedet hatten, wusste ich warum und berichtete Antonio, dass Ninguna mir einen Knochen an den Kopf geworfen hatte. Es sei aber nur eine Vermutung. Um sicher zu gehen, dass sich dort keine menschlichen Überreste fänden, müsste man unter den Mispelbäumen graben.
Tatsächlich interessierte mich mehr, was Dr. Arcas ausgraben würde. Ich versuchte mir die Schlagzeilen vorzustellen: Mielkes Revanche, Stasiterror am Sonnenstrand. Allem Anschein und allen Akten nach hatte Trybek einen Polizisten erschossen. Aber stimmte deshalb Dr. Arcas' Vermutung, die damals in Enzthal auch die meines Vaters gewesen war: Trybek ein Agent des Staatssicherheitsdienstes?
Schwester Epifania, so scheint mir, runzelt die Stirn. Dann geht sie zum Fenster und öffnet es weit. Sie breitet die Arme aus, und einen Moment lang fürchte ich, sie fliegt mir davon. Schwester, rufe ich. Es schien mir die einfachste Lösung, Dr. Arcas zu glauben und endlich einen Strich unter die Geschichte zu ziehen. Ich würde Trybeks Grab aufsuchen und ein paar Blumen nieder-

legen. Und ich würde wieder Märte nachgehen, diesem wandernden Engel!

6

Als ich den Warteraum betrat, sah ich die Angestellte der Friedhofsverwaltung durch das Fenster eines Schalters auf einem Gymnastikball sitzen. Ihre Hüften kreisten und ihre Finger gruben sich in die dicke Schale einer Orange.

Hin und wieder warf sie mit einer Kopfbewegung ihr Haar über die rechte Schulter, sodass ich nicht nur ihre Wangen- und Mundpartie erkennen konnte, sondern auch, dass sie mit der Größe ihrer Nase vermutlich nicht zufrieden war. Je nach Richtung ihres Hüftschwungs zeigten sich mir zwischen Pulli und Hosenbund eine weißliche Fleischwulst oder ein Ornament, das vom Kreuzbein ab- und seitwärts unter dem Stoff der Hose verschwand. Was aus ihren Ohrhörern an Musik vielleicht noch in den Büroraum drang, wurde von einer Glasscheibe gehindert, mich, den Besucher im Warteraum, zu erreichen.

Da ich die Pause der Gymnastin nicht stören wollte, unterließ ich es, mein erstes zögerliches Klopfen an die Bürotür zu wiederholen. Den Zettel mit Trybeks Namen in der Hand, setzte ich mich auf einen der Besucherstühle. Ich betrachtete die Tätowierung der jungen Frau und versuchte zu erraten, welche Struktur sich wohl über das frei gegebene Terrain hinaus verbarg.

Spiralen, denke ich, die kreisen, sich drehen unendlich und ewig. Die Lider werden schwer. Und alles wird leicht und wird frei: Märte räkelt sich am Abend nur spärlich bekleidet auf einer Liege, während ich dem Sog der genadelten Linien folge zu erstaunlichen Orten.

Da, eine Stimme, die stört, eine Stimme, die fragt: Meine Nase ist doch nicht zu groß, oder?

Nein, Liebes, deine Nase ist wunderschön!

Du lügst, sie ist nicht schön, sie ist zu groß!

Ja, sie ist schon ein bisschen groß, aber … Nur der Makel ist schön und daher kein Makel, sage ich. Und frage: Kennst du das Land, wo die Zitronenbirnen blühen? Und einmal sogar ein Orangenbaum? Und ich frage: Zitrone oder Orange? Die Narbe auf meiner Stirn brennt, das Tau.

Ach, sagt Märte, die unglückliche Liebe blüht aus dem *oder*. Es heißt bei Lorca *und:* Zitrone *und* Orange. Heimat und Fremde, Außen und Innen, Wirklichkeit und Traum. Es ist doch das eine immer im andern.

Ja, wie in der Nebelzeit, als Enzthal abgeschlossen war von aller Welt und alles möglich schien, sage ich und will ihr endlich erzählen.

Alles schien möglich, sagt Märte und meint den Nebelmonat neunundachtzig. Als das Land sich öffnete, sagt sie, zu aller Welt und wir uns in die Arme fielen, *weil* alles möglich schien.

Wir, Märte? Wir? Ich nicht. Ich wollte nicht nach Westen, ich wollte weiter!

In der Friedhofsverwaltung fiel ein Aktenordner vom Tisch. Ich sah die frischgeschälte Orange in der Hand

der Friedhofsangestellten, emporgehoben, während die andere nach dem Aktenstück griff und es vom Boden aufhob.
Ich stand auf, entschlossen, jetzt an die Bürotür zu hämmern. Da sah ich, wie sie, statt die Frucht in ihre Segmente zu zerlegen, hineinbiss wie in einen Apfel. Im gleichen Moment musste sie mich aus dem Augenwinkel heraus gesehen haben. Ihr Gesicht wandte sich mir zu; den frischen Saft auf Lippen und Kinn; ihre Augen erstaunt über meine Anwesenheit; ihre Nase groß. Und wunderschön, dachte ich. Gleichzeitig bemerkte ich, dass aus fernen Zeiten das Wort Apfelsine zurück in meinen Sprachschatz gefallen war. Ein Wort, das geradezu aufforderte, diese Südfrucht wie einen Apfel zu verzehren. Die eingedeutschte Orange, der chinesische Apfel, Apfelsine: Das Wort, das Äußerlichkeiten wie eine Farbe ins Reich der Ästhetik verwies und mit einem Biss zu den Kernen des Dings vordrang. Das Wort, das den Namen der Erkenntnis- und Versuchungsfrucht gebrauchte und das bezeichnete Objekt einreihte zwischen Kartoffeln, Mist und weiblichen Geschlechtsmerkmalen: Erdapfel, Pferdeapfel, Apfelbrüste – Apfelsine.
Die Apfelsinenesserin also: Die angebissene Apfelsine in der erhobenen Hand, während eine Saftspur über den Knöchel rann, verharrte sie einen Moment lang ratlos zwischen Amt und sich selbst. Schließlich wandte sie sich widerwillig einem Waschbecken zwischen zwei Aktenschränken zu.
Wenige Augenblicke später – die Apfelsine lag, Relikt eines anderen Lebens, auf einem Bord über dem Waschbecken –, da schob die Angestellte das Schalterfenster

auf, und ich reichte nach einem Gruß meinen Zettel hinüber.

Sie las Trybeks Namen und versah ihn mit einem Fragezeichen. Ich nickte, und sie tippte den Namen in ein Formularfeld auf ihrem Monitor. Sie überflog die dort erscheinende Liste, schüttelte den Kopf und fragte über die Schulter: *Cuál año?*

Anno? – Neunzehnhundertvierundsiebzig, sagte ich.

Sie hob fragend die Brauen, reichte mir meinen Zettel, und ich schrieb die Jahreszahl darauf.

Sie sagte etwas, das wie ein Aha klang, ging zu einem der Schränke und zog einen Karteikasten und nach einigem Blättern auch eine Karteikarte daraus hervor. Sie las, hob bedauernd die Schultern und sagte etwas, das ich nicht verstand.

Ich fragte nach: Eingeebnet?

Das verstand sie nicht. Sie telefonierte, und wenig später erschien ein Mann, von dessen schmalen Schultern ein weites zitronengelbes Hemd wehte. Er trug eine Art Kappe, die früher ein Hut gewesen sein mochte, jetzt bildete ein silbern sich ringelnder Haarkranz die Krempe. Er wandte mir sein knochiges Gesicht zu und murmelte einen trockenen Gruß. Gleichzeitig neigte er seinen Kopf, um die Tür zum Büro zu passieren. Sein kurzer Weg durch den Warteraum hatte eine krümelige Erdspur hinterlassen. Der Friedhofsgärtner oder Totengräber oder beides in einer Person warf einen Blick auf die Karteikarte, folgte dem Fingerzeig der Angestellten in meine Richtung und schüttelte mit Bestimmtheit den Kopf. Sie hob bedauernd die Schultern, winkte mich ans Schalterfenster und brachte mir mit Hilfe ihres Kollegen

und meines Wörterbuches bei, was ich schließlich dem Wort nach, jedoch nicht inhaltlich verstand: Sie brauchen eine Bescheinigung des Bürgermeisters!
Ich bedauerte, dass Antonio aufgrund familiärer Verpflichtungen mich nicht nach Tarragona hatte begleiten können. Vielleicht, Chef, komme ich später nach. Später?! Jetzt hätte ich ihn als Vermittler brauchen können. Was sollte ich tun?
Ich versuchte, indem ich mehrmals das Wort *Alemania* gebrauchte, die Mühen einer Reise, Zeit- und Geldknappheit zu verdeutlichen. Aber, ich zog mein Portemonnaie, wenn es nur um eine Gebühr ginge …
Als hätte ich sie bestechen wollen, knallte die Angestellte das Schalterfenster herab und wandte sich ihrer Orange zu. Auch der Totenwächter flatterte aus dem Büro und an mir vorbei, ohne mich noch eines Blickes zu würdigen.
Trybeks Grab, sagte ich mir, würde ich mit etwas Glück auch ohne dieses apfelsinenzerfleischende Kreuzbeinornament und ihren Cerberus finden.

Der Engel blickte aufs Meer. Ich saß zu Füßen der Sandsteinfigur und tat es ihr gleich. Der Friedhof lag auf einem Hügel im Rücken der Stadt, und eine Schlippe zwischen zwei Grabwänden entließ den Blick in ein Tal, das aus dem Grün der Steineichen, Zypressen und Pinien in das Ziegelrot der Dächer überging und schließlich mit dem blaugrauen Dunst der Bucht von Tarragona verschmolz. Hier, dachte ich, könnte es einem Toten gefallen, auch Trybek. Doch um derart versöhnlich an das Ende zu denken, musste man einige Tatsachen außer Acht lassen.

Vor allem was das Sterben, insbesondere Trybeks Sterben betraf.
Wenn Dr. Arcas recht hatte, dann war Trybek zwischen seiner Verurteilung und seiner Hinrichtung im März 1974 im Gefängnis von Tarragona gewesen. Bevor ich hierhergekommen war, um Trybeks Grab aufzusuchen, hatte ich mir den Ort ansehen wollen, in dem er seine letzten Stunden verbracht hatte.
Es war nicht schwer, *la prisión* auf dem Stadtplan zu finden, den ich mir auf dem Bahnhof von Tarragona gekauft hatte, einschließlich einer Packung Zigaretten, letztere mit schlechtem Gewissen; ich war rückfällig geworden.

Das Provinzialgefängnis glich mit seinen Mauern und Türmen aus Sandsteinquadern von weitem einer mittelalterlichen Burg, die, von modernen Hochhäusern umstanden, auch Teil eines Vergnügungsparks hätte sein können. Näherte man sich dem Bauwerk, zeigte der Stacheldraht auf den Mauerkronen jedoch den Ernst der Lage an.
Ich umwanderte das Geviert, und zunehmend beschlich mich das Gefühl, an einem Verbrechen beteiligt zu sein. Wie, wenn mich einer befragte, würde ich mein Interesse an diesem Objekt rechtfertigen können?
Bemüht, nicht unnötig im Fokus einer der auf den Zinnen montierten Kameras zu bleiben, warf ich nur flüchtige Blicke auf das martialische Mauerwerk. Während ich mich dem Eingang näherte, wechselte ich auf die andere Straßenseite, als könnte mich hier jemand anhalten, kontrollieren, verhaften, einsperren, hinrichten – so

wie Trybek. War ich erst der Sympathie mit einem Polizistenmörder verdächtig, musste kein Franco regieren, dass man mich dafür verfolgte. Dennoch, ich huschte in eines der umstehenden Wohnhäuser, schlich die Treppe hinauf, in der Hoffnung, auf den Gefängnishof sehen zu können. Doch die Fensterscheiben waren blickdicht geriffelt. Wahrscheinlich waren die Wohnungen mit Blick auf das Gefängnis nur an das Wachpersonal vergeben.
Hatte der Gefängnisdirektor am Morgen des 2. März 1974 am Küchentisch gefrühstückt und seiner Frau gesagt, heute sei *el polaco* dran, ein eigentlich ganz netter Mensch? Hatte er dann, nach einem Blick in den Gefängnishof, sein Kind vom Schoß gehoben, noch einen letzten Schluck Kaffee genommen und gesagt, dass er sich beeilen müsse, denn sie führten den Todeskandidaten schon über den Hof?
Da, eines der Fenster war angekippt, und vom oberen Treppenabsatz konnte ich tatsächlich eine Ecke des Gefängnishofs sehen, eine Tür, darauf ein Kreuz, ich erschrak, war das nicht ein Antoniuskreuz, das Tau? Nein, der obere Teil der Tür war für mich nicht einsehbar; es war wohl doch nur eine Figur mit ausgebreiteten Armen, ein Engel vielleicht; vermutlich führte die Tür zur Gefängniskapelle.

Stunden später hatte ich bei dem Priester geklingelt, dessen Adresse mir Dr. Arcas überlassen hatte. Ein alter Mann, der in einem schmetterlingsbunten Hemd wie in einem Kittel steckte, hatte geöffnet. Seine linke Hand stützte sich auf eine Krücke, und die rechte steckte sich mir klein und knochig entgegen. Er bat mich in gebrochenem Deutsch, ihm zu folgen, während er sich durch eine lange dunkle Diele schob, deren Ende eine angelehnte Tür anzeigte. Dahinter flutete Licht durch ein Fenster, in den Scheiben gleißte eine milchige Sonne. Der zellenartige Raum war lediglich mit einem Tisch und zwei Stühlen möbliert. Auf dem Tisch ein Schachbrett, ein Kännchen mit dampfender Schneppe, zwei Tassen, als habe er mich erwartet.

Wir, sagte der Priester und goss uns Tee ein, spielten Schach in seiner letzten Nacht. Er schien, was auf ihn zukam, gelassen zu erwarten, ja, heiter. Meine Versuche, zwischen unseren Zügen tröstliche Worte zu finden, lächelte er hinweg, legte einmal sogar seine Hand auf meine und sagte in einem Ton, als bedürfe ich des Zuspruchs: Ach, Priester …

Ich mahnte: Glauben Sie!

Er lächelte gelassen und sagte: Sicher, vierundzwanzig Stunden Angst, das hält keiner aus. Schach hilft mehr als Gebete. Schach im Kopf! Sich auf die nächsten Züge zu konzentrieren, nicht auf den Ausgang der Partie.

Unser Spiel, sagte der Priester, hat er gewonnen. Die Konstellation geht mir nicht aus dem Kopf. – Er war mein erster Todeskandidat. Hin und wieder brüte ich darüber.

Er deutete auf das Schachbrett und fragte: Spielen Sie?

Ich verneinte.

Einen Moment, sagte der Priester, ich habe etwas für Sie!

Er erhob sich, ließ sich im nächsten Moment zurück auf seinen Stuhl fallen und schüttelte den Kopf: Nein, entschuldigen Sie, ich muss mich geirrt haben. Was meinen Sie, man könnte den Reiter schlagen?

Das Pferd?

Ja, spielen Sie Schach?
Nein, wiederholte ich etwas irritiert.
Señor Trybek war ein vorzüglicher Spieler. – Waren Sie auch im Gefängnis? Entschuldigen Sie, Sie spielen nicht zufällig Schach? Señor Trybek hat es in einem ostdeutschen Gefängnis gelernt. Einer hat sich angezündet, hat er gesagt, auf dem Gefängnishof, ohne die Partie mit ihm zu Ende zu spielen. Man sollte nicht aufgeben, solange sich der König noch rühren kann. Sie meinen also: der Reiter? Trotzdem, nur ein fester Glaube vermag die Angst vor dem Tod zu besiegen. Oder eine große Idee; sei sie noch so fragwürdig.
Mit der Garotte, mein Gott! Ich dachte, sie werden ihn erschießen, so wie sie die Todesurteile zuvor und auch danach wieder vollstreckt haben. Als der Wärter die Zellentür aufschloss, seinen Namen aufrief und ihm mit dem üblichen *Valor, hombre!* die Handschellen anlegte, dachte ich immer noch, sie führen ihn vor ein Erschießungskommando. Es waren ja Militärs, die das Urteil gesprochen haben. Aber sie haben Señor Trybek nicht mal diese Ehre erwiesen. Wie auch Puig Antich nicht, den sie am selben Tag in Barcelona zu Tode brachten.
Goya hat es gemalt; als ich sie hantieren sah, wusste ich gleich, irgendetwas stimmt nicht, irgendetwas machen sie falsch. Sie setzten ihn auf einen Stuhl, schlossen ihm die Hände hinter der Lehne zusammen und banden ein Tuch um seine Augen. Dann gaben sie ihm Gelegenheit, noch etwas zu sagen.
Es tut mir leid, dass ich Ihnen Umstände gemacht habe. Das sagte er, das waren seine letzten Worte. Und ein Name: Marie.

Ja, sagte ich, bete mein Sohn zur Mutter Gottes.
Marie, wollte ich einwerfen, war meine Tante, Trybeks Unglücksliebe. Doch ich schwieg und folgte weiter dem Bericht des Priesters.
Der Henker legte ihm das Eisen an und begann, ihm die Spindel in den Nacken zu drehen. Ich betete und hielt die Hände dieser verlorenen Seele. Und während ich betete, dachte ich immer wieder: Lass es vorbei sein, lieber Gott, lass es schnell vorbei sein! – Aber es dauerte. Er konnte einfach nicht sterben! Der Hals ist zu dünn, sagte der Henker plötzlich, schraubte das Eisen noch einmal ab und umwickelte es mit einem Lappen. Es dauerte und dauerte. Der Ärmste litt wie unser Herr, tapfer ohne Klage, nur sein Leib ächzte hin und wieder. Der Henker schwitzte. Der diensthabende Offizier verlor die Nerven und schlug dem Henker mit der Faust ins Gesicht. Er schrie ihn an: Machen Sie ein Ende, Mann!
Endlich schien es geschafft. Der Arzt, der den Tod des Verurteilten zu beglaubigen hatte, war ausgeblieben. So neigte der Offizier sein Ohr über Lippen und Brust des Ärmsten. Er lauschte, wir alle lauschten. Dann richtete der Offizier sich auf und seufzte erleichtert: Tot.
Der Henker war erschöpft auf einen Schemel gesunken und klagte, er habe noch nie mit so einem Gerät arbeiten müssen.
Warten Sie, sagte der Priester und erhob sich ein weiteres Mal. Sein Stuhl schurrte über die Dielen, sein Stock klopfte, und er schien sich in seinem Schmetterlingstalar durch das milchige Licht zum Fenster zu kämpfen. Er öffnete beide Fensterflügel, stand plötzlich vor einem Bücherregal und griff hinein. Erstaunt über die

Konstruktion blinzelte ich gegen die Sonne, die lediglich durch ein darüberliegendes Oberlicht schien.
Goya, sagte der Priester, und schon lag ein Buch vor mir auf dem Tisch. Sobald ich zu Hause war, erläuterte der Priester, suchte ich dieses Buch und darin die Abbildung der Hinrichtung. Diese hier, der knotige Finger des Priesters tippte auf eine Zeichnung. Sehen Sie, Señor Laub, der Verurteilte musste mit dem Rücken vor einem Pfahl sitzen. Der Pfahl gibt dem Halseisen Halt, während die Spindel durch ein Loch im Holz den Halswirbel bricht. Das war der Fehler, der dem Henker unterlaufen war. Der Pfahl, er hatte das Würgeeisen ohne einen Pfahl benutzt!
Aber auch ich, sagte der Priester, habe etwas vergessen. Etwas, was für Sie bestimmt war, nicht eigentlich für Sie, Señor Laub, doch für den, der mich aufsucht in dieser Angelegenheit.
Suchend tastete sich der Priester durch den Raum, verharrte und wandte sich zu mir um. Hilflos und dunkel im Gegenlicht hingen die Flügel seines Faltergewandes, als er sagte: Spielen Sie eigentlich Schach?

Der Friedhofsengel über mir, schwärzlich korrodiert und mit Flechten bewachsen, schloss die Lider und träumte von einem Flug übers Meer.
Ich hatte es aufgegeben, zwischen den Wohnstätten der Toten umherzulaufen, an kleinen Kapellen und Kathedralen vorbei, suchend auf Grabmale zu blicken, durch die Gassen der Grabwände zu irren, um in die zahllosen kleinen, mit künstlichen Tulpen, Rosen und Margeriten geschmückten Fenster zu spähen. Immer in der Hoff-

nung, auf einer der dort aufgestellten Fotografien Trybeks Gesicht zu erkennen oder seinen Namen zu lesen. Eine ältere Dame hatte mich misstrauisch beäugt, als ich ihrer Familiengruft wohl zu nahe kam. Jetzt harkte sie noch immer den Kiesweg ringsum, meine Spuren auslöschend. Als ich meine Zigaretten hervorzog, wies sie mich mit deutlichen Gesten auf ein Rauchverbot hin.
Aus einem Seitenweg bog der Herr der Totenstadt mit einer Schubkarre voller Pflanzenreste und rief ihr etwas zu, wobei er auf seine Armbanduhr tippte.
Der Friedhof schloss, und auch mich würde man gleich des Ortes verweisen. Ohne Antonio würde ich hier wohl nichts mehr erreichen.
Der Gärtner riss noch ein letztes Büschel Unkraut aus, harkte ein wenig über die wunde Stelle und zog dann eine Zigarettenschachtel aus der Brusttasche seines Hemdes. Er stocherte vergeblich mit dem Finger darin und warf sie zerknüllt auf seine Karre.
Ich erhob mich, tauschte einen letzten Blick mit dem Engel und wandte mich dem Ausgang zu. Im Vorübergehen und ohne Vorsatz verhielt ich meinen Schritt für einen Moment und bot dem Gärtner von meinen Zigaretten an. Er griff zu und nickte dankend. *Adiós*, sagte ich und ging.
Señor, rief es plötzlich hinter mir; der Gärtner winkte mich zu sich. Schweigend zog er einen Schlüssel aus der Tasche und bedeutete mir, ihm zu folgen. Er öffnete ein Eisentor, und einen Augenblick später standen wir in einem von den Rückseiten der Grabwände gebildeten Hof, und ich sah auf ein halbes Dutzend schlichter Kreuze. Jetzt begriff ich, das war der Ort, den offiziell zu besuchen es einer Genehmigung des Bürgermeisters

bedurfte, hier waren Selbstmörder und Verbrecher begraben. Die meisten Grabzeichen waren aus Holz, nur eines aus Metall, sein linker Arm hing, provisorisch von einem Draht gehalten, herab, die Schweißnaht war gebrochen. Jemand hatte eine rote Rose aus Kunststoff angebracht, darunter las ich den Namen Edgar Trybek.
Ich nickte dem Gärtner zu, er zeigte fünf Finger – fünf Minuten also gab er mir – und ging hinaus vor das Tor.
Ich weinte nicht, ich kniete nicht nieder. Mir war einfach nur übel. Das war der Ort, den der Blick des Engels nicht erreichte, hier war nur Elend und Tod. Es gab kein Entkommen. Nur Aufschub. Ich floh von diesem Schindanger, zurück durchs eiserne Tor.
Draußen stand der Herr über die Toten und lachte leise. Er war mit jemandem ins Gespräch vertieft, jemand, den ich kannte: Antonio.
Freudestrahlend kam er auf mich zu und griff mit beiden Händen nach meiner Rechten: Gut, Kollege, dass ich dich gefunden habe. Hier, mein Landsmann, er stammt auch aus Leon, fragte, ob ich den mit der blauen Mütze suche. Eine Mütze, wie Don Quichotes Rasierschale?, habe ich gefragt. Ja, hat er gesagt.
Instinktiv griff ich nach meiner Baskenmütze.
Entschuldige Kollege, war nicht so gemeint, er lachte und griff wiederholt nach meiner Hand. Ich musste dich finden! Wir haben Papacitos Vater gefunden. Ninguna, der Knochen unter den Mispeln, du weißt?
Er wartet draußen im Auto, Papacito, meine ich. Freiwillig, hat er gesagt, gehe er nicht auf den Friedhof.
Komm! Gegenüber ist eine Bar, da erzähle ich dir die Geschichte.

Wir verabschiedeten uns vom Totenwächter und wandten uns dem Ausgang zu, als er noch einmal seine Stimme hob: *Señor* …, begann er, verhielt jedoch den Atem einen Moment, seufzte dann und wiederholte lediglich sein *adiós*.

Noch ehe wir das schmiedeeiserne Friedhofstor passierten, hatte mich Antonio über die Geschehnisse in Villanueva ins Bild gesetzt. Meinem Hinweis folgend hatte er unter den Mispelbäumen gegraben, dort wo Ninguna das Knochenstück gefunden hatte. Und da, erzählte er, seien noch viel mehr Knochen gewesen, Menschenknochen. In seiner Plantage, unter seinen Bäumen! Ob ich mir das hätte vorstellen können?

Hastig und noch immer erregt berichtete Antonio, erst sei die Polizei dagewesen, dann Leute in weißen Overalls, die hätten alles freigelegt, und schließlich sei eine Kommission gekommen. Die, sagte Antonio, habe alles begutachtet und gesagt, dass man die Knochen in Särge legen soll, sortiert, sodass jeweils ein ganzer Mensch herauskommt. Und die Leute aus dem Dorf guckten zu, und alle schwiegen. Papacito lief hier hin und dort hin und fragte: Sag, Nachbar, wer hat gewonnen? Keiner sagte was. Da ist er zwischen den Särgen umhergegangen und hat die Toten gefragt: Sag, Nachbar, wer hat gewonnen?

Er beugte sich über einen Sarg und hatte mit einem Mal eine Taschenuhr in der Hand. Er klappte den Uhrendeckel auf und ging zu der Kommission. Er zeigte allen, was drin war in dem Uhrendeckel. Es war ein Bild, und auf dem Bild, bestätigten die Leute aus dem Dorf, war Papacitos Mutter. Dann zeigte Papacito auf den Sarg und sagte: Und das ist mein Vater!

Die Kommission, sagte Antonio, hat die Leute befragt, jeden einzeln, und herausgekommen ist: Ein Kommando der Falangisten hätte an dieser Stelle all diejenigen erschossen, die an der Kollektivierung in Villanueva beteiligt gewesen waren. Und da sie nicht gewusst hätten, wer genau dazugehörte, wäre der Priester umhergegangen und hätte an die Häuser ein Zeichen gemacht.
Antonio tat einen leisen Pfiff durch die Zähne und machte eine Kopfbewegung hin zur Friedhofsverwaltung. Dort verschloss die Angestellte eben die Tür und trat auf den kiesbestreuten Pfad, der unter Platanen entlang zum Torweg führte. Statt Jeans und Pulli trug sie ein Kleid, das ihre runden Waden umspielte und elegante Schuhe, die den watschelnden Bürogang des Vormittags verhinderten. Wir standen still, der Augenblick gebot zu schweigen und zu sehen: Das Abendlicht, es spielte mit dem Laub der Bäume; die Apfelsinenesserin, sie durchschritt die tanzenden Schatten; die Sonnenstrahlen, sie legten sich ihr zu Füßen in den knirschenden Kies. Sie lächelte, Antonio schnalzte leise mit der Zunge, und ich dachte an das Ornament unter ihrem Rücken. Sie trat auf uns zu und bedeutete uns freundlich, aber bestimmt, das Gelände zu verlassen.
Während wir draußen auf Antonios Pickup zusteuerten, klackten ihre Absätze über das Pflaster der Straße, und Antonio warf einen Blick nach dem anderen über die Schulter. Als er schließlich die Autotür öffnete, stellte er fest, das Papacito schlief. Komm, sagte Antonio und schloss vorsichtig die Tür, du kennst jetzt die Geschichte, lass uns trotzdem derweil einen Kaffee nehmen. Ich glaube dort drin, er deutete hinüber zu einer Bar, werden

wir der Friedhofsfee wieder begegnen. Außerdem muss ich mit dir reden; in einer äußerst wichtigen Angelegenheit.
Als wir durch die Tür traten, saß die Friedhofsangestellte bereits in einer Nische am Fenster und schmiegte sich an einen jungen Mann, dessen Daumen eifrig über die Tasten eines Mobiltelefons eilte. Bedauernd hob Antonio die Schultern und bestellte uns Kaffee.
Geradezu, Chef, Doña Josefa, du kennst sie ja.
Ich nickte.
Würdest du sie heiraten?
Ich nickte nicht.
Ich meine, an meiner Stelle.
Ja, sagte ich, warum nicht, ihr versteht euch doch? Und sie ist eine gute Köchin, sagte ich, und dachte an die Schnitzel und ihre Zubereitung.
Oh, ja!, sagte Antonio, wir verstehen uns – aber Papacito … er ist, glaube ich, eifersüchtig.
In diesem Augenblick betrat der Totengräber das Lokal, setzte sich in eine abgelegene Ecke, um sein Tagewerk mit einem Glas Wein und einer Schale Nüsse zu beschließen.
Bemüht, den Pickup mit seinem Vater durchs Fenster im Auge zu behalten, meinte Antonio, Papacitos Verstand sei zurückgekehrt, seit er seinen Vater habe beerdigen können. Allerdings habe Papacito auch eine der noch immer regelmäßig kommenden Einladungen zu Treffen der Bürgerkriegsveteranen aus dem Papierkorb gekramt und ihm regelrecht befohlen, ihn nach Barcelona zu chauffieren. Immerhin habe er Papacito überzeugen können, mich vorher hier in Tarragona mit Hilfe von Dr. Arcas

ausfindig zu machen, um mir zu danken. Denn schließlich sei meinem Hinweis zu verdanken, dass Papacito seinen Vater und er, Antonio, seinen Großvater würdig habe begraben können. – Soll ich dir nicht etwas übersetzen, Chef, fragte Antonio, irgendetwas?!

In diesem Moment trat der Friedhofsgärtner, nachdem er an einem Automaten eine Schachtel Zigaretten gezogen hatte, an unseren Tisch und deutete fragend auf einen Stuhl. Antonio machte eine einladende Geste: Setze dich, Landsmann!

Mühsam nestelte der Totengräber das Zellophan von der Zigarettenschachtel, öffnete das silbern beschichtete Papier und streckte die Schachtel in die Runde.

Nehmen Sie, sagte er. Der Totenwächter griff nach seiner Kappe, zog sie vom Kopf und mit der Kappe seinen Haarkranz, der, wie ich jetzt erst erkannte, nicht aus Haaren, sondern aus silbergrauen Wollfäden bestand. Prüfend sah er mich an und sagte etwas.

Antonio übersetzte: Er muss dir etwas sagen, Chef.

Ja?

Er sagt, das Grab, Señor Trybeks Grab, ist leer.

Ein Streichholz zischte auf, die Flamme machte die Runde, und knisternd glühte der Tabak auf. Drei duftende Rauchsignale stiegen empor, breiteten sich aus und schlossen sich um uns; ein blaugrauer Kokon, indem sich die Worte des Totengräbers ungestört ausbreiten konnten:

Wo Señor Trybek abgeblieben ist? Ich weiß es nicht. Als ich im Morgengrauen im Gefängnis eintraf, um wie vereinbart die Leiche abzuholen, stand die Tür zur Engelskammer offen. In dieser Kammer wurden damals die

Toten aufgebahrt, bis sie von mir abgeholt wurden. Unter den Gefangenen hieß es, Teufel kommen hier als Engel raus. Und als einmal die Tür erneuert werden musste, haben sie in der Gefängnistischlerei einen Engel aus hellem Holz in die dunkle Tür gefügt.

Gab es Angehörige, erschienen sie in der Regel zum Begräbnis, um ein paar Hände Erde auf den Sarg zu werfen oder Blumen auf das Grab zu legen. Manche bestanden allerdings darauf, ihren Verwandten nochmals zu sehen, dann musste er natürlich ein wenig hergerichtet werden. Keiner will die Spuren einer Hinrichtung am Leib seines Liebsten sehen.

Als ich an jenem Morgen die Engelskammer betrat, fand ich die Bahre leer. Señor Riviera, der einzige, der anwesend war, erzählte mir eine wirre Geschichte. Er behauptete, der Teufel sei erschienen, habe dem Toten befohlen aufzustehen und mit ihm zu gehen. Es schien offensichtlich, Señor Riviera hatte zu viel getrunken.

Mörder, so wollte es die Friedhofsordnung, gehörten auf den Schandacker. Er, so hörte ich weiter aus Antonios Mund, habe vermutet, ein Verwandter hätte den Toten abgeholt, um ihm eine würdigere Ruhestätte zu verschaffen.

Der Henker habe sich Ärger mit der Gefängnisleitung ersparen wollen. Und er selbst wollte ungern auf den bescheidenen Salär, den er für seine Dienste aus der Stadtkasse erhielt, verzichten. Daher habe man an jenem Morgen Stillschweigen vereinbart.

Bald darauf sei eine junge Frau, ein Mädchen fast noch, mit langen schwarzen Haaren und einer roten Rose aus Plastik auf dem Friedhof erschienen. Auch ihr habe ich

die Sache verschwiegen. – Aber inzwischen sei ein halbes Menschenalter vergangen.
Nur, sagte der Totengräber zum Abschluss, nur frage ich mich, wenn Sie ein Angehöriger dieses Trybek sind, haben Sie denn nicht die Verwandtschaft befragt, wo er liegt? Einer muss ihn doch geholt haben damals? Nein? Dann hat ihn vielleicht tatsächlich der Teufel geholt!
Papacito!, schrie Antonio plötzlich und stürzte aus dem Lokal. Wir sahen durchs Fenster, wie er seinem Pickup nachrannte, der mit zunehmender Geschwindigkeit die Straße hinabrollte.

7

Regen klopfte eben noch an die Fenster der Hotellobby, und im nächsten Moment blitzte das Licht der Sonne auf, sprang über das nasse Pflaster, schlug gegen die trüben Scheiben und besprühte sie mit goldenem Glanz.
Eine Jalousie fiel rasselnd herab, der kleine Herr vom Empfang befestigte ihre Schnur an einem Häkchen. Er trug wie die Tage zuvor unter seinem Jackett einen altmodischen Pullover ohne Ärmel. Jetzt strich er mit einer flinken Bewegung eine Strähne seines dünnen Haares aus der Stirn und blickte zu mir herüber. Sein Lächeln schien um Entschuldigung zu bitten, für das, was da draußen geschah. Für das, worauf mir die Jalousie den Blick nun verwehrte: die Rangelei zwischen einem halben Dutzend Demonstranten und zwei Sicherheitsmännern vor dem Eingang einer gegenüberliegenden Bank. Für einen Moment hatte ich geglaubt, unter den größtenteils jungen

Leuten einen alten Mann zu sehen, der Papacito glich. Wahrscheinlich war es nur ein Flaschensammler, der in das Gerangel geraten war. Und Papacito war längst auf dem Weg zu seinen Erinnerungen.

Antonio hatte mich noch am Abend im Hotel angerufen, Papacito sei samt Pickup verschwunden. Die Polizei, sagte Antonio, sei informiert und unternehme das Nötige. Wenn ich seiner Hilfe bedürfe, dann ...

So hatten wir uns also im *Los Escudos* verabredet. Antonio aber war ausgeblieben. Ohne Dolmetscher hilflos, hatte ich den Henker mit dem Zeitungsfoto in der Hand in deutsch-spanisch-englischem Mischmasch nach Trybek befragt.

Señor Riviera hatte sich schließlich bedauernd erhoben. Dann war ihm ein Einfall gekommen. Er hatte sich vom Kellner einen Stift erbeten und mir zum Abschied auf einem Bierdeckel eine Zeichnung hinterlassen.

Wenige Tage nach dieser Begegnung saß ich gegen Mittag im Foyer meines Hotels und trank den letzten Schluck eines *Café solo*. Es war der 23. Mai 2011, und ich war entschlossen, Tarragona zu verlassen. Außer Trybeks Grab auf dem örtlichen Friedhof hatte ich wenig gefunden. Jedenfalls nichts, was mir mehr Klarheit als Dr. Arcas gebracht hätte.

Telefonisch hatte ich ihn über die Behauptung des Totengräbers in Kenntnis gesetzt, Trybeks Grab sei leer. Er, wie nicht anders zu erwarten, vermutete, Francos Geheimdienst habe die Leiche in Absprache mit dem Henker beseitigt, um zu verhindern, dass Trybeks Grab, wie das Puig Antichs in Barcelona, zu einer Pilgerstätte werde.

Und warum dann das Grab auf dem Schandacker?, fragte ich.
Gegenläufige Aktionen konkurrierender Dienste kämen eben vor. Vielleicht hätten auch Trybeks anarchistische Genossen ihn woanders begraben. Das seien aber, so müsse er einräumen, nur Vermutungen. Einen konkreten Hinweis habe er allerdings in alten Polizeiakten gefunden, die er nach meinem Besuch nochmals unter dem Gesichtspunkt einer deutschen Herkunft Trybeks durchgesehen habe. Ob mir der Name Woltz, Theo Woltz, bekannt sei? Ein Verwandter vielleicht? Señor Trybek habe sich offenbar einige Zeit in einem Haus in Cambrils aufgehalten, das zu der Zeit Theo Woltz' Wohnsitz war.
Theo Woltz sei laut Melderegister in Enzthal gebürtig. Sagt Ihnen der Name … hallo … *perdón*, Señor Laub hallo … mein Akku … ich …
Theo Woltz, in Enzthal genannt der Spanier, eine Legende, der einst dem Dorf ein Apfelsinenbäumchen beschert hatte, der angeblich die Saaldielen mit seinen Flamencofüßen in vibrierendes Dröhnen versetzt hat, bis er sich absetzte, absetzen musste, achtundvierzig nach Westen. Das Apfelsinenbäumchen hatte in meiner Kindheit noch ein kümmerliches Dasein gefristet im Schaufenster von seines Vaters Landwarenhandel. Und plötzlich roch ich wieder den Duft einer frisch aufgebrochenen Orange, wie damals, als wir das Bäumchen zu neuem Leben erweckt hatten, als es innerhalb eines Sommers zu einem stattlichen Baum herangewachsen war. Damals in Enzthal, dem hinter der Nebelwand versunkenen Dorf, dem Germelshausen meiner Kindheit.

Blendende Streifen auf dem Fenster, dort, wo das Sonnenlicht durch die Ritzen der Jalousie in die Hotellobby drang; auf dem Teppich goldfarbene Gitter.
Ich hielt den Bierdeckel mit der Skizze des Henkers in meiner Hand: der Kopf eines Keilers. Dazu ein paar spanische Wörter: *la cerda de oro.*
Zum Teufel mit diesen verrückten Spaniern!
Wo blieb mein Taxi? Ich fürchtete, meinen Flug nach Santiago de Compostela zu verpassen. Meinen Flug zu Märte! Von Santiago, so war der Plan gewesen, wollten wir noch ein paar Tage ans Meer. Ans Meer! Den Atlantik von ihrer Halsbeuge küssen, Salzgeschmack auf den Lippen; Sand aus der Hand über ihre Brust rinnen sehen ...
Ein heiseres Räuspern, der kleine Herr im blauen Pullunder gab mir ein Zeichen. Jetzt, dachte ich, wird er mir den Streik der Fluglotsen oder der Taxifahrer verkünden. Zum Teufel ... Doch der Rezeptionist zog lediglich einen Umschlag unter dem Empfangstresen hervor und reichte ihn mir. Er habe, sagte er, beinahe versäumt, mir diese Eilsendung ... der Nachtportier habe es jedoch nicht an den üblichen Platz ... wir bedauern, Señor.
Der Umschlag enthielt einen Zettel mit ein paar Zeilen und eine Postkarte. Die Ecken der Karte waren abgestoßen, und ihre Vorderseite zeigte in verblassten Farben drei Fotomotive, eines mit einem Kreuzchen markiert. Auf der Rückseite stand handschriftlich und in bleistiftgrauen Buchstaben: *Bleibt zusammen, dann werdet ihr leben.* Ich wollte weg, doch dieser Satz hielt mich fest.
Der Zettel erklärte: Verzeihen, Señor Laub, die Karte von Señor Trybek, sie lag *unter* dem Schachbrett. Ich vergaß. Spielen Sie Schach mit mir das nächste Mal?

Während ich die Mitteilung des Priesters las, äugte der kleine Herr mit dem blauen Pullunder nach den alten Stadtansichten auf der Postkarte.
Ah, sagte er plötzlich, bitte Señor, *perdón* für meine Neugier, aber Sie scheinen etwas ratlos. Wenn mich nicht alles täuscht, ist das … stammt diese Karte aus den siebziger Jahren.
Ich weiß, sagte ich, geschrieben wahrscheinlich im März 1972.
1972?, ja das kommt hin, sagte der kleine Herr, da hier sehen Sie, man erkennt den Schriftzug über der Tür *La Cerda de Oro – Bar i Hostal*, eine legendäre Lokalität zu dieser Zeit. Ja, das waren gute Zeiten, damals herrschte noch Ordnung da draußen; damals, als General Franco noch lebte. Damals lernte ich meine Frau kennen; dort, im *La Cerda de Oro*.
La Cerda de Oro?, fragte ich, neugierig geworden, und zeigte ihm den Bierdeckel mit der Zeichnung Señor Rivieras.
Ja, *Zur Goldenen Borste*.
Zur Goldenen Borste? Goldborste?, dachte ich.
Durch meine Erinnerung blitzt goldfarben das Licht gesträubter Rückenborsten. Da tritt der weiße Keiler erneut ins Gegenlicht des Stolleneingangs. Steht dort, bis mein Schuss den Bergsturz auslöst. Aber ist das nicht nur ein Bild fiebriger Träume gewesen?
Draußen hupte mein Taxi, ich steckte eilig die Karte in meine Jackentasche, griff meinen Rucksack, rief im Hinausgehen dem Empfangschef ein *adiós* zu und warf mein Gepäck in den Kofferraum.
Der Fahrer fragte: *Aeropuerto?*

Ich nickte: *Si, señor!* Und stieg ein. Doch bevor das Taxi auf die Ausfallstraße zum Flughafen bog, rief ich: *No, señor, no aeropuerto! Hostal La Cerda de Oro!*
Der Fahrer schüttelte den Kopf, fragte nach: *En Tarragona?*
Si, señor, sagte ich, in Tarragona.
Ich zog die Postkarte aus der Jackentasche, auf der mir Trybek eine Nachricht wie einen Code aus der Vergangenheit hatte zukommen lassen: Bleibt zusammen …
La Cerda de Oro?, wiederholte der Taxifahrer, *calle?* Welche Straße? Ich hob die Schultern. Er tat es mir gleich und tippte den Namen in sein Navigationsgerät, drückte zwei, drei Symbole und schüttelte erneut den Kopf: *No, señor, en Tarragona, no.* Er telefonierte mit der Taxizentrale, und ich hörte eine Frauenstimme: *Hostal? No* …
Der Fahrer hob die Schultern. Ich zog die Postkarte hervor und tippte auf das Bild des Lokals.
Ah, sagte er, kramte zwischen zwei Grünphasen im Handschuhfach, fingerte einen brüchigen Stadtplan heraus und wählte die Telefonnummer, die unter einem Namen auf dem Rand dieser Karte notiert war. Eine Altmännerstimme meldete sich und beide begrüßten sich ausgiebig, während hinter uns die Autos hupten. Endlich fragte ihn der Fahrer nach diesem Hotel. Ein Leuchten ging über sein Gesicht, als sein Gesprächspartner ihm nach kurzem Nachdenken offenbar den Weg beschrieb.
Es dauerte nicht mehr lange, da bogen wir in eine schmale Straße ein, das Taxi hielt, und der Fahrer wies auf ein Gebäude am Ende einer leicht bergan steigenden Gasse, die dort in den Himmel zu münden schien.

Ich zahlte und verließ das Taxi. Der Fahrer reichte mir mein Gepäck, deutete nochmals die Gasse entlang und warnte mich mit einem *atención!* Tatsächlich war die Gasse ein gutes Stück vor meinem Ziel mit Absperrungen versehen, die einmal provisorisch gewesen sein mochten, seit längerem aber eine Dauereinrichtung schienen. Deutlich erkannte ich beim Näherkommen, dass ein Erdrutsch offenbar vor Jahren einen Teil der Straße weggerissen hatte. Das schien mir doch ein gefährlicher Ort, und ich war eben daran umzukehren, da hörte ich ein silbernes Klingeln von dem der Abbruchkante benachbarten Haus. An einer Ecke des Hauses über dem Abgrund hing ein vom Grünspan überzogenes Blechschild, das einen Eberkopf zeigte. Darunter ein Glöckchen, es schwang im Wind, der vom Meer her über die Bruchkante in die Gasse einfiel.

Von der Hauswand blätterte der Putz, doch waren die Schriftzüge über dem Eingang gerade noch zu lesen: *La Cerda de Oro – Bar i Hostal.*

Ich trat ein. Kein einziger Gast. Eine Frau hinter der Theke polierte Gläser mit einem Tuch; sie wandte mir den Rücken zu und hatte mein Eintreten scheinbar nicht bemerkt. Im kupfern spiegelnden Glas hinter der Theke begegnete ich ihrem Blick. Sie lächelte, als habe sie mich erwartet. Ich setzte meinen Rucksack ab und legte die Postkarte auf den Tresen, als handle es sich um eine Einladung. Da drehte sie sich um, und ich war überrascht von der reifen Schönheit ihres Gesichts. Ihre Augen fixierten mich prüfend. Das eine gleichmütig dunkel, das andere von schimmerndem Grün; ein Blick, den ich meinte zu kennen.

Obwohl es absurd war zu glauben, sie würde sich an einen Gast erinnern, der hier vor fast vierzig Jahren logierte, nannte ich in fragendem Ton seinen Namen: Edgar Trybek?
Trybek?, sagte sie, er hat etwas hier gelassen für Sie. Und es klang, als sei er erst gestern gegangen.
Sie zog eine Blechschachtel unter dem Tresen hervor und fügte hinzu: Vorausgesetzt, Sie können sich ausweisen?!
Es klang wie ein Scherz, dennoch fasste ich nach meiner Brieftasche. Sie schüttelte lächelnd den Kopf und legte die Hände gewissenhaft auf das abgeschabte Blech.
Einen Moment lang war ich ratlos, dann hatte ich eine Idee. Ich kramte nach meinem Schlüsselbund, löste eine Patronenhülse, die dort schon lange als Anhänger diente, vom Ring und stellte sie auf das Thekenholz.
Da hob sie den Deckel von der Schachtel ab, nahm eine weitere Patronenhülse heraus und stellte sie neben die meine. Ich griff danach, wog sie in den Händen und dachte: Was für ein dummes Kinderspiel!
Sie schob die Büchse zu mir herüber. Ein abgegriffenes Notizbuch lag darin. Ich erkannte es sofort wieder. Ich sah das vergilbte Etikett, das Trybek aufgeklebt hatte: *Jakubs Notizen.*
Ich nahm das Buch in die Hände und blätterte darin, überflog einzelne Seiten, sprang zwischen den Sätzen, las einige Worte, Namen von Menschen und Orten, die ich kenne; kannte und vergaß; vergessen wollte.
Trybeks Geschichte?, fragte ich abschätzig.
Ja, sagte die Frau, füllte Wasser in ein Glas und schob es herüber, es ist auch die Ihre, eine Geschichte falschen Glaubens. Vielleicht unser aller Geschichte.

Schwester Epifania nickt und betupft meine Lippen. Was, Schwester, ist mit mir geschehen? Sie lächelt, und wie ein Licht trifft mich dieses Lächeln. Und wieder stehe ich in der Bar *La Cerda de Oro*. Kupfern fällt das Licht auf den Tresen. Unmittelbar und doch wie von weit her trifft mich der Blick der Frau hinterm Tresen. Wieder greift sie nach einer Karaffe, und silbern wie ein Glöckchen schlägt ihr Armreif gegen das Glas. Ein Ton, der Vergangenes aufruft, lockt und warnt. Das Büchlein in meinen Händen zittert, ich schlage es zu und lege es in die Schachtel zurück, werfe mit einer Handbewegung die beiden Patronenhülsen dazu und schließe heftig den Deckel der Büchse.
Der Boden unter meinen Füßen schwankt.
Sie sagt: Espresso?
Nein, sage ich.
Kaffee, deutsch, mit Milch?
Nein, wiederhole ich energisch, werfe meinen Rucksack über und wende mich zum Gehen. In der Tür blicke ich mich noch einmal um, und mich trifft ein unabweisbares Lächeln. Ich gehe zurück, greife die Blechschachtel und stürze aus dem Lokal. Ich haste die Gasse hinab, schlängele mich durch die Absperrung, drehe mich noch einmal um, und mir scheint, als sinke das Haus mit dem Eberschild lautlos in den Abgrund. Die Büchse in meiner Hand ist wie Dynamit. Was wird es zum Einsturz bringen?
Ich fürchte, es könnte meine Höhle sein. Meine Höhle, die mich bisher warm behauste, an ihren Wänden das Schattenspiel der Draußenwelt. Darunter Trybeks Schatten, der doch nur mein eigener Schatten ist; ein Schatten,

der vor langer Zeit ein Leuchten war. Vor mir die Straße, sie rast an mir vorbei, uneinholbares Leben. Es hat mich hervorgewürgt und ausgestoßen wie damals die Enzthaler Felder die Steine.
Mein Arm hebt sich, kein Winken, kein Gruß, meine Hand hält die Büchse. Neben mir am Laternenpfahl ein Abfallbehälter, hinein fällt das Störende, die Vergangenheit. Stille. Die Straße ist leer.
Da rollt von der anderen Seite ein Ball über den Asphalt herüber. Der Junge auf der anderen Seite setzt schon einen Fuß auf die Fahrbahn…
Ich greife den Ball und schieße ihn wieder hinüber. Doch drüben, statt in die Hände des Kindes zu fallen, prallt er gegen die Bordsteinkante und von dort wieder zurück, nicht zurück zu mir, sondern er bleibt jetzt mitten auf der Straße liegen. Auf der stillen Straße, der leeren Straße.
Drüben nun eine junge Frau, die Mutter des Jungen, sie hält ihn fest an der Hand. Er ist außer Gefahr. Doch ich sehe nur den Ball. Und nicht, dass inzwischen von der nächsten Ampel her die mehrspurige Straße entlang die Autos wieder heranschnellen. Registriere nur, dass das erste Fahrzeug vor dem Ball auf der Mittelspur anhält. Ich betrete die Fahrbahn, und schon nehme ich das quietschende Geräusch von Bremsen wahr. Ein Scheppern, mein Blick schnellt herum und folgt dem Flug des Abfallbehälters. Doch das nächste Quietschen gilt mir, gefolgt von unaufhaltsamem Dröhnen. Dann war nur noch Dunkelheit und Stille.

Die Sage geht, Germelshausen sei verwünscht worden; von wem und weshalb? das verschweigt sie. Bisweilen findet und sieht es wol Einer, aber das soll gar nicht gut sein.

Ludwig Bechstein, Das verwünschte Dorf
(Thüringer Sagenbuch, 1858)

Die Wirklichkeit, welche ich samt meinen Kameraden einst erlebt habe, ist nicht mehr vorhanden, und obwohl die Erinnerungen daran das Wertvollste und Lebendigste sind, was ich besitze, scheinen sie doch so fern, sind sie so sehr aus einem anderen Stoff, als wären sie auf anderen Sternen in anderen Jahrtausenden geschehen, oder als wären sie Fieberträume gewesen.

Hermann Hesse, Die Morgenlandfahrt

Eckstein
N° 5

Durch die Wolken über Tarragona bricht die Sonne. Die Tür öffnet sich, einen Spalt nur. In dem Spalt der Blick eines Kindes. Schwester Epifania lächelt. Der Weiße Offizier winkt. Das Kind tritt ein. Schritt für Schritt nähert sich der Junge meiner Bettstatt. Er mustert mich mit Neugier und Scheu, als sei ich ein riesiges Insekt, aufgespießt, mit Flügeln, die noch zucken. In der Hand des Jungen eine Schachtel. Eine Schachtel aus Blech von abgewetztem Grün, eine Schachtel, die ich kenne und die ich – wann war das, Schwester? – vor drei Tagen in einen Papierkorb am Straßenrand warf, bevor von der gegenüberliegenden Seite ein Ball über den Asphalt rollte, bevor dieser Junge seinen Fuß auf die Fahrbahn setzte... Ich musste doch, Schwester, das Schlimmste verhindern!
Nun bringt mir der Junge meine Erinnerung zurück: die Schachtel, in der ich Trybeks Aufzeichnungen weiß, *Jakubs Notizen,* wie er sie nannte, dieses Notizbuch und zwei Patronenhülsen, zwei von fünf. Zusammen, frei und gerecht, hatte ich geglaubt, könnten wir leben. Ich war noch ein Kind.
Ich weiß, dass Schwester Epifania, die meine Sprache nicht spricht, alles versteht. So spreche ich zu ihr, immer, wenn sie mein Zimmer betritt, meine Bettdecke zurückschlägt, mich auf die Seite dreht und wäscht, den Katheter überprüft... und erzähle, wenn es sein muss, dreihundert Jahre lang. Ich grabe mich mit Worten durch die Schichten der Erinnerung, sie freizulegen wie in einem Aufschluss die Schichten der Erde. Denn ich ahne, darunter liegt eine Wirklichkeit, die ich jahrzehntelang für einen Fiebertraum hielt.

1

Buntsandstein: Gestein und Epoche zugleich. Mesozoikum, Schwester. Genauer Unteres Trias zwischen Muschelkalk und dem Zechstein des Perm. Abgelagerte, geschichtete Zeit: Stell es dir vor wie die Torte deiner Mutter, hat Trybek gesagt. Stellen Sie sich also vor, Schwester, das Stück stürzt vom Tortenheber: Teig-, Buttercreme- und Fruchtschichten verschieben sich, brechen, kippen vom Teller… oben nicht mehr Schokostreusel und Buttercreme, sondern der Teig – unser Sandstein liegt jetzt frei.
Nördlich des Dorfes haben die Bauern den Stein aus der Erde geholt. Leicht aus dem Hang zu schlagen, leicht zu bearbeiten für Häuser, Scheunen und Ställe. Inzwischen war dort nichts mehr zu holen, nur noch hinzubringen: Asche, Bauschutt, Glasbruch, ein alter gusseiserner Ofen, ein löchriger Bettvorleger, ein zerschlissener Koffer, eine zerrissene Jacke, angesengte Briefe, eine Schreibmaschine ohne Walze, Treckerreifen, zerbrochene Fenster. Vom Steinbruch zur Müllkippe zur Fundgrube. Ein Fundus für unsere Spiele; das Beste: eine ausrangierte Dreschmaschine, je nach Bedarf Piratenschiff oder Panzer oder, wenn mal ein Mädchen dabei war, Vater-Mutter-Kind-Haus oder Sprechzimmer für Doktorspiele.
Auch das wird die Erde einbacken, hat Trybek gesagt und seine Zigarettenkippe in die graubraune Asche geworfen. Komm, wir gehen angeln!
Wir gingen durch den Hohlweg zwischen jungen Rüben zur Linken und reifendem Roggen zur Rechten hinunter zum Heiligenborn, zu Doktor Kilians Goldfischen. Try-

bek hatte schon die nächste seiner filterlosen Zigaretten im Mund und fragte in das Schnappen seines Feuerzeuges hinein: Und, was macht Mariechen so?

Trybek war nach Enzthal gekommen, um meine Tante Marie zu heiraten. Und, um mich vorm Traktor zu retten.

Traktor? Trecker, heißt das, wer Traktor sagt, ist schon verdächtig, was Besseres sein zu wollen. So wie Mariechen, die sich gern mit Worten Stufen baute nach oben, aufwärts. Traktor, das war ein Wort fürs Lesebuch, nicht für den Acker: Treck doch mal den Hänger heim! Egal ob Rüben drauf waren oder Kartoffeln oder Weizen; gleichgültig, ob sich die Maschine durch regenschwere Furchen mühte oder ob auf der Dorfstraße der Dreck munter von den Reifen flog. Der Dreck, der in der heimatlichen Redeweise kleben bleibt am Wort: Drecker. Dreck a mol n Hänger heime! – Worte ohne Zwischenräume, derb wie eine Bauernhand.

Es war, glaube ich, kurz nach meinem zehnten Geburtstag, und ich ging mit meinem neuen Ball auf den Dorfplatz. Unter der Linde wartete ich eine Weile auf Mitspieler und bolzte gegen die hüfthohe Mauer, auf der die Leute ihre vollen Milchkannen abstellten am Morgen und die leeren abholten am Abend. Als der Ball auf der Straße liegenblieb, mitten drauf, und Zippel ballerte mit seinem Trecker heran, da wusste ich, der wird ihn nehmen, der wird nicht anhalten, sondern mit dem Hinterrad drüber. Ein Hops, und mein Ball wird platt sein, und Zippel wird noch lachen, sein goldzahnblitzendes Lachen. Ich wollte dem Ball hinterher, da hielt

mich eine Hand am Hemdkragen fest. Schon war der Trecker vorüber, und mein Ball rollte matt in die Gosse, ein gelbes luftloses Etwas. Wütend riss ich mich los und starrte den Idioten an, der mich aufgehalten hatte. Eine Baskenmütze in den Nacken geschoben, blonde Haare ringelten sich darunter hervor, hingen über Stirn und Ohren, ein kurzer Bart spross um Lippen und Kinn. Er lächelte ein wenig ratlos und sagte: Aber der Trecker…
Ich schrie ihn an: Der war neu, der war neu! Ich griff den mauken Ball und lief los, wandte mich, kurz bevor ich in unsere Gasse einbog, noch einmal um und rief: Solche Gammler können wir hier überhaupt nicht gebrauchen!
Das hat gesessen, dachte ich. Doch der Gammler kam hinter mir her. Hatte der noch nicht genug? Ich lief schneller, sah mich um: Er folgte mir; ich rannte, äugte über die Schulter zurück: Er verfolgte mich; atemlos stürzte ich durch die Hoftür. Zugeknallt und rum den Schlüssel: Uff, geschafft.
Im selben Moment kam Mariechen aus dem Haus. Mach bitte auf, Hartwig! Ich zog den Schlüssel ab und ließ ihn in meine Hosentasche gleiten. Mariechen fuhr mich an: Gib mir sofort den Schlüssel, sofort! Ich zog den Schlüssel hervor, ließ ihn vor ihrer ausgestreckten Hand aufs Pflaster fallen, rannte ins Haus hinauf in mein Zimmer und lugte durchs Fenster.
Da hing Mariechen dem Gammler schon am Hals. Ich riss das Fenster auf und schrie: Der hat Trecker gesagt, Mariechen, Trecker und nicht Traktor!
Das heißt *Tante* Marie, du kleine Großklappe!
Ich schwieg und beobachtete den Eindringling. Pinkelte der jetzt auch noch an unseren Misthaufen? Nein, er

stand nur da und atmete ein paar Mal tief ein und aus; er breitete die Arme aus und rief: Ach, ich liebe den Geruch von frischem Kuhmist!
Der will sich hier bloß einkratzen, dachte ich.
Mariechen nahm ihm seine Mütze ab, zupfte an seinen Locken herum, und beide verschwanden Hand in Hand in unserem Garten.

Später freundete ich mich mit Trybek an, nicht nur Mutters Schwester Mariechen zuliebe. Dass es mit der Hochzeit der beiden nichts wurde, lag jedenfalls nicht an mir! Es war der Olim, der hat es verboten.
Ich habe Trybek trotzdem Onkel genannt und später, als er in Enzthal wohnte, sagte ich sogar Edgar zu ihm. Er war ins Alte Gut gezogen. Das Haus Am Eckstein Nr. 5 stand leer, nur im Stall hatte die Landwirtschaftliche Produktionsgenossenschaft ein Dutzend Schweine untergebracht.
Anfangs habe ich nicht verstanden, warum es bald darauf zwischen ihm und Mariechen aus war.
Eine Zeit lang dachte ich, mein Vater, also Maries Schwager, hätte ihr den Trybek ausgeredet, weil er auf den sauer war, weil der nicht unterschrieben hatte.
In unserer Klasse hatte Ricarda Unterschriften gesammelt. Auch ich hatte unterschrieben: gegen die Konterrevolution in Prag. Fast alle haben unterschrieben. Nur Armin nicht. Der hatte den Arm in Gips. Bei ihm zu Hause hätten jetzt alle den Arm in Gips, raunte er mir zu, bei ihnen könne keiner irgendwo unterschreiben.
Abgesehen davon, dass ich keinen Arzt in der Familie hatte, für Ricarda hätte ich alles unterschrieben, sogar

mein eigenes Todesurteil. Sie brauchte nur ein paar Blicke unter ihrem schwarzen Pony hervorkullern zu lassen. Trybek hatte nicht unterschrieben, und Vater hatte ihn zu Mariechens Verdruss zu Hause einen Provokateur vom Geheimdienst genannt. Dabei hatte Vater selber keine Lust gehabt, mit der Unterschriftenliste durchs Dorf zu laufen.

Warum muss ich das wieder machen?!, hatte er gesagt, hatte in der Küchentür gestanden und missgelaunt auf seine Aktentasche mit der Unterschriftenliste geklopft. Warum ich?

Auf dem Herd brodelte der Einwecktopf, die Gläser darin klapperten leise. Frisch geschnittene Möhrenstücke fielen klackend aus Mutters Hand in eine Schüssel auf ihrem Schoß.

Na, einer muss doch, sagte sie und griff die nächste Möhre. Außerdem, sie seufzte, wir können es uns nicht leisten, *nein* zu sagen. Sonst heißt es wieder, ja, die dahinten, die Karges …

Wir heißen Laub, sagte Vater streng.

Mutter schwieg, dann sagte sie: Aber vielleicht kann ja der Junge …

Ich murrte: Och, immer ich.

Mariechen zog ein neues Sockenloch über ihrem Stopfpilz zurecht. Einer ist immer der Dumme, sagte sie; leise genug, dass jeder entscheiden konnte, es zu hören oder zu überhören.

Vater überlegte einen Moment, auf wen er die Bemerkung seiner Schwägerin beziehen sollte, und entschloss sich zur Verteidigung. Ich sage noch zum Blätz: Du, Alfred, kann das nicht der Kubatschek machen?

Stimmt, sagte Mutter, der geht sowieso immer sammeln. Aber Blätz meint: Das Thema sei sensibel, sehr sensibel. Aber, sag ich, ich bin doch bloß Bauernpartei und nicht Genosse. Sagt der doch: Eben deshalb.
Von oben klopfte Oma Luise; sie lag schon seit Wochen im Bett.
Mutter rief: Komme gleich, nur noch eine Möhre …
Ärgerlich warf Vater die Tür zu und stapfte aus dem Haus.
Von oben klopfte es wieder. Mutter seufzte. Warte, ich geh, sagte Mariechen und legte ihren Stopfpilz beiseite.

Seit der Brief vom Olim eingetroffen war, kränkelte Oma Luise. Alle waren anders seitdem. Und ich begriff, nicht Vater, der Brief vom Olim war schuld. Der Brief kam von drüben, wo er wohnte, der Olim.
Der Olim kam aus Olims Zeiten. Dort hatte es einen Großherzog gegeben und einen Kaiser und Geldscheine so groß wie eine Seite meines Schulhefts, ein einziger mehrere Millionen Mark wert. Es hatte einen Führer gegeben, und der Kaufmann hatte kleine Apfelsinen gratis verteilt. Luftschiffe waren über Enzthal geflogen und ganze Pferdefuhrwerke in der Enze versunken. Damals liefen die Schuhcremeverkäufer auf Stelzen durchs Dorf, und schwarze Schweine durfte man nicht schlachten. Das alles wusste Oma Luise zu berichten. Doch es war lange her. Zu Olims Zeiten, sagte Oma Luise.
Wann?
Na, als ich mit deinem Opa zur Einweihung des Kriegerdenkmals gesungen habe, als dein Opa auf Lehrer studierte, als dein Opa mit den Pferden die Schlacken

für den Hof aus dem Mansfeldischen holte, als dein Opa noch hier wohnte, als... Olims Zeiten waren Opas Zeiten; Olim also nur ein altes Wort für Opa, so wie Oheim eines für Onkel. Und jetzt war aus Olims Zeiten herüber ein Brief angekommen.

Ach, die ganze Hochzeit dahin, hatte Oma Luise geklagt, das ganze Glück meines Kindes. Wie konnte er uns das nur antun! Diese Schande!

Heiratet Mariechen nun nicht, hatte ich gefragt.

Nein, hatte Oma Luise sich schnäuzend gesagt, das ist eine Unglücksliebe.

Warum denn das?, bohrte ich.

Es gibt eben Gründe!

Gründe, die der Olim sich genötigt sah, zu offenbaren, um Schlimmeres zu verhindern. Es waren triftige Gründe, die den Frauen das Wasser aus den Augen trieb. Es blieben geheime Gründe für mich, sie hatten, soviel konnte ich den Andeutungen entnehmen, nichts mit der fehlenden Unterschrift auf Vaters Liste zu tun. Diese Gründe lagen in der Herkunft Trybeks und in einem Früher, das ich nicht kannte und einer Schande, für die man sich schämen muss und vor den Leuten verstecken. So, dass Oma Luise den Wörtern, die ihr aus dem Mund wollten, erschrocken mit der Hand den Weg versperrte. Ich aber wartete, ob nicht doch eines entschlüpfte, und die Sache mir verständlich machte. Aber die Oma schluckte und schluckte, verschluckte alle Schand- und Schämenswörter. Nur ein Schrecklaut, ein leises Kicksen, entfuhr dazwischen ihrem Mund. Auch Mutter blieb stumm und schickte mich in den Konsum. Ich steckte Geld und Einkaufszettel in die Tasche und ging betont langsam hi-

naus. Im Flur hörte ich noch Mariechens wütende Stimme: Das glaube ich nicht, das glaube ich nicht. Ich weiß, es ist nicht wahr!
In diesen Tagen schien es mir, als träte zu Hause ein jeder behutsamer auf, als kündigte ein plötzliches Knarren der Dielen das Auseinanderbrechen des Fußbodens an, und alles drohe zu versinken.
Was drin stand, in dem Olimbrief, wusste auch Trybek nicht, wusste nicht, warum Mariechen ihn plötzlich nicht mehr heiraten wollte. Er war deshalb sauer, stinksauer und hat sie eine Zeitlang nicht mal mehr gegrüßt. Er zog sich seine Mütze tief in die Stirn und stapfte stur weiter, wenn Mariechen ihm nachrief: Wir können doch trotzdem Freunde sein!
Trotzdem? Trotz wem?, rief Edgar.
Mariechen holte Luft und schlug sich, statt die Luft zu Worten zu machen, wie ihre Mutter die Hand vor den Mund.
Spinnt die Marie?, fragte mich Edgar, und ich nickte.
Spinnt der Edgar?, fragte Mariechen am Abend. Mutter und Vater wirtschafteten noch auf dem Hof, und wir deckten den Tisch. Ich schüttelte den Kopf, schob die Brettchen an ihren Platz und antwortete: Zu mir ist er ganz normal!
Kannst *du* nicht mal was sagen zu ihm?, bat Mariechen und legte die Messer neben die Brettchen.
Was soll ich denn sagen? Willst du ihn doch heiraten?
Ach, das verstehst du nicht! Hol mal ein Glas Rotwurst aus dem Keller!
Nee, sagte ich, lieber Leberwurst. Übrigens ich war heute angeln: mit *Onkel* Edgar!

Sie rief mir nach: Sag nicht immer Onkel. Außerdem: Ihr sollt doch nicht auf die Goldfische gehen.

Angeln verboten. Trybek hatte auf Kilians Schild an den Teichen gezeigt und grinsend gesagt: Du weißt…
Klar weiß ich das.
Warum machst du's dann?
Am Anfang unserer Bekanntschaft hatte mich solche Fragerei noch durcheinandergebracht, und ich hatte geantwortet: Na, aber *du* hast doch gesagt, wir angeln?!
Falsch, ganz falsch, so eine Antwort durfte man Trybek nicht geben. Also sagte ich betont gelassen: Na, weil's Spaß macht!
Genau, sagte Trybek, angle du, ich mache Wolken. Er zündete sich eine Zigarette an, sank nach hinten aufs Gras und ließ Rauchwölkchen aufsteigen.
Onkel Edgar, kann ich mal ziehen?
Du kannst einen ziehen lassen, das kannste.
Aus Trybek wurde man nie richtig schlau: Mal war er dafür, Verbotenes zu tun, dann wieder nicht.
Er selber soll ja wegen was Verbotenem im Gefängnis gewesen sein. Aber darüber sprach er nicht gern, eigentlich sprach er überhaupt nicht drüber. Ist verboten, sagte er.
Die Sache mit dem Gefängnis habe ich mit meinem Schulbanknachbarn Armin besprochen. Der schob bedeutungsvoll seine Brille zurecht und flüsterte: Ich sage nur: KZ, aber Russen-KZ.
Aha, sagte ich und dachte an den letzten Pioniernachmittag im Kino: *Nackt unter Wölfen.* Männer in Sträflingskleidung, dazwischen ein Kind: mein Onkel Edgar! Sowjetische Genossen verstecken ihn in der „Russen-

Baracke". SS-Männer brüllen durch den Morgennebel über den Appellplatz von Buchenwald: Raustreten ihr Kommunistenschweine!
Wo sonst sollte einer wie Onkel Edgar eingesperrt gewesen sein: in Buchenwald. Ein Kind von drei Jahren – diese Nazischweine! Nur so konnte es gewesen sein. Onkel Edgar war ein Held. So wie Ernst Thälmann und Hans Beimler. Beide von den Faschisten umgebracht. Nur Onkel Edgar hatte überlebt. Ein Held der Arbeiterklasse! Einer, der nicht an Gott und solchen Unsinn glaubte, wie Mariechen und wie der Olim wahrscheinlich.
Darum, das schien plötzlich klar, heiratete sie ihn nicht, wollte nicht und durfte nicht. Mit den Kindern im Kindergarten sang sie zwar Pionierlieder zur Gitarre, zu Hause am Harmonium aber Kirchenlieder. Sie sagte: Jesus war auch für Gerechtigkeit!
Ja, sagte ich, der lief auch übers Wasser!
Es war gut, dass Onkel Edgar nicht mit so einer das Lied von der Jaramafront sang, *wo gefallen so viele Brüder*, sondern mit mir und Ernst Busch nach Schallplatte.
Onkel Edgar war es, den ich vor Augen hatte, wenn unsere Schulklasse am 1. Mai mit blauen Halstüchern auf weißen Blusen das Lied von der Arbeiterfahne anstimmte, *die Vater trug durch die Not*.
Erstens war Onkel Edgar Arbeiter, Bergmann sogar, und hockte nicht wie Vater im Büro vor einer Rechenmaschine. Nicht er, Onkel Edgar sollte mein Vater sein! Eines Tages würden wir auch eine rauchen zusammen. Eines Tages würde unsere Not vorbei sein; unsere Not waren die Weiber, Mariechen die seine; und meine: Ricarda.

Die Fahne weht über uns allen und sieht schon der Sehnsucht Ziel, hatten wir gesungen, und ich hatte zu Ricarda geblickt. Dann war sie nach vorn getreten. Sie war in eine schwarz-rot-goldene Schärpe gewickelt, in der linken Hand hielt sie einen großen Zirkel und in der rechten einen Hammer. Sie rezitierte ein Gedicht über die Republik, und der Ährenkranz auf ihrem Kopf rutschte ihr dabei immer weiter über die Augen. Sie hob die Hand, um ihn zu richten, der Hammer glitt ihr aus den Fingern und fiel polternd auf die Bühnenbretter. Die Leute lachten, Ricarda weinte. Später, als ich sie aufmunternd an den Zöpfen zog, verpasste sie mir mit der Zirkelspitze eine Schmarre am Hals.

An jenem Nachmittag an Doktor Kilians Fischteich war Trybek eingedöst. Ich fing einen Goldfisch nach dem anderen, löste ihn sorgfältig vom Haken und warf ihn zurück ins Wasser. Einer der Fische jedoch biss nie; er war fast weiß, nur ein schmaler Streifen unterhalb der Rückenflosse, und die Flosse selbst leuchtete mal golden und mal kupfern. Ich nannte ihn Kupferhering. Edgar hatte einen zu Hause, einen Abdruck im Schiefer. Ich würde einen lebenden fangen! Aber der hier war schlau genug, den Wurm zu ignorieren. Gut, dachte ich, wenn nicht heute, dann ein andermal, irgendwann krieg ich dich!
Ich legte die Angel beiseite und ging über den Damm zu dem kleinen Wäldchen am Hang jenseits des Teiches. Wie schon so oft stand ich vor der rostigen Gittertür, die das Stollenmundloch verschloss. Ich presste mein Gesicht gegen das Gitter und versuchte im Dunkel der Höhle etwas zu sehen. Nichts zu erkennen, nur der mod-

rige Geruch kühler feuchter Luft. Und ein silbernes Klingen, das heraufwehte.
Nach Fräulein Gallands Erzählung hatte die heilige Jutta von Sangerhausen in dieser Höhle eine Begegnung mit der Jungfrau Maria gehabt.
Die Gallanden ist katholisch, sagte Oma Luise. Sie sagte das in einem Ton, der warnte: Pass bloß auf und glaub nicht alles!
Der Stollenmund verstummte. Hinter mir kollerte ein Stein ins Wasser und eine Hand packte meine Schulter. Kannste nicht lesen?, schnauzte Trybek, *Betreten verboten!* Tatsächlich, über mir am Gittertor prangte ein neues Schild aus gelbem Kunststoff. Die Warnung des Textes wurde durch einen Totenkopf und ein Sprengsymbol bekräftigt.
Seit wann ist denn da ein Schild, ich meine ein neues?, fragte ich. Die alte handbeschriftete Holztafel lag achtlos neben dem Stolleneingang. Auch das alte Vorhängeschloss war durch ein neues ersetzt.
Seit ich hier für Ordnung sorge. Klar! – Komm jetzt, sonst holt dich noch die Kupferkönigin!
Wer soll das denn sein?
Edgar sah sich um, rollte theatralisch die Augäpfel und flüsterte: Eine Hexe. Wen sie einmal in den Berg gelockt hat, den lässt sie nicht wieder los. Er hob die Hände, machte: Huh!, und lachte. Los, sagte er, ich habe heute Nachtschicht!
Wieder ein Klingen. Edgar klimperte mit dem Schlüsselbund in seiner Jackentasche.
Hast du den Schlüssel?, fragte ich, komm, sag schon: Du hast doch den Schlüssel?

Quatsch mit Soße, ich doch nicht. Los jetzt, Großer, er fuhr mit der Hand über meinen Hinterkopf, halb ein Klaps, halb ein Streicheln, los, wir müssen jetzt!
Bestimmt hat er ihn, dachte ich, und bestimmt hat er daher seinen Kupferhering! Hexe hin oder her. Ich würde mir eines Tages auch einen holen.

Über die Leute in Enzthal hat Trybek Notizen gemacht. Als ich wenige Wochen, bevor er verschwand, bei einem meiner Besuche zufällig sein Notizbuch herumliegen sah, habe ich seine *Steckbriefe* entdeckt. Hatte Vater recht mit seinem Verdacht, Trybek arbeite für den Geheimdienst? Trybek, ein Aufklärer, wie Armin Müller-Stahl im *Unsichtbaren Visier*? Gestört, Schwester, hat mich das nicht, im Gegenteil. Umso mehr, was er über mich schrieb. Aber da hat er sowieso kaum noch geredet mit mir.

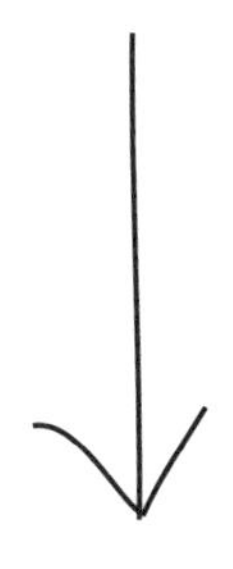

Wer ist wer in Enzthal?

Blätz: Bürgermeister

Borgfest: Lehrer, Parteisekretär; neuerdings Pastor

Enke, Anna: Hartwigs Uroma, Mutter von Luise Karge, geb. Enke

Freddy: Sohn des Bürgermeisters

Galland, Leonore: Schreibkraft im Bürgermeisteramt; 1942 aus dem Rheinland evakuiert

Hedelin: Mutter von Martha Hedelin

Hedelin, Martha: Magd beim Voss; 1944 in Ausschwitz „verstorben"

Józef: polnischer Zwangsarbeiter; 1944 hingerichtet

Karge, Dietrich: Bruder von Heinrich Karge, im 2. WK gefallen

Karge, Heinrich: Hartwigs Opa, (er nennt ihn Olim); NSDAP-Ortsgruppenleiter im NS; 1945 interniert; seitdem im Westen

Karge, Luise: Hartwigs Oma, Tochter von Anna Enke, Mutter von Marie und Lisa

Karge, Marie: Hartwigs „Tante Mariechen"; Tochter von Luise und Heinrich Karge; Kindergärtnerin (singt Pionier- und Kirchenlieder)

Kilian, Dr.: Tierarzt, Pächter der Fischteiche im Heiligenborn

Kubatschek: Gemeindediener; Polizist im NS

Lattke: „Zippel"; Traktorist; ist scharf auf Marie

Lattke, Norbert: „Nobi"; Zippels Bruder

Laub, Ellrich: Hartwigs Vater; Buchhalter; neuerdings Vorsitzender der Genossenschaft

Laub, Hartwig: Sohn von Ellrich und Lisa Laub; glaubt viel, weiß wenig; Aufklärung tut not; pubertiert

Laub, Lisa: Hartwigs Mutter, Tochter von Luise und Heinrich Karge; Maries Schwester

Leonid: ukrainischer Zwangsarbeiter im NS

Oswien: Fleischer, Wirt im Gasthaus „Zur Erdachse"

die Sachs: „die Saggsforgain" oder „Dorfzeitung"

Sachs: Sohn der Sachs; Faktotum des Alten Voss

Torbern: Steiger im Kupferschacht Niederau; stammt aus Falun (Schweden); hatte mal was mit Freja(?); hat mich 1945 buchstäblich aus dem Dreck gezogen, ein Zieh-Vater eben

Vanadski, Freja: Viehpflegerin, angebl. vertrieben, ich habe sie Layla genannt, zwielichtig wie ihre Augen

Voss, Arthur: Sohn des Alten Voss, gefallen im 2. WK

Voss, Gundolf: „das Dolfchen"; Sohn des Alten Voss; liiert (?) mit Leonore Galland; im 2. WK vermisst, nach 1945 im Westen

Voss, Hugo: der Alte Voss; Ortsbauernführer im NS; 1944 Zuchthaus; nach 1945 kurzzeitig Bürgermeister; Genossenschaftsbauer

Voss, Ilse: Frau vom Hugo Voss

Voss, Ottfried: „der Kleine Voss" ; Sohn des Alten Voss; Vorsitzender der Genossenschaft (bis zum 1. Mai 71)

Woltz, Aurelia: Mutter von Theo Woltz; 1942 in Heilanstalt Stadtroda „verstorben"

Woltz, Oskar: Vater von Theo Woltz; verwundet im 1. WK, seitdem blind; Kaufmann

Woltz, Theo: Sohn von Aurelia und Oskar Woltz; 1937 im Spanischen Bürgerkrieg; Soldat im 2. WK; nach 1945 im Westen

Zinnwald: Mühlenmeister; bis 1945 Lehrer, Ostfront; nach 1945 Lager Buchenwald

2

Die Leute hier, also die haben immer was aus der Erde geholt. Im Osten, Süden und Westen Kupfer. Kohle im Norden. Und wir, mittendrin: ein paar Steine, Kartoffeln und Rüben. Wir waren Bauern. Ringsum Arbeiter, Bergarbeiter, wer war mehr?

Hartwig ist Bauernkind. So hieß der erste Satz auf meinem Zeugnis. Jedes Jahr der gleiche Satz. Ein Satz, der lobte und tadelte zugleich, denn mehr wäre gewesen: Arbeiterkind.

Das hatte, solange wir in Enzthal zur Schule gingen, keine Rolle gespielt. Hier waren die meisten Bauernkinder. Später, als wir mit dem Schulbus nach Allstedt mussten, änderte sich das: Du Bauer!

Das war eindeutig.

Ich wollte Bergmann werden und Heringe aus der Erde holen. Einer hing in Onkel Edgars Stube: ein hölzerner Kasten, Glasscheibe, darunter der Abdruck eines Fisches im Erz, der Kupferhering.

Es war Anfang Oktober, und ich wartete an der Bushaltestelle auf Onkel Edgar. Das tat ich manchmal, eigentlich ziemlich oft, denn seit dem Brief vom Olim verbrachte ich meine freie Zeit so oft es ging bei Trybek. Dort im Alten Gut war die Zukunft zu Hause. Sie saß mit schimmerndem Lächeln am Küchentisch und verhieß nicht nur das Ende aller Weibernot, sondern das Glück der ganzen Menschheit. Dafür lohnte der Kampf, dafür lohnte es vielleicht sogar zu sterben; mit weißem Hemd, in der einen Hand das Gewehr, die andere auf dem getroffenen Herzen; so wie der Fallende auf dem Bild an Trybeks Küchenschrank.

Trybek hatte das Bild des fallenden spanischen Milizionärs sauber aus einer Zeitschrift geschnitten und gesagt: Gefallen wie Hans Beimler – im Fernsehen.

Und Armin Mueller-Stahl in *Fünf Patronenhülsen*, das hatte ich gesagt. Den Film hatten wir zusammen gesehen: Fünf Spanienkämpfer, jeder von anderer Nationalität, schlagen sich durch das feindliche Hinterland; ihr Befehl: eine Nachricht ihres sterbenden Kommandeurs für den Stab; und weil es sich um eine wichtige Nachricht handelt, hat der Kommandeur den Zettel, auf den er sie schrieb, in fünf Teile gerissen, auf fünf leere Patronenhülsen verteilt und die Hülsen verschlossen, eine für jeden. Erst am Ziel erfahren die Spanienkämpfer den Inhalt: *Bleibt zusammen, dann werdet ihr leben!* Dazu hat Ernst Busch gesungen: *Wir werden alle Gespenster verjagen.*

Zu Trybek also floh ich vor dem Bittermandelduft, der aus Olims Zeit herüber durch mein Elternhaus wehte. Der sich nachts mit dem geisterhaften Rumoren des Bergwerks vermischte und mich fürchten ließ, alles könnte zusammenstürzen.

Außerdem, Onkel Edgar konnte, wenn er aus dem Bus stieg, immer ein Geschenk aus seiner schwartigen Aktentasche zaubern: mal eine Rolle Drops, mal eine Stange Pfeffi und manchmal sogar einen Nougatriegel. Am Tag zuvor hatte Onkel Edgar versprochen, auch mir einen Kupferhering mitzubringen. Doch dann habe ich seinen zerbrochen.

An diesem Oktobertag lockerte sich der erste Stein. Ich stieß ihn an, er löste sich und leise klickernd rollte er hinab. Es sollte noch über ein halbes Jahr dauern, bis ihm

scharrend, kollernd und polternd die nächsten folgten; und Enzthal versinken würde für dreihundert Tage im Nebel.
Der Fünfuhrbus kam, und die Leute stiegen aus. Wo blieb Onkel Edgar? Da endlich, schob er sich aus dem Bus und baute sich vor mir auf. Moment, sagte er, und zog eine Flasche Schachtschnaps aus seiner Aktentasche und drückte sie mir in die Hand. Halt mal, sagte er, und durchsuchte wankend jedes Taschenfach. Nichts. Sogar seine Brotbüchse öffnete er, schüttelte die letzten Krümel aufs Straßenpflaster und hob bedauernd die Schultern.
Nicht schlimm, Onkel Edgar, sagte ich. So ein Hering, sagte ich, ist ja bestimmt selten.
Stimmt, sagte er, schließlich schwimmen die unter Tage nicht einfach so vorbei. Zack, er schlug Boden und Deckel der Aluminiumbüchse vor meiner Nase zusammen, als sei sie ein Hering.
Weißt du was, Laubjunge, sagte er, sag Edgar zu mir, einfach Edgar, ohne Onkel!
Wenn das kein Geschenk war! Ja, sagte ich stolz: Edgar.
Edgar grinste, ich strahlte. Die Büchsenhälften in seinen Händen schepperten wieder und wieder gegeneinander. Rhythmisch, so wie am 1. Mai die Becken der Kapelle zusammenschlugen: *Brüder zur Sonne, zur Freiheit.*
Wir marschierten singend die Dorfstraße runter, bogen links ab in die Gasse, die zum Alten Gut führte, wo Edgar wohnte. Auf der Steinbank neben seiner Hoftür saß der Alte Voss und drohte mit dem Krückstock: Eich hahnse wohl ins Jehärne jeschissen?
Bei dir gibt's ja nichts, wo man reinscheißen könnte!, rief Edgar und klopfte sich mit dem Büchsendeckel mehr-

mals an die Stirn. Dann stimmte er das nächste Kampflied an und schlug die Becken aufeinander. Ich war der Tambourmajor und schwang die Flasche mit dem Kumpeltod.
Ich war glücklich, Edgars Kumpel zu sein, Edgars Genosse. Ich war Arbeiterklasse! Und ich würde Onkel Edgar – nein, meinen Kumpel Edgar, in die Schule einladen, zum Pioniernachmittag. Endlich mal was Spannendes: der Schacht, die Welt unter der Welt, von der rumpelnden Grubenbahn durchfahren, das Dröhnen der Bohrhämmer, Achtung! Sprengung! Nee, nicht wie bei Schneewittchen, das hier war eine Welt für Männer, ganze Kerle, keine Zwerge! Und Schätze: Kristalle erstrahlen im Licht der Grubenlampen, türkis leuchtet das Erz, und kurz vor Schichtschluss ein Fossil, versteinerte Zeit, eingeschlossen seit Millionen Jahren, nun in meinen Händen: Fische und Farne, Schnecken und der Fußabdruck des Tyrannosaurus Rex. Ja, da läuft euch eine Gänsehaut über den Rücken. Da guckt ihr, Jungs; von wegen Bauer!
Stimmte sowieso nicht. Vater war Buchhalter. Jedes Jahr, wenn die Zeugnisse ausgegeben wurden, erwartete ich, dort die Wahrheit zu lesen: Hartwig ist Buchhalterkind. Aber jetzt saß ich auf dem Sofa meines Onkels… nein, meines *Freundes* Edgar und hielt eine Flasche mit Bergmannsschnaps in den Händen; das war schon mehr. Die Federn knarrten bei jeder Bewegung. Edgar griff mit zwei Fingern die Tischdecke in der Mitte und zog sie mit Schwung vom Tisch. Die Stickrosen, ein Geschenk Mariechens aus besseren Zeiten, landeten neben mir auf dem Sofa und sanken langsam in sich zusammen.

Als Edgar zwei Gläser auf den Tisch knallte, war ich zu allem entschlossen. Er zog mir die Flasche aus den Händen, ließ sich auf einen Stuhl fallen und drehte den Schraubverschluss ab. Er schwenkte die Flasche über den Tisch, bemüht, ihre Öffnung über meinem Glas zur Ruhe zu bringen. Plötzlich stutzte er und fragte: Wann hast du Jugendweihe? Nächstes Jahr?
Ich nickte, obwohl das erst im übernächsten Jahr war.
Nee, sagte Edgar und ruckte mit der Flasche ein Stück weiter, verharrte nun über seinem Glas und ließ den Schnaps hineinlaufen. Nee, sagte er, ich bin jetzt ein Vorbild. Er kramte aus der Hosentasche einen zerknüllten Briefumschlag und aus dem Briefumschlag mehrere zerknüllte Geldscheine. Da: mit Prämie und, er zog aus der Aktentasche eine rote Mappe, mit Urkunde: Bestarbeiter. Er wiederholte und klopfte bei jeder Silbe mit dem Zeigefinger auf die Tischkante: Best-ar-bei-ter. Und außerdem krieg ich sonst wieder Ärger mit deinem Vater!
Wieder?
Na, wegen achtundsechzig, wegen der Unterschrift. Ach, sagte ich, der sitzt jetzt nur noch im Büro. Mariechen sagt immer, der berechnet, ob die Enzthaler Kneipe tatsächlich der Mittelpunkt der Welt ist. Weil die doch *Zur Erdachse* heißt. Als Mariechens Name fiel, guckte Edgar gequält, sagte Prost, trank und füllte sein Schnapsglas aufs Neue. Vielmehr als der Mittelpunkt der Welt, sagte er, würde ihn was anderes interessieren. – Nämlich der Mittelpunkt des Menschen! Er kippte sich den nächsten Schnaps hinter, ich einen Schluck Brause. Dann fragte er: Was werden wir da finden, Großer, was?! ’Ne Perle? Ein Körnchen Licht?

Ich zuckte die Schultern.
Nee, Großer, nee, 'ne Perle nicht und auch kein Samenkorn, bestenfalls 'ne taube Nuss! Prost, Hartwig!
Ich dachte an das Märchen, wo Iwanuschka einen Hecht fängt, und als er den Fisch aufschneidet, springt ein Hase heraus. Der Hase rennt hakenschlagend davon, doch Iwanuschka erlegt ihn. Als er den Hasen aufschneidet, fliegt eine Ente heraus, und als Iwanuschkas Pfeil die Ente trifft, lässt sie ein Ei fallen. Iwanuschka fängt es auf und findet darin eine Nuss und in der Nuss eine Tarnkappe.
Vielleicht, sagte ich, ohne meinem Kumpel Edgar mit Märchen und solchem Zeug zu kommen, ist ja was drin in der Nuss?
Ja, sagte Edgar, man müsste sie knacken und nachsehen. Nachsehen, was drin ist: der Himmel oder …
Oder?
Die Hölle.
Er schwieg, wir tranken. Ich äugte nach dem Kupferhering.
Wenn's die Hölle wär', fragte Edgar, kann dann draußen was anderes sein?
Ich verstand nicht, was er da sprach. Ich nickte nur und schwieg. Wir tranken. Und ich roch den Schnaps, und es roch plötzlich auch hier in Edgars Küche nach dem bitteren Kraut Vergangenheit. Ich blickte sehnsüchtig auf den Kupferhering.
Oder, sagte Edgar mit schwerer Zunge, wenn hier draußen, er breitete die Arme aus, das Himmelreich wär', sähe es dann hier drinnen, er tippte mehrmals mit dem Zeigefinger gegen seine Brust, anders aus? – Was, fragte er unvermittelt, macht die Marie?

Ich hob die Schultern und starrte auf den Kupferhering. Edgar folgte meinem Blick und sagte: Du hast recht, so ein Hering ist eine klare Sache. Pass auf, Großer, sagte Edgar, 250 Millionen Jahre zurück. Stell dir vor, nur Wasser überall, das Zechsteinmeer: Kopffüßer, Schnecken, Muscheln, Seesterne ... und mittendrin *Palaeoniscum freieslebeni*, der Hering!
Toll, sagte ich, der frei lebende Hering. Und Mammute, sagte ich.
Im Wasser?
Nein, am Ufer, meine ich.
Nein, sagte Edgar, das war später. Außerdem heißt das Mammuts.
Aber die, sagte ich, müssen doch auch irgendwo liegen. – Das Wollnashorn, der Höhlenbär ... Ich werde so was finden – später.
Ja, sagte er, so wie der Spengler das Mammut.
Dann wird mein Name an einem Museum stehen: Laub. Laub-Museum. Nein, besser Hartwig-Laub-Museum, sonst denkt noch einer, es geht da nur um Blätter.
Edgar, sagte ich, hast du mal ein Blatt, ein Blatt Papier und einen Bleier? Ich könnte mir von dem Hering eine Abreibung machen.
Edgar nahm den Schaukasten von der Wand, zog die Glasscheibe aus der Nut des Holzrahmens und löste die Schieferplatte aus ihrer Halterung. Mach ihn nicht kaputt, sonst kriegst du die Abreibung! Behutsam reichte er mir das Fossil, und ich legte es vorsichtig auf meine Knie. Silbern glänzten ein paar Schuppen und die Flossenstrahlen auf dem Rücken. Ich strich über den dunklen Stein und fühlte mit den Fingerspitzen den Rillen und

Vertiefungen nach, die der Körper des Fisches hinterlassen hatte.
Edgar kramte derweil aus dem Küchenschrank einen Briefblock und einen Zimmermannsstift. Da, sagte er, aber pass wirklich auf, der ist wertvoll, der Hering!
Ich legte das Papier auf die Schieferplatte und begann behutsam mit der breiten Mine darüberzustreichen.
Prost, sagte Edgar, auf den Hering! Er trank und brannte sich eine Zigarette an.
Prost, sagte ich und verrieb das Graphit vorsichtig mit den Fingerspitzen. Dann betrachtete ich mein Werk. Nee, sagte ich, geht irgendwie nicht!
Zeig mal, sagte Edgar. Nee, sagte auch Edgar, die Zigarette im Mundwinkel, zerknüllte das Blatt.
Da würde ich wohl selbst hinabsteigen müssen, dachte ich, in den Stollen am Heiligenborn.
Ich hatte *Die Reise zum Mittelpunkt der Erde* gelesen und im Fernsehen einen Film gesehen, da sind die auch durch eine Höhle hinabgeklettert, hinab in eine andere Zeit, in die Urzeit. Ich war überzeugt, es gab dort unten noch eine Welt. Eine verborgene Welt, eine Welt, von der keiner sprach, von der es nur Andeutungen gab; so wie von der Welt des Olimbriefes, der eingeschlossenen Schande und der versteinerten Scham.
Natürlich wusste ich, unter der Erde gab es bestenfalls Versteinerungen wie diese hier in Edgars Stube, es gab dort nur das Erz für die Kupferhütte und das taube Gestein, das auf die Halden wanderte. Alles, was ich in der Schule lernte, sagte mir, es gab dort unten nur die Schichten der Erde und den Schacht, der sie durchstieß. Und darüber: unser Dorf. Es war umstellt von Fördertürmen und Kegelhalden.

Klar, sagte selbst Edgar, das ganze Dorf ist unterhöhlt – schließlich haben wir Stollen gegraben von Ost nach West, von Süd nach Nord – nicht nur das Dorf, das ganze Land, vielleicht sogar die ganze Welt.

Nachts, wenn der Wind von Süden kam, hörte ich die Kipploren quietschen und das Gestein die Halde hinabkollern. Dann meinte ich manchmal, von ganz tief unten ein Rumoren zu hören, ein fernes Dröhnen und Krachen. Was, wenn eines Tages alles zusammensackte?
Das war schon vorgekommen. Dass ein Haus verschwand, ein Stück Straße oder ein ganzer Ort. Es war nur eine Frage der Zeit, bis es unser Dorf treffen würde. So wie Germelshausen: Am Ende lugte nur noch die Kirchturmspitze aus der Erde, bis man auch die nicht mehr sah. Nur alle hundert Jahre tauchte der Ort wieder auf. Gut, das war schon eine Weile her. Eigentlich war es auch nur eine Sage. Aber was heißt nur?! Sagen, habe ich gelernt, haben einen wahren Kern. Und der kleinste Kern so eines Vorfalls sollte genügen, um nach Anzeichen Ausschau zu halten. So wie Fräulein Galland: Wundern täte es mich nicht, mein Junge, wo doch hier die Gottlosen herrschen seit so vielen Jahren. Da sei, einfach so zu versinken, noch eine milde Strafe des Herrn, wenn er nicht gar Feuer regnen ließe vom Himmel wie einst auf Sodom und Gomorrha. Ein paar Dörfer weiter sei sogar das Haus des Pastors samt Garten versunken. Siehste, minne Jong, sagte Fräulein Galland, weil der evangelisch war. Der Teufel hat einen langen Arm.
Da war es gut, so wie jetzt, einen Kupferhering in der Hand zu halten: Dinge, die man berühren konnte und

vorzeigen und sagen: So und so war es, hier der Beweis. Die Gewissheit, dass Edgar Tag für Tag dort unten umherging, dass dort Schrapper kratzten und die Grubenbahn die vollen Loren durch die Strecken zog, dass man Fossilien finden konnte, mit heraufnehmen, an die Wand hängen und sagen: Zechstein, 250 Millionen Jahre alt. – Das war eine verlässliche Ordnung! Mit der hatte ich zugegeben noch einige Schwierigkeiten; zu gern sah ich am Ufer des Zechsteinmeeres Saurier grasen.
Da, sagte Edgar, musst du in die Kohle gehen, ins Karbon.
Edgar trank und redete, wohl mehr mit sich selbst als mit mir.

Ich schließe die Augen, Schwester, und sehe wieder die Spuren von Schnaps und von Brause auf dem alten Furnier; ich tauche den Finger in die Ringe, die unsere Gläser zeichnen und male einen Fisch.
Torbern, sagt Trybek, von dem hab' ich den Hering. Steiger war er und mein Ziehvater auch. Aber dann ist er verschütt gegangen …
Unter meinen Händen kehren die Tiere zurück. All die ausgestorbenen Tiere: die Kopffüßer und die Quastenflosser, der Brontosaurus und das Mastodon, Höhlenbär und Säbelzahntiger, Riesenhirsche und gewaltige Nashörner.
Prost, sagt Trybek, auf das Himmelreich! Es gibt hienieden Brot genug, Zuckererbsen, Zuckerbrot und …
Sie stürmen, Schwester, auf mich zu in gewaltigen Herden, galoppieren an mir vorbei in endlosen Zügen, schweißnasse Körper.

Prost, sagt Trybek, auf Torbern, den Steiger! Er hat mich gewarnt: Grab in der Erde und nicht in der Zeit, sonst sperren sie dich ein.
Schaumflocken fliegen von ihren Mäulern, die Erde zittert, ich zittere. Fliehen sie, Schwester, greifen sie an?
Prost, sagt Trybek, heute ist mir Torbern erschienen, streckt die Hand aus und …
… und kein Ende nimmt der Zug der Tiere, und dem Nashorn folgen Büffel und riesige Eber, Pferde jagen hinter Hyänen, Affen hinter Elefanten …
Torbern, ruf ich, sagt Trybek, Torbern, hier bin ich! – Du hattest recht: *Ich war ein schuftiger Gesell, dass ich alberner Lebenshoffnung auf der Oberfläche der Erde mich hingab!*
… kein Ende nimmt das Schnaufen und Stampfen, das Jaulen und Blöken, das Brüllen und Grunzen, Trompeten und Kreischen …
Hüte dich, sagt Trybek, *hüte dich, wenn der Stein zu glühen beginnt, erscheint die Kupferkönigin.* Ihr Glöckchen hör ich schon …
… und ihr Rufen. Sie schreien und stürzen, ihre Stimmen hallen aus Abgründen herauf: Hüte dich, hüte dich!
Sie erscheint, sagt Trybek, im Mantel der Vergangenheit, nicht Brot im Beutel, sondern Schuldscheine. Zahlt jetzt, schreit Trybek, oder hütet euch!
Mich hüten die Tiere, die guten, die warmen, die wilden, sie tragen mich auf ihrem Rücken fort, fort aus den tiefen Gründen der Not!
Hartwig, hüte den Hering! Wenn ich mal tot bin, kannst du ihn haben!
So redete es neben mir und redet es in mir, Schwester,

noch heute. Dann tat es einen Rums und alles war still, ganz still. Edgar lag auf dem Linoleum und rührte sich nicht. Erschrocken sprang ich auf – hatte das Fossil vergessen und war aufgesprungen, und die Schieferplatte auf meinem Schoß schlug gegen die Tischkante und zerbrach. Ich rannte hinaus, durch die Gasse am Eckstein vorbei, über die Straße, in unsere Gasse hinein, hinter nach Hause. Ich holte die Mutter aus dem Haus, alle, alle liefen los, Mutter und Mariechen; auch der Vater im Stall ließ die Mistgabel fallen und kam hinterher.
Als Mariechen sich weinend über Trybek beugte, stand ich schuldbewußt in der Küchentür. Ist er jetzt tot?

Am Abend zu Hause hieß es: Der wird wieder, der ist zäh.
Edgar wurde wieder. Ging sogar wieder auf Schicht in den Schacht. Und kam mit dem Fünfuhrbus nach Hause. Aber ich stand nicht mehr an der Haltestelle und wartete. Als ich ihm doch einmal über den Weg lief, weil ich gerade aus dem Backhaus kam, den duftenden Dreipfünder im Arm, da rief er mir zu: Was' los, Großer, magst keine Dropse mehr? Hat der Vater dir verboten, was?!
Ich nickte, obwohl es nicht stimmte.
Und er: Ich trinke nicht mehr, nie mehr. Weißte, was passiert ist, die Scheiße, ich habe im Suff den Hering zerbrochen, den schönen Hering. Nee, ich trinke nicht mehr. Kannste Mariechen sagen, keinen Schluck mehr!
Ich nickte wieder, sagte nichts und rannte los, das Brot im Arm, nach Hause.
Als das Dorf versank und die Zeit über ihm zusammenschlug wie das Zechsteinmeer, da war ich mir sicher, das

alles geschah, weil ich den Hering zerbrochen hatte. Ich sollte ihn hüten.
Jetzt hätte ich mich am liebsten wie Vater in einem Büro verkrochen und den Mittelpunkt der Welt berechnet.
Seit der Sache mit dem Olimbrief saß Vater noch nach Feierabend im Büro der Genossenschaft. Dort rechnete er tagein, tagaus auf einer, wie mir damals schien, riesigen Rechenmaschine. Die Tasten klapperten, die Maschine schnarrte und bebte leise, bis sie ratternd einen Papierstreifen gebar. Der, so erklärte mir Vater gelegentlich eines meiner Bürobesuche, zeigt an, wie voll die Lohntüten werden. Deren Gesamtsumme wiederum der Quotient sei aus geernteten Tonnen Weizen, beispielsweise, sagte Vater, und Hektolitern Milch und Zentnern Schwein, multipliziert mit den staatlich festgelegten Preisen, minus diverser Ausgaben für Diesel, Saatgut und Bleistifte, beispielsweise. – Und male hier nicht mit dem LPG-Stift rum! – Also, wenn du auch mal Agronom werden willst, brauchst du in Mathe eine Eins.
Nein, Agronom werden wollte ich nicht. Bergmann wollte ich werden. Aber das behielt ich zu Hause lieber für mich.
Eines Tages begann Vater auch die Sonntagvormittage im Büro zu verbringen. Und als Mariechen am Mittagstisch spitz fragte, ob er denn immer noch den Verlauf der Erdachse berechne, sagte Vater: Ja, genau das tue er. Schließlich ginge es darum nachzuweisen, dass unser Dorf, wie seit Generationen überliefert, tatsächlich von der Erdachse durchstoßen würde. Wenn man nämlich, argumentierte Vater, sich denkt, dass die tatsächliche Erdachse, wie jeder weiß, geneigt zur Sonnenbahn

verläuft, so wäre es doch von großem Wert zu wissen, welchen Punkt der Erde die im rechten Winkel zur Sonnenbahn verlaufende Achse durchstößt. Darüber habe er eine Wette in der Schenke abgeschlossen. Auslöser, berichtete Vater, sei ein kämpferischer Frühschoppen gewesen. Da beanspruchte doch tatsächlich, wie eine Fernsehsendung am Vorabend vermeldete habe, ein kleines Erzgebirgsdorf den Titel *Mittelpunkt der Welt.*

Oh, ja, bemerkte Mariechen, da schäumte sicher die Empörung im Gemüt und noch mehr das Bier in den Gläsern.

Ja, räumte Vater ein, als Anheizer habe sich der Tierarzt betätigt. Doktor Kilian habe gestichelt und gehöhnt: Klar, dass sich die Erde hier um euch dreht. – Mit jedem Bier ein bisschen schneller!

Ich, habe Zippel gerufen, schreib ans Fernsehen: Warum heesten sonst de Schenke *Zer Ärdachse*, hä? Außerdem gibt es die Sage.

Es wird nämlich in Enzthal erzählt: Zur Mittagszeit sei ein Schäfer auf seinen Stock gestützt aus einem Schläfchen erwacht. Da habe er über sich senkrecht die Sonne gesehen und vor sich ein Schaf, das nicht aufhörte, sich um die eigene Achse zu drehen. Also hatte der Schäfer gefolgert, sei hier in Enzthal der Mittelpunkt der Welt.

Genau, warf ich ein, Sagen haben einen wahren Kern; das hat jedenfalls der Lehrer gesagt.

Und der Eckstein, habe Zippel gemeint, sei der dritte Beweis.

Jeder in Enzthal kannte den Findling, der an der Ecke, wo die Gasse, die *Am Eckstein* heißt, von der Dorfstraße abzweigt und mit der Nr. 5, dem Alten Gut, endet.

Erst der Eckstein gab den Versen unseres Versteckspiels einen Sinn: *Eins, zwei, drei, vier, Eckstein, alles muss versteckt sein…* Und nirgends fanden sich bessere Verstecke, als in der Nr. 5, wenn vorn am Stein der Sucher zählte.
Einen Hund jedoch sah ich nie übern Eckstein springen, weder mit noch ohne Wurst. Dafür saß Zippel dort öfter, trank sein Feierabendbier, das er sich beim Kaufmann Woltz schräg gegenüber zu holen pflegte, und scheuerte mit seinem Sitzen die Nägel blank, die den Enzthaler Eckstein zu etwas Besonderem machten. Ein Schmied soll nämlich zum Beweis, dass durch Enzthal die Erdachse verläuft, Nägel in den Stein geschlagen haben.
Also, habe Zippel gesagt, drei Beweise gibt's schon: den Schäfer, den Nagelstein und den Namen unserer Kneipe. Und du, Ellrich, du rechnest es aus: Wir hier sind der Mittelpunkt. Kriegst von mir jeden Sonntag Freibier… äh… ein freies Bier. Bis du stirbst!
Und von mir ein ganzes Fass dazu, habe Doktor Kilian gesagt und meinem Vater die Hand zur Wette hingestreckt.

Mit der Zeit löste sich die Idee von ihrem Anlass. Während beim Frühschoppen die Männer längst anderes besprachen, hockte Vater fast vergessen im Büro und suchte die Ehre des Dorfes zu retten.
In den Monaten nach Mariechens verhinderter Hochzeit musste ich an den Sonntagvormittagen zu ihm laufen, um ihn zum Essen zu holen.
Der Weg dorthin erschien mir lange Zeit wie eine Mutprobe, nicht wegen der einen oder anderen Rechen-

übung, die mich im Büro erwartete, sondern wegen der Stummen Gasse. Diese Schlippe führte zwischen einer Gartenmauer und einer Häuserfront hindurch zum Friedhof und zu den danebenliegenden Gehöften. In einem davon waren das Büro von Bürgermeister Blätz und Vaters Arbeitsplatz, das LPG-Büro, untergebracht.
Das Haus, dessen Rückseite an die Stumme Gasse grenzte, gehörte der Hedelin, und es hatte ein Fenster zum Friedhof. Dort, so hieß es, sitzt die alte Hedelin, wenn Beerdigung ist, wie andere Leute vorm Fernseher.
In die Schlippe selbst mündete nur eine Tür, verwittert und mit rostiger Klinke. Dicke Spinnen thronten in verstaubten Netzen, die sich vom Rahmen zur Tür hin schwangen. Trotzdem oder gerade deshalb fürchtete ich, die Tür würde sich eben in dem Moment, da ich vorbeiging, öffnen, und die Hexe Hedelin würde mich packen und... Dann würde mir auch Kubatschek nicht mehr helfen können.
Gemeindediener Kubatschek war uralt und längst kein Gemeindediener mehr. Trotzdem kehrte er die Straße vom Büro des Bürgermeisters bis zu Hedelins Haus, nahm die alten Aushänge vom Schwarzen Brett und hängte neue Papiere aus. Manchmal sammelte er Geld für Vietnam oder die Volkssolidarität. Den Besen hatte er immer dabei; statt Krückstock, sagten die Leute. Der Besen wackelte, die Hände, der kahle Kopf mit der Bücklingshaut wackelten. Kubatschek wackelte und kehrte, kehrte und wackelte durchs Dorf. Kubatschek ist zwar alt und wackelig, aber er soll früher mal Polizist gewesen sein. Da könnte er doch eigentlich auch mal die Stumme Gasse kehren und ein bisschen auf die Hedelin achten.

Den Kubatschek zu fragen, habe ich mich aber nicht getraut, weil ich selber schon ein bisschen vorbestraft war. Einmal nämlich hatte mich mein Freund Armin in den Ferien mit seinem neuen Fahrrad besucht. Er hatte auch einen alten Zigarrenstummel dabei und ein neues Feuerzeug. Das gehörte zwar seinem Vater, aber Armin wollte es mal ausprobieren.
Wir hatten es uns in Vossens Feldscheune gemütlich gemacht, und Armin sagte gerade: Werden wir mal den letzten Ferientag so richtig genießen! Da tauchte Kubatscheks Wackelkopf über den Strohballen auf. Er roch nach Schnaps und nannte uns Brandstifter.
Am nächsten Tag saßen wir in der Schule und fürchteten, es könnte klopfen, Kubatschek stünde in der Tür, und in seiner Hand klapperten die Handschellen: Mitkommen, ihr Brandstifter! Doch Kubatschek verlor niemals ein Wort über den Fall. Trotzdem hielt ich es für besser, ihn nicht zu erinnern, dass es überhaupt einen Hartwig Laub gab. So rannte ich weiter klopfenden Herzens an der Hexentür vorbei, machte einen Bogen um Kubatschek oder senkte, wenn das nicht möglich war, den Kopf zu einem Diener und grüßte artig.
Einmal, sagten die Leute, habe die Hedelin den Kubatschek mit seinem Besen verprügelt. Der Kubatschek, sagten die Leute, habe Hedelins Tochter verpetzt, damals unterm Hitler. Ja, ja, sagten die Leute, schlimme Zeit damals.
Wird Kubatschek mich wegen Rauchens verpetzen?
Weswegen hatte der Olim meinen Freund Edgar verpetzt bei der Marie?
Mich könnte bei Edgar keiner verpetzen, weil ich seinen Kupferhering zerbrach, keiner außer ich selbst.

Meine Kindheit, Schwester, gleicht einem Fossil. Ich grabe danach. Ich suche im Schiefer seinen Abdruck, um zu beweisen, es hat existiert.
Vielleicht bin ich nur deshalb Geologe geworden. In den letzten Tagen lag mir alles vor Augen: Wie in einem geologischen Aufschluss traten die Schichten meiner Erinnerung ans Licht. Sie bildeten, ineinandergeschoben, Verwerfungen, Klüfte, Spalten und nebeneinander lag, was sich doch nacheinander abgelagert hatte. Da hatten die Ereignisse gleich einem Erdrutsch den Untergrund freigelegt, hier schürfte ich nach. Dort entdeckte ich, wie einen Einschluss, Fremdgestein: eine fremde Geschichte. Und es konnte sein, dieser Einschluss glich, wie Glimmerschiefer beispielsweise, einem metamorphen Gestein. Druck und Hitze hatten hier den Sandstein verwandelt: die mir vertraute Geschichte. Manchmal, Schwester, finden wir sie dort, wo wir sie gar nicht erwarten.

3

Mit Schneeregen hing der November über dem Hof. Im Haus dröhnte das Harmonium. Die Männer schoben das Schwein aus dem Stall. Sein Quieken übertönte jetzt Mariechens Musik. Als der Bolzen gegen die Stirn des Tieres knallte und für einen Moment Stille eintrat, drang durch die Fenster wieder das Orgeln. Mühsam erklomm es die Höhen der Komposition, pfiff, schrillte und quiekte hysterisch, während das Schnaufen und Schnarcheln des Tieres langsam verebbte.

Denn schon hatte der Fleischer, den linken Vorderlauf des Tieres haltend, mit einem kurzen Schnitt dessen Kehle geöffnet. Mutter fing das strömende Blut in einer Schüssel und goss, während für diesen Moment der Fleischer mit zwei Fingern die Schlagader verschloss, das Blut in einen bereitstehenden Topf.
Vater kniete dabei auf der Lende des Schweins. Da, in einem letzten, aber heftigen Zucken seines Hinterlaufs, stieß das Tier den Vater zur Seite, dass er mit dem Kopf gegen den Riegel der Stalltür schlug und ein Blutfädchen ihm über die Stirn rann. Wütend stieß er die Fäuste dem Tier in die Flanke und rief: Wo bleibt sie denn wieder?! Und ließ im selben Moment ab vom Schwein und stürmte ins Haus, wo Sekunden später Mariechens Musizieren erstarb. Gleich darauf zog er sie an der Hand hinter sich her auf den Hof und rief: Blut rühren sollst du, verdammt!
Meine Tante Marie aber starrte nur schweigend auf die klaffende Wunde in der Gurgel des Tieres, aus dem jeder Herzschlag das Blut in die Schüssel pumpte. Es schäumte, schlug Blasen und spritzte, während die Hand des Fleischers darin rührte, bevor Mutter es in den großen blauen Emailletopf goss.
Rühren!, knurrte der Fleischer.
Rühr doch verdammt!, schrie Vater.
Nun rühr endlich, sagte die Mutter sanft, sonst klumpt es doch!
Doch Mariechen ging, ließ den Quirl, den ihr der Vater in die Hand gedrückt hatte, so langsam aus ihren Fingern gleiten, dass ich ihn mühelos auffangen konnte. Während sie erhobenen Hauptes durch das Hoftor schritt,

begann ich heftig im Bluttopf zu rühren. Die Augen hielt ich geschlossen dabei.
Später, als das Schwein halbiert auf der Leiter hing und die Gläser vom kalten Doppelkorn beschlugen, hielt mir der Vater ein kleinfingerbreit gefülltes Glas hin: Wer Blut rühren kann, der kann auch trinken!
Prost, sagte der Fleischer. Prost, Oswien, sagte der Vater. Auch ich sagte: Prost, schloss die Augen, trank und bekämpfte tapfer meinen Hustenreiz.
Die Marie, sagte der Fleischer, und hielt dem Vater das geleerte Glas hin, hätte mal den Trybek heiraten sollen. – Prost! Ah, das tut gut. – Dann hätte sie jetzt nicht solche Allüren.
Ja, ja, hier liegt die Arbeit, und sie spielt auf der Orgel.
Und Zippel drückt ihr die Bälge, der Fleischer grinste.
Vater verzog keine Miene.
Die hätte mal ruhig den Trybek heiraten sollen, wiederholte der Fleischer, die Weiber brauchen eben …
Der Fleischer machte eine Pause, und Vater sagte zu mir: Kehre mal de Borschten zusammen!
Kann *das* nicht nachher Mariechen machen?!
Für dich immer noch *Tante* Mariechen!
Ich schob die abgebrühten und abgeschabten Borsten und die von den Schweinefüßen gerissenen Hornschuhe mit dem Besen auf den Misthaufen, spülte die Blutpfützen mit dem Wasserschlauch in die Gosse, tat noch einen Blick auf die zum Ballon geblähte Schweinsblase, die an der Stalltür hing, und der Gedanke, sie würde bald Wurstmasse enthalten, ließ mich schaudern wie in jedem Jahr. Dann sprang ich die drei Stufen hoch ins Haus.

Als Oma Luise Wellfleisch und Nierchen in dampfender Schüssel auf den Mittagstisch stellte, bemerkte sie: Na, wenigst' zum Essen könnte das Mädchen doch kommen. Oma Luise hatte schon am Vortag trotz Mutters Widerrede ihr Krankenbett verlassen: Wie wollter ohne mich die ganze Arbeit schaffen? So mochte ihre jetzt schmerzvoll gefurchte Stirn auch von ihrem Leiden rühren, nicht nur von der Sorge um ihre jüngere Tochter.
Dennoch fühlte sich Vater herausgefordert. Er lobte Mutters Einsatz beim Schlachten und schob knurrend nach: Ja, die Lisa kann schuften, und dein Liebling sitzt derweil in der Kirche und musiziert. Ich nickte spontan, was mir einen tadelnden Blick Oma Luises einbrachte. Dass ihre Strenge nicht Mariechen traf, fand auch ich ungerecht. Was konnten wir dafür, dass sich Mariechen in den falschen verliebt hatte, den Trybek?

Schon lange vor Trybeks Auftauchen in Enzthal hatte ich nicht mehr mit Oma Luises Rücksichtnahme während des Schlachtens rechnen können. Damals hatte ich mich noch in der Stube in einer Burg aus Kissen und Decken verschanzt, um das Quieken nicht zu hören. Solange, bis Oma Luise aus der Küche rief: Komm raus, es ist tot! Sie wies, als ich aus der Stubentür lugte, auf eine Schüssel voll geschälter Zwiebeln und sagte: Da, die kannste schneiden! – Kommst bald in de Schule, wird Zeit, dass du ein bisschen männlich wirst nune, rief es gleich darauf aus der Dampfwolke über dem Kessel. Sie schöpfte mit einem Henkeltopf heißes Wasser in Eimer und goss mit jedem Töpfchen ihre Klage aus: Was seid ihr bloß für Kerle? Was soll werden, wenn immer die Männer

verschwinden!? Du kriechst in die Kissen! Wo draußen so'n schönes Wetter ist. Richtiges Kaiserwetter. Kannste nachher helfen gehen!
Papa ist doch draußen?
Aus dem Dampf überm Kessel kam keine Antwort, nur Schweigen. Es war angefüllt mit vielen alten Antworten, nebelhafte, wie von Graupelschauern scharf durchschnittene Sätze. Kleine Bemerkungen hatten mir über Jahre eine großmütterliche Wetterkarte gezeichnet: Ach, der verwaltet doch nur Misswirtschaft, Genossenschaft, das schafft doch nichts; mit Nichtstuern zusammen. Gut, dass dein Urgroßvater das nicht mehr erleben muss.
Ein Bild meines Urgroßvaters, ihres Vaters, hing über Oma Luises Bett: graue Jacke, schwarzer Schnauzbart, schwarze Augen, grauer Stahlhelm. Vermisst seit 1915 im Osten.
Daneben ein Bild meines Großvaters, ihres Mannes: graue Jacke, schwarzes Bärtchen, schwarze Augen, Scheitel gerade. Interniert 1945, seitdem im Westen. Vermisst auf andere Art. Mein Großvater, der Olim, dessen letzter geheimnisvoller Brief den heimischen Himmel mit andauernder Trübnis überzogen hatte.
Ich schnitt und schniefte und wischte mir die Zwiebeltränen weg. Schlachtefest: Wie konnte man diesen Tag voller Arbeit, der die Küche mit Wasserdampf und einem Geruchsgemisch aus Blut und Fett, gekochtem Fleisch, Majoran, Kümmel und Zwiebel füllte, nur ein Fest nennen. Ja, die Kirmes war ein Fest, die roch nach Bockwurst, grüner Brause und Zuckerwatte. Und da hielt ich manches schon männlich aus: die Luftschaukel beispielsweise. Würgte dann, was der Magen mir heraufdrückte,

tapfer wieder hinunter, wenn Ricarda Schwung holte und lachend schrie: Höher, Hartwig, mach schon, höher! Und ich machte, und ich war glücklich und elend zugleich. Und sagte: Ja, als die Runde vorbei war, und sie fragte: Noch eine Runde? Und noch einmal: Ja. Das Glück sollte andauern immer und immer. Und dauerte an, bis Bockwurst und grüne Brause aus meinem Innern schließlich doch auf Ricardas Faltenrock landeten und – igitt – alles vorbei war für die Ewigkeit des restlichen Tages.
Gut, wenn nicht die Kirmes, dann das Dreckschweinfest.

Manchmal besuchten wir Vaters Mutter, die Laubmutter, in Wackendorf. Dort feierte man das Dreckschweinfest. Jährlich am Pfingstsonntag zog das ganze Dorf zu einem Dreckloch im Wald. Dort suhlten sich die jungen unverheirateten Burschen wie die Wildschweine. Einmal, ich ging noch nicht zur Schule, war auch ich unter den Zuschauern.
Die da, mein Junge, sagte die Laubmutter und zeigte mit angewidertem Gesicht auf die Dreckschweine, stellen den Winter dar.
Plötzlich begann es laut und ununterbrochen zu knallen. Was sich wie Schüsse anhörte, rührte von langen Peitschen her, die mehrere weißgewandete Halbwüchsige schwangen, um die Dreckschweine zu vertreiben. Diese Jungen waren mit bunten Bändern und Blumenhüten geschmückt. Die schicken Bengels da, erklärte die Laubmutter, sind der Frühling. Die Dreckschweine ihrerseits versuchten, die Frühlingsjungen in das Schlammloch zu ziehen, manchmal packten sie auch unter dem Johlen

der Umstehenden einen der Zuschauer, wenn der dem Treiben zu nah kam. Einer von ihnen, ein riesiger Kerl, der eine Pelzkappe trug und naturgetreu zu grunzen verstand, gebärdete sich besonders wild. Hin und wieder goss sich dieses Winterschwein aus einer Flasche Schnaps in den Rachen, was, wie die Laubmutter erklärte, nicht sein sollte und der Zeremonie abträglich sei. Die Sache mit dem Frühling und dem Winter, erklärte die Laubmutter nun, sei jedoch heidnischer Unglaube. Vielmehr sei in Gestalt der weißen Knaben der Heilige Geist am Werke, der die dunklen Mächte vertreibe.

Willst du später einmal, fragte sie, auch zu diesen guten Jungen gehören? Und da sie mir eben eine Schachtel mit bunt umwickelten Bonbons hinhielt, nickte ich eifrig. Doch wie ich mich eben ihr zuwandte, um den schönsten mir auszusuchen, erschreckte mich ein Grunzen. Ich schnellte herum, und vor mir stand riesig und schlammtriefend das Fellmützenschwein. Es grunzte ein weiteres Mal, wackelte mit seinem pelzigen Schädel, packte meinen Arm und schickte sich an, mich in die Suhle zu ziehen. Glücklicherweise hatte die Laubmutter mich am anderen Arm gepackt, und so zerrten beide eine Weile an mir. Die Laubmutter zeterte, ich schrie, und endlich war Vater vom Bratwurststand zurück und hieb dem Dreckschwein unseren Campingbeutel über den Dez. Das betrunkene Vieh taumelte rückwärts und platsch, fiel es unter dem Gejohle der Menge in sein Dreckloch zurück.

Glücklicherweise musste ich nie mein Versprechen, die Reihen der Wackendorfer Frühlingseinpeitscher zu verstärken, einlösen. Die Dreckschweindarsteller nämlich waren zumeist junge Männer, die im benachbarten Kupferschacht arbeiteten. Und eines Tages befand ein Vertreter der zu dieser Zeit dauerhaft regierenden Partei, sich im Dreck zu suhlen, zieme sich nicht für die Arbeiterklasse.

Ich. Ich habe den weißen Keiler getötet. Es war ein Schuss, kein Peitschenknall.
Man fängt keinen Brief mit „ich“ an. Schon gar nicht mit nur „ich“. Dann gleich noch mal „ich“. Was sollen die Leute denken?!
Das ist kein Brief, Schwester.
Eine Beichte?
Nur eine Aussage, vielleicht ein Geständnis. Also gut: der weiße Keiler. Den weißen Keiler habe ich getötet. Ohne ihn mit einem Bolzenschussgerät zu betäuben; so wie der Fleischer es tat zweimal im Jahr bei uns zu Hause mit einem Schwein.
Ich... Das Blut musste ich rühren. Weil Mariechen nicht rühren wollte.
Was soll das: Essen, sagte Vater, tut sie doch auch?!
Ich hatte nicht Hunger, ich hatte Angst und habe den weißen Keiler getötet.
Das ist die ganze Geschichte. Meine Kindheit ist ein ausgestorbenes Tier. Auch ich war unter den Jägern. Darüber, Schwester, will ich dir, Verzeihung, will ich Ihnen Aufschluss geben. Übermitteln Sie das bitte auch dem Weißen Offizier.

Immer, seit ich denken kann, stieg ich die steile Holztreppe zum Dachboden mit klopfendem Herzen nach

oben. Dort lag das fremde Land Vergangenheit, Ziel ausgedehnter Forschungsreisen besonders an verregneten Ferientagen. Etwas trieb mich, dort zu stöbern und zu kramen, das Verborgene zog mich an.
Da untersuchte ich Gerätschaften unbekannter Funktion, die ich in meinen Spielen wahlweise als mittelalterliches Folterinstrument oder interstellares Kommunikationsmittel einsetzte, bis sie eines Tages nur noch Buttertrommel oder Bohnenschnippler waren.
Da wühlte ich in Truhen voller Enttäuschung: Wäsche z. B., Tischtücher, die keine Festtafeln mehr schmückten, Bettbezüge, die kein Inlett mehr schonten, Unterkleider, deren Spitzenränder keine Frauenwaden mehr zierten. Alles einst fein säuberlich gewaschen, gemangelt, zusammengelegt und verwahrt für einen Tag, der nie kam; so wie Mariechens Hochzeit vielleicht.
Auf einer Stange hoch über den staubigen Dielen hingen Halfter und Kummet, ein Sattel, das dazugehörige Pferd nur noch eine blasse Erinnerung aus frühester Kindheit, ein großes schnaubendes Tier, das auf mich zustürmt.
Manchmal, Schwester, sehe ich das Tier über die Hügel kommen, es streift durch die Kirschplantagen und vorbei am Teich unter den Kastanien. Es trabt in der Abenddämmerung über die Dorfstraße und trinkt aus dem Bach. Es verharrt und wendet seinen Kopf zu mir hin. Doch will ich mich nähern, um es zu streicheln, scheut es und verschwindet in einer der Gassen. Später sehe ich es von fern hinterm Dorf über den Kleeacker laufen.
Ich kann es nicht Pferd nennen, denn es hat so wenig gemein mit der körperlichen Präsenz dieses Tieres, seinem Schnaufen, dem Schlagen des Schweifs, mit dem

es Fliegen verjagt, dem fettenden Fell, den Druck- und Scheuerspuren des Geschirrs, den beschlagenen Hufen. Ein fremdartiges Wesen, das fremd in fremden Landschaften steht, Teil der Umgebung und doch deutlich geschieden davon. Plötzlich ist es möglich: Ich kann mich auf den Rücken meines Traumtieres schwingen. Mein Tier, das mich trägt und behütet. Ich spüre sein Fell, es ist borstig, ich rieche seinen Dunst, er ist stechend, ich sehe, dieses Tier ist kein Pferd. Es ist ein Wildeber, ein Keiler: derb, bar jeglicher Poesie, ein grunzendes, sich suhlendes Tier, wüst und gefährlich. Und nicht zu bezwingen von Kindern wie Wackendorfer Dreckschweine.

Wieder steige ich in Gedanken die Treppe auf den Dachboden hinauf, hinauf ins Land Vergangenheit. Wieder stehe ich auf der alten Kommode, schiebe die schwere Dachluke auf und atme die scharfe klare Winterluft. Die Gärten glitzern, hinter den bereiften Feldern glänzt das Kyffhäusergebirge mit seinem Denkmal. Wieder lege ich meine Hände wie ein Fernglas an, und schon reitet der Kaiser herüber. Kaiserwetter. Keine Raben.

Barbarossa und ich, wir warten. *Sein Bart ist nicht von Flachse, er ist von Feuersglut, ist durch den Tisch gewachsen, worauf sein Haupt ausruht …* Da, Schwester, sehen Sie die Krähen gegenüber auf dem Dach? *Solang die alten Raben noch fliegen immerdar, muss auch ich noch schlafen,* Schwester, *verzaubert hundert Jahr*?

Damals, als Mariechen und Oma Luise dem Vater, wie er sagte, das Schlachtefest verdarben, sah ich durchs offene Dachfenster zum Kyffhäuser hinüber, bis mich fröstelte. Ich zog das Dachfenster zu und kletterte von der Kommode. Sie hatte zwei große Schübe. Nur mit

Mühe gelang es mir, sie an den eisernen Ringen ziehend zu öffnen. Der erste barg Alben in brüchig gewordenem Leder, Bilder in sepia oder schwarz-weiß, dicke, manchmal fleckige Pappen, die in goldgeprägten Lettern den Namen des Fotografen trugen, aber selten, und dann in spitzem Sütterlin, den Namen des Fotografierten. Fremde Gesichter, feierliche Blicke, Rüschenkleider, Stehkragen, Uniformen, ein auf einem Holzpferd schaukelndes Kind … Sie winkten, flüsterten, riefen: Komm, komm zu uns, erlöse uns! Hilf uns aus dem Schweigen, hilf uns aus den Gräbern. Nein! Wir sind nicht tot!
Im zweiten Schub dann ihr Leben gebündelt in Briefen, abgerechnet in Kladden, belegt und mit amtlichen Stempeln versehen in Akten. Ich entdeckte seltsame Papiere, buchstabierte seltsame Worte: wie Stammbaum. Mein Stammbaum trug Zitronenbirnen. Zitronenbirnen, nicht Orangen.
Der zur Kommode gehörige Schrank verwahrte Wintermäntel, Gehröcke und verschiedene Kleider, von großblumiger Üppigkeit oder nachtblauer Eleganz. Besonders aber – war es der Mottenpulvergeruch oder die Entdeckerfreude? – berauschte mich eine alte Uniformjacke: rot mit goldfarbenen Schnüren.
Es war in diesem Land unterm Dach, wo ich mich in die rote Uniformjacke zwängte und ausritt. Wo ich in der Kommode unterm Dachfenster kramte und immer wieder etwas Neues entdeckte: einen pomadierten Jungen zum Beispiel, der im fernen Früher dem Weimarer Hoffotografen in meiner Uniform als Husar posiert hatte. Ihm passte gut, so schien es, was mir zu eng war. Blöder Heini, sagte ich und klappte das Album zu. Dennoch:

Mein militärisches Korsett machte meine Erkundungen in den Tiefen des Schrankes zu Eroberungszügen. Die Beute aus der Tasche eines grünen Lodenmantels: eine Zigarettenschachtel der Marke *Eckstein Nr. 5*, *die echte und rechte*, wie es der Aufdruck auf der Rückseite versprach, darüber das Bildchen eines südlichen Hafens, Segelschiffe an seinem Kai und Palmen. Oder, Schwester, waren es Orangenbäume?

Wie schlug mein Herz, als ich in der Schachtel noch eine Zigarette entdeckte. Der Mantel, der diesen verbotenen Schatz für mich aufbewahrt hatte, musste dem Olim gehört haben, und das Alte Gut hatte ihm gehört und er – mein Großvater Heinrich Karge – hatte, so wie es aussah, sogar seine eigene Zigarettenmarke gehabt mit seiner Adresse auf der Schachtel – Am Eckstein Nr. 5. Was für ein Fund!

So saß ich während der nächsten Regentage halbe oder ganze Stunden im Sattel, den ich auf einen Stapel leerer Kartoffelsäcke bugsiert hatte. Ich ritt aus im Husarenjäckchen, versehen mit Streichhölzern und der letzten *Eckstein Nr. 5*, so gerüstet für den Abend nach der siegreichen Schlacht.

Und eines Tages habe ich meinen Freund Trybek auf einem amtlichen Papier mit Mariechen vermählt.

Mit der glimmenden Zigarette im Mundwinkel studierte ich den Stammbaum Opa Karges, auf der Suche nach einem Namen für meinen tapferen Husaren. Bei dieser Gelegenheit strich ich mit den rußigen Enden abgebrannter Streichhölzer die Namen der Gefallenen: Großmutters Vater und Großmutters Mann, auch wenn der Olim nicht tot, sondern nur abwesend war. Neben den Mädchennamen meiner Mutter, Lisa Charlotte Karge, setzte ich den meines Vaters. Dann schrieb ich neben den von meiner Tante Marie: Edgar Trybek. Und mittels zweier Kringel traute ich beide. Auch meinen Namen schrieb ich hin und daneben den von Ricarda.

In diesen Tagen, als der Regen auf die Ziegel trommelte, ritt ich als treuer Husar durch den Staub meines Dachbodenreiches und rückte die Verhältnisse zurecht. Der blaue Rauch der *Eckstein Nr. 5* kringelte sich unterm Dachfenster. Überm Kyffhäuser flogen die Raben nicht mehr. Barbarossa war erwacht und ritt durch das Land. Mir schien es eine einfache Sache, die Welt in Ordnung zu bringen und Glück auszuteilen. Es brauchte dazu keinen Kaiser! Wozu? Wo doch Trybek mein Kumpel und Genosse war!

Damals hat es nur einen gegeben, der an das Gleiche glaubte wie ich. So lange, bis er verschwand: Trybek. Hatte er mich verraten?

Wäre damals schon eine Nachricht von ihm aus Spanien gekommen, es hätte sein Verschwinden wieder gut und mich glücklich gemacht. Schließlich regierte dort zu der Zeit noch immer General Franco. Und wir, Trybek und ich, hatten zusammen von *Spaniens Himmel* gesungen und: *Den Faschisten werden wir nicht weichen*; wir nicht!

Aber Trybek ließ mich allein und ohne Nachricht zurück in der Welt der bitteren Briefe und der Zitronenbirnen.

Wieder, Schwester, flirrt das Licht in den Blättern. Eine Astgabel ist mein Nest, und die Welt ist nicht mehr als Vogel, Sonne und Wind: mehr als genug. Blabb. Eine der Zitronenbirnen fällt hinunter.

Träumst wohl, du Taugenichts, rief es von unten. Dort an der Leiter stand der Olim und rauchte. Der Olim rauchte keine *Eckstein Nr. 5*, er rauchte jetzt *Die gute Ernte*. Schade, ich hätte ihn zu gern gefragt, wie man zu einer Zigarettensorte mit der eigenen Hausnummer kommt. Aber meinen Dachbodenfund verschwieg ich lieber.
Besser, sagte der Olim, man fängt gar nicht erst an. Es ist ein Laster, ein richtiges Laster, sagte er, und der Tabakrauch umfloss sein Gesicht wie ein Nebel. Das also war er, der Olim, mein Großvater.

Manchmal, schon vor dem geheimnisvollen Brief, hatte die Post Grüße vom Olim gebracht. Briefe, in denen er vom Wetter berichtete und von der Obsternte und wie viel Mark-Komma-Neunundneunzig ein Obstpflücker koste, so dass er da doch lieber weiter mit der Hand, obwohl sein Rücken und der Arzt sage … Briefe, in denen er nach dem Wetter bei uns fragte und wie der Roggen stünde, und er wolle ins nächste Paket für die Mutter eine Kittelschürze legen, ob denn lieber hellblau oder lindgrün? Sicher nicht rosa, denn rosa erinnere er sich, möge die Mutter ja nicht. Ob denn der Zahnarzt noch das Gold brauche für Vaters Krone?
Dein Opa hat geschrieben, sagte Oma dann, soll ich dir vorlesen?
Ich hörte geduldig zu und wartete auf meinen Satz. Oma verlas ihn, und Mutter wiederholte ihn später, bis ich ihn eines Tages selbst lesen konnte: Ich freue mich, dass der Junge sich so gut macht in der Schule!
Zum Glück erfuhr der Olim nicht alles: zum Beispiel,

dass mich der Lehrer hinter der Turnhalle mit Armin beim Rauchen eines Stumpens erwischte.
In solchen Fällen seufzte Mutter: Wenn das der Opa wüsste … Doch die Frauen schrieben ihm nichts von diesen Dingen, weil: Dein Opa hat es nicht leicht. Sie schrieben nur solche Sachen wie: Hartwig hat sich sehr über die Schokolade und das Kaugummi gefreut. Auch das schöne Hemd steht ihm gut.
Das stimmte, eine Stange Kaugummi brachte einen Gummiindianer ein. Schönes Hemd, hatte auch Ricarda gesagt, und ich ertrug eine Klassenfahrt lang tapfer, dass es mir den Hals wund scheuerte. Umsonst, denn als wir am nächsten Tag in den Schulbus drängten, hat sie den freien Platz neben sich für besetzt erklärt. In Niederau, unserem Nachbardorf, wo wie immer die anderen Kinder zustiegen, begriff ich für wen: für Armins großen Bruder. Der, hatte Armin gesagt, hat schon ’ne Menge Haare am Sack. Meine Hoffnungen stoben auf wie eine Schar Spatzen.

Zu Besuch kam der Olim nur, wenn einer starb, oder starb man nur, damit der Olim uns besuchen konnte?
Deine Urgroßmutter ist eingeschlafen, sagte Oma Luise eines Tages und weinte. Und freute sich, weil der Olim sie von jenseits der Grenze besuchen kommen dürfte. Und hatte Angst, dass er dableiben müsste, nicht bei ihr, sondern im Gefängnis wegen *früher*.
Der Olim kam. Er stand groß und dunkel in der Stube. Seine linke Hand hielt eine Zigarette, während seine rechte sich warm und rau um meine schloss. Ich sah den duftenden Rauchfähnchen nach, die zur Zimmerdecke

aufstiegen. Sie erinnerten mich an die Seele der frommen Helene, die durch den Kamin aufwärts säuselte, bis sie überm Dach die Forke des Teufels erwischte. Der Olim ermunterte mich, fleißig zu lernen und ging später mit den anderen die Uroma begraben. Ich durfte in dieser Zeit fernsehen.

Als der Olim das nächste Mal sein Kommen ankündigte, weinte Oma Luise nicht, sie freute sich nicht, und Angst hatte sie auch keine mehr. Diesmal war sie selber gestorben; an einer Krankheit, deren Namen man nur flüsternd nannte, als wüchse sonst noch ihre Macht. Es war eine Krankheit, die, so glaubte ich dem Munkeln zu entnehmen, aus den heruntergeschluckten Wörtern des letzten geheimnisvollen Olimbriefes gewachsen war.

So konnte der Olim uns also wieder besuchen. Von seinem Brief hörte ich die anderen kein Wörtchen sagen, auch ihn selber nicht.

Erst in der Nacht nach Oma Luises Beerdigung drang von unten ein Rumoren herauf in mein Zimmer; auffliegende Wortfetzen, sofort von heftigem Geflüster eingefangen; gedämpftes Frauenschluchzen, vom Wind, der ums Haus ging, verschluckt. Im Halbschlaf sehe ich Oma Luise in ihrem weißen Nachthemd im Sarg unter der Erde liegen. Der Olim steht im Bad und gießt sich duftendes Rasierwasser in die Hand: Wird Frost geben die Nacht. Oma Luise öffnet die Augen im Sarg und sagt zu mir: Bring mir eine Decke, mein Kind, es ist so kalt. Der Olim zündet sich eine Zigarette an und sagt: *Eckstein Nr. 5*. Dann nickt er mir freundlich zu: Na, mach schon, Junge! Bring ihr die Decke!

Am anderen Morgen hatten wir ohne Oma Luise am

weißgedeckten Frühstückstisch gesessen. Und ich war froh, dass die Nachtgeräusche nur ein Traum gewesen schienen. Und alle hatten sich gegenseitig dies zugereicht und um jenes gebeten und einander lächelnd danke gesagt. Und alle Wörter von Schande und Schämen schienen mit Oma Luise begraben. Später war der Olim aufgestanden und hatte zur Mutter gesagt: Ich nehme mir noch ein wenig Zeit für den Jungen. Und zu mir: Komm, Junge, die Birnen müssen runter!

Jetzt also stand der Olim unterm Birnbaum an der Leiter und rüttelte leicht an den Holmen: Bist du eingeschlafen? Pflücken sollst du, Taugenichts, sonst sind die Birnen noch alle vor dir unten!
Deine Mutter hat recht, die werden auch immer weniger, sagte er später, als er mir die Birnen aus dem Korb nahm und sorgsam in eine Kiste legte. Früher, sagte er, habe ich fünf Kisten heimgefahren. Heute werden's höchstens drei. – Vor allem, er drückte mir seinen rauchgelben Finger auf die Nase, wenn du so weitermachst.
Opa, was ist ein Taugenichts?
Natürlich konnte ich mir denken: Ein Taugenichts sitzt im Birnbaum und besieht sich die Welt. Oder wie Mutter manchmal sagte: Du freust dich wohl, dass du auf der Welt bist und nicht runterfällst?
Ich fragte trotzdem, denn ich wusste, wie gern Erwachsene Kinder belehren. Und wenn man sich bereitwillig belehren lässt, hat man damit schon einiges gut gemacht, beispielsweise Versäumnisse beim Obstpflücken. Mehr noch aber wollte ich gut machen, dass der Olim mir so fremd war. Schließlich hatte er es nicht

leicht und schrieb trotzdem Briefe, was, wie ich aus eigener Erfahrung wusste, schwer genug war. Außerdem dachte er immer an uns, und dass es hier kein richtiges Kaugummi und keine richtige Schokolade und keine schönen kratzigen Hemden gab. Und jetzt war Oma Luise tot, und er war ganz allein. Er würde heute Nachmittag in den Zug steigen und mit der untergehenden Sonne in den Westen fahren. Und er würde dort in seinem kleinen Garten die Äpfel ernten – ganz allein, ohne Obstpflücker und ohne mich. Und ich hatte im Baum gesessen, die Welt angesehen und sie schön gefunden. Dafür schämte ich mich.

Ein Taugenichts, sagte der Olim, ist einer, der im Baum sitzt und die Birnen hängen lässt. Los, Junge, noch mal rauf!, er deutete Richtung Leiter.

Und wenn die Birnen alle sind?, fragte ich, stieg Sprosse für Sprosse hinauf und gab mich gierig auf Belehrungen.

Sei nicht so vorlaut, der Olim durchschaute mich wohl, fügte aber plötzlich hinzu: Dann schießt man dem Hoelz durch den Hut!

Den Hoelz durch den Hut schießen? Das war nun wirklich interessant: Wer war Hoelz und vor allem, wer hat ihm durch den Hut geschossen? Ich dachte an Marshall Matt Dillon, der sich mit einem Verbrecher auf der staubigen Straße von Dodge City duellierte. Der dem Ganoven aber nicht ins Herz, sondern durch den Hut schoss. Mit Absicht natürlich, um den Lumpen lächerlich zu machen, denn dass Matt Dillon danebenschoss, war nicht möglich.

Jetzt pflückst du ja wie der Teufel, rief es von unten, da fällt alles daneben, Junge!

Klar, ich musste unbedingt wissen, was es mit Hoelz' Hut auf sich hatte. Da war eben was los gewesen, damals, zu Olims Zeiten. Am Nachmittag würden wir den Olim zum Zug bringen, dann würde ich ihn nicht mehr fragen können. Ich riss die Birnen von den Zweigen, füllte Korb auf Korb: Es wurden drei und eine halbe Kiste. Wir zogen sie im Handwagen nach Hause. Die Dorfstraße war leer, nur an der Ecke dort, wo die Gasse zu unserem Hof hin abbog, saß der Alte Voss auf der Steinbank in der Vormittagssonne, die Hände auf seinen Krückstock gestützt. Die eisernen Reifen unseres Wagens ratterten übers Schlackepflaster eilig wie meine Frage: Wer hat dem Hoelz durch den Hut geschossen, Opa?
Ach, der Hoelz ... Das hörst du alles noch in der Schule und wenn nicht ... ist es besser, auch nicht von mir. Gibt sonst bloß Ärger. Waren keine leichten Zeiten damals, nach dem Krieg 14/18.
14/18 keine leichten Zeiten, schon damals nicht für den Opa. Der Wagen ratterte übers Pflaster, und der Alte Voss hob seinen Stock, halb war es Gruß, halb Haltesignal. Na, Heinrich, rief er, wieder mal hier? Hast du nach deinen Ländereien gesehen?
Klick, klack machte der Stock, und Voss kam über die Straße. Hattest ja 'ne tüchtige Hilfe, sagte er mit Blick auf mich, drückte dem Olim kurz die Hand, murmelte: Mein Beileid, Heinrich. War ja sicher auch eine Erlösung ...
Danke, Hugo, ja, ja.
Und drüben, Heinrich, wie geht's?
Wie überall: Gibt nur gute Bauern oder schlechte Bauern.
Hast du wieder Landwirtschaft?
Kann man so nennen.

Hier wirtschaften *die* doch alles runter.
Hör bloß auf mit Politik!
Übrigens, der Sohn von der Valeska …
Trybek?
Ja, ich wollt's dir nur sagen, Heinrich, der horcht sich hier um.
Fahr schon mal heim, Junge, deine Mutter wird warten. Sag, ich komme gleich!
Ich übernahm die Deichsel aus der Hand des Olims, lehnte mich nach vorn und stemmte die Füße gegen das Pflaster. Unter den Rädern verratterten die Worte der Alten; ohne Auskunft für mich über Hoelz.

In jenem Jahr kam zu Weihnachten wieder ein Päckchen. Darin war meine erste richtige Jeans. Und am ersten Schultag nach den Ferien saß Ricarda im Schulbus neben mir. Ich musste schon lange selber Briefe an den Olim schreiben – da wird er sich freuen, hatte Mutter gesagt. Ich habe geschrieben, dass die Niethosen gut passen und dass Mutter sagt, ich mache mich gut in der Schule. Und dass Vater sagt, wenn ich so weitermache, ich mal auf die Oberschule komme. Und zum Schluss schrieb ich, dass die Zitronenbirnen alle sind, und Mutter immer sagt: Die halten sich nicht, wegen der Fäule. Und eingeweckt auch nicht, wegen dem Jungen.
Auch Mispeln, habe ich hier in Spanien gelernt, halten sich nicht. Müssen schnell vom Baum in den Korb in die Kiste auf den Markt auf den Tisch in die Hand in den Mund – oder in die Flasche. Mispeln und Birnen rollen durcheinander in meinem Kopf. Tut mir leid, Schwester, ich bin am Sortieren. Ich habe ein paar naturwissen-

schaftliche Fächer studiert. Ich habe einen ernsthaften Beruf ergriffen und mich als Geologe mit so nützlichen Dingen befasst wie mit der Erkundung von Bodenschätzen. Nein, ich bin kein Taugenichts! Trotzdem habe ich jetzt das Gefühl, all das taugte nichts. Es hat mir nichts genützt: Ich kann keine Ordnung finden, geschweige denn schaffen. Die Raben fliegen noch immer, ich sitze gefangen im Berg.
Ich sehne mich nach einer Orange. Ich steige auf Bäume, die abgeerntet sind. Ich sehe in die Welt: Sie ist nicht schön. Nur Sie, Schwester, Sie sind schön. Aus unseren Mündern steigen fremdartige Wörter wie Seifenblasen, die, noch ehe sie zu Worten werden, verschwinden.
Aber vielleicht verstehen Sie mich ja doch, denn heute haben Sie Ihre Haare gefärbt: ein Ton in Kupfer. Sie wissen doch, Schwester, wo Aphrodite zur Welt kam: auf Zypern, der Kupferinsel. Sie schlug die Augen auf und fragte das Meer: Wer bin ich? Das Meer aber wusste die Antwort nicht.
Das hat mir Trybek erzählt. Trybek arbeitete im Schacht. Dort, wo sie das Erz aus der Erde geholt haben damals: Sangerhäuser Mulde. Am Anfang war noch alles in Ordnung. Am Anfang war Trybek ein Held der Arbeiterklasse, und in meiner Vorstellung hatten seine Bewacher noch Hakenkreuze an den Mützen getragen, statt Hammer und Zirkel im Ährenkranz. Am Anfang war der Kupferhering noch ganz, und das Dorf noch nicht versunken für dreihundert Tage … wegen mir, wegen mir kam der weiße Eber, und als er tot war, als Goldborste tot war, war alles vorbei, war Trybek weg, und in die Apfelsinen fiel der Frost.

Alles, Mama, wegen mir!
Aber was redest du da für einen Unsinn, mein Junge? Du warst doch verschüttet im Stollen, sagt Mutter und tippt mit dem Zeigefinger auf die Narbe über meinen Augen.
Trybek, Schwester, hat geforscht nach dem, was war; was wirklich war!
Trybek wusste, wer Max Hoelz durch den Hut geschossen hat: Dein Großvater nämlich!, sagte er. Mit einer Weltkriegspistole … Trybek, die Beine auf den Küchentisch gelegt, kippelte mit dem Stuhl und streckte den Zeigefinger wie einen Pistolenlauf nach oben, senkte ihn und zielte auf mich. Die andere Hand hielt ein aufgeschlagenes Notizbuch, *Jakubs Notizen* stand auf dem Etikett. Trybek las mir daraus vor:

Sangerhausen, 31. März 1921
„Lieb Vaterland magst ruhig sein", an dieses schöne Lied wurden wir gestern erinnert, als Truppen aller Waffengattungen bei uns Einkehr hielten. Süddeutsche Reichswehr aus Bayern, Württemberg und Baden ist es, die den durch kommunistisches Räubergesindel schwer bedrängten mitteldeutschen Brüdern helfen will. Doch ein anderer roter Bandit, der Beimler-Hans, hat im Badischen eine Brücke gesprengt, dass sich der Vormarsch verzögert.
Macht nichts, sagen die Bauern und helfen sich selbst. Die Enzthaler Bauern liegen am Sangerhäuser Weg in den Gärten, bis an die Zähne bewaffnet mit Forken und Sensen. Wollten es besser ausfechten nun, besser als unterm Müntzer, schon lange des Nochbesseren belehrt vom Doktor Luther: „Seid Untertan der Obrigkeit!"

Nur die Hoelzsche Räuberbande hält sich nicht daran. Doch soll sie nur kommen, wenn sie Mut hat!
Sie kommen: Lastwagen, drei, fünf, sieben Stück voll mit Hoelzschem Gesindel. So sind sie schon in viele Dörfer gefahren und wieder raus mit Schweinen drauf und Hühnern und Säcken voller Kartoffeln und Kisten voller Eier ... und will immer noch mehr die gierige Bande. Überall haben sie höhnisch gelacht und gerufen, wenn einer fragte nach Geld: Hoelz bezahlts! Und schossen – peng – dem Oberzollinspektor ins Bein. Sie kommen, rollen auf Enzthal zu, und die Gärten sind leer. Nur der tapfere Bürgermeister Voss, Vater des Alten Voss, der immer auf der Steinbank sitzt, harrt aus. Die Enze plätschert leise, und die Sonne steht hoch im Mittag. Voss schiebt sich den Hut tiefer in die Stirn, so wie Matt Dillon: Keinen Schritt weiter, ruft er den Verbrechern entgegen.
Gib den Weg frei, Genosse!, beugt sich einer mit Schnauzbart und einem Hut tief im Nacken aus dem vorderen Laster.
Wir sind hier, Hoelz, nicht deine Genossen! Mit Flinten liegen ringsum meine Bauern, sagt der Voss mit zitternden Lippen.
Gib Gas!, kommandiert der Schnauzer und lacht.
Doch Bürgermeister Voss steht da. Jetzt zittern die Knie, aber er steht. Kaum noch einen Meter, und er ist überrollt und Enzthal verloren.
Da, Trybek senkte erneut den Zeigefinger und zielte auf meine Stirn: *peng. Ein Hut fliegt in den Bach neben der Straße. Die Lastwagen stoppen, setzen zurück, versuchen zu wenden, verkeilen sich ineinander, alles schreit durcheinander ...*

Nach wenigen Minuten liegt nur noch eine Staubwolke über dem Weg nach Sangerhausen. Und Heinrich Karge, gerade sechzehn Jahre geworden, steigt aus dem Birnbaum. Im Hosenbund die Weltkriegspistole. Enzthal gerettet, sagt Karge und reicht dem Bürgermeister die Hand. Der holt aus und gibt Karge eine Schelle: Verdammter Lausebengel! Dann fischt Bürgermeister Voss den Hut aus dem Bach, denn der Hut, das war seiner.

Trybek lachte und steckte das Büchlein in seine Jackentasche. Auch ich lachte, unsicher.
Trybek wurde plötzlich ernst: Wenn du was hörst, Hartwig, gucke immer, wer es erzählt. Hoelz, Hartwig, war kein Bandit, und wenn, dann einer wie Robin Hood, den Reichen nehmen und den Armen geben. Hoelz wollte Gerechtigkeit UND Freiheit! Wir, Hartwig, sind seine Genossen. Auf Leute wie ihn, da schießt es von allen Seiten. Das war wie später in Spanien. Die Faschisten haben die Roten abgeknallt: peng! Und von den Roten selber wurden Rote abgeknallt: peng, peng! Wie Beimler. Oder ersäuft, wie Hoelz in der Sowjetunion ein paar Jahre davor.
In der Sowjetunion?, fragte ich ungläubig.
Genau dort, sagte Trybek, wie 'ne junge Katze; in der Oka, Nebenfluss der Wolga, guck in deinen Atlas.
Aber die Sowjetunion ..., stammelte ich. Ich suchte nach einem Einwand, den Leumund der Freunde zu retten, den Schulmund, den Mairedenmund, den Flimmerstundenmund.
Trybek hat mal Geschichte studiert. Nicht zu Ende, weil er rausgeflogen ist. Zuviel, sagte Mariechen, hat er

wissen wollen. Zu wenig, sagte Vater, hat der begriffen, nicht mal im Gefängnis. Am Ende, Hartwig, so fürchtete Mutter, nehmen sie dich wegen dem nicht auf der Oberschule.
Der Hoelz, sagte Trybek, war Bauernkind wie du. Und Bergmann wie ich. Und Anarchist, Trybek legte seinen Arm um meine Schulter: wie wir, Hartwig.
Doch ich entzog mich seinem Arm und sagte trotzig: Das stimmt doch alles gar nicht. Das mit Opa Heinrich nicht und das mit der Sowjetunion erst recht nicht. Und Hans Beimler … man hat doch im Film genau gesehen: Es war ein Faschist, der ihn erschossen hat!
Stimmt, so war es neulich im Fernsehen. Lass mal, Kleiner, sagte Trybek und strubbelte mir durch die Haare, vielleicht war dein Opa kein Nazi und vielleicht ist auch der Hoelz tatsächlich besoffen ins Wasser gefallen. – Aber weißt du, was ich glaube? Trybek senkte die Stimme und kramte umständlich eine Zigarette aus einer fast leeren Schachtel. Dann tastete er seine Taschen ab. Ich sah die Streichholzschachtel am Küchenherd liegen, griff sie und gab Trybek Feuer. Der Tabak glühte auf, und Trybek zog mit hohlen Wangen. Er inhalierte tief, und seine rauchblauen Augen schienen mich zu prüfen. Dann sagte er, als habe er es eben in der Zeitung gelesen: Hoelz ist nicht ertrunken, er ist nur untergetaucht: Hoelz, Max Hoelz ist nach Spanien gegangen! Wo sonst sollte einer hingehen damals, einer wie Hoelz?

4

Der Fensterladen schlug ans Haus, und mit einem Mal war es dunkel in Fräulein Gallands Kammer. Ich sprang von ihrem Sofa, den Laden wieder zu öffnen. Sie sagte, dass es keinen Sinn habe, weil der Sperrriegel aus der Mauer gerissen sei. Da müsse man eben Licht anmachen.

Die Mädchenkammer und die Speisekammer waren als einzige Räume in unserem Haus mit einem Fensterladen versehen. In der Speisekammer standen die Tontöpfe mit Schmalz und Zucker und am Sonnabendmittag ein großes rundes Blech mit Sonntagskuchen. In der Mädchenkammer schliefen zu Olims Zeiten die Mägde, später nur noch Fräulein Galland. Was braucht es da einen Fensterladen, sagte Vater und wollte ihn gleich ganz abnehmen. Wird Sie schon keiner stehlen, Fräulein Galland!

Leonore Galland war das, was man in Enzthal eine Evakuierte nannte. Als die Engländer während des Krieges rheinländische Städte bombardierten, war sie nach Enzthal gekommen. Die meisten der Evakuierten hatten nach dem Krieg Mitteldeutschland wieder verlassen. Leonore Galland aber war geblieben, wegen Vossens Gundolf, dem Dolfchen.

Die wollte den doch heiraten, hatte Oma Luise erzählt, aber sie war doch bloß eine Evakuierte, mit nichts war sie nach Enzthal gekommen. Das Dolfchen, sagte sie, hätte sie trotzdem genommen gewollt, aber seine Eltern wollten das nicht. So, sagte Oma Luise zu mir, sind sie, die Vossens.

Aber, hat die alte Vossen einmal zu Oma Luise gesagt,

dafür haben wir eure Lisa als Schwiegertochter gewollt. Und nicht gekriegt!
Und Oma Luise hat geantwortet: Du weißt, Ilse, dass ich der Lisa damals zugeredet habe, aber sie wollte ja nicht…
Was hat Mama nicht gewollt?
Die Frauen verstummten und schienen jetzt erst zu bemerken, dass ich die ganze Zeit auf dem Holzkasten gesessen und an einem Weidenstöckchen herumgeschnitzt hatte.
Ich bereute meine Wortmeldung, denn gleich würde die alte Vossen antworten: Mirabellen hat sie nicht gewollt! Und dann würde sie Oma erzählen, wie sie mich in ihrem Garten erwischt hatte. Klein und knotig wie der Wurzelstock in ihrer Hand war sie aus den Büschen gestürzt: Schäre dich zum Deiwel, verdammter Bängel!
Doch jetzt verzog sich ihr kleiner Schrumpelmund zu einem Lächeln: Dichtjer Junge, eier Hatwigchen. Un jewachsn isse aach…
Geh mal für'n Groschen Hefe holen, Hartwig, sagte Oma, der Bäcker macht gleich zu.
Vielleicht hatte ich Glück, und Ricarda stand im Laden und packte die Hefe ab. Vielleicht war sie aber auch mit dem Rad nach Niederau gefahren, um dort mit Armins Bruder zu knutschen. Dann könnte ich immerhin bei ihren Eltern ein bisschen Eindruck schinden. Man konnte mal schnell an einem Mehlsack mit anpacken oder nebenbei von einer Eins in Erdkunde erzählen.
Ein tüchtiger Junge, der Hartwig!, wird Bäcker Wollfink sagen. Und Frau Wollfink wird sagen: Ich habe der Ricarda ja zugeredet, aber sie musste ja dem Armin sein'

Bruder nehmen. Und die Leute werden sagen: Tja, Laubs Hartwig ist dann später was geworden und nun in der Stadt: ohne die Tochter vom Bäcker. Daher ist sie noch immer ein Fräulein und bewohnt die Mädchenkammer. Dort ist der Fensterladen kaputt. Man sollte ihn abmachen, werden die Leute sagen, bei der Ricarda klopft sowieso keiner mehr an!

Tja, dachte ich, wenn Ricarda nicht aufpasst, wird es ihr eines Tages so gehen wie der Gallanden mit dem Dolfchen.

Ich fühlte, es war wieder Zeit für einen Ritt über den Dachboden, um etwas zu regeln. Vielleicht fand sich in dem alten Lodenmantel noch eine *Eckstein Nr. 5*, um meinen Kopf von blauem Nebel umwehen zu lassen.

Statt einer herausgerutschten Zigarette fand ich nur ein vergilbtes Blatt Papier mit dem verwischten Stempelaufdruck *Abschrift* und den doppelt unterstrichenen Schreibmaschinenlettern *Ariernachweis*. Über einer krakeligen Unterschrift war, leicht verblasst doch deutlich, ein Adler mit Hakenkreuz gestempelt. Hatte Trybek recht, war der Olim ein Nazi? Ich faltete den Zettel sorgsam zusammen und schob ihn in meine Hosentasche. Den könnte ich vielleicht an Armin verdubbeln, der sammelte solche alten Sachen, die verboten und gefährlich aussahen.

Dann zog ich den Kargeschen Stammbaum wieder aus seiner Schublade und überzeugte mich, dass Großmutters Wunschkandidat für den Posten des Schwiegersohns, das Dolfchen, dort tatsächlich nicht verzeichnet war. Diesmal hatte ich extra Buntstifte dabei und schrieb ein D. für den Westwanderer der Vossens auf das Papier, nur um ihn sogleich dick mit rotem Stift zu streichen. Ich empfand Genugtuung dabei. Ja, es war gut, dass Mutter das Dolfchen nicht gewollt hatte, denn dann würde ich jetzt zu den Vossens gehören. Nee, danke. Die Vossens können sich doch ihre Mirabellen sonst wohin …, nee, danke für Backobst! Auch wenn das in Oma Luises Familienpläne zehnmal besser gepasst hätte.

Die Vossens hatten immer was zu sagen im Dorf, sagte sie. Drei Familien gab es von denen in Enzthal. 1711 sei ein Schneider nach Enzthal gekommen, der hieß Voss. Von dem kommen die her. Soll ein armer Hund gewesen sein. Siehste Hartwig, und nun sind die Vossens alle tüchtige Bauern. Das „Siehste" sollte wohl heißen, dass aus mir auch noch was werden konnte. So wie aus den Karges. Kam ein Messerschleifer ins Dorf, hat sich in eine Bauerntochter verliebt und den Schleifstein weggeworfen. Hans hieß der, ein Karge im Glück. Und das, betonte Oma Luise, war lange vor den Vossens: 1698 schon.

Vergiss nicht, Hartwig, sagte Oma Luise mitunter, deine Mutter ist eine Karge. Oder: Wir Karges haben hier das Glück gemacht. Früher, ja, früher.

Dieses Früher war ein anderes Früher als jenes, welches später aus dem einen Olimbrief kroch, um neue Steine auf die Schultern der Karges und Laubs zu verteilen.

Ach, ich weiß noch, schwärmte Oma Luise, wie der Schreiner aus der Stadt gekommen ist und Aufmaß genommen hat im Alten Gut für die Scheune, und wie er den Hut gezogen hat vor deinem Urgroßvater: Herr Gutsbesitzer, hat er gesagt, selbstverständlich, Herr Gutsbesitzer. – Und was is nune?

Nune hielt im Alten Gut die Genossenschaft ihre Schweine, und Trybek wohnte dort. Trybek war Bergmann. Das war besser als Großbauer, dachte ich, auch wenn man früher zehnmal den Hut vor so einem zog und ihn Herr Gutsbesitzer nannte. Keiner soll herrschen, sagte Trybek, nur die Freiheit und die Gerechtigkeit. Die Vossens hatten Mirabellen in ihrem Garten und wir keine. Also mussten die Vossens teilen. Das war nur gerecht. Sollte mich die alte Vossen doch zum Teufel schicken. Der, sagte Trybek, war auch Anarchist.

Die alte Vossen kam jedes Jahr am Tag nach Omas Geburtstag zum Gratulieren, behauptete, keine Zeit zu haben und blieb dann doch zwei Stunden. Fräulein Galland saß mindestens einmal die Woche mit Oma Luise in der Küche. Hinterher, wenn Mutter und Mariechen nach Hause kamen, schimpfte Oma meistens ein bisschen auf die Gallanden: Was die wieder über die Leute hergezogen ist. Doch wenn sie nachmittags im Treppenhaus zu hören war, rief Oma Luise: Komm rein, Lonohre, ich brühe gerade Kaffee auf!
Eine Zeitlang kam sie auch abends angewedelt. Sie zog ihren Kopf ein wenig zwischen die Schultern: Ach, wenn ich ein bisschen mit fernsehen dürfte? Sprach's und nahm auch schon Platz. Sie besetzte dabei mit Vorliebe Vaters Sessel, der, wenn Vater nicht da war oder auf dem Sofa lag, mir gehörte. Ach, was gibt es denn heute für ein Programm? Ach ja, *Heiteres Beruferaten …*
Wenn sich Fräulein Galland in ihrer Wohnung langweilte, weil es unten weder Kaffee gab noch Beruferaten, lockte sie mich mit der Aussicht auf einen kleinen Verdienst in ihre

Küche. Ein Eimer Kohlen für ihren Küchenherd brachte fünfzig Pfennig; Holz hacken, einen Korb voll, sogar eine Mark. Sie drückte mir dann die Münze in die Hand und fasste gleichzeitig zu: Na, minne Jong, du möchtest doch sicher ein bisschen süßen Saft?! Setz dich doch! Ist das nicht wieder ein Wetter heute? Ja, so eine Hitze war lange nicht. War deine Oma schon im Konsum heute? Habe ich doch gesehen vorhin mit Netz und neuer Schürze. Hast du keine Schule heute? Ach, sind ja Ferien jetzt.

Das Gute an Fräulein Gallands Fragen war, sie beantwortete sie meistens selbst. Im Gegensatz zu Mutter, die sah mich nur schweigend an, und ich wusste, es war eine Antwort fällig. Fräulein Galland schabbelte durch die Küche und nestelte dabei an ihrem Haarknoten. Sie goss daumenbreit roten Sirup in ein Glas, füllte es unterm Wasserhahn auf und platzierte es vor mir auf einem kleinen weißen Häkeldeckchen. Im Winter, wenn hinter mir der Küchenherd glühte, gab es Malzkaffee mit viel Zucker drin.

Fräulein Galland knipste das Licht an und machte den geschlossenen Fensterladen mit einem Häkchen fest. Ach, minne Jong, der fällt auch bald raus. Kannste mal dem Papa sagen!

Ich nickte und trank. Sie setzte sich mir gegenüber, vor sich, ebenfalls auf einem Deckchen, ein Gläschen Likör, und fragte, ob ich überhaupt wisse, dass …

Ich schüttelte den Kopf, trank Sirupwasser, pulte Löcher in die brüchige Wachstuchdecke und wartete höflich auf Fräulein Gallands Antwort. Es folgte meist eine fromme Geschichte, so wie die von der Jutta im Stollen am Heiligenborn.

Oma Luise, wenn sie davon erfuhr, meinte: Die Gallanden war doch früher nur zu faul, mit den Polen nach Allstedt zur katholischen Kirche zu laufen. Da hat die sich das ausgedacht, das mit der heiligen Jutta, und ist zum Stollen beten gegangen.
Pass bloß auf, am Ende wird sie dich noch katholisch machen!
Mich katholisch machen? Nein, das wollte ich nicht!
In Enzthal wurden höchstens die Maikäfer katholisch, die ich in manchen Jahren mit Zippels Bruder Nobi zu Dutzenden von den Kirschbäumen schüttelte. Ich sammelte sie in einem Schuhkarton und legte frische Blätter dazu, bevor ich ihre Behausung mit einem durchlöcherten Deckel verschloss. Die Tierchen hatten es gut bei mir, solange, bis ich sie an unsere Hühner verfütterte. Dem einen oder anderen drückte ich vorher mit klopfendem Herzen den Kopf in sein Chitingehäuse; so, wie es mir Nobi gezeigt hatte: Willst du nicht mein Bruder sein, so schlag ich dir den Schädel ein! Die Prozedur verursachte stets ein leises Knacken, das mich schaudern ließ. *Das* hieß katholisch machen.
Jedenfalls, sagte das katholische Fräulein, ich habe das alles ausgeforscht: Der Jutta von Sangerhausen ist die Heilige Jungfrau erschienen. Das war, als der Mann der Jutta auf dem Weg ins Heilige Land ums Leben gekommen war. Vierzig Tage hat die Jutta in der Höhle gelebt, hat gefastet und gebetet, und dann ist ihr Maria erschienen. Sie trug einen blauen Mantel, darein gehüllt das Jesuskind: schneeweiß mit einem goldenen Krönchen. Und hat zur Jutta gesprochen: *Gedenke meines Kindes. Was du den Ausgestoßenen tust, dass tust du für meinen Sohn.*

So plötzlich wie sie erschienen sei, wäre die Heilige Jungfrau wieder verschwunden. Und als die Jutta heimging, erzählte Fräulein Galland weiter, da schwamm in dem Bächlein, das in der Höhle entspringt, ein Fischlein neben ihr her, weiß mit einem goldenen Krönchen. Und als die Jutta nach Hause kam, verschenkte sie alles, was sie besaß, und machte sich daran, überall im Land die Aussätzigen und Kranken zu pflegen. Später ging sie mit den Rittern des Deutschen Ordens nach Osten.
Mit dem letzten Satz fiel Fräulein Galland in einen Singsang:
Und liegt begraben am Kulmsee
in Polen Thüringens Zier.
Die heilige Jutta von Enzthal
ist immer im Herzen bei dir.
Ich denke, die war von Sangerhausen?
Sangerhausen singt sech nit, minne Jong, merke dech: Et mott sech singe!

Was, Schwester, halten Sie in Ihrer Hand, auf Ihrem Schoß? *Jakubs Notizen*? Vorlesen? Nein!
Damals, Schwester, durchwühlte ich, um Ersatz für Trybeks Kupferhering zu finden, sogar die Steinhaufen an den Feldrändern.
Ja, ich habe auf der Suche nach dem Kupferhering einiges unternommen und manches riskiert. Am Ende war es einer dieser Versuche, der den Erdfall auslöste, in dem Enzthal versank.
Anfangs war Armin meine Hoffnung. Er besaß von seinem Vater her eine kleine Sammlung von Versteinerungen. Also fragte ich: Armin, haste auch'n Hering?

Armin nickte.
Was soll er denn so kosten?
So viel Geld habt ihr nicht in eurem Keller, dass du den bezahlen kannst!
Wer spricht von Geld, Armin. Ich zog das gilbfleckige Papier vom Dachboden aus der Hosentasche, entfaltete es und hielt es Armin vors Gesicht. Der las halblaut: Ariernach-weis. Nicht schlecht, Harter! Heinrich Karge? Verwandt, verschwägert?
Ich schüttelte den Kopf: Nö, ist nur mein Westopa!
Na, lass dir mal ein paar Comics schicken, dann sehen wir weiter. Das hier, er schlug leicht mit dem Handrücken gegen das Papier, ist ja bloß 'ne Abschrift, quasi 'ne Fälschung.
Aber der Nazistempel …
Kaum noch zu erkennen. Also was ist? Der Wisch hier und 'ne Mickey Maus.
Einen Comic? Der Olim würde „soowas“ nicht schicken, „soowas“ war Schundliteratur. Ich überlegte und sagte dann: Kein Comic, 'ne Naggche!
Aus'm *Magazin*?
Klar, wo her'n sonst!
Mhm, machte Armin, steckte den kleinen Finger ins Ohr und puckerte dort. Das machte er selten, aber immer, wenn er nachdachte. Dann sagte er: Geht klar: *drei* Naggche und dein Arier.
Wir schlugen ein. Den Nazischein nahm Armin als Anzahlung.
Das mit dem *Magazin* war schwieriger. Die Zeitschriften lagerten fein säuberlich aufgestapelt in Mariechens Süßem Schränkchen. Bekam Mariechen, beispielsweise

zu ihrem Geburtstag, Pralinenkästen und Schokoladentafeln geschenkt, so verwahrte sie die in der oberen Etage eines kleinen Eckschrankes in ihrem Zimmer, um sie bei nächster Gelegenheit weiterzuschenken. In guten Stunden öffnete sie mitunter eine ihrer Bonbonnieren eigens, um mir daraus ein Konfekt anzubieten. Das Weiße ist kein Schimmel, sagte sie, kannste ruhig essen.

In der unteren Etage lagerte, wie gesagt, *Das Magazin*. Es kam monatlich mit der Post ins Haus und enthielt, wie Mariechen versicherte, literarische Delikatessen. Trotzdem oder vielleicht gerade deshalb kam es vor, dass ihre Lider und die Zeitschrift in ihrer Hand fast gleichzeitig herabsanken, wenn sie abends nach ihrer Arbeit im Kindergarten mit den Eltern in Stall oder Garten gewirtschaftet hatte. Einmal rutschte das Heft von ihrem Schoß weiter bis auf den Boden hinab. Aufgeschlagen blieb es auf dem Linoleum liegen, während einige Seiten noch einen Moment lang hin und her blätterten, bis sie ihre Lage gefunden hatten und mir etwas Unerhörtes zeigten: eine völlig nackte Frau. Nicht nur in Unterwäsche, wie in Mutters Katalog, sondern vollkommen unbekleidet, vollkommen nackt.

Armin, der immer ein bisschen mehr wusste als ich, hatte, als ich ihm davon berichtete, nur kennerisch die Brauen gehoben. Jetzt hatte ich ihm also gleich drei Magazin-Bilder versprechen müssen. Ich nutzte die Zeit während Mariechens sonntäglichem Orgelspiel, schraubte aus Vaters Rasierapparat die Klinge, schlich in Mariechens Zimmer zum Süßen Schränkchen, nahm die untersten drei Hefte aus dem Stapel, blätterte hastig nach den nackten Frauen und schnitt die Seiten fein

säuberlich heraus. Die Klinge setzte ich wieder in Vaters Rasierer ein, und die drei Tauschobjekte legte ich in mein Erdkundebuch.
Am nächsten Tag in der großen Pause gingen wir hinter die Turnhalle.
Zeig her, sagte Armin. Ein Bild nach dem anderen betrachtete er ausgiebig. Oh, Mann, sagte er, ich könnte gleich ärregiern!
Kannste machen, aber gib mir vorher den Hering!
Warte, warte, sagte Armin und besah sich die Aktfotos nochmals. Eines nach dem anderen hielt er gegen das Licht.
Was machst du da?, fragte ich.
Will nur gucken, ob auch keine Flecken drauf sind. Ich nehme nur unbefleckte Weiber.
So richtig verstand ich nicht, was er meinte.
Mann, du Heini, hast du drauf gewichst oder nicht?
Ich schüttelte den Kopf. Ehrlich gesagt, ich war damals, zumindest im Vergleich zu Armin, ein bisschen zurück und hatte von dem, was er meinte, nur eine nebulöse Vorstellung.
Nun gut, Armin kramte in seiner Schultasche und zog ein in Zeitungspapier eingeschlagenes Päckchen hervor. Feierlich wickelte er das Fossil aus.
Endlich, ich war gerettet! Doch dann sah ich, was er mir da hinhielt, das war alles andere als der vollständige Abdruck eines Fisches in Erz.
Mensch, Armin, ich brauche ’nen ganzen Hering, verstehst du: Kopf, Mittelstück, Schwanz. Einen ganzen, nicht bloß den Schwanz.
Hering ist Hering, abgemacht ist abgemacht.

Ich will einen ganzen Fisch, sagte ich.
Hab'ch nich, geht nich, gibt's nich, sagte Armin.
Du Idiot, schrie ich, ich brauche einen ganzen, einen ganzen Hering, verstehst du?!
Ganze gibt's überhaupt nicht und wenn, dann sind das nachgemachte, keine echten, wenn dein Trybek sowas hatte, dann war's ein Lügenstein!
Der war echt!, schrie ich und stieß Armin gegen den Brustkorb, dass er taumelte.
He, Kumpel, reg dich ab, sagte Armin, da haste deine Naggchen wieder, sind eh nich mein Typ.
Das nützt mir überhaupt nichts, fauchte ich.
Pass auf, sagte Armin versöhnlich und legte mir den Arm um die Schulter, pass auf, wir gehen am Sonntag zur Halde und dann, dann finden wir bestimmt einen, ein Riesending von Hering werden wir finden!

Es war Sonntag. Die Kipploren über der Halde standen still. Mit dem Fahrrad fuhr ich den Feldweg nach Niederau, umschlich die Halde und fand im Zaun ein Loch. Ich stand da und wartete. Armin wohnte nicht weit vom Schacht und würde sicher jeden Moment auftauchen. Ich wartete eine halbe Stunde, vergebens, wer nicht kam, war Armin. Zu ihm fahren? Der hat bestimmt Schiss gekriegt, diese Nulpe! Mist, dachte ich, aber umkehren? Nein, das ging auch nicht. Also kroch ich durch den Zaun. Da stand ich, vor mir die Halde und mein Herz klopfte. Das, was ich tat, war verboten. Ich war mir auch einigermaßen sicher, dass in diesem Fall mein Kumpel Edgar wieder zu Onkel Edgar werden und dieses Verbot nicht zu den Verboten zählen würde, die aus

Spaß zu brechen erlaubt sei. Trotzdem, ich musste es tun. Ich musste einen Kupferhering finden, einen Ersatz für Edgars Fossil. Vielleicht einen schöneren noch.
Ich lief am Fuß der Halde entlang, bückte mich mal hier und mal da, kletterte ein Stück bergan und suchte. Da, fünf, sechs Meter über mir, ein großer flacher Stein glänzte in der Sonne. Und: Da war was drauf, das sah ich sofort; da war ein Abdruck. Ich hastete aufwärts, unter meinen Tritten lösten sich Steine und rutschten abwärts. Je schneller ich nach oben klettern wollte, desto mehr und desto schneller rollten die Steine. Mir schien, die ganze Halde käme ins Rutschen, panisch lief ich bergab, sprang durch das Scharren und Kollern und Poltern. Ich entkam unversehrt. Trotzdem hätte mir das eine Warnung sein sollen. Ich ignorierte sie.

An jenem Tag, an dem die Zeit Enzthal ausspie wie der Acker einen Lesestein, hielt ich am Dachfenster Ausschau nach dem Arbeiterbus.
Eigentlich hatte ich Edgar wieder – das heißt, das erste Mal seit dem Tag, als der Hering zerbrach – vom Bus abholen wollen: Tag, Edgar, würde ich sagen, muss mal mit dir reden. Nee, das klang ja, als hätte *er* was ausgefressen. Also: Tag, Edgar, du, ich muss dir was sagen, beinahe wäre ich verschütt gegangen unter der Halde … Ja, bloß wie weiter? Und was, wenn einer dabeistand. Vielleicht noch Frau Sachs. Frau Sachs stand mit Vorliebe zu den Busankunftszeiten vorm Backhaus, ein Brot im Netz und Neuigkeiten tauschfertig auf der Zunge. Man nannte sie deshalb die Dorfzeitung. Unsere Dorfzeitung, hatte Zippel in der Kneipe verkündet, heißt *Die Saggsforgain.*

Frau Sachs nämlich schloss besondere Nachrichten mit der Bemerkung ab: Is wahr, aber saggs for gain! Sag es keinem, vor allem diese Aufforderung garantierte jeder Neuigkeit eine rasche Verbreitung. Nein, besser ich ging zu Edgar nach Hause. Am besten, ich besorgte eine Flasche Korn, in Vaters Hausbar war doch bestimmt noch eine drin, übrig von der letzten Familienfeier.

Tag, Edgar, würde ich sagen, da habe ich dir was mitgebracht.

Dann würde er sagen, dass er nicht mehr trinke: Du weißt doch, ich habe im Suff den Hering zerbrochen.

Nee, Edgar, würde ich sagen, du kannst ruhig trinken, das mit dem Hering war ich.

Der Montag verging und der Dienstag, der Mittwoch und der Donnerstag. An jedem Nachmittag beobachtete ich vom Dachboden aus die Bushaltestelle, sah Edgar aussteigen, ein Stück die Dorfstraße hinabgehen und hinter Vossens Scheunengiebel verschwinden.

Am Freitag endlich fuhr ich mit dem Fahrrad zum Alten Gut. Edgars Haustür war nur angelehnt, ich stellte mein Rad an die Hauswand und klopfte mehrmals, aber niemand reagierte. Drinnen vibrierte ein Radio, Gitarren jaulten durchs geöffnete Fenster, Hexen lachten, jemand warnte kreischend: *Can't you see the witch ...* Als ich die Haustür aufdrückte, stob ein aufgeregt gackerndes Huhn heraus und eilte zur Hühnerleiter. Edgar lag in seiner Stube auf dem Sofa, auf dem Tisch eine Kaffeetasse, eine Zeitung zu Boden gerutscht.

Das schien mir kein guter Moment für eine Beichte. So zog ich mich, bemüht, keinen Lärm zu machen, zurück. Die Hand schon an der Haustür, zögerte ich. Es zog meinen

Blick zurück zu Edgars Motorradjacke. Schwer, aus dunkelbraunem Manchester, hing sie am Garderobenhaken. Im Sommer fuhr Edgar manchmal mit seinem Moped zur Arbeit, aber die Jacke sah deutlich nach mehr aus: mindestens nach einer Zweifünfer MZ. Leise nahm ich die Jacke vom Haken und zog sie an. Ich drückte die Schultern auseinander und besah mich im Flurspiegel. Passte perfekt, fast. Ich versuchte die Hände aus den zu langen Ärmeln zu schieben und probte die Sitzhaltung eines Motorradfahrers. Der Soldatensender übermittelte gerade wieder einem seiner Agenten, wie Armin behauptete, eine verschlüsselte Nachricht. Diesmal eine Nachricht für mich: *Der Berg beginnt zu glühen, die Kupferkönigin erscheint. Es wechseln die Zeiten.*

Gitarren hämmerten, jagten über den Highway, der Sirenengesang der nächsten Band heulte und trieb mich an. Das gab Kraft und gab Mut, eine Jacke wie eine Rüstung, eine Musik wie eine Rebellenarmee. Es war Zeit, Trybek zu wecken und ihm alles zu sagen, jetzt, sofort… Ich stieg vom Sitz, der Motor tuckerte leise vor sich hin, breitbeinig wie ein Kavallerist näherte ich mich der Stube, vorbei an der offenen Küchentür. Auf dem Küchenschrank eine Flasche Kumpeltod, Treibstoff für Männerherzen. Zwei Gläser für den Versöhnungstrunk, die Schnapsbrüderschaft, das glasklingende Siegel auf unsere Freundschaft: Den Kupferhering, Edgar, den kriegst du wieder. Prost, Kumpel!

Ich kramte Gläser aus dem Schrank, schraubte den Verschluss von der Flasche, ein wenig Vorbereitung konnte nicht schaden. Entschlossen goss ich das brennende Wasser in meinen Schlund, schluckte, würgte, hustete, schluckte nochmals – geschafft, das Zeug blieb drin. Doch was war das? Überm Flaschenboden trieben dunkle, aufgequollene Körner. Nelken oder irgendein anderes Gewürz? Die Leute brauten für ihre Familienfeiern mancherlei Getränk selber: Beerenwein, Eierlikör, Bratapfelschnaps. Die eine oder andere Flasche war dann mit selbstgemalten Etiketten verziert. Auch Edgar hatte ein Etikett aufgeklebt: *Mutter-Korn*. Darunter ein Totenkopf. Mir wurde mulmig, wankend verließ ich das Haus, stieg auf mein Fahrrad, um nach Hause zu fahren und mich zum Sterben hinzulegen. Nein, jetzt nicht nach Hause, das ging nicht. Mutter und Mariechen würden mich noch auf dem Totenbett ausfragen, was passiert sei. Am Ende würde ich nicht standhalten und Edgar und seinen *Mutter-Korn* verraten. Nein, niemals! Und morgen erst, in der Schule, Tadel ins Klassenbuch oder am Montag sogar vorm Fahnenappell. Nein, morgen nicht, morgen war ja der 1. Mai. Nichts würde passieren, morgen nicht und am nächsten Schultag nicht! Ich trat in die Pedale und strampelte die Dorfstraße hinunter, fuhr aus dem Dorf hinaus, an der Enze entlang, den Weg zwischen Kirschberg und Erlenbruch bis hinter zum Heiligenborn. Dort war jetzt mein Platz. Ich ließ mich am Ufer des Fischteiches ins Gras fallen. Gleich würde ich mich krümmen, wie ein Fisch im Schlamm des Zechsteinmeeres.

Fräulein Galland hatte mich gewarnt, gewarnt vorm Mutterkorn, als ich einmal im Schulauftrag selber eine Hosentasche voller Körner vom Feld holte und in der Kaffeemühle zu Mehl mahlte, um ein kleines Brötchen zu backen.

Die Sonnenstrahlen, kupferne Finger glitten über den Teich, das weiße Fischlein mit dem goldenen Rücken entfloh. Ich hörte Fräulein Gallands Schritte im Flur, die Klinke der Küchentür klacken und ihre Stimme, die nach Oma fragte. Ich sah sie mein Treiben betrachten und am Mehl schnuppern. Da wirst du von drinnen verbrennen, da krümmst du dich nur noch und stirbst, minne Jong! – Hast du schon was gegessen davon?
Ich nickte und hob meinen Zeigefinger, den ich ins frische Mehl getunkt und abgeleckt hatte.
Oh, minne Jong, dann bete!
Soll mich Papa nicht lieber zum Arzt fahren?
Bete zum heiligen Antonius, der versteht das Heilige Feuer zu heilen.
St. Antonius hatte geholfen, vielleicht waren aber die dunklen Krumen nicht vom Mutterkorn, sondern vom Kaffee aus der Kaffeemühle ins Mehl geraten.
Doch diesmal hatte ich die schwarzen Körner deutlich gesehen, den Totenkopf und die Aufschrift *Mutter-Korn.* Sicherheitshalber betete ich. Die Sonne verfärbte sich, leuchtendes Kupfer wurde zu rostigem Rot und zerfloss über dem Horizont. Der Hang über dem Stollenmund leuchtet. Der Berg beginnt zu glühen, die Kupferkönigin erscheint. Ihr Silberglöckchen hör ich schon …
War ich schon hinüber? Mein Atem kondensierte, doch fror ich nicht. Mir war warm und leicht. Ich legte die Arme um meinen Körper und fühlte den dicken Stoff von Trybeks Jacke. Auch das noch, ich hatte seine Jacke an. Eine Leiche mit Trybeks Jacke, er würde wieder ins Gefängnis müssen. Aber ich spürte weder Sorge noch Angst. Das Licht rauschte in den Bäumen und durchs

Schattenwasser blitzten die Fische. Ich stand auf, um nach dem weißen Fisch mit der Goldflosse zu sehen. Als ich die Hände in die Jackentaschen schob, machte ich zwei Entdeckungen: in der linken eine angebrochene Zigarettenschachtel inklusive Feuerzeug und in der rechten: natürlich, der Schlüssel zum Stollen!

Wo, wenn nicht dort, ließe sich vielleicht ein neuer Kupferhering finden.

Was ich gefunden habe, war keine Versteinerung. Ich habe ein lebendiges Tier gefunden, oder vielmehr: Es hat mich gefunden; damals in der Nacht des 30. April 1971. Kommen Sie mir, Schwester, nicht mit Walpurgisnacht und solchen Dingen! Es gibt andere Erklärungen.

Aber die Zahl meiner Erklärungen stieg mit der Anzahl der Jahre. Geholfen haben sie mir nicht. Nicht der Fiebertraum eines Verschütteten, den Mutter immer wieder beschwor. Nicht ein Rausch vom Mutterkorn, den ich mir zurechtdeutete. Nicht der Einfluss Gallandscher Heidenmärchen, vor deren verderblichen Folgen Oma Luise immer gewarnt hatte.

Als ich in Fräulein Gallands Küche das erste Mal vom weißen Eber hörte, wollte ich ihn jagen. So, wie der Ritter Guingamor durch den Wald ihn jagte; ihm nach, immer tiefer hinein ins Dickicht; bis im dunklen Grün das weiße Tier verschwunden war. Der Ritter aber gab nicht auf, bis das Gestrüpp und die Wände aus Stämmen zurückwichen und das Wasser eines Teiches erglänzte. Da strichen die Sonnenstrahlen durchs Laub übers Wasser, und Guingamor sah eine badende Frau. Guingamor nahm ihre Sachen, um sie zu necken. Versteckte sie und forderte lachend einen Preis. Da lud sie ihn ein in ihr

Schloss für drei Tage. Dann, so sprach sie, gebe ich dir den Eber zur Beute.
Die drei Tage vergingen im Flug. Guingamor nahm Abschied und ritt davon. Aber als er aus dem Wald kam: Da war alles ihm fremd, die Wege und Städte und Menschen.
Hatte nicht die Schöne beim Abschied gemahnt: Bleibe bei mir! Hatte sie nicht gewarnt: Dort wirst du keinen mehr kennen! Dort draußen sind dreihundert Jahre vergangen!
So kehrte er um.
Wie, Schwester, sollte mir das Umkehren gelingen? Und wohin?
Dieses verwunschene Enzthaler Jahr, von dem ich noch immer nicht weiß, ob ich es nicht besser ein verfluchtes nennen soll.
Als das Dorf wieder auftauchte und alles schien wie vorher, war nichts mehr, wie es vorher war. Dreihundert Tage, die Welt danach war mir fremd.
Die Zeit war darüber hingegangen, wie das Zechsteinmeer über die Erde von Enzthal. Was auszugraben wäre, sind nur noch Bruchstücke, Fossilien. Wie vieles hat auch der weiße Keiler seinen Abdruck in meinem Leben hinterlassen. Wenn ich die Augen schließe und ganz still bin, dann spüre ich seine Vertiefungen und seine Erhebungen.

Damals vorm Stollen war nicht die Zeit, an Trybeks *Mutter-Korn* zu sterben. Ich war hellwach. Wacher, Schwester, als je in meinem Leben. Ich werde in den Stollen gehen. Ich trete vor die Gittertür. Was, Schwester, wenn es gelänge, das Kind, das dort lebt, zu erlösen?

Schwester Epifanias Hand liegt auf meiner Stirn, löst sich, greift nach der Schachtel aus Blech, die der spanische Junge brachte und die nun auf meinem Nachttisch steht. Die Schachtel scharrt übers Holz, ein Scharren, als käme etwas ins Rutschen, wie damals im Berg.
Die Schwester schlägt Trybeks Notizbuch auf, beginnt zu lesen und ihre Stimme macht den Bergsturz zu rollenden Kieseln im Enzthaler Bach: *Die Kupfersonne.*

Es hieß, Torbern sei früher in den Erzgruben Schwedens beschäftigt gewesen, das berühmte Falun sei ihm vertraut wie sein Bergmannsschuh. Später, nach Jahren im Mansfelder Revier, sei er unter den Ersten gewesen, die von dort herüberkamen, um in der Sangerhäuser Mulde einen Schacht abzuteufen. Das war in den vierziger Jahren des zwanzigsten Jahrhunderts während des Krieges.
Wenn die Tage länger wurden und die Abende heller, spannte Torbern seine Ziege vor einen Handwagen und fuhr über die Dörfer, um an den Straßenrändern aufzusammeln, was von den Fuhren der Bauern heruntergefallen war: ein Büschel Heu, ein paar Rüben, eine Weizengarbe. Reichlich gab es zu finden, besonders, wenn ein Tiefflieger die Straße bestrichen und ein Bauer seine Pferde gepeitscht hatte, um das Fuhrwerk in den Schutz einer Baumgruppe zu bringen. Selbst wenn die Feldraine leergeräumt waren, ließen sich ein paar Pflaumen pflücken, oder er rupfte Löwenzahn und Giersch, gutes Gemüse für seine Kaninchen und für sich selbst. Manchmal gelang es ihm, beim Bauern auch ein Fossil oder einen Malachit gegen ein paar Eier oder ein Stück Schlackwurst zu tauschen.

Vor langer Zeit, so erzählten die alten Leute, hätte er auch kupferne Spiegel verkauft; Spiegel, von denen jede Frau träumte, denn sie zeigten ihre wahre Schönheit; Spiegel, von denen jeder Mann träumte, denn sie machten eine Frau zufrieden. Und jedem Käufer versicherte Torbern, er bezöge diese Spiegel direkt von der Insel Zypern, die man auch die Kupferinsel nenne. Gelegentlich fügte Torbern auch folgende Geschichte hinzu: An der zyprischen Küste sei, wie jeder wisse, Aphrodite aus dem Schaum des Meeres geboren.
Als sie heranwuchs, fragte sie also das Meer: Sag mir, wer bin ich?
Poseidon aber gebot dem Meer zu schweigen. Er war neidisch auf die schöne Tochter seines Bruders Zeus.
Sie fragte den Himmel, doch Zeus befahl dem Himmel zu schweigen. Er fürchtete den Zorn seiner Gattin, deren Tochter Aphrodite nicht war.
Da, an die Sonne gewandt, wiederholte Aphrodite ihre Frage: Sage mir, Sonne, wer bin? Doch Helios, wie immer in Eile, trieb sein Gespann, bis es glühte, und verschwand schnell hinter dem Horizont.
Die Dämmerung kam, und Hephaistos, der Schmied, hörte Aphrodite klagen: Ach, will denn keiner mir sagen, wer ich bin?
Da hinkte Hephaistos herbei und schenkte ihr einen Spiegel von Kupfer.
Aphrodite dankte dem Lahmen und sagte: Jetzt reich mir die Fackel, damit ich mich sehen kann.
Eine Fackel? Deren Licht, sagte Hephaistos, bedarf es nicht.
Sie sah in den Spiegel und erkannte sich selbst; selbst im

Dunklen wurde ihr Antlitz wie eine Sonne gespiegelt von dem polierten Metall.

So, sagten die Leute, erzählte es Torbern. Einmal, ein einziges Mal, habe er einen seiner Spiegel verschenkt. Kupferkönigin habe er jene Schöne genannt, ihr richtiger Name sei Freja gewesen. Mit seinem Spiegel gewann er ihr Lächeln, mehr jedoch nicht.
So wenig ein Stein erblüht wie eine Blume, sagte die Schöne, so wenig vermag ein Einzelner mich zu besitzen!
Da litt Torbern. Und was für ein Schrecken ergriff ihn, als er, der selbst immer wieder die Geschichte von Aphrodites Spiegel erzählt hatte, entdeckte, nicht die Schöne bedurfte seines Spiegels, sondern das polierte Metall blieb ohne ihr Gesicht dunkel und stumpf; so wie der Mann, der es verschenkte, so wie er selbst.
Da litt Torbern noch mehr. Seit diesem Tag ist Torbern im Berg auf der Suche nach Blaustein. Denn der vermag in Form einer Rosette zu wachsen, zu blühen wie eine Blume. Und heißt es nicht, wer die Blaue Blume besitzt, dem gehört die Liebe der Welt?
Freja aber schenkt ihre Liebe noch immer jedem Menschen, der bereit für das Licht der Kupfersonne ist.

5

Die Blaue Blume, Schwester, suchte ich nicht. Ich suchte einen Kupferhering, um Trybeks Freundschaft zu retten. Ich stand vor der Gittertür zum Stollen, ich sah das

Schloss, spürte Trybeks Schlüssel in meiner Hand und wusste, er würde passen.
Was ich nicht wusste, und was mich enttäuschte, der Gang war nach etwa fünf Metern zu Ende; nicht zu Ende, aber verschüttet. Im Schein des Feuerzeugflämmchens suchte ich den Schuttberg ab, tastete Stück für Stück über das Gestein, zog hier und da ein Stück Schiefer hervor, untersuchte es von allen Seiten: nichts. Es war aussichtslos. Wütend schleuderte ich das eben aufgehobene Stück zur Seite: Es klirrte wie Glas. Im Licht des Feuerzeugs entdeckte ich die Scherben eines Einweckglases, dazwischen in einer Wasserlache Osterglocken, nicht mehr frisch, die ersten Blätter waren bereits welk. Dicht dabei eine dicke, aber schon weit heruntergebrannte Kerze. Dahinter in einer hüfthohen Nische ein Kreuz, glatt gehobelte Hölzer sauber ineinandergefügt, in seiner Mitte mit breitköpfigen Nägeln angeheftet: eine Schieferplatte. Ein Fossil, sagte ich mir. Und, wenn es ein Fossil war, dann war das hier Edgars Werk. Neugierig kroch ich näher, um den Abdruck zu untersuchen: kein Farn, kein Hering… Ich entzündete die Kerze und versuchte die fächerförmigen Prägungen zu deuten. Fräulein Gallands Geschichte von der Jungfrau Maria kam mir in den Sinn. Waren das nicht ein Schleier oder Haare, die ein Gesicht umwehten?
Wie konnte mein Kumpel Edgar, der ein Held der Arbeiterklasse war und ein Naturforscher wie ich, wie konnte mein Rote-Fahnen-Träger sich heimlich hierher schleichen und diesen Mumpitz mit Kreuz und Jungfrau veranstalten? Nein, dachte ich, das konnten nur die Flügelstrahlen einer Flugechse sein, eines Icarosaurus vielleicht. Aber warum hat er ihn mir nicht gezeigt? Auf mich war doch Verlass!

Ach, sollte er doch auf seinem kaputten Hering sitzenbleiben, sollte er doch auf den Knien durch den Juttastollen hutschen bis ans Ende der Welt, sollte er doch!
Doch das passte nicht. Das passte nie und nimmer! Nein, Edgar hatte das hier, so wie ich jetzt, auch nur entdeckt und hatte dem Ganzen Schloss und Riegel vorgeschoben. Ich sorge jetzt hier für Ordnung, das hatte er doch gesagt! – Wahrscheinlich hat die Gallanden hier nur katholisch gebetet.
Hätte mich ruhig einweihen können, mein Kumpel Edgar, neulich beim Angeln. Schließlich, so ein Icarosaurus, das ist doch wirklich ein Fund, Edgar, würde ich sagen, der gehört doch ins Spengler-Museum! Er hätte mich wirklich einweihen können, dann hätte ich nicht seinen Schlüssel borgen und heimlich wie ein Dieb in den Stollen schleichen müssen.
Der Schein der Kerze strich nochmals über das Kreuz, streifte das Gestein dahinter und zeigte mir einen Spalt. Vorsichtig kippte ich das Kreuz zur Seite, um nachzusehen, wie weit er führte. Ich zwängte mich hindurch und sah, es ging abwärts, tiefer hinein in den Berg. Nach zwei, drei Metern weitete sich der Gang, und man konnte fast aufrecht stehen.
Eine Grotte sah ich, deren Sintergestein im Schein der Kerze leuchtete; einen See sah ich, dessen dunkler Spiegel alles Licht zu verschlucken schien; ein Aufleuchten in der Tiefe sah ich … und sah: Da war er, mein Fisch, der Kupferhering, schemenhaft nur, weiß mit einer goldenen Rückenflosse, fast wie ein goldenes Krönchen. Er leuchtete und verschwand; verschwand, um über mir aufzutauchen im schwarzen Gestein als ein Abdruck im flackernden Licht.

Ich kletterte eine Schräge hinauf, sah nur noch das weiße Tier mit dem goldenen Rücken, keilte Füße und Knie ins Geröll, den Nacken dabei gegen die Decke gestemmt, zog und rüttelte an der Schieferplatte, die aus dem seitlichen Verbau tauben Gesteins ragte. Das Knacken und Rutschen, das Rumoren im Berg, das anschwellende Dröhnen nahm ich nur noch wie durch eine Wattewand wahr.

Das Licht ging an in meinem Kopf. Ich kam zu mir und lag im Dreck. Überall Modder, um mich her schwanzschlagende jappende Goldfische. Ein dämmriges Licht drang durch das junge Laub der Bäume und überzog Doktor Kilians Teich mit einem kupfernen Schimmer. Mein Kopf schmerzte, an meiner Stirn eine Wunde, sie blutete leicht. Nicht nur der Eingang zum Juttastollen, der ganze Berghang war abgesackt und mit ihm der Damm des Teiches. Jetzt erst nahm ich hinter mir ein Schnaufen wahr, ein Grunzen, das einem massigen Keiler gehörte. Ich sah ihn, als ich mich umwandte, sich wälzen im Teichgrund. Als er sich aufrichtete, erschienen mir, obwohl er völlig mit Schlamm bedeckt war, seine Rückenborsten von goldenem Glanz.
Langsam, und das Tier aus den Augenwinkeln im Blick behaltend, zog ich mich zurück. Mein Fahrrad fand ich unversehrt, wo ich es abgelegt hatte. Nass und völlig verdreckt stieg ich auf und beeilte mich, nach Hause zu kommen. Meine Uhr war stehengeblieben, es musste früher Morgen sein, im Dorf war alles still. Selbst in den Ställen herrschte noch Ruhe, was ungewöhnlich war. Aber vielleicht hatten die Melker verschlafen. Bevor ich in unsere Gasse abbog, fuhr ich bei Trybek vorbei.

Das Hoftor Am Eckstein Nr. 5 stand offen, vor dem Haus stand ein fremder Kleinbus mit roter Karosse. Ich äugte durch die Autoscheiben. Das Heck war mit Möbeln vollgestopft. Es kam vor, dass im Dorf Fremde auftauchten. Arbeiter aus dem Schacht, denen man wie Trybek hier eine Wohnung zugewiesen hatte, oder ein neuer Melker für die Genossenschaft.

Es gelang mir, Trybeks Jacke samt Schlüssel unbemerkt an einen der Kleiderhaken im Flur zu hängen. Nun nichts wie weg. Doch als ich eben auf mein Rad steigen wollte, erschreckte mich ein Klingen wie von einem silbernen Glöckchen. Leise klirrend schlug ein Fensterflügel an; als ich mich umdrehte, sah ich im Obergeschoss ein geöffnetes Fenster und darin eine Frau. Ich hatte sie noch nie in Enzthal gesehen, und die erste Etage des Alten Gutes war schon lange nicht mehr bewohnt. Sie stand am offenen Fenster und kämmte sich, das Haar glänzte kupfern und floss über ihre Schultern. Leise summte sie vor sich hin; hin und wieder beugte sie sich vor, als hielte sie nach etwas Ausschau. Mich übersah oder ignorierte sie dabei völlig. Sie legte den Kamm aus der Hand, nahm eine Bürste von der Fensterbank, warf den Kopf in den Nacken und strich damit die Haare nach hinten.

Da stellte ich fest: Sie hatte nichts an, zumindest nicht obenrum. An Untenrum traute ich mich gar nicht zu denken. Irgendwo hinter mir schnaufte es leise. Erschrocken drehte ich mich um. Aber im Stall begann nur das morgendliche Rumoren der Tiere. Ich machte, dass ich davonkam. Zu Hause schlich ich die Treppe hinauf in mein Zimmer und kroch in mein Bett.

Gegen acht weckte mich Vater. Es war der 1. Mai, und ich hatte am Vortag vergessen zu schmücken. Also heftete ich Papierfähnchen und Birkengrün ans Hoftor und steckte auch in die Blumentöpfe in den Fenstern zur Straße je ein rotes Fähnchen und eines mit dem Staatswappen.
Es will heute gar nicht richtig hell werden, sagte Mutter beim Frühstück.
Wird wohl Gewitter geben, kommentierte Mariechen.
Unsinn, konstatierte Vater, um diese Jahreszeit doch nicht.
Fräulein Galland klopfte und steckte ihren Kopf zur Tür herein: Mein Bett hat gewackelt, Herr Laub, in der Nacht, als hätte die Erde gebebt.

Trotzdem, an diesem Morgen schien es mir noch, als könne dieser Maifeiertag ablaufen wie alle Maifeiertage zuvor: Umzug mit Blaskapelle, die Dorfstraße rauf, die Dorfstraße runter. Versammeln vor der Schenke. Gesang der Kindergartenkinder. Die erste Rede, das heißt die Ankündigung der Rede zum Internationalen Kampf- und Feiertag der Werktätigen des Ersten Sekretärs der Kreisleitung der Sozialistischen Einheitspartei Deutschlands und Vorsitzenden der Nationalen Front und Stellvertreters des Vorsitzenden der Vereinigung der Gegenseitigen Bauernhilfe. Dann die Rede selbst. Gedichtvortrag eines Kindergartenkinds. Gesang der Kindergartenkinder. Fußballspiel der Feldbaubrigade gegen die Brigade Viehzucht; Buchhalter, Arbeiter und Intelligenz, also der Tierarzt, wurden per Los auf die Mannschaften und Schiedsrichterposten verteilt.

Als ich im Dorf unter der Linde ankam, standen der Alte Voss und Mühlenmeister Zinnwald an der Milchrampe und debattierten eine seltsame Naturerscheinung. Mit den Augen folgte ich der Krückstockspitze des Alten Voss, die immer wieder zum Himmel zeigte. Jetzt bemerkte ich es: Die Sonne stand im Norden. Für diese Tageszeit ungewöhnlich hoch, doch eindeutig in nördlicher Richtung. Sie strahlte nicht, sie leuchtete nicht. Es schien, als sei die Sonne weg, hätte nur ein Loch hinterlassen, durch das Licht hereinfloss und durch den Dunst sickerte, sich verteilte und den Himmel über Enzthal mit einer kupfernen Helle überzog.
Der Tag sollte ohne Gewitter vergehen; das Wetter würde nicht wechseln; die Sonne nicht ihre Position ändern, nicht am Mittag und auch nicht am Abend. Zur Nacht würde mancher die Fensterläden verschließen, damit das diffuse Licht nicht in die Schlafstuben dringe. Einige, die Leningrad von einer Reise her kannten, würden von den Weißen Nächten sprechen; und die jungen Leute bis in den Morgen auf der Milchrampe sitzen und die Ereignisse des Tages diskutieren.
Vormittags hoffte man noch, dass die Kapelle anreiste, während man plaudernd die Dorfstraße auf und ab spazierte oder rauchend am Dorfteich stand. Doch die Musiker blieben aus. So versammelten sich gegen elf alle vor der Schenke, wobei die eine oder andere Bemerkung über die eigenartigen Lichtverhältnisse fiel. Auf der gegenüberliegenden Straßenseite stand das Rednerpult von zwei frisch geschlagenen Birken umrahmt und wartete auf den Festredner. Mariechen führte ihre Kinder heran, baute sie zur Linken auf und übte noch einmal das

Lied von der *Kleinen Weißen Friedenstaube*. Zur Rechten stellten sich die Männer der Freiwilligen Feuerwehr in Dreierreihen auf. Hinterm Rednerpult, zwischen zwei Fahnenmasten, stand die sogenannte Dreifaltigkeit: der Bürgermeister, der Vorsitzende der Genossenschaft und der Parteisekretär. Sie sahen auf die Uhr, reihten sich auf und warteten auf den Festredner. Die Fahnen hingen schlaff herab und warteten auf Wind. Ich stand neben meinen Eltern und wartete auf Trybek. Ich fürchtete, dass er die Entführung seiner Jacke bemerkt hatte, und hoffte gleichzeitig auf eine Gelegenheit, ihm von meinem nächtlichen Abenteuer zu berichten. Festredner, Wind und Trybek ließen auf sich warten.
Mariechen probte zum dritten Mal das Lied von der *Kleinen Weißen Friedenstaube*. Die Reihen der Feuerwehr wankten, man beklagte gewaltige Brände und verlangte zu löschen. Die Leute wurden unruhig. Ein paar Jugendliche verschwanden in der Schenke. Die Dreifaltigkeit beriet.
Schließlich trat Bürgermeister Blätz vor und fuhr einen Moment unentschlossen mit der Hand durch seinen pelzigen Schopf, dann mahnte er zu Geduld.
Der Vorsitzende, jüngster Sohn des Alten Voss und zur Unterscheidung von seinen älteren Brüdern, obwohl eins neunzig groß, der Kleine Voss genannt, schwang sich auf sein Motorrad und knatterte dem Dorfausgang zu, offenbar dem Redner entgegen.
Vielleicht hängt der ja mit einer Autopanne zwischen den Feldern, vermutete Vater. Borgfest, Lehrer und Sekretär der regierenden Partei, verschwand in der Schenke und kam mit der abtrünnigen Dorfjugend sowie einem Kof-

ferradio wieder heraus. Er stellte das Transistorgerät auf das Rednerpult und bat um Aufmerksamkeit für die Rede des Staatsratsvorsitzenden. Aus dem Plastegehäuse drang Fiepen und Schnarren. Zippel applaudierte. Die Leute lachten. Freddy, der junge Blätz, verlangte halblaut nach Radio Luxemburg. Sein Vater drohte mit der Faust zurück. Borgfest schwenkte nervös die Antenne und kurbelte den Senderknopf durch alle Wellenlängen. Vergebens, der Genosse Ulbricht war nicht zu verstehen. Da, seht mal, rief plötzlich einer und zeigte zum Spritzenhaus. Die rotgestrichene Holztafel mit der weißen Schrift *Vorwärts! Für Frieden und Sozialismus!* hing schräg nach unten und wurde nur noch von einer Schraube gehalten. Daneben konnte man jetzt die in den Putz geprägten Worte lesen: *Gott zur Ehr, dem Nächsten zur W…*
Borgfest zuckte zusammen, als man Motorradknattern vernahm. Endlich, der Kleine Voss war wieder da! Doch kein Festredner dabei, nicht auf dem Sozius, nicht in einem Fahrzeug hinterdrein. Oder doch? Der Motorradfahrer selbst der Gast? Denn der sah nicht aus wie Voss, war, als er abstieg, lang wie der, doch viel älter, alt wie der Alte Voss selbst und bärtig wie nicht mal Trybek. Seltsam, was er sagte, als er ans Rednerpult trat, nicht sagte, sondern fragte: Wie lange war ich weg?
Borgfest sah auf die Uhr, halbe Stunde vielleicht.
Der Kleine Voss schüttelte den Kopf, wieder und wieder. Glaubt mir, sagte er, mir waren es Jahre. Als sei ich Jahre durch den Nebel geirrt.
Alles schwieg, keiner verstand. Kommt mit, sagte der Kleine Voss, ich will es euch zeigen. Alle folgten ihm, gingen die Dorfstraße hinauf, am Ortseingangsschild vor-

bei, die ansteigende Landstraße hinauf über die Kippe, von wo aus man für gewöhnlich schon Niederau sehen konnte. Doch etwa hundert Meter weiter verschwand die Straße in einer Wand wie hinterm Horizont. Das ist keine Wand, sagte der Kleine Voss, das ist Nebel. Ein kupferfarbener Dunst, der sich zum Nebel verdichtete. Ein Nebel, der, so der Kleine Voss, einen zwar eindringen ließ, aber sonst nirgends hin. So viele Weggabelungen und Kreuzungen er auch passiert habe, den Weg immer nur über drei Armlängen im Blick, weder nach Niederau noch in die Kreisstadt sei er gelangt, nirgendwo hin, nur immer wieder nach Enzthal.

Wenn ihr es mir nicht glaubt, probiert es doch selber!

Die Leute gingen langsam voran, blieben stehen, zögerten.

Was ist? Na los!

Mutter war es, die sagte zum Kleinen Voss: Du bist alt geworden, Ottfried.

Schätze 30 Jahre in 30 Minuten, ergänzte Borgfest, macht pro Minute …

Der Nebel is' es, rief Frau Sachs, der Nebel hat ihn alt gemacht.

Als das nun ausgesprochen war, wichen die Leute erschrocken zurück. Dann redeten alle durcheinander.

Los, kommandierte Blätz, die Feuerwehr in zwei Gruppen! Die eine mit mir! Borgfest, die andere mit dir!

Je ein Trupp begann links und rechts der Straße an der Nebelwand entlang zu laufen. Fast alle folgten den Männern in die eine oder die andere Richtung. Nur der Kleine Voss blieb zurück und ich. Er saß auf dem Findling, der hier die Grenze der Gemeinde markierte, und betastete noch immer ungläubig seinen Bart, der innerhalb einer knappen halben Stunde aus dem glatten Gesicht gesprossen und grau geworden war.

Tack tack, der Stock, tack tack, der Alte Voss, frisch rasiert und flott, der Stock ein Degen, mit jedem Schritt vorangestoßen in das Zwielicht dieses Tages. Blieb stehen, guckte dem Sohn ins faltige Gesicht und sagte: Das hast du nun davon!

Das Schweigen war tief und zäh wie der Nebel um Enzthal und verriet nicht, wovon der Kleine Voss was hatte. Lautlos kämpften die beiden mit Blicken. Mich traf ein Querschläger, nein, der Seitenhieb kam gezielt, stumm aus den Augen des Alten: Verschwinde, Buchhalterkind, das geht dich nichts an.

Ich lief davon, ließ Voss Vater und Sohn an der Wand aus Nebel zurück, rannte die Straße nach Enzthal hinein, vorbei an der Schenke und den baumelnden Fahnen, über zertretene Mainelken und Kippen, ließ rechterhand den Teich mit seinen Kastanien zurück, dachte noch, dass mit dem Denkmal am Teich was anders war jetzt, da wechselte schon das Graublau der Schlacken ins Kopfsteinocker. Ich fiel in Schritt und bog, eine Hand auf die stechende Seite gepresst, nach links in die Gasse ein, zum Alten Gut. Damals schien mir, Trybek könne alles erklären.

Da wohnt jetzt Layla, sagte Trybek und wies mit dem gereckten Daumen nach oben. Er guckte dabei, als habe er schon ein paar Gläser *Mutter-Korn* getrunken. Doch auf dem Tisch stand nur die Kaffeekanne, Eierschalen lagen herum, Brotkrumen, ein Messer steckte in einem

Marmeladenglas. In der Ecke auf dem Fußboden dudelte ein Tonbandgerät vor sich hin.
Mein Bericht über den ausgebliebenen Redner und die Nebelfahrt des Kleinen Voss schien ihn zu amüsieren. Trybek steckte sich eine Zigarette an, ging zum Tonband, spulte zurück, und ein Typ sang von einer Layla.
Ich brachte es nicht fertig, Trybek von meinem nächtlichen Gang in den Juttastollen, dem Kreuz und dem Wildschwein zu berichten. Ich wusste nicht, was ich mehr fürchtete, ausgelacht zu werden oder ausgeschimpft. Trybek wippte mit dem Kopf im Rhythmus des Gitarrenriffs und drehte das Gerät auf volle Lautstärke, dass es schnarrte und ein paar Tabakskrümel auf dem Gehäuse hüpften. Clapton, rief Trybek mir zu, Eric Clapton. Dann kreischte er: *Layyyla, you turned my whole world upside down… Layyyla…* wirst sehen, Großer: Heute wird oben ausgeräumt… morgen die Wohnung gemalert… *Layyyla…* Sag der Marie, Layla ist jetzt da… *Layyyla!!!*
Sag es ihr doch selber!
Draußen polterte es, etwas war auf den Hof gefallen. Wir stürzten nach draußen. Auf dem Hof lag ein zerbrochener Stuhl, aus dem Fenster im Obergeschoss folgte ein zweiter. Trybeks neue Mitbewohnerin wuchtete ein Nachtschränkchen auf das Fensterbrett und stieß es herunter.
Warten Sie, rief Trybek hinauf, ich helfe Ihnen!
Die Frau stutzte, strich sich eine Haarsträhne hinters Ohr und antwortete: Nicht nötig, Herr Nachbar!
Aber…, Trybek setzte zu einer Erwiderung an, da war sie schon vom Fenster verschwunden.
Nicht nötig, Herr Nachbar, sagte ich grinsend.

Trybek hob die Hand und blitzte mich an. Vorsicht, rief er und riss mich zur Seite. Eine Matratze segelte durchs Fenster und landete zu unseren Füßen. Trybek kratzte sich am Kopf: Da werde ich mal einen Trecker besorgen und den Krempel in den Steinbruch fahren.
Soll ich Ihnen helfen, Herr Nachbar?, frotzelte ich.
Pass bloß auf, Großer …, drohte Trybek.
In diesem Moment trat die Fremde aus der Tür, blaue Kombi, Gummistiefel und ein buntes Tuch um den Kopf geschlungen, funkelnde Locken quollen hervor.
Wir starrten hinüber. Trybek flüsterte: Das ist sie.
Sie guckt so komisch, sagte ich, hat die den Silberblick?
Nein, flüsterte Trybek, ich glaube, sie hat ein grünes und ein braunes Auge.
Die Neue ging hinüber zum Schweinestall, öffnete das Tor, verschwand darin und kam wenig später mit Mistkarre und Gabel wieder heraus. Jeder Schritt, jeder Handgriff wirkte, als habe sie hier auf dem Alten Gut schon immer die Schweine besorgt. Sie begann, die Tiere auszumisten und rief herüber: Schrot ist alle. Wo gibt's das hier?
In der Mühle, rief ich, Zippel fährt das jeden Montag aus.
Die Tiere haben *heute* Hunger, sagte sie und hob die mit Mist gefüllte Karre an.
Hilfsbereit machte Trybek eine paar Schritte auf sie zu.
Nicht nötig, sagte sie, ich kümmere mich schon selber. Wenn ich einen Mann brauche, fügte sie lachend hinzu, melde ich mich.
Auf der Straße trottete Borgfest vorüber. Tach, sagte ich laut und schreckte ihn aus seinen Gedanken. Ich war auf

Neuigkeiten über den Nebel gespannt. Er stutzte, kam auf den Hof und drückte jedem die Hand, so, als spräche er sein Beileid aus. Dabei schüttelte er immer wieder den Kopf und flüsterte: Es gibt keinen Weg, es gibt keinen Weg mehr hinaus.
Plötzlich straffte er sich. Krieg, sagte er, jetzt weiß ich's, es klang erleichtert: die Bombe. Die Amis haben die Bombe geworfen. Enzthal ist verschont; nur vom Kriegerdenkmal ist der Putz gefallen und am Spritzenhaus die Losung. Der Nebel ist überall, ringsum, bis an die Gemeindegrenzen. Enzthal widersteht. Wenn doch ein Radio ginge oder das Fernsehen, nichts geht.
Strom ist da, sagte Trybek.
Ja, ja, Strom ist da, Borgfest nickte. Geschäftig wandte er sich an die neue Tierpflegerin: Und du, Kollegin, bist die Neue aus dem Harz?
Ja, vom Brocken. Und Sie?
Ist doch Sperrgebiet? – Haha, guter Witz!
Aha, Herr – entschuldigen Sie, ich habe Ihren Namen nicht verstanden? Gutwitz?
Borgfest, ich mach' hier die Partei.
Alles klar, ich mach' die Schweine.
Trybek streckte ihr die Hand hin: Ich bin Edgar äh Trybek, also Edgar Trybek.
Und ich: Freja Vanadski.
Freja!?, entfuhr es mir, ich denke Lay…
Trybek stieß mich in die Seite. Ich verstummte, gab brav die Hand und nannte meinen Namen.
Borgfest sinnierte: Vanads-ki… umgesiedelt?
Nein, vertrieben, sagte Freja.
Also umgesiedelt, sagte Borgfest, aus Pommern?

Nein, aus dem Paradies.
Aha, Borgfest tat verständig.
Trybek deutete auf das Gerümpel, ich besorge einen Trecker, ich fahre Ihnen das weg. Haben Sie schon Farbe, da oben müsste doch bestimmt...
Ich verzog mich lieber. Von der Straße rief ich über die Schulter zurück: Schön' Gruß auch, Edgar, an Layla!

Dass im darauffolgenden Winter Trybek Freja tatsächlich heiraten wollte, ahnte da noch keiner. Schon gar nicht, dass diese Hochzeit noch in der Kirche scheitern würde. In den Tagen danach würde ich Trybek besuchen und ihn schlafend auf seinem Sofa finden. Daneben vom Tonband würde wieder Eric Claptons Klagelied ertönen und auf dem Tisch die Flasche stehen, auf deren Etikett er *Mutter-Korn* geschrieben hatte. Daneben sein Notizbuch A5, kariert, auf dem Etikett in Druckbuchstaben mit Bleistift geschrieben: *Jakubs Notizen.* Und dort würde ich lesen, was Trybek über diesen Maitag notiert hatte.

31. April / 1. Mai
Die Sonne ist alt geworden, sie ging in den Norden: ~~um zu sterben~~ um wiedergeboren zu werden.
In der Nacht kam Layla. Ich habe sie Layla genannt. Wegen Clapton, und weil ich mich nicht fürchte, allein wie der Madschnun aus der Legende unter den wilden Tieren zu leben, ~~wenn Marie~~ wenn auch Layla die Frau eines anderen wird.
Der Kleine kommt übern Hof, manchmal stört dieser Hartwig...

Warum, Schwester, lesen Sie mir das noch einmal vor? Therapie? Hat *er* das verordnet, der Weiße Offizier? Glauben Sie, das brächte mich in die Wirklichkeit zurück, der Klang der eigenen Sprache? Soll die Enttäuschung mich heilen mit Sätzen wie: *Manchmal stört dieser Hartwig, anhänglich wie eine Klette …*
Nicht *der Kleine*, Schwester, ärgerte mich, auch hatte er mich schon manches Mal genervt verscheucht. Nein, es war das Wort *dieser*, das mich wütend machte. Dieses *dieser* machte mich ihm fremd. Heute Schwester, weiß ich, dass auch er für mich eigentlich ein Fremder war: *dieser* Jakub. Überhaupt dieser *Jakub*, dieses Vexierspiel mit Namen! Hatte Vater vielleicht recht, und Edgar war vom Staatssicherheitsdienst zur Überwachung der Bauern geschickt: Deckname Jakub? – Edgar glaubte ich zu kennen. Jakub nicht.

Im April 1945 zuckelte Torbern nach Helmenrieth, einem Dorf der Goldenen Aue. Dort kannte er einen Bauern, von dem wollte er, wie schon im Vorjahr, eine kleine Fuhre Mist für seine Beete abholen. Schon auf dem Heimweg, bog er von der Hauptstraße ab. Nahe beim Dorf sollte es eine ergiebige Lehmgrube geben. Der Kachelofen zu Hause zog Nebenluft, und es war höchste Zeit, ihn frisch zu verschmieren. Ein paar Batzen Lehm auf die Fuhre, das würde die Ziege mit seiner Hilfe schon noch trecken. Am letzten Haus des Ortes ging die Schotterstraße in einen zerfahrenen Feldweg über. Torbern hielt an und überlegte, ob er der Ziege mit dem beladenen Wagen die tiefen Geleise zumuten könne. Da fiel sein Blick auf einen prächtigen Forsy-

thienstrauch. Dicht dabei sah er ein frisch, aber liederlich umgegrabenes Beet. Er wunderte sich über die wüst aufgeworfene Erde in dem sonst so geordneten Garten. Der Garten und das zugehörige Haus lagen still im Licht der sinkenden Sonne, in einem offenstehenden Fenster tummelte sich ein Fliegenschwarm. Der Hof lag schon im Schatten, und das Tor stand weit offen. Torbern ging hindurch, um sich nach der Lehmgrube zu erkundigen, und klopfte vergeblich an die Haustür. Auch als er die unverschlossene Tür einen Spalt öffnete und mehrmals Hallo rief, rührte sich niemand. Nur ein unangenehmer Geruch schlug ihm entgegen.

In diesen Zeiten, da die Amerikaner an der Werra und die Russen an der Oder standen, fand man nicht selten ein verlassenes Haus, dessen Bewohner versucht hatten, sich in irgendeine Richtung in Sicherheit zu bringen. So schien es auch diesem Haus ergangen zu sein. Im Flur stieg Torbern über Berge schmutziger Wäsche, Bettzeug und Windeln, es stank. Durch eine offenstehende Tür sah er einen Raum mit leerstehenden Kinderbetten, Matratzen, und auch die wenigen Laken und Decken waren verdreckt. Nur die aus dem Garten durch das geöffnete Fenster hereinströmende Frühlingsluft linderte hier den Geruch nach Urin, Erbrochenem und Desinfektionsmitteln. An die Wand gepinnt ein Zeitungsfoto, es zeigte eine Reihe sauber bezogener Bettchen mit schlafenden Säuglingen, rechts aus der unteren Ecke hatte ein vielleicht einjähriges Kind neugierig seine Augen ins Schussfeld des Fotografen geschoben.

Ein letzter Sonnenstrahl fiel durchs Fenster herein und strich über das Bild, Torbern folgte dem Licht mit seinen Fingern. Dann setzte er sich aufs Fensterbrett und schwang seine Beine hinaus. Er brannte sich den nach Feierabend angerauchten Tabak in seiner Pfeife ein zweites Mal an und freute sich an dem Farbenspiel des Sonnenuntergangs, dem Schlagen einer Amsel und den leuchtenden Forsythien.

Etwas auf dem frisch angelegten Beet nahm plötzlich seine Aufmerksamkeit in Anspruch. Was war das? Ein Pflänzchen, das austrieb? Ein Würmchen, das aus der Erde kroch? Ein Fingerchen? Nein! Wie sollte das sein? Es bewegte sich. Da, nun noch eins! Das sah ja aus wie …, das war eine winzige Hand!

Torbern sprang in den Garten und stürzte sich auf das Beet. Er kratzte, schob und scharrte die dunkle Krume beiseite: Da gebar die Erde ein Kind.

So jedenfalls sollte es mir Torbern Jahre später beschreiben. Das Kind sei ein, höchstens zwei Jahre alt gewesen. Es schlief, atmete, lebte, wollte erwachen. Ich, sagte Torbern, half ihm dabei, so gut ich nur konnte. Ich habe es in meine Jacke gewickelt und zu meinem Wagen getragen. Ich hockte mich mit diesem Bündel neben meine Ziege und strich ihre Zitzen. Nachdem der erste Strahl Milch heraus war, träufelte ich sie in das Mäulchen des Kleinen. Dann packte ich meinen Fund auf den Wagen, hinein in den wärmenden Mist und beeilte mich nach Hause zu kommen.

Du warst es, sagte Torbern, den ich gefunden hatte. Torbern, ich habe dich durchschaut: Mit der Legende meiner mythischen Geburt wolltest du mir mein Elend verhüllen. Eingestickt in mein Hemdchen sei der Name TRYBEK gewesen. Ich, hatte Torbern gesagt, suchte nach einem

Vornamen dazu. Elis, wie einen, den ich kannte in Falun, kam mir in den Sinn. Nein, Elis war im Berg geblieben, doch du solltest leben! So gab ich dir den Edgar dazu. Bauer wolltest du werden, weil du den Mistgeruch liebtest. Bergmann bist du geworden, weil du nach dir selber graben musstest.
Nicht etwa, entgegnete ich ihm, weil du es wolltest? Weil ich alles werden sollte, nur kein Studierter, kein Papierverwüster?!
Torberns Lieblingsspruch: Tagwerk, nicht Mundwerk! Nein, keine Verbote. Er ließ mich Abitur machen; froh, seinem erzharten Sinn entkommen zu sein, ging ich ins Internat. Und Freunde! Abends heimlich rauchend an der Unstrut, rissen wir die Welt ein, jede Nacht bauten wir sie um, jeden grauen Morgen stand sie wie zuvor. – Trotzdem, wozu einen Vater, wozu eine Mutter? Die Freunde, das war mehr als Familie. Später an der Uni schien alles möglich: die Republik starr und verpuppt, sicher, aber bald würden die Krusten brechen, der Falter schlüpfen: die bessere Welt!
Doch Torbern sagte dazu, wenn ich samstags zu Hause seine Bratkartoffeln in mich stopfte: Das Geschwätz vom Himmelreich auf Erden macht keinen satt. Es ist die ewige Hungerkur, denn der Mensch ist eine Hölle. Aber unter Tage lässt sich etwas finden: Blaustein. Die Blaue Blume. Allein ihr Anblick lässt das Sämchen keimen und sprossen, das Gott in jedes Menschen Höllengrund verborgen hat; lässt das Fünkchen Sonne werden in der Dunkelheit. Ich aber lachte, warf die Gabel hin und ging. Was sollte ich noch hier, was wollte mich Torbern noch lehren.

Das Leben lehrte mich; mein Irrtum: Den Begriff Kommunismus mit dem Attribut freiheitlich zu versehen, das war den vermeintlichen Gefährten Übermut und Sakrileg, ja Feindschaft. Andere lächelten vielsagend und sprachen verächtlich von Illusionen. Wenige zeigten Verständnis, einen nannte ich Freund. Dann der tiefe Schnitt, als dieser meinen Vortrag über Max Hoelz ohne mein Wissen über die Grenze schickte.
Als ich dann in der schwarzen Kluft mit den gelben Sträflingslitzen im Schacht das erste Mal seit langem wieder vor Torbern stand, sagte ich kein Wort. Doch ich dachte: Da bin ich wieder, und ich bleibe. Tagewerk.
Nach Gründen suchen, meinem Grund und meiner Herkunft! Nach meiner Entlassung aus dem Knast war ich im Kreisarchiv eigentlich auf der Suche nach den Spuren, die Max Hoelz in dieser Gegend hinterlassen hatte. Hoelz aufgeben, mich aufgeben wollte ich nicht!
Eigentlich? Der eigentliche Fund war ein Schriftstück mit dem Hakenkreuzadler im Briefkopf. In verblassendem Blau von Schreibmaschinentypen auf inzwischen brüchiges Papier gesetzt, wurde von der Überführung eines Kindes aus Enzthal in das Kinderheim Helmenrieth berichtet. Sie sei trotz des uneinsichtigen Widerstandes seiner polnischen Mutter erfolgreich durchgeführt worden. Da war der Name auch: Valeska Trybek. Und der eines Kindes dazu: Jakub.
Bin ich Jakub?

Torbern ist aufgetaucht, hier in Enzthal. Steiger Torbern. Er ist niemals tot gewesen. Gott, oder wem auch immer, sei Dank!

Er hatte mich aus der Erde geholt, aber ich habe ihn im Stich gelassen. Als er im Streb stand, den Rücken gegen den Berg gedrückt. Als er mich anschrie, durch den Lärm der Grube hindurch: Ich habe dich nicht aus dem Dreck gezogen, damit mit losen Reden du dein Leben verdirbst!
Ich scheiße auf die Universität!, rief ich zurück. Der Hoelz ist es wert, dass ich meine Klappe nicht halte!
Hoho, gab Torbern zurück, Wortsachen zeugen Tatsachen mitunter, vor den Folgen seiner Worte hat schon manchem gegraut! Nicht Mundwerk, Edgar, Tagewerk, das ist es! – Gut, sagte Torbern und lachte jetzt, gut steht er dir, der schwarze Anzug mit den gelben Streifen.
Ich, noch immer wütend, schrie: Ich scheiß auch auf den Knast! Schrie gegen Torbern, brüllte gegen den Berg, sein Rumoren und Dröhnen.
Lauf, rief das Gestein und prasselte. Lauf, schrien die Stempel und knackten. Lauf, brüllte Torbern und schwieg. Im Förderkorb aufwärts hat er gefehlt. Mir hat er gefehlt seitdem. Mir, dem Sträfling unter Tage, dem Bergmann im Schacht, dem Vatersucher in Enzthal. Jetzt ist er da.

Am Sonntag nach Enzthals Versinken zuckelten wir mit Trecker und Hänger den Feldweg zum Steinbruch hinauf, um dort das von Freja ausrangierte Mobiliar abzuladen. Von weitem schon sah ich, dort saß einer im Gras. Als wir heran waren, stand er auf, klopfte eine stummelige Pfeife an der rechten Ferse aus und sagte: Wird Zeit! Torbern, rief Trybek, sprang vom Trecker und noch einmal: Torbern, du lebst?!

Unter Tage braucht man sieben Leben, sagte der Fremde, den Trybek Torbern nannte. Es hat, er schlug jetzt seine Pfeife an den Spann des linken Fußes, nur den hier erwischt.

Trybek begrüßte Torbern mit Handschlag, und ich kletterte vom Hänger und streckte dem Mann meine Rechte entgegen. Torbern presste meine Hand, ließ nicht los und sah mich durchdringend an: Jemand hat im Juttastollen einen Verbruch ausgelöst, sagte er. Dann huschte ein Grinsen über sein graues Gesicht, und er lockerte seinen Griff: Vielleicht war es auch nur ein morsches Holz, das weggebrochen ist.

Trybek wandte sich wortlos unserer Fuhre zu. Ich folgte ihm und massierte dabei unauffällig meine schmerzenden Finger.

Beeilt euch, der Juttastollen wartet, rief Torbern, hinkte ein paar Schritte heran und sagte mit Blick auf unsere Fuhre: Schmeiß den Krempel runter und komm!

Trybek zögerte: Heute nicht, ich … ich muss jemandem helfen.

Hoho, lachte Torbern mit rauchgelben Zähnen, jemandem helfen! Ich kann mir schon denken, dass du lieber in einen anderen Stollen einfahren willst!

Ha, ha, machte Trybek.

Wir schlugen die Riegel der Seitenplanke auf und ließen sie krachend fallen.

Übrigens, sagte Torbern, die Grabstelle habe ich schon freizuräumen versucht.

Die Grabstelle? Das Kreuz im Stollen!?, dachte ich und fragte laut: Was für ein Grab?

Eine Antwort blieb aus. Mürrisch, ja wütend, wie mir

schien, zerrte Trybek ein Schränkchen über die Ladefläche, wuchtete es hoch und warf es in den Steinbruch hinab.
Wollen wir nicht ein schönes Knäckerchen machen?, fragte ich Trybek. Ich zog und riss an der Matratze. Die brennt bestimmt auch gut.
Stumm schüttelte Trybek den Kopf. Ich blickte mich nach Torbern um, er war verschwunden.

Nein, Schwester, eine Vorstellung hatte ich damals von den Geschehnissen nicht. Die Steine kollerten die Halde hinab, die Torbern hinterm Juttastollen aufzuschütten begann. Ich hielt das Schieferbruchstück in den Händen, den roten Sandstein, den weißen, grau gebänderten Zechsteinkalk; die Jagd nach einem Abdruck im Schiefer, nach einem Fossil, das interessierte mich. Nicht, die Brocken einer Epoche zuzuordnen, die Worte Torberns und das Schweigen Trybeks einer Geschichte – und meine kindlichen Einfälle einer Absicht.
Heute, Schwester, stelle ich mir vor, wir hätten am Rande des Steinbruchs auf der Matratze gesessen, wir hätten das Knacken der Möbel in den Flammen gehört und die Funken in den Himmel sprühen sehen: Trybek und ich. Wie die Werbecowboys am Lagerfeuer rauchen wir eine *Eckstein* und ich sage: Der Jemand, der den Firstfall ausgelöst hat, war ich.
Und Trybek sagt: Ich weiß.
Und ich habe deine Jacke und deinen Schlüssel genommen.
Ich weiß.
Und das Kreuz?

Das ist das Grab …
Was für ein Grab?
Das Grab, das keinen Toten hat.
So hätten wir reden können. Ich warte auf Worte. Trybek schweigt. Ich blicke mich nach Torbern um, er ist verschwunden. Schwester, ich warte auf Worte. Lesen Sie!

6

Ich bin zwei.
Ich bin Edgar. Diesen Namen gab mir Torbern, als er mich aus der Erde zog. Wir graben am Heiligenborn. Torbern, denke ich manchmal, ist in einem Bergwerk geboren. Mit welcher Zärtlichkeit er über das Türkis der Kalksinter streicht, sich am Glitzern eines Gipskristalls erfreut oder eine Sprengung setzt: ernst und heiter zugleich, wie ein spielendes Kind. Ich wusste nie, wie das geht.
Ich bin Jakub. Einer, der nichts spürt, wenn er an Valeska Trybek denkt. Obwohl sie mir, wie die Galland sagt, diesen Namen gab; Valeska Trybek, meine Mutter.
Alle, auch die G., nennen mich Edgar. Oder Trybek.
Frau Trybek sagte damals keiner zu meiner Mutter, nicht zu der Zeit, nicht in Enzthal. Nachnamen hatten die Fremden zu jener Zeit nur in den Akten, sonst nur ein P oder ein OST an der Jacke; und einen Vornamen, mit dem man sie rief, manchmal war es der richtige, wie bei Valeska.
Mich Trybek zu nennen geht also auch, nur Jakub nicht; Jakub ist das Erinnern. Edgar ist das Tun.

Ich, Jakub, sehe zu, wenn Edgar und Torbern graben am Heiligenborn. Vielleicht finden sie, was ich suche.

Valeska Trybek starb dort am 12. April 1945. Das kann die G. nur vermuten, denn Valeskas Leiche wurde nie gefunden.
Die G. sagt, einer der Polen wäre aus Kulmsee gewesen. Der hätte gewusst, dass die heilige Jutta aus unserer Gegend hier stamme. Deshalb und um auch die Woche über einen Ort zum Beten zu haben, hatten sich die polnischen Fremdarbeiter – Entschuldigung, sagt die G., Zwangs*arbeiter – im Stollen eine Kapelle eingerichtet. Ich, sagt die G., bin des Öfteren mit ihnen gegangen. Sonntags nach A. in die Messe, die anderen Tage in die Kapelle am Heiligenborn.*
Die Valeska, sagt die G., ach, das war eine fröhliche Person. So fröhlich, dass sogar ich manchmal dachte, ob es nicht eine Sünde sei, so fröhlich zu sein. In diesen Zeiten, mitten im Krieg, und wo sie doch selber den Vater verloren hatte; gefallen gleich neununddreißig beim Einmarsch der Deutschen.
Als die Polen ankamen in S. auf dem Bahnhof, neunzehnvierzig im Herbst, sind die Enzthaler Bauern hin, als ginge es zum Pferdemarkt. Alle wollten „ihren" Polen, Bauernführer Voss vornweg; auch Karge, der musste ja als Ortsgruppenleiter „mit gutem Beispiel" voran; so erzählte es jedenfalls die Sachs. Ich selber bin ja erst später nach Enzthal gekommen. Der Voss hat sich Valeska ausgesucht. Das weiß ich von ihr selber, von der Valeska. Wir waren ja vom selben Jahrgang, wir beide, und wir haben beide den Heinz Rühmann geliebt. Als Kind habe

sie immer einen Deutschen heiraten wollen, der so lustig wie der Rühmann ist. Sie sagte immer: In Deutschland ist es schön. Sie sagte manchmal: Bin ich also nun in Herrn Farinas Land. Theo Farina, das war eine Rolle, die der Rühmann mal spielte. Da frisst ein Pferd einen Hut auf, sagte die Valeska. Ja, sagte ich, und Farina muss einen neuen besorgen. Weil der Hut, sagte die Valeska, Farinas Geliebter gehört. Und sonst, sagte ich, ihr Mann erfährt, dass sie mit Farina im Wald war. Und ihn erschlägt, sagten wir beide und lachten. Wir lachten, jedes Mal, wenn wir uns davon erzählten. Ach, hat sie dann gesagt, bin so froh in Herrn Farinas Land.

Zumindest in der ersten Zeit hat sie das gesagt. Und mit Enzthal hatten es die Polen ja wirklich gut getroffen, wenn man von ein paar Sachen absieht. Das wussten die schon, dass es beim Bauern in der Regel besser ist. Die Männer zum Beispiel, die in S. an der Straße zum neuen Schacht bauten, na, mit denen wollte keiner tauschen. Klar, auch Landarbeit ist schwer, aber das Essen ist besser beim Bauern; und unsere Polen, ich meine jetzt die bei Karge auf dem Alten Gut, die aßen mit uns aus einem Topf an einem Tisch, obwohl es verboten war und der Heinrich Karge selber Partei.

Und die Valeska war froh, weg zu sein aus Polen. Auch wenn das jetzt deutsch war, zu der Zeit, meine ich. Die Trybeks waren ja so viele Kinder zu Hause, kein Vater mehr, keine Arbeit und manchmal nachts eine Razzia, wenn die Deutschen welche suchten, Partisanen oder Juden oder so. Sie kam ja aus Thorn, das liegt, glaube ich, an der Weichsel. Sie hätten dort eines Abends im Kino gesessen, hat Valeska erzählt. Nach der Wochenschau sei plötzlich das Licht wieder angegangen, und ein netter Herr sei auf der Bühne erschienen. Sie sei richtig erschrocken, denn zuerst habe sie gedacht, es sei der Rühmann selber, so ähnlich habe er ihm gesehen. Er habe sich dann mit dem gleichen Namen vorgestellt wie der Held in unserem Lieblingsfilm: Theo Farina. Hab' ich also, sagte sie, Herrn Farina leibhaftig gesehen. Dann habe Herr Farina einen Brief verlesen, der war angeblich vom Hitler persönlich: Deutschland brauche gesunde junge Leute, und es gebe gutes Geld für gute Arbeit, und Heimaturlaub gebe es auch. Und bei dem Wort Heimaturlaub habe er wieder so ein bisschen wie Rühmann geguckt, so ein bisschen verschmitzt und ein bisschen melancholisch. Dann habe der Mann in die Hände geklatscht und gesagt: Man sähe sich dann draußen für die Unterschrift. Und dann habe er viel Spaß gewünscht bei dem Film mit seinem Doppelgänger Heinz Rühmann. Über den Scherz haben alle gelacht.

Einer von Valeskas Freunden jedoch sei plötzlich aufgesprungen und zum Ausgang gerannt, da haben auf einmal überall Polizisten gestanden, und da habe nur noch der Mann auf der Bühne gelacht und gerufen: Da will wohl einer als erster unterschreiben.

Fast eine Woche habe die Fahrt im Güterwagen gedauert, aber sie seien doch noch rechtzeitig vor der Rübenernte in Deutschland gewesen.

Viermal Rübenernte seitdem: Rüben roden, Kraut abschlagen, Kraut aufladen, Rüben schnitzeln und silieren. Vor dem Rübenhacken fünfundvierzig hat Valeska sich auf den Weg gemacht, sagt die G., rüber nach Helmenrieth.

Jetzt hole ich mein Kind aus dem Heim, habe Valeska zu ihr gesagt.
Warum Valeska aber, statt den Feldweg nach Helmenrieth zu nehmen, zum Heiligenborn ging, das sei ihr ein Rätsel gewesen.
So hat es die G. erzählt, und die G. erzählt gerne Geschichten. Trotzdem habe ich, Jakub, mir jedes ihrer Worte eingeprägt, jedes dieser Worte ist eine Nachricht von meiner Mutter, nun eine stille Post aus dem Mund der G., etwas, von dem ich nicht weiß, ob ich es richtig verstehe.
Ich, Jakub, schreibe alles auf. Edgar kann das nicht. Edgar würde sich am liebsten eine Weltkriegspistole schnappen, all diesen Leuten, die die Mutter damals drangsalierten und heute noch übrig sind, durch den Hut schießen. Nein, nicht nur durch den Hut!
Was das mindeste wäre. Dem Alten Voss zum Beispiel.
Der Hugo Voss, sagt die G., das war ein wilder Schnauzer. Er schnauzte rum und prügelte sich gern. Manchmal prügelte er sich zuerst und schnauzte dann. Seine Hand und seine Peitsche saßen locker. Hin und wieder machte die Deutsche Arbeitsfront ein bisschen auf Gewerkschaft und versuchte einzuschreiten, wenn ein paar Landarbeiter sich beschwerten. Da machte sich der Voss aber gar nichts daraus: Ihr könnt mich mal, ihr braunlackierten Sozis! Aber sie konnten ihm nicht viel, denn der Voss, das muss man zugeben, der war ein guter Bauer, und der Bauer, der galt wieder was unterm Hitler.
Außerdem mussten die sich verhört haben, so was sage der Volksgenosse Voss doch nicht, sagte der Kreisbauernführer über seinen Ortsbauernführer, und Voss habe Besserung gelobt.

Als erst die Polen kamen und dann die Ostarbeiter, wurde es besser: Die hatten keine Gewerkschaft.
Voss aß mit ihnen, und Voss soff mit ihnen. Der Leonid zum Beispiel, der kam aus der Ukraine und nahm das mit den Ausgangszeiten nicht so genau. Da hat ihn deswegen der Kubatschek, der Gendarm war zu der Zeit, mal durchs Hoftor geprügelt. Da hat der Voss eingegriffen: Lässt du wohl meinen Russen in Ruhe!, hat er gebrüllt.

Heute frag ich den Voss, wie das war mit seiner *Polin.*
Manchmal, sagt er, sei das Temperament eben mit ihm durchgegangen. Sagt es und grinst, gespannt, wie ich wohl reagiere. Bleib ruhig Edgar, bleib ruhig und hör einfach zu.
Zum Beispiel, sagt der Voss: Da schlurft doch dieses Polenmädchen mit dem Melkeimer übern Hof und passt nicht auf, die Trulle, und stolpert, hat die ganze Milch verschüttet. War so schon schwer mit dem Abgabesoll. Sonst sei er ja ein Gemütsmensch, aber da habe er eben gleich vom Kutschbock runter mit der Peitsche ihr ein bisschen übern Allerwertesten gezwiebelt. Man muss dem Polack schon zeigen, wie gearbeitet wird!

Später, so berichtet die G., kam die Valeska zum Heinrich, dem Vater von Lisa und der Marie, dem Opa also vom Hartwig. Heinrich Karge also. Karge und der Voss haben sich immer ausgeholfen, hatten ja am Ende beide zwei Höfe zu machen. Der Heinrich für seinen Bruder und der Voss für den Sachs, die hatten ja in' Krieg gemusst, sagt die G.

Weil der Voss einen Gespannführer brauchte und Karge ein Mädchen für seine Kühe, da hätten sie eben getauscht: der Leonid zu ihm, die Valeska zum Heinrich. Da hatte sie es besser.
Der war ja so herrisch, der Voss! Und seine Ilse zählte sich zu den besseren Leuten. Ja, immer hoch die Nase. Noch höher, seit ihr Hugo in Enzthal den Bauernführer machte. Eingebildet waren die! Ihr Gundolf hätte was Besseres verdient, was Besseres als mich! Das sagten die mir direkt ins Gesicht, nur weil der Engländer mein Hab und Gut zerschmissen hatte, einundvierzig mit seinen Bomben. Dabei waren wir so gut wie verlobt, sagt die G., der Gundolf und ich.

Der Hugo, sagt Ilse Voss, seine Frau, der ist kein schlechter nicht und war es auch damals nicht. Erst ist sein Bruder an der Ostfront gefallen, Weilchen drauf kam die Nachricht, unsern Ältesten hat es getroffen. Wir, Herr Trybek, hatten nämlich drei Söhne: Arthur, Gundolf und Ottfried. Der Arthur ist dem Hugo sein Ein und Alles gewesen. Und nun war er gefallen. Dann war plötzlich auch noch das Dolfchen in Frankreich vermisst.
Was wird aus dem Hof nune?, hat Hugo immer gesagt. Unser Ottfried, der Jüngste, war ja noch klein. Und dass er alles verloren hat, derweil sich der Pole ein schönes Leben hier macht, hat der Hugo nicht verstanden. Hat noch Ärger gekriegt, mein Hugo, weil er trotz allem den Polen einen Urlaubsschein ausgestellt hat, damit sie nach S. können, mit ihren Landsleuten feiern.
Hatte ja in Enzthal keiner was dagegen, sollte ja jeder das Seine haben, hatte ja jeder sein Tun. Immer anstän-

dig sei er geblieben der Hugo, sagt seine Frau, immer anständig. Der weiß, was sich gehört.
Kommt Ilse Voss damit einer Frage zuvor, die mir immer wieder aus der Brust herauf auf die Zunge kriecht, immer wieder, soviel ich auch schlucke und schlucke: Hatte der Hugo was mit der Valeska? Mit dem Polenmädchen aus dem Polenstädtchen?
Also nee, das nee, sagt Ilse, als läse sie Gedanken. – Da sind sie, sagt Ilse und kramt aus einer Schublade ein Foto: Das warn ja alles schmucke Männer, die Polen, so in Schale geworfen … Das waren ja auch nur Menschen, die Polen, was so Männer und Frauen betrifft. Außerdem war's ja verboten, Deutsche mit Polen und so … Sagt Ilse Voss und zeigt die nächste Fotografie: Der neben dem Pferd, das ist der Leonid, das da ist Hedelins Martha – ach, die hat ja auch ein böses Schicksal gehabt, wegen einem der Polen – da der Hugo und die Valeska.
Die Valeska, sagt Ilse, hat sich ja dann der Heinrich geholt, der Herr Ortsgruppenleiter, konnte sich das ja erlauben, der feine Herr Karge.
Der Voss, denke ich und sehe das Foto, zwischen seinen Leuten kein Abstand, als ob er zu ihnen gehört. Alle lächeln, sie lächeln den Krieg weg, die Schläge, die Fremdheit …
Das ist, was geblieben ist: ein paar Fotografien, brüchig und verblasst wie die Erinnerungen, es sind nicht meine. Ich suche in den Bildern und Worten der Leute Valeska Trybeks Geschichte. Was trieb sie zum Heiligenborn, was wollte sie im Juttastollen, statt ihr Kind – statt mich – aus dem Heim zu holen?

An jenem Sonntag, zwei Tage nach dem Erdfall am Heiligenborn, als Trybek und ich am Steinbruch auf Torbern getroffen waren, sind wir ohne Zigarettenpause und ohne Geschichte zurückgefahren ins Dorf.
Wir stellten den Trecker im Alten Gut ab. Mach Mittag, sagte Trybek, deine Mutter wartet. Er schob sein Moped aus dem Schuppen und fuhr knatternd vom Hof.
Bestimmt fährt er jetzt doch zum Juttastollen, dachte ich, ohne mich!
Ich wollte ihm folgen und schwang mich aufs Fahrrad. Da hörte ich, wie hinter mir der Motor des Treckers leierte, blubberte, tuckerte wie ein großes krankes Huhn und schließlich ansprang. Auf dem Sitz Freja. Sie wendete mit dem Gespann, fuhr auf mich zu, an mir vorbei, war schon fast vom Hof, als sie bremste und sagte: Ich brauche Schrot, komm zeig mir den Weg zur Mühle!
Ist keiner da, ist doch Sonntag.
Muss keiner da sein, sagte sie, Schlüssel hab' ich.
Ich wollte in den Stollen, gucken, was Trybek dort macht. Oder sollte ich mich rausreden: Mutter wartet mit dem Essen?
Sie lächelte so, ich weiß nicht wie, so unnachgiebig. Und der Ton in ihrer Stimme, warm und fest. Es war wie eine Probe, die ich bestehen musste. Also stellte ich wortlos mein Rad an die Hauswand, kletterte in den Trecker und hockte mich auf den Notsitz überm Rad.
Sie sah mich an, gab Gas und lachte. War da nicht in diesem Lachen wieder dieses silberne Klingen? Armaturenblech und Schlüssel vibrierten klirrend, der Trecker zog an. Wir fuhren durchs Dorf. Am Teich standen Kinder, Ricarda dabei. Ich reckte mich, hielt mich locker mit

einer Hand am Dachgestänge des *Famulus*. Die andere Hand hatte ich frei, aber ich winkte nicht, sah nicht einmal hinüber. Sollte Ricarda doch sehen, ich hatte Wichtigeres zu tun.

Die Schrotmühle, eine umgebaute Scheune, lag am Rand des Oberdorfes. Mich wunderte, dass Zinnwald den Schlüssel rausgerückt hatte. Er war der Mühlenmeister und hatte sich noch nie von einem was sagen lassen, schon gar nicht an einem Sonntag. Vom Kleinen Voss nicht und von Borgfest erst recht nicht, hatte Vater einmal in einem Ton gesagt, der von Vorwurf zu Neid hinüberschwang.

Zinnwald hatte zu Hause, wo andere eine Garage haben, eine große Volière: Stieglitze und Grünfinken. Man hörte sie an stillen Sonntagnachmittagen bis unter die Linde krakeelen.

Immer an einem bestimmten Tag im Frühling – wann? Das hab' ich im Urin, sagte Zinnwald – stand die Mühle still, dann tuckerte er auf einem uralten Motorrad durchs Dorf und inspizierte die Höfe. Wo in den Lüftungslöchern der Ställe noch das Stroh steckte, das die Kälte im Winter draußen gehalten hatte, schob er es mit einem Gabelstiel hinaus. Jetzt sollten da die Schwalben rein, überm Stallmist ihre Nester bauen und die Brut mit Fliegen füttern. Zinnwald hatte es fertiggebracht, einen Sperling, dem ein Diabolo den Flügel verletzt hatte, zu Doktor Kilian zu bringen. Der hatte gelacht und gesagt: Klatsch ihn an die Wand! – Der feine Herr Doktor, so grausam, empörte sich Mariechen, als sie die Episode aus dem Konsum mit nach Hause brachte. – Nach ein paar Wochen trillerte der Sperling in Zinnwalds Volière.

Wie ein Zeisig, behauptete Zinnwald jedes Mal, wenn er Doktor Kilian begegnete.
An diesem Tag, so erfuhr ich am Abend zu Hause, hatte Zinnwald es wieder im Urin gehabt und war mit seinem Motorrad durchs Dorf gefahren, die Schwalbenlöcher zu kontrollieren. Dass die Schwalben in diesem Jahr ausbleiben sollten, lag aber weniger an Zinnwalds zeitfühliger Blase als an dem Nebel, der Enzthal umschloss.
Da stehen noch paar Säcke rum, hatte Zinnwald zu Freja gesagt und ihr den Mühlenschlüssel in die Hand gedrückt, könnt ihr euch holen.
Vier Säcke Schrot standen auf dem Mehlboden in einer Ecke.
Das reicht nicht weit, sagte Freja. Sie stieg die Treppe auf den Kornboden hinauf, rief herunter: Hier liegt eine Menge Hafer, bisschen Gerste auch.
Sie kam die Stufen herab und lächelte ihr unnachgiebiges Lächeln: Mahlen wir selber?
Die nächste Probe also: Ich nickte nicht. Ich hob nur die Schultern zu einem stummen Von-mir-aus.
Der Elektroantrieb der Mühle war seit Längerem kaputt, und als Ersatz stand ein Wagen mit Dieselmotor auf dem Hof. Ich wusste, wie man ihn mit der Kurbel anwirft. Das, sagte ich und hob mahnend die Hand, ist nicht ungefährlich. Dann warf ich mich gegen die Kurbel. Das erste Mal schlug sie mich zu Boden; Freja verzog keine Miene. Beim zweiten Versuch ächzte und stöhnte der Motor ein paar Mal, dann schwieg er wieder.
Wir stellten uns zu zweit an die Kurbel. Näher beieinander, Schwester, als Sie jetzt an meinem Bett sitzen. Ich spürte Freja neben mir, so dicht, dass es mir peinlich

war. Es war mir so peinlich, dass ich nicht wusste, ob es mir wirklich unangenehm war. Ich fühlte ihre Hand an meiner und wollte nur noch, dass der Motor sofort anspringt. Ich sah, sie hatte die Daumen um die Kurbel gelegt.
Die Daumen hoch, kommandierte ich, sonst sind sie ab!
Wir kurbelten, der Motor bellte und hustete, keuchte und rüttelte immer schneller, stieß schwarze Dieselwolken aus und tuckerte endlich vor sich hin.
Geschafft! Ich löste die Handkupplung, der breite Treibriemen lief schlackernd an und setzte drinnen das Kammrad in Bewegung.
Freja hängte einen Sack unters Mehlrohr. Ich schippte oben das Getreide in den Trichter. Irgendwann rief sie durch den Lärm des Rüttlers herauf: Reicht für heute!
Freja rangierte den Hänger neben den Mehlboden, und wir zogen die Säcke auf die Ladefläche. Freja zählte. Der Schweiß hatte seine Spuren durch den hellen Staub auf ihrem Gesicht und auf den nackten Oberarmen gezogen. Zwölf Säcke waren es nun. Einer stand noch hinterm Scheunenbalken. Sie tätschelte ihn, wie Mutter der Kuh auf die Seiten klopfte, wenn sie einen Eimer voll Milch gegeben hatte. Freja lachte.
Probe bestanden?
Da, Schwester, griff ich nach dem Sack und wollte ihn mir, wie Vater es tat, auf die Schultern werfen. Doch das grobe Gewebe löste sich aus meinem Griff, und der Sack glitt zu Boden. Mit den Händen schaufelten wir das herausgerutschte Schrot wieder ein. In Frejas staubig verschwitztem Trägerhemd wackelten die Brüste. Ich sah krampfhaft auf das Mehl und schaufelte. Der Ausschnitt

ihres Hemdes zwang meine Blicke immer wieder zu ihr. Ich konnte nichts dagegen tun. Ich schämte mich. Ich glühte auf, als Frejas Blick mich traf. Sie lächelte wieder. Die nächste Probe?
Ich schlug mir den Staub aus den Hosen: Ich muss nach Hause, sagte ich. Als ich durch die enge Gasse am Friedhof vorbei ins Dorf zurücklief, malte ich mir Armins Staunen aus, wenn ich ihm am nächsten Morgen zuflüstern würde: Und dann habe ich ihre Biezen gesehen!
Aber würde ich Armin überhaupt sprechen können? Am Teich standen noch immer die Kinder und spekulierten über einen schulfreien Montag: Wie soll der Schulbus durch den Nebel kommen? Wo sogar der Kleine Voss sich drin verirrt, der jeden Feldweg und jeden Trampelpfad hier kennt!
Ich fahre mit dem Fahrrad, sagte Ricarda.
Streber, Streber!
Wetten, die kommt aus dem Nebel als Oma zurück!
Ich trat nahe an Ricarda heran und flüsterte ihr ins Ohr: Es war die Bombe. Sagt Borgfest. Es kommen vielleicht noch mehr! Aber ich habe einen Bunker. Wenn du willst, nehme ich dich mit.
Ehe ich ihr meinen Einfall, den Juttastollen bombensicher auszubauen, erläutern konnte, rief es herüber: Jeht heime, Ginger, morjen is dar Spuk varbei. Der Alte Voss kam eben aus der Schenke, neben ihm der Bürgermeister. Blätz bog ab, nahm den Weg hinauf zu seinem Büro. Wir sollten uns keine Sorgen machen, er rufe jetzt beim Kreis an.
Auch Vater meinte am Abend zu Hause, das Wetter werde sich bald ändern und der Nebel sich auflösen.

Aber der Kleine Voss ..., gab Mutter zu bedenken.
Ach der, Mariechen führte ein imaginäres Schnapsglas an die Lippen, alt sieht jeder mal aus.
Ich geh dann ins Büro, sagte Vater.
Was willst du denn jetzt noch rumrechnen, Ellrich, seufzte Mutter.
Was heißt „jetzt noch", ist die Welt untergegangen oder was? Ich will bloß mal probieren, ob das Telefon geht. In der Schenke, das geht nämlich nicht. Wer weiß, ob'en Blätz seins geht.
Es ging nicht. Auch das im Büro der Genossenschaft nicht, und damit das dritte der damals in Enzthal verfügbaren Telefone. Zwar ertönte das Freizeichen, die Wählscheiben speisten ratternd die Nummern in die Leitung, man hörte den Rufton tuten, man hörte es klicken, als nähme jemand den Hörer ab, doch es war keine Stimme zu hören.
Der Sonntag verging, und der Nebel blieb. Der Montag kam, um fünf Uhr standen nicht nur die an der Bushaltestelle, die zur Frühschicht in den Schacht oder in die Maschinenfabrik wollten. Blätz und Borgfest, die Saggsforgain und der Alte Voss, ein Dutzend Enzthaler waren vor ihrer Zeit auf den Beinen, um den Bus und Nachricht von draußen zu erwarten. Um halb sechs war noch kein Arbeiterbus da, um sieben kam auch der Schulbus nicht.
Die hahn uns varjessen, sagte die Saggsforgain, einfach varjessen.
Das Dorf wartete am Dienstag, am Mittwoch und am Donnerstag. Vergebens brüllte Blätz ins Telefon, umsonst standen ein paar Erstklässler brav an der Bushaltestelle, und die Bauern sahen am Himmel keine Änderung. Im

Büro, sagte Vater am Abend, klingelt das Telefon manchmal, doch wenn man abnimmt, ist nur ein Rauschen zu hören.
Die Nebelwand stand, und nichts Lebendiges drang hindurch.
Am Freitag bemerkte Doktor Kilian, dass sein Fischteich nicht mehr existierte. Der Tierarzt, erzählte Vater, habe die Schenke gestürmt und Sabotage gebrüllt. Seine Goldfischzucht stecke verbacken im trockenen Grund. Jemand habe im Heiligenborn das Wasser abgelassen, um seine Fische zu wildern.
Ich erschrak und schwieg von meinem Erlebnis.
Borgfest habe gesagt, da könne man ja dort endlich für die Kinder ein Schwimmbecken bauen. Das wird ein Meilenstein auf dem Weg zum Kommunismus, lieber Herr Doktor.
Blätz habe gebrummt, da hätten die Enzthaler im Moment wohl andere Sorgen. Jahrhundertelang hätten die Enzthaler Kinder im Dorfteich gebadet. Gänsescheiße habe noch keinem geschadet!
Im Übrigen, beendete Vater seinen Bericht, verdächtige Kilian den Trybek. Er habe ihn am Juttastollen gesehen.
Pff, pustete Mariechen, hat er wohl von unten den Fischteich angebohrt?! Frag doch mal Hartwig, der treibt sich doch immer rum am Heiligenborn.
Ich wurde rot und schwindelte: Ich? Nöö, da war ich schon lange nicht mehr. Aber Oma hat immer gesagt, die buddeln da unten rum und irgendwann, wutsch, sind wir alle weg. Vielleicht sind wir es ja schon!

Flirrend tanzt Sonnenlicht über Schwester Epifanias Arme, die nackt aus ihrer Schwesternbluse ragen. Ihre Hände halten die Fensterflügel weit geöffnet. Strahlende Blitze fahren mir unter die sinkenden Lider. Aus dem frisch gewechselten Medikamentenbeutel tropft der Traum in den See meiner Erinnerungen. Und die Wasser klären sich.

Im Heiligenborn der Sonnenglast auf den Teichen, die flitzenden Fische, der eine, der weiße mit dem goldenen Flossenrist, Schwester, mit dem Erdfall war all das versunken. Unterm Licht der Kupfersonne trat im Modder der Abfall vergangener Zeiten hervor.

Torbern und Trybek wühlten im Stollen, gruben, um für das Grabkreuz, das ich entdeckt hatte, eine Tote zu finden. Die Liebespaare, die an Sommerabenden hier in den Kuhlen der benachbarten Hügel verschwanden; die Spaziergänger, die an Festtagen zwischen Schweinebraten und Torte ihre Gäste zu der Bank unter den Buchen am Hang gegenüber hinführten; die Kinder, die wie ich verbotenerweise mit der Stippe Dr. Kilians Fische jagten – sie alle blieben aus.

Dr. Kilian selber war nur einmal erschienen, hatte seine Kuhbesamerhandschuhe bis über die Ellenbogen gezogen und begonnen, Fischleichen und Müll aus dem Teich zu räumen. Schließlich, in der einen Hand ein stinkendes Fischlein und in der anderen ein benutztes Kondom, hatte er die Arme emporgerissen und uns das Wort *zwecklos* samt Fischchen und Gummi vor die Füße geschleudert, bevor er wütend den Hohlweg zum Dorf hinaufstapfte.

Ein andermal kam Voss, von dessen Feldscheune man zum Heiligenborn sehen konnte, heruntergestiefelt. Neu-

gierig machte er einen Schritt in den gerade wieder freigelegten Stolleneingang, sprach von Wehrmacht, die sich wohl hier zum Ende des Krieges verschanzt hatte und warnte mich, als ich interessiert nachfragte, vor Blindgängern von den Panzergranaten des Amis.
Was mir Edgar später erzählte, war eine dieser Hoelzhutgeschichten, bei denen man nie wusste, wurden die Helden seiner Erzählung oder man selber veräppelt.
Also, begann Edgar, das Zigarettenpapier zischte auf, der Tabak glühte, er schob mit der Zungenspitze ein paar Krümel aus dem Mund auf die Lippe und spuckte sie von sich, hör zu:

Und wieder war es ein Voss, der Enzthal vor dem drohenden Untergang bewahrte. Wie der Friedrich Voss das Dorf im März 1921 vor dem Hoelz errettete, tat es Hugo, sein Sohn, im April '45 vor einem Leutnant der Wehrmacht. Der Leutnant rief alle unter der Linde zusammen und erklärte Enzthal zur Festung. Er wolle das Reich und das Dorf und die Enzthaler Frauen … mit meinen zwölf Männern, sagte er. Bis zum letzten Blutstropfen, sagte er. Doch murrten die Bauern und weigerten sich stur, mit ihren Schippen und Spaten im Westen des Dorfes zu schanzen. Da zog der Leutnant seine Zweite-Weltkriegs-Pistole und befahl seinen Männern anzulegen auf die Defätisten.
In diesem Moment trat aus der Menge ein Mann: Hugo Voss, Sohn des Friedrich Voss. Und er sprach zu dem Leutnant: Bist du ein Kerl, dann erschieße mich. Aber sieh mir, Kleiner, dabei in die Augen!
Und der Leutnant erblasste und schwieg. Und der Rest

von der Zierde des Reiches lud ein Maschinengewehr, zehn Panzerfäuste und drei Munitionskisten auf ein Fuhrwerk und zuckelte damit die Dorfstraße hinunter in Richtung des Heiligenborn, dort, wo schon damals der Stollen war.
Die Enzthaler Bauern sahen hinterher. Als sie sich umwandten, dem Voss auf die Schultern zu klopfen, da war der Voss schon zu Hause und wechselte die Hosen.

Immer wieder kam es im Stollen zu Einbrüchen. Ab nach Hause, klang aus dem Staub Trybeks Stimme. Zu gefährlich, sagte Torbern und legte mir die Hand auf die Schulter und schob mich hinaus.
Draußen knatterte Zinnwald auf seinem Motorrad heran: Und ihr hier? Habt ihr was gesehen?
Nichts, wonach Sie suchen, Herr Nachbar, knurrte Trybek und schlug sich den Steinstaub aus den Hosen.
Na, na, junger Mann, ich war zu Zeiten selbst bei Ausgrabungen tätig. Aber Sie mögen recht haben, durch den Stollen kehren die Zugvögel sicher nicht heim.
Die Woche verging, die nächste Woche kam. Wer wartend im Bushäuschen saß, wurde schon mit einem Witz bedacht, wer in der Schenke nach dem Telefon fragte, erntete Spott. Nur Zinnwald wartete noch immer auf die Rückkehr der Schwalben.
Zinnwald suchte im Dorf und über den Feldern nach heimkehrenden Zugvögeln. Vergebens, das Frühjahr verging. In den Ställen, über den Misthaufen der Höfe, auf den Stromdrähten: nirgends ein Zwitschern. Vergebens, in den Gärten weder Amsel noch Drossel, kein Fink, nichts.

Der Kirschplantage bekamen die ausgebliebenen Stare gut. Rot leuchteten und lockten die Bäume. Auch die Wintergerste stand gut auf den Feldern, die Kühe trabten abends mit prallen Eutern von der Koppel zum Melken, und Frejas Schweine suhlten sich zufrieden hinter den Ställen. Am zufriedensten war eine Zeitlang Oswien, der Wirt. Das graue Grieseln auf den heimischen Bildschirmen trieb die Männer in die Gaststube.

Eines Abends stand ich am Schanktisch, zog leere Flaschen aus meinem Einkaufsnetz und postierte sie auf dem blanken Metall. Drei Bier und zwei Brausen, sagte ich in das Zischeln und Gurgeln des Bierhahns hinein.

Schon wieder alle, knurrte Oswien, griff sich meine Flaschen und verschwand im Keller. Als er wieder hereinkam, stellte er mir zwei volle Brause- und eine Bierflasche hin und sagte: Sag deinem Vater, mehr gibt's nicht!

Und laut verkündete er: Leute, das ist das letzte Fass!

Für heute?

Nee, für immer. Ab jetzt das Glas für 'ne Mark. Das kleine versteht sich.

Die Männer murrten, Zippel meuterte laut: Spinnste jetz, Oswien!

Ist nur in eurem Interesse. Teilt's euch ein, trinkt mit Verstand!

Das ha'ch nich neetich, sagte Zippel, du ohler Ausbeiter.

Hast wohl ne Brauerei in dei Gäller, feixte der Alte Voss.

Nee, aber fünf Kästen.

Was, fünfe hast du gehortet?!, empörte sich Blätz, deshalb habe ich im Konsum nichts mehr gekriegt!

Du bist stille, Blätz. Will nich wissen, was *du* im Gäller hast. Und äwrichens, *du* hast uns nichts mehr zu sagen.

Das wollen wir doch mal sehen! Blätz streckte seine Pranke aus und zog Zippel am Hemdkragen zu sich heran. Stoff schnarzte, ein Stuhl polterte, der Tisch kippte, Gläser klirrten, Zippel haute Blätz aufs linke Ohr, Blätz pochte Zippel aufs rechte Auge. Borgfest versuchte zu schlichten, noch bevor er ein Wort heraushatte, plautzte er auf die Dielen. Doktor Kilian rief: Denkt dran, ihr Heinis, ich bin bloß Veterinär! Der Wirt schnauzte: Kloppt euch gefälligst draußen, ihr Blödmänner!
Das beeindruckte niemand. Der Alte Voss fauchte: Mensch, Oswien, ruf doch bloß de Bollezei!
Der Wirt raunzte zurück: Wie denn, du Arschkeks, womit?! Außerdem, früher hättest du mitgemacht!
Und mich, der ich mit meinem Flaschennetz herumstand und interessiert zusah, fuhr er an: Noch was? Sonst mach dich bloß ab!
Nöö, äh, ja, sagte ich, entschlossen, das Durcheinander auszunutzen, und legte ein Zweimarkstück auf den Tresen. Und eine Schachtel Salem, bitte. Für Onkel Edgar, log ich, soll ich mitbringen.
Edgar holte seit einiger Zeit seine Zigaretten beim alten Woltz. Den zu beschwindeln hätte ich niemals gewagt. Pst, sagte auch Edgar, der Kaufmann weiß mehr, als es scheint.

7

Als ich eines Morgens aus unserer Gasse ins Dorf kam, sah ich gleich, dass etwas nicht stimmte: Beim Kaufmann Woltz war der hölzerne Rollladen bis zur Fensterbank heruntergelassen.

Seit ich denken konnte, hatte die Jalousie im oberen Drittel geklemmt und schief über dem kleinen Schaufenster gehangen, gleich rechts neben der Tür. Das Fenster zur Linken war nicht mehr als ein Lichtloch zum Lager des Ladens, ein zusammengekniffenes Auge. Immer hatte mir Woltz' Laden zugezwinkert, wenn ich aus unserer Gasse gekommen war und über den Dorfplatz hinübergesehen hatte.

Ein Schriftzug auf dem Schaufensterglas kündete von besseren Zeiten, von *Woltz' Warenhaus* – von großen Plänen, sagten die Leute. Der alte Woltz war blind. Er kleckert trotzdem nicht, wenn er Öl abfüllt, seine Kunden erkennt er am Geruch und die Münzen am Klang, sagten die Leute. Sein Junge, der Theo, ist 'nübergemacht, weil er nicht Konsum werden wollte. Der Theo war ein feiner Mann, sagten die Leute. Mit weißen Handschuhen zur Kirmes. Und wie der tanzen konnte, wie ein Spanier, sogar einen Flamenco konnte der. Und wie der erzählen konnte, von Spanien: immer schönes Wetter, schneeweiße Häuser, Stierkampf und feurige Frauen. Und Bäume voller Apfelsinen, süß und saftig.

Und ein Bäumchen hat er ja mitgebracht, der Theo, ein ganz kleines, einen Setzling, man denke nur, von so weit her. Im Schaufenster stand das Bäumchen wie im Gewächshaus, und es wuchs und wuchs. Als das Bäumchen größer war, da durfte es im Sommer vor die Tür. Und eines Tages, im Frühjahr einundvierzig, blühte es. Und später brachte es Früchte hervor, einige Früchtchen; nicht größer als eine Säuglingsfaust leuchteten sie aus dem Schaufenster in die nebligen Herbsttage hinaus.

Kaufmann Woltz gab zu jedem Einkauf über fünf Mark, wenn ein Kind der Einkäufer war, sagte Mutter, eines der Früchtchen gratis dazu. Und die Leute, ergänzte Oma Luise, hätten am Abend um das orange Leuchten herumgesessen wie um eine kleine Sonne. Und reihum schnupperten sie den würzigen Duft. Mancher habe anderentags auf dem Kartoffelacker sich einen Moment auf den Karst oder Korb gestützt, aus der Schürzen- oder Hosentasche ein Achtel Apfelsinenschale gezogen und sich mit krumigen Fingern unter die Nase gehalten. Ach, einmal wie der Theo nach Spanien reisen! Ins Apfelsinenland.
Nur essen ließen sich die Apfelsinchen nicht mit Genuss, sie waren ein wenig zu sauer. Aber was machte das schon? Das Apfelsinenbäumchen war Enzthals Stolz, und seine Früchte überglänzten die süßen und teuren Orangen, die, berichtete Oma Luise, es vor dem Krieg hin und wieder in der Stadt zu kaufen gegeben hatte. Es hieß, sogar der Reichsnährstand habe geprüft, ob sich aus Theos Bäumchen nicht eine deutsche Apfelsine züchten ließe, vor allem zur Versorgung der Front mit Vitaminen.
Ja, solchen Ruhm hatte der Theo Woltz nach Enzthal gebracht. Und Geld hatte er: Ein richtiges Kaufhaus wollte er hinbauen in Enzthal, und wenn der Krieg nicht wäre gekommen oder wäre worden gewonnen …
Ist ja dann rüber, der Theo. Wollte kein Genosse werden in der Konsumgenossenschaft, munkelten manche, andere hatten von dunklen Geschäften gehört.
Der alte Woltz war dageblieben, wurde nicht Konsum, öffnete seinen Laden jeden Tag, starrte mich mit seinen runden schwarzen Brillenaugen an, wenn die Türglocke

schellte, und sagte: Guten Tag, junger Herr, was steht zu Diensten?
Einmal *Ata*, buchstabierte ich stolz von meinem Zettel, als ich, noch ABC-Schütze, das erste Mal allein bei ihm einkaufen war.
Das ist der Zettel für den Konsum, sagte Woltz, deine Mutter hat bei mir noch nie *Ata* gekauft, keine Putzmittel, keine Waschmittel.
Tatsächlich teilte Mutter die Einkäufe immer sorgfältig auf: Backzutaten beispielsweise vom Kaufmann. *Ata* und so weiter aus dem Konsum. Wegen der Leute, sagte sie. Wegen der Gerechtigkeit, sagte Mariechen. Meinetwegen, sagte ich. Im Konsum durfte ich für ein, zwei Groschen Süßes in den Korb legen, der Kaufmann ließ mich ins Bonbonglas fassen: Das ist gratis, junger Herr!
Das Apfelsinenbäumchen stand noch immer im Schaufenster, frucht- und blütenlos. Ja, seit der Theo weg ist, wusste Oma Luise, verlor es die Blätter vor Kummer.
Dafür trug das Bäumchen, seit ich den Laden betrat, bunte Bänder, außerdem zu Ostern ausgeblasene, gefärbte Eier oder in der Adventszeit Christbaumschmuck.
Einmal, das Bäumchen trug Silberkugeln, wog Woltz Nüsse ab. Er legte drei Hundert-Gramm-Gewichte auf die eine Seite der Waage, ließ aus einem Schaufelchen die Nüsse in eine Blechschale auf der anderen prasseln und prüfte mit dem Finger den Stand des Zeigers.
Währenddessen hob ich vorsichtig den Deckel vom Bonbonglas, fischte ein paar Bonbons heraus und schob sie in meine Hosentasche.
Nun prüfe, junger Herr, sagte Woltz, ob der Zeiger in der Mitte steht. Nicht dass es heißt, Kaufmann Woltz

betrügt die Leute. Vorher lege bitte den Deckel wieder auf das Bonbonglas zurück!
Ich erschrak. Er hatte mich ertappt. Sie sind ja gar nicht blind!, sagte ich.
Komm mal her, junger Herr, er beugte sich über den Ladentisch, und in seinen dunklen Brillengläsern spiegelte sich mein Gesicht. Mit einer flinken Bewegung nahm er seine Brille ab, und ich sah links eine verwachsene Augenhöhle, doch rechts sah unter dem Lid ein Auge hervor.
Sie sind ja gar nicht blind!, wiederholte ich.
Da griff er meine Hand, beugte sein Gesicht darüber, und plötzlich fiel sein Auge hinein. Ich schrie auf, und hätte er meine Hand nicht festgehalten, wäre sein Glasauge wohl auf dem Steinboden des Ladens zerschellt.
Seit diesem Tag weigerte ich mich, zum Kaufmann zu gehen. Der Lehrer, behauptete ich, habe gesagt, wir sollten keine Kapitalisten unterstützen.
Mutter hatte dazu nichts gesagt und war von da an selber zum Kaufmann gegangen; heimlich, sie wollte mich nicht in Verlegenheit bringen.

An jenem Morgen also war die Jalousie geschlossen. Die Ladentür war nur angelehnt. Vor der Theke stand ein Stuhl, auf dem sich alte Frauen setzen konnten, während Woltz Öl abfüllte oder Heringe wog. Jetzt saß Woltz selbst auf dem Stuhl, die Brille lag auf dem Boden, ein Glas war zerbrochen, und sein gläsernes Auge starrte mich an.
Obwohl Woltz nicht rauchte, lag auf der Theke eine angebrochene Zigarettenschachtel. Außerdem ein Brief mit

einer Westbriefmarke, er war von Theo Woltz, adressiert an Oskar Woltz, den Kaufmann. JAKUB stand in bleigrauen Großbuchstaben darübergeschrieben, der Bleistift lag daneben, die Spitze war abgebrochen, so als hätte einer noch mehr schreiben wollen.

Jakub, dieser Name, Schwester, war in den Gesprächen zwischen Oma Luise und Mutter mitunter aufgetaucht, wie der Schatten eines Vogels, der, blickte man auf, schon vorübergeflogen war. Jakub, ein Name aus Olims Zeiten. Mit Trybek habe ich ihn erst in Verbindung gebracht, als ich diesen Namen kurz vor seinem Verschwinden auf dem Deckel seines Notizbuches las.
Ein Geräusch erschreckte mich, ich fuhr herum, und Trybek stand plötzlich im Laden. Er hob Woltz' Brille auf und hielt das intakte Glas vor die Lippen des Kaufmanns.
Nichts, sagte Trybek, nicht ein Hauch, ich glaube, der ist tot. Dabei war ich gestern Abend noch hier, Zigaretten holen. Habe sie liegenlassen, so dusslig hat der mich gequatscht. Trybek griff nach der Schachtel und schob sie in seine Hemdtasche. Dann nahm er den Brief.
Kennst du den, fragte ich, diesen Jakub?
Trybek hob die Schultern. Guck mal!, er hatte ein Bild aus dem Umschlag gezogen. Es zeigte mehrere recht und schlecht uniformierte Männer auf einem felsigen Hügel; im Hintergrund eine Stadt, dahinter nebelgrau der Himmel und: Das Meer, sagte Trybek und las vor, was auf der Rückseite stand: *Abschied von Barcelona. Mit Max. Dezember 1938.*
Ansonsten enthielt der Brief zwei Blätter weißes Papier.

Steht ja nichts drauf, sagte ich.
Da, fühl mal, sagte Edgar, das ist Blindenschrift.

Aurelia Woltz läuft im Nachthemd durchs Dorf: Die Raben fliegen nicht mehr, und der Kaiser wird kommen. Er reitet schon los. Aber der Mut, der Mut ist müde geworden, die Sehnsucht so groß. Reiten, reiten, reiten. Sein Bart ist nicht rot, sein Bart ist nicht lang. Sein Bart ist eine kleine Bürste unter der Nase, schwarz wie Stiefelwichse, schwarz wie der Tod.
Aurelia kann Traum und Wirklichkeit nicht unterscheiden, Dichtung nicht und Wahrheit. Das ist ihre Krankheit. Aurelia hat sie von ihrer Mutter geerbt, eine Erbkrankheit. Ihren Lieblingssatz hat sie vom Dichter Rilke geerbt, ein Erbsatz: „Man hat zwei Augen zu viel.“
Oskar, ihr Mann, hat zwei Augen zu wenig. Aber einen Orden vom Kaiser, das Verwundetenabzeichen.
Reiten, reiten, reiten, sagt Aurelia, wenn die Leute nach ihrem Sohn fragen. Theo ist Kanonier und dabeigewesen, bei der Kanonade von Sedan im Mai 1940. „Meine gute Mutter, seid stolz, ich trage die Fahne …“, hat er geschrieben, mein Cornet, erzählt Aurelia den Leuten.
Und, dass er ihr etwas mitbringen wird, ihr Cornet.
Als Madrid gefallen war, hatte er ein Apfelsinenbäumchen mitgebracht.
Nun ist Paris gefallen. Die Kanoniere langweilen sich. Theo darf mit blauem Schein nach Hause: Arbeitsurlaub. Er bringt ein Schultertuch mit für die Mutter, schwarz mit roten Kamelien bestickt, und Cognac für den Vater. Und eine Auszeichnung, weil er einen Verwundeten hinter die Linien geschleppt hat.

Denk dir, den Sohn vom Doktor Heubach, erzählt Theo stolz dem Vater. Die Mutter ist nicht zu Hause.
Sie weilt zur Kur, sagt der Vater.
Wie lange noch?
Der Vater hebt die Schultern.
Theo hilft im Laden, bringt den Garten in Ordnung und macht Pläne. Er wird Stoffe schicken aus Frankreich und diverse Weine. Am Küchentisch wächst Woltz' Warenhaus heran.
An einem Sommernachmittag kommt Oskar Woltz aus dem Lager. Er spürt, da ist jemand im Laden. Aber keiner reagiert auf seinen Gruß. Da ist das Geräusch eines Kusses, Atmen, feuchte Berührung, Seufzen, Kichern: unhörbar, nur für Oskar nicht. Und er kennt den Namen hinter dem Geruch aus Stroh und Staub, dem noch deutlich wahrnehmbaren Seifenduft, der unterlegt ist von frischem Schweiß: Valeska Trybek. Vermischt ist dieser Duft mit einem Hauch „Compagnie Laferme", Theos Zigarettenmarke, und der filzigen Note seines etwas zu lange getragenen Barchenthemds.
Oskar Woltz zieht sich zurück, warnt jedoch seinen Sohn am Abendbrottisch: Passt bloß auf, ein Kind werden sie euch wegnehmen. Wegen Mutters Krankheit.
Die Kur dauert an. Theo will in den Thüringer Wald fahren, seine Mutter besuchen. Keine Besuche erlaubt, sagt der Vater. Theo lässt sich nicht abhalten, er schlägt das Tuch in Packpapier und pflückt ein Apfelsinchen vom Schaufensterbaum, ein Quäntchen Sonnenduft für die Mutter; dann fährt er nach Stadtroda. An der Pforte der Heilanstalt lässt man Theo nicht ein: Besuche unerwünscht ... im Interesse der Patienten. Er schlägt Krach.

Ein paar Pfleger kommen. Einer sagt: Sie sollten leise sein. Ihre Mutter schläft, es ist Mittagsruhe. Besser, Sie gehen!
Theo flaniert eine Stunde lang durch den Park. Im kühlen Schatten der Bäume hält man es aus. Theo spaziert eine weitere Stunde, soll sie sich ausschlafen, denkt er und bewundert die Rosenrabatten. Noch zehn weitere Minuten geht er vorm Eingang der Klinik auf und ab. Er will nicht zu früh sein und die Mutter vielleicht beim Ankleiden stören. Noch einmal fünf Minuten vertreibt sich Theo mit dem Sinnspruch über der Pforte: „Gib fröhliche Gedanken den hochbetrübten Seelen, die sich mit Schwermut quälen."
Ist Frau Woltz jetzt wach?
Ihre Mutter wurde verlegt, sagt der Pförtner.
Wie? So plötzlich?, fragt Theo, wohin?
Das weiß ich nicht, sagt der Pförtner.
Ich möchte den Chefarzt sprechen, sagt Theo.
Der Herr Professor ist in einer Besprechung.
Ich möchte einen anderen Arzt sprechen, verlangt Theo.
Der Oberarzt kommt. Er weiß auch nicht, wo Theos Mutter ist. Er legt Theo väterlich den Arm um die Schultern: Sie sind also der Sohn. Haben Sie sich schon sterilisieren lassen?
Theo erschrickt. Der Oberarzt lächelt: Es ist eine Frage der Hygiene und ein guter Rat.
Theo bedankt sich. Der Arzt verabschiedet sich mit einem Händedruck. Bevor Theo geht, erbittet er vom Pförtner einen Bleistift. Er schreibt einen Zettel: Meine gute Mutter, sei unbesorgt und werde gesund. Den Zettel schiebt er unter das Packpapier, worein das Tuch ge-

wickelt ist. Auf das Papier schreibt er: An Frau Aurelia Woltz, Heilstätten, Stadtroda.
Auf die Post ist Verlass, die Post wird seine Mutter ausfindig machen und das Päckchen zustellen. Er fragt den Pförtner nach der Post. Die Poststelle bin ich, sagt der Pförtner. Der Absender fehlt!
Theo schreibt.
Briefmarken?
Ja, wieviel braucht es?
Der Pförtner überlegt, dann sagt er: Lassen Sie. Mein Sohn ist auch Soldat. Mehr kann ich nicht für Sie tun.
Theo zieht die Zwergapfelsine aus der Tasche und reicht sie dem Pförtner: Danke im Voraus für ihre Bemühungen!
Ein paar Wochen später geht die Postfrau durch Enzthal. Sie trägt Briefe und Karten aus. Pakete und Päckchen müssen sich die Leute selber abholen bei ihr. Heute macht sie eine Ausnahme, es ist nur ein leichtes Päckchen. Sie tritt in Woltz' Laden, die Glocke schellt. Theo steht hinterm Ladentisch und erkennt sofort, es ist sein Päckchen.
Mein Beileid, sagt die Postfrau.
Theo schluckt und liest die blaue Stempelschrift: Empfänger verstorben.
Theos Vater bleibt gefasst. Er hat es gewusst, Aurelia ist schon eine ganze Weile tot. Schon als Theo auf Urlaub kam, hat das amtliche Schreiben im Schubkasten gelegen. Ich muss das nicht lesen, um das zu wissen, sagt Oskar Woltz jetzt zu seinem Sohn; das Papier roch nach Schreibmaschine, Stempelfarbe und Karbol.
Theo denkt nach: Vielleicht ist es besser, ich mache, was der Arzt geraten hat in Sachen Hygiene.

War es so?, frage ich, Jakub. Edgar glaubt, dass Theo Woltz es nicht getan hat. Sonst, wenn Theo als Vater nicht in Frage käme, müsste ich weitersuchen. Edgar wünscht sich einen Vater; den kann er noch brauchen mit bald dreißig Jahren. Er muss nicht da sein, Edgar genügt es, wenn er an ihn denken kann und ein Bild hat zu dem Wort „Vater“: ein Spanienkämpfer der Internationalen Brigaden in den Bergen bei Barcelona.
Es passt alles zusammen, denkt Edgar.
Nicht alles. Und dann Kanonier in Paris?
Doch, denkt Edgar. Vor allem ist es eine Erklärung. Eine Erklärung für Maries Satz: Wir können nicht heiraten, Edgar.
Warum?
Warum, warum, frag lieber nicht!
Schämt sich Marie für ihren Vater, Heinrich Karge? Der alte Nazi im Westen verbietet seiner Tochter die Hochzeit mit einem Mischling aus Polackin und Kommunistenschwein. Das passt doch?
Das mag zum alten Karge passen. Aber passt das auch zu Marie?
Außerdem hat Kaufmann Woltz vor seinem Tod mich, Jakub, eher befragt, als selber Auskunft gegeben. Regelrecht verhört hat er mich mit durchdringendem Schwarzbrillenblick, der versteckt, was er weiß.
Ob der Herr Trybek denn tatsächlich aus dem Helmenriether Kinderheim stamme? Was der Herr Trybek denn im alten Stollen zu suchen habe? Vor allem, ob der Name des Herrn Trybek, Jakub Trybek, irgendwo amtlich beurkundet sei? Weil es doch merkwürdig sei, dass Herr Trybek sich selber Edgar nenne. Fragen, die Edgars

Kragen platzen lassen. Ich, Jakub, bemüht zu schlichten, rede von Archivalien; vergeblich. So, dass sie streiten, Edgar und Woltz. So, dass der Kaufmann japst und sich den Hemdkragen aufreißt, als sei da ein Strick, und Edgar raus rennt, empört. Denn empört ist er immer, wenn er Rechtfertigung riecht und Theater vermutet.
Ich, Jakub, kann nur versuchen, gerecht zu sein: Für mich, kein Zweifel, hat Woltz den Brief hervorgeholt und den Namen Jakub daraufgeschrieben. Und gerade als er die fehlende Wahrheit hinschreiben will, bricht die Spitze seines Bleistifts, und er greift sich ans Herz.
Nur, die Blindenschrift lesen kann ich nicht; kann keiner in Enzthal in diesen Tagen, wo Enzthal abgeschlossen ist von der Welt.

Eins, zwei, drei, vier, Eckstein, alles muss versteckt sein... Ein paar Kinder sprangen um den Nagelstein, der an der Ecke zu Trybeks Gasse den Mittelpunkt der Welt markierte, als ich am Tag nach Woltz' Tod gemeinsam mit Nobi einen Handwagen, beladen mit drei Eimern Mörtel, zum Kriegerdenkmal unter den Kastanien zog.
Fünf Kastanien umstanden den Dorfteich, beleuchteten im Mai die Nächte mit weißen Pagoden und bewarfen im Herbst die gründelnden Enten mit ihren Früchten. Wenn, immer ersehnt und selten genug, die Kufen unserer Schlittschuhe Eisfontänen aufwarfen und knotige Holunderknüppel wie Hockeyschläger gegeneinander krachten, dann träumte es in ihren dicken klebrigen Knospen längst vom Ende des Winters. Hier war in den heftigsten Hundstagen Schatten zu finden. Und

hinterm Kriegerdenkmal knutschen die Liebespärchen, behauptete Nobi, er hätte da mal eine seiner Schwestern erwischt.
Das Denkmal stand seit Olims Zeiten dort. 1924, sagte Oma Luise, hätte sie zur Einweihung des Denkmals gesungen. Damals war seine Spitze noch von einem Adler gekrönt, und die dem Teich zugewandte Seite zeigte einen fallenden Soldaten. Einen Krieg und einen Nachkrieg später war der Muschelkalkvogel verschwunden und das Relief mit Mörtel verputzt.
Seit kurzem aber, um genau zu sein, seit jener Nacht zum 1. Mai, als ich im Heiligenborn den Erdfall ausgelöst hatte, lag der Putz in großen Fladen zu Füßen des Fallenden.
Auf der linken Seite des Denkmals waren die Namen der Enzthaler Gefallenen eingraviert und die der Vermissten. Also auch der Name meines Urgroßvaters, der, wie ich inzwischen herausgefunden hatte, dem Weimarer Hoffotografen als Halbwüchsiger Modell gestanden hatte im schönen roten Husarenjäckchen. Und von dem ein anderes Bild neben dem des Olims über dem Bett Oma Luises gehangen hatte, das Porträt mit dem Stahlhelm. Einem Stahlhelm, wie ihn kalkgrau der Fallende des Enzthaler Kriegerdenkmals trug.
Nobis großer Bruder, Zippel, hatte uns angewiesen, den Putz zu ersetzen. Schon hatten wir lachend die ersten Kellen Mörtel geworfen, als sich unerwartet eine Hand auf meine Schulter legte. Lasst das bleiben, Jungs!, sagte Edgar.
Das verstand ich nicht. Wusste ich doch in Edgars Küche das Bild eines anderen Fallenden in den Rahmen

der Schranktür gesteckt vor das milchweiße Muster des Glases. Zwanzig Jahre später war der gefallen, nicht in Frankreich, nicht in Russland: ein fallender Milizionär der spanischen Republik, DER Fallende, wie Edgar sagte.
Noch am Vortag, Schwester, hatte Trybek mir in Woltz' Laden triumphierend ein anderes Foto unter die Nase gehalten und gesagt: Max. Da steht: Mit *Max*. Mensch, Hartwig, Großer: Max Hoelz! Endlich eine Spur: Max Hoelz, untergegangen in der Oka, aufgetaucht in Spanien! *Das* sind doch unsere Helden! Nicht die Weltkriegssoldaten des Kaisers! Hat auch Zippel gesagt.
Hartwig, erwiderte Edgar auf meinen verwunderten Blick, man muss auch seiner Irrtümer gedenken.
Da, ein Einbrecher, rief Nobi und zeigte über Teich und Dorfplatz hinweg zu Woltz' Laden, an dessen Tür sich jemand zu schaffen machte.
Dr. Kilian hatte den Tod des Kaufmanns bestätigt, und Bürgermeister Blätz versiegelte nun die Ladentür: Solange, sagte er, bis sich der Nebel lichtet oder die Lage klärt.
Der Sohn der Sachs zimmerte einen Sarg, und Kaufmann Woltz wurde zum Friedhof getragen. Trybek habe ich an diesem Tag das erste Mal mit Schlips und Anzug gesehen. Borgfest hat die Grabrede gehalten, von heillosen Zeiten gesprochen, und alle haben genickt.
Schöner als der Pastor hat er geredet, seufzte die Sachs, als man danach bei Kaffee und Cottbuser Keksen in der Schenke zusammensaß. Und sie fragte sich und Zippels Oma: Was wird aus Woltzen seinen Waren nune?
Die Zippeloma hob die Schultern und murmelte: Sogar den lieben Gott hat der neue Herr Pastor erwähnt.

Ausgerechnet der Borgfest, raunzte der Alte Voss, und Ilse, seine Frau, bestätigte, sie hätte im Grab ein Rumpeln gehört, weil der Woltz sich um und um gedreht habe.
Das wird wohl Mariechens Harmonium gewesen sein, meinte Vater und frotzelte: Hartwig, hast du ihr wieder die falschen Noten gebracht?

Der Mensch muss zur Vervollkommnung streben, hatte Mariechen eines Tages gesagt und sich von Vater zum Bahnhof fahren lassen. Sie war in den Zug nach Weimar gestiegen und hatte einen Instrumentenbauer aufgesucht.
Ich hätte gerne, sagte sie, ein fahrbares Harmonium.
Da hätte ich noch einen Leierkasten am Lager? Kommt auch nicht so teuer.
Herr Instrumentenbaumeister, ich bitte Sie! Hier geht's um Kunst und nicht um Geld!
Wenn das so ist, könnte ich Ihnen eine elektrische Orgel beschaffen. Die sind jetzt sehr modern, einfach zu transportieren.
Aber so etwas braucht Strom, Herr Instrumentenbaumeister, bitte ein kleines Harmonium mit Rädern darunter, dass es fährt.
Ein halbes Jahr später machte sie die gleiche Reise mit Zippel und dem LKW der Genossenschaft, um das Instrument zu holen. Alles ordentlich beantragt und abgerechnet?, sagte Mariechen, da lasse ich mir nichts nachreden.
Es fand sich zum Nachreden anderes. Karges Marie, sagte Frau Sachs, die hat was mit dem Zippel nämlich, aber saggs for gain. Als Zippel mit dem LKW auf dem

Hof stand, um mit Mariechen das Harmonium aus Weimar zu holen, sagte ich zu ihr: Pass auf, Tante Marie, der Zippel ist bloß scharf auf unseren Hof – sagen die Leute. Sollen die sich doch das Maul zerreißen, sagte Mariechen, denen wird Marie Karge noch aufspielen.
Seit ihr der Olim per postalischer Order die Liebe zu Trybek untersagt hatte, steigerte sich ihr natürlicher Eigensinn zur Extravaganz. Allerdings brauchte es dazu in Enzthal nicht viel. Es genügte, an einem ganz gewöhnlichen Wochentag im Sommerkleid statt in der Kittelschürze in den Konsum zu gehen. Oder mit einem rollenden Harmonium bei einer Beerdigung aufzuspielen. Ich musste Mariechens Weimarer Spezialanfertigung zum Friedhof ziehen, und Mariechen nahm einen Melkschemel mit.
Oje, die Noten! Hartwig, hieß es, lauf noch mal zurück und gucke mal dort und dort.
Als der Trauerzug den Kirchberg heraufkam und die Zylinder der Sargträger auftauchten, trat Mariechen in die Pedale, der Wind fuhr aus den Bälgen, und sie griff in die Tasten. Ich war angewiesen, die Noten umzublättern. Als der Tote auf den Schultern der befrackten Bauern durchs Friedhofsportal schaukelte, erklang die berühmte Silvestermusik *Ode an die Freude*. Da hatte ich wohl die falschen Noten erwischt. Mariechen, ohne eine Miene zu verziehen, machte daraus einen Trauerchoral.
Mariechens Plan, mit dem rollenden Harmonium auch bei Kindstaufen und Hochzeiten aufzutreten, scheiterte jedoch nicht an verwechselten Notenblättern, sondern am Musikgeschmack der Leute. Die lauschten lieber böhmischer Blasmusik, hörten wie *Marmor, Stein und*

Eisen bricht oder sangen in vorgerückten Feierstunden *Satisfaction* von den *Rolling Stones* in Enzthaler Mundart: *Ei gänn get no Sätsefägschen.* Trauerfeiern immerhin, die blieben meiner Tante Marie, da bat man sie, mit ihrem Instrument zu kommen. Erst das Versinken von Enzthal sollte ihr Harmoniumspiel zu neuer Bestimmung führen.

Durch den Saal der Schenke rollte leise das Gemurmel der Trauergäste. Nur Zippel maulte laut den Wirt an: Mächtch trocken daine Gegse, Oswien!
In diesem Moment ging die Saaltür auf, und ein großes rundes Kuchenblech tauchte auf, darunter Freja. Die runden Arme stemmten das Blech, die Mohnblüten ihrer Schürze leuchteten rot, die Knöpfe hielten mit Mühe den Stoff, sie schritt, umweht von Kuchenduft, durch den Saal, durch das Ah und Oh der Leute, ihr Schnuppern, ihr Lippenlecken. Nur Mariechen zischte: Was will die Schweinerin hier?
Mein Einstand, sagte Freja und setzte das Blech auf die Theke.
Hier ist Trauerfeier, Kollegin, sprach Borgfest mit gefalteten Händen. Aber, wenn du einmal da bist. Borgfest trat an den Tresen und inspizierte den Kuchen: Rhabarber, verführerisch gebräunt glänzte der Sulf. Tief sog Borgfest den Duft in die Nase und sagte: Der Verstorbene hätte bestimmt nichts dagegen, oder Kollegen, äh, liebe Gemeinde?
Alle, bis auf Mariechen, schüttelten heftig den Kopf und machten im Nu das Kuchenblech leer. Der weitere Verlauf des Nachmittags versöhnte meine Tante allerdings,

was weniger an den zwei Flaschen Schachtschnaps lag, die Trybek unvermutet aus seiner Aktentasche zog. Vielmehr an vier jungen Burschen, die das Harmonium die Treppe heraufschleppten und durch die Saaltür schoben.
Vor allem der junge Blätz entpuppte sich als ein musikalisches Talent, das mit Mariechen vierhändig und deutlich erkennbar die Schlager der letzten Saison zu spielen verstand. Bald sangen die Enzthaler die eine oder andere Liedzeile mit, schunkelten oder tanzten dazu. Später brachte Freddy Blätz seinen Recorder angeschleppt, mit Rockmusik auf den Kassetten. Die Jungen wackelten rhythmisch, die Älteren murrten.
Ich stand an der Saaltür, wippte lässig mit dem Kopf und äugte immer wieder zu Ricarda hinüber. Zwischendurch beobachtete ich, wie Zippel einen tiefen Diener vor Mariechen machte und mit ihr auf die Tanzfläche marschierte. Als er seinen Arm um ihre Hüfte legte, schob sie ihn von sich, begann Arme und Beine zu schütteln, und Zippel tat es mit seinen schlaksigen Gliedmaßen ihr nach.
Zippel strahlte. Wegen ihm würde heute gewiss niemand die Feuerwehr alarmieren müssen.

Zippel war der älteste Sohn der Lattkes, einer Familie, die kinderreich und ärmlich im Unterdorf lebte. Einmal, so wurde erzählt, als Zippel noch der Lange Lattke genannt wurde, machten die Enzthaler Genossenschaftsbauern einen Betriebsausflug nach Seeburg. Beim abendlichen Vergnügen im Schlossgasthof habe Mutter Lattke plötzlich ganz aufgelöst im Saal gestanden und

geschrieen: Mei Junge! Mei Junge is ins Wasser jejangen! Mit Sachen is er jejangen, mit Sachen! So macht doch was, mei Junge will sich ersäufen!
Alles rannte zum See, doch der lag still und dunkel. Als die vom Kleinen Voss alarmierte Feuerwehr eintraf, war auch im Licht der Scheinwerfer kein Mensch im Wasser zu sehen.
Mutter Lattke rang die Hände und klagte: An allem sei nur die Marie schuld, die Marie habe ihrem Jungen einen Korb gegeben.
Man ließ ein Boot zu Wasser, doch eben in diesem Moment kam der Gesuchte pitschenass angestapft und fragte: Was ist denn hier los?! Brennt's irgendwo?
Nee, hieß es, ersoffen is einer beinahe!
Wer denne?
Na du, du Suffkopp! Die Leute lachten.
Später hätte der Lattkesohn zu Protokoll gegeben, ihm sei so heiß gewesen, da habe er nur ein wenig gebadet.
Mit Sachen?
Na, so warm war's ja nun auch wieder nicht.
Jedenfalls habe er über den See schwimmen wollen und er sei schon fast am anderen Ufer gewesen. Doch da habe er hier Blaulicht und Schweinwerfer bemerkt. Und da, sagte Zippel, dachte ich: Es wird doch wohl nichts passiert sein?!
Inzwischen, so erzählte man sich später, hätte der Bus zur Heimfahrt bereitgestanden, und die Leute seien schon eingestiegen. Der Busfahrer aber habe sich geweigert, den durchnässten Lattke in den Bus zu lassen. Der versaue ihm nur die Polster.
Da hätten die Frauen gerufen: Ausziehen, ausziehen!

Schließlich erbat Vater von dem gerade seine Tür verschließenden Wirt ein Tischtuch. Zusammen mit dem Kleinen Voss spannten sie das Tuch, sodass Lattkes Ältester sich dahinter seiner Sachen entledigen konnte. Allerdings warf die Lampe über der Gaststättentür sein Schattenbild auf den weißen Stoff. Da habe eine der Frauen gerufen: Lattke lang und Zipfel kurz, Mariechen ist das alles schnurz!
Unter dem Gelächter der Leute habe sich der Lattkesohn in das Tischtuch gewickelt. Doch dann sei er wie Cäsar in der Toga zum Bus geschritten.

Jetzt rockte Zippel, dass er glühte und Schweißtropfen an seiner Nase hingen. Derweil stockte Mariechen und blickte böse zu Trybek hinüber, mit dem Freja gerade Rock'n Roll zu üben begann. Dann warf sie den Kopf in den Nacken und twistete wild drauflos. Zwischen den anderen Paaren schoben sich inzwischen auch die Eltern sittsam über die Dielen.
Da griff Mariechen plötzlich nach Mutters Hand, zog sie weg von Vater, drehte sich unter Mutters Arm hindurch, schob sie hierhin und dorthin. Mutter, anfangs zögerlich, begann sich immer ausgelassener zu bewegen; ihr Gesicht leuchtete, wie ich es noch nie gesehen hatte. Die Schwestern lachten froh. Und plötzlich waren die schweren Zeiten wie schwarze Raben aufgeflogen und im Nebel verschwunden.
Währenddessen hottete Zippel unbeeindruckt weiter. Vater stand einen Moment lang unentschlossen da, bis Blätz mit ihm über die Zukunft der Genossenschaft zu reden begann.

Derweil überlegte ich, ob und wie ich Ricarda auffordern könnte und, falls ich keinen Korb bekäme, auf welche Art ich mich beim Tanzen bewegen sollte. Plötzlich sah ich, wie Ricarda auf mich zusteuerte. Mir wurde flau, noch ehe sie mich ansprechen konnte, floh ich vom Saal.
So vernahm ich am anderen Tag nur als Bericht, sogar den Mühlenmeister, den Zinnwald, habe man zum ersten Male tanzen sehen, und zwar mit der Neuen. Später habe sich Zippel an Freja ranmachen wollen, was den jungen Blätz so gestört habe, dass er ihn beim Tanzen ständig angerempelt habe. Nur Trybeks Einschreiten sei es zu verdanken gewesen, berichtete Mariechen, dass die Trauerfeier nicht noch traurig geendet habe.
Sie haben ja dann leider nicht mehr auf Ihrem Harmonium gespielt, Marie, also diese moderne Musik…, sagte Fräulein Galland, da bin ich lieber gegangen.
Seien Sie bloß froh, sagte Mariechen, zum Schluss hat sich die Schweinerin nur noch allein auf der Tanzfläche geräkelt. Ringsum saßen die Männer und glotzten über die leeren Gläser hinweg wie die Karnickelböcke auf die Schlange. Also Fräulein Galland, ich sage Ihnen, man kam sich vor wie in einem Bordell.
Nun, sagte Fräulein Galland, wundert mich nicht, dass sogar der anständige Herr Zinnwald ihr heute Morgen eine seiner Rosen ans Tor vom Alten Gut gesteckt hat. Sollte wohl keiner sehen, aber die Saggsforgain hat es trotzdem gesehen. Und nun ist es so, als hätten es alle gesehen.

8

Tagsüber trieb ich mich trotz Mahnungen und Verboten meist in der Nähe des Stollens herum, in dem Torbern und Trybek schufteten. Immer wieder scheuchten sie mich weg, es sei nun mal hier nichts für Kinder.
Dann baut doch euern Bunker alleine, sagte ich.
Bunker? Torbern lachte, Junge, wer hat dir nur solchen Unsinn erzählt? Pass mal auf…
Er verschwand in einem Bauwagen, den die beiden vom Maschinenhof der LPG hierhergeholt hatten. Als Torbern wieder aus dem Wagen kam, hielt er etwas in der Hand, das in ein Stück Stoff gewickelt war. Er schlug das Tuch auseinander, und ich sah einen leuchtend blauen Kristall.

Heute, Schwester, würde ich sagen, es war Azurit. Torbern hat es Bergblau genannt. Ein kleines Gewächs nur, aber schön geformt, ein Blütenblatt oder ein Achtel Stern, beinahe ebenmäßig, fast wie aus dem Züchterlabor. Aber dieses *Fast,* das Unvollkommene, zeichnet das wirklich Einzigartige aus.
Da, sagte Torbern und schlug das Tuch wieder zusammen, das ist erst der Anfang. Kannst du behalten, er lachte, oder verschenk's.
Ich lag noch eine Weile im Heidekraut auf dem Hang gegenüber, neben mir im Gras Torberns Geschenk; ich beobachtete die Männer bei der Arbeit. Als mein Magen knurrte, sprang ich auf und machte mich auf den Heimweg.
Ich radelte gerade den Feldweg entlang, als es beinahe einen Zusammenstoß gegeben hätte. Gemächlich trottete der Keiler mit den goldfarbenen Rückenborsten über

den Weg. Sein Fell, jetzt nicht mehr von einer Schlammkruste bedeckt, war fast weiß. Das Tier verharrte einen Moment, sah mich aus seinen kleinen dunklen Augen an, als wollte es sagen: Wir sprechen uns noch. Dann verschwand er in den Büschen am Feldrain, und gleich darauf raschelte, grunzte und schmatzte es in dem dahinterliegenden Maisschlag.

Ich musste zu Hause von dieser Begegnung nicht viel erzählen. Seit Tagen war im ganzen Dorf nur noch davon die Rede, wie der Keiler die Felder verwüste, alle nannten ihn bald nur noch das Vieh. Nur Freja hat ihn Goldborste genannt.

An diesem Abend ging es beim Essen vor allem darum, dass Blätz Vater den Vorsitz der Genossenschaft angetragen habe. Es müsse doch weitergehen, der Kleine Voss sei krank, und Doktor Kilian sei zwar nur Tierarzt, doch habe der gesagt, ohne Krankenhaus werde das nichts. Und du Ellrich, habe Blätz gesagt, kennst dich aus mit dem Krempel!

Stimmt doch, sagte Mutter, bist doch Agronom.

Ach, sagte Vater, nun soll ich wohl machen. Damals sollte ich nicht. Was sollen die Leute denken, hast du gesagt… Damals war damals, sagte Mutter.

Damals? Zwischen Olims Zeit und meiner:

Als Vater neu in Enzthal war und ich noch nicht auf der Welt.

Als *sie* den Alten Voss einsperrten, weil er nicht genug Getreide abliefern konnte oder wollte.

Als der Kleine Voss nicht mehr Vorsitzender sein wollte, wegen dem Alten Voss und dem Galgen, den *sie* ihm ans Hoftor gemalt hatten.

Als diese *sie*, in meiner Phantasie eine anonyme Räuberbande, mal die einen verschonte und mal die anderen; nach einem mir unbegreiflichen Muster.
Und damit *sie* keinen fanden, war es besser, keinen Namen zu nennen, besser, unter vielen zu bleiben, besser, zu sagen: *man*. Als *man* nicht wusste, als *man* hoffte, als *man* dachte, dass es wieder andersrum kommt.
Als – und endlich zwei Namen, zwei, die ich sogar kannte – Oma Luise noch hoffte, dass Opa Heinrich zurückkommen kann.
Als – und endlich eine Geschichte, eine Kriminalgeschichte beinah – die Buchhalterin mit den Lohngeldern der Genossenschaft ausblieb. Als Vater und der Kleine Voss sie suchten in der Kreisstadt. Als beide sie dort in der Bahnhofsgaststätte fanden: vor sich einen Kaffee, einen einfachen Weinbrandverschnitt und einen Mann; der Mann mit einem doppelten Weinbrandverschnitt ohne Kaffee und der Buchhalterin vor sich; und beide in sich vergraben mit Augen in Augen, Worten in Worten, Händen in Händen; neben dem Tisch vergessen die genossenschaftseigene Aktentasche mit zwanzigtausend Mark von der Bank für die Enzthaler Genossenschaftsbauern. Als die Buchhalterin die Buchhaltung der Genossenschaft kündigte und gleich in der Stadt blieb bei dem Mann mit dem doppelten Weinbrandverschnitt. Als Vater die Lohngelder und die Buchhaltung übernahm, damit es erst mal weitergeht; und es weitergegangen war bis heute.
Jetzt aber wollte Vater nicht. Er wollte nicht den Vorsitzenden machen.
Doch Mutter sagte, na, einer muss es doch machen, was sollen sonst die Leute …

Mariechen sagte ausnahmsweise nichts.
Torberns Kristall legte ich in meinem Zimmer auf das Fensterbrett. Vom Bett aus konnte ich ihn sehen. Sein Leuchten ließ die helle Nacht draußen dunkel erscheinen. Irgendwo durch die Felder lief das weiße Tier mit den goldenen Borsten.
Goldborste macht sich noch heute, Schwester, in meinen Träumen zu schaffen: Das Schlackepflaster unseres Hofes bricht auf, ein goldenes Flirren und sein Rücken erscheint. Ich sehe seinen mächtigen Schädel mit den riesigen Hauern. Die schwarzen Äuglein blitzen. Ich fliehe ins Haus, stemme mich von innen gegen die Tür, schon drängt und drückt es dagegen. So wie es am Ende der Nebelzeit im Haus Am Eckstein Nr. 5 geschehen war.

Doch vorerst richteten sich die Enzthaler hinter der Nebelwand ein. Die Erwachsenen trafen sich in der Schenke. Versammlung; Blätz hatte eingeladen. Am Schwarzen Brett hing ein Zettel mit der Tagesordnung: der Nebel, die Genossenschaft und das Vieh.
Zeitiger als gedacht hörte ich die Stimmen Mariechens und der heimkommenden Eltern draußen auf dem Hof. Schnell verstaute ich die Magazine mit den Nacktfrauen wieder in Mariechens Süßem Schränkchen und schob die Folie über die von mir angebrochene Pralinenschachtel, wobei sie zerriss. Ich beeilte mich, in die Küche zu kommen, wo ich mir ein Geschirrtuch griff und mich an den Tassen vom Abendessen zu schaffen machte, die ich längst abgewaschen hatte. Na, das Bier war wohl alle?, bemerkte ich etwas vorlaut.

Vater knurrte nur und ließ sich in der Stube aufs Sofa fallen. Etwas musste passiert sein. Mutter setzte sich an den Tisch, und Mariechen erbot sich, etwas zum Naschen zu spendieren. Ich mache schon, rief ich und sauste in Mariechens Stube. Bevor ich die nicht mehr vollzähligen Pralinen auf den Tisch stellte, verteilte ich sie dekorativ auf einem kleinen Kristallteller. Oh, sagte Mariechen, wie im *Café Kolditz*. Ja, Tante, sagte ich und zitierte sie brav: Der Mensch muss zum Vollkommenen streben.
In der Schenke, berichtete Mariechen, hätten die Männer mit sauren Mienen vor ihren Gläsern gesessen, da Oswiens Bierrationen auf Zweifingerbreite geschrumpft seien. Die anderen hätten Brause bekommen, ein paar Frauen sogar ein Glas Wein. Die alte Vossen habe zwei Löffel Zucker hineingetan und, Mariechen machte es vor, ganz genießerisch den ersten Schluck geschlürft. Einzig die Lattkemutter habe Milch getrunken. Die, sagte Mariechen, gab's nämlich gratis, weil keiner weiß, wohin mit all der Milch aus den Ställen.
Dann habe Blätz sich erhoben und gesagt: Leute, Punkt eins: der Nebel. Fakt ist, keiner kommt raus. Fakt ist, keiner kommt rein. Und Fakt ist, keiner weiß, wann sich der Nebel verzieht! Wie soll das weitergehen?! Hört mal zu! Zippel, du auch, dein Glas läuft nicht weg, ist ja eh schon wieder leer. Also als Erstes: In Vossen sein Garten steht Hopfen, für Ilses Schlaftropfen. Die Genossenschaft hat reichlich Gerste. Also? Wir brauen selber!
Langanhaltender Beifall, ergänzte da Fräulein Galland. Sie stand in der Stubentür und schwenkte das von ihr verfasste Protokoll. Sie las:
Bürgermeister Blätz verkündet: Zinnwald soll ab sofort

nicht nur Schrot für die Schweine mahlen, sondern auch Mehl für den Bäcker!
Bäcker Wollfink mosert, wie er mit „geschrotetem Gelumpe“ (Zitat Herr Wollfink) backen soll.
Mühlenmeister Zinnwald erklärt auf Nachfrage, er werde das reinste „Kaiserauszugsmehl“ (Zitat Herr Zinnwald) liefern!
Anhaltender Beifall.
Bürgermeister Blätz: Nun zu Punkt eins b: Ihr wisst, wir haben keine Molkerei. Also wer hat noch eine Buttertrommel auf'm Boden?
Ja, unterbrach Mutter Fräulein Galland und verkündete selbst das Ergebnis der Anfrage: Die Ilse Voss und wir werden buttern. Schadet nicht, Hartwig, wenn du das mal lernst.
Ich schob mir eine von Mariechens Pralinen in den Mund und gab ein vieldeutiges Mhmmhm von mir.
Punkt zwei, setzte Fräulein Galland die Berichterstattung fort: die LPG. Bürgermeister Blätz sagt: Fakt ist, die LPG braucht einen Vorsitzenden, bis der Kleine Voss wieder kann. Ellrich, sprich, du kennst die Fakten.
Redebeitrag Ellrich Laub: Ich habe es rausgekriegt: Die Erdachse verläuft durch Enzthal!
Jawohl, rief Vater vom Sofa her, und außerdem hat sie sich verschoben, just in der Nacht zum 1. Mai, jetzt läuft sie genau durch den Eckstein.
Ja, sagte Mutter, die haben sich alle gefreut, obwohl es ja reineweg zu gar nichts nütze …
Vom Sofa her klang ein ärgerliches Räuspern.
Mensch, Ellrich, sagte Mariechen, nicht dumm, wie du die Sache angegangen bist. Aber was musstest du dann

den Leuten von Hektolitern Milch und Tonnen Getreide reden, von Zentnern Schweinefleisch und von Soll und von Haben.
Ellrich hat sich schließlich vorbereitet, tagelang, entgegnete Mutter.
Vor allem hat alles gestimmt!, knurrte Vater, nicht wie beim Kleinen Voss seinen Berichten zum Kreis.
Nie, bestätigte Mutter, wäre über Vaters Lippen eine Zahl gekommen, die er nicht selbst berechnet, überprüft und gegengerechnet hätte. Und dann …
Noch ehe Vater geendet und Blätz zur Wahl aufgefordert habe, sei der Alte Voss von seinem Platz aufgestanden und habe gesagt: Wechen eirer Jehärrnsaiche leet mei Glainer im Bette nune un wird wohl bahle stährwe. Nune heert off mit eirer LPG! Ich will mei Land zerücke!
Was der Nebel mit der LPG zu tun hätte, habe Borgfest gefragt, das sei amerikanisches Giftgas, Agent Orange!
Eben, habe Voss geantwortet, ohne Kolchose wäre kein Ami gekommen.
Und wegen wem, Voss, habe sich Zinnwald gemeldet, haben wir Kolchose und Amis in Deutschland?
Das müsse grade er, Zinnwald, sagen, habe Voss entgegnet.
Voss, sei vernünftig, habe Blätz gerufen, wie willst du das alles auseinanderdividieren jetzt.
Ich weiß wo mei Acker leet! Fünf Hektar am Dornbusch, zwei Morjen am Heilchenborne, sieben beim Grenzstein und dreie …
Blätz habe versucht, den Alten Voss zu beruhigen. Es habe sich doch alles bewährt, sein Sohn, der Kleine Voss,

habe doch all die Jahre gute Arbeit gemacht! Hugo, habe Blätz gesagt, sei vernünftig, willst du deinem Jungen sein Lebenswerk kaputt machen?! Ich schlage also vor: Bis der Kleine Voss wieder wird, soll der Ellrich den Vorsitzenden machen.
Ein paar, sagte Mariechen, hätten geklatscht.
Fast alle, korrigierte Mutter. Doch dann habe einer von hinten leise gemurrt: Der Laub? Der ist nicht von hier …
Der, habe Blätz eingeworfen, ist schon lange hier und der Lisa Karge ihr Mann.
Eben, habe der nächste von hinten getönt, soll wieder einer von den Karges den Bauernführer machen? Einmal hat doch gereicht!
Bauernführer, habe Fräulein Galland sich gemeldet, war doch der Kollege Voss. Stimmt doch, Herr Voss?!
Er, habe der Alte Voss dann geknurrt, hätte dafür bezahlt.
Und Opa Heinrich?, fragte ich und dachte an den Nazischein aus dem Lodenmantel.
Nein, nein, sagte Mutter und seufzte, der hat hier nicht die Bauern angeführt.
Nein, sagte Mariechen, er hat sich anführen lassen – und verführen dazu!
Mariechen, bat Mutter, versündige dich nicht. Was soll der Junge denken.
Ja, immer nur, was sollen die anderen denken! An mich denkt keiner! Und jetzt macht der Edgar mit der Schweinerin rum. Ich habe es doch gesehen, die waren heute nicht bei der Versammlung, alle beide nicht!
Mariechen, sieh doch ein, Edgar und du, das … das wäre eine Unglücksliebe.

Red' doch nicht! Da stimmt was nicht, ich glaub' das nicht. Marie, bei aller Liebe... jetzt ist aber..., Vater sprang vom Sofa. Einen Moment lang war Stille. Fräulein Galland tappte verlegen davon. Vater besann sich und fuhr mich an: Los, Hartwig, ab ins Bett!
So war es immer, man schickte mich, wenn es spannend wurde, ins Bett, in den Konsum, in den Garten...

In den nächsten Tagen verschwanden fünf Kühe aus dem Rinderstall. Das sind meine, sagte der Alte Voss und trieb sie mit seiner Frau Ilse durchs Dorf nach Hause. Was wird das jetzt?, fragten sich die Leute und mancher überlegte: Was ist nun meins?
Zippels Traktor stand eines Morgens nicht mehr im Schuppen. Zippel lief schimpfend zu Borgfest und beschwerte sich. Borgfest ging zu Trybek und klagte: Die machen uns die Genossenschaft noch kaputt. Hilf uns, Trybek. Du bist Arbeiterklasse und auf Bewährung. Bewähre dich nun!
Eines Tages erschienen Freddy, der Sohn vom Blätz, und der junge Sachs auf dem Alten Gut. Ich kam gerade aus Trybeks Tür und sah, wie sich die beiden vor Freja aufbauten: Wir wollen nur unser Eigentum zurück! Drei Schweine. Für jeden! Ist das klar?!
Freja aber lächelte ihr unnachgiebiges Lächeln, hob die Hand und legte sie auf Freddys Wange.
Lass dich nicht bezirzen, Freddy, rief Sachs, nicht von der Hexe. Schon hatte er Frejas Arm gepackt und auf den Rücken gedreht. Da guckst du, was, rief er triumphierend: Dienstgürtel in schwarz-rot-gold, hab' ich bei der Fahne gelernt.

Da sauste ihm ein Forkenstiel auf den Rücken. Der Sachs schrie auf und ließ von Freja ab.
Trybek war, von mir alarmiert, aus seiner Bude gesprungen, hatte die Mistgabel gegriffen und war, derweil auch ich nach einer Waffe suchte, Freja zu Hilfe geeilt. Als ich endlich mit einer Sichel zum Abschlagen der Rübenköpfe bewaffnet aus der Futterküche kam, liefen die beiden Viehdiebe fluchend und drohend vom Hof.
Während ich Trybek half, das Hoftor zu schließen, fragte ich aufgeregt, wird das jetzt wie damals in Spanien?
Trybek zuckte die Schultern. Keine Sorge, so eine Geschichte kommt höchstens noch mal als Farce auf die Bühne.
Hä? Farce?
Sagt Karl Marx. Na, als Witz oder so. Aber ich weiß nicht, ob ich noch lange drüber lachen kann.

Ich sah es gleich, die Fußspuren auf den Sandsteinfliesen im Hausflur stammten nicht von Trybeks Sohlen. Sie kamen aus der Waschküche, und nasse nackte Füße hatten sie hinterlassen. Freja hatte in Trybeks Zinkbadewanne gesessen. Sie war nicht nach oben in ihre Wohnung gegangen, sondern in Trybeks Stube. Von dorther säuselte sein Tonband von einer warmen Nacht in San Francisco. Ich scheute mich hineinzugehen, obwohl ich mit Trybek gern noch einmal ausführlich über die Sache mit den Viehdieben gesprochen hätte. So kehrte ich auf der Haustürschwelle um, schlich zum Stubenfenster und äugte hindurch. Frejas nackte Füße lagen auf dem Tisch, sie saß in ein Handtuch gewickelt auf dem Stuhl. Gegenüber saß Trybek, ebenfalls die Füße auf dem Tisch, aus

seinen Socken lugten links und rechts die großen Zehen. Sie bewarfen sich mit Kugeln aus Zeitungspapier und lachten dabei. Das fand ich albern und wäre doch gern dabei gewesen.
Zu Hause erkundigte sich Mariechen nach Trybek: Und, was macht Edgar denn so?
Der spielt mit Freja Amerikaner.
Was?
Na, die haben die Füße auf dem Tisch, wie die Amerikaner. Das hat doch Oma Luise immer gesagt, wenn ich mal die Beine hochgenommen habe, so wie Matt Dillon in seinem Sheriffbüro.
Ach so, Mariechen nickte.
Aber die ist nackig, sagte ich. Ich ahnte, das würde Mariechen ärgern, obwohl sie Trybek noch immer nicht heiraten wollen durfte.
Komm, sagte sie, wir spielen den beiden ein wenig auf.
Ich zog, sie schob das Beerdigungsharmonium die Gasse vor ins Dorf und durch den Eckstein-Weg bis vor das Alte Gut. Dort trat Mariechen in die Pedale, stürzte sich in die Tasten und orgelte dramatisch los. Zu all dem begann sie noch zu singen: *Oh Haupt voll Blut und Wunden …*
Doch es war nicht Trybek, der sich stören ließ, sondern Zinnwalds Vögel begannen panisch durcheinander zu kreischen. Es dauerte nicht lange, da kam Zinnwald aus dem Hoftor und beschwerte sich.
Seit wann ist es denn in Enzthal verboten zu musizieren, fragte Mariechen und reckte dabei ihre kleine Nase empor.
Seit eben, gab Zinnwald zurück. Und sie würde seine Vögel verrückt machen. Und sie solle nicht verges-

sen, wessen Tochter sie sei, nämlich Heinrich Karges Tochter!
Ein Wort gab das andere, jedes ein klein wenig lauter. Mehr und mehr Leute traten vor ihre Höfe und guckten, was los war. Endlich kam auch Trybek in löchrigen Socken.
Ach, Edgar, hauchte Mariechen und bat: Unsere Butter ist alle, im Konsum gibt es keine mehr. Die gute Frau Voss kommt mit dem Buttern nicht nach.
Aber wir …, ehe ich aussprechen konnte, dass Mutter erst am Vortag selbst einen großen Tontopf voll gebuttert hatte, traf mich ein Knuff Mariechens im Rücken.
Unsereiner, sagte sie, will doch nicht betteln, sondern gute Musik geben: für das Viertel Butter einen Choral. Dann fiel ihr Blick auf Edgars Füße, und für einen Moment vergaß sie ihre hochdeutsche Bildung: Na wensten de Strimpe hättse dir stopn gen, die Schweinerin.
Schuldbewusst blickte Edgar nach unten und wackelte mit dem nackten Zeh. Komm mit, brummte er, Butter kannst du kriegen.
Zinnwald schimpfte noch immer, auch andere brauchten den Nachtschlaf; die Freja zum Beispiel, er sprach von Fräulein Vanadski, müsse beizeiten raus zu ihren Schweinen.
Da öffnete sich ein Fenster; es war das Fenster, das von Edgars Schlafstube auf die Gasse führte; und Freja sah heraus, noch immer nur in ein Handtuch gewickelt. In ihrem Haar steckte eine Blume. Es war eine der Rosen, die Zinnwald, glaubte man der Saggsforgain, regelmäßig in Frejas Briefkastenschlitz steckte. Und es war noch nicht lange her, da hatte Zinnwald für seine Rosenzüch-

tung, die er *Schöne der Erde* getauft hatte, sogar den Preis auf einer internationalen Rosenschau erhalten.
Freja stand im Fenster, sie warf einen Handkuss herüber und lachte.
Trybek war rot geworden, Zinnwald still und blass. Mariechen zischte: Eine Schande, nicht wahr, Herr Zinnwald? Der stapfte schweigend zurück auf seinen Hof. Noch ehe er die Hoftür schloss, hörte ich ihn murmeln: Meine Rosen sind keine Hurenblumen.
Mir bedeutete Mariechen mit einem weiteren Stoß, das Harmonium nach Hause zu ziehen.

Der Krieger auf dem Denkmal ruhte nicht länger unter einer Decke aus Putz. Der Sohn von der Sachs hatte die letzten Fladen abgeschlagen im Auftrag des Alten Voss, hatte auch die Tafel freigelegt mit den Namen derer, die, so las man jetzt wieder, den Heldentod gestorben waren. Die rote Holztafel am Spritzenhaus, die Sozialismus und Frieden versprach, war gänzlich verschwunden. Blätz hatte damit das morsche Dach seines Bienenhauses repariert. Lehrer Borgfest ging an den Sonntagen im Talar durchs Dorf, predigte in der Kirche Buße und Einkehr. Und wieder, klagte Vater, war eine der besten Milchkühe aus dem Genossenschaftsstall verschwunden.
Wo war die Zukunft hin, die leuchtende, die blaue? Der Himmel glich gehämmertem Kupfer, überzogen von einem milchigen Licht, als wäre eine Schale über Enzthal gestülpt. Auf vielfältige Weise war, was scheinbar vergangen gewesen, nach Enzthal zurückgekehrt. Der Kommunismus und Mariechens Hochzeit jedoch waren auf St. Nimmerlein verschoben.

Alle wollten jetzt Ihres. Und mancher nahm, was herrenlos schien, in seine Obhut. Eines Morgens, als ich aus unserer Gasse kam, sah ich die Tür zu Woltzens Laden offenstehen. Das Siegel war gebrochen, und im Laden standen still und andachtsvoll ein paar Leute vor der Theke. Dahinter die Konsumfrau, die ihnen gerade erklärte, es sei alles mit dem Bürgermeister besprochen, und auch der Genosse Ehrwürden Borgfest habe seinen Segen dazu erteilt: Alle Waren würden zum Sonderpreis an die Bevölkerung abgegeben! Und keiner solle sich sorgen, sie werde genau Buch führen und mit Theo Woltz, dem Erben, abrechnen.
Ilse Voss, die erste in der Schlange, guckte und fragte, was denn so alles im Angebot sei?
Na, sagte die Konsumfrau, alles, was der Woltz eben so hat.
Mhm, machte die Voss, da nehm ich eben von jedem zwei Stück, zwei Pfund und zwei Schachteln!
Du musst schon genau sagen was, meinte die Konsumfrau.
Na, auf jeden Fall zwei Schachteln Zigarren für Hugo, sagte Ilse Voss und klopfte mit dem Zeigefinger an das Glas der Vitrine, in der sich die Tabakwaren reihten.
Was ist denn der Sonderpreis für die Schachtel *Casino?*, rief Zippel fragend von hinten.
Drei Mark, sagte die Konsumfrau.
Drei?, nicht nur Zippel war erstaunt, normal seien die doch immer zu zwei Mark gewesen.
Sonderpreis eben, wegen der Knappheit, sagte die Konsumfrau, außerdem ist Rauchen ungesund.
Und Bongse, fragte ich dazwischen, gibt's die noch gratis?

Na sicher doch, sagte die Konsumfrau, ab einem Einkauf von zehn Mark.
Quatscht nicht so viel da drinne, schimpfte von draußen die Sachs. Die Schlange der Interessenten reichte inzwischen bis zum Eckstein. Jawohl, tönte es, kauft ein oder haut ab!
Am Nachmittag hatte ich Mutter überzeugt. Ihren Einkaufszettel und zehn Mark in der Hosentasche, trabte ich ins Dorf. Die Schlange war weg, nur Zippel saß auf dem Eckstein und genoss eines der letzten Biere, die sich in Woltz' Lager angefunden hatten. Als ich den Laden betrat, packte Freja gerade die letzte Tüte Mehl in ihr Einkaufsnetz.
Wenn Sie mehr brauchen, und Zucker und Backpulver, sagte die Konsumfrau, das kriegen Sie bei mir noch im Konsum.
Morgen?
Ja, morgen. – Und, Hartwig, was willst du?
Ich schob den Zettel über den Ladentisch und äugte nach den Gläsern mit den Süßigkeiten. Aus einem glänzten noch gelb und orange eine Handvoll Bonbons in ihrem Zellophanpapier.
Ist alles ausverkauft, sagte die Konsumfrau und schob mir meinen Zettel zurück. Fünf Kartons Wolle sind noch im Lager.
Und das Bäumchen hier?, fragte eine Stimme hinter mir. Es war Freja, die am Schaufenster stand und mit den Händen über die dürren Zweige des Apfelsinenbäumchens strich.
Den Strunk, sagte die Konsumfrau, können Sie gratis haben. Zur Wolle dazu. Fünf Kartons für nur zehn Mark!

Ich, sagte ich schnell und glättete meinen Zehnmarkschein auf dem Ladentisch, nehme den Strunk und die Wolle! Und den Rest Bongse gratis dazu!
Na, na, sagte die Konsumfrau, nicht vordrängeln, kleiner Laub. Frau Vanadski hat zuerst nach dem schönen Bäumchen verlangt. Sieht aus, sie blickte konzentriert zum Schaufenster hin, als würde es noch mal austreiben!
Schon gut, sagte Freja, bedienen Sie Hartwig. Ich muss zu den Schweinen.
Die Konsumfrau nahm den Geldschein und reichte mir stumm das Bonbonglas hin. Ich griff hinein und rief Freja nach: Das Bäumchen können Sie haben, ich schenke es Ihnen!
Sie wandte sich um, lächelte und sagte: Hinter den Ställen ist ein guter Platz. Hilfst du mir, es einzupflanzen?
Klar, sagte ich, schob die Bonbons in meine Tasche, schnappte das Bäumchen und sagte der Konsumfrau, die Wolle hole ich nachher ab.
Beeil dich, rief sie mir nach, ich mach' gleich zu hier!
Ja, ja, sagte ich. Und nein, nein zu Zippel, der draußen anbot, Freja mit dem Bäumchen den Badeofen anzuheizen.
Hinter den Ställen des Alten Gutes grub ich, so wie Freja es von mir erbat, ein Pflanzloch. Ich setzte das Bäumchen hinein und sagte: Glaub' nicht, dass der Strunk wieder wird.
Freja kniete, schob mit den Händen die Erde hinein und klopfte sie fest. Ich zuckte die Schultern und flitzte nach Wasser.
Als das Bäumchen gegossen war, rannte ich vor zum Laden, um meine Wolle zu holen. Zippel polierte noch immer mit seinem Hintern die Nägel des Ecksteins.

Hilfst du mir, sagte ich, Mariechens Wolle heimzutragen? Die Wolle hatte ich kurzerhand meiner Tante zugeschlagen, da ich wusste, Wolle tragen war das Mindeste, was Zippel für Mariechen tun würde.
Erst als wir die fünf Kartons – Zippel vier, ich einen – die Gasse hinter zu unserem Haus trugen, fragte ich mich, wie ich Mutter meinen Ersatzkauf erklären sollte. Das Bäumchen oder gar die Bonbons als Argument, zehn Mark zu verschwenden? Nein, das ging nicht.
Als Zippel hinter mir die Kartons durch die Hoftür jonglierte, kam Mariechen mit einem Salatkopf aus dem Garten.
Wolle?, fragte sie ungläubig und fügte hinzu: Für zehn Mark? Fünf Kartons für nur zehn Mark?
Da begriff ich und hob den Blick: Ja, sagte ich, Sonderpreis, ein bisschen handeln musste ich schon!
Mariechen öffnete einen der Kartons: Ah, blau, sie legte ein Wollbündel an ihre Wange, und so weich!
Sie öffnete den nächsten Karton, und blaue Wolle leuchtete auf.
Inzwischen war Mutter mit dem Melkeimer aus dem Stall gekommen. Die Frauen öffneten Karton um Karton.
Alles nur blau! Mutters Stimme klang enttäuscht. Ich guckte bedeppert. Zippel wandte sich zum Gehen und sagte: Hab' ich gleich gesagt.
Aber was für ein Blau, Azurblau, sagte Mariechen und strahlte. Ich lächelte vorsichtig und schielte zu Mutter.
War Sonderpreis, wiederholte ich.
Zippel drehte noch mal um und grinste breit. Ja, sagte er, war die letzte. Deshalb habe ich, wie gesagt, dem Hartwig zugeraten, Marie.

Mariechen stand da, die Wolle in den Händen und das Gesicht bis zu den Wangenknochen darin und guckte und war weg, weit weg in Gedanken.
Mutter hob die Brauen. Na Zippel, da soll ich dir wohl 'ne Mütze stricken dafür?
Zippel lachte und tänzelte davon, lachte und rief: Das wäre nicht schlecht, so 'ne Mütze, von Marie tät' ich sie nehmen, Frau Laub.

Da Zippel glaubte, mit meiner blauen Wolle Eindruck bei Mariechen geschunden zu haben, rief er, um diesen Eindruck wach zu halten, sobald er Mariechen im Dorf irgendwo sah: Was macht meine Mütze, Marie? Ein andermal hielt er mit seinem Trecker am Backhaus, nicht, weil die Sachs dort stand, sondern weil er Mariechen herauskommen sah. Er sprang vom Trecker, besser gesagt, wollte das tun, verhedderte sich aber mit einem Schnürsenkel zwischen Ackerschiene und einem Bolzen, sodass er hinfiel, der Sachs beinahe unter ihre blaugeblümte Schürze. Huch, machte die Sachs und noch einmal: Huch.
Zippel rappelte sich auf: Ne, Frau Sachs, keine falschen Hoffnungen … Warte, Marie, rief er, als er sah, dass Mariechen sich anschickte weiterzugehen.
Deine Mütze war gestern fertig, behauptete Mariechen ohne eine Miene zu verziehen, aber über Nacht haben sie die Motten gefressen.
Meine ich nicht, sagte Zippel, ich wollte mal fragen, ob ich in deinem Kindergarten den Wänstern mal meinen Trecker zeigen soll oder so?
Als Mariechen, davon angetan, erst den Kopf wiegte und dann nickte, legte Zippel noch ein Angebot drauf: Und

mit dir könnte ich Fahrschule machen, Marie. Sollen ja wohl alle wieder selbstständig werden, dann kannste das brauchen auf euerm Hof.

Hä, selbstständig?, die Sachs spitzte die Ohren, alles retour? Nune doch? Dann saat mal da hingene der Schweinehirtin Bescheid, se soll unse Tiere rausriggen! Mei Junge hat heite noch blaue Flecken, weiln der Trybek jehauen hat. Und dei Neffe, Marie, der Hartwig, is auch dabeijewesen!

Aber Frau Sachs, Zippel, sagte Marie und blickte auf beide, als sei sie enttäuscht über unartige Kinder. Dann hob sie den Finger wie einen Taktstock: *Gemeinsam geht's besser …* Jedenfalls mir, Zippel, ist Genossenschaft lieber, da bleibt mehr Zeit für die Musik. Und es ist alles ein bisschen gerechter.

Ja, ja, gerechter, schimpfte die Sachs und fasste die Klinke zum Backhaus, wenn die ein' für die andern mitschuften! So sagte die Sachs und verschwand in der Tür.

Aber mitfahren, Zippel, tu ich mit deinem Traktor. Nicht heute, aber wird schon mal klappen.

Und seit Mariechens Versprechen sorgt Zippel sich um die Genossenschaft, sagte Zippel von sich und wollte, dass es Mariechen erfuhr. So erfuhr auch ich, dass Zippel einen Stein in eine alte Einkaufstasche gepackt hatte. Die Tasche gehörte der Sachs und stand im LPG-Kuhstall hinter der Tür zum Futterhaus. War eben noch Grünfutter drin; bloß bisschen Grienes for de Karnickel, sagte sich die Sachs jedes Mal, wenn sie die Tasche füllte und abends heimtrug. Wenn man kein' Mann mehr hat, muss man sehen, wo man bleibt.

Schwer heute, dachte die Sachs, setzte die Tasche vor

dem Kaninchenstall zu Hause ab, machte sie auf und sah den Stein. Der Zippel, der Hund, dachte die Sachs. Kann aber nichts sagen, nicht zum Zippel, nicht zu den Leuten, denn dann würden die fragen: Was machte die Einkaufstasche im Futterhaus?
Bei welcher Gelegenheit Zippel die Futtertasche entdeckte, wusste nur Zippel. Und seine zwei Brüder. Und von Nobi, dem jüngsten, wusste es bald auch ich.
Schloss vor den Mund, Hartwig, versprochen?
Versprochen, Nobi, sagte ich.
Die drei Brüder waren eines Nachts mit einer Kuh durch das Dorf gezogen. Nobi führte sie am Strick, Erwin schob, und Zippel dirigierte das Tier mit einem Knüppel mal von links, mal von rechts. Sie zerrten und drückten und stießen, brachten die Kuh zurück zu den Ställen der LPG. Hatten sie geholt, als alle sich dies und das holten. Und wussten dann aber nicht, wohin mit dem Tier auf dem engen Lattkehof. Und außerdem, weg mit dem Vieh, hatte Zippel gesagt, dann hätten sie mehr Zeit für Musik!

Die Marie ist dem Zippel zu Kopf gestiegen. Das verbreitete die Sachs. Der wird sie wohl heiraten nune und den Vorsitzenden machen, aber saggs for gain.
Eine Nachricht, die zu Hause wieder Unfrieden machte und Seufzerei: Gut, dass unsere Mutter …
Auch mir klangen noch Oma Luises Worte im Ohr: Das sieht ja aus wie bei Lattkes!
Dabei, hieß es, sei die Lattkeoma so reinlich, aber sechs Kinder, na ja, und bei *der* Schwiegertochter käme die nicht mehr rum.

Das leuchtete mir ein, denn Zippels Mutter war groß und einer ihrer Oberarme so dick wie der Brustkorb ihres Mannes Emil. Keiner kam rum, wenn die in der Konsumtür stand.
Die Lattkes hatten mal sieben Kinder, aber eins, hieß es, war an der Jauche gestorben. Die Jauche war aus dem neugebauten Offenstall gelaufen und ringsum versickert. Mutter Lattke hat ihr Wasser immer von der Pumpe im Unterdorf geholt, und so ist irgendwann immer auch ein bisschen Jauche im Wasser gewesen. Erst im Jahr darauf baute man in Enzthal eine Kanalisation und eine Wasserleitung.
Zippels Vater soll früher mal auf unserem Hof Knecht gewesen sein. Von Lattkes Emil hatte Oma Luise manchmal erzählt: Der war immer fleißig, bis *die* ihn verhetzt haben. Es gab immer schönes Frühstück bei uns, sagte sie, immer pünktlich um neun saßen wir beisammen. Und auf einmal kam der Emil halb neun aus dem Stall: Wo sein Frühstück bleibe und überhaupt, er wolle Semmeln zum Frühstück. Wo wir doch selber nur sonnabends Semmeln aßen. Und was haben die nun von ihrer Kolchose gehabt? Semmeln? Ein totes Kind!
Mutter sagte dann, Oma solle nicht so reden und ich mal in den Garten gucken, ob die Schoten schon platzen.
Der Zippel?, sagte Mariechen jedoch, der ist kein Dummer. Sie müsse es wissen, sagte sie, sie sei mit ihm zur Schule gegangen. Und Lehrer Borgfest habe ihn dann nur auf die Hilfsschule geschickt, weil schon seine großen Schwestern dahin gegangen seien.
Pass bloß auf, hatte Oma Luise damals Mariechen gewarnt, der ist hinter dir her.

Hartwig, nun aber ab in den Garten!, hatte Mutter mit Nachdruck wiederholt.
Ich hatte mich brav zu den Erbsen im Garten gesellt, obwohl auch ich einiges über die Lattkes hätte beitragen können. Aber ich schwieg, hätte ich doch sonst einen Diebstahl gestehen müssen.

Eine Zeitlang war ich mit Nobi, dem jüngsten Lattkesohn, in eine Klasse gegangen. Der kleine Lattke hieß Norbert, seine dicken Lippen und sein schwarzes Kraushaar aber verschafften ihm den Spitznamen Nobi. Schuld daran ist ein Schriftsteller gewesen, dessen Buch der Lehrer in der dritten Klasse besprach. Schon am ersten Schultag hatte der Primus der Dritten über den Pausenhof gerufen: Ah, da kommt ja *Neger Nobi!*
Wenn die Lattkeeltern im Kuhstall waren, konnte man im Lattkehaus viele geheimnisvolle Ecken durchstöbern, und von Nobis großen Brüdern gab es interessante Dinge zu erfahren. Auf dem kleinen Lattkehof stand Nobis Oma am Holzbottich und rubbelte auf dem Waschbrett die blauen Arbeitshosen der Lattkemänner.
Na, kleiner Laub, krähte sie, was macht mein Karnickel? Diese Frage kannte ich, und sie brachte mich jedes Mal in Verlegenheit. Ein gutes Jahr zuvor hatte ich von Nobi für fünf Mark ein junges Kaninchen erhandelt, seine Oma war dazugekommen und hatte Nobi genötigt, mir das Geld zurückzugeben. Dafür hatte sie sich mit ernster Miene ausbedungen, dass ich sie in einem halben Jahr zum Kaninchenbraten einlüde. Nun aber war das Kaninchenjunge schon am anderen Morgen aus dem von mir provisorisch gezimmerten Stall verschwunden. Das

der Lattkeoma zu gestehen, hatte ich mich gescheut. So antwortete ich auch dieses Mal auf ihre Frage: Es wächst noch, Frau Lattke, es wächst noch!

Komm rein, sagte Nobi, die anderen Weiber stören uns nicht. Die ältesten Lattketöchter wohnten zu der Zeit längst in der Stadt. Gott sei Dank, sagte Nobi, die bin ich los. Nur die Kleinste krabbelte rotzverschmiert durch die Küche und fing zu quäken an. Nobi rief: Halt jetzt die Klappe!, und steckte ihr ein Bonbon in den Mund.

Zippel stand am Herd und brutzelte etwas im Schaffen zurecht. Es roch sehr appetitlich, und von Erwin, dem mittleren Lattkejungen, lernte ich gerade, wie man einem Mädchen den Büstenhalter aufknipst. Die meldet sich für den Rest der Stunde nicht mehr, sagte Erwin, die hält nur noch ihre Biezen fest!

Begierig hörte ich zu und merkte mir besonders die Wörter, von denen ich ahnte, dass sie zu Hause unerwünscht waren.

Zippel legte Holz nach, die Scheite knallten im Feuer, und aus dem Schaffen stiegen verlockende Düfte. Na, sagte er, willste auch was?

Ich nickte zaghaft.

Dann flitze mal heime und hole noch e paar Eier! Ihr habt mehr als wir!

Zippel musste mir nicht sagen, dass ich mich dabei nicht erwischen lassen durfte. Zu Hause schlich ich in die Speisekammer und steckte sechs Eier in meine Taschen; nicht alle überstanden den Transport. Zippel brutzelte, Oma Lattke wusch meine Hosentaschen aus, und schließlich saß ich mit den anderen am Tisch, während meine Hose am Herd hing und trocknete. Die Eier schmeckten wunderbar, vor allem, weil, wie Zippel sagte, sie mit viel Gefühl und ein bisschen Gerechtigkeit gerührt waren. Mehr Gerechtigkeit wird, sagte Zippel, wenn du das nächste Mal noch 'ne Bratwurst mitbringst!

9

Eines Tages sah ich von der Heide aus, wie Trybek aus dem Stollen kam, in der einen Hand eine Spitzhacke, in der anderen das Holzkreuz. Es war zerbrochen, die Schieferplatte fehlte. Er ließ sein Werkzeug fallen und schleuderte das Kreuz weit von sich; im Modder des leergelaufenen Teiches blieb es stecken. Er wolle nicht länger graben, hörte ich ihn zu Torbern hin rufen. Er schimpfte lautstark auf den Dreck, den Staub, den Schweiß und die ganze Scheißvergangenheit. Er habe genug davon, darin herumzuwühlen und nach Dingen zu suchen, die nicht existierten und nach Menschen, die jahrzehntelang tot seien. Torbern, schrie er, es reicht! Was vorbei ist, muss vorbei sein. Sonst ist plötzlich das eigene Leben vorbei!
Er legte Helm und Grubenlampe auf die Treppe des Bauwagens und stapfte den Hohlweg hinauf Richtung Enzthal davon.
Trybek will eine Zukunft, sagte Torbern. Er war zu mir heraufgekommen und schmauchte sein Pfeifchen. Er lachte: Wenn Männer von Zukunft reden, steckt eine Frau dahinter.
Ich ahnte, wen Torbern meinte: Freja. Mariechen eher nicht, weil es ja der Olim verboten hatte. Für mich hatte Trybek auch kaum noch Zeit übrig. Ich durfte nicht in

den Stollen – und jetzt wird Freja mit ihm zur Schrotmühle fahren und ihn auf die Probe stellen. Ich dachte an den Mehlstaub auf ihren Brüsten.
Die Schweinerin, nennt sie Mariechen, die Hexe. Das Mehl wirbelt auf, legt sich um mich wie der Nebel um Enzthal. Ich muss an Ricarda denken und den feinen Duft, der aus ihrem Nacken steigt, wenn ich im Schulbusgedrängel hinter ihr stehe.
Hartwig, sagt sie, drängle nicht so!
Ich kann nichts dafür, sage ich und bin glücklich im Rausch dieser Unschuld. Dorthin, das begriff ich in diesem Moment auf der Heide, kann ich nie mehr zurück. Selbst wenn morgen der Bus wieder käme und uns zur Schule brächte.
Ich weiß nicht, ob es anders wäre, wenn ich mit Ricarda getanzt hätte? Nun hatte ich mit Freja getanzt.
Als ich am Vortag frühmorgens bei Trybek geklopft hatte, war es Frejas Stimme gewesen, die von drinnen rief: Komm rein!
Trybek war schon im Stollen, sie stand in seiner Stube, ein verfitztes Antennenkabel in der Hand und sagte: Du bist doch technisch bewandert; alle Jungen sind technisch bewandert!
Ich hob die Schultern: Jaa?
Fernsehantennen braucht jetzt sowieso keiner. Hier, hilf mir mal, sie streckte mir das Kabelknäuel entgegen: Keine Sorge, Edgar weiß Bescheid.
Sie wollte einen Lautsprecher in einen der Ställe legen. Ich nickte und machte mir an der Litze zu schaffen. Dann spannten wir die Strippe quer über den Hof.
Pass auf, sagte sie und schob den Riegel von einer der

Türen. Der Stall dahinter war sauber und leer, hier: Musik für die Ferkel, nebenan: Ruhe. Was meinst du, welche bringen nach einem Jahr mehr auf die Waage, bei gleicher Futterration versteht sich?
Ganz klar, sagte ich, die, die nicht tanzen müssen!
Ich stellte die Lautsprecherbox in das Stallfenster, flitzte zu Edgar hinüber und schaltete das Tonband ein. Na dann, dachte ich, das wird die Schweinchen ganz schön auf Trab bringen.
Als ich in die Stalltür trat, sah ich, wie Freja sich im Rhythmus der Musik bewegte. Los komm her, rief sie und zog mich herein, damit du nicht wieder weglaufen musst, wenn Ricarda dich das nächste Mal auffordern will.
Ich wurde rot, dann begann ich, so gut es ging, mit Armen und Beinen zu schlenkern und meine Haartolle wedeln zu lassen. Der Lautsprecher vibrierte, nebenan quiekten die Schweine, und die Band sang:
Burning like a silver flame The summit of beauty and love And Venus was her name …
She's got it, kreischte Freja, und ich schrie zurück: *Yeah, baby, she's got it …*
Ich musste dann mit ihr nach einer langsamen Musik tanzen, also zusammen. Obwohl sie mich mindestens drei Zentimeter auf Abstand hielt, spürte ich ihren Körper und meinen. Ich wurde nervös, schwitzte und stolperte, sie fing mich auf, und in dem Augenblick, da ich ihren Leib berührte, spürte ich eine ungeahnte Kraft und einen unbekannten Drang nach noch mehr Leib.
Sie lächelte, legte ihre Hände auf meine Schultern und schob mich sanft, aber bestimmt von sich.

Schon ganz gut, sagte sie.
Ich, verwirrt, verbeugte mich linkisch. Sie knickste lachend. Dann bat sie mich, das Kabel in ihre Kammer zu ziehen. Ich stieg auf eine Leiter und befestigte das Kabel mit Hilfe von Bindfäden und alten Nägeln an der Hauswand. Schwere Wolken quollen über den Himmel, schon begann es zu tröpfeln. Ich musste mich beeilen und reckte mich, den nächsten Nagel einzuschlagen. Die Leiter wackelte und begann nach hinten zu rutschen, ich kippte nach vorn, mein Kopf schlug gegen die Hauswand, ich klammerte mich fest, endlich, die Leiter stand, ihr unteres Ende wurde von einer Jauchenrinne aufgehalten.
Ich fluchte: Verdammter Mist!
Was passiert?, fragte sie.
Nööö, sagte ich und spürte das Blut aus meiner kaum verheilten Stirnwunde rinnen.
Zeig her, befahl sie, als ich von der Leiter gestiegen war, da muss Jod drauf.
Bin geimpft, sagte ich und schob ihre Hand weg.
Wie du meinst.
Später kniete ich vor der Fensterbank und stocherte mit einem Schraubenzieher ein Loch für das Kabel zwischen Fensterrahmen und Mauerwerk hindurch; hier müsste mehr gemacht werden, als nur zu malern, dachte ich. Die Stirnwunde schmerzte. Vielleicht sollte ich doch lieber Jod …
Ein Lichtstrahl strich über die blättrige Farbe des Fensterbretts und glitt über mein Gesicht. Ich hob den Blick, doch draußen hatte es inzwischen richtig zu regnen begonnen. Als ich mich umwandte, hantierte Freja gerade an ihrem Plattenspieler, der auf einer Kommode neben

einem Stapel Schallplatten stand. Aus einem Spiegel darüber schien mich für einen Moment ihr Blick zu treffen, dann wieder glänzte der Spiegel auf und blendete mich.
Sie fragte: Nehmen wir Smetana oder Mozart?
Mir egal, sagte ich und fädelte die Litze neben dem Fenster durch die Wand. Als ich sie einigermaßen stolperfallenfrei verlegt hatte und an den Tonausgang des Plattenspielers klemmte, warf ich einen Blick in Frejas Spiegel, um den Sitz meiner Haartolle zu kontrollieren. Da bemerkte ich, was Freja als Spiegel benutzte, war nicht mehr als eine Art gut poliertes Kupfertablett. Und seltsam, die T-förmige Schmarre über meinen Augen war wieder so gut wie verheilt, nur die Narbe, sie blieb.
Da glitt der Tonarm knisternd über die schwarze Scheibe, und aus dem Ferkelstall klang klassische Musik herauf.
Das, sagte ich, ist wohl doch besser für die Ferkel.

Ich lag auf der Heide und betastete meine Stirn. Hexenweiber. Torbern hatte recht. Nachts hatte ich von Frejas Mehlbrüsten geträumt, und die Nässe, die ich beim Wachwerden das erste Mal in meiner Schlafhose spürte, hatte mich erschreckt.
Eine Frau, sagte Torbern, lockt dich an, dann lässt sie dich nie mehr los. Besser, man hält sich fern von den Frauen, vor allem von dieser.
Von Freja?
Ja, so gut es eben geht!
Ich nickte vor mich hin und sagte: Ich kenne die Weiber!
Torbern lachte, klopfte die Pfeife an seiner Ferse aus und sagte: Dann komm mit mir und hilf mir im Berg. Und noch einmal, schon im Stolleneingang, wandte er sich

um und rief zu mir herauf: Komm! Ich zeige dir die Welt unter der Welt.

Da sprang ich auf und lief ihm nach. Unten griff ich mir Trybeks Helm und Lampe und betrat den Stollen. Ich musste mich beeilen, denn ich sah nur noch den Schein von Torberns Grubenlampe hinter einer Biegung hervorfunzeln. Dort, wo bei meinem ersten Besuch Schutt und Geröll den Stollen versperrt hatte, führte er nun solide ausgebaut in den Berg. Den Spalt, vor dem das hölzerne Kreuz den Weg zu dem unterirdischen See versperrt hatte, konnte ich nicht mehr entdecken. Bald senkte sich die Stollendecke, und ich kam nur noch langsam voran. Ich tastete mich vorwärts, folgte dem Lampenschein vor mir oder blieb stehen, um nach Torberns Schritten zu lauschen. Nach etwa zehn Minuten endete diese Strecke, nur seitwärts führte eine Leiter hinab in die Tiefe. Torbern rief schon von unten nach mir. Ich kletterte hinab und stand plötzlich bis zu den Knien in eiskaltem Wasser. Überall tropfte, rieselte, rann, plätscherte Wasser, sammelte sich zu unseren Füßen. Wir folgten seinem Lauf. Nach einer Biegung verließen wir das, was Torbern Erbstollen nannte, und folgten der oberhalb einmündenden Strecke, kletterten über die Reste alter Rohre, vorbei an Grubenhölzern, die bis auf den Kern vermodert waren, und passierten mehrere verrottende hölzerne Hunte. Endlich trafen wir auf einen Durchschlag und stiegen aufwärts. Da schimmerte und glitzerte der Berg im Licht meiner Lampe. Marienglas, sagte Torbern.

Ich sah mich um und befühlte die weißen, ockerfarbenen oder rostroten Kristalle, die sich über die Wände schichteten wie Kandiszucker. Ein Scheibchen brach ich heraus, es war beinahe durchsichtig. Jetzt erst bemerkte ich: Torbern war weg. Kein Lichtschein, keine Schritte, kein Scharren und Tappen. Ich rief. Nichts, keine Antwort. Ich wollte zurück. War das der Durchschlag? Oder dort? Nein, das war nur ein Streb. Besser, hier dieser ausgebauten Strecke folgen, irgendwo wartete Torbern sicher auf mich. Endlich erreichte ich eine Höhle, Stück für Stück glitt das Licht meiner Lampe über eine mäandernde Wölbung, über grau und weiß marmorierte Wände und den von feinem Schluff oder herabgestürztem Gestein bedeckten Boden. Torbern? Nichts, keine Antwort. Ich leuchtete in die Nischen und Klüfte, kein Weg. Dort die Reste eines Verbaus, aber kein Streb mehr, nur Schutt, loses Gestein. Meine Lampe flackerte und erlosch.

Langsam gewöhnte ich mich an die Dunkelheit und nahm einen schwachen Widerschein von Tageslicht wahr. Irgendwo hier musste ein Weg ins Freie führen. Ich spähte, ich lauschte. Ein Geräusch, ein Scharren, das Kollern eines Steins. Ich fuhr herum und erblickte einen massigen Schatten, den Keiler. Witternd hob er seinen Schädel. Ich wich zurück, stieß mit dem Helm gegen die Grubendecke, und meine Helmlampe flammte wieder auf. Vom Lichtstrahl meines Grubenlichts getroffen, blinzelte das Tier nervös. Es zu blenden, das war meine Chance. Langsam ging ich in die Hocke und tastete nach einem Stein, um es damit zu verjagen. Ich spürte nur feinen Grus in den Händen und schob mich weiter zurück, bemüht, das Tier nicht aus dem Lichtkegel zu entlassen. Da fühlten meine Finger im weichen Höhlenboden erst eine, dann mehrere metallene Hülsen. Ich griff sie,

schnellte hoch und schleuderte sie mit lautem Gebrüll gegen das Tier. Es grunzte irritiert, schob sich herum und verschwand in einem Streb. Ich rührte mich nicht und lauschte mit verhaltenem Atem. Noch ein Schnaufer, ein Trappeln, kollernde Steine, dann endlich Stille.
Ich atmete auf und nahm den Boden zu meinen Füßen in Augenschein. Ich bohrte mit den Schuhspitzen und scharrte mit den Händen im grusigen Grund. Patronen? Wie hatte der Alte Voss uns gewarnt: Blindgänger vom Ami. Es waren nur ein paar leere Hülsen, ich schob sie in die Hosentasche und suchte den Gang, in dem Goldborste verschwunden war. Dort musste der Ausgang sein. Tatsächlich, endlich ein aufsteigender Streb; etwas hing über einen in das Gebälk geschlagenen Nagel. Es war ein Lederkoppel, fast wie eben abgelegt, nur das Koppelschloss war rötlich erodiert, doch die Prägung noch gut zu erkennen. Unter dem Schriftzug *Gott mit uns* hockte ein Adler, der ein Hakenkreuz in den Krallen hielt. Das, dachte ich, ist doch fast so interessant wie ein Fossil.
Ich schnallte mir das Koppel um und folgte dem Streb, in dem der Keiler verschwunden war. Doch wieder endete nach einigen Metern der Verbau, der Gang wurde mit jedem Schritt enger und niedriger. Hatte ich mich aufs Neue verirrt? Meine Hände berührten mal links und mal rechts, schließlich zugleich das nasskalte Gestein. Irgendwoher musste das Tier doch herein- und wieder hinausgelangt sein? Ich ging erst gebückt, dann kam ich nur noch auf den Knien voran, erst auf allen Vieren, dann musste ich kriechen. Flach auf die Grubensohle gepresst, folgte ich einem mir endlos erscheinenden Gang, einem

Schlund, der mich in sein Dunkel schlang. Mein Herz hämmerte, ich keuchte und spürte Tränen aufsteigen: wütendes Wasser, ängstliches, verzweifeltes Wasser. Nie wieder komme ich hier raus! Torbern, rief ich. Und noch einmal, Torbern!

Da, endlich von fern, wie ein Echo: Komm hierher, hierher … komm, komm, komm …

Ich schob mich Stück für Stück voran, und endlich weitete sich der Gang, öffnete sich, und ich rutschte einen Schutthang hinab, dessen scharfkantiges Gestein mir Knie und Ellenbogen zerschabten. Als ich mich aufgerappelt hatte, stand ich in einem großen Saal, über mir schwang sich gebändertes Gestein leuchtend empor. Meine Füße tasteten sich über einen glatt gewellten Boden, als sei es versteinerter Wüstensand. Dann sah ich in einem Licht, das nicht allein von meiner Grubenlampe und auch nicht von Torberns stammen konnte, an den Wänden die Tiere: Büffel, Pferde, Hirsche, wilde Schweine zogen leuchtend wie Sterne über den Höhlenhimmel, Antilopen grasten, Elefanten warfen sich Sand über den Rücken, ein Bär richtete sich auf und blickte mich an. All diese Tiere, ich mitten darunter, brüllend, stampfend, unverwundbar, von der Herde behütet. Alles auf einmal zu erfassen versuchte mein Blick, die Welt kreiste um mich. Glücksschwindel. Ich schwankte. Eine Hand packte meinen Arm. Die Wände der Höhle wichen zurück, waren mit Bildern übersät.

Höhlenkoller, sagte Torbern und reichte mir seine Trinkflasche.

Ich nahm sie, doch unfähig, den Blick von den ziehenden Herden zu wenden, lief mir das Wasser aus dem Mund-

winkel und rann mir ins Hemd. Das Licht wurde schwächer und schwächer, die Umrisse der Tiere lösten sich auf, schließlich blieb im Lichtkegel meiner Lampe nur noch das nackte Gestein.
Wo sind sie hin?
Torbern lachte: Weitergezogen, natürlich! Sie fürchten die Jäger. – Komm, wir müssen das auch.

Auf welchen Wegen mich Torbern zurück aus dem Labyrinth der Stollen führte, weiß ich nicht mehr. Später, bevor ich mich auf den Weg nach Hause machte, saßen wir noch eine Weile im Bauwagen und aßen Wurstbemmen vom Vortag. Aus einem verstaubten Kasten in der Ecke zauberte Torbern zwei Flaschen, für mich Zitronenbrause, für sich ein Bier. Statt von den Höhlenbildern, wonach ich nicht aufhörte zu fragen, zu erzählen, sagte Torbern nur: Du findest, was du suchst. – Dann deutete seine Hand auf das Koppel. Ich öffnete das Schloss, zog den ledernen Gurt ab und reichte ihn Torbern. Da war noch mehr, sagte ich, da war auch das Vieh und ... Doch dann verschwieg ich die Patronenhülsen, denn die wollte ich behalten.
Mhm, sagte Torbern und begann, das Koppel zu untersuchen. Ich glaube, da steht ein Name drauf.
Wo?
Da, sieh, hier!
Auf der Innenseite des Koppels waren, kaum noch lesbar, mit Tintenstift einige Buchstaben geschrieben, die auf den Namen des Besitzers verwiesen: Grf. The ... W ...tz
Zeig das mal Trybek, sagte Torbern, nahm einen Schluck Bier und fuhr nach einer Weile fort: Aber, was *ich* suche,

war das nicht. – Ich suche einen Azurit, geformt wie eine Rosette, groß wie dieser Teller. Vor Jahren, kurz vor dem Unglück im Schacht, als Trybek glaubte, mich hätte ein Sargdeckel erwischt, da habe ich eine Entdeckung gemacht. Nicht Alabaster, nicht Marienglas – Meer und Himmel in einem sah ich: bergblau gewölkt und malachitgrün geschiefert, bewachsen mit azurnen Kristallen und einer davon war eine Blüte, die meine beiden Hände kaum zu umfassen vermochten: die Blaue Blume. So ein Blättchen Bergblau habe ich dir doch neulich …
Ja, sagte ich brav, danke auch schön.
Hast du sonst noch was gefunden?
Nö, ich legte die Hand auf meine Hosentasche, nichts. Und der Sargdeckel?, fragte ich und lenkte das Gespräch auf jene Steinplatte, die unerwartet aus dem Hangenden kracht.
Du spürst es, sagte Torbern, kurz bevor er fällt. Aber du weißt nicht, wo der Block fällt, und du weißt erst recht nicht, wo du sicher bist. Da kann keiner was machen, auch kein Trybek. Überlebt man, hatte man Glück. Da, Torbern schlug auf sein linkes Bein, da auf dem Fuß ist der Sargdeckel gelandet. Aber, sagte Torbern, selbst wenn ich nur noch auf den Knien hutschen könnte, würde ich weitersuchen dort unten.
Es dämmerte schon, als ich mich auf den Heimweg machte. Ich musste unbedingt noch bei Trybek vorbei, ihm die Patronenhülsen und das Koppel zeigen. Bestimmt, so dachte ich, haben diese Sachen mit seiner Mutter zu tun. Genau, so wird es an der Schulwandzeitung stehen: Der Schüler Hartwig Laub fand heraus, dass in den letzten Kriegstagen des Jahres 1945 ein

fanatischer Nazi eine junge polnische Zwangsarbeiterin, die Mutter des bekannten Bestarbeiters Edgar Trybek, erschossen hat. Dafür wird ihm das Abzeichen…
Trybeks Haustür stand weit offen, eine nackte Glühbirne erhellte den Flur. Ich sah Trybek auf den Steinfliesen liegen. Seine Hosen waren um die Füße verknäult. Über seinem Unterleib hockte Freja wie auf einer Wippe, hielt mit der einen Hand ihren Kittel aufgerafft und mit der anderen krallte sie sich in Trybeks Brust. Seine Finger gruben sich in ihre Hinterbacken, und beide gaben erbärmliche Laute von sich. Ich machte, dass ich wegkam. Mariechen erzählte ich diesmal nichts.

Auf meinem Fensterbrett lag noch immer das kleine Blatt Blaustein, ich stellte an jenem Abend die Patronenhülsen aus dem Berg daneben auf, es waren fünf, genau wie in dem Film mit Armin Müller-Stahl und Manfred Krug; fünf, wenn das kein Zeichen war.
Das Koppel, hatte Vater gesagt, solle ich bloß niemanden sehen lassen, schon gar nicht mir um den Bauch schnallen. An einem der nächsten Tage steckte ich die Hülsen ein, kramte das Koppel unterm Bett hervor, ging damit zu Edgar und packte meine Funde auf seinen Küchentisch. Fünf Patronenhülsen, sagte ich, genau wie in dem Film!
In welchem Film?
Edgar! In unserem Film natürlich! Willst du eine? Ich hielt ihm eine der Hülsen hin. Wir könnten was reintun?
Was?
Mann, war der heute schwer von Kapee! Eine Nachricht natürlich.

Altmetall, sagte er und hielt schon das Koppel in den Händen, oder meinst du, dass du außer uns noch drei Leute finden wirst, die wollen, was wir wollen?
Was?, fragte ich.
Edgar hob die Schultern: Alles?! –
Aber wir …
Trybek reagierte nicht, zu sehr war er mit dem Koppel beschäftigt. Enttäuscht steckte ich die Patronenhülsen wieder ein.
Trybek drehte und wendete das Koppel, guck, Hartwig, hier steht was!
Ich weiß, sagte ich gelangweilt.
Theo Woltz, sagte Trybek, Gefreiter Theo Woltz. Was machte der im Stollen?
Voss sagt doch, da war Wehrmacht.
Ja, sagte Trybek, nicht nur das.

Alle sagten: So kann es nicht weitergehen! Das Vieh verwüstet die Felder, zertrampelt den Weizen, wühlt die jungen Rüben heraus, gräbt nach Frühkartoffeln …
Doch es ging so weiter, denn es gab kein Gewehr weit und breit.
Eines Abends klopfte der Alte Voss bei uns zu Hause an und sagte: Ellrich, hör mal zu! Das Vieh ruiniert unsere Ernte.
Unsere Ernte?, fragte Mariechen spitz, hast du dir nicht dein Land schon rausmessen lassen?
Der Alte Voss überhörte scheinbar die Frage und legte ein Päckchen in öligem Lappen auf den Tisch. Dann behauptete er, wir, die Karges und die Vossens hätten doch immer zusammengehalten, auch in schwierigen Zeiten.

Bei der roten Revolte ’21 hätten sie zusammen Hoelz und Konsorten vertrieben; unterm Hitler hätte seine Ilse für die Luise gebuttert, heimlich, weil der Heinrich davon nichts wissen durfte; unterm Russen hätten die Karges den Vossens Weizen geborgt für das Abgabesoll.
War doch selbstverständlich, Herr Voss, sagte Mutter.
Ich habe ja auch, Lisa, sagte Voss, dem Heinrich nicht übelgenommen, dass er mich angezeigt hat, damals.
Sie wissen, Herr Voss, dass unser Vater das hat tun müssen.
Sicher, sonst hätten ihn seine braunen Freunde selber am Kanthaken gehabt. Außerdem könne er sich denken, wer dahinter gesteckt habe.
Der Alte Voss schwieg, schlug den Öllappen auseinander und brachte eine Pistole zum Vorschein.
Er träfe zwar noch mit der Mistgabel eine Ratte, aber sonst seien seine Augen nicht mehr die besten; zum Schießen langt’s noch, zum Treffen nicht mehr. Da, sagte er und schob die Waffe zu Vater hinüber, gehört jetzt dir, Ellrich.
Mir? Vater schien nicht zu verstehen.
Ja, dir, sagte Voss, oder soll ich sie dem Blätz geben oder vielleicht noch dem Borgfest. Dass die mir mit meiner eignen Waffe meine Kühe wieder wegnehmen? Ellrich, hör zu, auch wenn sie dich zum Vorsitzenden machen wollen, ich vertraue dir. Du musst das Vieh erlegen!
Ich? Kann das nicht Oswien machen? Der ist Fleischer!
Nee, der ist mir zu dicke mit Blätz; der Oswien kann dann die Wurst machen. – Sind noch etliche Schuss drin. Musst nur nahe genug ran an das Vieh! Am besten direkt in Kopp rin oder ins Herze. Damit erhob Voss sich vom

Stuhl, sagte schönen Abend und ging. Zwischen Tür und Angel wandte er sich nochmals um: Keine Sorge, Mariechen, mein Land werde ich mir bald wieder holen! – Wir, sagte er in Vaters Richtung, sollten auch zusammenhalten, Ellrich. Erst das Vieh und dann Ordnung machen in Enzthal!
Aber, sagte Vater, ich habe doch noch niemals geschossen. Doch schon fiel draußen die Haustür ins Schloss.
Mutter seufzte: Einer muss es doch machen.
Meine Hand streckte sich nach der Pistole. Mutter gab mir einen Klaps auf die Finger: Hartwig, untersteh dich ...
Vater nahm vorsichtig die Waffe, wog sie in der Hand und sagte: Hartwig, morgen werden wir mal ein bisschen üben!
Die Weltkriegspistole, die seinerzeit den Hoelz vertrieben hatte, war nun die Hoffnung des Dorfes.

Man hatte das Vieh am Grenzstein gesichtet, als es in einem Maisschlag verschwand. In diesem seltsamen Sommer war der Mais emporgeschossen wie in einem Treibhaus, mannshoch schon im Juni. Eigentlich sollte ich mit den anderen Kindern zwischen den Frauen und ein paar alten Leuten in der Reihe der Treiber gehen. Ausgerüstet mit Töpfen und Pfannen sollten sie von Süden her langsam nach Westen schwenken und das Vieh zur Straße treiben. Und, hatte Voss angewiesen, nicht dabei den Mais zertrampeln. Doch ich wollte unbedingt bei den Jägern sein; an der Seite *des* Jägers, meines Vaters. Ich hatte an das Scheunentor mit Kreide ein Wildschwein gemalt, und Vater hatte zu meinem Erstaunen ganz gut getroffen. Er hatte sogar mir erlaubt, einen Schuss abzufeuern. Und wenn er jetzt das Vieh erledigen würde, wollte ich dabei sein. So saß ich auf dem Dach des Treckers und hielt nach dem Keiler Ausschau. Unten stand der Alte Voss und dirigierte mit erhobenem Krückstock die Jäger in ihre Positionen. Am Vortag hatten die Frauen aus Seilen ein großes Netz geknüpft, damit standen Zippel, Blätz und Oswien bereit, die anderen Männer an der Straße verteilt mit Mistgabeln, Sensen und Knüppeln, unter ihnen Vater mit der Pistole. Ich sollte rechtzeitig ein Zeichen geben, damit die Männer genau dort zur Stelle sein konnten, wo das Tier aus dem Schlag brechen würde.

Plötzlich hörte ich Vaters Stimme, Voss, hast du noch Munition?

Wieso?, fragte der Alte zurück.

Sind nur noch drei Patronen drin oder vier.

Hast du Blödmann etwa alle verplempert?

Da, rief ich und streckte den Arm aus, dorthin, wo es wie eine Bugwelle durch den Mais strich. Sie bewegte sich genau auf uns zu. Von seitwärts, schräg auf die erste hin, ging eine zweite Bewegung durchs Feld, doch noch weit von der Straße entfernt. So rief ich wieder und zeigte: Dort, dort, da kommt es. Und schon brach das Tier aus dem Feld, und der erste Schuss fiel. Das Vieh schnaufte nur, nahm Vater ins Visier, und ehe die Männer mit dem Netz heran waren, stürmte es los. Vater wandte sich um, in der Absicht, hinter dem Trecker Schutz zu suchen. Dabei stieß er mit Voss zusammen, beide stürzten, und die Pistole rutschte über den Asphalt. Mit einem Satz war ich auf der Motorhaube, mit dem nächsten auf der

Straße und hatte die Waffe gegriffen. Doch das Vieh, von den heraneilenden Männern irritiert, preschte zurück in den Mais und ich hinterher.

Ich jagte wie Guingamor dem weißen Eber nach. Die Maisblätter peitschten meine nackten Beine und schlugen mir ins Gesicht. Eben noch hörte ich das Vieh schnaufen und trampeln, dicht vor mir rauschten und brachen die Stängel. Von der Straße her riefen die Männer, und fern lärmten die Treiber. Doch im nächsten Moment war alles still. Ich verfiel in Schritt, hörte nichts, kein Geräusch, auch nicht, als ich stillstand und lauschte. Die Pistole in der schweißnassen Hand, tastete ich mich langsam voran.

Plötzlich stand er vor mir: groß, weiß und – noch heute finde ich kein anderes Wort – mächtig. Er hielt den Kopf gesenkt, die kleinen dunklen Augen fixierten mich, die Hauer ragten bedrohlich aus dem schaumbedeckten Maul, und über seine linke Flanke rann ein schmaler Streifen Blut.

Die Pistole zitterte, sie hörte nicht auf zu zittern, als ich sie mit beiden Händen umklammerte. Da legte sich eine dritte Hand auf die Waffe und drückte sie sanft nach unten.

Freja stand neben mir und ging langsam auf das Tier zu. Mich schickte sie mit einer Kopfbewegung zur Straße zurück. Vater kam mir entgegen. Ich senkte den Kopf, ich hatte den Kampf nicht bestanden. Ich sah, wie Vater die Hand hob und zuckte zurück. Doch er fuhr mir nur durch das Haar. Da war ich froh. Gemeinsam gingen wir zu den anderen zurück. Wir standen noch beisammen und beratschlagten die verunglückte Jagd. Für meinen

Einsatz erntete ich anerkennende Worte und Schulterklopfen. Meinen Bericht jedoch über Frejas Eingreifen quittierte man mit ungläubigem Kopfschütteln oder einem Finger an der Stirn.
Da raschelte es wieder im Mais, und wir schraken zusammen. Freja trat auf die Straße, hob die Hand, eine Geste zwischen Gruß und Beschwichtigung, und schien zu warten. Ihre Füße standen nackt im Straßenstaub, eine Windböe fiel aus dem kupfernen Himmel herab und strich ihren verwaschenen Kittel fest um Schenkel und Hüften. Sie wandte sich um, hob auffordernd ihr Kinn, und aus dem Feld schob sich der Keiler. Er hielt seinen Rüssel witternd in die Luft. Freja ging die Straße entlang Richtung Dorf, das Tier setzte sich gemächlich in Bewegung und trottete ihr nach, seine Hoden schaukelten rhythmisch.
Die Männer, Forken und Knüppel noch in den Händen, starrten den beiden stumm hinterher. Endlich wagte sich der erste mit einem Scherz aus dem Schweigen: Das wird feine Ferkelchen geben.
Zippel begann das Fangnetz zusammenzulegen und sagte: Die hat wohl im Maisfeld den Doppelsprung geübt mit dem Vieh!
Die Männer lachten erleichtert, und Voss kommentierte: Zippel, du bist ja bloß off den Viech saine Brunftkucheln neidsch!
Alle johlten.
Steine, heeßt das Voss, konterte Zippel, Steine. Aber kannste nich wissen, hast ja keine.

Freja schien es tatsächlich gelungen, den weißen Keiler zu zähmen. Jedenfalls durchpflügte er nicht mehr die Felder, sondern wühlte schmatzend im Trog mit dem Gemisch aus gedämpften Kartoffeln und Schrot, suhlte sich hinter den Ställen, schlief unter den Obstbäumen im Gras und verließ erst gegen Abend das Gut, ohne dass irgendwer am nächsten Tag Schäden beklagte. Eines Tages ließ sich das Tier sogar streicheln. Goldborste, sagte Freja zu ihm. Auch ich durfte über den Rist streichen, und Goldborste grunzte zufrieden. Schob ich meine Hand dabei jedoch gegen den Strich, flirrten die Borsten in goldenem Licht, und das Tier hob warnend den Kopf. Erschrocken zog ich die Hand zurück; Spuren von Goldstaub, so war ich einen Augenblick lang zu glauben bereit, waren an meiner Handfläche haften geblieben.
Einige Tage nach der Wildschweinjagd kam Vater abends erregt aus der Schenke. Ich hörte ihn, was ungewöhnlich war, schon im Flur laut reden. Ich sprang aus dem Bett, schlich nach unten und kramte eine Nagelschere aus Mutters Nähtisch. Eifrig mit meinen Fußnägeln beschäftigt, hockte ich mich in eine Ecke des Sofas und lauschte. Er habe ja gehofft, der Alte Voss sei wieder vernünftig geworden. Doch nun sei er mit einer alten Flurkarte in der Schenke erschienen. Man habe zwei Tische zusammengeschoben, die Karte ausgebreitet und sich wie ein Generalstab drum herum postiert. Voss habe verkündet: Das Kommunistenland gehört zurück in Bauernhand! Alle, die anwesend waren, hätten genickt und mit den Zeigefingern auf ihre Flurstücke getippt.
Nur Zippel, erzählte Vater, moserte: Er habe schon Ärger genug mit seiner Mutter gehabt, weil er mal eine Kuh aus

dem LPG-Stall zu Hause in Pflege gehabt hätte. Sie habe schon genug Arbeit zu Hause, die Mutter. Dabei mache doch bei Lattkes sowieso alles die Oma, kommentierte Vater und berichtete weiter:
Stellt euch nicht so an, sagte der Sachs ihr Sohn, auf seinen Trabbi würden auch die Hühner scheißen, weil er die Garage für den Bullen brauche.
Nee, sagte Zippel, seine Mutter wolle nicht noch mal mit Landwirtschaft anfangen. Da könne er jetzt nicht mit einem Acker heimkommen!
Da fragte der Alte Voss, ob Zippel irgendwo auf der Karte den Namen Lattke lesen könne.
Da war Zippel still, und Voss sagte: Na also. Und der Zippel könne aber gerne auf seinen Hof helfen kommen.
Na, mach ich dein Knecht jetzt oder was?, hat Zippel gezischt. Und überhaupt, wie kommt der Sachs zu einem Bullen? Ein Bulle? Was will der mit einem Bullen?
Na, was wohl? Sprunggeld kassieren!
Von wem? Von uns?
Jedenfalls gab es Streit. Und da kam raus, dass der Sachs am Nachmittag mit seiner Mutter den Zuchteber aus dem Alten Gut hat holen wollen. Freja sei diesmal friedlich geblieben, und der Trybek nicht in der Nähe gewesen. Sie habe den beiden anstandslos das Gatter geöffnet, und sie hätten das Tier schon fast zum Tor rausgehabt.
Da kommt, habe der Sachs erzählt, plötzlich der Keiler hinter den Ställen hervorgestürmt, und ehe der Eber seinen fetten Schädel auch nur nach ihm umwenden kann, hat ihm das Vieh auch schon mit den Hauern den Wanst aufgeschlitzt, nicht nur die Schwarte, die ganzen Eingeweide sollen aufs Pflaster gequollen sein.

Da mussten sie den Oswien holen, sagte Vater, damit er die Sache sauber zu Ende bringt. Jedenfalls können wir uns morgen alle beim Oswien einen Eimer Wurstsuppe abholen und Wurst auch und Fleisch. Seine Kühlkammer ist voll, sagt Oswien, und dass er sich nicht an einem LPG-Schwein bereichern will. Sachs hat bloß noch gesagt: Ihm sei es egal, er sei mit dem Bullen entschädigt. Außerdem, das Fleisch stinke sowieso bloß nach Eber.
Brrr, machte Mariechen und verzog das Gesicht.
Mutters Miene war besorgt: Ach, was soll denn nun werden? Heute früh standen wir wieder umsonst unter der Linde, und keiner ist gekommen, die Arbeit einzuteilen. Was haben denn Blätz und Borgfest zu dem ganzen Theater gesagt?
Der Blätz, sagte Vater, sitzt nur noch in seinem Bienenhaus, und alles andere interessiert den nicht mehr. Und Borgfest mimt jetzt den Pastor.
Was, wiederholte Mutter seufzend, soll nun werden? Gibt's nun keine Genossenschaft mehr?
Vielleicht, sagte Vater, ist es besser, jeder macht wieder nur seins!
Nur zu, sagte Mariechen, wenn wir das Kargeland wieder nehmen und die Vossens das ihre, dann bleibt für die anderen nicht mehr viel!
Mutter atmete schwer: Ach, wenn das mal nicht noch mehr Unfrieden gibt.

Am nächsten Tag kam Zippel mit einem Schwadmäher ins Dorf gezuckelt, Schrittgeschwindigkeit. Über dem Mähwerk, gebettet auf frisch geschnittenem Grünfutter, lag der Alte Voss mit heruntergelassenen Hosen, den

Hintern notdürftig bandagiert. Hinterdrein trippelte Ilse mit geschultertem Rechen.
Doktor Kilian war schnell zur Stelle und besah sich die Wunde. Mensch Voss, sagte er, wer hat dir denn so den Arsch aufgerissen, das Vieh? Voss schüttelte den Kopf, verzerrte vor Schmerz das Gesicht und stöhnte. Ilse fuchtelte mit dem Rechen und rief: Zippel, der Verbrecher, sei ihrem Mann einfach hinten reingefahren.
Mit hängendem Kopf stand Zippel daneben. Dann hob er das Kinn und verteidigte sich: Ja, aber nur wegen dem Vieh. Überhaupt sei der Voss zuerst auf ihn los mit der Sense.
Jedenfalls wäre Voss unterm Pfingstberge mit seiner Sense zu Gange gewesen. Da sei Zippel mit dem Mäher gekommen, und schon zum Mittag hätte er die Wiese in saubere Schwade gelegt. Zum Schluss habe sich Voss mit Handschlag fürs Heumachen bedankt.
Wieso Heu?, habe Zippel gefragt. Nach dem Mittag werde er mit dem Häcksler kommen und das Futter auf den Hänger blasen.
Nee, Zippel, habe Voss entgegnet, das wird Heu für meine Pferde!
Heu? Die Kühe brauchen Grünfutter!
Aber nicht von meinem Schlag, habe der Alte Voss gerufen und die Sense geschwungen.
Dein Schlag? Einen Vogel gezeigt habe ihm Zippel und sei wieder auf den Mäher gestiegen: Noch sei man Genossenschaft hier!
Seine Genossen könnten ihn mal, habe Voss gerufen, sich vor die Maschine gestellt, die Hosen heruntergelassen und ihm den Nackten entgegengestreckt.

Da sei, sagte Zippel, das Vieh aus den Holunderbüschen am Feldrain gelaufen, genau auf den Voss zu. Und er, Zippel, sei mit dem Mäher dazwischengefahren.
Nee, sagte Ilse, wäre das Vieh nicht dazwischen, wärst du voll drauf auf mein' Hugo!
Blödsinn, sagte Zippel, richtig losgestürmt sei das Vieh. Habe vielleicht gedacht, der Arsch von dem Voss sei der Arsch einer Sau. – Jedenfalls sei das Vieh abgedreht und verschwunden. Und er habe gestoppt. Doch da habe Voss sich plötzlich aufgerichtet und sei dabei ein Stück rückwärts getaumelt genau in das Schneidwerk hinein!
Ist er nicht, keifte Ilse.
Ist er doch, knurrte Zippel.
Voss stöhnte auf und rief: Das werch eich noch heimzahle!
Zippel, dachte ich, Zippel macht ernst. Und ich war froh, dass ich bald Arbeiterklasse sein würde und nicht mehr Bauer. Zippel hatte mich Großbauer genannt, und gewarnt hatte er mich auch.

Lange bevor Enzthal der Nebel umschloss, zu einer Zeit, da Nobi noch mein Banknachbar war, hatte Lehrer Borgfest einen Vortrag darüber gehalten, dass wir nicht mehr Neger sagen sollen, sondern Afrikaner, schon gar nicht zu Nobi seiner krausen Haare und dicken Lippen wegen. Er schwenkte dabei das Buch vom Schriftsteller Renn, welches den Anlass für den Spitznamen des jüngsten Lattke gegeben hatte. Dann ließ er alle Exemplare aus der Schulbibliothek verteilen und stellte uns die Aufgabe, fein säuberlich mit Bleistift zuerst den Titel, dann auf allen Seiten zu ändern in: Der Afrikaner Nobi.

Mir übertrug Borgfest außerdem die Patenschaft für Nobi, das hieß, ich sollte ihm bei den Hausaufgaben helfen.
Einmal zum Beispiel mussten wir ein Lied lernen. Im Flur kniete Oma Lattke und schrubbte die roten Sandsteinfliesen. Wir stiegen mit unseren Ranzen über den Eimer hinweg, und ich grüßte artig: Guten Tag, Oma Lattke!
Tag, kleiner Laub, was macht mein Karnickel?
Wächst noch, Oma Lattke, wächst noch!
In der Küche lief das Radio, und Zippel tanzte gerade mit seiner kleinen Schwester auf dem Arm und einer Bierflasche in der freien Hand durch die Küche. Nobi knallte seine Schulmappe auf den Tisch, ging zum Radio und drehte es aus. Piepst wohl, sagte Zippel und schon schnarrte das Radio wieder.
Wir müssen aber singen, maulte Nobi.
Na, dann singt doch, sagte Zippel.
Wir versuchten gegen das, was Fräulein Galland immer Affenmusik nannte, anzusingen: *Gemeinsam geht's besser, drum wird jedes Feld*... Zippel grölte: *I can get no, oh no no no*... Wir krakeelten: *von unsern Genossenschaftsbauern bestellt.* Die Kleine plärrte, und die Bonbons waren alle.
Ihr werd' schon sehn, rief Zippel, die LPG ist nur der Anfang... *I can get no*... die Revolution geht weiter! *oh no no no*... Pass auf, kleiner Großbauer... *hey hey hey*... bald sagen sie es im Radio durch... *that's what I say*... LPG Typ 7, und ihr müsst mit uns tauschen!
Was tauschen?
Alles!
Gar nicht.

Klar, sagte Zippel, ihr zieht zu uns und wir zu euch.
Stimmt überhaupt nicht!
Doch, euer Hof wird unser und unser euer.
Wieso?
Sag selber: Wir sind sechs Kinder – du bist nur eins. Wir haben drei Zimmer, und ihr habt neun und sogar ’ne gute Stube! Ist das gerecht?
Na, ja. Aber wir haben die Gallanden zu wohnen.
Na und, ihr habt ’ne Kuh im Stall, drei Schweine und ein’ Sack voll Hühner. Und wir? Paar Zwerghühner, drei Karnickel und ’ne Ziege. Ihr habt zwei große Gärten und wir nur ein kleines Beet für Zwiebeln. Ist das gerecht? Ihr habt ein Auto und wir? Ein altes Fahrrad.
Ich überlegte, dann fragte ich: Kann ich meine Indianerburg mitnehmen?
Nobi schüttelte den Kopf.
Die, sagte Zippel, bleibt da.
Nobi nickte eifrig.
Aber wenigstens mein Lieblingspferd!? Da ist auch schon das eine Bein angeknackst.
Na gut, sagte Zippel, ausnahmsweise. Wenn du dafür die Marie dalässt.
Nobi sagte: Er kann doch schon mal Stücke Kuchen holen oder – ’ne Bratwurst!
Ich fragte: Für das Pferd?
Die beiden nickten.
Na gut, sagte ich, komm mit, Nobi.
Zu Hause tappte ich in Strümpfen die Treppe hinauf, öffnete leise die Tür zur Wurstkammer, nahm vorsichtig eine Bratwurst von der Stange, band sie an einen Bindfaden und ließ sie aus dem Fenster hinunter.

Nobi band sie los und zupfte an der Schnur: Noch eine! Noch eine? Egal, ich nickte und wiederholte die Prozedur.
Zwei Bratwürste, vielleicht könnte ich die Burg ja doch behalten?
Wegen des Häusertausches konnte ich jetzt zu Hause keinen Alarm mehr schlagen. Damals lebte Oma Luise noch, war gut zu Fuß und würde gleich zu Lattkes stürmen, um sie zur Rede zu stellen. Und dann würde das mit den Bratwürsten rauskommen und das mit den Eiern auch. Und mich würde sie warnen: Begebe dich nicht in schlechte Gesellschaft, Hartwig!
Ein paar Wochen lang hatte ich erwartet, dass im Radio oder Fernsehen die LPG Typ 7 bekannt gegeben würde. Die Nachricht war ausgeblieben, trotzdem hatte ich von da an das Lattkehaus gemieden.

10

Die Sonne leuchtete matt aus dem kupfernen Dunst, der morgens noch immer über die Felder und Weiden zog, sich aber neuerdings schon vor Mittag unter den langgestreckten Hügeln westlich des Dorfes sammelte und über Enzthal einen blauen Schimmer freigab. An einem dieser Tage, nicht lange nach der Sache mit dem Mäher, geriet Zippel erneut mit Voss aneinander.
Voss konnte weder sitzen noch gehen. Doch gefallen ließe er sich das nicht. Schon gar nicht von so einem Hungerleider wie Zippel. Jedenfalls soll er so oder ähnlich zum jungen Sachs gesprochen haben. Der Sachs habe

mit Stroh einen Handwagen gepolstert, dem Voss geholfen hineinzusteigen und sich niederzuknien, den Wagen zur Tankstelle gezogen und dort mit ihm gewartet. Auf Anweisung vom Voss habe der Sachs drei Bindfäden verdrillt, mit Waschbenzin getränkt und eine Lunte zur Zapfsäule gelegt. Das andere Ende habe Voss in der Hand gehalten.

Als Zippel, der nur habe tanken wollen, vom Trecker geklettert sei, habe Voss mit der freien Hand eine Zigarre aus der Brusttasche seiner Arbeitsjacke gefingert, die Spitze abgebissen und sie vor die Füße Zippels gespuckt. Sachs habe ein Feuerzeug schnappen lassen und Voss die Zigarre in das Flämmchen gehalten, gesaugt und gepafft und schließlich gesagt: Zippel solle der Dreifaltigkeit ausrichten, noch einmal ließe er sich nicht von seinem Land vertreiben. Eher flöge hier alles in die Luft. Zum Schluss habe Voss eine Urkunde verlangt, dass er sein Land zurückbekomme; unterschrieben von Blätz, Borgfest und meinem Vater. Und zwar bevor meine Zigarre alle ist, habe er hinzugefügt, sonst … Puff!

Das berichtete Zippel, als er aufgeregt in unserer Küchentür stand und nach einem Schnaps zur Beruhigung verlangte. Du hast doch schon getankt, sagte Mariechen, das riech' ich doch!

Gib ihm einen, sagte Vater. Mutter holte die Flasche, Zippel ließ sich am Küchentisch nieder und schüttelte den Kopf. Und da, so fuhr er fort, sei sie plötzlich aufgetaucht, aus dem Nebel rittlings auf dem schnaufenden Vieh, die Freja. Und wisst ihr was, die war nackich. Nur so ein Netz übergeworfen und einen Kescher voll zappelnder Fische über der Schulter.

Vater tippte sich an die Stirn und nahm Zippel Glas und Flasche aus den Händen.
Ihr glaubt mir nich, hä?! Fragt doch den Voss und den Sachs! Die ist von dem Vieh geklettert, hat kein' Ton gesagt, nur dem Voss die Zigarre weggenommen und sich selber in die Gusche gesteckt … und hast du nicht gesehen, weg war sie!
Allerdings, so wollten weder Sachs noch Voss den Vorfall bestätigen. Niemals hätten sie damit gedroht, die Tankstelle in die Luft zu jagen. Und selbst wenn, so gab Voss jedem, der es wissen wollte, vom Kutschbock herunter Bescheid: Recht muss Recht bleim, da kann die mit ihrn Biezen wackeln wie se will!
Was mich interessierte: Wo hatte Freja bloß die Fische her, Kilians Teich war doch nur noch eine Pfütze. Ich hatte einen Verdacht und radelte zum Heiligenborn.
Tatsächlich, der Teich war wieder instandgesetzt. Gegen Abend fuhr ich zu Trybek und fragte geradezu: Warst du etwa die Nacht mit ihr angeln?
Erst grinste er, dann wurde er schroff: Das geht dich einen feuchten Kehricht an!
Ich war sauer. Mein Kumpel Edgar ließ mich abblitzen! Schöner Freund …
Er rauchte und bot mir nicht mal, so wie sonst, eine Brause an. Er starrte nur dumm aus dem Küchenfenster zum Stall hinüber.
Hast du mal'n Schluck was zu trinken, fragte ich.
Gibt nischt mehr, sagte er. Nicht im Konsum, nicht in der Schenke, Woltz' Laden ist leer. In der Leitung ist Wasser, bedien' dich.
Mariechen hatte recht, dachte ich, die Schweinerin rui-

niert uns den Trybek. Ich ging zum Küchenschrank und suchte ein Glas. Oben links, knurrte Trybek misslaunig. Ich öffnete die Schranktür, vor der Scheibe steckte noch immer das Foto des Spanienkämpfers, mit der Hand auf dem getroffenen Herzen. Die obere rechte Ecke des Bildes, die nicht vom Rahmen gehalten wurde, bog sich herab.
Draußen ging Freja über den Hof; Trybek riss das Fenster auf und rief ihr zu: Spielst du jetzt mit Kilian seinem Goldfisch?
Freja lachte silbern auf. Ein Windstoß fuhr herein, stieß gegen die offene Schranktür, Glas klirrte, und das Foto glitt herab, langsam wie ein fallendes Blatt.
Ach, Trybek, sagte Freja, und der Ton ihrer Stimme glitt ins Dunkle, muss ich, weil du trübselig bist, auch trübselig sein?
Trybek schloss mit verkniffenem Mund das Fenster und zog auch noch den Vorhang vor, so heftig, dass ein paar Gardinenklemmen von der Stange flogen.
Ich hob den doppelt Gefallenen auf, steckte das Bild wieder an seinen Platz zurück und sagte:
Zippel hat den Alten Voss in den Arsch …, weil der Voss die Tankstelle sprengen wollte.
Trybek lachte böse auf: Die spinnen doch alle!
Ich denke, sagte ich, wir sind Anarchisten? Ich denke, wir sind für die Freiheit, für die Gerechtigkeit und so was alles? Ist der Voss ein Faschist oder nicht? Hat er mit dem Sachs einen Putsch machen wollen oder nicht? Und ich sagte weiter, dass es jetzt wie in Spanien sei, und dass Zippel wenigstens was mache! Und das sage auch Mariechen – obwohl sie das nicht gesagt hatte, zumindest nicht so.

Am nächsten Tag hatte Enzthal eine revolutionäre Miliz: Trybek, Zippel, seinen kleinen Bruder Nobi und mich. Außerdem hatte ich Ricarda geworben, sie war *Junge Sanitäterin* an unserer Schule. Bevor der Kampf begann, zog ich mich in mein Zimmer zurück, baute auf meinem Schreibtisch die Patronenhülsen vor mir auf und kramte nach einem Zettel. Da hatte ich eine Idee und nahm vom Fensterbrett die leere Eckstein-Schachtel. Die Rückseite mit dem Wahlspruch *echt und recht* trennte ich sorgfältig ab und schrieb auf die unbedruckte Seite: *Bleibt zusammen, dann werdet ihr leben!* Vorsichtig riss ich das Papier in fünf Teile und steckte je eines in die Messinghülsen. Mit einer Zange aus Vaters Werkzeugkasten verschloss ich die Hülsen, steckte sie ein und marschierte los. Unter meiner Jacke im Hosenbund steckte die Weltkriegspistole. Vater hatte die Waffe nach der Keilerjagd im Wäscheschrank versteckt, wo ich sie auf der Suche nach Süßwaren schon vor Tagen entdeckt hatte.
Wir trafen uns im Morgengrauen unter der Linde, und ich gab jedem – Trybek, Zippel, Nobi und Ricarda – eine Patronenhülse. Die fünfte behielt ich selbst.
Als die Enzthaler Frauen sich nach und nach zur Feldarbeit sammelten, stiegen wir auf die Milchrampe, und Trybek hielt eine Rede. Viel verstand ich nicht von dem, was er sagte, zu sehr war ich in Gedanken mit der Pistole beschäftigt.
Wenn der Voss jetzt käme und sein Vasall, der Sachs, dann könnte ich die Waffe ziehen. Dann könnte ich die Waffe ziehen und sagen: Hier Voss, erkennst du sie wieder, deine Weltkriegspistole?! Damals habt ihr den Hoelz verjagt, jetzt verjagen wir dich! Das könnte ich

sagen, aber ich würde im Ernstfall vielleicht nicht schießen können. Das Magazin war leer. Zumindest musste ich das nach der erfolglosen Jagd auf den Keiler annehmen. Leider hatte ich bei den *Jungen Pionieren* nicht gelernt, wie man ein verklemmtes Magazin aus einer Weltkriegspistole kriegt, um die Anzahl der Patronen zu überprüfen.

Schlimmer aber wäre, wenn Mutter jetzt käme; sie fehlte noch unter den Frauen. Ich sah zu unserer Gasse hinüber und hoffte, wir würden rechtzeitig fertig sein mit der Revolution.

Ich erinnere mich, dass Trybek gerade die Freie Republik Enzthal ausrief, als aus der Traube der Frauen ein Lachen stieg. Es hatte sich als ein Kichern und Flüstern gesammelt und flatterte nun über den Köpfen der Leute. Trybek lachte zurück, hob die Faust und wurde plötzlich unsicher. Zippel kommandierte: Ruhe, da unten! Ich tastete nach der Pistole.

Da rief eine der Frauen: Jawohl, Freiheit für Zippels Zippel!

Puterrot und mit einem Griff schloss Zippel seinen Hosenstall: Ihr bleeden Giehe, eiern Mist werch nich mehr fahrn!

Einer nach dem anderen sprangen wir von der Rampe. Mir rutschte dabei die Pistole aus der Hose, und sie fiel aufs Pflaster. Hastig hob ich sie auf und lief davon, nicht ohne die Waffe drohend zu schwingen.

Haut bloß ab, rief es hinter uns, von der Arbeit abhalten können wir uns alleine!

Noch einmal wandte ich mich mit erhobener Waffe zur Linde, da sah ich aus dem Augenwinkel, wie Mutter aus

unserer Gasse kam. Der Schrecken durchfuhr mich, und ich rannte Trybek nach zum Alten Gut.
Auf seinem Hof nahm mir Trybek schweigend die Pistole ab. Ricarda schüttelte den Kopf; was wolltest du Idiot mit so einem Ding?, sagte sie, drehte sich um und ging nach Hause.
Der Bürgerkrieg schien verloren, und ich bekam wegen der Pistole eine Woche Stubenarrest. Freigang nur zur Stall- und Gartenarbeit.

Seltsamerweise ging die Arbeit in der Genossenschaft stillschweigend weiter. Den Gesprächen am Abendbrottisch entnahm ich, es sei vor allem Vaters Verdienst. Er rede den Leuten ins Gewissen: Man müsse zusammenhalten, auch oder gerade weil keiner wisse, wann der Nebel verschwinde.
Ist doch so, wiederholte Vater zu Hause, dass wir Enzthaler arbeiten können, wenn uns von oben keiner reinredet.
Klar, sagte Mariechen, jetzt, wo es beim Bäcker kein billiges Brot mehr zu holen gibt, um es den Schweinen zu füttern, da denken die schon eher ans Kartoffelhacken.
Man müsse aber auch, sagte Vater, den Voss verstehen, nichts gehe über die eigene Scholle.
Na, da sitze ich doch lieber mal ein paar Tage am Strand, sagte Mariechen, als Tag für Tag ohne Urlaub auf der eignen Scholle!
Du sitzt doch sowieso den ganzen Tag mit den Kindern im Sandkasten, knurrte Vater, außerdem muss dein Edgar nicht so einen Aufstand anzetteln und den Jungen da mit reinziehen.

Ist auch dein Schwager, der Edgar, sagte Mariechen, wenn auch anders als gedacht.
Marie, Ellrich, bitte, der Junge…, mahnte Mutter.
Vater brummte etwas Unverständliches und schwieg. Dann sagte er: Jedenfalls weiß keiner, wer zum Dorf ’reinkommt, wenn der Nebel weg ist, der Russe oder der Amerikaner!
Es klopfte, und im nächsten Moment stand die Lattkeoma in der Tür und hielt ein ausgewachsenes Kaninchen am Packfell hoch: Ellerich, dein Junge sein Karnickel muss ausgebrochen sein, hier ist er! Soll’ch ihn euch gleich schlachten?
Alle sahen mich an. Ich fühlte mich wie das Kaninchen und hob nur vieldeutig die Schultern.
Am nächsten Sonntag gab es Kaninchenbraten, die Lattkeoma saß mit am Tisch und fragte, ob ihr Junge, der Emil, wohl wieder anfangen könne als Knecht, wenn die Karges, also die Laubs, wieder privatisierten.

Nach meiner Entlassung aus dem Arrest lag sommerliche Zufriedenheit über dem Dorf, der Himmel strahlte wieder in friedlichem Blau. Und mancher schien vergessen zu haben, dass der Nebel noch immer wie eine Mauer Enzthal umschloss. Zippel hatte einen alten Mähdrescher, der hinter dem Treckerschuppen vor sich hin rostete, nicht nur zum Fahren, sondern auch das Schneidwerk zum Arbeiten gebracht. Ich war Zippels Gehilfe, stand mit einer kurzen Schaufel am Bunker und verteilte das Korn, das aus der Körnerschnecke rann, bis Trybek mit dem Hänger wieder heran war.

Da wir keine Strohpresse hatten, rechten die Frauen und die älteren Mädchen das ausgedroschene Stroh zusammen und luden es lose auf einen Leiterwagen, den der Alte Voss mit seinen Pferden kutschierte.
Was'n hier kaputt?, hatte Zippel gestaunt, als Voss eines Morgens mit seinem Gespann unter der Linde stand, biste handzahm nune, hä?!
Zippel, hör auf zu stänkern!, hatte Vater gemahnt und die Arbeit verteilt.
Das mit dem Voss hat die Freja geschafft, sagten die Leute.
Die Wunde an Vossens Hinterteil hatte sich entzündet, hieß es im Konsum.
Ja, so wurde beim Bäcker erzählt, die Freja hat ihn geheilt.
Die Saggsforgain sagte: Drauf jepisst hatse, die Hexe!
Am Stoppelkinn hat sie ihn gekrault, die Schweinerin, sagte Mariechen.
Jedenfalls, wenn der Voss nicht mehr eigene und fremde Erbsen zählen und sortieren wolle, sagte Zippel, dann bleiben auch die Sachsens ruhig und alle andern auch.
Es schien, als hätten Vaters Argumente und Frejas Männerflüstereien mehr erreicht als unsere Miliz.
Wenn die Erwachsenen vesperten, lag ich abseits mit Ricarda Kopf an Kopf am Feldrain. Der Sommer schickte seine Gerüche herbei, von den Schwaden frisch geschnittenen Strohs und von überreifen, herabgefallenen Pflaumen, von den Wurstbroten mit der in der Wärme zerlaufenen Butter, von den hin und wieder herüberziehenden Rauchfähnchen einer frisch entzündeten Zigarette. Er schickte sein Summen durchs Gras, sein Rascheln sacht

durch die Blätter und aus dem Himmel über uns das Schlagen einer Lerche. Ich lag still und ignorierte tapfer die juckende Schicht aus Schweiß, Staub und Grannen auf meinem Rücken. Ich war sicher, dass Ricarda in diesen Moment das Gleiche hörte, sah und roch, dachte und fühlte wie ich: Nämlich, dass es überhaupt nichts anderes auf der Welt geben müsste, nur diesen Moment an diesem Ort.

Da sagte Ricarda: Du, Hartwig…

Ja, sagte ich und spürte meinen Herzschlag hinauf bis in den Hals. Gleich, gleich, würde mich von ihr ein Satz mit Liebe drin treffen.

Sie sagte: Der Borgfest will nächste Woche Schule machen.

Ich sprang auf: Verdammte Scheiße!

So was sagt man nicht, sagte Ricarda.

Sag ich aber, sagte ich.

Wegen der Schule?

Nee, mir juckt der Buckel. Ich lehnte mich an den Pflaumenbaum und scheuerte mich wie ein Schwein. Nichts mit Liebe! Ich schubberte mir die Enttäuschung weg und sagte: Für Schule und solchen Kinderkram habe ich überhaupt keine Zeit. Ich muss arbeiten.

So ging die Erntezeit vorüber, die Nächte wurden schon kühler. An einem Samstagnachmittag Anfang September saßen Freja, Ricarda und ich an Trybeks Küchentisch und kauten frisches, dick mit Butter bestrichenes Brot. Für den Nachtisch stand eine große Schüssel glänzender Pflaumen bereit.

Trybek, eine Flasche Bier in der Hand, lehnte sich zurück, nahm einen Schluck und sah in die Runde. Na,

Hartwig, sagte er, ist es das? Das ist es doch! Das ist doch wie, wie…
Eine Familie?, fragte Freja.
Trybek schien die Frage zu überhören und sagte: Das ist Anarchie! Es gibt keine Herren, und trotzdem tut jeder was er kann.
Und jeder isst so viel er kann, sagte Ricarda, als ich ein drittes Mal in die Pflaumenschüssel griff.
Und etwas, fuhr Trybek unbeirrt fort, etwas kann jeder. Man einigt sich.
Und wenn man sich nicht einigen kann, fragte ich und puffte Ricarda leicht gegen den Arm.
Dann, warf Freja ein, denkt man sich was Neues aus.
Vor allem, sagte Trybek mit einem Seitenblick auf mich, fuchtelt keiner mit einer Pistole herum.
Trybek teilte seine letzte Brause gerecht zwischen Ricarda und mir. – Jedenfalls, so schloss er seine Rede, ist Anarchismus keine Kinderkrankheit.
Die Pflaumen und die Brause blähten meinen Bauch und laut entfuhr mir ein Rülpsen. Ricarda guckte pikiert. Freja lachte und sagte: Nee, das ist Kindergesundheit.
Plötzlich stand meine Tante Marie in der Tür. Wollte nur sagen, hinterm Stall sind schon die Äpfel reif!
Äpfel? Wieso… woher?
Hab' ich gesehen aus dem Dachfenster. Zufällig.
Zufällig?
Mich traf Mariechens strenger Blick, der meinte: Wehe, du sagst was!
Ich hatte bei einem meiner Dachbodengänge Marie ertappt, wie sie mit einem Opernglas das Alte Gut beobachtete.

Schon war Freja auf den Hof gelaufen, und ihr Rufen drang durchs offene Fenster: Kommt alle, schnell!
Wir liefen hinter die Ställe und sahen einen Baum, dessen Zweige bereits über die Traufe des Schweinestalls ragten. Aus dunklen grünen Blättern leuchteten orangerote Früchte. Darunter lag der weiße Keiler und schlummerte friedlich. Nur Freja wagte sich mit leisen Schnalzlauten an das Tier heran. Sie pflückte eine Frucht, winkte mich heran und reichte sie mir. Goldborste reckte den Rüssel. Ich zuckte zurück. Freja lachte und sagte: Teilen hilft. Der Keiler verschlang schmatzend, was ich ihm gab. Dann äugte er in den Baumwipfel und reckte mir seinen Rüssel entgegen. Wie schon einmal strich ich dem Tier über die Rückenborsten, diesmal grunzte es zufrieden. Freja schnalzte, und leise schnaufend trabte Goldborste davon.
Staunend standen wir unter dem Baum und starrten nach oben.
Wahnsinn, sagte Trybek.
Das glaub' ich nicht, sagte Mariechen.
Ich reckte mich, pflückte eine weitere Frucht und reichte sie Ricarda.
Sie drehte die Frucht in der Hand hin und her, roch daran und sagte: Echte Apfelsinen.
Komm, sagte ich, die schlachten wir!
Wartet, sagte Trybek, wir holen den Tisch hierher.
So saßen wir wenig später alle, auch Mariechen war geblieben, unter dem Apfelsinenbaum am Küchentisch. Wir schälten die Früchte und zerteilten sie sorgfältig. Die süßen Schiffchen fuhren in uns ein und wir mit ihnen in die Welt hinaus.

Und Edgar und Mariechen lachten miteinander, und wir lachten mit. Auf einmal schien alles Trennende verschwunden.
Später tauchten Zippel und Nobi auf. Vielleicht, so dachte ich, hat er auch auf Posten gelegen und Mariechen beobachtet. Die Sache sprach sich herum, mehr und mehr Enzthaler kamen, das Wiedererwachen des Woltzschen Apfelsinenbäumchens zu bestaunen; auch die Eltern waren dabei. Man holte mehr Stühle herbei und weitere Tische, manche eilten nach Hause, um aus Kellern und Kammern mit Reserven alkoholischer Getränke wiederzukommen. Man sprach davon, im Herbst, bevor die Fröste kommen, um den Wunderbaum herum ein Gewächshaus zu bauen. Ja, sagte Mariechen, Enzthal braucht eine Orangerie. So war das an jenem Abend in Enzthal, man schmiedete Pläne, redete und lachte bis spät in die Nacht. Langsam wurde es im matten Licht der Nordsonne kühl.

Am Ende war es nicht nur die Schule, die diesem Sommer der Freiheit ein Ende machte, sondern der Brief aus Olims Zeiten.
Mutter hatte mich genötigt, Borgfests Unterricht zu besuchen.
Als Erstes mussten wir die alte Schule entrümpeln. In einer Kammer fand sich ein Schrank mit uralten Klassenbüchern, in einem davon war tatsächlich der Olim verzeichnet. Da, sagte ich zu Ricarda, Karge, Heinrich – mein Opa, guck, nur Einsen und Zweien!
Na, da besteht ja noch Hoffnung bei dir, spottete sie.
Dein Großvater, sagte Zinnwald, der plötzlich in der Tür stand, wäre beinahe selber Lehrer geworden.

Da erklang hinter ihm Borgfests Stimme: Und was ist er geworden? Nazi ist er geworden. Besser, Sie gehen jetzt, Herr Zinnwald!
Ich habe an dieser Schule unterrichtet, entgegnete Zinnwald.
Ja, eben, sagte Borgfest.
Oho, antwortete Zinnwald, wollt ihr mich wieder nach Buchenwald bringen?
Der Herrgott möge dir verzeihen, entgegnete Borgfest unerwartet. Er schien einen Moment lang selbst überrascht von den Wörtern, die da von seiner Zunge sprangen und zwischen Tür und Angel das gütige Lächeln eines weißbärtigen Großvaters aufscheinen ließen. Ich war auch da, ergänzte Borgfest, in Buchenwald, allerdings vor dir!
Ja, eben! Zinnwald schüttelte den Kopf, warf ihn zur Seite, als wolle er Borgfests Worte wegscheuchen, und sagte zu ihm: Aber geschämt habt ihr euch nicht?
Wofür? Ich wusste wofür. Mein Blick traf Ricardas Augen. Und ich sah, auch sie wusste wofür.
Es war nur einige Monate her, damals war Enzthal noch ein ganz normales Dorf und wir ganz normale Schüler. Wir machten eine Klassenfahrt nach Weimar auf den Ettersberg. Die Sonne schien, die Knospen hockten prall auf den Zweigen, und wir gingen durch das eiserne Tor und lasen: *Jedem das Seine*. Wir gingen vorbei an Bergen von Schuhen, und ich sah, wie Ricardas Haar glänzte und betete: Dreh dich um und sieh mich an! Wir sahen einen Film, in dem ein Bulldozer Leichen in eine Grube schob, Ricarda griff nach meiner Hand, und ich war froh. Wir gingen einer hinter dem anderen rings um

einen riesigen, mit Gras überwachsenen, von einer Betonwand gesäumten Krater. Massengräber, sagte einer, als Ricarda sich umdrehte, mich ansah und befahl: Küss mich! Und als ich gehorsam die Augen schloss und meinen Mund ihrem Mund entgegenschob, da hallte von der Betonwand die Stimme unserer Lehrerin wieder: Schämt ihr euch nicht? Schämt ihr euch nicht?!

Ich wollte mich nicht schämen müssen, nicht für fremde Gräber und nicht für den Olim, der mein Großvater war. Trotz Einsen und Zweien hatte er zu den Grabmachern gehört: ein Nazi, das hatte Trybek gesagt und jetzt auch Borgfest.

Während Borgfest und Zinnwald debattierend im Klassenraum standen, entdeckte ich im untersten Schrankfach eine zusammengelegte rote Fahne. Ich stopfte sie mir unters Hemd, legte bedeutungsvoll den Finger auf die Lippen und flüsterte Ricarda zu: Ich werde nicht zu Borgfests Pastorstunde gehen!

Das wird Schule, sagte Ricarda, keine Christenlehre.

Egal, sagte ich und hob die Faust, bevor ich ging: *No pasarán!*

Am anderen Morgen hing aus der obersten Luke des Spritzenhauses eine rote Fahne. Vorm Backhaus stand die Saggsforgain und sagte kopfschüttelnd zum Alten Voss: Na, da weiß mer doch nich, was mer dazu sachen soll!

Erst jetzt bemerkte ich, die Fahne hatte in der Mitte einen kreisrunden Fleck. So etwas passiert, hatte ich geglaubt, nur im Film. Die Fahne versetzte jetzt Enzthal in Unruhe. Den einen passte die Farbe nicht, die anderen fühlten sich durch den Fleck herausgefordert. Es hieß:

Der Trybek stichelt! Was zerrt der noch alles hervor? Wir wollen nicht länger ein schlechtes Gewissen! Das nicht, und keine Kolchose erst recht! Scheiß doch auf Frejas Apfelsinen! Freie Republik Enzthal, da lachen die Hühner!
Dann machte ich eine weitere Entdeckung.

Ging Mariechen ihrer Arbeit im Kindergarten nach, nutzte ich manchmal die Gelegenheit, in ihr Zimmer und an das Süße Schränkchen zu huschen. Eine Praline kauend und in ihren Magazinen blätternd, genoss ich die letzten schulfreien Tage. Mariechens Vorräte an Süßigkeiten gingen, da der Nachschub aus dem Konsum oder Woltz' Laden fehlte, zur Neige. Und so prüfte ich, welcher der letzten beiden verschlossenen Bonbonnieren ich die Schutzfolie abstreifen, eine oder zwei Pralinen entnehmen und die Folie wieder aufziehen konnte, ohne dass es auffiel. Entschlossen griff ich den größeren Kasten und entdeckte zu meinem Erstaunen darunter zwischen Karton und Folie einen Brief, nicht irgendeinen, sondern, das sah ich sofort, *den* Olimbrief mit dem Hochzeitsverbot für Mariechen. Würde ich nun endlich die Gründe dafür erfahren?
Schon hatte ich den Brief hervorgeschoben, ihn aus dem Umschlag gezogen, auseinandergefaltet, hatte die ersten an Oma Luise gerichteten Worte gelesen: *Meine liebe Luise, was ich dir heute mitteilen muss…* Da schrie der Brief: Was machst du da?! Nein, es war nicht der Brief, der schrie, der Ruf kam von der Tür hinter meinem Rücken und aus Mutters Mund.
Ich… ich…

Nichts wirst du sagen, kein Wort, Hartwig, zu niemandem! Kein Wort, verstehst du, darfst du sagen, von dem, was du gelesen hast!
Nichts ..., sagte ich und wollte ergänzen, habe ich gelesen.
Niemals ein Wort!, sagte Mutter barsch, nahm mir den Brief aus der Hand: Geh, jetzt!
Grübelnd lag ich in meinem Zimmer auf dem Bett. Konnte man von verschluckten Wörtern so wie Oma Luise sterben, auch wenn man sie nicht gelesen hatte? Und Mutter und Vater und Marie, was machte das Geheimnis mit ihnen?
Weder Mutter noch Mariechen verloren beim Abendessen auch nur ein Wort über den Vorfall. Mariechen sah nur immer wieder forschend zu mir. Hatte sie mir die Pralinen als Köder hingelegt? Heute glaube ich, sie wollte, dass ich das Geheimnis des Olims entdecke. Dann verriet sie es selbst, nicht nur mir, sondern allen.

An einem Tag im warmen Altweibersommer macht sich Mariechen hübsch mit ihrem Teerosenkleid, nimmt ihr silberfarbenes Handtäschchen und geht – am Kaufmannsladen hängt längst ein Schild *Ausverkauft!* – in den Konsum.
Sie überrascht mich dort, wie ich mir eben Zigaretten holen will; natürlich, wie ich behaupte, für Trybek. Ihr Blick scheint mir zu sagen: Schon wieder, Hartwig, ein Strich auf dem Kerbholz. Doch sie sagt nur: Es pafft sich weg, so auf Backe, was?!
Ich überhöre das und studiere unschuldig das Regal mit den nur noch spärlich vorhandenen Süßwaren.

Na, Marie, fragt die Konsumfrau, willst wohl heut' noch in die Stadt?
Nein, wieso?, fragt Mariechen zurück.
Die Saggsforgain steht hinterm Mehltütenregal und reckt den Kopf. Hat sie was verpasst, oder haben die zwei da vergessen, dass keiner aus Enzthal mehr raus kommt, schon gar nicht in die Stadt?
Vergessen nicht, nur einen Scherz gemacht hat die Konsumfrau und packt ihre Neugier jetzt in ein Lob: Hast dich ja so fein gemacht heute, so hübsch!
Nur heute!?, schnippt Mariechen ein bisschen zurück, legt Geld auf den Ladentisch, packt ein Stück Seife und eine Schachtel Zigaretten in ihren Korb. Klingeling macht die Ladentür, und Mariechen ist raus. Mich hat sie vergessen.
Frau Sachs bemerkt: Also eine Frau, die raucht …
Die Konsumfrau nickt und sagt: Die will sich wohl endlich einen Mann angeln!?
Ich lege eine Stange Pfeffi auf den Ladentisch und einen Groschen dazu. Klingeling macht die Tür.
Ein Trecker tuckert am Straßenrand. Heiß heute, sagt Zippel und lässt mit Schwung einen leeren Bierkasten auf den Stapel neben der Konsumtür scheppern.
Bier ist alle, sage ich.
Weiß ich, knurrt Zippel. Und zu Mariechen: Komm, ich nehme dich das Stücke mit'm Trecker mit.
Na, schönen Dank auch, Zippel, sagt sie, ein anderes Mal.
Zippel äugt in ihren fast leeren Korb und zimmert schnell ein Kompliment: der schwere Korb, die zarte Frau, die Hitze …

Kommt die Sachs mit prallem Einkaufsnetz zur Konsumtür heraus.
Mariechen, das sehe ich an ihren Augen, hat eine Idee, drückt den Einkaufskorb dem Zippel in die Hand: Fährst du mal am Alten Gut vorbei mit mir?
Willst'n da? Zippel wird ein bisschen misstrauisch. Etwa zum Trybek? Er steigt auf den Trecker und tritt aufs Gaspedal. Marie sagt etwas. Die Motorhaube vibriert, der Schornstein hustet schwarze Wolken aus. Marie sagt es noch einmal. Aber dieses *es* ist etwas so Merkwürdiges, Unmögliches, dass Zippel durch den Treckerlärm ruft: Hä?
Und dieses *Hä?* steigt auch mir wie ein großes Comic-Fragezeichen im Kopf auf. Marie wiederholt, was sie sagte, ein drittes Mal.
Alle hören es, Zippel und ich und die Sachs. Doch vielleicht haben wir uns ein drittes Mal verhört im Traktorengebelfer?
Die Sachs öffnet den Mund, um nachzufragen. Auch ich bin baff und denke, die spinnt, die Marie.
Mariechen steht schon auf der Ackerschiene und lächelt: Wiedersehen, Frau Sachs!
Frau Sachs besinnt sich: Ach je, da hab' ich doch das Mehl vergessen! Dreht um und ist schon wieder drin im Konsum. Und, da ist mir klar, die Sachs macht Neuigkeiten: Wirklich hübsches Kleid, was die Marie heute an hat. Übrigens, aber saggs for gain: der Trybek soll ihr Bruder sein, sagt Frau Sachs und kauft eine zweite Tüte Mehl.
Ausnahmsweise zwei, sagt die Konsumfrau. Wie? Der Trybek? Ihr Bruder? Von Karges Heinrich der Sohn?

Von wem sonst, wenn es der Bruder ist! Also Halbbruder wahrscheinlich, also Halbgeschwister der Trybek und Karges Marie.
Aber das heißt ja… Klingbing, die Konsumfrau drückt vor Aufregung immer wieder auf die Taste der Registrierkasse. Klingbing, die Kasse schnippt auf.
Genau, das heißt es, bestätigt die Sachs, der Heinrich hat die Luise hintergangen!
Klingbing. Klingbing.
Und er hat es mit der Polin gehabt, mit der… na… der…
Klingbing. Valeska. Klingbing.
…der feine Herr Ortsgruppenleiter!

Das ehemalige Familienbriefgeheimnis spazierte von da an als Gerücht durch Enzthal, gab sich als Nachricht verbürgt und ausgestreut von Karges Marie selbst: Edgar Trybek und sie seien Geschwister, Halbgeschwister. Denn, die Sachs hatte es gefolgert und bestätigte es jedem: Der Heinrich Karge, der hat was gehabt mit der Mutter vom Trybek, mit der Valeska, der Polin nämlich, damals im Krieg. Und wenn du es nicht glaubst, frag im Konsum, dort ist es passiert.
Wie? Was?
Nicht das mit der Polin. Dort hat sie es gestanden, Heinrichs Tochter, Karges Marie.
Mariechens Schwester, meine Mutter, schlug die Hände vors Gesicht und weinte: Diese Schande! Das ganze Dorf tratscht über uns… die Schande… rauf und runter die Straße, nein, die Schande!
Mutter hatte mich in Verdacht, das Briefgeheimnis verraten zu haben. Sie sah mich an wie einen Verbrecher.

Hartwig, du hattest versprochen … Warum?
Ich habe doch gar nichts gelesen.
Hartwig, warum?
Ich war es selber, sagte Mariechen und beendete Mutters Verhör. Was kann der Junge dafür?
Aber Marie, jetzt redet das ganze Dorf schlecht über unseren Vater.
Gut so, sagte Mariechen, kann ich jetzt als Schwester zum Edgar hinter gehen. Ist übrigens auch dein Bruder jetzt. – Auch wenn ich das nicht glauben kann!
Was?!, fragt Mutter.
Dass er unser Bruder ist.
Aber im Brief vom Vater stand es doch geschrieben!, empört sich Mutter. Fleht: Marie, versündige dich nicht! Halt dich von Trybek fern! Hast doch schon genug Schaden gemacht!
Ich?, fragt Marie.
Mutter seufzt: Bloß gut, dass unsere Mutter das nicht mehr erleben muss! Das Gerede, die Leute, diese Schande!
Nachdem Marie das Olimsche Briefgeheimnis in den Konsum getragen hatte, kletterten auch andere Geschichten aus ihren Grüften, gingen Gerücht und Geheimnis Arm in Arm durch das Dorf: Na, kleiner Laub, dein Olim, dein Olim ist es gewesen. Dein Olim, sagten sie so, als hätte ich ihn erschaffen wie Rabbi Löw seinen Golem. Dein Olim hat uns alles eingebrockt!
NSDAP-Ortsgruppenleiter Heinrich Karge, sagten die Leute, sei es gewesen, er habe Edgar ins Heim bringen lassen, also der eigene Vater den eigenen Sohn. Und mir kroch die Scham ins Gesicht. Dann floh ich auf den Boden unseres Hauses, schob die Dachluke auf und hielt

das brennende Gesicht in die neblige Kühle. Ich sah keine Raben, ich sah keinen Kaiser, der Sattel blieb leer und das Husarenjäckchen im Schrank. Aufgeraucht, Schwester, war die letzte *Eckstein Nr. 5*.

11

Wer bin ich?
Valeska Trybek, sprachen die Akten, ist deine Mutter. – Und ich fragte sogleich: Wer ist mein Vater?
Worauf ich, bevor ich hierher kam, in den Enzthaler Unterlagen außerdem stieß, war eine kaum entzifferbare Sütterlinnotiz, die mich wie das Aufleuchten eines Traumgesichts elektrisierte: „... ging Hoeltz nach Spanien." Eine Aussage auf dem Papier, eine Frage aber für mich: Ging Hoeltz nach Spanien? Max Hoelz, dem ich schon so lange nachforschte, meinem Vater im Geiste. Max Hoelz, dessen Hut mich nach Enzthal führte, erst zu Maries Großvater im Birnbaum, dann zu Marie. Seit ich jedoch Theo Woltz' Brief in Blindenschrift und das spanische Foto in den Händen hielt, der Zweifel: Könnte die Notiz, der Name nicht auch lauten: „...ging Woltz nach Spanien?" Hatte ich den mir bekannten Namen für den mir damals noch fremden Namen genommen? Jagte ich dem einen nach, um nicht dem andern zu begegnen? Sind all die großen Ideen nichts anderes als Tarnkappen der Angst? Angst, der Wirklichkeit zu begegnen?
Bis gestern noch wollte ich glauben, Woltz' Sohn, der Sohn des Spaniers zu sein. Was der Brief in Blindenschrift

enthält, kann mir jetzt gleichgültig sein. Sein Schicksal im Stollen, ob mehr oder nur ein Wehrmachtskoppel von ihm blieb, mit mir hat es nichts mehr zu tun. Denn: Ich bin ein Karge.

Bin ich tatsächlich ein Karge? Ist das die Wirklichkeit? Und mit Marie muss deshalb Schluss sein für immer?

Als Marie in der Tür steht plötzlich, mich drückt und schmatzt und Bruderherz und solche Sachen sagt, da dachte Edgar und sagte auch: Ach, hast du endlich einen Grund gefunden, warum es besser ist, dass mit uns nichts wird.

Sie knipst ihre Handtasche auf und zieht Heinrich Karges Brief hervor. Der schrieb vom Schlimmen, das er gestehen muss, um Schlimmeres zu verhindern. Verführt sei er worden beim Erntefest von den Polen zu Alkohol und von dieser Valeska zu anderen Dingen. Er habe sich selbst nicht wiedererkannt, erst recht nicht, als er aufwachte, neben ihr. Und dann sei sie eines Tages zu ihm gekommen, das Kind im Bauch, was hätte er tun sollen? Er konnte nichts tun. Eine schlimme Zeit, überhaupt ...

Ich habe Marie weggeschickt. Immerhin, so sagte sie, hätte ich doch jetzt gefunden, was ich suchte: meinen Vater.

Marie, ich kann sie nicht plötzlich als Schwester nur umarmen.

Die Väter wechseln. Sie verwandeln sich: vom Bergmann zum Interbrigadisten zum Söldner zum NS-Funktionär. Wie könnte ich beide Kandidaten befragen? Karge und Woltz, beide jenseits der Grenze? Ich muss in den Stollen, ich muss den Leuten ins Hirn, Erinnerungen wie Erz brechen.

Aber die Leute, scheint mir, gehen mir aus dem Weg. Die Fahne, die der Laubjunge hisste, hat sie provoziert. Und die Nachricht, ich sei Karges Sohn, macht sie misstrauischer noch: Was will der von uns? Sie weichen meinen Fragen aus. Hab' ich aber einen beim Wort gepackt – was am besten gelingt, so scheint mir, in Frejas Gegenwart – dann zittern ihnen die Lippen und flattern die Wörter. Und irgendwann stürzen die Sätze aus ihnen, in Stücken meist, doch immer heraus. Und je mehr es dazwischen klingt: Versteh doch, nimm nicht übel, verzeih… desto mehr misstraut ihnen Edgar, nimmt übel.

Aber die Leute, im nächsten ihrer Sätze zeigen sie auf mich: Dein Vater, Heinrich Karge, der war es doch! Der war doch die Partei hier im Dorf!

Dann wieder verdächtigen sie mich, nicht der zu sein, der ich zu sein glaube. Man habe hier schon manchen Spitzel kommen sehen. Aber die seien auch wieder gegangen.

Am Ende wölbt sich ihre Stirn, als bäume sich etwas dahinter, und ein Blick oder eine Geste von ihnen scheint alles Gesagte wegzuwischen.

Ich, Jakub, notiere: Nur Eleonore Galland, scheint mir, hat etwas zu reden.

Wie sie berichtet, sei sie mit Valeska freitags immer zum Heiligenborn gegangen, um zu beten. Sie erzählt auch von dem Kind, das Valeska zwischen frischen Kleereutern stillte.

Jakub, sagt die G., so hat dich – wenn du es bist – Valeska genannt. Später hat man das Kind, also dich, sagt die G., Valeska weggenommen.

Man?

Die G. zuckt die Schultern und sagt: Himmler. Eine Anweisung: Ausländische Kinder sollten ins Heim! Da konnte nicht mal der hiesige Heinrich, der ja nun dein Vater sein soll, nicht mal der konnte was machen. – Aber, fährt die G. kopfschüttelnd fort, ich weiß nicht ... Heinrich Karge, dein Vater? Ach, minne Jong, wenn er es nun selber gebeichtet hat, der Heinrich. Was soll man dazu noch sagen?
Sie, die G. also, sei doch seinerzeit zwischen den Höfen der Kargebrüder verkehrt, an manchen Tagen hin und her: zwischen Karges Altem Gut, wo du heute wohnst, und Heinrichs Wirtschaft, dem Enkehof, also Laubs Anwesen heute. Froh sei sie gewesen, gebraucht zu werden von den Karges, mal auf dem Feld, mal im Stall und in der Küche auch, wenn es ein Fest gab, wie Maries Taufe dreiundvierzig.
Der Heinrich war ein Arbeitstier, war doppelt eingespannt, seit sein Bruder Dietrich im Feld war, hatte zusätzlich zum Enkehof das Alte Gut zu bewirtschaften. Und dazu der ganze Kram für die Partei, nee, minne Jong, für Weibergeschichten hat der eigentlich keine Zeit gehabt.
Er ist eigentlich auch viel zu streng gewesen, um sich mit den Polen einzulassen. Er hat die Ausländer alle immer menschlich behandelt, egal ob's die kriegsgefangenen Franzosen waren oder die polnischen Fremdarbeiter, menschlich, aber auf Distanz; nicht geprügelt wie der Alte Voss. Aber, wenn es der Heinrich nun mal selber zugegeben hat. Was soll man da denken?
Menschlich, aber auf Distanz? Ja, was soll man da denken?

Edgar? Jakub? Ich krieg' mich nicht zusammen, bleib' zerteilt in zwei verschiedene Menschen.
Wenn sie eins wären, wie es aus allen Ecken schreit, ich hielte es nicht aus.
Du, schrei' ich zurück, du, Polenbalg und Nazibastard, bleibst in deiner Ecke gefälligst. Dreh dich um, Gesicht zur Wand, wer zappelt, schwatzt und dumme Späße macht, der gehört in die Ecke, wenn nicht besser an die Wand gestellt!

Ganz langsam tuckerte der Trecker die Dorfstraße herauf. Ich war gerade unter der Linde damit beschäftigt, ein paar Stiften zu zeigen, wie man ein Murmelloch und die Murmelbahn für den letzten entscheidenden Treffer glättet. Ricarda saß auf der Milchbank und sah, davon war ich überzeugt, beeindruckt zu. Mich hingegen beeindruckte, dass Zippel es fertigbrachte, in Trauermarschtempo über die Dorfstraße zu zuckeln. Die letzte Murmel knallte am Murmelloch vorbei gegen die Mauer, die Kleinen feixten, doch das interessierte mich schon nicht mehr. Ricarda sprang auf und rief: Da liegt eine drauf!
Am Traktor hing der große Pflug, und über dem Strebwerk der Vorderachse lag eine Frau. Sie war auf eine Bohle gebettet, Torbern ging nebenher und bewahrte die Bahre vorm Rutschen.
Sie ist tot, sagte Torbern. Und doch schien uns, als pulsiere unter ihrer Haut das Blut. Gleichzeitig war sie wie von einem kristallenen Schimmer umhüllt, der jeden abhielt, sie zu berühren, und sei es in der Absicht, ihren Puls zu fühlen.

Immer mehr Leute sammelten sich um den Pflug, und alle außer mir schienen zu wissen oder doch wenigstens zu ahnen, wer die Tote war, denn als Trybek über den Platz kam, öffnete sich ihm eine Gasse. Als er fragend zu Fräulein Galland blickte, nickte sie und sagte: Ja, sie ist es, Valeska.

Ungläubig schüttelte mancher den Kopf, als Torbern seine Stummelpfeife aus dem Mund nahm und erzählte, er habe sie im Stollen gefunden, als er auf eine mit Vitriolwasser gefüllte Schlotte stieß.

Doktor Kilian, der sich eben durch die Leute drängte, warf einen fachmännischen Blick auf den leblosen Körper und sagte: Kupfersulfat. Die ist mausetot. So was kommt vor.

Ja, sagte Torbern, auch in Falun gab es so einen Fall.

Auch in Ehrenfriedersdorf im Erzgebirge, sagte der Tierarzt, hat man nach fünfundzwanzig Jahren ein Grubenpferd…

Sieht awer aus, unterbrach ihn die Sachs, als wärd se gleich ufstehn und wandeln.

Nee, resümierte Dr. Kilian, das macht bloß dieses komische Licht… Dennoch ein äußerst interessanter Fall, man sollte ihn näher untersuchen.

Während der ganzen Zeit stand Trybek reglos neben dem Pflug und starrte auf seine Mutter; tot, aber so jung wie er jetzt. Und schön, dass es wehtat.

Ausgegraben worden, Schwester, war sie von Torbern, wie Trybek selbst; in der Erde wiedergefunden wie er, doch nicht mehr am Leben.

Auf ein Zeichen Torberns griffen vier Burschen die Trage und schwankten einige Male hin und her, als sei ihnen

die Tote zu schwer oder als wüssten sie nicht, in welche Richtung sie sich wenden sollten: hinauf zum Friedhof oder in die Gasse hinter zum Alten Gut? Einer stolperte, taumelte, und die Trage kippte beinahe.
Da regte sich Trybek endlich, hob die Hand und setzte sich mit schweren Schritten in Bewegung. Torbern und die Totenträger folgten ihm zum Alten Gut.
Einen Tag, nachdem Valeska Trybek im Stollen am Heiligenborn gefunden worden war, hatte es Frost gegeben, sodass die Zuckerrüben noch immer in der Erde steckten und Gemeindediener Kubatschek kein Grab für Trybeks Mutter schaufeln konnte. Der Boden gefror von Tag zu Tag tiefer, wieder und wieder wurde die Beerdigung verschoben. Trybek hatte einen Sarg gezimmert, und Valeska lag jetzt aufgebahrt im kalten Vorraum der Kirche. Das Laub war nicht raschelnd gefallen, sondern, wie mir in den vom matten Kupferlicht erhellten Nächten schien, mit leisem Klirren. Gerade noch rechtzeitig hatten Trybek und Zippel mit der fachmännischen Hilfe des jungen Sachs die Enzthaler Orangerie fertiggestellt. Und das erwachsen gewordene Apfelsinenbäumchen stand nun gefangen hinter Holz und Glas.
Nun, Schwester, findet sich in *Jakubs Notizen* die Antwort auf die Frage: Was hatte mein Großvater, was hatte Heinrich Karge mit Trybeks Mutter zu schaffen?

Ich, Jakub, übe mich in Nachsicht. Ich sehe ihm nach, sehe, wie er den Weg zwischen den Feldern entlangstapft: Heinrich Karge.
Staubfähnchen hängen an seinen Fersen. Ein gutes Stück hinter ihm schlappen und schlurfen schweigend die

Enzthaler Polen und die Ostarbeiter. Ein trockener Junitag. Links reift der Weizen, rechts stehen Kartoffeln, die Furchen dazwischen sauber gehackt. Blau und zartweiß gewölkt wölbt sich darüber der Himmel, liegt als Horizont auf dem Weg, dort wo er sich nördlich von Enzthal über die Anhöhe zieht.
Artaman, denkt Heinrich, das Arkadien des Nordens sollte es werden. Und nun?
Zinnwald, der Spinner, denkt Heinrich. Denkt es wie einen Fluch auf die Schnäpse des vergangenen Abends, wenn der Schädel schmerzt.
Dabei trinkt Heinrich Karge nicht, trinkt nicht, weil er weiß, er verträgt es nicht. Weil er weiß, das bisschen Rausch ist es nicht wert, alles, was hinterher kommt. So hat er es immer gehalten.
Die Artamanen, der Bund, das war eine andere Sache, damals auf dem Pommerschen Gut. Aber angefangen hatte es in Weimar.
Goethe und Schiller, das Denkmal. Im Frühsommer 1928, das Lehrerseminar hatte sie in die letzten Ferien entlassen, standen sie davor, Zinnwald und er. Das Höchsterrungene sollte es sein, fürs Erste ein Gut östlich der Elbe: Deutsche Hände schneiden deutschen Weizen. Wir brauchen keinen einzigen polnischen Schnitter, hatte Bundesführer Tanzmann ein Halbjahr zuvor in einem Vortrag gesagt, auf freiem Grund wollen wir mit freiem Volke stehen.
Zinnwald hatte Heinrich mit sich gezogen, hin zu dem Tisch, wo die Mitgliederlisten des Bundes auslagen. Zinnwald hatte sich eingeschrieben und ihm den Stift gereicht. Er hatte gezögert und Zinnwald ihm den Ellbogen leicht in die Seite gestoßen: Komm, Johann!

So redeten sie sich an, wenn keiner zuhören konnte: Johann und Friedrich, wie Goethe und Schiller, der Freundesbund. Sie dichteten gemeinsam Balladen über betrügerische Viehhändler und Lieder über das ländliche Leben. Die Viehhändler waren meist jüdisch, und „ahndungsvoll“ das ländliche Leben.

Heinrich hatte schließlich auch seinen Namen auf die Liste gesetzt. Und bald darauf hatten sich die Freunde für einen Arbeitseinsatz auf Maldewin in Pommern gemeldet. Zu Hause, auf dem Alten Gut, hatte es deshalb Ärger gegeben: Was er auf fremden Feldern suche, wenn daheim jede Hand gebraucht werde, gerade in der Erntezeit!?

Es war nun einmal beschlossen: Sie standen im Wort. Zinnwald war als Liedermeister registriert, und er, so hatte es Heinrich nach Hause geschrieben, werde eine Schnitterkolonne führen. Was von Nutzen sein werde, sollte er später durch die Lehramtsprüfung fallen und auf dem Alten Gut der Posten eines Vorarbeiters gebraucht werden. Ersteres war Koketterie gewesen, das zweite eine kleine Bitterkeit gegen das Schicksal des Zweitgeborenen, obwohl er sich ansonsten fügte, denn er wusste, Karges Hof zu teilen wäre wirtschaftlicher Unverstand.

Lass dich nicht irre machen, Heinrich, von denen daheim, sagte Zinnwald und legte die Hand auf seine Schulter. Wie schon oft kopierten beide die Pose der Dichter in übermütigem Ernst. Der Worte sind genug gewechselt, Johann, in Pommern wartet die Tat!

Heinrich nickte. Und doch, eine stimmte ihn bei diesem letzten Besuch zu Hause beinahe um: Luise; wortlos.

Sie begleitete ihn auf seinem Weg zum Bahnhof aus Enzthal hinaus bis zum Alten Raine. Dort warf er seinen Rucksack unter einen der Kirschbäume. Sie saßen im Gras und blickten über die Goldene Aue. Grün und gelb schwangen sich die Felder wie Tücher über das Land, zwischen jungem Getreide blühte der Raps, klar und deutlich lag das Kyffhäusergebirge am Horizont, die weißen Schiffe der Wolken zogen darüber hinweg. Ich bin das Schiff, und du bist das Blau, dachte er, du bist das Tuch, und ich bin das Land. Das Herz war ihm leicht für diesen einen Moment, doch die Worte, als er sie aussprechen wollte, klebten ihm zäh in der Kehle. Er schwieg. Seine Finger streiften ihre Wange, strichen ihr eine Strähne, die sich aus dem Haarknoten gelöst hatte, hinter das Ohr; er tat, was sie sonst selber tat. Einen Moment lang neigte sie ihr Gesicht seiner Hand entgegen. Ihr Blick traf seinen. Er sah einen Vorwurf darin, zog seine Hand zurück und sagte: Es sind doch nur vier Wochen.

Da kam auch schon Zinnwald strammen Schrittes zwischen den Feldern heran. Zinnsoldat sollte er heißen, sagte Luise. Heinrich lachte: Dabei mäandern Zinnes Gedanken, eigentlich müsste er taumeln. Wahrscheinlich bewahrt ihn davor nur das Marschieren.

Als Zinnwald schließlich auf Hörweite heran war, umarmte Luise Heinrich kurz und heftig, sprang auf und lief zurück ins Dorf, eilig an Zinnwald vorbei, mit dem sie nur kurze, freundlich frotzelnde Bemerkungen tauschte. Die jungen Männer begrüßten sich mit Handschlag. Flink und flott dein Bräutchen, sagte Zinnwald, ich hoffe, sie hat auch noch ihr Jungfern …

Halts Maul!, entfuhr es Heinrich und bedauerte im selben Moment, so grob gewesen zu sein. Und doch schob er Zinnwalds Spitznamen aus dem Seminar nach: Zotenzinne!
Schon gut, schon gut, beschwichtigte Zinnwald den Freund.
Eine Weile gingen sie wortlos nebeneinander her, bis Zinnwald sagte: Schade, ihre Mutter wird den Hof nicht halten können.
Was?, fragte Heinrich.
Die Anna Enke, Luises Mutter, wird den Hof nicht halten können!
Ja, ach ja, sagte Heinrich, ich weiß, ich weiß. – Aber nichts wusste er, nichts hatte Luise auch nur angedeutet. Natürlich wusste er von den Schulden, aber welcher Bauer hatte heutzutage keine Schulden? Aber dass es um die Wirtschaft der Enkes so schlimm stand… Warum hatte Luise davon nichts gesagt, warum wusste es Zinnwald, wussten es die Leute im Dorf… nur er nicht? – Auch wenn er noch nie eine Zusage zurückgezogen hatte oder ein Versprechen gebrochen, für Luise hätte er es getan und wäre geblieben! Der Hof ihrer Mutter stand vor der Pfändung, und er machte Ferien in Pommern!
So dachten doch alle: Na, Heinrich, Lehrer bist du noch nicht, aber Ferien hast du schon, was!, hatte der Bruder gesagt und der Vater gegrollt: Ein richtiger Bauer macht so was nicht!
Er spürte Zinnwalds Hand auf der Schulter. Kopf hoch, Heinrich, sagte der, bessere Zeiten sind in Sicht. Vom Boden sprach er, als Lebensquell eines jeden Volkes, nicht Handelsware, kein Ding für Spekulanten und

Wucherer! Wir, Heinrich, fuhr Zinnwald fort, sind die neuen Menschen! Wir bilden das Heer gegen Raffgier und geheimes Behagen! Wir kommen aus deutscher Erde, und wir kämpfen für deutsche Erde! Das Leben soll geheiligt sein!, sagte Zinnwald. Komm, Heinrich, deine Hand drauf, deine Hand auf diesen Bund. – Da sieh dich doch um im Land, der Enkehof ist nicht der einzige, der unterm Joch der Zinsen zusammenbricht. Wir Artamanen sind die Vorhut freien Bauerntums. Das hier, Zinnwalds Arm beschrieb einen Halbkreis, das hier ist unser Arkadien. Es wird uns gehören, dir und mir, sprach Zinnwald, und Heinrich wollte es scheinen, als reckten sich zwei Locken über dessen Stirn im Gegenlicht wie kleine Hörner.

Es geht nicht um vier Wochen, Heinrich, es geht um die Zukunft – da, sieh dieses Land! Zinnwald blieb stehen und legte einen Arm um Heinrichs Schulter: Die Krämer schachern, die Politiker schwätzen, und die Spießer nicken dazu. Dann machte er eine abfällige Kopfbewegung zum Kyffhäuser hinüber: Da hilft kein Gott und auch kein Kaiser! Zinnwald breitete den freien Arm aus und zitierte beinahe flüsternd: „Ich will dir einen Acker geben und einen stillen See …" Dann sagte er: Grün und gelb, sieh Heinrich, das sind die Farben Artamans. Dazu ein Blau, ein gewisses Blau, das Blau frisch gehärteten Stahls. Ich habe heute im Morgengrauen einen Vorschlag für eine neue Bundesfahne entworfen, und ein anderes Bundeslied brauchen wir auch. Aber lass uns das im Zug nach Pommern besprechen.

Heinrich drehte sich aus Zinnwalds Umarmung und stapfte los: Ja, wir müssen uns beeilen.

Grün und gelb, ha... zwei Wörter, eben noch mild ummantelt, lagen ihm zum Spucken sauer im Mund. Er fühlte sich von Zinnwald bestohlen, bestohlen um den Wind im jungen Weizen, um die Sonne im Raps, um diese Landschaft, um... Und doch, er kam nicht los von diesem Versucher.

Damals im Birnbaum waren sie zu dritt gewesen: Voss, Zinnwald und er. Einer für alle: Zinnwald hatte die Idee, Voss die Pistole, und als der Schuss auf Hoelz danebenging, hatte Heinrich dem Alten Voss die Wange hingehalten: Egal, Hauptsache, die Roten waren vertrieben.
Für Voss war immer klar gewesen, dass er die Wirtschaft der Eltern weiterführen würde. So fehlte, als man ins Weimarer Seminar eintrat, Voss als der Dritte im Bunde. Lassen wir ihn, sagte Zinnwald kühl, in der kruden Kacke sitzen. Er, behauptete Zinnwald von sich, habe sich gerne von seinem Vater den Stuhl vor die Mühlentür stellen lassen; an einem Leben als Mehlwurm habe ihm niemals gelegen. Zinnwald führte Heinrich durch Weimar, als sei er daselbst schon immer zu Hause. Man glossierte beim Gang durchs Goethehaus die Gegenwart und schwärmte vor Schillers Schreibtisch von der Zukunft.
Lass uns, sagte Zinnwald, eine Bauernhochschule gründen. So wie die in Neudietendorf, nur besser: Rechtskunde, Biologie, Buchhaltung, Zinsrechnung, Kulturgeschichte, Literatur, Philosophie, alles: Schiller, Goethe, Nietzsche... und Musik! – Wenn der Bauer, wie Tanzmann sagt, die rechte Hand Gottes ist, dann muss diese Hand doch auch Klavierspielen können!

Ja, am besten auf dem Allstedter Schloss, sagte Heinrich und dachte, dass er dann in Enzthal bleiben könnte, bei Luise.
Genau an diesen Ort, sagte Zinnwald, habe auch er schon gedacht, dort wo Müntzer einst den Fürsten predigte. Sie würden den Bauern predigen, aber ohne die Neudietendorfer Frömmelei. Einen neuen Adel würde man schaffen, kerndeutsch und frei!
Aber, wandte Heinrich ein, den Luther werden wir doch nicht aussperren wollen. Ohne Sittlichkeit und Glauben …
Ha, Sittlichkeit? Heinrich, das ist doch alles Heuchelei! Ja, rief er, und wenn das Abendland zugrunde geht, dann geht es zu seinem Urgrund zurück und wird sich vollenden. Oswald Spengler habe recht: Der Bauer geht der Stadt voraus, und er wird sie überleben! Auf einer neuen Erde! Wir Jungen, sagte er, werden dabei sein!
Sie spazierten an der Ilm entlang, und als Heinrich etwas erwidern wollte, musste er plötzlich aufsehen zu dem Freund, obwohl der sich im Sportunterricht doch bei den Kleineren einreihen musste. Und als Heinrich von Zinnwalds Worten überrollt den Blick senkte, wollte es ihm erscheinen, als schwebten die Füße des Freundes über dem Boden.
Am Gartenhaus Goethes angekommen, wetteiferten sie schließlich, wer am längsten auf der Kugel des Glücks einbeinig zu balancieren verstünde, so lange, bis eine Aufsichtskraft sie der Stätte verwies. Im Nationaltheater begeisterte man sich für Wagners Walküre, betrachtete in der Pause die weimarischen Frauen und streifte beinahe die Frackschöße Adolf Hitlers.

Manchmal wurde Heinrich schwindelig, so überstiegen sich ihre Pläne und Träumereien. Dann wünschte er sich doch den Voss herbei, der Zinnwalds Redefluss oft genug und jäh zum Stocken gebracht hatte: Sag, Zinne, wächst mir von deinen schönen Worten ein Schinken mehr in meiner Räucherkammer?
Beruhigend wie eine kühlende Hand auf der fiebernden Stirn waren da die monatlichen Besuche zu Hause. Auch ernüchternd, denn plötzlich herrschte wieder andere Logik: Kredite, Außenstände, Preise. Schuldscheine und anwaltliche Schreiben bedeckten das Land. Und nun verdunkelten sie auch Heinrichs Liebe zu Luise.
So kann es nicht bleiben, sagte Zinnwald, der inzwischen wieder in seinem Elternhaus geduldet war. Wo Heinrich ein A dachte, wusste Zinnwald schon immer ein B. Träum nicht von den Sternen, Heinrich, um den Boden muss man kämpfen! Dass Zinnwald so recht zu haben schien, war ihm doch ein wenig unheimlich.

Auch Jakub wird unheimlich, was ihm da naherückt. Wie die Träume sich gleichen, harmlos, anrührend oder amüsant aus der Nähe, erschreckend aus der Distanz, wenn Wirkung und Wirklichkeit ins Blickfeld geraten. Woher diese unausrottbare Sehnsucht nach einem utopischen Ort? Arkadien, Al Andalus, das Himmelreich auf Erden, der Platz an der Sonne, Republik Enzthal die Freie … Gehören Träumer ins Gefängnis, Visionäre ins Irrenhaus, zeugen Heilsversprechen nur immer wieder heillose Verbrechen? Ist Torberns Blaue Blume ein morbides Gewächs?
Man sollte wie Edgar mit ausgestrecktem Arm durch die Stube marschieren, zwischen Daumen und Zeigefinger

die beiden romantischen Raupen, Karge und Zinnwald, von sich weggestreckt ins Ferne, zwergenhaft Kleine, um sie in den Müllkübel fallen zu lassen, bevor sie sich völkisch verpuppen und die braunen Motten schlüpfen, dieses Ungeziefer …
Da wird Jakub noch unheimlicher: Unheimlich, wie das eine Wort das andere nach sich zieht, wie dem Ungeziefer das Ausrotten folgt. Nicht nur deshalb lässt er die Motten schlüpfen.
Er muss sie auch schlüpfen lassen, damit er Karge weiter mit den Blicken folgen kann, über die Anhöhe, im Schlepptau die Polen, hoch bis auf die Heide, vorbei an Vossens Scheune, dem Tatort, wo man die Gesetzesbrecher erwischt hatte: Hedelins Martha und Jozef, den polnischen Fremdarbeiter.

Gott sei Dank, dachte Karge, der Vorfall war nicht über seinen Tisch gegangen. Ob der Gendarm zufällig oder weil ihm jemand einen Tipp gegeben hatte, vorbeigekommen war und die beiden in flagranti … Ob der Voss vielleicht …? Der wird doch nicht seine eigene Magd und dem Sachs seinen Knecht anzeigen? Gesetz hin oder her, nein, da fehlten doch vier Hände auf den Feldern. Die Martha und der Józef, ach, es war ein Jammer. Hätte nicht sein müssen! Aber es ist doch nun einmal Gesetz, dachte Karge immer wieder, dass eine Deutsche nicht mit einem Polen … Er hat das Gesetz nicht gemacht, wenn es nach ihm ginge, könnte jede mit jedem, solange man sich an Gottes Gebote …
Aber da war letzte Woche mit der Post ein Einschreiben gekommen. Für den Herrn Ortsgruppenleiter!,

hatte die Postfrau getönt, betont amtlich und eine Spur ironisch.
So wie mancher im Ort, seit Karge dieses Amt hatte, ihn grüßte. Als sei ich Gesslers Hut, dachte Karge dann ärgerlich und wusste zugleich, dass jedes Wort darüber die Sache nur verschlimmern würde. Als Karge wusste, was er tun sollte, wünschte er sich die Stange zu sein unterm Gesslerhut, noch besser der Boden, in dem die Stange steckte, alles wollte er in diesem Moment sein, nur nicht der Ortsgruppenleiter Heinrich Karge.
Auch wenn Karge nicht genau wusste, was ihn und die Polen auf der Heide erwarten würde, ahnte er doch, was sich hinter dem Wort Sonderbehandlung verbarg. So sind nun mal die Gesetze, sagte er sich wieder und wieder; und sagte es seiner Frau und sagte es Fräulein Galland, der er eigentlich nichts hätte sagen müssen. Und Fräulein Galland fehlte es, was noch nie vorgekommen war, an einer Entgegnung. Und Luise verbarg ihr Gesicht in den Händen: dass es soweit kommen muss.
Keine Antwort gab es auf Karges Frage: Was er denn tun solle?! Außer seiner eigenen Antwort, er könne nichts tun. Und sicher werde es nicht das Schlimmste sein; obwohl er nachgelesen hatte, dass das Gesetz das Schlimmste vorsah. Und vor allen Dingen werde er den Fremdarbeitern nicht, um Unruhe zu vermeiden, wie empfohlen erzählen, man ginge zu einer Filmvorführung. Wer sollte das glauben?
Als sie sich unter der Linde um ihn sammelten, die Polen und Ostarbeiter, suchte Karge die Worte, die er ihnen sagen wollte, damit sie still waren auf dem Weg, still und diszipliniert. Doch die Worte in seinem Kopf sprüh-

ten auf und verlöschten wie Funken: Recht und Gesetz, Volk und Rasse, Pflicht und... Alle wurden Asche ohne Bedeutung. Ein kalter Wind blies sie fort. Und als der kleine Trupp oben auf der Anhöhe verharrte, blickte Karge über die Heide und auf die Scheune, blieb nur ein stahlblaues Nichts.

Das bin nicht ich, dachte Karge, dann sah er die Fahrzeuge mit den SS-Runen kommen.

12

Einmal schien sich alles glücklich zu fügen, damals auf Maldewin, dem pommerschen Gut. Noch während der Arbeitsdienstwochen fasste Heinrich einen Entschluss, den er Luise schon in einem seiner ersten Briefe geheimnisvoll andeutete. Ansonsten spottete er darin über ein Berliner Bürgersöhnchen, das abends die Blasen an seinen Händen beklagte und morgens die harten Pritschen in der Schnitterkaserne. Aber, schrieb er, der Icke schlage sich wacker, denn er wolle unbedingt Bauer werden. Denn einer, so zitierte ihn Heinrich, der sich die Butter, das Brot und den Speck selber machen kann, dem kann nichts passieren, den schrecken weder Inflation noch Kohlrübenwinter. Viel mehr, schrieb Heinrich, verstünden die meisten ihrer Gruppe nicht von der Landwirtschaft. Der Gutsinspektor sei heilfroh, dass zwei stramme Jungbauern dabei seien, nämlich Zinnwald und er, obwohl Zinnwald, nun ja... Und er, also der Inspektor, bedaure sehr, dass sie nicht wie die anderen ein dreiviertel Jahr blieben, sondern nur über die Ferien. Aber so

sei es nun mal. Doch die Sache mit dem Lehrerberuf sei ein anderes Kapitel und darin das letzte Wort noch nicht geschrieben.
Ein anderes Mal schrieb Heinrich, dass für alle unerwartet ein paar Polen auf dem Gutshof angekommen seien, was unter den Artamanen einigen Unmut hervorgerufen habe. Als könnten die Deutschen die Ernte nicht allein einbringen! Ansonsten verstünde man sich, soweit es die Sprache erlaube, ganz gut; abgesehen von einigen Frechheiten, die sich einer von denen erlaube: Deutschland schicke offenbar sein letztes Aufgebot, das werde Polen aber nicht hindern, nach Posen auch noch Pommern zu übernehmen! Man hätte denen schon Bescheid gegeben. Aber alles friedlich, Luise solle sich da keine Sorgen machen. Den Raufbold der Gruppe, einen arbeitslosen Dreher aus Chemnitz, habe man zurückgehalten. Zinnwald verstehe sich ja auf klare Worte und habe dem Polen gekontert: Deutschland sei genug bestohlen worden in Versailles! Damit sei es nun vorbei!
Bestohlen?, habe der Pole gefaucht. Zurückgeholt habe man sich Posen nur, und dann fing er auch noch an von der polnischen Teilung. So sei man weit zurück in die Geschichte geraten, aber damit wolle er Luise nicht langweilen.
Was ihm, Heinrich, ein wenig sauer ankomme, sei, dass der Inspektor ihn zum Führer der Polenkolonne bestimmt habe. Damit die nicht von Mittag bis Vesper, so der Inspektor, faul am Feldrain fläzten. Trotzdem, Aufpasser zu sein, sei nicht seine Sache. Lieber, schrieb Heinrich, sei er Gleicher unter Gleichen, aber jeder müsse seine Pflicht erfüllen an dem Platz, an den er gestellt werde.

Neulich sei es ihm aber doch schwer geworden, als vom anderen Ende des Schlages erst die Stimme des Sachsen erklungen sei und dann die anderen eingestimmt hätten: „Wann wir schreiten Seit an Seit …" Aber dann hätten die Polen auch gesungen, irgend so ein Zenschzewensch. Die Sensen flitzten dabei, und mit einem Mal sei klar gewesen, es sei um die Wette gegangen: Artamanen gegen Polen. Natürlich seien die Schnitter geübter gewesen, und der gute Wille der verwöhnten Städter allein … Na ja, da könne Luise sich den Ausgang denken.

Was Heinrich ihr nicht schrieb, war, dass der Chemnitzer beim Abendbrot ihn einen Verräter geschimpft hatte. Im Scherz zwar, doch es hatte Heinrich sehr getroffen.

Stattdessen schwärmte er noch ein wenig vom Singen der Sensen am Tag und dem Knistern und Knacken der Kiefernscheite im Feuer am Abend. Zinnwald, Luise kenne ja dessen Art, habe kürzlich wieder einmal den Klopstock gemacht und aus seinem neuen Wotan-Zyklus rezitiert. Aber das sei ihm, Heinrich, doch ein bisschen zu viel Walle-Walle. Er habe sich da lieber zurückgezogen und den bestirnten Himmel bestaunt: Leider ohne dich, Luise!

Mädchen, betonte er, seien, was seine Artamanenschaft betreffe, keine dem Ruf des Bundes gefolgt. Im Übrigen herrsche unter dem knappen Dutzend junger Männer, die sie seien, freiwillige Strenge und absolute Abstinenz. Das bereite ihm lediglich das Rauchen betreffend ein wenig Mühe.

Es gebe unter den Artamanen übrigens talentierte Laienspieler. So probiere man nach Feierabend gerade ein Stück, womit man an den nächsten Sonntagen auf Fahrt

über die Dörfer gehen werde. Ob so etwas nicht eine gute Idee für die Enzthaler wäre? Er habe auch noch eine andere Idee, die nur Luise und ihn selber betreffe, aber darüber wolle er erst zu Hause mit ihr sprechen.
Zinnwald wurde schon in Maldewin von Heinrich in dessen Pläne eingeweiht. Der Regen prasselte aufs Dach der Schnitterkaserne und patschte gegen die Scheiben. Sie saßen am Fenster, während die anderen auf den Betten dösten, Briefe schrieben oder Schach spielten. Zum Lehrer, sagte Heinrich, das wisse er längst, sei er nicht berufen. Daher werde er zurück nach Enzthal gehen und den Hof der Anna Enke übernehmen.
Und die Luise heiraten?
Natürlich, wen sonst!
Wider Erwarten reagierte Zinnwald weder mit Spott noch mit Vorwürfen. Heinrich begriff sogleich, warum. Zinnwald verlor kein einziges Wort über ihren gemeinsamen Plan einer Bauernhochschule. Stattdessen schlug er vor, den Enkehof zur Keimzelle einer Artamanensiedlung zu machen. Man würde nach und nach Land dazukaufen, vom Baron zum Beispiel, der doch immer in Geldnöten sei. Man würde Siedler gewinnen, eine Gemeinschaft der Freien im bündischen Geist …
Heinrich erschrak, er wollte doch endlich eigener Herr auf eigener Scholle sein. Nur sich selbst verantwortlich und dem Herrgott, niemandem sonst, keiner „Gemeinschaft“.
Zinnwald stand auf, öffnete seinen Spind und zog eine Flasche Korn hervor. Lass uns darauf anstoßen, Heinrich! Auf unser Arkadien! Artaman, das nordische Arkadien!

Heinrich schüttelte den Kopf.
Ausnahmsweise, sagte Zinnwald, sei nicht immer so streng!
Widerwillig nahm Heinrich einen Schluck und sagte, das mit dem Hof sei sicher eine gute Idee, aber Zinnwald solle das besser mit Luises Mutter bereden. Er habe auf dem Enkehof keinerlei Rechte, nur Pflichten.
Zinnwald lachte, du und deine Pflichten. Dann streckte er die Hand mit der Schnapsflasche hoch, sogleich griff einer zu und verteilte den Klaren in die Blechtöpfe der anderen. Zinnwald nahm seine Gitarre vom Bett, klimperte ein wenig und stimmte das Bauernkriegslied von „des Geyers Schwarzem Haufen" an. Von irgendwoher war eine weitere Flasche aufgetaucht, und bald hatten alle gesungen, gegrölt und geklopft – heia hoho – mit ihren Bechern auf Tische oder Bettgestelle. Heinrich trinkt und verträgt nichts, heia hoho! Er liegt auf dem Bett mit geschlossenen Augen, und ein Traum schlängelt sich in den offenen Mund: schwarze Rauchfahnen über der grün-goldenen Aue, heia hoho.

Der erste Lastwagen hielt. Männer in schwarzen Uniformen sprangen von der Ladefläche und bezogen weiträumig Posten um die Feldscheune. Passieren durften nur die kleinen Trupps der Fremdarbeiter. Sie kamen von den umliegenden Dörfern, mal geordnet marschierend, mal als plappernder Haufen, jeweils von einem oder zwei Parteigenossen geführt. Kubatschek, der Gendarm, lotste die Gruppen und wies die Stellplätze an.
Karge sieht Karge stolpern. Sieht, wie einer der Posten ihn stützt. Hört Karge zum Posten sagen: Nur ein Stein.

Sieht, wie der Posten den rechten Arm emporschmeißt. Hört den Gruß aus dessen Mund: Hei'tler und Karges matte Antwort: 'idler. Sieht, wie sich Karges Arm dabei in einem Zug hebt und senkt, einen Halbkreis bildet. Eine abwehrende Geste, fürchtet Karge, könnte der Posten darin erkennen.

Edgars Arm warf in einer halbkreisförmigen Bewegung eben das Notizbuch vom Tisch.
Stahlblau, schreit er, kaltes stahlblaues Nichts. Das hast du doch eben geschrieben, sagt er. Und plötzlich in kaltem stahlblauem Ton: Vorbeimarschiert ist Karge, ohne zu zögern. Gebrüllt hat er den Deutschen Gruß!
Ich, Jakub, sage: Ja, niedergebrüllt das Gewissen.
Das Gewissen, diese, ha, „jüdische Erfindung", sagte Edgar. Und hat seine Leute antreten lassen … im Karree standen die andern bereits … und hat Leonid lautstark befohlen, die Schnürsenkel zu binden, denn Ordnung muss sein, selbst zuletzt.
Ich, Jakub, stelle mir vor, der Wachtmeister, der meinem Henker assistiert, erscheint unrasiert, mit schmutziger Kragenbinde und offenen, ungeputzten Schuhen. Du, Edgar, würdest ihn anschreien: Sie könnten sich wenigstens die Schuhe zubinden!
Edgar hebt das Notizbuch auf und wirft es mir auf den Tisch: Das Leben muss geheiligt sein, so hatten sie sich's versprochen! Da kommt Karge nicht raus.

Versprechen, Versprecher, Verbrecher. Zinnwald, der Versucher, dachte Karge, als alles vorbei war. Der hat es gut, der ist an der Front. Manches Mal schon hatte

Karge diejenigen, die eingezogen waren, beneidet. Vor allem an den Tagen, da er auf die Höfe gehen musste, die Nachricht vom Tod überbringen. In der Tür die Gesichter von Müttern, Vätern, Geschwistern. Von Ahnungen vorbereitet und doch erschrocken oder mitten im Alltag überrascht: gefallen dann und dann, dort und dort.

Dann hieß es: Verschwinde bloß … oder: Komm rein, setz dich.

Wie, warum, wofür?

Ihr wisst wofür …

Gut reden hätte er, er sei ja unabkömmlich. *Jede Silbe betont, mit steigender Tonlage bis zum lippenspitzen Ö und ausschleifender Endsilbe: un-ab-kÖmmlich. UK, das begehrte Signum, machten sie ihm zum Kainsmal.*

Lass die Leute doch reden, sagten die Frauen zu Hause. Und dankbar solle er sein, fügte Luises Mutter hinzu, dankbar gegen das Schicksal.

Karge sagte dann nichts mehr. Gegen das Schicksal kam er nicht an.

An einem Sonntag Mitte der zwanziger Jahre hatte Heinrich Karge die beiden Frauen nach Jena begleitet, das Schicksal besuchen. Eine Bekannte von Luises Mutter hatte geschrieben: In der Nachbarschaft sei unerwartet ein im Weltkrieg Verschollener heimgekehrt. Denk dir, nach fast zehn Jahren! Der Heimkehrer habe berichtet, viele seien von den Franzosen nach Marokko deportiert worden, ohne Möglichkeit, Verbindung nach Hause aufzunehmen. Anna solle doch am besten selbst mit ihm reden und ja nicht vergessen, ein Bild ihres Mannes dabeizuhaben.

Gottfried Enke, Annas Mann, Luises Vater, seit 1916 in Frankreich vermisst, war dem Heimkehrer jedoch nicht bekannt, zumindest nicht dem Namen nach. Die nordafrikanische Sonne hatte sein Gesicht ausgedörrt, seinen Wortschatz ebenso. Immer wieder starrte er auf die Fotografie, die ihm Anna vorlegte. Starrte und schwieg. Er möge doch, drängten die Frauen, genau hinsehen und genau nachdenken.
Der Heimkehrer schwieg und starrte. Und schüttelte den Kopf und sagte: Ja. So einen Helm hatte ich auch. Aber ich war Unterfeldwebel. Ja, sagte er, das Gesicht ..., glatt, und von Furcht wussten wir noch nichts. Vielleicht ... Nur so – er legte seine ledrige Linke neben das Foto –, so sah dort keiner mehr aus.
Trotz dieser enttäuschenden Auskunft hatte Anna Enke in den darauffolgenden Wochen, ob sie beim Essen oder bei der Hausarbeit war, manchmal den Kopf gehoben und ihre Tochter gefragt: Sag, Luise, hat es nicht eben geklopft?
Deshalb hatte Karge zu Hause weder sein Gespräch beim Reichsnährstand erwähnt noch seinen Brief an die Partei, worin er gebeten hatte, sobald wie möglich als Soldat ... für Führer, Volk ... und, dass er seinen Bruder, Dietrich Karge, ablösen wolle in Russland, gebraucht werde dieser zu Hause, ein besserer Wirtschaftsführer, als er selbst es je sein könne.
Jeder an seinem Platz, schrieb der Kreisleiter zurück ... der Gehorsam ... die Pflicht ... die Partei ...

Dort denkt man wie wir, hatte Zinnwald einmal gesagt. Damals neunundzwanzig in Freyburg. Der Reichsthing

der Artamanen pausierte, seine Teilnehmer hatten sich in Gruppen und Grüppchen verstreut und diskutierten: Dem Bund drohte die Spaltung.
Zinnwald und er spazierten an der Unstrut entlang, über Nacht hatten sich Eisränder an den Ufern gebildet, auf den Böschungen glitzerte Schnee und gleißte. Heinrich kniff die Augen zusammen, dass es auf die Dauer schmerzte. Sollte der Bund sich doch auflösen, er hatte andere Sorgen. Seine beste Kuh war am Kalben. Ja, seine! Im Frühjahr hatte er sich mit Luise verlobt und führte mit Annas Einverständnis dort die Wirtschaft. Nur weil der Bruder ihm versprochen hatte, nach dem Tier zu sehen, war er überhaupt nach Freyburg gefahren. Und Zinnwald zuliebe. Sie hatten sich nicht mehr gesehen, seit Heinrich das Lehrerseminar verlassen hatte.
Jetzt sammelte Zinnwald Steinchen und warf sie ins Wasser. Dabei empörte er sich gegen die Bundesführung. Die hatte die Vertrauensfrage gestellt und verloren. Aber statt zurückzutreten, hatte sie all die für ausgeschlossen erklärt, die gegen sie gestimmt hatten. Und das war die Mehrheit.
Das Beste ist, sagte Heinrich, wir fahren nach Hause. Solche Versammlungen sind mir schon immer ein Graus.
Zinnwald wehrte ab. Zuerst, Heinrich, muss entschieden werden. Wem schließt man sich an: den Rebellen? Oder bleibt man dem alten Bund treu?!
Er warf die in seiner Hand verbliebenen Steinchen in die andere Hand und ließ einige wieder in jene zurückfallen. Man müsse das ruhig abwägen. – Wenn auch die Sache mit dem Ausschluss der Meisten nicht rechtens gewesen sei, so müsse man doch eines bedenken: Im alten Bund,

da wirkten jetzt Leute wie Walther Darré und Heinrich Himmler. Beide Landwirte!, sagte Zinnwald und ließ ein Steinchen aus der einen in die andere Hand gleiten. Und, sagte er, beide mit Diplom! Wieder wechselte ein Steinchen. Vor allem habe der Bund damit beste Verbindungen zu Adolf Hitler und seiner Partei, sagte Zinnwald und packte alle Steinchen in eine Hand. Dort, sagte Zinnwald, denkt man wie wir: Freie Bauern und gesunde Wirtschaften, darin liegt die Zukunft unseres Volkes! Die sitzen schon im Thüringer Landtag.

Die machten doch wenigstens was, hat der Alte Voss neulich zu gesagt. Endlich kriegten die Enzthaler wieder ordentliches Geld für ihren Weizen, keine Almosen mehr! Und der Heinrich? Der Enkehof wäre eingegangen ohne ihn. Hat sich von seinem Vater Geld geliehen, was ihm bestimmt nicht leichtgefallen ist. Und dann? Unterm Hitler konnte er den Hof entschulden, sogar das geborgte Geld dem Vater zurückzahlen. Nee, da konnte keine Bank mehr so einfach ihre Pfoten in die Taschen der Bauern stecken, die Ernte pfänden, den Hof versteigern.
Na, da seid ihr aber alle schnell rein in die Partei oder was!
Klugscheißen, mein Junge, kann hinterher jeder! Der Anfang jedenfalls, der war gut. Was dann kam, die Kriegswirtschaft und so, das war Mist. Na ja, und die anderen Sachen … Ich habe damals zu Hedelins Martha gesagt: Fick, wo du willst, und von mir aus den Polack. Aber nicht in meiner Scheune! Nicht in meiner Scheune! Als der Kubatschek kam, der Gendarm, sie müssten

da mal rein, wegen der Sonderbehandlung. Nee, hab' ich gesagt, so 'ne Schweinerei will ich da nicht haben. Nehmt den Sachs seine Scheune, der ist in Polen gefallen, da is'es bisschen gerecht. Und Scheune ist Scheune. Muss das dumme Luder sich erwischen lassen? Die haben sie gleich mitgenommen. Nee, wiedergekommen ist die nicht.
Nur der Józef kam wieder. Steigt aus einer schwarzen Limousine. Im besten Anzug. Begleitet von zwei Zivilisten. Einer löst ihm die Handschellen. Józef schaut sich um, ins Gesicht schaut er keinem.
Karge macht das auch nicht, sieht schon gar nicht dem Józef ins Gesicht. Karge sieht nur den Rübenschlag gegenüber, schlecht gejätet im Frühjahr, schlecht verzogen. Er denkt, dass er mit dem Voss ein paar Takte reden wird. Der Voss hat sich um dem Sachs seine Wirtschaft zu kümmern, seit der im Feld geblieben ist... Karges Blick schweift über die Felder, schweift mit den Wolken übern Kyffhäuser, schweift über die Heide, und plötzlich ist da diese Scheune mitten in seinem Blick; der Blick will weiter, der Blick will weg, doch das kann er nicht. Die Tore der Scheune sind offen. Mitten in der Torfahrt läuft einer. Läuft in der Luft, anderthalb Meter über dem Boden. Ach, der Józef ist das. Der hat ja einen Strick zwischen sich und dem Balken über der Torfahrt und strampelt. Aber was macht denn der Leonid da?! Der muss doch bei den anderen stehen, in Reih und Glied. Der Leonid umklammert die Beine vom Józef, springt hoch, zieht am Józef mit einem Ruck, dass die Wirbel knacken. Ein Offizier gibt ein Zeichen, ein Posten nimmt sein Gewehr von der Schulter. Der Kolben trifft Leonid

im Rücken. Er lässt den Józef los. Der Józef läuft nun nicht mehr, steht still in der Luft.
Überm Rübenschlag steigt eine Lerche.

Als Karge am nächsten Morgen erwachte, glaubte er einen Moment lang, er habe geträumt, schlecht geträumt. Er stand auf, zog sich an, warf sich schnell ein paar Hände voll Wasser ins Gesicht und ging ohne Frühstück zu den Pferden. Die beiden Kaltblüter schnauften vertraut. Die Blesse wandte ihm den Kopf zu wie immer, wenn er den Stall betrat. Er nahm Kardätsche und Striegel und strich dem Tier sanft über die Flanken. Ein paar Striche lang versuchte er sich an ein, zwei Sätzen für seine Leute: Wer sich an Recht und Ordnung hält, braucht nichts zu fürchten. Oder so ähnlich.
Drüben im Kuhstall klapperten die Eimer, die Frauen waren beim Melken. Der Rhythmus der Arbeit vertreibt die bösen Träume, dachte Karge; sagte, als er später die Leute für die Feldarbeit einteilte, nichts von dem, was er bei sich nur noch „die Sache mit dem Polen" nannte.
Doch der böse Traum kam zurück, am nächsten Sonntag schon:
Da sieht er Józef wieder, nicht den Józef direkt, nicht den Józef selber. Er denkt nur: Aber das ist doch der Józef. Und spürt einen halben Atemzug lang eine große Erleichterung. Und mit wem schwatzt der Józef da? Ist das nicht die Aurelia? Freudig denkt Karge: Ach, ist sie zurück aus Stadtroda? Und: Was wird sie wieder Wirres schwätzen? Wie wird sie ihn heute nennen? Mein tapferer Reiter, mein Heinrich, mein Herz ohne Helm?

Dann muss er sehen: Nein, es ist doch nicht der Józef; der da unter der Linde steht und schwatzt, ist der Leonid. Und die da bei ihm steht, ist nicht Aurelia, es ist die Sachs. Was wird sie wieder tratschen, die Sachs, denkt Karge. Oder flirtet die gar mit dem Leonid! Bloß nicht, bloß nicht noch einmal so eine Sache. Die beiden schwatzen und merken nicht, dass Karge kommt und gleich vorbeigehen wird. Karge würde lieber nicht vorbeigehen, nicht an Józefs Jacke vorbei. Es ist Leonid, der sie trägt und nicht merkt, dass Karge vorbeigeht oder es nicht merken will.

Karge muss da vorbei, er muss zu Zinnwald, der auf Urlaub gekommen war von der Front. Mit Zinnwald reden muss er, sich vergewissern, dass das, was vor ein paar Tagen auf der Heide geschah, in der Ordnung war, in ihrer Ordnung. Er will von ihm hören, dass man um das Blut kämpfen muss wie um den Boden, dass es rein bleibt. Dass es eine Pflicht ist, eine schwere Arbeit. Eine große Mühe vom Schicksal her, da kann man nicht nur an sich denken und sein kleines Gewissen. Noch könnte er abbiegen, einen Haken schlagen, die Kurve kriegen, zum Voss rein: über den Rübenacker sprechen, dass dort Unkraut steht. Was nicht sein soll, gerade weil der Sachs im Feld blieb. Und die, die hier sind, eine Verantwortung haben.

Dass du dich nicht schämst!, hört Karge sagen. Wer hat das gesagt? Karge selbst hat es gesagt. Er hat es zu Leonid gesagt, wegen Józefs Jacke.

Natürlich weiß Karge, dass man Józefs Sachen, nachdem er vom Strick genommen war, den Fremdarbeitern zugeworfen hatte. Leonid hatte die Jacke aufgefangen, die

gute Anzugjacke. Aber muss er sie auch anziehen und damit durchs Dorf laufen?
Karge wollte das nicht sagen, er wollte still und schnell vorbei. Es hat sich aus ihm raus gesagt: Dass du dich nicht schämst!
Leonid sagt jetzt ein Ich mit Fragezeichen dran: Ich?
Karge macht, dass er weiterkommt. Doch er kommt da nicht raus, nicht aus diesem Traum. Ach, Aurelia, denkt Karge, „der Mut ist müde geworden".

Wach endlich auf, sagte Zinnwald, streute ein paar Sonnenblumenkerne auf seine Hand und schob sie in einen Vogelkäfig. Der Käfigbewohner pickte flink nach den Kernen.
Erinnerst du dich, Heinrich, an den Freyburger Thing? Auf dem Flur hatte ich ein paar Worte mit Himmler gewechselt. Damals begann ich das Missverständnis zu ahnen, als er Nietzsche zitierte: „Nicht fortpflanzen sollt ihr euch, sondern hinauf…"
Ich sprach von Philosophie, er von Biologie. Ich von Erbe, er von Vererbung. Ich: bilden, erziehen – er: züchten; und: Wie viele Straßenköter liefen als kläffende Klage wider die Rassenschande umher? Wir als Bauern, sagte er, wüssten doch, was Auslese bedeute, die Zucht von Pferden und Rindern sei doch das beste Beispiel, dass mehr möglich sei, mehr als das, was ist.
Ich wollte den Neuen Menschen bilden, ihr wollt ihn züchten wie Vieh!, sagte Zinnwald jetzt zu Karge.
Hatte Karge richtig gehört, hatte Zinnwald eben IHR gesagt? Kein WIR mehr mit adligem Glanz? Stattdessen ein IHR, scharf wie ein Messer.

Ein Sonnenvogel, sagte Zinnwald und schloss die Käfigtür, zugeflogen. Auf der Krim. Sie war eine schöne Frau mit tatarischen Augen und zwei Zöpfen lang und stark wie Seile. Ich sah sie von meinem Motorrad in einem Garten, wie sie Wäsche aufhängte. Im offenen Fenster des Hauses stand ein Vogelbauer. Sie sah zu mir herüber, wirkte ein wenig erschreckt. Ich winkte. Sie winkte verhalten zurück.
Auf dem Rückweg von meiner Meldefahrt hielt ich von weitem schon Ausschau nach ihr, konnte sie aber nirgends entdecken. Erst als ich langsam an dem Garten vorbeituckerte, sah ich sie sitzen, im Gras an einen der Wäschepfähle gelehnt. Auf ihrem Kopf saß ein Vogel. Sie rührte sich nicht. Irgendetwas lag auf der Straße; das nahm ich aus den Augenwinkeln wahr. Ich versuchte auszuweichen und stürzte. Es war nur der Vogelkäfig gewesen. Mein Sturz war mir peinlich. Doch die Tatarin schien davon keine Notiz genommen zu haben.
Überhaupt, was saß sie so stumm? Schlief sie etwa? So seltsam verdreht die Beine, zerrissen die Sachen, die Zöpfe verknotet hinter einem der Pfähle... Zinnwald stockte, fuhr sich mit der Hand heftig über die Augen und schwieg.
Er war so zutraulich, sagte Zinnwald nach einer Weile, und klopfte leise an den Käfig. Nach dem Urlaub, sagte Zinnwald, geht's an die Westfront.
Sei froh, sagte Karge.
Ich weiß nicht, sagte Zinnwald, wenn wir den Krieg verlieren, Heinrich, dann ist es besser, wir überleben ihn nicht.
Ich, sagte Karge, muss überleben. Ich habe Familie.

Unsere Lisa kommt jetzt in die Schule. Luise erwartet wieder ein Kind. Da kann ich nicht so daherreden wie du. Und dass Zinnwald aufpassen soll auf seine Zunge, sagte er auch. Dass gar nichts bewiesen ist, weil die Russen nämlich auch nicht eben zimperlich mit den Tataren umspringen würden.
Karge ging, sagte nichts mehr, fragte nur noch, ob er gleich hinten durch den Garten gehen könne. Er müsse zum Alten Raine, nachsehen, ob der Kartoffelkäfer in diesem Jahr wieder…
Unangenehm war es Karge, den Alten Rain erwähnt zu haben; wieder hatten sich die Worte so einfach losgesagt. Am Alten Raine war das verlorene Land. Dort wo die Kirschbäume standen, wo er über Luises Wange strich und ein Zaubertuch aus Gelb und Grün und Blau und Weiß Welt und Zeit bedeckte. Statt zu bleiben, war er den Weg zum Bahnhof gegangen, gemeinsam mit Zinnwald. Aus dem Zaubertuch hatten sie eine knallende Fahne genäht. Doch auch das war ihm noch Jahre später, im Frühsommer 1934, als sie mit Zinnwalds Motorrad über den Alten Rain zum Kyffhäuser fuhren, richtig erschienen.

Eine kleine, nachgeholte Hochzeitsreise durch die neue in die alte Zeit, hatte Zinnwald angekündigt, als er mit seinem neuen Motorrad auf dem Enkehof erschienen war. Er brachte ein schmales Büchlein mit, sein erstes, wie er sagte, ganz frisch erschienen: „Pflug und Schar“; schrieb eine Widmung hinein: „Dem Bruder und der Schwester im Felde!“, legte es, wie er es nannte, den beiden ans Herz.

Dann half er Luise galant in den Beiwagen steigen und versprach, da sie schwanger war, vorsichtig zu fahren. Karge legte ihr einen Rucksack mit Broten auf den Schoß und stieg auf den Sozius, nur unter der Bedingung, dass man rechtzeitig zum Füttern des Viehs zurück sei. Sie fuhren durch die Goldene Aue, kamen durch Helmenrieth, wo ihnen Zinnwald seine Schule zeigte und knatterten weiter, die Serpentinen zum Kyffhäuser hinauf. Als Erstes erwiesen sie den beiden Kaisern ihre Reverenz. Jedes Mal war Karge aufs Neue von der Figur Barbarossas beeindruckt und von dem bronzenen Reiter, der ihn überstieg. Wilhelm I., der Weißbart, hatte, so war es ihnen auf dem Seminar beigebracht worden, das Reich in der Nachfolge des Rotbart geeint. Und endlich, so war seit mehr als einem Jahr in den Zeitungen zu lesen, war dem Zweiten das Dritte Reich gefolgt.

Ist es das wirklich, Heinrich, das Reich der Freiheit?, sagte Zinnwald und legte wie früher den Arm um Karges Schulter. So standen sie, während Luise ein wenig abseits auf einer der Bänke die Sonne genoss, am Rand der künstlichen Schlucht, die die Besucher vom Thron Barbarossas fernhielt.

Das Reich der Ernte, ja, sagte Karge, der Hof ist schuldenfrei, die Händler müssen feste Preise zahlen für Roggen und Rüben, die Molkerei für die Milch … In den Städten lungert keiner mehr auf den Straßen herum … In Berlin ist das Gezanke und Gezeter der Parteien verstummt …

Ja, ja, du unverbesserlicher Heinrich, nun sage noch: Das Reich der Liebe sei gekommen. Zinnwald nahm den Arm von Karges Schulter und wies in die Felsenschlucht:

Ist es nicht eher, wie dieses Loch hier, eine Löwengrube ohne Löwen? Die Bonzen haben nur die Farbe gewechselt, die Herren nur die Wimpel an ihrem Automobil. Die Löwen sitzen im Zwinger, sie wollen ins Freie. Die Revolution, Heinrich, muss weitergehen!
Der Bauer, sagte Karge, braucht keine Revolution. Der Bauer braucht Ruhe.
Streitet ihr wieder, rief Luise herüber, ich merk' es genau, das Kindchen wird unruhig!
Zinnwald drehte sich um, eilte zu Luise, kniete nieder und legte die Hände auf Luises Bauch: Brav, brav, sagte er, der dumme Onkel Zinne redet wieder einmal Unfug.
Einen Moment lang stand Karge unschlüssig herum, war dann mit ein paar Schritten bei der Bank, wollte Zinnwald da weg haben, weg von seiner Luise. Aber Karge angelte nur nach seinem Rucksack, beugte sich über den Knieenden, verlor dabei das Gleichgewicht, stürzte über den Freund und riss ihn mit sich zu Boden. Zinnwald fuhr Karge an: Pass doch auf!
Pass selber auf, knurrte Karge zurück.
Eine Weile klagte Zinnwald noch über den Schmutz auf seinen neuen Knickerbockern, dann besann er sich und machte eine Kopfbewegung hin zum Denkmal.
Die Männer stiegen schweigend die Wendeltreppe im Innern des steinernen Kolosses hinauf, begannen einander zu überholen, keuchten Stufe um Stufe hinauf im wortlosen Wettstreit. Zinnwald erreichte einen Schritt vor Karge den umlaufenden Balkon. Und im nächsten Moment standen beide, die Hände auf die Knie gestützt und rangen nach Atem.
Gratuliere, keuchte Karge.

Danke, das … uff … das macht … das gute Training bei der SA.
Die Aussicht war von dunstigen Schleiern getrübt, sodass Enzthal in den hügeligen Ausläufern des Harzes nur zu erahnen war. So benannte man einander die Orte, die näher lagen, winkte nach unten zu Luise, und Zinnwald wies Karge auf die frischen Ausgrabungen unterhalb des Denkmals hin, wo man nach den Überresten der Burg Kyffhausen suchte. Die Burg der deutschen Kaiser, verkündete Zinnwald, an deren Wällen sich die Wogen der Ungarn und der Wenden brachen, wenn sie die Goldene Aue durchströmten. All das wird ans Licht gebracht und mehr noch, Heinrich, eines Tages …
Er habe, das wolle er dem Freund an dieser Stelle anvertrauen, dem Gauleiter vorgeschlagen, den Kyffhäuser zu einer nationalen Feierstätte zu machen. Und, wenn aus Weimar keine Antwort käme, sei er gewillt, seine Idee bis nach ganz oben zu tragen, bis nach Berlin.
Ach, entzückte sich Zinnwald an seiner eigenen Rede: Wie doch das Volk in der Sage vom Barbarossa, Thor, den rotbärtigen Donnergott, weiterleben lasse. Wie doch das Volk um die Wohnstatt Rotbarts dessen Vaters Raben, Wotans Raben kreisen lasse. Wie doch das Volk auf diese Weise den urzeitlichen Namen des Gebirges aufbewahre: Wotansberg.
Nun doch, mein lieber Zinne, Götter und Kaiser, brauchst du sie doch?, wagte Heinrich ein wenig zu spotten.
Zinnwald wehrte ab: Wissenschaft, Heinrich, das ist Wissenschaft! Vor kurzem, erläuterte Zinnwald, sei einer seiner Helmenriether Nachbarn, ein bei den Grabungen beschäftigter Arbeiter, bei ihm erschienen.

Sie sind doch ein gebildeter Mann, Herr Lehrer, habe er gesagt und aus seinem Schnupftuch ein altes Schmuckstück gewickelt, eine Radnadel. Er wolle gerne wissen, was so etwas wert sei, vielleicht läge da ja noch mehr. Ich habe ihn zu den Behörden geschickt, was er murrend auch tat. Aber, sagte Zinnwald, als sie die Stufen des Kyffhäuserdenkmals hinabstiegen, dass da noch mehr ist, dessen bin ich sicher. Denn es werde seine Gründe haben, warum das Volk den Rotbart hier im Kyffhäuserberg vermute. Er hege berechtigte Hoffnung, dass sich hier die Spuren urgermanischer Siedler fänden und, wie gesagt: Thors Heiligtum.
Da, Zinnwald stoppte ihren Gang hinab mit einer Armbewegung und zeigte grinsend aus einer der Fensteröffnungen auf das Wilhelm I. tragende Ross, dem man von dieser Stelle aus unter den Bauch sehen konnte. Zinnwald lachte: Deutsche Potenz bis ins Detail!
Später, als sie einen Imbiss nahmen und sich Zinnwald mit einer Witzelei zum Abort abgemeldet hatte, sagte Karge zu Luise: Das ist Zinnwald: vom Pathos ins Profane, ja Ordinäre!
Ja, sagte Luise, eine Respektlosigkeit, die macht mir Angst. Vom Großen reden und das Kleine missachten … ich weiß nicht. Du solltest bei denen nicht mitmachen, Heinrich!
Es ist immer das Gleiche, murrte Karge und schluckte mühsam an seinem Ärger. Er wusste, worauf Luise anspielte. Die Partei suchte in Enzthal einen neuen Ortsgruppenleiter. Bisher hatte der Sachs das gemacht. Doch der Sachs wirtschaftete nicht so, wie ein Bauer zu wirtschaften hatte. Und er, Karge, hatte der Kreisleiter gesagt,

sei doch ein Muster von einem Bauern. Solche brauche die Partei. Und habe er nicht auch schon die Partei gebraucht? Schuldenfrei sei er doch nur dem neuen Staate sei Dank!

Und auch Voss redete zu: Mensch, Karge, mache das! Sonst setzen die uns irgendein braunes Arschloch vor die Nase. Guck, ich mach' den Bauernführer und du die Partei, zusammen können wir doch was rauswirtschaften, auch für Enzthal.

Nein, nun grade nicht, hatte Karge gedacht. Und: Nun grade doch! Und solchen wie dem Voss nicht das Feld überlassen.

Einer muss es doch machen, flüsterte Karge, als Zinnwald an den Tisch zurückkam. Versöhnlich legte Karge seiner Frau die Hand auf den Arm.

Zinnwald übernahm wieder die Unterhaltung der Reisegesellschaft. Er spendierte eine Runde Bohnenkaffee und etliche Anekdoten aus dem Schulalltag. Luise amüsierte sich prächtig, auch Karge schmunzelte hin und wieder.

Es sollte ihr letzter Ausflug mit Zinnwald gewesen sein. Karge war zunehmend unruhig geworden und drängte zur Heimfahrt: Er höre schon das Brüllen der Kühe!

Zinnwald sprach von einer Abkürzung, die er kenne, und man solle sich den schönen Sonntag bloß nicht durch Eile verderben. Die Abkürzung hatte sich als Hohlweg erwiesen, ausgewaschen, voller Rinnen und Geröll. Hin und her war die Maschine samt Beiwagen gehüpft und gesprungen. Nur anfangs hatten Luises kleine helle Schreie noch wie ein Juchzen geklungen, zunehmend aber wie Angst. Doch es half nichts, sie mussten weiter.

Was in der Nacht zum Montag geschehen war, darüber hatten Luise und er kaum miteinander, geschweige mit Zinnwald gesprochen. Es war auch keine Gelegenheit dazu gewesen. Die Fehlgeburt, die Luise erlitten hatte, dachte Karge, so etwas musste man vergessen.

Zinnwald unterrichtete in Helmenrieth und schrieb nur einmal einen Brief. Der Brief war mit einem Rotweinfleck gesiegelt und bedauerte das Scheitern seiner Vision. Leider, klagte Zinnwald, habe man bisher weder in Weimar noch in Berlin auf seine Pläne für eine nationale Festspielstätte reagiert. Nun habe er Hitler, der wie Karge sicher wisse, kürzlich den Kyffhäuser besuchte, daraufhin ansprechen wollen, aber ach, man habe ihn wie einen jüdischen Hausierer behandelt! Schließlich sei ihm eine kleine Rede Hitlers im Kyffhäuserhotel genug Antwort gewesen: Deutschland brauche nicht Barbarossa auf jeder Zigarrenkiste und Wotan auf jedem Ascher! Deutschland schaffe das Neue im Rhythmus der Maschinen und der Herzen! Es schreite voran, unaufhaltsam und gehärtet vom nationalsozialistischen Geist. So geistlos, das alles. Langsam begreife ich, schrieb Zinnwald, warum ein Ernst Jünger bei denen nicht mitmacht. Ich weiß nicht mehr, Heinrich, ob diese Welt die meine ist.

Ein anderes Mal las Karge in der Zeitung über den Volksschullehrer Zinnwald, der Beweisen auf der Spur sei, dass die Bronzezeit aus der Mitte Deutschlands ihren Anfang genommen habe.

Ach, dieser Zinnwald, wie eh und je, von einer Idee zur nächsten, dachte Karge. Vom Dichterphilosophen zum Professor einer Bauernhochschule. Vom Liedermeister der Artamanen zum nationalen Festspielführer. Und nun Altertumsgräber, na ja …

Immerhin war Karge neugierig genug, ein paar Tage lang vorm Schlafengehen die Zeitung nicht nur zu überfliegen, sondern nach neuen Nachrichten aus dem Kyffhäusergebirge zu suchen. Karge nahm eines Abends endlich doch einen Briefbogen zur Hand, dem Freund Erfolg zu wünschen, da sich nun offenbar doch einiges zum Guten wende. Heute zum Beispiel, so schrieb Heinrich, kam ein Paket vom Kolonialwarenversand: Kaffee, Kakao und Schokolade. Wer von uns, lieber Zinne, hätte sich das früher leisten können? Und wir, schrieb er weiter, haben am Samstag im ersten Badezimmer Enzthals gebadet – in unserem! Vor allen Dingen will ich dir sagen, dass Luise und ich es nun noch einmal wagen wollen, ein Kind …

Der Füllhalter kratzte, Karge zupfte mit den Fingernägeln Papierflusen aus der Feder, schob den Papierbogen zurecht, setzte erneut an und sah den Abdruck, den sein Zeigefinger auf dem Brief hinterlassen hatte. Karge schob die Kappe auf den Füller, trennte den unbeschriebenen Rest des Blattes ab, legte ihn für künftige Notizen unter den Briefbeschwerer, knüllte den beschriebenen Teil zusammen und schob ihn beim Hinausgehen ins Feuerloch des Küchenherdes.

13

Die Fahrt zum Kyffhäuser war sieben Jahre her. Nun, da Zinnwald Soldat war und die Helmenriether Lehrerwohnung ein reaktivierter Pensionär bezogen hatte,

verbrachte der Freund den Fronturlaub auf dem elterlichen Hof in Enzthal. Heinrich Karge musste keine Briefe mehr versuchen.
Nach ihrem Gespräch über die Sache mit dem Polen und einen kleinen Vogel von der Krim stand Karge in der Tür des Zinnwaldschen Gartens und zögerte, den Weg zum Alten Raine einzuschlagen. Er wandte sich noch einmal um und fragte, ob Zinnwald denn damals seine Beweise gefunden habe, er hätte seinerzeit davon in der Zeitung gelesen.
Zinnwald, der mittlerweile mit einer Gartenschere zwischen den Rosen hantierte, stutzte. Dann nickte er und sagte, gewiss, Beweise ja. Nur leider habe ihm Himmlers Amt Ahnenerbe zum Schluss keine Gelder mehr bewilligt.
Ein Bekannter aus Seminaristentagen, zu der Zeit an der Jenenser Universität, habe selbst nahe Jena einen bronzezeitlichen Schmelzofen ausgegraben. Auch habe dieser Freund Zinnwalds Anträge an das Ahnenerbe zwar unterstützt, ihn aber belehrt, dass die Kunst des Bronzegusses lange vor den Germanen aus Kleinasien heraufgekommen sei: Thors Hammer, mein Bester, war nicht aus Bronze! Aber gut, habe der Bekannte zum Schluss gesagt, lassen wir es so stehen, schließlich brauchen wir Geld.
Immerhin habe man tatsächlich unweit der Barbarossahöhle etliche schöne Stücke entdeckt, darunter eine daumengroße Statuette, eine Frauenfigur.
Er, Zinnwald, habe ja in ihr sofort Freya erkannt, die germanische Göttin der Liebe. Unglücklicherweise habe sein Bekannter in Jena sie so überzeugend als veneto-

illyrische Gottheit beschrieben, dass der eigens vom Ahnenerbe angereiste Altertumskundler sehr ungehalten reagierte.
Das ginge ja nun überhaupt nicht, hätte der Berliner Kollege gegrollt: Balkangötter am Hort deutscher Größe. Veneter erst recht nicht: Da wären ja die Itaker dem Reich schon wieder voraus.
Ja, aber, hätte Zinnwald zu vermitteln versucht, später erfolgreich vertrieben durch die Germanen.
Um Himmels willen, hätte der vom Ahnenerbe die Hände gehoben, man wolle mit Mussolini nicht noch um Thüringen streiten müssen, Tirol sei doch wohl genug. Besser man begrabe das Ganze.
Siehst du, Heinrich, sagte Zinnwald und trennte eine aufblühende Rose vom Strauch, statt Thor habe ich Aphrodite gefunden, oder Rethia, wie sie die Illyrer nannten, oder Freya, wie sie bei den unsrigen hieß; für alle war sie: die Schöne der Erde, für manche in unserer Gegend: die Kupferkönigin. Eines Tages werde ich eine Rose nach ihr benennen! Auf der Krim habe ich sie gesehen. – Da, sagte er und streckte Karge die Rose hin, für Luise, und, damit wandte er sich dem Erdbeerfeld zu, ein paar für die Kinder? Wart', ich hole ein Körbchen!
Kinder?, knurrte Karge, wir haben nur die Lisa! Unser erstes hat Luise verloren, damals in der Nacht nach unserer Motorradfahrt zum Kyffhäuser, du erinnerst dich doch?!
Mit diesen Worten drehte sich Karge um und ging. Er ging durch die Gartentür hinaus und lief, ohne sich auch nur einmal umzusehen, dem Alten Raine zu.
Rethia, dachte Karge, wieder so eine Idee von dem, wieder so ein Luftschloss, so eine Seifenblase, so eine Ein-

tagsfliege. Ohne ihn. Die Schöne der Erde, ha. Er stieß den Fuß mit den schweren Arbeitsschuhen in den trockenen Boden, dass es stiebte. Er würde für Zinnwalds Einfälle keine Schellen mehr kassieren,

...dachte Karge und, schreibe ich, Jakub, er zog den Helm tief übers Herz und wusste doch, es war schon zu spät.
Edgar spuckt Tabakkrümel von den Lippen und schlägt das Notizbuch zu, empört sich: Und wie hat es Karge mit Valeska gemacht, hatte er sie mit den Haaren an den Koppelzaun gebunden wie die Tatarin?
Wenn die G. nicht gelogen hat, dann haben die Fremd... Entschuldigung, sagte die G., die Zwangsarbeiter, die haben also dem Heinrich diese unglückliche Angelegenheit mit dem Józef nicht übelgenommen. Ich habe auch zu dem Leonid gesagt, Mensch, Leonid, sag ich, der Heinrich kann doch da auch nichts für. Musst doch die Jacke nicht anziehen, gibt doch nur böses Blut, kennen doch alle, die Jacke vom Józef. Komm, ich schneidere dir eine Neue. Ja, nähen konnte ich, die kamen in dieser Zeit alle zu mir, wenn sie irgendwo Stoff erstanden hatten. – Jedenfalls hat die Luise gelegen die letzten Wochen vor Maries Geburt, unter ärztlicher Aufsicht, wie schon bei der Lisa, weil sie doch schon mal ein Kind verloren hatte. Die Ernte war drin, und Valeska hat den Haferkranz gebunden; weil: Die durften nämlich im Alten Gut Erntefest feiern.
Nun hat es der Heinrich wohl selber zugegeben, hat es seinen Frauen gebeichtet, da muss es wohl stimmen, dass er was hatte mit der Valeska. Und hat es wohl beichten

müssen, damit zu allem Unglück die Marie nicht noch den eigenen Bruder heiratet. Wenn Sie, Edgar, ja auch nur der Stiefbruder sind.
Trotzdem, so richtig glauben kann ich es noch immer nicht, sagte die G. Außerdem hat doch jeder gewusst, dass der Woltz Theo spitz war auf die Valeska. Gut, der soll operiert gewesen sein, wegen der Mutter. Bloß … auch ein kastrierter Kater schreit nach der Katze. Entschuldigung, das war jetzt wohl … Jedenfalls vorm Russlandfeldzug war der Theo doch lange zu Hause, da sah man die beiden des Öfteren techteln. Aber nachdem das mit dem Józef und der Martha passiert war, da haben sie keinen Blick mehr gewechselt, nicht einen einzigen. So wollten die beiden nicht enden, im KZ oder am Galgen, das war doch wohl zu verstehen.
Aber der Heinrich? Sicher, der Alkohol hat schon aus manchem Mann gemacht, dass man ihn nicht wiedererkennt. Andererseits hat der Heinrich doch nie was getrunken.
Jedenfalls: Der Leonid ist gekommen – in der neuen Jacke, die ich ihm geschneidert habe – und er hat den Heinrich gefragt, ob der Heinrich nicht anstoßen will mit ihnen auf die Ernte und so.
Ist wohl so Sitte, hat der Heinrich gesagt.
Und der Leonid drauf: Gute Sitten machen schlechte vergessen.
Man hatte den Eindruck, als er das hörte, war er erleichtert, der Heinrich.
Als die G. das sagte, schnaufte Edgar hörbar.
Ach, Edgar, sagte sie da, nehmen Sie sich das alles bloß nicht zu Herzen!
Ja, wohin sonst soll ich's nehmen?, sagte Edgar.

Immerhin, sagte die G., hat der Heinrich dafür gesorgt, dass die Valeska, als sie schwanger war, nicht zurück musste nach Polen. Viele wollten das ja. Manche, hieß es, hätten sich extra ein Kind machen lassen, um nach Hause zu können. Doch die Valeska wollte bleiben: Ist gut hier für mich, sagte sie, in Herrn Farinas Land. Sagte sie, obwohl sie schon gemerkt hatte, dass hier kein Rühmann auf sie wartete. Ich denke ja, die war in den Theo richtig verliebt.
Auf dem Feld hat sie ihr Kind, als sie niedergekommen war, gestillt und gewickelt. Hab' ihr weichen Stoff für Windeln besorgt, die Polen selber kriegten ja nichts. Der Heinrich hat ihr auch immer leichte Arbeit gegeben, obwohl die Leute geredet haben. Wenn wirklich der Heinrich der Vater war von dem Kind, und das wäre rausgekommen damals, das hätte ja alle ins Unglück gestürzt!
Stattdessen hat sich der Leonid gebrüstet im Dorf: Bin ich gewesen, habe Polenblut bisschen aufgenordet! Bin volksdeutsch nämlich! Werdet sehen, ist Antrag geschrieben, bald ich gehe mit saubere Stiefel durchs Dorf wie Ortsführer Karge, Heil Hitler!
Der Voss, sagt die G., hat ihn für diese Reden einen ganzen Sonntag in den Rübenkeller gesperrt.
Und der Voss gibt zu: Besser, ich habe für Ruhe gesorgt und nicht der Kubatschek! Um Kopf und Kragen hätte sich der Leonid doch… Du bist hier nicht zum Pimpern, Leonid, hab' ich gesagt, sondern zum Arbeiten. Ja, das hab' ich gesagt.
Und was macht der Leonid, zum Dank schwärzt der mich an, weil ich den Engländer hörte. Denk ich mir, dass der es war, wer sonst?

Ich weiß inzwischen, es war nicht Leonid, es war der Kubatschek. Und denkt sich, es könnte so gewesen sein:

Ein Briefchen kommt zum Kubatschek und sagt: Kubatschek, du musst was tun, der Voss hört den falschen Sender!
Gendarmeriewachtmeister Kubatschek brummt: Wir werden sehen, wirft das Briefchen ohne Absender weg und schenkt sich einen ein.
Einmal, so erzählen die Leute, hat Kubatschek sich zu viel eingeschenkt und vergessen, dass er mit der Frau auf Verwandtenbesuch wollte.
Ein Briefchen kommt zum Kubatschek und sagt: Kubatschek, du musst was tun, der Voss hört Feind, sagen die Russenmädchen. Er grapscht sie an im Suff, sie ekeln sich.
Gendarmeriewachtmeister Kubatschek brummt: Wir werden sehen, legt das Briefchen in die Schublade, trinkt aus und geht heim.
Und als Kubatschek heimkommt, erzählen die Leute, da ist die Frau schon alleine zu den Verwandten gereist.
Ein Briefchen kommt zum Kubatschek und sagt: Kubatschek, du musst was tun, der Voss hört Radio, er vergreift sich, sagen die Russenmädchen. Sie fürchten sich. Er haut sie grün und blau im Suff.
Gendarmeriewachtmeister Kubatschek brummt: Wir werden sehen …
Auf dem Herd steht noch die Suppe für ihn, erzählen die Leute. Doch als Kubatschek den Löffel in die Suppe tunken will, da ist die Suppe gefroren. Solange, sagen die Leute, war der Kubatschek im Suff, die Frau schon weg, das Haus schon kalt.

Aber ich, sagt das Briefchen, glaub' das Gerede nicht, Herr Wachtmeister, dass Sie ein Trinker wären! Auch nicht, dass sie illegal Geschlachtetes annehmen würden. Und dass Sie Hedelins Martha auf dem Gewissen haben, schon gar nicht.

Kubatschek sieht nun, dass er etwas tun muss, hat sowieso mit dem Voss noch ein Hühnchen zu rupfen, weil der ihm dumm kam, wegen dem Leonid und so weiter. Trotzdem, Kubatschek möchte lieber jeden Tag gefrorene Suppe fressen, als noch einmal zugucken, wie einer baumelt. Auch ein Polack, der baumelt, ist ein Mensch, denkt er. Und dass er dem Leonid die nächste Überschreitung der Ausgehzeit nachsehen wird, weil der mit einem Ruck das Genick des Polacken zum Knacken brachte und die ganze Scheiße, denkt Kubatschek, damit es schneller vorbei war.

Der Voss, denkt Kubatschek, war schon Nazi, als ich selber noch SPD war. Und ich war schon Wachtmeister im Amtsbezirk, als die Enzthaler Bauern noch keinen Führer brauchten. Immer hat er auf die Ordnung gesehen, auf die Ordnung und das Gesetz. Dann war der Voss ihm dumm gekommen, wie gesagt, wegen dem Leonid. Wenn der sich weigerte und wehrte und so weiter, dann musste ihn doch jemand zur Räson bringen und zurück auf den Hof seines Herrn. Doch der Voss hatte nicht Danke gesagt, angemault hatte er den Staat, der er doch ist, der Kubatschek in seiner Uniform.

Da wirst du, hat sich Kubatschek gesagt, von nun an ein Auge haben auf den Herrn Bauernführer seine Wirtschaft. Und das Auge hat durch das Astloch in Vossens Feldscheune geblickt, weil da so Geräusche gewesen

sind, da hat er doch nachsehen müssen. Die Geräusche sind aus dem Stroh gekommen, wo der Józef, der Polack, mit der Martha und so weiter: „Wer mit einer deutschen Frau oder einem deutschen Mann geschlechtlich verkehrt oder sich ihnen sonst unsittlich nähert, wird mit dem Tode bestraft."
Hundert Mal hat er gedacht, dass es besser gewesen wäre, er hätte ein bisschen zugeguckt und sich ein bisschen Anregung geholt für den Abend mit Frau Kubatschek, dann wäre sie vielleicht noch zu Hause. Hundert Mal hat er den siebten Artikel der Polenerlasse studiert und nichts zu deuteln gefunden.
Wenn ein Polizist erst anfängt, Gesetze in Frage zu stellen, ja, wohin kämen wir denn dann! Ja, wohin? Kubatschek hat gegrübelt und über die Grübelei wieder zu trinken angefangen, obwohl er doch Frau Kubatschek geschworen hatte … Nur eines weiß er jetzt, dass ihm das eine Lehre ist. Aber was macht er nun mit dem Briefchen, das diese Lehre auf die Probe stellt?
Das Briefchen, das immer wieder kommt, wie eine Mücke, die man gerade eben verscheucht hat. Das dritte Briefchen summt in seiner Hand. Kubatschek fischt das erste Briefchen aus dem Papierkorb, nimmt das zweite aus der Schublade und steckt beide zusammen mit dem dritten, dem letzten, in die Jackentasche.
Karge, sagt Kubatschek, du musst was tun!
Drei Briefchen hält Karge in der Hand und möchte sie dem Kubatschek zurückgeben: Du bist doch der Gendarm, mach eine Anzeige.
Du bist die Partei, mach du eine Meldung. Kriegt der Voss einen Rüffel von der Partei, und alles ist gut.

Bist du sicher, Kubatschek?
Nein, sagt Kubatschek, aber kann sein, das nächste Briefchen macht einen Bogen um uns, Karge. Kann sein ein anderer, einer von weiter oben liest: „Tun Sie was! Der Voss hört Feind und der Karge und der Kubatschek, die tun nichts dagegen!“ Willst du das, Heinrich?
So schreibe ich, Jakub, es auf, nachdem Edgar mit Gemeindediener Kubatschek einen getrunken hat, als der Spenden sammeln war auf dem Alten Gut; denn Kubatschek tat trotz Nebelzeit seine Pflicht.

Die Leute denken, dass ich die Fahne mit dem abgetrennten Hakenkreuz aus dem Turm des Spritzenhauses gehängt hat. Die Leute sagen, genauso wie schon einmal, damals im April fünfundvierzig.
Erst hatte da ein weißes Laken gehangen, das war, als die Amerikaner kamen. Die haben Hugo Voss zum Bürgermeister gemacht, denn kein anderer Enzthaler hatte unter den Nazis im Zuchthaus gesessen, einzig der Hugo, wegen Feindsender hören.
So geht das also, sagten die Leute und: Der Voss ist einer von uns.
Der Karge, sagten die Leute, war einer von denen. Leonid, geh, bring die Herren Amerikaner zum Ortsgruppenleiter. Die setzten den Karge auf einen Panzer und nahmen ihn mit; den einzigen Nazi im Dorf, sagten die Leute.
Als die Amerikaner gingen und die Russen kamen, sagte Voss zu seiner Ilse: Mutter, mach das Ding mal ab, und reichte ihr die alte Fahne mit dem Hakenkreuz hin. Die rote Fahne verlor ihr Zeichen, und Voss behielt sein neues Amt.

So geht das also, sagten die Leute, und suchten zu Hause nach roten Stoffen.
Bald kam Zinnwald heim aus Frankreich und machte wieder den Lehrer; in Enzthal jetzt. So schnell geht das also, sagten die Leute, wo andere im Lager sitzen; Karge zum Beispiel.
Eines Tages ist ein Russenoffizier gekommen. Der wollte einen Dichter kennenlernen. Der Offizier war belesen und hatte in der städtischen Bibliothek, die der Kommandantur benachbart lag, Zinnwalds Büchlein entdeckt: „Pflug und Schar." Und die Bibliothekarin sagte: Ja, wir bleiben doch das Land der Dichter. Der Herr Zinnwald übrigens wohnt nicht weit von hier in Enzthal. Weil in dem schmalen Büchlein aber auch von Viehhändlern gereimt war, die jüdisch und Betrüger seien, brachte der Offizier noch zwei Soldaten mit. Und als sie Zinnwald mitnahmen, sagten die Leute: So schnell geht das also; wo andere es doch nun besser haben beim Amerikaner; Karge zum Beispiel.
Zinnwald schob im Hungerwinter siebenundvierzig einen Karren voll mit Hungertoten zu den Gräbern nördlich des Lagers am Ettersberg. Und er fragte sich, ob dies nun das Seine sei, so wie er es überm Lagertor gelesen hatte. Im Frühling blickte er vom Ettersberg hinab in ein Dorf, sah eine Wiese mit wehender Wäsche auf den Leinen. Und er wusste, er würde vergeblich warten auf ein Mädchen mit langen Zöpfen und tartarischen Augen.
Als Zinnwald zurückkam nach Enzthal, ging er durch die Mühle seines Vaters. Er sah die rissigen Balken, sie waren überstäubt. Er sah das Geländer der Treppe, die zum Körnerboden führte, es war von zahllosen Berüh-

rungen geglättet und glänzte. Er sah die Siebe voller Spelzen, ein Rest Mehl unterm Mehlrohr. Er fuhr mit beiden Händen in einen Haufen Weizen, schob sich hinein, um darin zu verschwinden. Ein Körnchen sein, ein Körnchen in der Erde, ein Körnchen fürs Brot. Etwas Gutes sein, nach all dem Bösen. Vielleicht, so dachte Zinnwald, sind nur die kleinen Dinge gut, die großen sind böse, vor allem die großen Worte. Er dachte, dass es gut sei, nicht mehr Lehrer sein zu dürfen. Er dachte, dass es besser sei, nicht mehr mit Worten hantieren zu müssen. Dass es überhaupt die einzig angemessene Schlussfolgerung aus seinem bisherigen Leben sei, den Worten zu misstrauen.

Aber war es überhaupt möglich, den Dingen ihre Unschuld zurückzugeben? Einem Wald voller Buchen zum Beispiel, schreibe ich und weiß, dass es meine Fragen sind. Man müsste ein Tier sein, sich an den Stämmen reiben, mit dem Rüssel in der Erde wühlen nach Bucheckern und Eicheln, sich in einem Morastloch suhlen, auf einer Lichtung schläfrig in das Sonnenlicht blinzeln.

Ließen sich die Worte wie Spelzen vom Korn blasen? Dass die Dinge nur sich selbst bedeuten, dass nur noch Wörter übrigblieben: Ähre, Halm, Boden, Wald, Erde?

Die Worte einholen wie Fahnen.

Keiner traut sich, die Fahne vom Spritzenhaus abzunehmen, keiner traut sich, was zu sagen. Dafür reden alle umso mehr, beteuern, wie gut sie es alle mit Valeska Trybek gemeint hätten damals. Sogar der Voss ist, wie Zippel es nennt, handzahm geworden.

Ich habe die Fahne heute selber heruntergenommen und Hartwig gesagt, er soll so etwas lassen.

Nichts hat Trybek gesagt, Schwester, nichts, woran ich mich erinnern könnte. Legen Sie das Notizbuch dieses Jakub weg! Sagen Sie dem Weißen Offizier, dass diese Therapie abgebrochen werden soll! Alle meinen es nur gut, alle haben es immer nur gut gemeint! Und wenn sie Schlimmes taten, dann nur um Schlimmeres zu verhüten. Die feinen Papierstäubchen eines Briefes landeten auf den Schultern Oma Luises, auf Mutters Schultern, auf den Schultern Maries und wuchsen zu Steinen heran.

Ich habe das Bitterkraut gerochen, das mit ihren Seufzern ausging. Ihre Seufzer, die riefen: Hilf, Hartwig, hilf! Sieh doch, die Raben fliegen nicht mehr! Komm doch und reite durchs Land! Mach es gut! Mach es wieder gut!

Zinnwald, Karge, Voss und Woltz – was hatte ich mit denen zu schaffen? Das war der ätzende Staub, der unterm Himmel dieses Spätsommers lag. Das, Schwester, beginne ich zu verstehen. Ist es das, was gilt?

Und was gilt der blaue Kristall, den ich Ricarda schenkte? Die Höhle der Tiere, die mir Torbern zeigte? Das flirrende Licht über Goldborstes Rücken? Und was der Apfelsinenbaum?

Nicht nur Frejas Lächeln, alles stellte mich auf die Probe. Bei alldem hätte ich mich doch gern an Trybek gehalten. Als Trybek die Arbeiterfahne herunterholte, die mit dem Kainsmal, wie er es nannte, sagte ich zu Ricarda: Ist mir doch egal! Und dachte, wenn der Alte Voss seinen Vasallen Sachs hinaufgeschickt hätte, das hätte ich verstanden, aber Trybek?

Es sollte ihm nicht helfen. Wie die Nebelwand das Dorf, so schloss sich am Ende der Unmut der Leute um Trybek.

Die Enzthaler Bauern, Hugo Voss, das muss man ihm lassen, voran, hatten dem Leutnant der Wehrmacht verweigert, aus dem Dorf eine Festung zu machen. Auf den Koppelschlössern der versprengten Soldaten stand: „Gott mit uns!“ Wer war mit diesen zwölf Aposteln des Krieges, die im April fünfundvierzig mit einem Maschinengewehr, zehn Panzerfäusten und drei Munitionskisten auf einem Fuhrwerk die Dorfstraße hinunter zuckelten in Richtung zum Heiligenborn, das Reich zu verteidigen? Da, wie aus dem Ausgang der Unternehmung ersichtlich, nicht Gott mit ihnen war, war es Theo Woltz?

Nein, sagte der Voss, bei denen war er sicher nicht. Doch war vom Theo schon lange ein Gerücht durchs Dorf gegangen: Der Theo, pischperte die Saggsforgain, sei desertiert. Da seien nämlich eines Tages zwei Feldgendarmen im Geländewagen beim Kaufmann vorgefahren …

Die Tür sprang auf. Oskar Woltz stand hinterm Ladentisch und hob den Kopf von seinen Kladden. Witterte. Stahl, die da riechen nach Stahl und nach Gewitterschwüle. Dachte Oskar und verbeugte sich: Was, die Herren, darf es sein?

Doch die Herren mit dem Blechschild vorm Latz wollten nichts kaufen, nur nachsehen wollten sie, ob der Kaufmannssohn Theo vielleicht einen Zahlendreher hätte auf dem Urlaubsschein. Der Theo, gab der alte Woltz dem Suchkommando bekannt, ist schon lange – Heil Hitler! – wieder an der Front.

Der eine schien mit dem Bescheid zufrieden und begann nach einem Blick zum Schaufenster hin nach dem eingetopften Bäumchen zu fragen, das doch so schöne Blüten trüge. Doch während der Kaufmann, soweit er es vermochte, Auskunft gab über Theos Spanienreise, öffnete der andere Gendarm die Ladentür und pfiff. Sogleich sprang aus dem kriegsgrünen Auto ein Schäferhund. Sein Kamerad zuckte die Achseln, und die drei machten sich daran, sämtliche Räume des Hauses zu inspizieren, einschließlich des kleinen Hofes mit dem Lagerschuppen. Doch weder fand sich ein Papier mit Zahlentausch noch Theo selbst. Oskar Woltz reichte den Kameraden seines Sohnes zum Abschied zwei Flaschen Bier vor der beschwerlichen Reise zurück an die Front. Die Gendarmen blickten erst irritiert, dann streng und einer sagte, Dienst sei eben Dienst. Doch der andere meinte, aber für den Feierabend… und schob die Flaschen in seine weiten Manteltaschen. Man wandte sich zum Gehen und pfiff dem Hund, der eben sein Bein am Apfelsinenbäumchen hob. Der Kaufmann vernahm tadelnde Worte, doch es war wohl zu spät. In den darauffolgenden Tagen roch der Kaufmann, wenn er ans Schaufenster trat, nichts mehr von Orangenblüten, nur noch Hundeurin. Und eines Tages fühlte Oskar Woltz zwischen den Fingern die ersten blattlosen Zweige.

Gefunden im Stollen am Heiligenborn?, fragt die G. Wenn das Koppel also dort war, meint die G., könnte auch der Theo dort gewesen sein. Könnte auch sein, die Valeska war dort, nicht nur, um zu beten. Sie ging nämlich zur fraglichen Zeit dorthin meistens allein. Und ich, sagt die G., ging sowieso aus dem Dorf nicht mehr einen einzigen Schritt, bei dem Gesindel, das zu der Zeit sich herumtrieb in den Resten des Reiches.

Wir, sagt die G., waren am Alten Raine zugange, brachten Kartoffeln in die Erde. Alle Tage zuvor waren schon Flieger zu hören, am Vortag hatten über A. schwarze Rauchwolken gehangen. Die Valeska hat schon seit Tagen geredet, dass sie jetzt ihr Kind aus dem Heim holen müsse. Sofort und unbedingt, bevor die Front sich zwischen sie und ihren Sohn schiebe.
Ich sagte: Valeska, wenn sie dich noch mal erwischen, dann machen die diesmal kurzen Prozess. Da kann auch der Karge nichts mehr machen.
Der, sagte Valeska, kann sowieso nichts machen. Zugeguckt hat er, wie sie mein Kind weggeholt haben und ins Heim gesteckt.
Das nämlich war dreiundvierzig gewesen, erzählt die G., da gab es einen Erlass vom Sauckel – der war zuständig; damals vom Hitler ernannt für den Arbeitseinsatz, also für die Ausländer hier.
Der Heinrich, der musste da ja immer hin, Versammlung, Schulung; als Ortsgruppenleiter musste er das. Der Sauckel war Gauleiter, sein Chef sozusagen im Mustergau, der Thüringen sein sollte damals.
Muster ohne Wert, sagte seine Frau, die Luise, manchmal zu mir. Wenn Heinrich zurück war aus Weimar, ging er zu seinen Pferden und saß dort auf der Futterkiste, nicht ansprechbar, bis er dann irgendwann aufgesprungen ist und losgerammelt und an die Arbeit; und wenn er den Stall noch einmal ausgemistet hat, obwohl gerade frisch eingestreut war – so ungefähr. Die Luise meinte, die ganze Sauckelei mache ihr noch den Mann kaputt. Na ja, jedenfalls habe ich das Schreiben vom Landrat selber gelesen, dass die Schwangeren nicht mehr nach

Hause geschickt werden sollen, dass sie Heime einrichten sollen für die Kinder. Habe ja im Bürgermeisteramt die Antwort tippen müssen: Ja, wie um Himmelswillen sollte man so was in Enzthal anstellen?
In Helmenrieth haben sie dann so ein Heim aufgemacht, extra für die Ausländerkinder, weil die ja nicht mit den deutschen Kindern zusammen sein sollten, wegen der Rasse und wegen dem Essen, war ja eh schon alles rationiert. Da mussten die dann hin, die kleinen Polen und Ukrainer. Gleich vom Wochenbett weg. Auch die Kleinkinder aus dem Kreis wurden eingesammelt: Sie, Edgar, auch.
Valeska ist hin, Sie zu besuchen, sooft sie nur wegkam; und der Karge hat ihr oft sonntags Urlaub gegeben, dass die anderen Polen schon neidisch waren. Na ja, jetzt weiß man, warum der Heinrich mit ihr so nachsichtig war.
Einmal kam sie aus Helmenrieth ganz aufgeregt zu mir, richtig aufgelöst, so freute sie sich und heulte gleich wieder: Lore, ach Lore, ich habe mein Kind geklaut aus dem Heim, was soll ich nur machen, sitzt jetzt im Heiligenborn in der Höhle. Erst sagte ich: Bist du verrückt! Dann sagte ich: Bring ihn nach S.
Ich kannte dort eine Frau, die auf dem Hof mal zum Arbeitsdienst war. An jeder Brust ein Kind und im Handwagen drei. Manche sagten, die Kinder hat sie gemaust und haben sie deshalb auch die Füchsin genannt. Jedenfalls sammelte sie Kinder wie andere Leute Briefmarken, also Waisenkinder. Da fällt dein Junge nicht auf, sag' ich zur Valeska und schreib' ihr die Adresse auf. Drei Wochen ging's gut. Dann machte sie los am Sonntag und

nahm ein paar Eier mit unter der Schürze. Und wie sie fast am Haus war, wo die Füchsin wohnte, kam ein Polizist und sagte: Runter vom Bürgersteig, du Polenhure! Sie machte einen Schritt zur Seite, er schrie: Ganz runter, sag' ich!, und trat nach ihr, sie wich aus und platsch, platsch lagen die Eier auf der Straße. Er packte sie und brüllte: Auch noch Eier klauen, Polenpack! Sie heulte und bat und bettelte. Da lugte unterm Tor vor der Einfahrt zum Fuchsbau ein Kindergesicht und rief: Mama, Mama. Und sie sagte: Das Kind macht einen Witz, Herr Wachtmeister. Und beteuerte: Das dumme Kind, Herr Wachtmeister, ist nicht meins!
Hatte nichts genützt, und es kam raus, dass sie ihr Kind aus dem Heim geholt und bei der Füchsin versteckt hatte. Diesmal, sagte ich also und füllte ihr den Korb neu mit Legekartoffeln, wird dir Karge nicht helfen können!
Valeska stellte den Korb hin und sagte: Egal, ich hole jetzt mein Kind und warte mit ihm auf den Amerikaner. Und sie lief los am Alten Raine lang nach Helmenrieth. Valeska, rief ich und stutzte, denn plötzlich bog sie ab zum Heiligenborn. Ich rief nochmal: Valeska!, weil ich sah: Eine Handvoll Wehrmacht zuckelte die Dorfstraße runter, und ich fragte mich, was wird, wenn sie denen in die Arme läuft?

14

Der Winter in Enzthal glich einem tiefen Schlaf. Wie ein Ächzen, Räuspern oder Bettknarren gingen hin und wieder Geräusche durchs Dorf, wenn die eine oder andere

Tätigkeit sich nicht aufschieben ließ. Seit den ersten Novembertagen fiel Schnee. In vereinzelten Flocken nur, doch so unaufhörlich, dass die aufgeschippten Schneewälle im Dezember Mannshöhe erreichten. Das Licht der Nordsonne verhüllte sich mit schneeigen Wolken, nur hin und wieder huschte ein kupferner Schein über Himmel und Erde.

Lediglich ein Ereignis aus dieser schläfrigen Zeit ist mir in Erinnerung geblieben. Nicht nur, weil es genau auf Weihnachten fiel. Schon Anfang Dezember hatte Trybek angekündigt: Sag Mariechen, dass ich wohl die Freja heiraten werde!

Auch wenn mir, was ich beide auf den Fliesen hatte treiben sehen, noch in deutlicher Erinnerung war, klang diese Absicht nach einem Notbehelf. Den Leuten war die Nachricht in diesen müden Tagen eine willkommene Abwechslung. Und mancher hoffte, der Trybek werde nun Ruhe geben. Die Saggsforgain koordinierte per Liste die Kuchenbäckerei, was bei den inzwischen überschaubar gewordenen Vorräten der Leute eine Meisterleistung war. Die Feuerwehrmänner übten unter Borgfests Leitung an einem Ständchen, das zu einem Chorprogramm aus Volks-, Arbeiter- und Kirchenliedern anschwoll. Zippel brachte mit einer wegen seiner langen Gliedmaßen bei ihm nie vermuteten Geschicklichkeit eine artistische Nummer ein, die darin bestand, bis zu einem halben Dutzend Christbaumkugeln über Schultern, Arme und Brustkorb rollen zu lassen, ohne dass es Scherben gab. Blätz kündigte an, er werde die Hochzeit zum Anlass nehmen, das erste Fass selbstgebrauten Honigweins zu kredenzen. Mutter putzte gemeinsam mit den anderen

Frauen den Saal, wobei man sich über den Mangel an Backzutaten und potentiellen Weihnachtsgeschenken austauschte. Die Saggsforgain versicherte der Mutter, sie glaube gewiss, dass ihr Vater, der Heinrich, ganz bestimmt niemals von sich aus... und – man wisse ja, wie das so geht – die Polin ihn damals sicher verführt und sich einen Vorteil errechnet daraus. Überhaupt, so ein Kind nebenher sei ja heute kein Beinbruch, was der Trybek nun wolle? Sein Erbe? Etwa den Hof?
Während Vater den großen Kachelofen saubermachte, schmückten Ricarda und ich den Raum mit Silvestergirlanden, die wir bei den Leuten erbaten. Die einzige, die sich dem allgemeinen und immer erregter werdenden Treiben entzog, war Mariechen. Selbst als Borgfest sie inständig bat, den Chor musikalisch zu unterstützen, weigerte sie sich.
Warum sie sich dem Glück ihres gemeinsamen Halbbruders denn immer noch entgegenstelle, wollte Mutter wissen. Eine Frage, die einen neuen Krach provozierte, auch wenn Krach das falsche Wort war für das darauffolgende Sichanschweigen der beiden Frauen.
Ich werde denen schon aufspielen, beendete Mariechen am darauffolgenden Tag ihr Verstummen. Mutter ihrerseits antwortete mit einem Seufzer, der Mitgefühl und Misstrauen zusammenfasste.
Zu Weihnachten also, am ersten Feiertag, sollte Hochzeit im Gasthaus *Zur Erdachse* sein. Heiligabend zogen sich die Familien wie zu einem letzten Atemholen in die zugeschneiten Häuser zurück.
Unsere Bescherung hatte den Erfindungsreichtum aller auf die Probe gestellt. Mariechen hatte ihre letzte Bon-

bonniere geopfert und die Pralinen, in Silberpapier gehüllt, an dem Zweig befestigt, der unser Anteil war, an den vier durch Blätz für das Fest freigegebenen Fichten.
Mir schenkte Mariechen etwas, das sie ein Bändchen Lyrik nannte. Nicht selbst verfasst, doch selbstgebunden, wie sie betonte. Das Heftwerk enthielt sämtliche säuberlich aus dem Magazin herausgetrennten Seiten, auf denen ein Gedicht abgedruckt war. Ich fragte mich, ob Mariechen wohl die Spuren der für meinen Freund Armin entfernten Nacktfotos bemerkt hatte. Vater prüfte blätternd die Lyriksammlung. Nackte, sagte Mariechen und zwinkerte mir zu, kriegt Hartwig erst im nächsten Jahr.
Vater übergab mir feierlich seine alten Schier, so dass ich meine Kinderschier zu Brennholz verarbeiten konnte.
Mutter verschenkte Selbstgestricktes. Die Kaufmannswolle war zu einem Paar Socken für Vater und einem Stirnband für Mariechen verarbeitet. Ich bekam einen Pullover, der keine Ärmel hatte. Wieso, fragte ich, haben die fünf Kartons nicht gereicht?
Mutter sagte, sie habe die übrige Wolle im Dorf gegen Backzutaten getauscht. Außerdem, so ohne Ärmel, das sei jetzt im Westen modern.
Heißt ja auch *West*over, erläuterte Mariechen, haben sie im Fernsehen gebracht neulich, vor einem Jahr.
Für unsere Musikliebhaberin Mariechen hatte ich eine auf dem Dachboden aufgestöberte Grammophonplatte mit Goldbronze gestrichen: Da, sagte ich, für dich, eine Goldene Schallplatte.
Aus einem Stück alten Leder hatte ich eine Art Lendenschurz gebastelt. Der war Geschenk für Vater und Mut-

ter zugleich, denn erstens, erläuterte ich, brennt Vater, wenn er beim Rauchen einschläft, sich keine Löcher mehr in die Hosen und zweitens muss Mutter sie dann nicht mehr stopfen.
Eigentlich hatte ich Mutter mein Azuritblatt zugedacht, aus dem ich mit Hilfe eines Lederbändchens eine Kette gefertigt hatte. Ich fand mein Werk jedoch so gelungen, dass ich beschlossen hatte, es Ricarda zu schenken. Trybeks Hochzeit würde eine passende Gelegenheit dazu sein.

Der Atem dampfte über den dick vermummten Gestalten, die in den Kirchenbänken hockten und auf das Ende der Predigt warteten. Familienweise waren die Enzthaler gekommen und durch den Vorraum der Kirche an der dort aufgebahrten Valeska vorbeidefiliert. Einige hatten über die Tote hinweggesehen, viele die Mützen gezogen, andere sich bekreuzigt und etwas von Pietätlosigkeit gemurmelt.
Ricarda und ich standen mit ein paar anderen Kindern auf der Empore und blickten auf die dicht aneinandergedrängt sitzenden Leute in ihren dunklen Mänteln. Nur langsam vergingen die letzten Schneekristalle auf ihren Schultern.
Gleich wird es warm, Ricarda, sagte ich. Ich setzte eine Kerze auf das Geländer der Empore und zündete sie an. Vater warf mir von unten einen tadelnden Blick zu.
Wie ein vom Sommer übriggebliebenes Mohnblatt, sagte Ricarda und zeigte auf Freja, die als einzige ohne Mantel in einem roten Kleid, die Schultern lediglich mit einem meergrünen Tuch bedeckt, neben Trybek saß, der eine

Bergmannsuniform trug. Neben ihm, als Trauzeuge, saß Torbern in dicker Joppe, die kalte Stummelpfeife selbst hier zwischen den Zähnen. Zippel, der für Freja die Trauung bezeugen sollte, war in seiner Feuerwehruniform erschienen, stolz, dass er nach dem Ausfall des Kleinen Voss zum Hauptmann avanciert war und die Freiwillige Feuerwehr Enzthal führen durfte.

An den Fensterscheiben glitzerten Eisblumen, und Borgfest sprach von dem wärmenden Band, das die Liebe sei, von Treue und – er bemühte sich vergebens mit seinen behandschuhten Fingern sein Manuskript umzublättern – sagte endlich: ja, Treue und... nochmals Liebe, gab mit der Hand ein Zeichen, und das Brautpaar erhob sich. In diesem Moment schwoll ein Jaulen an, das in den Ohren schmerzte, und alle Köpfe drehten sich zur Orgel um, ob Mariechen oder die Kälte oder beide dieses Sirenengeheul verursacht hatten. Doch schnell war klar, nicht das Instrument gab diesen auf- und abschwellenden Ton von sich, sondern tatsächlich die Sirene.

Es brennt, sagte Blätz. Und Zippel kommandierte: Alle Mann zum Spritzenhaus!

Alles drängte aus der Kirche, und Zippel rief: Frauen und Kinder zuletzt! Zuerst die Feuerwehr!

Draußen angekommen, konnte ich nirgendwo einen Feuerschein entdecken, nur im Norden leuchtete die Sonne matt durch den schneeigen Dunst. Jeder fragte jeden, wo es denn brenne. Man lief in die eine und in die andere Richtung, die einen rannten zwischen den aufgeworfenen Schneewällen nach Hause, um dort nach dem Rechten zu sehen, andere stapften zu den Scheunen und Ställen der LPG. Alle, die ausgeschwärmt waren, den

Brandherd zu suchen, kamen schulterzuckend zurück. Grüppchenweise strömten die Leute aus den Schneegassen, die auf den Dorfplatz mündeten. Nach und nach fanden sich alle unter der Linde ein. Als letzter kam Zippel, er war auf den Kirchturm gestiegen und hatte auch von dort aus kein Feuer entdeckt.

Wer, wurde gerätselt, hatte den Alarm ausgelöst?

Da kam, als wäre nichts gewesen, Mariechen die Dorfstraße herunterspaziert. Ihr blaues Stirnband tief auf die Brauen gezogen, lächelte sie unschuldig in die Runde und fragte: Wo brennt's denn?

Vater packte sie am Arm und zischte: Marie, hast du etwa…?

Mutter senkte den Kopf und legte in Erwartung einer Katastrophe die Hand vor die Augen.

Doch ohne eine Antwort machte sich Mariechen los, baute sich vor Trybek auf und sagte: Na, dann feiere man noch schön mit deiner Schweinebraut!

Da fasste Trybek nach Mariechens Hand. Freja lächelte, sie lächelte ihr Auf-die-Probe-stell-Lächeln.

Trybek sagte jetzt was, er sagte: Marie, ich kann doch nichts dafür!

Freja guckte, die Farben ihrer Augen schienen zu wechseln wie ihre Gedanken. Sie sagte: Ja, wenn du nichts dafür kannst…, und verschwand in ihrem flammenden Kleid zwischen den labyrinthischen Gängen aus Schnee.

Die Braut war weg, die Stimmung hin. Mariechen hakte sich beim Hauptmann der Enzthaler Feuerwehr ein. Zippel schluckte. Man sah: Er weiß nicht so recht, was er denken soll, sagen schon gar nicht. Mariechen

sagte es – allen: Da spiel ich eben für Zippel auf meinem Harmonium *Je t'aime*. Und sie zog Zippel mit sich nach Hause.
Trybek stapfte in anderer Richtung davon, stoppte und rief in den Schneehimmel: Warum bist du nur meine Schwester, Marie!
Voss sagte laut: So ist das, wer in der Vergangenheit wühlt, dem fällt die Gegenwart auf den Kopf! Einige murmelten zustimmend, andere schwiegen betreten. Als Erste wandten sich die Eltern zum Gehen, andere folgten.
Halte mal, rief da die Sachs, die Kuchen sin nune mal gebacken. Da mach mer ähmd ne Weihnachtsfeier!
Aus zustimmendem Gemurmel wurde fröhliches Gebrabbel, und man eilte erwartungsvoll der Schenke zu. Nur ich harrte unter der Linde aus, weil auch Ricarda, die Rufe ihrer Mutter ignorierend, dort ausharrte, die Hände in ihren Manteltaschen vergraben. Als die letzten Schritte der Leute vom Schnee verschluckt waren, zog ich mit klammen Fingern aus meiner Jackentasche den Azurit. Hier bitte, sagte ich, kein Mohnblatt, aber eines von der Blauen Blume… äh, sagt Torbern jedenfalls.
Ricarda nahm das Kettchen in ihre Hand und strahlte. In diesem Moment landete in der Krone der Linde ein Vogel, der Zweig, auf dem er sich niederließ, schwang auf und ab, seine Schneehäubchen fielen auf den darunterliegenden Ast, und der entließ nun seine Schneelast auf meinen Kopf. Wir lachten, dann spürte ich Ricardas warme Finger, die mir den Schnee aus dem Gesicht wischten. Da, sagte sie, da sitzen noch ein paar Flocken. Sie strich mit den Fingerspitzen sacht über meine Lippen.

Ich schloss die Augen, dann spürte ich ihren Mund. Es war der erste Kuss meines Lebens.
Als ich die Augen wieder öffnete, sah ich in einem der Kirchenfenster einen Lichtschein aufgehen. Vielleicht hatte sich nur ein Strahl der Mitternachtssonne in einer der Scheiben verfangen und löste sich nun flackernd dort ab. Vielleicht aber war nun doch das von der Sirene angekündigte Feuer ausgebrochen, ausgelöst – ich erschrak – womöglich von meiner Kerze, die brennend von der Empore gefallen war.
Schnell, sagte ich, wies mit ausgestrecktem Arm auf die Kirche, und schon rannten wir los.
Wir öffneten die Kirchentür, kein Rauch, kein Feuer, alles lag in stillem Dämmer. Durch die geöffnete Tür schickte der Schnee das Licht der Nordsonne herein. Es fiel auf den Sarg, wir schraken zusammen, der Sarg schien leer.
Ricarda sagte: Nein, sieh doch!
Feiner schimmernder Staub bedeckte das Tuch, auf dem vor kurzem noch Valeska gelegen hatte. Wir sahen uns an.
Sie ist verschwunden, sagte ich.
Oder auferstanden, sagte Ricarda.
Zu Staub zerfallen, beharrte ich.
Auf jeden Fall, sagte Ricarda, ist sie endlich erlöst.
Das bleibt aber unser Geheimnis, sagte ich und dachte an den Kuss.
Was?, fragte Ricarda.
Alles, sagte ich.

Als wir auf dem Saal der Schenke erschienen, half ich Ricarda kavaliersmäßig aus dem Mantel. Den Azurit hatte ich ihr umgebunden, sie legte nun die Hand auf den

Stein und begann zu kichern. Dann sagte sie lachend, der Kristall passt gut zu uns. Ja, sagte ich und bemerkte nun auch, dass ihre Strickmütze vom gleichen Farbton war wie mein Westover.
Und überhaupt, sagte sie lachend, passen wir auch gut hierher. Jetzt erst sah ich, im Saal wimmelte es von blauen Pullovern mit und ohne Ärmel, blauen Schultertüchern und blauen Socken. Und wie sie tanzten, sich drehten, hin- und herschwangen, nach einander griffen, schienen sie einer am anderen einen azurnen Himmelsfetzen erhaschen zu wollen.
Selbst als Blätz' Honigwein zur Neige ging, dauerte die Feier der ausgefallenen Hochzeit an. Der süße Rausch verebbte erst am darauffolgenden Abend, und die letzten eilten oder wankten ihren Häusern zu.

In den Nächten vor Neujahr ging ein ungewohnter Wind. Ein Sausen und Klingen, kaum gedämpft von den Wällen aus Schnee, wehte von den Feldern her durch das Dorf.
Etwas stimmt nicht, flüsterte Ricarda, als wir in einer Schneehöhle beim Teich zusammenhockten.
Was soll nicht stimmen, sagte ich und verschwieg, was ich am Vortag auf einer Skitour gesehen hatte. Besser gesagt, auf dem Weg nach Hause im Schneedämmer gemeint hatte zu sehen: Ein Keiler, der durch den Schnee pflügte, Rückenborsten wie goldene Messer. Angeschirrt an einen Schlitten, kreuzte er meinen Weg, Glöckchen klingelten silbern. In dem Gefährt eine weibliche Gestalt, ein Gewand wie kupferne Glut im wirbelnden Schnee. Ein Wimpernschlag, und schon war die Erscheinung

vorüber. Zu kurz, zu undeutlich, zu phantastisch, um sich damit vor Ricarda lächerlich zu machen.
Doch auch die Sachs sagte damals: Da braut sich was, man kann reineweg nich a mol schloafen.
Wenn man nicht wüsste, meinte auch die Gallanden, dass es nicht gibt, was es nicht gibt, minne Jong, könnte man denken, die Wilde Jagd ginge ums Dorf. Sie ängstige sich da oben allein in ihrer Kammer, sagte sie in der Tür stehend. Mutter nickte lächelnd, und die Gallanden setzte sich brav auf einen Hocker neben den Ofen. Ein Handtäschchen auf dem Schoss, schien sie bereit zur Flucht, falls ein Blitz oder was auch immer einschlagen würde.
Was für Gerede, Vater hieb das Brotmesser in den hart gewordenen Laib. Ihr werdet sehen, das Lüftchen vertreibt das Genebel. Und Maries Gedudel da oben endlich auch! Mich würde das auch stören, Fräulein Galland.
Mariechen ignorierte Vaters Bemerkung. Auch Fräulein Galland schwieg, nur der Verschluss ihrer Tasche klickte nervös zwischen den Fingern.
Mutter verteidigte das Harmoniumspiel ihrer Schwester, die Ärmste hätte nun mal Kummer. Essen Sie doch einen Happen mit, Fräulein Galland.
Da erklang wieder das Heulen der Sirene. Alle Blicke gingen zu Mariechen. Die hob die Schultern: Hochzeit ist nicht!
Was dann?!
Ein Feuerschein lag hinterm Dorf Richtung Norden und verschmolz mit dem Licht der Mitternachtssonne. Eine Feldscheune brannte, die Scheune vom Sachs. Der Spritzenwagen blieb im Schuppen, das Eis auf dem Teich war einen halben Meter dick. Das wenige Wasser gefror in

den Eimern. Schließlich hatte Zippel den Einfall: Nehmen wir Milch! Man karrte Kannen voll Milch zum Brandherd, schippte zusätzlich Schnee in die Flammen. Es half nichts, die Scheune war nicht mehr zu retten.
Am nächsten Tag hing ein Zettel am Schwarzen Brett. Ich selbst stand davor und las die Druckbuchstaben. In vor Kälte oder Aufregung zitternden Strichen und Bögen teilte jemand mit: *Der soll sich melden endlich! Der die Martha Hedelin auf dem Gewissen hat und den Jozef. Sonst brennt das Dorf! Hütet Euch, Valeska.*
Da kratzte ein Besen Schnee vom Fußweg, schabte um meine Füße, und ratsch hatte Kubatschek den Zettel vom Brett gerissen und knurrte mich an: Brandstifter!
Von dem Zettel erzählte ich damals niemandem etwas. Sonst hätte Kubatschek am Ende noch meine Beteiligung am Zigarrenstumpenrauchen erwähnt, und der Verdacht wäre tatsächlich auf mich gefallen.
Mit dem ersten Januar legte sich der Wind, und das Schneegestöber ging in stillen Flockenfall über. Gegen Ende des Monats schrumpften die Schneekristalle zu Grieselkörnchen, die sich mit dem Rauch aus den Essen zu einem düsteren Nebel mischten. Bei alledem blieb es kalt. Die Briketts in den Kellern gingen zur Neige, Schuppen, Scheunen und Dachböden wurden von brennbarem Material beräumt.

Heute, Schwester, will es mir scheinen, das ganze Dorf schlief und träumte. Träumte vom kommenden Frühjahr, träumte, dass die Nebelwand fiele und träumte zugleich, sie bliebe für immer und das Dorf in Frieden mit sich, abgeschlossen von der Welt. Laue Wolken durchflogen in diesen Träumen die Lüfte, sonnenwarme Gerüche wehten durch das Getreide, und der Saft der Kirschen triefte von den Lippen der Kinder. Mitten darein brach das Straßenpflaster, und alles versank in eine Tiefe, für die sich keine Worte mehr fanden. Dann, in diesen Träumen schwand der Nebel, der das Dorf eingehüllt hatte wie ein Kokon. Er gerann und lag wie Gries auf den Feldern. Der Weg nach draußen schien frei. Doch von dort wehte eine Ahnung herein, ein kaltes gestaltloses Nichts; eine Ahnung, die genügte, ihr mit einem Schrei zu entfliehen: noch einmal zurück in den Traum.

Im Februar ließ der Frost plötzlich nach, die Erde taute, und nasser Nebel nieselte tagelang über dem Dorf. Kubatschek tauschte seinen Besen gegen die Schaufel. Er grub auf dem Friedhof ein Loch. Die Glocken läuteten. Erdklumpen klatschten noch auf den Aushub des Grabes, als die Enzthaler schon der Kirche zustrebten. Zippel rief: Kubatschek, mache henn! Gleich kommt dar Sarch!
Dass die Tote inzwischen zu Staub zerfallen war, hatte Dr. Kilian mit der nachlassenden Wirkung des Vitriols erklärt. Fräulein Galland jedoch war überzeugt, Valeska wäre auferstanden, und der Staub im Sarg wäre nur der von ihren Kleidern. Zwei wussten es anders, Ricarda und ich: Unser Kuss hatte sie erlöst.
Mutter stellte noch schnell ein Glas mit Schneeglöckchen auf das Grab von Oma Luise. Vater empfahl Kubatschek derweil, die Ränder der Grube noch ein wenig zu glätten. Ich stand daneben und blinzelte durch das graue Nieseln. Hielt Ausschau nach Ricarda. Sah, wie etwas aufblitzte

zwischen den Grabreihen, ein goldenes Huschen hinter den Steinen; ein verwitterter Engel schien zu erzittern. Drüben hinter ihrem Fenster saß die Hedelin und starrte herüber, wartete auf die Beerdigung.
Die Hedelin, sagen die Leute, war mal Köchin beim Baron drüben und hatte immer Butter aufs Brot, auch noch im Krieg, als die Enzthaler ihre Zentrifugen abgeben mussten.
Die Hedelin, sagen die Leute, hatte eine Tochter: die Martha. Die Martha war Magd beim Baron, dann beim Voss, weil der Baron nie Geld hatte, seine Leute auszuzahlen. Dann kam sie um; ja, ja, das war schlimm; wegen dem Polen, hätte sich mit dem nicht einlassen sollen.
Die Hedelin, sagen die Leute, sitzt am Friedhofsfenster, wenn einer begraben wird. Sie sagt: Sie werde erkennen, wer ihre Martha auf dem Gewissen hat, denn derjenige werde zur Hölle fahren vor ihren Augen.

Trybek saß steif vor dem Sarg seiner Mutter, neben ihm Freja und Torbern. Ich setzte mich mit den Eltern eine Reihe dahinter. Die ersten Töne der Orgel erklangen. Mariechen musizierte, und Borgfest predigte. Fräulein Galland kniete die ganze Zeit. Gut, dachte ich, dass wir nicht katholisch sind. Die Saggsforgain und Ilse Voss weinten ein wenig, weil, wie ich Torbern sagen hörte, der Tod eine gute Gelegenheit ist, um zu weinen. Es klang wie eine Aufforderung an Trybek, der jedoch verzog keine Miene. Noch ehe Borgfest den Mund zum Amen öffnete, erhob sich Trybek plötzlich. Die Träger stemmten nun fast eilig den Sarg in die Höhe, und alles folgte ihnen beinahe hastig. Zwischen den Gräbern stolperte ich über

Kubatscheks Besen, der an einem der Grabsteine lehnte. Schnell glitten die Seile durch die Hände der Träger, und schon war der Sarg in der Erde verschwunden. Da quietschte die Friedhofstür, und alle wandten sich dem verspäteten Trauergast zu. Die Hedelin walzte über den schlammigen Weg, bei jedem Schritt saugte sich die Erde an ihren Holzpantinen fest und ließ sie schmatzend wieder los. Ein dunkler schnaufender Körper, und darüber glühte das Gesicht. Die Lippen pusteten, das Doppelkinn zitterte, und wirre weiße Strähnen hingen über die Stirn. Sie trat an das Grab ohne ein Wort und spuckte hinein.
Trybek guckte entgeistert. Zippel packte die Hedelin und zerrte sie weg. Borgfest blickte in das Grab und sagte: Da liegt einer drunter!
Die Träger kletterten in die Grube hinab, polterten mit dem Sarg herum und zogen tatsächlich jemanden hervor. Es war Kubatschek.
Schlaganfall, diagnostizierte Dr. Kilian.
Und die Schmarre da am Koppe?!, fragte die Sachs.
Schulterzucken: Ist wahrscheinlich auf die Schippe geknallt!
Na, wenn das mal nich das Vieh jewesen ist, kommentierte der Alte Voss.
Und die Hedelin verkündete triumphierend: Hat sich unterm fremden Sarg verkrochen, aber der Deiwel hat ihn doch erwischt!
Die Leute schwiegen und starrten die Hedelin an.
Was guckt ihr?, rief die Hedelin, jetzt steht ihr an Valeskas Grab herum und heult. Meine Martha und der Józef liegen irgendwo verscharrt. Wer hat damals geheult? Nur ich! – Doch wartet, ihr kommt auch noch dran!

Sie spuckte vor die Leute hin, und nach jedem Namen, der folgte, noch einmal: Zinnwald, Voss und Karge. Alle habt ihr die Arme gereckt! In der Hölle sollt ihr brennen! Was willst du von mir, alte Hexe? Ich habe gesessen unter den Braunen.
Da rutschte Fräulein Galland in sich zusammen und sank auf die nasse tauende Erde.

Das Stollenmundloch im Heiligenborn lag beinahe frei. Die mannshohen Schneewehen, die es den Winter über versperrt hatten, waren zusammengesackt. Ricarda und ich stapften durch die harschige Masse. Was Torbern mir gezeigt hatte, wollte ich ihr zeigen: den Saal der Tiere. Wovon ich aber nicht sprach, war, dass ich insgeheim hoffte, die blaue Kristallblume zu finden. Denn wenn mir ein einziges Blatt von diesem Zaubergewächs das Geheimnis eines Kusses bescherte, was würde erst eine ganze Blüte bewirken?
Vielleicht aber hatte Torbern sie inzwischen selbst entdeckt? Seit Tagen hatte ich ihn nicht mehr gesehen. Der Bauwagen neben dem Stollen, in dem er sich an den kalten Tagen mit einem Kanonenofen gewärmt hatte, stand offen, aber verwaist. Trybek hatte nur mit den Schultern gezuckt, das sei bei Torbern nichts Besonderes. Der komme und gehe, wie es ihm passe. Da müsse man sich nicht sorgen, der sei unter Tage zu Hause. Der kenne Wege wie keiner, der wisse, wie man wohin gelange, wohin auch immer.
Kaum waren wir im Stollen und suchten in einem Streb nach dem richtigen Weg, da hörten wir Schritte. War das Torbern? Ich machte Ricarda ein Zeichen, löschte meine

Taschenlampe, und wir pressten uns gegen das raue Gestein. Ich lugte um die Felsecke und sah Fräulein Galland im spärlichen Licht des Stolleneingangs dort niederknien, wo einmal Valeskas Grabstelle gewesen war. Sie stellte eine Kerze auf und zündete sie an.
Musste die ausgerechnet jetzt ihren katholischen Gottesdienst halten. Wir hörten sie beten: Heilige Jungfrau Maria, vergib mir und hilf! Der Kubatschek ist zur Hölle gefahren, wegen der Martha und dem Józef, aber auch ein bisschen wegen mir, vergib mir, Maria!
Ricarda drängte sich an mich und schob den Kopf vor, weil sie auch etwas hören wollte.
Und Fräulein Galland flehte noch einmal: Maria, hilf! Ich habe gesündigt und den Voss angezeigt, wegen Feindsender hören und weil er die Russenmädchen verprügelt, und mich hat er wie eine Hergelaufene behandelt und seinem Sohn, dem Dolfchen, verboten, mich weiter zu sehen, was doch eine Sünde war gegen die Liebe. Dachte ich, soll er mal sehen und habe den Brief geschrieben an den Kubatschek, ohne meinen Namen, und noch einen Brief und noch einen, bis der Kubatschek es gemeldet hat.
Ricarda schob, ich kam aus dem Gleichgewicht, setzte einen Fuß vor, und ein Stück Schiefer scharrte. Wir hörten den Schreckschrei der Galland, und da hatte sie mitten im Kreuzschlagen mich schon erkannt und war froh, wie sie gleich darauf sagte, dass ich nicht der Satan sei. Auch Ricarda zeigte sich jetzt, und Fräulein Galland fragte: Ob wir etwa alles gehört hätten?
Und wir sagten, dass wir nichts gehört hätten und auch nichts verraten würden. Und sie solle das bitte auch

nicht tun. Weil wir uns doch nicht hier unten herumtreiben sollten.
Ich sagte: Wir schwören.
Sie sagte: Das müsse nicht sein, sie werde es dem Voss selber beichten.
Ricarda sagte: Müssen wir es auch selber den Eltern …?
Fräulein Galland lächelte und schüttelte ganz leicht den Kopf.

Ein milder Wind ging durch das Dorf, spielte mit Mariechens Rock, als sei der Frühling in Sicht.
Dabei wussten die Enzthaler noch nicht, wie sie die Faschingszeit verbringen sollten: Ein Faschingsumzug ohne Kapelle mochte ja noch angehen, aber ein Faschingstanz ohne Bier?
Im Keller der *Erdachse* brauten Oswien und Blätz am Enzthaler Bier, kosteten und spuckten aus und versuchten es mit einem neuen Sud.
Mariechen interessierten solche Fragen wenig, über ihrem Gesicht glänzte es wie ein Versprechen auf Sommer. Drei tratschende Weiber vorm Backhaus verstummten: Na, Mariechen freust dich ja so?! Bist wohl schwanger?
Erraten Frau Sachs! Aber saggs for gain!
Sag nur, es ist unser Großer gewesen. Zippels Oma schlug freudig erschrocken die Hand vor den Mund.
Mariechen hob die Schultern: Vielleicht …
Ilse Voss wackelte missbilligend mit dem Kopf: Sei froh, Marie, dass deine Mutter das nicht mehr erlebt. Dass du nun einen Lattke heiraten musst!
Was soll das heißen?!, fauchte da die Lattkeoma. Komm,

sagte sie und hakte Mariechen unter, das haben wir nicht nötig, mein Kind!
Vielleicht, sagte Mariechen und machte sich los, war es auch der Heilige Geist. Lachend ging sie davon.
Trybek, schien mir, nahm diese Nachricht gleichgültig auf. Seit der verunglückten Hochzeit mit Freja, seit sie ihre wärmenden Hände von ihm und Mariechen Zippel mit sich gezogen hatte, blieb Trybek alle Tage verkrochen im Alten Gut. Seit Valeskas Begräbnis fiel sein Name kaum noch im Dorf. Und wenn, dann nur, dass einer sagte: Genug jetzt von diesen Dingen! Es reicht. Soll er hingehen, wo er herkam, der Trybek.
An einem beinah frühlingshaften Tag las ich am Tor zum *Alten Gut: Verpiss dich Polack!,* daneben war ein Galgen gemalt. Trybek, den ich hinter den Ställen in der Orangerie fand, zuckte dazu nur mit den Schultern. Er hockte auf einem Stuhl, rauchte und starrte in die Luft oder kritzelte in sein Notizbuch. An einem dieser Tage hörte ich ihn das erste Mal davon reden, unter Tage einen Weg aus Enzthal zu suchen. Torbern habe ihm, als er noch Kind war, erzählt, man könne durch die alten Strecken unter der Erde von Bergwerk zu Bergwerk gelangen, durch das Sangerhäuser und Mansfelder Kupfer ins Harzer Silber bis ins Eichsfelder Kali. Und wo ein *Alter Mann* verfüllt sei, fänden sich im Karst natürliche Gänge und Klüfte, bis man wieder auf einen Durchschlag zu einem Altbergbau träfe. Vielleicht sei Torbern schon dort unterwegs.
Natürlich wollte ich dabeisein, wollte mit Trybek durch den Berg ins Freie hinaus.
Es sei jedoch immer damit zu rechnen, sagte er und zündete sich eine Zigarette an, dass Rutschungen und

Wassereinbrüche den Weg versperrten, und nicht auszuschließen, dass derlei eben passiere, wenn man drin sei im Berg. So ein Unternehmen sei wohl doch zu gefährlich.

Wenige Tage später zogen die Kinder kostümiert und johlend hinter dem Erbsbär durchs Dorf. Mariechen hatte in einem unserer vielen Schränke einen Pelz entdeckt und im Dorf als Faschingsmotto *Brehms Tierleben* ausgegeben. Mir war das alles zu albern. Aber die meisten Enzthaler hielten sich dran; auch wenn der eine sich nur einen Ringelschwanz vom letzten Schlachten an sein Jackett geheftet hatte oder die andere mit ein paar weißen Gänsefedern am Hut behauptete, ein Schwan zu sein. Die besten Aussichten auf den ausgelobten Kostümpreis, ein Fässchen Blätzschen Mets, hatte ein Papagei oder Sittich, unter dessen Gefieder sich Zinnwald verbarg, der sich an diesem Abend allerdings Papageno nannte. Aber so jemanden, sagte er und schien angetrunken, kennt ihr hier in Enzthal ja nicht!
Feder- und Borstenvieh, Huf- und Raubtiere, gehörnte und bepelzte Enzthaler waren schon am frühen Abend auf dem Saal versammelt und feierten den Anstich des ersten Enzthaler Bieres.
Mariechen, die Marderin, schwofte mit einem Ziegenbock. Unter einer Bedingung, soll Mariechen zu Zippel gesagt haben, heiraten tu ich dich nicht! Immer wieder streiften Mariechens Blicke umher, hingen an der Saaltür, als erwarte sie jemanden. Ich begriff, aber verstand nicht, warum immer noch: Trybek, sie wartete auf Trybek.
Ich hatte mir einen Haarkamm mit Goldbronze auftoupiert und grunzte als Goldborste einem Kaninchen,

Ricarda, ins Ohr. Wir machten Pläne, wie wir unterirdisch unter der Nebelwand durch einen Weg hinausfinden würden; wie wir von draußen Hilfe holen würden; wie wir das Dorf retten würden. Da mahnten Vater Wollfink und meiner: Es sei schon spät, wir sollten ins Bett. Aber jeder, sagte Vater Wollfink, ha, ha, natürlich in seins! Mariechen, tröstete Mutter, sei auch schon gegangen.

Als mir Ricarda vorm Backhaus ihren Kaninchenmund hinhielt, streiften ihn meine Lippen nur flüchtig. Hinter uns huschte der Vogelmensch vorüber, und Ricarda versuchte, mir so etwas wie eine Liebeserklärung zu entlocken. Ja, sagte ich, ich liebe Hasenbraten und machte mich los. Eine Ahnung trieb mich hinter zum Alten Gut. Was war mit Trybek?

Ein böiger Wind jagte die Wolken der Mitternacht zu, kaum, dass eine matte Sonne sie von dorther durchdrang. Im Alten Gut empfing mich ein höllisches Spektakel. Aus Trybeks offenem Küchenfenster jaulte das Tonband, aus dem Ferkelstall drang klassische Musik.

Ich riss die Haustür auf und stürmte in die Stube, warf einen Blick in die Küche: Trybek war nicht da; auch seine Jacke war weg. Auf dem Tisch neben einem überquellenden Aschenbecher die fast leere Flasche seines *Mutter-Korns*, daneben ein Zettel: *Freja, leb wohl! Muss endlich weg! Gruß an Marie,* ~~*sag ihr, dass*~~

Es schien, Trybek hatte es an Worten oder an Mut gefehlt, seinen Satz zu Ende zu bringen. Kein Wort an mich! Er war einfach gegangen, ohne mich mitzunehmen, ohne mir auch nur ein Wort zu sagen!

Ich drehte den Zettel um und las:

Torbern sagte: *Was willst du noch hier? – fort! – fort!*
– in den Bergwerken zu Falun ist deine Heimat.
– Da geht alle Herrlichkeit dir auf, von der du geträumt
– fort, fort nach Falun!
War das Trybeks Nachricht an mich? Eine versteckte Aufforderung, ihm zu folgen?
Ich schüttete den Rest Korn in mich hinein und warf die Flasche wütend Richtung Tonbandgerät, leiernd und quietschend verhedderte sich das Band und blieb schließlich stehen. Monoton brummten die Boxen. Es zog, und ein Windstoß schlug das Fenster zu. Mir war kalt.
Da stieg mir eine Prise Tabakrauch in die Nase. Aus dem Aschenbecher wehte ein dünnes Rauchfähnchen herüber. Der Zugwind hatte den Glutrest einer nachlässig ausgedrückten Zigarette wieder entfacht. Also war Trybek noch nicht lange weg. Ich sprang auf und rannte los; vielleicht konnte ich ihn noch am Stollen erreichen. Ich würde ihm beweisen, wie nützlich ich war! Durch die schmalsten Spalten würde ich kriechen, in die engsten Klüfte hinabsteigen, die verstecktesten Gänge finden: ins Freie hinaus!

Weit kam ich nicht. Ein goldenes Flirren brach durch die Nacht. Der Weg vom Hof war versperrt. Dort stand der Keiler. Das Vieh hob herausfordernd den Kopf und trabte langsam auf mich zu. Ich wich zurück, langsam Schritt für Schritt zu den Ställen und rief nach Freja, doch es kam keine Antwort. Die Tür zum Ferkelstall stand offen, mit einem Satz wäre ich drin. Doch die Tür war aus einer Angel gerissen und hing schräg im Türfutter, unmöglich, sie rechtzeitig vor dem Keiler zu schließen. Der Schein einer Glühbirne fiel aus dem Stall heraus in die Dämmerung. Regen tropfte, zeichnete dunkle Flecken aufs Kopfsteinpflaster, schon glänzten die Steine. Plötzlich vernahm ich die Stille als ein gleichmäßiges Rauschen, unterbrochen nur von wiederkehrendem Knacksen. Frejas Schallplatte war abgelaufen, doch der Tonarm zog vermutlich seine Spur über den kreisenden Plattenteller, ohne den Ausschaltmechanismus zu erreichen. Noch einmal rief ich nach Freja, und fast gleichzeitig sah ich sie zwischen Strohresten vor den Buchten der Ferkel auf dem Stallboden liegen. Reglos. Neben ihrem Kopf hatte ein Fleck das Stroh dunkel gefärbt.

Die Leute hatten recht: So ein Vieh ist unberechenbar! – Aber mich sollte es nicht kriegen, nie!

Es gelang mir, hinter die Ställe zu flüchten, nur wenige Meter trennten mich von der Orangerie, dort wäre ich vielleicht sicher. Da sah ich, wie das Tier durch die gläsernen Scheiben der Orangerie auf mich zulief; ich stockte und begriff, es war mein Bild, das sich in den Scheiben spiegelte. Und im selben Moment kam der echte Keiler um die Stallecke geprescht, stand im nächsten Augenblick zwischen mir und meinem Ziel. Ohne anzugreifen, glotze er wieder nur zu mir herüber. Atemlos stand ich mit dem Rücken an der Wand des alten Futterhauses, spürte unter meinen Händen bröckelnden Lehm und feuchten Ziegelbruch. Mit lauernden Äuglein blinzelte der Keiler zu mir herüber, als nähme er Maß.

Mit den Fingern grub ich ein spitzes Stück Ziegel aus der Wand. Mein Arm schnellte empor und nach vorn, das Ziegelstück sauste durch die Luft, verfehlte knapp den Kopf des Keilers, und klirrend zerbrach eines der großen Glasfenster der Orangerie.

Langsam näherte sich der Keiler. Panisch sprintete ich los, erreichte das Haus, sprang in Trybeks Flur, warf die Haustür zu und schob den Schnapper ins Schloss. Endlich. Ich hörte den Keiler noch eine Weile draußen rumoren, dann war es still.
So schlau wird er nicht sein, vorm Haus auf mich zu warten, dachte ich, ging in Trybeks Schlafstube und äugte durch das Fenster auf die Gasse hinaus. Gegenüber lärmten Zinnwalds Vögel in ihrer Volière. Die Hoftür stand offen. Zinnwalds Motorrad lehnte an der Wand.

Schwester, ich weiß nicht, ist es Erinnerung oder ein wiederkehrender Traum: Ein mildes Licht fällt durch die trüben Scheiben, besser, denke ich, ich warte auf den Morgen wegen dem Vieh. Mein Blick streicht durch den Raum. Auf dem Kleiderschrank liegt etwas, lugt hinter dem Ziergiebel hervor: Die Weltkriegspistole!
Sie liegt in meiner Hand. Und ich weiß plötzlich, was Furchtlosigkeit ist. Dass die Waffe wieder nicht funktionieren könnte, ist ein Problem, über das ich später nachdenken werde. Ich will Trybek nach, ich will in den Stollen! Ich öffne das Fenster, steige hinaus auf die Gasse, und vor mir steht ein großer Vogel mit hängenden Flügeln; Regen läuft wie Tränen über Zinnwalds Gesicht; verwischte Schminke, blutrote Federn spreizen sich über der Brust.
Das Böse, sagt er und wankt, muss sterben. Die Versuchung, sagt er und taumelt, muss man töten.
Ich sage, obwohl Zinnwald nicht fragt, Trybek ist weg, er kennt einen Weg durch den Stollen.

Nach draußen?
Ja, nach draußen.
Aus dem Alten Gut dringt das suchende Grunzen des Keilers. Schon drückt seine Schnauze sich in einen Spalt zwischen den Torflügeln, wittert, wühlt und drängt. Die Vögel kreischen. Ein Motorrad springt an. Zinnwald fährt mit mir davon.
Am Stolleneingang angekommen, sagt er: Zeig mir, wie man hier herauskommt! Ich hebe die Schultern: Das weiß nur Trybek!
Am Stollenmund steht das Motorrad und tuckert leise, sein Scheinwerfer erhellt den Gang, seitlich führen Strebe in verschiedene Richtungen. Zinnwald sieht sich ratlos um, steuert mal hierhin, mal dahin, ich mit ihm, rufe nach Trybek. Das Tuckern des Motorrads verebbt, wenig später verlischt der Scheinwerfer. Zinnwald flucht und kramt nach Streichhölzern.
Plötzlich Licht. Schieß, ruft Zinnwald, im Stolleneingang steht wie ein Leuchten der weiße Keiler. Silberweiß strahlen die Flanken, golden überm Rist sprühen die Borsten, diamanten blitzen die Hauer, und langsam bewegt sich das Tier auf uns zu. Zinnwald sagt: Schieß! Der Keiler stürmt los, und ich drücke ab. Der Schuss kracht. Gestein kollert, Verstrebungen krachen und splittern, Felsstücke brechen. Etwas schlägt mir gegen die Stirn. Die Pistole gleitet mir aus der Hand, rutscht, scharrt über Gestein in die Tiefe. Alles wird dunkel und still.
Kein Schmerz. Nur Traum. Ein Traum von Trauer. Ich folge Trybek durch den Stollen, wie ich Torbern folgte. Wenn ich meinen Schritt verhalte, ist es still, wenn meine

Lampe erlischt, ist es finster. Ich bin allein, tief unten. Dann am Ende eines Ganges ein Schein, Trybeks Lampe. Ich fasse Mut und gehe weiter. Weiter, bis der Berg sich weitet, sich das Gestein wölbt zu einem offenen Raum, den der Strahl meiner Lampe abtastet. Ich suche die grasenden, die jagenden Tiere: vergeblich.
Ein Handwagen rattert über geschotterte Wege. Der darin liegt, bin ich. Vater zieht mich heim. Seine blauen Arbeitshosen flattern im Wind.
Mutters Hände wickeln eine Binde um meinen Kopf. Mariechen schüttelt das Fieberthermometer. Ricarda bringt mir Matheaufgaben. Freja steht lächelnd dabei und legt ihr ein blaues Blütenblatt um den Hals. Die Probe, sagt sie, dauert ein Leben.

15

Auf der Fensterbank liegen Apfelsinenschalen, sie gleiten, weiß gepolsterte Schiffchen, auf den letzten Sonnenstrahlen des Tages über die Dächer davon.
Schwester Epifania hat die Apfelsine gegessen, ich habe den Duft gerochen, als sie den Schlauch der Kanüle in meinem Hals entfernte und den Tropf wechselte.
Wann, Schwester, werde ich entlassen? Komme ich raus? Komme ich frei?
Statt der Schwester ist der Weiße Offizier zur Stelle und wiegt den gescheitelten Kopf: Frei? Gewiss. Wenn er meint, dass er nun genug gekrochen ist durch die Erde wie ein Wurm.
Wenn ich Herrn Oberleutnant korrigieren darf: Der

Geologe, wie der Bergmann, fährt: Ob er im Korb steht, der durch den Schacht nach unten rattert; ob er in der Grubenbahn sitzt, die durch den Stollen rumpelt; ob er zu Fuß die Strecke abläuft oder vor Ort auf den Knien rutscht: Der Bergmann fährt.
Klare Sache, sagt der Weiße Offizier, der Bergmann fährt. Es reitet der Soldat. – Nun, ein Bergmann wollt' er sein, ein Reiter ist er worden, Laub; brav und tapfer vor dem Feind. Doch vor der dunklen Kammer seines Herzens fehlte ihm bisher der Mut. Also, Laub, tapfer sein!, schnarrt es, und das Licht im Raum verlöscht. Die Apfelsinenboote sinken.

Die Scheiben der Enzthaler Orangerie zerbarsten, ihre Balken verrotteten. Keiner, Schwester, sprach mehr von den weißen Blüten, von den süßen Früchten hinterm Schweinestall.
Drei Tage, sagten alle, sei ich im Stollen gewesen. Drei Tage lang hatten alle gedacht, ich sei mit Trybek über die Grenze in den Westen gegangen.
Drei Tage? Mir waren es dreihundert. Und wo ich wirklich war, weiß nur ich. Doch wie kann ich mir sicher sein? Hat keiner gesehen, was ich gesehen? Hat keiner gehört, was ich gehört habe? Und keiner erlebt, was ich …
Wem soll ich glauben? Mir oder *allen*?
Es bot sich an, den anderen zu glauben, den Eltern vor allem. Denn es war das Vernünftigste:
Nein, es war nicht geschehen!
Nein, nicht Enzthal, das Dorf meiner Kindheit, war damals im Nebel versunken, sondern nur ich im Fiebertraum eines Verschütteten!

Nein, ich hatte nicht geschossen, als das mächtige weiße Tier mir den Weg durch den Stollen versperrte, als mir das goldene Licht seiner Rückenborsten in die Augen schlug!
Und niemals war geschehen, dass mitten in Deutschland aus einem kümmerlichen Kübelbäumchen ein Apfelsinenbaum heranwuchs, blühte und süße Früchte trug. Und niemals hatte es diesen Kuss gegeben, der eine Tote auferstehen ließ.
Das weiße Tier und der Kuss. Damit hatte meine Jugend begonnen. Sie endete sieben Jahre später mit den Lippen eines sterbenden Rekruten an meinem Ohr.

Trybek war im Stollen verschwunden, im Westen, sagten die Leute. Verräter, sagte Zippel und spuckte verächtlich. Von Freja hieß es, sie hätte Enzthal verlassen, zigeunerisch wie Viehpfleger seien. Sicher, es hatte da diesen Vorfall gegeben in der Faschingsnacht, und ungewiss wäre es eine Zeitlang gewesen, sagten die Leute, ob die Ärzte sie überhaupt…
Einer, hieß es, habe sie unsittlich belästigt; was ja kein Wunder sei, sagten manche, so wie die…, na ja, wenn das mal nicht andersrum war; die konnte oder wollte sich ja nicht mehr erinnern.
Als Belästiger war anfangs Zippel ausgemacht worden. Der behauptete jedoch, sie nur gefunden zu haben, gerade noch rechtzeitig, im letzten Moment. Na, hieß es, da war's wohl der Trybek, hat sich vergangen an ihr und ist dann 'nübergemacht. Erst Vergewaltigung, dann Republikflucht, sagte Borgfest zu den Ermittlern. Und offensichtlich hat Trybek auch von unserem Buchhalter den

Jungen, sagte Borgfest, zum Fluchtversuch verleitet, da man ihn halbtot beim Juttastollen fand.
Es ergab sich jedoch, dass Vater an einem der nächsten Tage, weil die Mühle verschlossen geblieben war, Zinnwald suchte. Gleich, als er dessen Hof betrat, berichtete er später, sei ihm eine merkwürdige Stille aufgefallen. Erst als er sich die Volièren näher besah, weil er Zinnwald weder im Haus noch im Garten finden konnte, erst da begriff er den Grund dieser Stille. Stieglitze, Finken, Kanarien und der singende Sperling saßen auf ihren Ästchen und Zweiglein, ohne auch nur mit einem Flügel zu schlagen, ohne auch nur ein Piepsen von sich zu geben. Sie drehten ihre Köpfchen zu dem Besucher, als wollten sie sagen: Nun erschrick nicht. Da hatte Vater, den er suchte, schon entdeckt. Zinnwald, noch immer in seinem Papagenokostüm, still die Füße zwei Handbreit über dem Boden, schwebte an einem Strick mitten unter den Vögeln.
Bei der Aufklärung dieses Falles fand man einen Abschiedsbrief Zinnwalds, der nahelegte, dass er Frejas Sturz verursacht hatte; dass er aber nicht, wie er beteuerte, als er sie an jenem Faschingsabend aufsuchte, vorgehabt hätte, ihr Gewalt anzutun; dass er auch, als sie fiel, von ihr abgelassen hätte; dass er habe fliehen wollen; dass ihn schließlich ein Entsetzen über sich selbst ergriffen habe, mit dem er nicht weiterleben könne.
Die Nachrichten über diese Vorgänge drangen erst nach und nach zu mir. Ich hatte mir, hieß es, bis man mich fand, durchnässt im Stollen liegend, eine Lungenentzündung zugezogen. Es hatte Komplikationen gegeben, und ich musste mehrere Wochen im Krankenhaus verbringen.

Die Berichte der anderen und meine Erinnerungen, es war damals wie jetzt, Schwester, nur mit Mühe fügen sich mir aus diesen Bruchstücken Bilder.
Bilder der Wirklichkeit, soweit sie mir, wie Zinnwalds Selbstmord, von den Erwachsenen bestätigt wurden. Die anderen, Bilder des Traumes. So wie Goldborstes Ende, auf Zinnwalds Geheiß, durch meinen Schuss: Die Versuchung muss man töten! Töte das Böse!
Ich habe den weißen Keiler getötet.

Trybek? Der also war in den Westen gegangen, zu den Südfrüchten und den Westovern von tausend verschiedenen Farben. Mich hatte er zurückgelassen bei Zitronenbirnen, azurnen Strickwaren und Mariechens melancholischen Liedern.
An meinem Schlüsselbund klingelte die Patronenhülse: Wir sind nicht zusammengeblieben, der Kampf ging verloren.
Trybek, der Fahnenflüchtling.
Deserteure?, fragt der Weiße Offizier. Dann verächtlich: Anarchistengelumpe?
Jawohl, sage ich und rapportiere: Trybek, Genosse Oberleutnant, ist desertiert! Trybek ist Anarchist!
Kinderkrankheiten muss man ausrotten, sagt der Weiße Offizier: Alle an die Wand!
Der Spanienkämpfer im weißen Hemd fällt, das Gewehr noch in der Hand, wie der Soldat mit Stahlhelm auf dem Enzthaler Kriegerdenkmal: Ebenbild und Gegenbild. Kein Kaiser reitet durchs Land, kein Kaiser und keine Idee, so echt und so recht; das letzte blaue Fähnchen der *Eckstein Nr. 5* ist verweht.

Im Juni nach Trybeks Verschwinden stand ich im Doppelschatten von Nacht und Kastanien, in der Schenke wurde getanzt. Abseits von Tusch und Gesang der Kapelle berührte ich das erste Mal das nasse Geschlecht eines Mädchens. Ricarda lehnte am Kalkstein neben dem knienden Soldaten, und er legte die Hand auf sein getroffenes Herz. Sie schmiegte sich an mich. In diesem Moment hasste ich Trybek, und ich war stolz, das weiße Tier getötet zu haben: Das Gute muss siegen! Ich fasste nach dem blau schimmernden Blütenblatt an dem Bändchen um Ricardas Hals. Da zerfiel es mir zwischen den Fingern.
Du Idiot, sagte Ricarda und schob mich von sich. Das war für immer.

Im Spätsommer verließ ich Enzthal, weil ich mich in der Schule *gut machte* und ging in ein Internat am Ufer der Unstrut. Dorthin, wo, wie ich wusste, auch Trybek einst sein Abitur abgelegt hatte. Bessermachen als er wollte ich es, nicht nur das Abi, alles! Und wegzukommen von Enzthal, darüber war ich froh. Nur Mariechen nutzte den Anlass, um ein wenig zu weinen. Als mich Vater zum Zug fuhr, stand Ricarda am Teich und umschlang Armins Bruder mit ihren Armen. An einem der nächsten Wochenenden stand ich am Zaun des Kriegerdenkmals und rauchte. Das Denkmal war frisch verputzt, und auf dem Grund des Teiches sah ich etwas schimmern. Es war eine der fünf Patronenhülsen. Sie lag nahe beim Ufer. Ich beugte mich über das Wasser und fischte sie aus dem Modder. Vorwärts und nicht vergessen! Trotz all denen!

Es war, glaube ich, dieser Moment, da ich mich entschloss, Soldat zu werden, Offizier.
Mein Enzthalerlebnis, Schwester, versank im Unrat der Tage; es wurde zu einem Fossil wie der Kupferhering. Nach Kupferheringen suchte ich nicht mehr. Auch nicht nach Bergblau wie Torbern.
Schwester Epifanias Hände, gesenkt in ihren Schoß, umfangen Trybeks Notizbuch, als sei es ein Falter. Als wisse sie nicht, soll sie ihn loslassen oder weiter betrachten.
Wieder steige ich aus dem Taxi und blicke die leicht bergansteigende Gasse hinauf, ihr Ende scheint in den Himmel zu münden. Wieder reicht mir der Fahrer meinen Rucksack und warnt mich mit einem *atención*. Doch magisch zieht mich ein silbernes Klingen zu dem einer Abbruchkante benachbarten Haus. Tief unten rollen die Wellen des Mittelmeers heran. *La Cerda de Oro* lese ich, *Zur Goldenen Borste*, und schon trete ich unter dem Eberkopfschild ein.
Kupfern fällt das Licht auf den Tresen. Zwiefach ist der Blick der Frau, die nach einer Karaffe greift. Silbern wie ein Glöckchen schlägt ihr Armreif gegen das Glas.
Edgar Trybek?, frage ich.
Trybek?, sagt sie, er hat etwas hier gelassen für Sie. Und es klang, als sei er erst gestern gegangen.

Spanische Reisen II

Woraus aber die Dinge ihre Entstehung haben, darein finde auch ihr Untergang statt, gemäß der Schuldigkeit. Denn sie leisten einander Sühne und Buße für ihre Ungerechtigkeit, gemäß der Verordnung der Zeit.

Anaximander

1

Gegenüber glüht ein Fenster, das Glas entflammt. Und ich erschrecke, eben noch froh, da zu sein, aufgewacht, angekommen in der Wirklichkeit. Als ich begreife, es sind die Reflexe der aufgehenden Sonne in den Fensterscheiben des meinem Zimmer gegenüberliegenden Hauses, sinke ich erleichtert in mein Bett zurück und lasse den Klingelknopf los. Zu spät, von draußen nähern sich Schritte, nicht die der flinken Füße Schwester Epifanias, sondern der Marschtritt des Weißen Offiziers. Manchmal beginne ich mich zu fragen, ob der sauber gescheitelte Herr mit den mächtigen Brauen nicht doch der Oberarzt ist, wie Schwester Epifania behauptet. Denn warum sonst verabreicht er mir eine Spritze?
Doch alle Zweifel verfliegen, als seine Stimme durch das Krankenzimmer schnarrt.
Das, Laub, sagt er und kontrolliert meine medizinische Ausrüstung, ist die Fortsetzung des Lebens mit anderen Mitteln. Die Vorschrift verlangt, dass der Soldat, wenn ihm auch die Hände und die Füße fehlen, seine Wörter gebraucht, bis zum letzten. Wenn es sein muss mit Hilfe technischer Geräte. – Die Verletzungen betreffen nur ihren Leib, verstanden Laub?! Nur ihren Leib, nicht ihren Kopf, schon gar nicht ihren Verstand!
Jawohl, Herr Oberleutnant, nicht meinen Verstand!
Ich werde korrigiert: Hauptmann, inzwischen Hauptmann. Immerhin, Laub, nachdem, was Kameradin Epifania mir zutrug, musste ich fürchten, sie redeten mich mit Genosse an. Also richtig ist Herr, *Herr* Hauptmann. Einen Moment lang fürchte ich, bestraft zu werden.

Aber noch ist mein Körper Teil der Apparaturen, die er um mein Bett herum aufgebaut hat. Er muss sich an die Vorschriften halten. Er kann nicht einfach auf dem Gang stehen und rufen: Hartwig Laub?!
Auf meine Antwort warten: Hier, Herr Hauptmann!
Und sagen: Es ist soweit, mitkommen!
Das kann er nicht. Denn die Hinrichtung, scheint mir, ist längst vollzogen, nur das Urteil noch nicht gefällt.
Sie haben also auf den weißen Keiler geschossen?, prüfend blickt der Weiße Offizier.
Ja, sage ich.
Damals in ihrem Dorf?
Ja, in Enzthal, Herr Hauptmann.
– Sie waren zu der Zeit, als die Sache mit dem …, wie nannte man es doch in diesem Enzthal? Vieh?
Jawohl, Herr Hauptmann, das Vieh, sagten die Leute, wenn sie das Tier erwähnten. Manche, einige wenige nur, haben es Goldborste genannt.
Und Sie, ein halbes Kind zu der Zeit, töteten tatsächlich dieses *Vieh*?
Ich neige verhalten den Kopf, unsicher ob der erwarteten Antwort, gleichzeitig unfähig zu lügen.
Na, also! Der Weiße Offizier lacht, nickt anerkennend.
Ich bin erleichtert, doch weiß ich nicht, lobt er mein Geständnis oder lobt er die Tat?
Rühren Laub, weitermachen! Aber Vorsicht, der Teufel liebt die einfache Wahrheit! – Hat Ihnen die Schwester schon die Notizen des Herrn Trybek zur Kenntnis gegeben? Jene, die er vor seiner Hinrichtung verfasste? Nein? Dann, mein lieber Laub, lauschen Sie! Hören Sie, wie Aufrührer enden!

Ein Windstoß rüttelt am Fenster, wirft ein Flugblatt gegen die Scheibe: *Indignado os! Empört euch!*, übersetzt mir ungefragt der Weiße Offizier und schüttelt missbilligend den Kopf. Kaum erwähnt man den Hinkenden, schon quatscht er dazwischen. Verärgert, als rühre der Genannte an die Autorität seines Dienstgrades, stürzt der Weiße Offizier zum Fenster. Eben noch reißt er mit seiner Linken den Vorhang vor Fenster und Aufruhrpamphlet, schon wirft er mit der Rechten hinter sich die Tür ins Schloss. Dazwischen, unbemerkt, muss Schwester Epifania zu mir ans Bett geflogen sein. Kess, so scheint mir, schnippt sie mit dem Finger an den stockenden Tropf. Ich spüre ein feuchtes kühles Tuch an meinen trockenen Lippen. Mir träumt einen Sekundenbruchteil lang, es wäre ihr Mund. Bevor sie zu lesen beginnt, neigt sie sich zu mir, fast berühren ihre Lippen mein Ohr: *Valor, hombre!* Mut, Mann!

2. März 1974, Tarragona
Gegen morgen ging im Hof eine Tür, sie fiel ins Schloss. Fast drei Monate habe ich aus dem Zellenfenster auf die Tür mit dem Engel geblickt. Mein letzter Tag hat begonnen.
In der Nacht, als ich Enzthal verließ, hatte ich es mit einem Gruß an Marie bewenden lassen wollen. Doch dann tauchte sie auf und stellte sich mir in den Weg: Glaub nicht, dass du frei bist!
Ich machte mich los, sie rief es mir nach. Freja hielt sie fest. Und auch ihre Stimme hörte ich laut und bestimmt: Er muss gehen, Marie, er muss! Damit er wiederkommen kann…

Warum zurück, dachte ich damals, jetzt weiß ich warum! Man hat mir Bücher erlaubt. In der Gefängnisbibliothek fand ich das einzig brauchbare, einen Band griechische Philosophie. Seit Tagen denke ich über einen Satz nach, den ich dort fand: „Woraus aber die Dinge ihre Entstehung haben, darein finde auch ihr Untergang statt, gemäß der Schuldigkeit…"

Ich weiß nicht, ob es mir gelingt, das Rätsel meiner Schuldigkeit zu lösen; es zu lösen „gemäß der Verordnung der Zeit", in der mir hier verordneten Zeit. Und ist Schuldigkeit nicht Schuld, sondern Aufgabe? Werde ich, bevor ich gehe, meine Schuldigkeit getan haben?

Als ich noch der Gerechte schien, berief sich Karge, was seine Schuldigkeit betraf, wie viele, auf das, was seine Zeit verordnet hatte.

Seit einem Vierteljahr war ich im Westen, als ich im Juni 1972 nach Göttingen fuhr. Ich wollte Heinrich Karge besuchen. Ich klingelte und tat, was ich mir vorgenommen hatte; das ist nicht immer das Beste. Ich hielt ihm meinen druckfrischen Polenpass unter die Nase und sagte: Guten Tag, Herr Karge, hier ist Ihr polnischer Bastard.

Er sagte ganz ruhig: Einen Moment bitte, und ließ mich vor der Tür stehen. Nach einer Weile kam er mit einer Lesebrille zurück und studierte den Pass. Dann sagte er: Komm rein, Jakub. Du heißt nicht Edgar, sondern Jakub. Valeska hat dich Jakub genannt.

Ich weiß, sagte ich, ich habe lange gebraucht, es herauszufinden. Amtlich machen wollte man es mir auch in der polnischen Botschaft nicht. In meinem deutschen

Ausweis stünde nun mal Edgar. Edgar nun auch im polnischen Pass.
Edgar?
Der Name ist von Torbern. Torbern war mein – Vater. Der eigentliche, fügte ich hinzu.
Aha, sagte Karge, stand klein und verkrochen vorm Fenster, ein Fremder, der zufällig die Pantoffeln des Hausherrn trägt. Und jetzt?!
Er schien wirklich ratlos. Einzig, dass nun eine scharf bewachte Grenze zwischen mir und Marie, seiner Tochter, lag, erleichterte ihn offensichtlich. Wir saßen am Couchtisch, tranken Bier, und ich ließ ihn reden.
Es stellte sich heraus: Karge ist sich nicht sicher, ob ich sein Sohn bin! Er wisse nicht einmal mehr, ob er mit Valeska geschlafen habe. Nicht, weil es so lange her sei. Er habe es schon am Morgen nach dem Erntefest nicht mehr gewusst. Weil er besoffen gewesen sei. Er habe noch nie viel vertragen. Aber Leonid habe ihm immer wieder eingeschenkt. Und, sagte Karge, als ich am anderen Morgen in der Scheune aufwachte, da lag die Valeska neben mir im Stroh. Und meine Hose hing hoch oben über einem Balken. Und kaum habe er sich aufgerappelt, wäre Leonid erschienen, habe gegrinst und mit dem Kopf geschüttelt: Ei, ja, ja, der Herr Ortsgruppenleiter! Was machen wir denn hier?
Da habe plötzlich Valeska vor Leonid gestanden, ihm eine geknallt und aus der Scheune geschoben. Er habe damals keine Wahl gehabt, als ihr zu glauben, zumal sie ja kein Kind von Traurigkeit …
Da habe ich mein Bier auf seinen dicken Teppich geschüttet und gesagt: Das vererbt sich, Herr Karge.

Er stand wortlos auf, ging in die Küche und kam mit einem Lappen und einem Eimerchen Wasser zurück. Er kniete nieder und bearbeitete schweigend den Bierfleck. Ich sah schweigend zu. Ich sah den alten Mann vor mir auf den Knien, sah seinen faltigen Nacken, den silberweißen Haaransatz und hatte Mitleid. Und hob die Hand, dieses Mitleid zu zerschlagen.
Er sah auf, und unsere Blicke begegneten einander, ein Ächzen entfuhr seinem Mund. Und plötzlich war der alte Karge nur noch fremd. Er erhob sich, brachte Eimer und Lappen weg und sagte, als er zurück war: Es ist besser, du beantragst die deutsche Staatsbürgerschaft. Ich könnte dich anerkennen, wenn du willst. Als Sohn, meine ich.
Danke, sagte ich, es hat den ganzen Sommer gedauert, bis ich meinen Polackenschein hatte: Edgar Trybek, Bürger der Volksrepublik Polen. Kein Deutscher, kein Karge!
Dann bin ich gegangen.

03.07.72
Hartwig, schreibt Marie, wolle meinen Namen nicht mehr hören. Freja, was ihr leid täte, sei an jenem Abend eine böse Sache passiert. Wochenlang im Krankenhaus. Der Täter, Zinnwald, nun tot. Freja sei inzwischen sicher auch im Westen. Ich solle sie grüßen. Alles in allem, sie, Marie, habe mir verziehen: So sei es nun einmal …
Dass die Karges sich immer fügen, nun auch Marie! Ich habe meinen Besuch bei ihrem (unserem?) Vater nur am Rande erwähnt. Dass ich Hartwig enttäuschen musste, habe ich schon an jenem Abend bedauert. Als ich ihn

dann am Stollen sah, erwog ich wider alle Vernunft ihn mit mir zu nehmen. Doch dann sah ich, Zinnwald war bei ihm.
Woltz' Brief, der Brief in Blindenschrift. Karge will mir helfen, einen „Übersetzer“ zu finden. Was hatte Theo Woltz seinem Vater zu schreiben? Vor allem, was hatte es mit mir zu tun? Und es hatte doch etwas mit mir zu tun, sonst hätte der alte Kaufmann nicht meinen polnischen Namen auf den Umschlag gekritzelt: Jakub.

07.07.72
Meine Antwort an Marie ist nun im Kasten: Dass wir möglicherweise doch nicht Bruder und Schwester sind, habe ich vorerst nur angedeutet. Dass ich von Frejas Verbleiben nichts weiß, schrieb ich ihr auch.
Als ich Karge das Foto von Theo Woltz aus dem Spanienkrieg zeigte, tat er verwundert.
Da solle ich mal nicht glauben, dass der einer von den roten Kämpfern gewesen sei, der war Legionär.
Ich vermied, meine Enttäuschung zu zeigen und sagte, ich weiß. Der andere da auf dem Foto, der interessiert mich, der Hoelz.
Max Hoelz, was willst du Junge mit dem? Haben den nicht seine Genossen ermordet?
Ermordet, sag ich, seltsam klingt das Wort aus deinem Mund.
Und er kommt dann wieder auf Woltz. Der hätte gut verdient, dort unten bei der Legion. Der wollte mit dem Geld ein Kaufhaus aufmachen. Ein Kaufhaus in Enzthal, na ja …
Besser, sagte ich, ein Kaufhaus als eine Partei!

08.07.72
Woltz' Brief ist übersetzt! Die Worte sind rätselhaft. Wie in manchem Brief, der über die Grenze geht. Doch kein Agent, scheint mir, versteckt sich hinter den privaten Sätzen; eher ein Privatier, der ungestört sein will.

„Vater,
du schriebst, dass da einer jetzt durch Enzthal geht und einen Vater sucht. Ist es sicher, dass er der Sohn Valeskas ist? Es soll ja keiner das Heim überlebt haben! Wenn er es ist, was will er? Kannst du es herausfinden? Auf keinen Fall erzähl ihm jetzt schon von mir! Ich will nicht, dass da einer kommt und Ansprüche stellt, und am Ende ist es ein Fremder!
Vor allem solltest du auch den Karges und Laubs gegenüber mit Worten vorsichtig sein, was Jakub betrifft. Es war doch eigentlich ein übler Streich, den wir Karge damals spielten. Auch wenn er aus der Not geschah. Seine Leute, wenn sie es nur ahnten, würden es dich, den Kaufmann Woltz, wohl spüren lassen.
Was mich betrifft, wird mir der Herr Direktor wohl den Abschied vergolden. Das ist nur gerecht, schließlich habe ich über zwanzig Jahre lang Deutschlands fünftgrößte Warenhauskette mit aufgebaut. (Wie gern, Vater, hätte ich dich in Enzthal oder in Allstedt als unseren Filialleiter begrüßt!) Ich werde die Firma nun ‚auf eigenen Wunsch' verlassen müssen. Es ist klar, dass die Direktion der Kundschaft in meiner Funktion niemanden zumuten kann, dessen Sehkraft immer mehr schwindet. Nun, immerhin ist es von Vorteil für uns beide, wenn auch ich die Brailleschrift erlerne.

Auch habe ich die Abfindung und das Ersparte zusammengerechnet, Aussicht, meinen vorgezogenen Ruhestand im Süden verbringen zu können und endlich Al Andalus wiederzusehen!
Vater, heute Morgen bin ich froh, dass der Brief noch nicht abgeschickt ist. Es geht nach der Nacht wieder schlechter mit mir. Vielleicht wäre es gut, Valeskas Sohn, wenn er es ist, doch noch kennenzulernen! Vater, ist er es wirklich? Das Beste wäre, ich selbst könnte ihn prüfen. Aber dass ich ungestraft in den Osten, nach Enzthal kommen könnte, glaube ich nicht. Zuviel ist damals passiert.
Oft erzählte ich euch aus meiner spanischen Zeit; erinnerst du dich an den Namen, den ich dabei immer wieder nannte? Er hat, ich erwähnte es gelegentlich, einigen Einfluss drüben bei euch. Ich bin sicher, er könnte Valeskas Sohn raten, was zu tun ist. Und helfen!
In meinem alten Nachtschrank wirst du ein Foto finden, dass mich mit ihm in den Bergen hinter Barcelona zeigt. Gib es ihm, damit er sich meinem Bekannten gegenüber ausweisen kann.
Doch bedenkt alles gut; einen leichtsinnigen Entschluss soll er nicht fassen!
Vater, oft denke ich, es wäre besser für dich, den Laden zu schließen. Doch dir das zu raten, wage ich nicht. Aber dann könntest du kommen. Wenn auch alles teuer ist hier. Vielleicht sogar, siehe oben, hättest du einen Reisebegleiter.
Es grüßt Theo"

Der umherging, in Enzthal einen Vater zu finden, war ich. Aber wer, Theo Woltz, bist du, der du in deinem Brief von Valeska sprichst, von meiner Mutter?

20.08.72
Ich werde den vergangenen Dingen keine Aufmerksamkeit mehr schenken. Ich habe mich für Deutsch und Geschichte eingeschrieben.
Ich werde dort weitermachen, wo ich vor Jahren aufhören musste, bei Max Hoelz. (Also doch die vergangenen Dinge! Sie kleben und kleben.)
Wie lächerlich wir alle damals waren.
Nein, Hoelz war es wert! Die Relegierung, den Knast?
Lächerlich: staatsfeindliche Hetze, staatsfeindliche Verbindungsaufnahme …
Lächerlich: Sie glaubten mir nicht, dass jemand den Text ohne mein Wissen über die Grenze …
Lächerlich: Dies Geschreibsel würde ich heute selber zerreißen! Freiheit UND Gerechtigkeit, ha, zwei Kampfhunde, die man bei Bedarf aufeinanderhetzt!
Lächerlich! Lächerlich?
Sagen Sie ihm, dass er für die Träume seiner Jugend soll Achtung tragen, wenn er Mann sein wird, sagt Schiller.
Nur wenn man diese Träume verlacht, sagen die Leute, *ist man ein Mann.*
Und, Edgar, was sagst du?
Vielleicht wird es eines Tages ein Roman: „Max Hoelz' spanische Reise". Handelnd von einem Hoelz, der nicht in der Oka ertrank, der nach Spanien ging und dort auf Beimler traf. Wie sie sich erst anfeinden und dann zusammen …
Aber, verdammt noch mal, wieso traf er auf Woltz? Wieso legte er einem Legionär den Arm um die Schulter wie einem Freund?

18.10.72
Laurena. Saß neulich in der Vorlesung drei Reihen vor mir. Wenn sie sich ihren Nachbarn zuwandte, sah ich ihr Profil, so schön. Stritten heute im Seminar über Hoelz, über den Osten.
Etwas Neues?

17.04.73
Laurena sagte heute: Komm mit!
Seit einer von den spanischen Genossen hier war und in der Gruppe sprach, sind alle am Durchdrehen. „Urlaub" in Spanien; Material für den Untergrund im Gepäck.
Laurena rief: Hier, eine Liste der Legionäre und alten Nazis – sie schwenkte triumphierend eine Mappe – die genießen in Spanien ihre dicken Pensionen und ihren Sieg über den Bolschewismus. Die Mappe knallte auf den Tisch. Meinst du nicht, man sollte ihren Feierabend ein wenig stören?
Ich nickte und sagte: Ich will nicht da runter! Ich komme aus einem Gefängnis und ich will nicht ins nächste.
Laurena sagte nichts, sie lächelte nur, sie lächelte ihr Nein-ich-bin-nicht-enttäuscht-aber-Lächeln. Und ich dachte, dass ich es nicht aushalten werde, eine Nacht ohne ihre Fotze zu sein: Das einzige Mittel gegen die Gedanken an Marie. Und ich zeigte guten Willen und griff nach der Mappe und schlug sie auf. Ich überflog die alphabetische Liste der Namen und bleibe hängen ganz unten am Buchstaben W: Woltz, Theo; dahinter eine Adresse in Cambrils.
Guten Tag, Herr Woltz, werde ich sagen, wer ist dieser Max?

Und was, verdammt noch mal, hatten Sie mit meiner Mutter zu schaffen?

23.08.73 Toulouse
Ich habe Laurena gesagt, dass ich hier abhaue. Ich könne immer nur abhauen, sagte sie. Wir sollen für die Spanier was über die Grenze bringen. Man hat uns zu diesem Antich gebracht. Ich habe gedacht, gleich geht sie ihm an die Hose.
Das habe ich ihr gesagt und, dass ich mir das nicht mit ansehen werde.

27.08.73 Barcelona
Sie ist mitgekommen, mit mir. Plötzlich weiß ich, dass ich ganz gut ohne Laurena auskommen könnte – solange sie nicht in meiner Nähe ist. Doch sobald sie in mein Blickfeld gerät, zählt nur der Moment. Ich will Marie vergessen und will es doch nicht.
Laurena entdeckte im Auto die alte Pistole aus Enzthal. Ich hatte sie in der Nacht meiner Flucht im Stollen gefunden und mitgenommen. Ein Fehler.
Denn in Barcelona, meinte Laurena, sollten wir damit in eine Bank gehen. Keine gute Idee. Jetzt haben wir ein paar Peseten und die Bullen auf dem Hals. An einer Tankstelle heute Morgen hingen schon unsere Bilder.

02.09.73 Cambrils
Der Letzte auf der Liste der Legionäre, ich wollte, dass er der Erste ist für uns: Theo Woltz. Blick aufs Meer.
Der Plan war, die pensionierten Legionäre und ihre Anwesen zu fotografieren. Die Bilder sollten zusammen

mit ein paar biografischen Daten veröffentlicht werden, daneben Fotos des zerstörten Guernica. (Laurena korrigiert jedesmal: Gernika.)
Woltz nicht, alle anderen ja. Woltz, dachte ich, nein. Woltz neben Guernica, Woltz neben Aurelia. Die Kaufmannskladde neben seinen Briefen. Manchmal macht Wissen hassen unmöglich!
Aber ich wusste noch nicht genug, vor allem eines nicht: Ist Woltz mein Vater?
Theo Woltz, der Hausherr, war nicht da. Ein paar Handgriffe, und schon waren wir drin. Es war fürs Erste ein gutes Versteck.

Ich sitze, während ich schreibe, an Woltz' Schreibtisch: Blick aufs Meer. Linker Hand eine großformatige Reproduktion: Das Bild zeigt offenbar den besiegten Maurenfürsten Boabdil, der von seinem Pferd aus einen letzten sehnsuchtsvollen Blick auf das verlorene Granada wirft. Auf der blankpolierten Arbeitsplatte: ein Bleistift, ein Füllfederhalter, eine gerahmte Fotografie. In Sepia: ein kleiner dicklicher Junge, Theo, mit seinen Eltern; Oskar Woltz, unverkennbar mit der dunklen Brille; Aurelia, seine Mutter. Der Vater lächelt an der Kamera vorbei, die Mutter hat den Arm über die Schulter des Jungen gelegt, die Hand auf seinem Herzen; so stehen sie vor dem Enzthaler Laden.
Aurelias Geisteszustand hatten mir ältere Enzthaler mit einer Handbewegung vor der Stirn beschrieben oder auch nur zwischen zwei Seufzern das Wort „tragisch" aus ihrem Mund entlassen. Selbst das Wort Euthanasie schien den Leuten wie eine schicksalhafte Krankheit gewesen.

Ich habe die Schubfächer durchsucht: ein Hefter mit Versicherungsunterlagen, einer mit medizinischen Befunden; eine Kladde mit wolkig marmoriertem Einband, von der gleichen Art, wie sie sein Vater in Enzthal benutzte, um Bestellungen oder Verbindlichkeiten seiner Kunden zu notieren; ein Eisensplitter, daumengroß; ein Packen Briefe, sorgfältig verschnürt, sämtlich adressiert an Aurelia Woltz.
Ich habe einige Stunden mit der Lektüre der Briefe verbracht.

2

5. März, 1974, Tarragona
Beinahe, so erinnere ich mich, hätten mich Theos Briefe ein weiteres Mal getäuscht, so wie das Foto „Mit Max“ (Hoelz?) mich auf die falsche Fährte gelockt hatte, Theo hätte auf der Seite der Republikaner gekämpft.
Könnte man diesen Briefen nun glauben, wäre Theo Woltz nichts als ein Reisender im Traumland Al Andalus gewesen.
Blätterte man jedoch in der Kaufmannskladde, entdeckte man die Notizen eines Legionärs.
Beides offenbarte mir eine merkwürdige Liaison zwischen einer üppigen Fantasie und einer militärischen Pflicht zur Geheimhaltung.
Nun muss ich mir daraus von diesem Theo Woltz ein neues Bild machen. Es wird nicht „das richtige Bild“ sein, aber es wird das meine sein.

Theo Woltz hat immer weggewollt. Weg von Enzthal, den zweihundert Ohren und zweihundert Augen und den hundert Mündern; weg von der spleenigen Mutter und dem blinden Vater, den Erkundigungen der Mitschüler nach dem Alltag in „so einer" Familie. Da war ihm die Einberufung zur Wehrmacht eben recht gewesen. Und recht auch, dass man Freiwillige suchte für ein Sonderkommando. Die Insel Rügen wurde genannt. Doch jeder ahnte, dass die Insel nicht das Ende der Reise sein würde. Theo bekam drei Minuten Bedenkzeit und den Hinweis auf eine Sonderzulage von 600 Mark monatlich. Ein feines Taschengeld! Und das Meer, notierte Theo, habe ich noch niemals gesehen. Das alles kommt mir recht.

Sommer 1937. Dreihundert Freiwillige standen angetreten in der Döberitzer Heide. Man werde, hieß es, von nun an das edle spanische Volk in seinem Freiheitskampf gegen den Bolschewismus unterstützen. Man sei jetzt Angehöriger der stolzen „Legion Condor"; ein Platz im Buch der Geschichte sei ihnen sicher. Der Weg dorthin sollte im Geheimen bleiben, man wurde zu Stillschweigen verpflichtet und hatte auf der Reise Zivilkleidung zu tragen.
Letzter Aufenthalt in Stettin. Man hatte jedem eine Postkarte in die Hand gedrückt, die eine Ansicht der Rügener Kreidefelsen zeigte; ein vorerst letzter Gruß sei, Geheimhaltung vorausgesetzt, nun erlaubt. Theo saß in einer Teestube und schrieb an seine Eltern, dass er aus dem Militär entlassen sei. Er habe kurzfristig staatswichtige Aufgaben im Kontor einer Rügener Seehandelsgesellschaft

übernehmen müssen. Auf dem Rückweg zum Schiff entdeckte er in einer Buchhandlung einen Band mit Reiseschilderungen „Spanische Impressionen".
Spanien, ein Land, von dem Theo nichts wusste, außer dass der Name des Kinos im heimatlichen Allstedt von dorther kam: „Alhambra". Und früh hatten ihn die von seiner Mutter gelesenen Verse über den seufzenden Mohrenkönig getröstet, wenn er, wegen seiner unsportlichen Konstitution verspottet, hörte, dass auch der blutige Sohn des Unglücks ewig leben wird in der Menschen Angedenken. Der Mohrenkönig Boabdil und der von Aurelia ebenso inbrünstig vorgetragene Cornet verschmolzen in Theos Phantasie. Auch das Leid dieses Helden, schrieb Theo, wird nun vor den weißen Mauern Andalusiens seinen Lohn finden: im Kuss einer schönen Frau mit Orangenblüten im Haar.
Man ging im nordwestlichen Zipfel des Landes, in El Ferrol, von Bord. Seid froh, sagte einer, der sich als eine Art Reiseführer vorstellte, seid froh, die Kameraden im Süden brutzeln in einem Backofen jetzt. Apropos, Kameraden, hier ist General Franco geboren, etwas sprunghaft ist der Caudillo; nicht an Tapferkeit mangelt es den spanischen Waffenbrüdern, doch an strategischem Denken. Apropos, Kameraden, wirklich zu fürchten sind die spanischen Mütter beim Bummel auf den Promenaden; Kameraden, senkt eine ihrer schönen Töchter den Blick, ist mit Sicherheit der mütterliche Cerberus in der Nähe. Apropos, Kameraden, deutscher Anstand ist hier die beste Währung; nicht wie die Itaker so frech, für solche Verbündete muss man sich regelrecht schämen!

Man ging in lockeren Gruppen zum benachbarten Bahnhof. Am Straßenrand stand ein Mann mit leerem Jackenärmel; er rief: Viva Alemañia! und: Cigarillo? Erfreut über die freundliche Begrüßung bot Theo seine geöffnete Schachtel, der Einarmige hatte plötzlich ein halbes Dutzend Hände, und die Schachtel war leer.
In Salamanca angekommen, formierte sich die Reisegesellschaft in Reihen zu dritt und zog, ohne Tritt – Marsch, durch die engen Straßen der Stadt zu den Quartieren. Hie und da winkte man von den Balkonen vornehmer Häuser; einzelne Herren reckten den rechten Arm, eine Dame verteilte Orangen. Arriba España!, riefen die Reisenden zurück.
Die Augen rechts, Kameraden: das spanische Hauptquartier. Augen links: Kameraden, das deutsche; nicht immer entscheidet hierzulande die Kompetenz. Apropos, Kameraden, so ein Caballero vom Lande verträgt es nicht, vor einem deutschen Oberst ins Restaurant zu kommen und nach ihm bedient zu werden; darum, Kameraden, wen beleidigt man, Kellner oder Caballero? Schwere Frage, einfache Antwort: Du, Kamerad, wirst niemals Oberst, ha, ha! Darum: Bescheidenheit und Anstand. Apropos, Kameraden, unser Quartier liegt in einem Nonnenkloster; aber Kameraden, wir sind nicht wie die Roten, die den Nonnen Dynamit unten reinschieben; und warum, Kameraden, tun sie das? Schwere Frage, einfache Antwort: Weil sie nichts anders haben, um es einer Nonne irgendwo reinstecken zu können, ha, ha!
Theo stolperte, was ihm recht kam. Er rieb sich den Fuß länger als nötig und reihte sich weiter hinten wieder ein; er wollte solche Sachen nicht hören.

Man campierte im Kreuzgang des Klosters auf Stroh, und Theo sah durch einen der Bögen die Sterne. Er hatte ein frisches Taschentuch ausgebreitet und legte die geschenkte Orange darauf.

*„Meine lieben Eltern,
heute verspeiste ich meine erste Orange. Da ich von der langen Reise hungrig war, aß ich, damit die Gier mir nicht den Genuss verderbe, vorher eine ganze Tafel Schokolade auf. Dann ritzte ich mit meinem Taschenmesser Linien in die duftende Schale von der Blütennarbe zum Stielansatz und teilte sie so in acht gleichmäßige Teile. Sie ließen sich leicht vom Fruchtfleisch lösen, und bald lagen sie wie acht Boote auf dem Rand meines Tuches, das ich unterwegs als Tischlein benutze. Nun kratzte ich, so wie ich es bei einem Reisekameraden sah, die Reste des weißen Schaleninnenfutters ab und schob den Daumen Stück für Stück zwischen die Fruchtsegmente, wobei mir klebriger Saft über die Finger rann. Dann reihte ich die orangegelben Monde vor den Schalengondeln kreisförmig auf und steckte mir schließlich das erste Stück mit geschlossenen Augen in den Mund, das erste Stück der ersten Orange meines Lebens.
Du, liebe Mutter, wirst es erraten haben, sie schmeckte sauer. Ich hätte, was du gewiss mir hättest sagen können, auf vorherige Schokolade verzichten sollen."*

Als Theo den Brief überflog, freute er sich an dem diskreten Kompliment, das er seiner Mutter gemacht hatte. Später übte er sich im Kopfrechnen, rechnete zum wiederholten Male die Zulage und den zu Hause weiter-

laufenden Sold auf die neun Monate Einsatzzeit hoch, versuchte den Geldverbrauch hier abzuschätzen und was auf die Seite zu legen wohl möglich wäre. Er erwog, sich Tabakwaren schicken zu lassen, falls das Kantinenangebot… gab es hier überhaupt eine Kantine? …und überschlug den Verkauf deutscher Zigaretten, wenn man den Einkauf mit so und so viel Pfennig ansetzte und den Weiterverkauf etwas höher, wobei natürlich der Umrechnungskurs zu beachten wäre.

Zwischendurch dachte Theo erneut an seine Mutter und sehnte sich ein wenig nach Hause, nach ihrer stillen Zärtlichkeit.

Manchmal hatte sich ihre Hand leicht wie eine Feder auf seine Wange gelegt, und sie hatte gesagt: Lass dich ansehen. Und dann: Ja, es ist gut, es ist gut mit uns.

Wenn da nur nicht immer wieder diese theatralischen Ausbrüche gewesen wären, die ihn in seiner Kinderzeit geängstigt hatten; amüsiert auch, aber vorwiegend geängstigt, wenn sie durch sein „Mama, bitte hör auf!" nicht zu stoppen gewesen waren: Überfälle aus einer anderen Welt. Gleich morgen würde er den Brief fortsetzen. Theo schlief ein und träumte: Er saß im Kino „Alhambra", neben ihm seine Mutter. Auf der Leinwand erkannte er die echte Alhambra vor den schneeweißen Gipfeln der Sierra Nevada. Auf den Zinnen stand Boabdil, neben ihm eine Frau im schneeweißen Kleid, mit einer schneeweißen Blüte im Haar. Beide sahen in die Ferne, und die Ferne war der Kinosaal. Theo wunderte sich nicht, als die Kamera sich den Gesichtern über den Zinnen näherte und er in Boabdils Gesicht sein eigenes erkannte, ihn wunderte nur, dass er sich nicht wun-

derte. Auch nicht darüber, dass die Frau neben Boabdil Aurelia war, seine Mutter. Der Theo auf der Leinwand winkte auffordernd, und auch die Aurelia dort lud mit einer Geste ein, näher zu treten. Die Mutter im Kino erhob sich vom Sitz und wollte der Aufforderung des Sohnes auf der Alhambra folgen. Theo im Kino lachte. Doch plötzlich bekam er Angst: Mama, geh nicht! Die Leinwand strahlte, blendete und verschluckte alle Konturen. Die Mutter im Kino achtete nicht auf Theos Rufen und verschwand im gleißenden Licht.

Lautes Rufen und Klappern, ein Stoß gegen die Schulter und Theo war wach, der Strahl einer Taschenlampe traf sein Gesicht. Der Reiseführer trug jetzt Uniform. Kommandos hallten: Auf und waschen! Antreten, Essen fassen! Kleiderwechsel, marsch! Aus dem Kreuzgang hinaus ins Dämmerlicht zum Brunnen des Klosterhofes; vom Brunnen in Reihe an einem Fenster der Klosterküche vorbei, Brot und Gerstenkaffee im Blechbecher; Lastwagen fahren vor, auf einem bündelweise khakifarbene Uniformen. Anziehen, Antreten und Aufteilung auf die Einheiten.

Ein gewisses Talent für technische Gerätschaften hatte Theo Woltz eine Ausbildung zum Funker verschafft. Mit vierzig anderen Neulingen wurde er der Artillerie zugeteilt. Aufsitzen! Zwei Lastwagen ließen Kloster und Stadt zurück Richtung Norden, jetzt zur baskischen Front. Vorbei an zerschossenen Häusern, aufgehalten durch eine Reifenpanne, von zerstörten Brücken zu Umwegen gezwungen, ausgebrannte Panzerwagen zur Linken, dann zur Rechten ein Gasthof. Rast. Und Theo notierte: Der Wirt wirkt verschreckt, holt Schinken und

weißes Brot. Seine Frau bringt schweigend Wasser und Wein. Man trinkt und zahlt, reichlich. Die Wirtsleute, als man abrückt, lächeln erlöst.
Am Nachmittag schon hatte Theo seinen Funkwagen übernommen, fuhr um einen Baum herum, dem Schatten der Sonne nach, die Geschütze standen notdürftig von Sträuchern und Strohschobern gedeckt. Theo wartete, er hatte die Befehle aus dem Stab über Funk entgegenzunehmen. Aber es ging noch nicht los. Theo, belehrt über seine Geheimhaltungspflichten, schrieb weiter an seinem Brief:

„Ihr guten Eltern,
die Arbeit im Kontor geht ruhig an, was gut ist bei der Hitze hier in Toledo. Habe als erstes die Kathedrale besucht, stand in kühlen Kuppelhallen und blickte aus schattigen Kreuzgängen auf das plätschernde Spiel der Brunnen. Die Menschen sind sehr gastfreundlich. Nur die spanischen Zigaretten sind ungenießbar. Ich bot einem edlen Spanier, der wohl von einem Stierkampf am Arme verletzt war, von unseren guten deutschen an. Wir rauchten gemeinsam und genossen die Aussicht: Wie ein bunter Blumengarten lag Toledo ausgebreitet. Ich lud ihn ein in eine Fonda, so nennt man die Gasthäuser hier.
Nach dem Essen, liebe Mutter, du darfst jetzt nicht erschrecken, geriet ich mit dem Spanier in Streit: als es ans Bezahlen ging. Nämlich, da wollte ein jeder die Rechnung begleichen. Seither rätsele ich, ob ich nicht zu unhöflich war, als schließlich ich die Bezahlung übernahm.

Vater, sie nehmen hier übrigens auch unsere Mark. Für einen Viertel spanischen Landwein von mittlerer Süße bezahlte ich 60 Pfennige. Übrigens, Vater, glaube ich, dass sich deutsche Zigaretten hier gut absetzen ließen. Doch schicke noch nichts! Die Versorgung der Kontoristen ist ausreichend bis gut. Mein nächster Vorgesetzter ist recht umgänglich, in etwa so wie unser Enzthaler Voss, du weißt also wie ... Er hat mir bereits zugesichert, dass ich im Laufe meines Aufenthalts auch die andalusischen Niederlassungen kennenlernen werde. Andalusien, sagen die Kollegen, ist um diese Jahreszeit ein Backofen. Habe mir deshalb einen leichten Sommeranzug nach der spanischen Mode beschafft, er kam mir recht billig, er macht einen bereits getragenen Eindruck, was ich in Kauf nehme, da es mein Salär weniger schmälert."

Während der nächsten Monate schrieb Theo weitere Briefe, wobei er den Absender, also sich, nach Cordoba, Sevilla und natürlich Granada versetzte. Kurzzeitig erwog er eine Kiste Orangen nach Hause zu schicken, für den Weiterverkauf im Enzthaler Laden, er verwarf den Gedanken. Auch der Handel mit Tabakwaren kam nicht in Gang; Theos Arbeitsplatz „im Kontor" lag in der Regel zu abgelegen. Immerhin konnte er, als man oberhalb eines kleinen Städtchens Stellung bezogen hatte, in den Ort hinabsteigen und in einem winzigen Geschäft mit Hilfe der überaus freundlichen und überaus fülligen Besitzerin eine ausführliche Preisliste für den Vater verfassen.

Der Norden war inzwischen „national befreit", wie es hieß; man war unterwegs nach Katalonien und schon über Zaragoza hinaus. Das Dorf nannte sich La Puebla de la Jota, was nicht Winziger Ort hieß, wie Theos Kameraden mutmaßten, sondern Ort des Tanzes. Doña Peluca, die Ladenbesitzerin, übersetzte den Ortsnamen für Theo: Sie löste eine Spange mit drei goldgelben Früchten und schüttelte das tiefdunkle Haar, ihre Fingerspitzen hoben den Saum ihres Kleides, weinrote Rosen kreisten auf lindgrünem Grund, mehrmals stampften die Füße, drehte sich der üppige Leib auf engstem Raum zwischen Regalen und Theke. Kein einziges Gläschen und kein einziges Döschen fiel dabei, wie Theo fürchtete, zu Boden; weder durch das wehende Kleid noch durch das wogende Fleisch Doña Pelucas.

Noch am selben Abend schrieb Theo nach Hause und legte für den Vater die Preisliste bei. Für die Mutter malte Theo Bilder in Worten: da verwandelt sich das Lebensmittelgeschäft in das Gasthaus „Zu den drei Orangen" mit angeschlossenem Ladengeschäft; das verschlafen roterdig verbrannte Dorf bekommt schneeweiße Mauern, über die Bougainvilleen sich ranken; die Gassen sind natürlich malerisch und die Aussicht phantastisch. Statt auf einem Strohsack unter dem Funkwagen nächtigt Theo in einem Zimmer, durch dessen Fenster in der Ferne das Mittelmeer schimmert. Am Abend sitzt er beim Wein auf der Terrasse, und Doña Peluca verschlankt sich zu einer Señorita, die zwischen den Tischen der Gäste hindurch tanzt und mit Kastagnetten klappert.

Theos papierner Reiseführer zitierte einen Dichter, Theo übernahm die Verse in seinen Brief: „Wo die weißen Mandeln blühen / Und die duftenden Orangen / Dorten jagt der Ritter lustig / Pfeift und singt, und lacht behag-

lich / Und es stimmen ein die Vögel / und des Stromes laute Wasser …“
Knapp eine Woche blieb Theos Einheit in dieser Stellung, ohne einen Schuss abzugeben, der Frontverlauf war zu unübersichtlich. Und es verging kein Tag dieser Woche, da Theo nicht einen kleinen Einkauf bei Doña Peluca zu erledigen hatte. Einmal tranken sie ein Glas Wein zusammen, und Theo küsste zum Abschied ihre Hand. Ich, schrieb Theo nach Hause, legte zum Abschied meine Lippen auf ihre duftende Hand. In diesem Moment war Theo glücklich.
Im Verlaufe des Freitags flogen Jagdflugzeuge der Roten einige Angriffe auf den Ort, drehten aber ab, nachdem die Flak sich eingeschossen hatte. Am Samstagmorgen sahen die Artilleristen zu ihrem Erstaunen dennoch die republikanische Fahne auf dem Kirchturm des Dorfes. Und am Sonntag kam Theo in die Verlegenheit, einen Befehl an den Batteriechef zu übermitteln: Das Dorf sei unter Beschuss zu nehmen, um die Rückeroberung durch nationalspanische Infanterie vorzubereiten.
Theos Hand zitterte, als er den Funkspruch notierte. Er zögerte; bevor er dem Meldejungen den Zettel übergab, setzte er eigenmächtig einen Satz hinzu: Dabei ist mit unbedingter Rücksicht auf die Bewohner vorzugehen.

Am Montag gegen Mittag ratterten die Kettenschlepper mit den Geschützen durch die zerstörten Straßen, vereinzelt kletterten Menschen über die Trümmer. Theo äugte aus dem Beifahrerfenster des Funkwagens. Am Dorfplatz war die Fassade von Doña Pelucas Geschäft zusammengestürzt, dahinter sah Theo wie in einer

Puppenstube den Laden im Erdgeschoss, Stube und Schlafkammer darüber. Einige Offiziere und zwei Zivilisten standen vor der zerschossenen Kirche, einer der Zivilisten fotografierte. Die Fahrzeugkolonne geriet ins Stocken, laute Rufe, ein Krachen, der Fahrer des Funkwagens hielt. Theo stieg aus dem Fahrzeug. Der Giebel eines Hauses war auf die Straße gestürzt, alles wurde nach vorn befohlen, den Weg frei zu räumen. Theo verdrückte sich, hielt Ausschau nach Doña Peluca. Das Haus, das Theo „Zu den drei Orangen" getauft hatte, war leer. Ein Lampenschirm mit roten Stofftroddeln hing schief überm Wohnzimmertisch, schaukelte im Windzug, irgendwo rutschte ein Bröckchen Putz aus der Wand. Vor einer Mauer gegenüber der Kirche lagen Tote, immer mehr trug man zusammen: Männer und Frauen, Alte, Junge, Kinder.

Das alles finde ich, Jakub, in Theos Kaufmannskladde notiert. Dann folgen in gehetzter Schrift Stichworte, die Bilder aufrufen, Bilder wie aus einem alten Film, von blassen Flecken und dunklen Strichen durchzogen:
Einer der Offiziere betrachtet die Toten, bückt sich über einen Mann im Overall, löst ein schwarzrotes Tüchlein von dessen Arm und zieht es sich wie ein Ordensband durchs Knopfloch. Einer der Zivilisten fotografiert ihn dabei.
Der andere, einen Notizblock in der Hand, gestikuliert. Zwei Männer nehmen die Frauen auf, tragen sie zur Kirche, legen sie vor das Portal auf die obersten Stufen. Der Zivilist mit dem Fotoapparat fotografiert jetzt die Kirche mit den Frauen davor, eine trägt ein helles Kleid mit

dunklen Blumen. Theo macht zwei, drei Schritte auf das Kirchenportal zu und zögert.
Der Zivilist mit dem Notizblock wirkt unzufrieden, bespricht sich mit dem Fotografen, dann steigt er zwischen den toten Frauen umher, schiebt erst vorsichtig mit den Schuhspitzen, dann hastig und grob mit der Hand ihre Röcke nach oben. Der Fotograf fotografiert die Kirche mit den toten Frauen mit den hochgeschobenen Röcken.
Der andere Zivilist bedeutet dem Fotografen zu warten, geht zu dem Offizier mit dem Tüchlein und wechselt mit ihm ein paar Worte. Dann steigt der Zivilist mit dem schwarz-roten Tuch in der Hand auf die Stufen und steckt es einer der Toten in den geöffneten Mund; es ist die mit dem hellgrünen Kleid und den dunkelroten Blumen. Der Fotograf fotografiert die Kirche mit den toten Frauen mit den hochgeschobenen Röcken mit einem Tuch im Mund, der einen Frau mit dem lindgrünen Kleid und den Rosen. Theo steht still und starrt hinüber.
Während der Fotograf fotografiert, geht der andere Zivilist vor seinem Bild auf und ab. Dann geht er zu den Toten an der Mauer und winkt die Leichenträger heran. Er deutet erst auf ein totes Mädchen, dann hinüber zum Kirchenportal. Die beiden Männer stehen einen Moment lang ganz starr, dann schütteln sie fast gleichzeitig die Köpfe und gehen weg.
Theo ist sich nicht sicher, ob die Frau mit dem Tuch im Mund Doña Peluca ist. Er macht noch einmal zwei, drei Schritte auf das Kirchenportal zu. Da ruft der Funkwagenfahrer, dass es weitergeht. Theo springt auf…

3

Damals in Cambrils, an Woltz' Schreibtisch, warf ich seine Kaufmannskladde in die Ecke. Besser keinen Vater als diesen. Was dachte Theo, fühlte Theo in diesem Moment? Wenn er hier auftaucht, dachte ich, stelle ich ihn zur Rede. Besser wäre vielleicht, sich kein Bild zu machen. Du sollst dir kein Bild machen! Jedes Bild ist ein Tuch im Mund eines anderen.
Ich suchte einen Hoelz und fand einen Woltz, ich suchte einen Freiheitskämpfer und fand einen Kaufmann auf Reisen durch einen beiläufigen Krieg, einen zufälligen Zeugen.
Nicht zufällig, dachte ich, nein, freiwillig: Theo Woltz war als Freiwilliger mit Hitlers Wehrmacht nach Spanien gekommen und geblieben. Aber dieser Theo gibt nicht mal einen Nazi her für meinen Hass.
Theo springt also auf das Trittbrett des anfahrenden Wagens, öffnet die Tür und schwingt sich auf den Beifahrersitz. Der Fahrer gibt Gas, und schnell hat die Kolonne den Ort des Tanzes verlassen.
In seine Kladde notierte Theo am Abend: Ans Meer! Wenn wir die Küste erreichen, sagte man uns, wird auch der Krieg zu Ende sein.
Doch dann in der spanischen Glut, der Weg überstieg eine Höhe, muckte der Motor. Rechts ran und die andern vorbei. Der Fahrer öffnete die Motorhaube und guckte und schraubte und kramte schließlich nach einem neuen Kolbenring. Theo zog die Uniformjacke aus, band sich ein Tuch übern Kopf, so dass es auch die Schultern bedeckte, die rötliche sommersprossige Haut. Er stolperte

über rote steinige Erde, streunte umher zwischen Ginster und Esskastanien, legte sich aufs kurze harte Gras und sah Augen und Münder, weit aufgerissen in den alten verschrobenen Stämmen der Bäume. Ein Duft weht durchs Gras, wie von der Hand Doña Pelucas. Theo schrie auf; sprang hoch: Eine Schlange kroch zwischen den Steinen heran. Theo zog die Pistole und schoß. Das Reptil wand sich noch ein paar Mal, dann lag es still.
Von der Straße her schimpfte der Fahrer wegen dem Rumgeballer, schickte ihn weg: Hau ab, besorg lieber Wasser, aber weck nicht die Roten!
Mit einem Wasserkanister in der Hand folgte Theo einem Pfad, der wand sich den Berg hinab, wurde ein Weg, führte in ein Dorf. Auf einer Bank saß ein alter Mann, nickte und lächelte zahnlos herüber. Theo hob den Kanister, der Alte wies die Straße entlang. Zwei Hunde, drei Jungen sprangen über die Straße, Holzknüppel wie Waffen im Anschlag, sie sahen Theo, stoppten, standen Spalier und hoben zum Gruß ihre Fäuste. Theo lachte und reckte den rechten Arm, flach die Hand in die Luft. Die Hunde bellten, die Jungen schrien und schossen mit ihren Knüppeln und Mündern: pjiu, pjiu. Theo schwang drohend die Faust. Da sah er den Brunnen. Zuerst den Brunnen; dann: am Rande des Platzes zwei Männer im Schatten, saßen da im Unterhemd, spielten Karten; dann: zwei Karabiner lehnten am Baum; dann: eine Soldatenmütze über der Stuhllehne; dann: ein Stoffschiffchen, daran ein Stern, dreizackig und, Theo erschrak, rot.
Jetzt sahen die Männer zu ihm herüber. Theo, da er nicht mehr unauffällig verschwinden konnte, ballte die Faust und hob sie zum Gruß. Die Männer grüßten zurück und

riefen etwas herüber. Theo lachte. Das hat sich bewährt im Ausland: freundlich bleiben, lächeln, auch wenn man kein Wort verstand. Theo ging weiter auf den Brunnen zu und wandte sich nicht um.
Der Eimer rasselte in den Brunnen hinab, Theo drehte die Spindel, zog den Eimer hoch … Da hatte er die Schritte schon gehört und spürte den Lauf einer Waffe im Rücken, seine Pistole riß man ihm aus dem Halfter, stieß ihn vorwärts, am Straßenrand standen die Kinder. Ein Schlag gegen die Stirn, ein Stein fiel zu Boden; Kinder johlten, ein Ruf von dem mit der Waffe drohend hinüber; Hunde bellten, spanische Wörter flogen hin und her; heftig, heftiger werden Flüche, Stöße, Tritte, ein Schuss: in die Luft, nur in die Luft.
Einer der Männer stellte Fragen, eine versteht er endlich: El piloto?
Theo schüttelte den Kopf: No, no! Telegrafista.
Man lachte verächtlich, schüttelte die Köpfe.
Theo stutzte; ein Funkwagen kam die Straße entlang, sein Funkwagen, eskortiert von einem Jeep mit bewaffneten Männern.
Da, sagte Theo, el telegrafista.
Nicht sein Kamerad, ein Fremder saß hinterm Steuer, hielt an, stieg aus und öffnete die Beifahrertür; Theos Kamerad fiel in die Arme des Fremden, rutschte auf die Straße, lag da und schwieg; die Augen aufgerissen im gleißenden Licht des Mittags.
Gefangener der Roten, notierte Theo, lange Transporte, eine feuchtkühle Zelle, endlose Verhöre. Nachts von der See her, von Mallorca kommend, unsere Flieger. Bomben krachen.

„Liebste Mutter,
du wirst staunen, jetzt bin ich am Mittelmeer. Noch konnte ich es nicht sehen, da ich erst spätabends Barcelona erreichte, aber ich höre das Tosen der Brandung. Das Hotel hier ist nicht sehr komfortabel, das elektrische Licht ist kaputt. Im Kontor gibt es einige Schwierigkeiten, die mich jedoch nur insoweit betreffen, dass man ein wenig sparen muss und mir deshalb kein besseres Quartier zur Verfügung stellen konnte. Ich hoffe, mich dennoch hier etwas erholen zu können. Verschweigen kann ich dir nicht, liebe Mutter, ~~die Unglücksfälle …~~ (unleserlich gestrichen), dass eine gute Bekannte einen tödlichen Unfall erlitt. Es war der Biss einer Schlange."
Theo lehnte einen Moment an der Zellenwand, dann setzte er sich nieder und spürte, wie sein Hosenboden von Steinplatten kalt durchfeuchtet wurde. Ihn fröstelte.
„Sei unbesorgt, Mutter, ich bin auf der Hut. Gleich morgen werde ich zum Strand gehen und mich in der Sonne aalen. Vorher werde ich mir einen Fotoapparat kaufen, denn inzwischen konnte ich etwas Geld beiseitelegen. Ich hoffe, dass mir das Fotografieren gelingt, damit du dir endlich ein Bild machen kannst."

Theo schreckte auf. Ein Lichtschein blendete ihn. An der Zellendecke baumelte eine nackte Glühbirne. Die Tür ging auf, Theo erhob sich, ein Offizier trat ein, in der Hand einen Stuhl. Er stellte ihn in die Mitte des Raumes, wies Theo mit einer Handbewegung an, Platz zu nehmen. Er bot Theo eine Zigarette an. Theo saß und rauchte. Der Offizier ging auf und ab, rauchte auch und sagte nichts. Er sah auf die Uhr, er sah zur Tür und fing

an, Fragen zu stellen, die Theo nicht verstand, denn er verstand außer einigen Floskeln kaum die spanische Sprache. Der Offizier wurde zunehmend ungehalten. Schließlich wiederholte er mehrmals das Wort Gernika. Theo schüttelte den Kopf, lächelte und sagte: No, Señor. Der Offizier lachte auf, höhnisch, zog schließlich ein Foto aus seiner Brieftasche und zeigte Theo das Porträt einer jungen Frau, kommentierte es mit einer Stimme, die plötzlich zu versagen schien, dann am Schluss vernahm Theo erneut das Wort Gernika.
Da glaubte Theo zu verstehen, er nickte und zog lächelnd gleichfalls ein Foto aus seiner Brusttasche, hielt es dem Offizier hin und sagte: Aurelia. Madre.
Da schlug der Offizier ihm ins Gesicht.
Im selben Moment öffnete sich die Zellentür. Theo mit blutender Nase hörte eine Stimme, hörte wie einer sagte, ohne Akzent, beinahe freundlich: Guten Tag!

In Barcelona traf ich Max, schrieb Theo Woltz in seine Kaufmannskladde. Und ich ergänze den Namen: Max Hoelz. Hoelz war nicht in der Oka ums Leben gekommen, weder im Rausch hineingestürzt, noch vom Geheimdienst ertränkt. Um derlei zuvorzukommen, so stelle ich mir vor, hatte er selbst seinen Tod inszeniert und die Jacke mit den Papieren im Fluss treiben lassen. Unter falschem Namen hatte Hoelz die Sowjetunion verlassen und war nach Frankreich gegangen.
So könnte es gewesen sein: Im Sommer 1936 war Hoelz schließlich im Auftrag einer deutschsprachigen Exilzeitung nach Spanien gekommen, um über die Arbei-

terolympiade zu berichten. In jenen Wochen putschte das Militär gegen die Republik, und Hoelz schloss sich einer der Milizen an, denen es in Barcelona gelang, die Offiziersrevolte niederzuschlagen. Hoelz reiste durch die schrumpfenden republikanischen Regionen, schickte seiner Redaktion Fotos und Berichte von den Fronten und den sozialen Umwälzungen im Hinterland. An der Aragónfront geriet er in ein Gefecht und wurde verwundet. Später genas er in Barcelona, wo er im Mai 1937 in die Kämpfe zwischen verschiedenen republikanischen Fraktionen geriet.

Das habe er nie verstanden, meinte Theo, als wir uns in seinem Haus in Cambrils nächtelang unterhielten. Es habe, sagte mir Theo, auch auf ihrer Seite Frotzeleien mit den Italienern gegeben und Naserümpfen über Francos marokkanische Truppen. Doch diese Roten hätten sich untereinander bekriegt.

Diese Roten? Max, sagte Theo, habe damals gelacht: Für euch gibt es links von Hitler doch nur Bolschewiken!

Aber manchmal, sagte Theo, sei Max so richtig in Rage geraten, bei den Verhören und auch später, als Max ihn und zwei weitere gefangene Legionäre nach Frankreich eskortierte. Man hätte euch, sagte er dann, lieber den Barcelonés überlassen sollen!

Auch wegen der allnächtlichen deutschen Bombenangriffe war Theo erleichtert gewesen, als ihm Max mitgeteilt hatte, die republikanische Regierung habe angewiesen, alle Gefangenen über die Grenze nach Frankreich zu bringen. Man könne nämlich, wie Max erläuterte, nicht garantieren, dass er, Theo, und seine Kameraden nicht noch kurz vor dem nationalspanischen Einmarsch gelyncht würden.

Ein republikanischer Offizier erhielt den Auftrag, die Gefangenen sicher über die französische Grenze zu geleiten. Er nahm zwei Soldaten mit, einen kleinen Lastwagen samt Fahrer und als Dolmetscher Hoelz.
An einem kalten Januartag fuhr der kleine Trupp die Küstenstraße entlang. Ihr Fahrzeug schob sich durch die Ströme flüchtender Zivilisten und blieb immer wieder eingekeilt zwischen Fuhrwerken und Armeelastern stecken. In der zweiten Nacht erwachte Theo fröstelnd, vergeblich tastete er nach seinem dicken Militärmantel, um ihn sich wieder über den Körper zu ziehen. In diesem Moment ertönte das Geschrei ihres Fahrers. Man hatte ihn schlafend aus dem Führerhaus geworfen, und Theo sah den kleinen Lastwagen ohne Licht in der Dunkelheit verschwinden. Eine der Gestalten auf der Ladefläche schwenkte lachend Theos Mantel.
Am dritten Tag wurden sie von Tieffliegern beschossen. Dabei kam einer der sie begleitenden Soldaten ums Leben. Bevor sie ihn begruben, wies Hoelz Theo an, sich den Mantel des toten Republikaners zu nehmen.
Im Laufe des vierten Tages kam ihnen durch die Kolonnen der Flüchtenden das Gerücht entgegen, dass Frankreich seine Grenze zu Spanien vorerst geschlossen habe. Der Fahrer schlug vor, einen Pfad in nordwestlicher Richtung durch die Berge einzuschlagen und sich in einem der Pyrenäendörfer einem kundigen Führer anzuvertrauen. Dass er da schon die Absicht hatte, die nächste Gelegenheit zu nutzen, um sich abzusetzen, konnte Theo später nur vermuten.
Theo, auf dem Weg durch die Berge, schrieb, wenn sie abends in einer Schäferei oder verlassenen Jagdhütte

Zuflucht fanden, nach Hause, auch, wenn er nicht wusste, ob die Briefe je zugestellt werden würden.

„Liebste Mutter,
es haben sich nun doch einige Veränderungen ergeben, die sich, so hoffe ich, zum Guten wenden werden. In den letzten Wochen gingen über Barcelona heftige Unwetter nieder. Eine Gewitterwand nach der anderen zog von Meer her über die Stadt. Die Niederschläge waren so heftig, dass die im Souterrain gelegenen Räume unseres Kontors innerhalb weniger Stunden unter Wasser standen und viele Waren verdarben. Der Chef entließ uns nach Hause, und so verbrachte ich viele unnütze Stunden in der bescheidenen Herberge, von der ich dir bereits berichtete. Am selben Ort lernte ich kürzlich einen Geschäftsmann kennen, der, wie sich schnell herausstellte, im Auftrag eines konkurrierenden Unternehmens in Barcelona weilte. Er machte mir bald das Angebot, in seiner Firma als Prokurist(!) anzufangen. Nun rate, liebste Mutter, wo diese Firma ihren Sitz hat? In Granada!!
Vater, von dir habe ich gelernt, neben dem Plus auch das Minus zu berechnen, so dass ich mir einige Tage Bedenkzeit ausbedungen habe.
Das, sagte darauf mein neuer Bekannter, sei recht so. Er lobte mich meiner Vernunft wegen und der Treue zum alten Kontor. Er lud mich auf einige Tage ein, einen Ausflug in die Pyrenäen zu unternehmen bis nach Frankreich hinüber.
Denke dir, Mutter, als wir am Abend von den Bergen aus an der fernen Küste Barcelona liegen sahen, sagte er den Mohrenkönig auf, den Boabdil, den ganzen beinahe

fehlerfrei. Beinahe: Nicht ohne Genugtuung durfte ich ihm bei einem der Verse weiterhelfen.
‚Nicht allein der Triumphator,
Nicht allein der sieggekrönte
Günstling jener blinden Göttin.
Auch der …‘, rezitierte er und stockte.
Mir Mutter, schien er in diesem Moment wie der besiegte Maurenfürst selbst zu sein, der auf dem Bild, das du mir schenktest, auf das für immer verlorene Granada blickt.
Und da er nicht fortfuhr zu sprechen, ergänzte ich die fehlenden Verse:
‚Auch der blut'ge Sohn des Unglücks,
Auch der heldenmüt'ge Kämpfer,
Der dem ungeheuren Schicksal
Unterlag …‘, gemeinsam fuhren wir fort: ‚wird ewig leben, in der Menschen Angedenken …‘ und so weiter.
Gerührt drückte er mir die Hand. Max, denn seit jener Stunde durfte ich ihn bei seinem Vornamen nennen, bat einen seiner Angestellten, doch an dieser Stelle von uns ein Foto zu machen. Auf diesem, wie er sagte, Berg des letzten Seufzers. Denn dies, und er wies auf Barcelona, sei sein Granada.
Guter Vater, die geschäftlichen Beziehungen in diesem Land sind voller Fallstricke. Und ich muss sagen, die Mittel, die ich hier angewandt sehe, verderben in meinen Augen den Zweck. Das betrifft nicht nur unser Kontor, sondern, wie mir Max bestätigte, auch sein Konsortium.
Wir, pflegst du zu sagen, sind ehrliche Kaufleute. Vielleicht, wage ich einzuwenden, ist das wohl nur in Enzthal möglich.
Euer Sohn Theo“

7. März 1974, Tarragona
Drei Monate habe ich nun aus dem Zellenfenster auf die Engelstür geblickt und mich gefragt, was wohl dahinter ist. Ich weiß nichts von Gott und solchen Sachen. Manchmal denke ich an Torbern, horche in mich hinein, lausche, ob er mich ein weiteres Mal vor dem Tod bewahren kann?
Heute kam Woltz mich besuchen, unerwartet. Muss ich ihm das gutschreiben in meiner „Kaufmannskladde"? Ja, denn er hätte tot sein können. Ich allerdings auch. An jenem Abend in Cambrils, als wir uns das erste Mal begegneten.

Ich lag auf der Couch und drehte unser letztes Gras ein. Auf dem Tisch die Pistole. Ich war froh, dass wir bisher nicht schießen mussten. Laurenas Stimme klang aus dem Bad: „Oh Lord, won't you buy me a Mercedes Benz?"
Plötzlich ein Geräusch, nicht vom Bad her, sondern im Flur. Ich griff instinktiv zur Waffe und sprang auf … Da sah ich ihn in der Tür stehen, ein Gewehr im Anschlag. Keine Uniform, eher Waidmannskluft. Woltz?, dachte ich.
Laurenas Stimme: „My friends all drive Porsches … I"
Und er, erregt: Die Hände hoch! Der Lauf seines Gewehres schwenkte nervös hin und her, suchend.
Ich ließ die Pistole fallen, schob sie mit dem Fuß zur Seite und sagte: Herr Woltz? Theo Woltz?
„And I must make amends …"
Er, noch immer das Gewehr schussbereit, tastete nach dem Telefon auf dem Schränkchen neben der Tür.
„Worked hard all my lifetime …"

Und ich dachte: Wenn er jetzt die Polizei ruft, sind wir geliefert.
„... no help from my friends", verdammte Scheiße, wer ist das? Laurena stand in der Badezimmertür, ein Handtuch um den Kopf, sonst nackt.
Woltz, oder wer auch immer der Typ mit dem Gewehr war, blickte irritiert zu Laurena, dann wieder zu mir, dann auf das Telefon; die Wählscheibe surrte, einmal, zweimal...
Laurena begriff, und ich sah ihre nackten Zehen tasteten nach der Waffe.
Ich schüttelte den Kopf, doch sie hatte nur den Typ im Blick, den Typ mit dem Gewehr, den Typ, der gleich die Polizei an der Strippe hatte.
Ich sagte: Herr Woltz, ich komme Valeskas wegen... Ich sagte es laut und deutlich. Aber er schien es zu überhören, oder den Sinn nicht zu verstehen oder gar die Sprache nicht. War das also doch nicht Theo Woltz?
Ich soll Sie aus Enzthal grüßen, von...
Die Scheibe surrte ein letztes Mal; er, den Hörer noch in der Hand: Wie geht es meinem Vater... Wie geht es Kaufmann Woltz?
Ich atmete auf und sagte: Ihr Vater ist gestorben.
Laurena nahm das Handtuch vom Kopf und wickelte es sich um den Leib.
Woltz legte den Hörer ganz sacht auf die Gabel.

Ein verwundeter Büffel, habe ich gedacht, als er am nächsten Morgen hereinkam vom Strand. Zerhauene Sehnen, schwer zog er die Beine nach bei jedem Schritt, als sei der weiß gedeckte Tisch, an dem wir saßen, die

Schlachtbank. Die Beine, sagte er, voll Schmerzen, doch fremd.
Er saß im milden Licht des Morgens, das vom Meer her im Wechsel mit Wolkenschatten durch die Fenster glitt; ein massiger Körper im dunkelblauen Zweireiher, massiger Schädel unter weißem Haar, nach hinten gestriegelt. Nase und Lippen dazu unpassend fein geschnitten, die Brille dunkel getönt.
Auch jetzt suchte ich seinen Blick hinter den Gläsern vergeblich, wie schon am Abend zuvor, als er uns, mich vor allem, examiniert hatte: Woher, wohin, warum? Und Sie, Señor, hatte er mich gefragt und dabei die spanische Anrede wie einen Schild gebraucht, und Sie wurden tatsächlich in Helmenrieth aufgefunden, in einem Kinderheim? Aufgefunden? Ausgegraben wohl eher, hatte ich geantwortet und sogleich meinen Ton des Vorwurfs bereut. Denn Woltz hatte daraufhin geschwiegen und uns lediglich eine gute Nacht gewünscht, wir dürften uns als seine Gäste betrachten – vorerst, schränkte er ein und entschuldigte sich sogleich für diese, wie er sagte, Unhöflichkeit. Er müsse nachdenken.
Dieses Vorerst hatte Laurena veranlasst, noch in der Nacht unsere Sachen im Auto zu verstauen. Ich aber wollte nicht weg, wegen Woltz; und hatte nach der halben Nacht Laurena überzeugt: das Haus eines Legionärs sei momentan für uns der sicherste Ort in ganz Spanien.
Jetzt, am Morgen, öffnete Laurena das Fenster, herein drang das Rauschen der Brandung und die Rufe einiger Möwen. Auf dem Tisch in weißen Schalen glänzte goldbraun der Tee.
Eine schöne ordentliche Welt im Kleinen, läge nicht die

Kladde in seinem Schreibtisch; stünde draußen hinter den Pinien nicht fluchtbereit unser Auto, im Handschuhfach die alte Pistole. Alles drängte nach Abrechnung.
Und Woltz selbst trug, als wir aßen, sein Jackett, als sei dies nicht sein Zuhause, sondern ein öffentlicher Ort. Wie eine Rüstung, dachte ich.
Woltz, als hätte ich dies eben ausgesprochen, sagte, er habe hier noch nie Gäste empfangen.
Jetzt sind wir hier, sagte ich.
Und er: Warum?
Ich: Das wissen Sie, Valeskas wegen.
Da nahm er – endlich, dachte ich – seine dunkle Brille ab. Dass ich das erste Mal in seine Augen sah: wasserblau, erschöpft, Brunnen vor dem Versiegen. Ich konnte, schien mir, mehr darin lesen als in seiner Kaufmannskladde und seinen Briefen nach Enzthal.

4

Woltz in Cambrils. Er war allein, wenn er die Berge im Hinterland durchstreifte, wobei er ein Jagdgewehr, für das er einen Waffenschein besaß, mit sich führte, nicht um zu jagen, dies erlaubte seine nachlassende Sehkraft nicht mehr. Sondern weil er mit den Jahren noch furchtsamer geworden war. Furchtsam und mürbe wie die Bauchdecke, zerstochen vom Insulin.
Er war allein, wenn er einen Stuhl an den Strand trug, sich dort stundenlang niederließ, um das Meer zu betrachten und in Gedanken Briefe zu schreiben: Es ist mir gerade recht, liebe Mutter, dass ich hier bin.

Daran hatte auch die zunehmende Zahl der Urlauber nichts geändert, die vornehmlich aus Deutschland kommend, die Küsten des Meeres heimsuchten. Ja, er hatte gelernt, dem Gekreisch kleiner Kinder ebensowenig Beachtung zu schenken wie dem Geschrei der Möwen, und die dunklen Gläser seiner Brille schützten seine Augen nicht nur vor dem blendenden Vormittagslicht, sie tilgten gleichsam den Anblick der Urlauber aus der Landschaft. Also, wer sollte ihn besuchen kommen? Ein einziges Mal war er selbst einer Einladung gefolgt. Er hatte sich gerade in Cambrils niedergelassen, als ein Verein der deutschen Kolonie im Herbst 1971 nach Barcelona zu einem Festessen einlud, an dem auch der bundesdeutsche Außenminister teilnehmen sollte.
Nachdem der Diplomat einen Toast auf die althergebrachte und ungetrübte Freundschaft zwischen dem deutschen und dem spanischen Volk ausgebracht hatte, bemerkte sein Tischnachbar: Tja, mein Bester, früher haben wir zusammen mit unseren spanischen Freunden die Roten aller Herren Länder zusammengeschossen, und jetzt wird denen sogar hier der rote Teppich ausgerollt. Was soll's, er winkte ab, ob sozial ob liberal, ist doch alles scheißegal. Nehmen Sie auch noch einen Aperitif? Na ja, dieser Franco war schon immer ein Opportunist! Gestatten, Krampell!
Wie sich während des Essens herausstellte, kannte man sich von der gemeinsamen Pyrenäenwanderung unter den ungewöhnlichen Umständen des Jahres 1937.

Man hatte die Nacht in einer Hütte verbracht und war gerade aufgebrochen: Woltz, die beiden deutschen Pilo-

ten und ihre Bewacher: Hoelz und die verbliebenen zwei republikanischen Spanier. Während man in ein Tal hinabstieg, gelang es einem der beiden Flieger, den Karabiner des Soldaten an sich zu bringen. Daraufhin kam es zu einer Schießerei, wobei der Deutsche und der spanische Offizier zu Tode kamen; der Soldat erhielt einen Schuss in die Schulter. Nachdem Theo die Wunde auf Anweisung von Hoelz notdürftig versorgt und der zweite Flieger die Toten mit Zweigen bedeckt hatte, setzte man den Abstieg fort und stieß alsbald auf ein einzelnes Gehöft. Den Verletzten ließ man am nächsten Morgen bei den Bewohnern zurück. Auf deren Ratschlag hin führte Hoelz die zwei Legionäre nun wieder in Richtung Küste, um der Kälte der Berge zu entgehen und der Gefahr, sich zu verirren. Auch sorgte Hoelz sich um den eingetopften Setzling, den er seit Barcelona in einem Wollsack bei sich trug.

Man war wohl zwei Stunden schon unterwegs, da schreckte ein Aufschrei die beiden Legionäre aus ihren Gedanken. Sie wandten sich um und sahen Hoelz, der sich fluchend bemühte, einen Fuß aus einem Schlageisen zu ziehen. Ehe sich Theo versah, hatte der Flieger Hoelz' Gewehr gegriffen und hielt die Mündung an dessen Kopf.

Theo rief: Halt! Lass, Krampell, du hetzt uns noch die Roten auf den Hals! Und schade um die Kugel, der verreckt hier sowieso.

Theo zog seinen Kameraden beiseite, fragte: Wo sollen wir überhaupt hin?

Wohin wohl, zu den Unsrigen natürlich!, sagte Krampell, los komm!

*„Meine liebe Mutter,
es ist geschafft: ich sitze in einen warmen Mantel gehüllt an der Promenade am Strand unweit der spanischen Grenze auf französischer Seite. Meine Augen baden im Türkis des Meeres. Eben tollt ein Knabe hinunter an den Strand, gefolgt von einer jungen Frau, die wohl seine Mutter ist. Der Junge steht dicht am Saum des Wassers; jedes Mal, wenn es sich nach einem Wellenschlag dicht an seine Füße schiebt, springt er schreiend zurück; immer wieder, bis die Mutter ihn ermahnt. Jetzt hält sie ihm eine Papiertüte hin. Er greift hinein und wirft Krumen in die Luft, und sofort stürzt sich eine der Möwen darauf, und sogleich ist es ein ganzer Schwarm, der mit den Flügeln schlägt und mit den Schnäbeln hackt. So mag wohl, liebe Mutter, dem Herrgott unser irdisches Treiben erscheinen.*
Da, Mutter, fällt mir ein, wie wir, ich muss damals, wie dieser Junge heute, kurz vorm Eintritt in die Schule gewesen sein, unter den Kastanien am Enzthaler Teiche standen und ich erst den Gänsen von einem Stück Napfkuchen hinstreute, um sie dann zu jagen, bis ich selber zum Gejagten wurde, als der Ganter auf mich losging. Und ich staunte, wie du daraufhin die Arme ausbreitetest wie er seine Flügel und ihn mit lautstarkem Gaken so beeindruckt hast, dass er innehielt, den Kopf schief legte und dich ansah; so, als überlege er gerade, wie man mit dir Freundschaft schließen könne. Du strecktest deine Hand aus, er schmiegte seinen dicken Ganterkopf hinein, und von diesem Moment an war ich überzeugt, dass du mit Tieren reden kannst.
Vater, der Eintritt in das Konsortium hat sich aus vielerlei Gründen zerschlagen. So freundlich Max in seinem Cha-

rakter war, so unklug schien er in seinen unternehmerischen Entscheidungen. Es heißt, obwohl er selbst sich in unseren letzten Gesprächen vom Gegenteil überzeugt gab, sein Konsortium stehe trotz vielfältiger internationaler Beteiligungen kurz vor dem Bankrott. Man trifft hier in den Cafés manchen seiner ehemaligen Mitarbeiter, viele Franzosen darunter, Polen vor allem und sogar Amerikaner, die nicht wissen, was nun werden soll.
Die überaus harte Konkurrenz zwischen Max' Konsortium einerseits und unserem Kontor sowie dessen spanischen Partnern andererseits hat seinen Tribut gefordert. Woran ich mich auch kaum würde gewöhnen können, sind die vielen politischen Rücksichten, die ein spanischer Geschäftsmann nehmen muss. Ein Geschäftsessen wird zur Tortur, wenn man vergisst, saß zur Linken ein Anhänger von König Alfons und zur Rechten ein Bewunderer König Karls oder umgekehrt, war das Gegenüber katholisch eingestellt oder eher nationalrevolutionär. Wie erwähnt, ging es Herrn Hoelz mit seiner Klientel ähnlich. Da lobe ich mir doch die einheitliche Meinung in der Heimat, da weiß ein jeder, woran er ist! Gut, dass der Herr Reichskanzler den Streitereien ein Ende gesetzt hat.
Max trägt mir, so glaube ich, meine Absage an das Konsortium nicht nach. Ja, wir schieden in bestem Einvernehmen. Und er schenkte mir, weil ihn die Umstände wohl von der Heimat fernhalten würden, zum Abschied gar sein Apfelsinenbäumchen. Das hatte gewiss in einer kleinen Hilfeleistung, die ich ihm während unseres Pyrenäenausflugs zuteilwerden lassen durfte, eine Ursache. (Max war nämlich in ein Tellereisen geraten, aus dem

ich ihn befreite. Wodurch, wie er versicherte, ich ihm das Leben, liebste Mutter, gerettet hätte.)
Eben ruft mich einer der Hotelburschen zum Abendessen, und ich muss schließen. Nur so viel noch: Ich habe mich inzwischen schriftlich an die deutsche Botschaft gewandt. Im Grunde bin ich froh, dass meine spanische Reise nun zu Ende geht. Doch eines Tages möchte ich, liebe Mutter, mit dir auf den Zinnen der Alhambra stehen und auf die schneeweißen Gipfel der Sierra Nevada schauen. Ihr guten Eltern seid gewiss, nun sehen wir uns bald wieder!
Euer Sohn Theo"

Meine Herren, sagte Krampell in die Runde, ich hätte damals diesem roten Hund doch liebend gern eine Kugel durch den Kopf gejagt, als der nun einmal in der Falle saß. Wo, mein lieber Woltz, waren Sie auf einmal abgeblieben? Ich wartete damals gewiss eine Stunde und mehr.
Verirrt, sei seine Antwort gewesen, so berichtete Theo mir in Cambrils. Dass er zurück zu Max gelaufen sei, der im Sinne des Wortes noch immer in der Falle saß, das habe er Krampell verschwiegen.
Und als man später rauchend zusammenstand, habe ihm der Oberst a.D. die alte Kameradschaft mal links, mal rechts auf die Schultern gehauen, dass er, Woltz, sich früher als geplant aus der Runde verabschiedet habe. Dass der versprochene Besuch Krampells bisher ausgeblieben war, habe er nicht bedauert.

8. März 1974, Tarragona

Drei Monate also bin ich jetzt hier, ein Jahr weniger als ich damals im „Roten Ochsen“ einsaß. Nein, ich werde nicht, wie ich einen Moment versucht war, hier an die Wand kritzeln, was ich dort gelesen hatte: Wie kannst du frei sein, wenn dein Herz eine Zelle ist? Der das geschrieben hatte, erfuhr ich später, hatte sich auf dem Gefängnishof mit Benzin übergossen und angezündet.

Ich aber bin keine Fackel.

Als Edgar Max Hoelz nachforschte, folgte ich, Jakub, eigentlich der Spur nach Enzthal, um seine Mutter zu finden. Als Edgar Flugblätter gegen Franco ins Auto lud, war ich unterwegs zu Woltz, einem meiner möglichen Väter. – Quidproquo, das eine für das andere.

Warum musste ich scheitern? Scheitern, gerade als Edgar und Jakub zusammen – das vielleicht einzige Mal zusammen – unterwegs waren; unterwegs und zurück zu Marie! Im Gepäck die Nachricht: Du, Marie und ich, wir sind frei, endlich frei zusammenzuleben. Du eine Karge, ich ein Woltz.

Im Handschuhfach: die Weltkriegspistole. Die Straßensperre, die Angst, ja Panik, zu spät zu kommen, Marie jetzt zu verlieren für immer. Warte Marie, warte, geh nicht zurück über die Grenze. Ich schoss und verlor sie für immer.

Ein Findling sein, ein großer ruhender Stein, nicht atmen, nicht fühlen, dem Enzthaler Eckstein gleich. Nur sich selber Mittelpunkt sein. Den Vater, die Mutter zu Fremden machen: Theo und Valeska; und zu einer Fremden: Marie. Damit es erträglich wird, sagt Edgar. Und ich, Jakub, schreibe:

Ein Findling von weitem, ein mächtiger Brocken, so mochte es auch den vereinzelten Spaziergängern erscheinen, die an diesem frühen Herbsttag den Strand von Cambrils aufsuchten. Im Näherkommen sah man einen älteren fülligen Mann in einem Korbstuhl am Meer, dessen weißes Haar der Wind zu einer Korona aufblähte, dessen Sonnenbrille die Augen – Schlaf oder Tod oder Wachsamkeit – verbarg. Neben dem Stuhl auf dem Boden lag ein Notizbuch. Böen blätterten, Sand schmirgelte über die Seiten.

In Jakubs Notizen hatte Theo Woltz den Tod seines Vaters, Oskar, beschrieben gefunden. Und er hatte die Vermutungen über Aurelias, seiner Mutter, Verbleib, nickend zur Kenntnis genommen. Er war Jakubs Erkundungen über Valeska gefolgt, hatte über Unleserlichkeiten gestöhnt und den Kopf über Verdächtigungen geschüttelt. Was ihm nicht gelang, seine Erinnerungen mit den Aufzeichnungen Jakubs in Übereinklang zu bringen. Fakten ja, sein Leben nicht.

Er, Theo, würde sich erklären müssen, rechtfertigen auch, vielleicht verteidigen sogar. Er wollte das nicht, es war ihm zuwider.

Aber Jakub wartete drin. Jakub und diese Laurena – was war sie, Freundin, Braut, Komplizin? – sie saßen am Tisch und erwarteten ihn wie schon am Morgen nun am Abend; er würde erscheinen müssen vor diesem Gericht. Vielleicht wäre es besser gewesen, er hätte sich durch diesen jungen Menschen, der sich Jakub nannte, erschießen lassen, als sie das Schicksal am Vortag einander gegenübergestellt hatte. Aber, nicht auch das noch, Theo Woltz, wolltest du ihm antun!

Immer hatte er nur von anderen gehört, dass es dieses Kind gab. Und jede Nachricht darüber verband sich für ihn mit Angst. Schon Valeskas Satz: Wir bekommen ein Kind, hatte Panik in ihm ausgelöst. Damals hinten im Lager des elterlichen Ladens hatte er heftig den Kopf geschüttelt und gesagt, dass das gar nicht sein könne, er sei doch beim Arzt gewesen, er sei doch sterilisiert! Und wer weiß, mit wem sie …
Da war sie schon aus dem Laden gelaufen. Und er? Gerufen, hinterher: Nu, heul doch nicht gleich!
Und auch er war es, der heulte, verkrochen hinter Säcken voll Zucker und Kartons voller Konserven. Ein Vorrat, um fünf Kriege zu überdauern, doch keine Stunde dieser Scham. Er hatte gelogen, er hatte sie und sich verleugnet, und das Kind. Draußen schrie im Dorf der erste Hahn.
Er memorierte alle Gründe, die ihm rieten, nun, da es getan war, auch dabei zu bleiben:
Sie werden mich drankriegen, weil ich mich nicht habe sterilisieren lassen.
Sie werden Dr. Heubach drankriegen, weil er mir den Schein auch so gegeben hat, denn ich hatte doch seinen Sohn aus dem Granattrichter gezogen.
Sie werden uns das Kind sowieso wegnehmen und, wie Mutter, nach Stadtroda bringen.
Sie werden Valeska aufknüpfen wie Józef. Und mich nach Auschwitz bringen wie die Martha. Oder umgekehrt.
Er durfte *einfach nicht der Vater sein! Das musste auch Valeska begreifen. Aber sie durfte sich auch nicht verplappern.*

Du darfst dich nicht verplappern, sagte er zu Valeska, als sie sich in der Abenddämmerung wieder trafen, als sie hinterm Alten Gut zwischen Holunderbusch und Scheune zusammensaßen, hockten, kauerten. Im Rücken die Wand aus Ziegelbruch, Stroh und Lehm, vor ihnen die Dolden verblüht. Kein Nest unterm Giebel, kein Nest im Strauch. Eins, zwei, drei, vier, Eckstein, alles muss versteckt sein! Hörst du, Valeska, alles! – Vor allem: das Kind. Am besten wegmachen! Ja, das ist am besten!
Und da flüstert sie, so leise, so laut, dass Woltz es jetzt noch hört, dass er es bis nach Spanien hört, bis hierher an den Strand. Ganz, ganz leise flüstert sie, sodass die Wörter im Rascheln der Blätter verschwinden.
Und er fragt wieder, was hast du gesagt? Und hat längst verstanden, dass sie so etwas niemals tun werde. Niemals!
Woltz atmet schwer und schabt mit dem Daumen in der Scheunenwand aus Lehm und Stroh. Er sagt: Kann es nicht einer von euch gewesen sein? Ich meine, für die Leute; verstehst du, nur so für die Leute.
Dann, sagt sie, werden sie mich nach Hause schicken, nach Polen zurück. Ich will nicht zurück, da ist alles noch schlimmer.
Er stöhnt: Schlimmer? Ein Splitter Stroh schiebt sich unter den Daumennagel. Er spürt es auch jetzt, den Schmerz, die Angst. Stroh, denkt er, dass das so hart sein kann.

Gesehen hat Theo das Kind Jakub nur einmal im Laden. Das Gesicht in dem weißen Tuch so klein; die winzige Hand, die sich um seine Fingerkuppe schloss, als lande

ein Falter. Sonst waren sie sich, Valeska und er, die wenigen Male, die er noch auf Urlaub gekommen war, wie vereinbart aus dem Weg gegangen.
An seinem letzten Urlaubstag, den man ihm noch im März 1945 nach einem Lazarettaufenthalt gewährt hatte, verabschiedete er sich von seinem Vater und marschierte am Alten Raine entlang zum Bahnhof. In einer Senke zwischen den Feldern jedoch schlug er einen Bogen ins Erlenwäldchen an der unteren Enze hinein, von wo aus er sich in der Dämmerung zum Juttastollen begab. In einer schwer zugänglichen Schlotte fand er, wie von Valeska beschrieben, ein paar Decken und Lebensmittel.
In den ersten Tagen des April war Valeska gekommen und hatte Nachschub gebracht. Beide waren sich einig, auf diese Weise das Kriegsende abzuwarten. Eines Tages jedoch erschien außer Atem Valeska, ein Trupp Wehrmacht nähere sich dem Heiligenborn mit der Absicht, sich hier zu verschanzen. Sie müssten schnellstens hier weg! Weg und nach Helmenrieth: das Kind holen! Dann zu den Amerikanern.
Kaum war Theo Woltz aus dem Stollen getreten, hörte er rufen: Hier, Kameraden, ist einer! Valeska kroch zurück in die Schlotte, hörte kurz darauf vom Eingang her die deutschen Soldaten. Einer schrie etwas von Deserteur und Standgericht. Ein anderer fuhr dem Schreier übern Mund und fragte Woltz nach den Örtlichkeiten. Woltz erklärte, verschwieg natürlich die Schlotte und versuchte, die Heide oben als besseren Platz zur Verteidigung zu empfehlen. Doch mitten in die Debatte des Für und des Wider rief einer: Panzer! Der Ami!

Im selben Moment, so Theo Woltz, seien Schüsse gefallen und Granaten in den Hang gekracht. Ein Schlag gegen den Brustkorb, und er habe das Bewusstsein verloren. Er sei erst in einem Lazarett der Amerikaner wieder zu sich gekommen.

Ich kann dir den Splitter zeigen, sagte Woltz, schreibt Jakub, und ging zu seinem Schreibtisch und holte aus der Lade das Metallstück hervor, hielt es hoch in die Luft, wie ein Kind einen Papierflieger hält: Ssst und dann stak es hier wie ein Messer im Brustbein. Und die Narbe auch, hier, sagte er, erhob sich und knöpfte sein Hemd auf. Dann sackte er zurück auf den Stuhl: Ich konnte *ihr nicht helfen.*

Später, nach seiner Rückkehr aus der Gefangenschaft, habe er oft vor dem verschütteten Stollen gestanden. Und gehofft, dass sie überlebt habe. Auch in Helmenrieth habe er sich erkundigt, aber dort wollte und konnte ihm keiner Auskunft geben über das Heim, nur Gerüchte: Man habe die Kinder weggebracht; umgebracht, sagten manche. Mit den Jahren habe er sich abgefunden, die Arbeit in seines Vaters Geschäft wäre dabei eine Hilfe gewesen, besonders die alten Pläne für ein Landwarenhaus zu beleben, das wäre ihm und dem Vater eine Freude gewesen.

An einem sonnigen Frühlingstag Anfang der fünfziger Jahre hätte ein Fremder im Laden gestanden und nach einem guten Wein gefragt.

Dann erzählte der Fremde von der leichten Hanglage seines Gehöfts und einem prächtigen Weinstock an der Südwand des Stalls. Er könne sich gut eine Zukunft als Winzer … das Angebot auch in Enzthal bereichern …

Nur leider, leider werde er hier des Ungeziefers nicht Herr.
Er seufzte: Ach, wenn man nur ein Mittelchen hätte zur Schädlingsbekämpfung.
Kalkarsen, sagte Theo, spürte aber sogleich einen leichten Stoß des Vaters mit dem Fuß. Theo fuhr jedoch fort: Wir haben noch etwas auf Lager, Vorkriegsware!
Es täte ihm leid, sagte der Vater, nur auf Bezugsschein bei Kartoffelkäferbefall.
Theo zuckte die Schultern und drückte die Ladenkasse. Dann deutete er mit einer Kopfbewegung nach draußen. Der Fremde verstand, und wenig später wechselten an der Außentür des Lagers ein Geldschein und eine Pulverdose ihren Besitzer.
Anfang Juni las Theo Woltz seinem Vater wie jeden Mittag aus der Zeitung vor: In B. mussten vorgestern sechs Kühe der Genossenschaft notgeschlachtet werden. Untersuchungen haben ergeben, die Tiere sind mit Klee gefüttert worden, der mit Kalkarsen bestäubt worden ist. Der Tat überführt worden sei ein Agent des westdeutschen Geheimdienstes, den die Sicherheitsorgane seit längerem und so weiter und so fort…
Kühe vergiften, nein, sagte der alte Woltz, keiner von hier, kein Bauer, kein richtiger Bauer brächte so etwas fertig.
Schuld, sagte Theo, sind die mit ihrer Kolchose. Das hält sich, dachte er, wie in Spanien nicht lange!
Nur gut, sagte der alte Kaufmann, dass wir von dem Zeug nichts mehr verkauft haben.
Nur gut, sagte auch Theo und wartete den ganzen Nachmittag auf das Erscheinen der Polizei. Gegen Abend fuhr

ein Auto vor, dem entstieg ein gut gekleideter Mann in Zivil. Theo erkannte ihn erst auf den zweiten Blick, es war Hoelz.
Theo machte seinen Vater eilig mit seinem alten Geschäftsfreund aus der spanischen Zeit bekannt. Eben jener, von dem das Apfelsinenbäumchen stamme, das leider …
Hier nahm Oskar Woltz die Schuld mangelnder Fürsorge auf sich, da Theo im Krieg gewesen sei und so weiter.
Der Gast machte eine beschwichtigende Geste und entschuldigte sich seinerseits Theos Vater gegenüber für seine gewiss unhöfliche Eile, aber er müsse dringend etwas mit Theo besprechen.
Nach Zigarettenlänge hatte sich Hoelz verabschiedet und Theo eröffnete seinem Vater, dass er sich noch in der Nacht auf den Weg über die Grenze machen müsse. Hoelz habe ihn gewarnt. Man bereite eine Anklage gegen ihn vor, wegen …
Wegen?
Wegen einer alten Sache damals in Spanien, sagte Woltz und schwieg vom Kalkarsen.
Was für eine Sache?
Ach, Vater, es hat Unregelmäßigkeiten gegeben. Damals.

8. März 1974, Tarragona
Von seiner Zeit im Westen erzählte Theo damals in Cambrils nicht viel. Sagte, unpolitisch sei er gewesen. Einladungen zu Kameradschaftstreffen immer ignoriert gehabt. Schnauze voll gehabt. Andere nicht, wie er in der Zeitung gelesen habe: Legionäre zur 20. Siegesfeier in Spanien mit gestrecktem Arm posiert. Der Caudillo

peinlich berührt gewesen, stand da. Er: an Max gedacht und Boabdil, Granada und so weiter. Sonst immer nur gearbeitet, weiter nichts. Bis ich hörte, es gibt dich, Jakub!, sagte er.

Ja, sagte ich, es gibt mich.

Woltz erhob sich, ging schleifenden Schrittes hinaus an den Strand, als schöpfe er mit der Erinnerung alle Kraft aus sich heraus. So vergingen in Cambrils die Tage. Ich schrieb an Marie. Woltz' spanische Bekanntschaft, Max, der Mann von dem Foto, den ich Hoelz nannte, sorgte mit seinen Kontakten über die Grenzen hinweg für sichere Post.

Laurena saß da mit finsterer Miene, als ich mit Woltz auf Marie zu sprechen kam und seine Kontakte nach Ostberlin; damit prahlte, wie Laurena sagte.

Woltz sagte: Ich habe mich an Max gewandt und am Grab deiner Mutter Blumen niederlegen lassen und an dem deines Großvaters; auch in deinem Namen. Es ist dir doch recht?

Ich daraufhin: Niemand solle irgendetwas in meinem Namen tun. Niemand, auch er nicht.

Als hätte er es nicht gehört, fuhr er fort, Max habe einigen Einfluss im Osten. Max könne helfen, Marie Karges Ausreise … Auch hierher, ja hierher nach Spanien. Sogar die Roten von drüben hätten Franco jetzt anerkannt. Max, Woltz lachte auf, sei sauer darüber, nun ja, uns aber könne das helfen. Wir, Marie und ich, könnten später das Haus in Cambrils …; er brauche es sowieso nicht mehr lang.

Da, sagte Laurena hart, paktieren die Richtigen: Stalinisten und alte Nazis!

Woltz hob die Brauen eher erstaunt als verärgert und ging an den Strand; ließ mich mit Laurenas Eifer allein. Da sei zu viel Familie, diese Kleinbürgerscheiße kleistere den Klassengegensatz zu … kle kle kla, so knallten die Wörter über den Tisch.
Ich geh' zu den Genossen, sagte sie und hob die Hand abwehrend, als erwarte sie meinen Widerspruch. Aber ich schwieg, und ihre Hand sank enttäuscht, so schien mir, aufs Tischtuch, wischte dort beinahe verlegen ein paar Krümel beiseite. Ich will, sagte sie, nicht länger Mitleid haben mit einem Faschisten.
Sie telefonierte, und schon in der Abenddämmerung fuhr ein Kleinwagen vor, in dem sie verschwand.
Wir, Woltz und ich, mein Vater und ich, warteten. Woltz schilderte mir haarklein den Plan: Max, sagte er, sei Redakteur beim Soldatensender. Der sende schon jahrelang von der DDR aus in die Bundesrepublik. Propaganda, sagte Woltz.
Max, der rote Märchenkönig, so werde sein Freund selbst von den eigenen Genossen genannt. Seit einiger Zeit habe die Mittelwelle 935 KHz Schwierigkeiten; nicht technischer, sondern politischer Art, von höherer Stelle sei Realpolitik angesagt.
Max würde auf jeden Fall am 17. selbst im Studio sein, um 6 Uhr 15 das Erkennungszeichen, die Paukenschläge, starten. Und nach Marsch und Begrüßung den vereinbarten Text verlesen: Zu den Flüssen läuft das brennende Tier.
Dann würde dort, wo die Enze in die Helme münde, hinter der Brücke, der Fluchtwagen stehen. Marie würde zu Fuß kommen; über den Feldweg Richtung Kreisstadt,

den manche noch zu Fuß gingen, und was daher kaum auffallen würde.
Woltz würde zwei Tage vorher schon nach Göttingen reisen. Karges Wohnung sei als Treffpunkt vereinbart.
Alles, Jakub, wird gut wer'n nune, sagte Woltz und für einen Moment lag Enzthal in seinem Tonfall und etwas Jungenhaftes in seinem Blick, als er die Brille abnahm, um sich etwas verschämt die Augen zu wischen. Alles, was noch gut werden kann, sagte er und schon verdunkelten die Gläser erneut sein Gesicht. Du, da sie dich suchen, musst warten. Aber Krampell, ich erzählte von ihm, sagte Woltz, hat Beziehungen hier: Bewährung, meint er, sei möglich, wenn du dich stellst.
Als Woltz an einem der nächsten Abende mit dem Nachtzug seine Reise nach Deutschland antrat, lief ich gegen Morgen ans Meer. Marie!, dachte ich und suchte Steinchen, flach, um sie springen zu lassen und gehen übers Wasser, gehen durch die Gischt, dem ersten Licht des Tages entgegen. Alles ist möglich! Jakubs Leben, dachte ich damals, kann beginnen, ohne Edgar, diesen Störer, der sich nicht abfinden will mit der Welt, wie sie ist.
Dann, Tage später, kam aus Göttingen Karges Anruf: Woltz im Krankenhaus mit Infarkt, das Visum für Marie nach Spanien verzögere sich, von drüben ein Telegramm von Maries Mann.
Zippel?
Ja, von Lattkes der Große, sagte Karge, das Kind sei krank, sehr krank, Lungenentzündung. Marie, mein Gott, rief Karge, das Mädchen ist außer sich. Jakub, sie will nach Enzthal zurück! Was soll ich machen, ich kann doch nichts machen. Sag du mir…

Ich sagte: Gib sie mir, sofort!
Dann ihre Stimme. Manchmal nachts höre ich diese Stimme noch immer. Voller Tränen. Höre sie sagen: Das Kind, Edgar, das Kind …
Marie, sage ich dann, warte auf mich, warte nur einen Tag noch. Dann bin ich bei dir. Warte, ja!?
Ja, flüstert sie, komm.
Ich springe in den Ford und rase los. Dann zwischen Tarragona und Barcelona die Straßensperre. Ich nehme aus dem Handschuhfach die Pistole, lege sie unter meinen rechten Oberschenkel, aber vielleicht geht es gut. Bin glattrasiert und trage einen Messerformschnitt, hoffe, so wird mich das Fahndungsfoto nicht verraten. Ich kurbele das Fenster herab, grüße auf Spanisch.
Der Polizist verlangt die Papiere, ein zweiter sichert mit Maschinenpistole, der erste prüft die Fahrzeugpapiere, verlangt nun den Pass … der zweite wird von einem Motorroller abgelenkt, der erst kurz vor ihm zum Stehen kommt. Der erste Polizist schlägt meinen Pass auf, stutzt und verlangt, dass ich aussteigen soll. Ich zögere, er greift nach seiner Pistole, da habe ich meine schon in der Hand, schieße, gebe Gase, Schüsse …
Irgendwann zieht man mich aus dem umgestürzten Auto.
Und immer erwache ich in diesem Gefängnis.
Glaub nicht, sagte Marie, als ich fortging aus Enzthal, dass du frei bist!
Sie haben das Urteil gesprochen. Gleich kommt der Priester. Ich habe um ein Schachbrett gebeten.

5

Schwester Epifania rasiert mich. Und summt ein Lied dabei.
Edgar und Marie, auf welch absurde Weise, Schwester, traf sie die *Verordnung der Zeit*? Es gab Gründe. Ein wenig haben mich *Jakubs Notizen* über Gründe gelehrt. Meine bin ich noch dabei zu durchschreiten.
Hier, Laub, sagt der Weiße Offizier und hält mir eine frischgeschnittene Zitronenhälfte an die Lippen: Der Soldat braucht Abwehrkräfte!
Ich drehe den Kopf weg. Stillhalten, sagt Schwester Epifania sanft. Der Weiße Offizier zuckt mit den Schultern und lutscht nun selbst an der Zitrone. Er schmatzt genüsslich.
Schwester Epifania schüttelt leicht den Kopf und legt den Rasierer zur Seite. Sie zieht einen Kamm aus der Tasche ihrer Schwesterntracht und kämmt mich, dann greift sie in ihre andere Tasche und holt eine Schere hervor. Sie nimmt meine Hand und schneidet mir die Fingernägel.
Schwester, kommt jemand zu Besuch?
Sie lächelt, als wolle sie sagen: Ach, Sie Dummerchen, wer soll denn kommen?
Antonio? Antonio könnte doch kommen! Oder Märte? Ja, Märte!
So, sagt sie, und nun die Füße.
Kommt also jemand oder werde ich gar entlassen?
Statt einer Antwort nimmt sie *Jakubs Notizen* und liest, leise, als lese sie nur für sich.

Schach. Der Priester spielt schlecht. Gestern Woltz zu Besuch, brachte mir Grüße von Karge und einen Brief von Lisa, Maries Schwester. Marie erwarte trotz ihrer Rückkehr ein Prozess. Hartwig mache sich gut in der Schule, wolle Offizier werden. Sein Vater, schreibt Lisa, schüttelt nur noch den Kopf. Ich sage, bestimmt will er der Marie damit helfen. Hartwig hat das wohl gehört, schimpft uns Spießbürger und den Trybek einen Verräter. Sein Vater darauf: Na, der hat dem Jungen doch die ganzen Flausen von Spanien und Beimler und diesen ganzen Mist…
Da knallt Hartwig nur noch die Tür und spricht seit Tagen nicht mehr mit uns. Was wird nur aus alledem werden?

Der Weiße Offizier ist hinter Schwester Epifania getreten und schiebt seine Hand in den Ausschnitt ihrer Schwesternbluse. In der anderen hält er noch immer die Zitronenhälfte und lutscht. Wie spricht der Dichter, Laub? *Naranja y limón*, Orangen und Zitronen, ah! – Laub, ach, Laub, er seufzt, Sie wollten die Zitrone nicht. Sie hatten sich verpflichtet Offizier zu werden, gut. Und dann? Laub, und dann? Sind Sie desertiert!
Ich hatte ein Attest, ein ärztliches Attest!
Kennen wir Laub, kennen wir alles, Schwindel, weiche Knie. Mann, da muss man doch mal die Arschbacken…
Auh!, der Weiße Offizier zieht seine Hand aus Schwester Epifanias Bluse und betrachtet irritiert den Abdruck ihrer Zähne. Er schüttelt den Kopf, legt den Rest der Zitrone auf meinen Nachttisch und wendet sich der Tür zu. Dann jedoch steht er unvermittelt vor meinem Spind,

öffnet ihn und durchsucht meine Sachen. Sicher ist sicher, sagt er und greift in die Taschen meiner Hosen. Plötzlich dreht er sich um: Wusste ich's doch, Laub, sagt er durch die Lippen gepresst. In seinen Mundwinkeln stecken die Patronenhülsen wie Hauer. Nehmen wir an, sagt er, ich wäre der weiße Keiler, was würden Sie tun?
Ich schweige.
Nicht denken, schießen. – Ein Kerl schießt! – Ein ganzer Kerl jedoch, er lacht auf, der reitet das Tier. – Ah, sagt er und linst in die Hülsen, was haben wir denn da? Kassiber? Informationen, die Sie uns vorenthalten? Verbotene Nachrichten? Konterbande? Also?
Jeder, Herr Hauptmann, kämpft für sich allein.
Kameradschaft, Laub, ist der Honig auf dem harten Brot der Niederlagen. Es sind zwei Hülsen, Laub, warum nur zwei?
Warum nur zwei? Ich schließe die Augen und stehe wieder unter den Enzthaler Kastanien. Auf dem Grunde des Teiches blinkt es metallisch: die dritte Patronenhülse.
Ricarda, sage ich, hat sie damals weggeworfen. Ich habe sie aus dem Modder gefischt.
Ah, die Sanitäterin der Milizionäre.
Nein, sage ich, die Hülse.
Und die anderen?, fragt der Weiße Offizier und ignoriert meinen Scherz. Verstehen Sie, Laub, wenn Munition verschwindet, muss ich der Sache nachgehen.
Es waren doch nur leere Hülsen.
Trotzdem, Laub, was ist mit den anderen?

Anfang der neunziger Jahre starb Heinrich Karge, mein Großvater. Er wollte in Enzthal neben Oma Luise begraben sein. Nach der Beerdigung saß ich in Zippels Büro *Am Eckstein Nr. 5*; er hatte auf dem Alten Gut eine Autowerkstatt eingerichtet. Ich hatte ihn nach seinem Bruder Nobi gefragt, denn an die Stunden bei Lattkes hatte ich oft denken müssen, wenn Zippel Spiegeleier briet, und ich *der Gerechtigkeit wegen* eine Bratwurst beisteuern musste.

Zippel war erst misstrauisch, meinte, es kämen jetzt immer so Erbschleicher von drüben. Er sah mich prüfend an. Aber ich sei ja von hier; im Übrigen sei das Alte Gut Maries Erbe. Das, sagte Zippel, steht jetzt im Grundbuch. Am Eckstein Nr. 5, Eigentümer: Marie Lattke, geb. Karge, kannste nachlesen. Mir sind immer noch verheiratet, auch wennse hier nicht mehr wohnt. Und die Tochter wirds mal erben, meine Tochter und Mariechen ihre.

Ja, sagte Zippel, mer riecht noch e bisschen den Stall. Aber nächstes Frühjahr wird abgerissen und was Neues hin gebaut. Hier kommt ein Palast hin, ein Palast, sag ich dir, Glas und Stahl, Schooruhm und Büro mit Sekretärin. Bin noch am Verhandeln, VW oder Audi oder BMW, mal gucken, wers Rennen macht hier. Willstn Bier? Kaffee, Saft? Bist ja Kunde, also König. Keine Sorge, für dich, kleiner Laub, gibts Rabatt. Rauchste eine mit? Zippel tastete nach seiner Brusttasche, zog eine Zigarettenschachtel heraus, fingerte darin herum, äugte hinein, warf sie zerknüllt in den Papierkorb, zog eine Schublade auf und holte eine frische Schachtel heraus. Schob die Lade zu und gleich wieder auf, griff hinein und stellte eine Patronenhülse auf den Tisch. Da, Hartwig, weißt du noch, LPG Typ 7? Gerechtigkeit und Freiheit. Die

Freiheit hammer, die Gerechtigkeit is grade ausverkauft. Immerhin, das Alte Gut is meins, so gut wie. Eures ist meins, da guckste, Hartwig, was?! Zippel nahm einen tiefen Zug und hielt mir die Schachtel hin.
Nee, sagte ich, grade abgewöhnt.
Abgewöhnt? Angewöhnt? Sie sagte, wirst dich schon gewöhnen. – Marie hat das gesagt, als ich sie im Knast besuchte. Nee, als sie rüber in Westen gemacht ist, da hat sie nichts gesagt. Kein Wort, nichts. Aber ich weiß nune, die ist dem Trybek hinterher! Dem eignen Bruder, ist doch Inzucht oder etwa nicht?
Und dann ist sie auf einmal zurückgekommen. Wegen mir, sagte Zippel. Und wegen dem Kind. Sie ist zurückgekommen in unsere schöne DäDeRä und... Zippel drückte wütend die halb aufgerauchte Zigarette in den Ascher. Und trotzdem han se se einjesperrt. Doppelt hält besser; die Verbrecher, die! Obwohl se mir jesacht ham, se kann heime, wennch ihr schreibe, das Mächen is schwer krank. War ja nur ne Grippe, awer hätt ja sein könnt, dass sichs auswächst! Hab ja wirklich jedacht, so wie die wimmert, machts die Kleine nicht mehr lange ohne ihre Mama.
Und dann stecken die die Mutter in Knast und sagen mir: Wir helfen Ihnen, Herr Lattke, wenn Sie überfordert sind mit dem Kind, Sie als Mann, wir haben schöne Heime für die Kleine!
Nee, sage ich, schön dank och. Das Kind hat ne Oma und ne Uroma und Sack voller Tanten. Das sind doch wohl Frauen genug!?
Vielleicht sollte ich den Laden hier *Typ 7* nennen, was meinste. LPG Typ 7. Gibts nicht mehr, meinste? LPG ist

Autogas. Aber soll ja keine Tankstelle werden, höchstens, wenn die Autobahn kommt. *Autohof Lattke*. Mit Tankstelle und LPG Typ 7: schneller, weiter, billcher! Hä, Hartwig, was meinste? Werbung ist alles!
Zippel hielt die Patronenhülse an seine Lippen und ließ einen schrillen Pfiff ertönen. Was stand da überhaupt drauf, auf den Zetteln? Ich meine auf allen zusammen? Hab ja meinen mal rausgepult. Da stand nur drauf: *werdet* und auf der anderen Seite, gedruckt: *echt u*... oder so.
Echt und recht, sagte ich. Das war die Parole. Und die Botschaft für den Stab: *Bleibt zusammen, dann werdet ihr leben*. Na ja, Zippel, war ja bloß ein Film...
Zusammen werdet ihr leben? Scheiße, Hartwig, Scheiße! Marie ist weg und Nobi ist tot. Mein kleiner Bruder ist tot, weißt du das? Die Scheiße. *Neger Nobi* ist tot. Einer hat zu ihm Nigger gesagt, da hat Nobi zugehauen, aber richtig. Ich habe immer gesagt, Nobi, du bist kein Nigger. Du hast so Locken und so kräftche Lippen, aber ein Schwarzer bis du nicht. Und wenn dich wieder einer Nigger schimpft, gib dem eine in seine blöde Fresse. Und da hat er's nune gemacht, Scheiße, aber der hatte Kumpels, und Nobi ist abgehauen und hingeflogen, und da kam grade ein Zug... Scheiße, wiederholte Zippel und langte ein weiteres Mal in den Schubkasten seines Schreibtisches. Das ist Nobi seine Hülse, bei dem steht bloß: *ihr*; und hinten gedruckt: ...*recht:* ihr recht! 's war sein Recht, dem eine reinzuhauen oder?
Zippel nahm die Hülse zwischen Daumen und Zeigefinger, zielte kurz, und dann flog die Patronenhülse zischend durch den Raum und durch das geöffnete Fenster

auf den Hof. Kurz darauf folgte die zweite und landete neben dem Autoschrott. Mit zitternden Händen brannte Zippel sich die nächste Zigarette an. Ich, sagte er, brauch erst mal 'nen Schnaps! Komm wir trinken einen, auf unser Wiedersehen! Hier, nimm, komm schon! Prost, kleiner Laub!

Bevor ich das Alte Gut, das nun Zippels Autohof war, verließ, sah ich mich zwischen den Schrottteilen um. Es war nicht schwer, die beiden Hülsen zu finden. Zippel war damit fertig, ich noch nicht; aber das war damals nur ein unbestimmtes Gefühl.

Hinter Zippels Büro, dem ehemaligen Stall, türmte sich ein Berg alter Reifen. Hatte dort wirklich einmal eine Orangerie gestanden, hatte ich dort unter einem Apfelsinenbaum gesessen? Jetzt ragte nur noch ein zersplitterter Sparren aus den Autoreifen heraus wie eine zerbrochene Fahnenstange.

Sie schweigen, Laub.

Die anderen drei Patronenhülsen, Herr Hauptmann, die liegen in meinem alten Zimmer in Enzthal.

Schon hat der Weiße Offizier ein Skalpell aus seiner Brusttasche gezogen, macht sich an den Hülsen zu schaffen, zieht weiter eine Pinzette hervor und damit die zusammengerollten Teile der Botschaft heraus, die ich auf die Schachtel der *Eckstein Nr. 5* geschrieben hatte. Er liest erst den einen, dann den anderen: zusammen – leben!

Nun gut, sagt er, sehr sinnig, Laub, damit Patronen zu füllen. Aus seiner Hand fallen die Überreste meiner Nachricht auf die polierte Platte meines Nachttischs; ein Dröhnen, als sie dort aufschlagen, in meinem Kopf.

Der Weiße Offizier runzelt die Stirn, seine Augen beobachten die Kurven des Monitors neben meinem Bett. Laub, Sie können jetzt nicht so einfach aufgeben! Zusammen*reißen* und leben, lautet der Befehl!
Auch Schwester Epifania blickt besorgt. Ein Fensterflügel schlägt zu. Die Schwester schließt den Riegel. Eine Kunststofftüte schwebt in den Himmel, stülpt sich über die Sonne. Der Wind wirft Wasserschwaden gegen die Scheiben. Die Schwester faltet die Hände, der Weiße Offizier fällt auf die Knie und legt seinen Kopf in ihren Schoß. Er trägt jetzt eine Tonsur. Sie beten für mich. Dann erheben sie sich, still und ohne Hast.
Schwester Epifania schließt die Vorhänge.
Laub, es ist soweit, sagt der Weiße Offizier.
Und Schwester Epifania flüstert: *Valor, hombre.*
Meine Lider fallen wie Blei.

Ein bunter Falter löst sich aus dem Gardinenmuster und schlägt mühsam die Flügel, ein fliegendes Sich-Dahinschleppen; seine Füße auf meiner Stirn, kleine zarte Schmetterlingsfüße.
Spielen Sie Schach?, fragt der Schmetterling.
Sie wissen doch, Padre, er hat die Nachricht schon bekommen. Das sagt die halbe Zitrone, die der Weiße Offizier auf meinem Nachttisch zurückließ.
Aber er zweifelt noch, sagt der Priester und ordnet sein Schmetterlingshemd.
Immerhin, sagt der Totengräber und streift sich Zitronenschalen von den Schultern, die Nägel sind sauber. Nur die Haare …, sagt er und zieht einen Kamm aus der Brusttasche seines gelben Kittels.

Es musste damals alles sehr schnell gehen, Señores, sagt eine dritte Stimme. Aus dem Dämmer des Krankenzimmers schiebt sich eine Gestalt, groß und breit, spricht gedämpft, als fürchte sie, die beiden anderen zu stören, einen Gruß: *Buenos días*, Señor Laub. Wir kennen uns aus dem *Los Escudos* bereits, aber ich hatte den Eindruck, Sie schenkten mir keinen Glauben. So wie auch diese beiden Señores mir keinen Glauben schenkten. Nun, gut. Ich bin hier, um Ihnen zu sagen: Weder bin ich ein Trinker, noch bin ich ein Pfuscher. Ich habe eine Ehre, eine Berufsehre. – Besser die beiden Señores treten ein wenig zurück. Oder wollen Ehrwürden noch Ihres Amtes walten?

Oh, ich dachte, wir spielen Schach, Herr Laub? Aber, von mir aus… Er kramt in seinen Taschen. Wo ist denn jetzt, verdammt noch mal, das Kreuz?

Soll ich, wirft der Totengräber ein, vielleicht schon das Grab… Ach, nein. Nachher geht die Sache wieder schief. Hätten Sie, Herr Laub, derweil ein Zigarettchen für mich?

Meine Zeit ist knapp! – *Perdón*, Señor Laub, sagt der dritte und nennt nun fast flüsternd seinen Namen: Riviera.

Über seinem Brustbein flattert goldbronzen ein winziger Engel, eine Krawattennadel. Der purpurfarbene Binder verschließt den Kragen eines Sommerhemdes, weiß, seidig schimmert es über den Schultern. Er zieht den Besucherstuhl heran, und ein breiter Kopf neigt sich, als er sich setzt, für einen Moment mir entgegen. Schwarzes Haar, kurz, wie eine Schuhbürste glänzend, tiefe wulstige Stirnfalten über dunklen kräftigen Brauen.

Er drückt mir die Hand, ein Händedruck, den ich kenne, fest und warm. In der anderen Hand hält er ein hölzernes Gerät; eine Art Joch, nein, eher einen kleinen tragbaren Pranger, metallbeschlagen, versehen mit einer Spindel, der einer Weinpresse gleicht, kleiner jedoch.

Ich habe, sagt Señor Riviera, in den siebziger Jahren den Beruf eines Henkers ausgeübt, und ich war zuständig für die Provinz Tarragona. Es musste, wie ich bereits erwähnte, damals alles sehr schnell gehen. Als man mir in der Angelegenheit Señor Trybeks Bescheid gab, verblieben nur noch wenige Stunden bis zur Hinrichtung.

Als ich gegen zwei Uhr im Gefängnis eintraf, teilte mir der diensthabende Offizier mit, dass das Urteil durch die Garotte zu vollstrecken sei.

Mein Gott, sagte ich, das habe ich noch nie gemacht. Warum nicht der Strick, mit dem Strick kenne ich mich aus. Oder erschieß ihn, du bist Offizier! Die Garotte, weißt du, was das heißt?

Der Offizier, ein Jüngelchen nur, faselte was von politischen Erfordernissen und einem Befehl von *ganz oben*.

Ganz oben, ha, sagte ich zu ihm, hat dir niemand von *ganz oben* gesagt, dass man zu einer Hinrichtung nicht unrasiert erscheint? – Mann, sagte ich, das ist eine Sauarbeit!

Nein, so etwas hatte ich noch nie gemacht. Señor Riviera hebt das Gerät in seinen Händen empor. Sehen Sie sich, Señor Laub, dieses Museumsstück an. Diese Garotte hing, seit ich in diesem Gefängnis Dienst tat, in der Werkstatt neben dem Schafott. Völlig verrostet; gut, ich habe die Spindel geölt; trotzdem, die Prozedur hat fast eine Stunde gedauert.

Ein paar Tage später kam dieser Priester zu mir und sagte: Mein, Sohn, du hast es falsch angefangen. Du hättest ihn an einen Pfahl binden sollen, dann … Na, lassen wir die Details. Jedenfalls, dieser, Gott verzeih mir, dieser Idiot von einem Priester, sagte mir das hinterher; hinterher, ja, schön, und nun? Alle Welt hielt mich für einen Pfuscher, eine Zeitlang sogar ich selbst.
Am Ende machten sie sich alle davon, das Jüngelchen, der Padre; der Arzt war erst gar nicht erschienen. Mir befahl das Jüngelchen zu warten, bis der Totengräber den Leichnam abholen käme. Ich sollte bei einer Leiche sitzen, und er kroch ins Bett zu seiner Frau!
Gut, ich habe etwas getrunken nach dieser Tortur. Ich war völlig erschöpft. Der einzige Platz in der Engelskammer, um meine müden Knochen auszustrecken, war die Bahre oder der Platz unter der Bahre. Auf der Bahre lag der Tote, also legte ich mich darunter.
Irgendwann weckte mich ein Geräusch. Ich kroch hervor. Es roch nach Rauch. Die Bahre war leer. Draußen tuckerte ein Auto. Ich lief vor die Tür. War der Leichenwagen schon da?
Nein, ich sah Señor Trybek aufrecht – unsicheren Schrittes, aber aufrecht – in Begleitung eines anderen, der selber hinkend ihn stützte. Zwischen seinen Lippen hing eine quiemende Pfeife, ätzender Rauch wehte herüber. Sie gingen zum Auto, und als er die Autotür schloss, erkannte ich auf dem schwarzen Lack, wie sich dort der Kopf eines Keilers weiß abhob, darunter der Schriftzug: *La Cerda de Oro*.
Señor Riviera, sage ich, ich glaube Ihnen, heute verstehe ich Sie und glaube Ihnen.

Wirklich?
Ja, Trybek selbst hat es so ähnlich notiert; man las es mir vor.
Nun, gut. Damals war ich überzeugt, der Teufel selbst habe Trybek geholt. Oder einer seiner Anarchistenfreunde. Wenig später, als der Totengräber erschien, beschlossen wir, den Fall auf sich beruhen zu lassen.
Nein, ich wollte keinen Ärger. Aber vor allem wollte ich um keinen Preis der Welt diese Prozedur ein zweites Mal vollziehen müssen; *damals* wollte ich das nicht. Außerdem, das Urteil war vollstreckt, der Verurteilte hatte die Hinrichtung überlebt – was war das anderes als ein Gottesurteil? Ich habe mich erkundigt, man hat das immer so gehalten: 1903 in Manila beispielsweise, vier verurteilte Mörder, nach der Hinrichtung aufgebahrt in einer Kirche, zwei standen auf und waren frei. Gottes Gnade. Und zugegeben handwerkliches Ungeschick!
Seither habe ich meinen Beruf nicht mehr ausgeübt. Dennoch lässt mir der Fall keine Ruhe. Nacht für Nacht träume ich davon, versuche, es besser zu machen, jedes Mal fehlt was, mal der Pfosten, mal bricht eine Schraube, mal sind meine Hände so verschwitzt, dass sie vom Knebel rutschen; ich kann es einfach nicht zu Ende bringen.
Über die Jahre, Señor Laub, habe ich mich mit der Materie befasst. Ich bin gekommen, um meine Ehre wiederherzustellen und dazu, das werden Sie wissen, genügen nicht Worte. Würden Sie sich bitte aufrichten und auf diesen Stuhl setzen?
Kein Problem, sage ich. Ich glaube an eine Art praktischer Demonstration und folge seiner Aufforderung ohne Bedenken. Oh, *perdón*, Señor Laub, der Pfahl, wir

brauchen einen Pfahl, beinahe hätte ich es wieder ohne einen Pfahl versucht. Wie wäre es mit dem Ständer vom Tropf? Wir müssen improvisieren.
Im Moment, da ich mich niedersetze, schließt sich das Eisen um meinen Hals. Ich huste, ringe um Luft, rufe würgend nach der Schwester, dem Weißen Offizier…
Sie müssen ruhig bleiben, Señor, glauben Sie mir, Gegenwehr verlängert das Leiden.

6

Nur ein knirschendes Geräusch, kein Schmerz. Ich öffne die Augen: Ein Riss durch die Tapete, durch das Mauerwerk. Ein Riss klafft in der Wand des Krankenzimmers. Dahinter streckt sich ein Flur, dunkel glänzen die Fliesen, der Flur einer Kaserne. Am anderen Ende verebbt das Geräusch von Schritten, bestiefelte Schritte, die eine Treppe hinuntertrappen.
Einer steht noch da, ein Soldat, in der Hand ein Bettlaken, herabgesunken, weiß liegt es auf den grauschwarzen Fliesen.
Piper? Piper, bist du das?
Ja, kann ich jetzt gehen, Genosse Unteroffizier?
Piper, Soldat Piper, auch Pipi oder Pisser genannt. Denn es kommt vor, dass Piper morgens sein Laken abziehen muss, weil es nass ist von Urin. Bemerkungen seiner Stubengenossen quittiert Piper mit einem ratlosen Lächeln.
Da steht er, ein großer fülliger Mann mit Doppelkinn und einem Riesenkäppi, das auf den Ohren sitzt, senkt den Blick auf seine Stiefel. Hinter ihm eine Büste aus

Bronze, auch ein Käppi auf dem Kopf, man erkennt den dreizackigen Stern; ich weiß, es ist Hans Beimler.
Was, frage ich, machst du hier?
Beimler schweigt.
Piper sagt: Das wissen Sie doch, Genosse Unteroffizier, Sie waren doch dabei!
Ja, sage ich, ich erinnere mich. Ich war dein Gruppenführer, stimmt's?
Piper nickt.
Armin war Leutnant, Zugführer.
Wieder nickt Piper. Alle standen angetreten, um zum Frühstück zu marschieren. Der Leutnant hat mich, wie fast immer, noch mal wegtreten lassen: Stiefelputzen, Kragenbindewechseln, solche Sachen. Piper, sagte er diesmal, Fahne holen zum Appell!
Du, Piper, hast gelächelt, wie du immer gelächelt hast: ratlos. Armin grinste und sagte: Ihr Betttuch, Piper, Abmarsch! Holen! Du, Piper, hast tatsächlich dein Laken geholt.
Was sollte ich tun? Es war ein Befehl vom Leutnant.
Armin fasste das Laken mit spitzen Fingern an einem Zipfel, hielt es hoch und sagte: Wir pissen dem Klassenfeind ans Bein, Genosse, nicht ins Bett! Lassen Sie sich ausmustern, Mann!
Piper, sage ich, der Leutnant war ein Arschloch.
Du, Laub, warst mein Gruppenführer, du hast nichts gesagt.
Doch, hab' ich, drüben in der Kantine. Armin, hab' ich gesagt, muss doch nicht sein, sowas!
Mensch, Harter, sagte er, ist doch 'ne Schande, dass die sowas überhaupt einziehen. Noch'n Kaffee, Genosse Unteroffizier?

Ich wollte seinen Kaffee nicht.
Schwaches Herz oder was?, sagte Armin.
Da bin ich raus, hab' ihn sitzen lassen.
War doch nur Spaß, rief er mir nach.
Nein, sagt Piper, du hast nichts gesagt. Er lächelt, das Laken rutscht aus seinen Händen. Ich habe mich selbst ausgemustert.
Ich weiß, sag ich. Es war, als wir Wache schoben. Du warst gerade auf Posten gezogen, und ich habe am Tor der Kaserne eine geraucht. Da schlug ein Knallen durch die Nacht, kurz und hart, ein Schuss von den Garagen her, von dort, wo dein Postenbereich lag.
Das Knallen hallt nach, hallt jetzt durch den Flur. Piper liegt da, auf seinem Laken. Ich lege das Ohr an seine Lippen; und mit dem Atem geht ein Flüstern aus, Laute, die verwehen, ohne noch Worte werden zu können. Die Fliesen senken sich, die Wände weichen, die Laute gehen wie ein Wind hindurch.
Der Wind geht durch die Purpurblätter einer Buche. Klein und wie ineinander verkrochen stehen Pipers Eltern am offenen Grab. Armin und ich im Hintergrund und in Zivil.
Unsere traurige Pflicht, sagt Armin. Er schüttelt den Eltern die Hände, ein tragischer Unfall. Die Mutter schaut fragend. Ich trete heran, drücke Hände und schweige, schweige auch später noch, als Armin dankend die Einladung zum Leichenschmaus ablehnt.
Piper hat recht, ich schwieg. Ich schwieg von dem Brief in seinem Spind. Der Brief war nicht beendet und nicht unterschrieben; aber angefangen und angedeutet: „Mutter, ich schaffe es nicht. Ich wusste, als einer, der einnässt,

ist es hart bei der Armee. Aber ich wollte es schaffen.“
Er wollte es schaffen. Das hätte ich den Eltern sagen können. Aber der Brief existierte nicht mehr.
Der hat nie existiert, hatte Armin gesagt, Schublade auf, Schublade zu. Sonst haben sie uns am Kanthaken, dich und mich! Hilft das noch irgendwem?
Ich kann nichts entgegnen, es ist zu spät, Señor Rivieras Halseisen schnürt mir die Luft ab. Endlich gelingt es mir, die Klingelschnur zu fassen, und ich drücke den roten Knopf. Ich falle …

Ich, Schwester, habe mich auf andere Weise als Piper entlassen aus der Armee, in der Erde vergraben; ich studierte Geologie. Kein Wort mehr über Enzthal. Kein Wort mehr über Spanien. Nur die Patronenhülse hing noch an meinem Schlüsselbund, der fünfte Teil einer Botschaft: *Bleibt zusammen, dann werden ihr leben!*
Die Überreste dieser Nachricht, Schwester, der Weiße Offizier ließ sie fallen, zwei Schnipsel auf dem Schränkchen neben meinem Bett, drei fehlen. Verstummt ist der Befehl: *Bleibt!* Die Bedingung *dann,* sie ist vergessen. Und verklungen ist auch die Verheißung: *ihr werdet.*
Zwei Wörter, die übrigblieben: *zusammen* und *leben.* *Zusammen leben.* Zwei Wörter ohne zwingende Verbindung, offen, sich voneinander abzuwenden: *zusammen sterben – allein leben.* Doch die Möglichkeit bleibt: *Zusammenleben.*
Zusammen – leben: die Lücke, die auszufüllen bleibt; einen Lidschlag nur entfernt oder eine Galaxie.
Was, Märte, sagtest du?
Die Dunkelheit ist nur der Weg zwischen den Sternen.

Schwester Epifania säubert mir die Augen. Sie tunkt einen Wattebausch in eine Flüssigkeit und wischt meine Augenwinkel aus. Ich starre. Immer wieder erscheint ihr Gesicht über mir und verschwindet wieder aus meinem Blickfeld.
Schwester, sage ich, ich möchte mehr sehen, von Ihnen, von der Welt. Von Ihnen auf jeden Fall, von der Welt, da bin ich mir nicht so sicher.
Da öffnet sich die Tür und der Weiße Offizier tritt an mein Bett. Er kontrolliert meine Ausrüstung. Er lobt mich: Ausgezeichnet, Laub, weiter so, nicht aufgeben! Wir haben es bald geschafft!
Ein Geologe, Herr Hauptmann, kennt keine Hoffnungslosigkeit. Er hat gelernt, in geologischen Zeiträumen zu denken. Gestern Acker, heute Wüste, morgen Wasser. Die Kontinente wandern, die Erde atmet. Der Aralsee beispielsweise, heißt es, schwindet. Er ist nicht mehr als ein Tropfen Wasser, der von Schwester Epifanias Bauchnabel rinnt, wenn sie der Wanne entsteigt. Ein Geologe sieht zu und staunt. Und wenn er sich Notizen macht, dann nur um sein Brot zu verdienen. – Granit, granitene Gleichmut, das ist der einzig angemessene Gemütszustand. Es wird Zeit, Herr Hauptmann, ich habe diesen Zustand erreicht, ich brauche keine Apparate mehr. Ja, Schwester, ich werde gehen. Der Kaiser hat den Berg verlassen, die Raben sind davongeflogen.
Der Weiße Offizier lächelt: Ist er genesen, Laub? Und ist er etwa weise geworden? Gelassen, dank der Pharmaindustrie? Erwarte nichts und sieh! Ja, so spricht der Weise. – Und wir, Schwester, können uns dem Eigentlichen widmen.

Was, Herr Hauptmann, wird das? Was muss ich sehen! Bitte, Schwester, Sie haben vergessen, mich auf die andere Seite zu wälzen! Muss das jetzt sein? Wenn Sie sich beide schon nicht beherrschen können, stellen Sie wenigstens den Paravent davor? Sehen Sie denn nicht, wie auf dem Monitor die Kurve in die Höhe schießt?
Endlich, endlich! Der Apparat beginnt zu fiepen. Unwillig, noch die Hände auf Schwester Epifanias Hüften, schaut der Hauptmann herüber, versucht noch zwei, drei Stöße, sie schwenkt kräftig den Hintern, wirft ihn förmlich zur Seite. Steht eine Sekunde später in perfekt sitzender Schwesterntracht vor meinem Bett und jubelt: Er ist wieder da!
Der Weiße Offizier zurrt seinen Binder fest, sieht mir ärgerlich ins Gesicht und sagt: Na, Laub, ist das ein Grund?!
Ich fürchte ihn nicht mehr, reiße mir den Schlauch aus dem Rachen und huste ihm gelben Schleim auf den Kittel.

Ich musste eingeschlafen sein, die plötzliche Ankunft in der Wirklichkeit hatte mich über die Maßen angestrengt. Ich träumte von Märte, marschierte einem Gulliver gleich auf ihrem Körper umher.
Armins Stimme erscholl: Kompanie aufstehen, Nachtruhe beenden!
Märte saß an meinem Bett und sah mich an.
Es war kein Traum: Sie war gekommen; Armin auch.
Beide hatten Santiago de Compostela planmäßig erreicht und dort vergebens auf mich gewartet. Märte hatte darauf bestanden, sich telefonisch bei der deutschen Botschaft zu erkundigen, ob ein gewisser Hartwig Laub auf

irgendeine Weise in Spanien zu Schaden gekommen sei. Man gab Auskunft: Er sei, und er läge in Tarragona im Krankenhaus.
Brauchst du irgendwas?, fragte Märte, ihr Blick schimmerte.
Ich sah Armins Hand auf ihrer Schulter und schüttelte den Kopf.
Der Arzt sagt, in einer Woche bist du reisefähig.
Die beiden versicherten, nicht ohne mich nach Deutschland zurückzukehren. Armin gab mir einen Zettel mit Abflugzeiten. Er tippte auf eine, die angekreuzt war: Die können wir ja mal anvisieren. Hier, er zog ein Mobiltelefon aus der Tasche. Das hab ich dir besorgt. Melde dich, sobald du was weißt! Aber lass dir Zeit! Wenn es sein muss, Harter, mach ich für dich noch vier Wochen Urlaub hier. Barcelona ist geil, sagte er. Gaudí, Picasso, Miró und auf dem Plaça de Catalunya zelten sie jetzt. Hartwig, das musst du gesehen haben: Camping für die Revolution! Was für eine Gaudi! Er lachte und ballte die Faust: Empört euch! Kapital an die Kandare, rufen sie. Das andere K-Wort trauen sich die Kasper noch nicht: Kommunismus. Die Pleite hat gesessen!
Gerechtigkeit würde genügen, sagte Märte.
Mea culpa, sagte Armin und sank theatralisch vor Märte auf die Knie, enteignet mich. Ich bin ein Kapitalist. Leider bin ich schon pleite.
Schwester, rief ich in Gedanken, werfen Sie die beiden aus meinem Zimmer. Und geben Sie mir meine Medikamente zurück. Ich will nicht da raus, nicht in diese Welt!

Tarragonas Dächer glänzen regennass, ein Regenbogen zieht sich matt hinüber zum Provinzialgefängnis. Wohin, Trybek, bist du entkommen? Zum Mittelpunkt der Welt? Wohin entkomme ich?

Märte und Armin kamen mich nur noch einmal besuchen. Und Armin kommandierte beim Eintreten scherzhaft: Achtung! Stubendurchgang!
Da schoss mir der Name Piper durch den Kopf: Piper, Pipi, Pisser.
Ich bat Armin mir aufzuhelfen, ich müsse zur Toilette. Doch wie ich stand, und er noch meine Linke hielt, schlug meine Rechte zu. Dem Schlag fehlte es an Kraft, doch aus Armins Nase schoss das Blut.
Bis du verrückt?, rief er näselnd.
Ich ließ mich auf das Bett zurückfallen und sagte: War doch nur Spaß!
Hä, spinnst du, Harter?
Pisser!
Und jetzt verstand Armin und schwieg.
Dann sagte er: Mensch Hartwig, das ist doch so lange her? Dass du das nötig hast! Jetzt, hier vor Märte!
Stimmt. Warum habe ich dir nicht schon damals einfach eine in die Fresse gehauen?
Vielleicht, weil du von der Fahne wolltest und dazu hast du das Attest gebraucht – von *meinem* Vater! Guck mal bei dir selber nach! Außerdem, so, wie die Kugel ging, war es ein Unfall, sagte auch der Chirurg! Armin zuckte mit den Schultern und verließ grußlos das Zimmer.
Und der Brief?!, rief ich ihm nach, was war mit dem Brief an seine Mutter?!

Märte runzelte die Stirn, schien einen Moment lang unentschlossen. Dann ging auch sie. Ich wusste nicht, ob ich sie wiedersehen würde.
Als ich mich am Tag meiner Entlassung von Schwester Epifania verabschiedete, zog sie aus der Tasche ihrer Schwesternschürze *Jakubs Notizen* und reichte sie mir. Sie lächelte, und einen Moment lang schien mir wieder, eines ihrer dunklen Augen glimmte grün.

7

Es war ein Tag voller Sonne, als ich gedachte, von Tarragona aus endlich nach Hause zu fliegen. Der kleine Herr im blauen Pullunder hatte sich betroffen gezeigt über meine vom Unfall stammenden Blessuren, und gleichzeitig war er entzückt gewesen, dass ich erneut in seinem Hotel Unterkunft suchte. Ich hatte dort erneut zwei Nächte verbracht, um Antonio noch einmal zu treffen. Vergeblich, mehr als ein Telefonat war nicht zustande gekommen, denn Papacito war noch immer verschwunden.
Vor allem aber hatte ich die Zeit genutzt, um den von Armin anvisierten Flug buchen zu können. Hoffte ich doch, auf dem Flughafen Märte zu treffen.
Wie schon einmal saß ich in der Hotellobby und wartete auf mein Taxi zum Flughafen. An diesem Morgen blitzten die Sonnenstrahlen auf frisch geputzte Scheiben, und der Rezeptionist trug statt seines Pullunders eine Fliege von azurnem Blau.
Sie werden, Señor, dieses Mal bestimmt unversehrt zum Flughafen kommen. Mit diesen Worten stellte er einen

Kaffee vor mich hin und ergänzte: Ich hoffe es sehr, denn man sprach im Radio eben von Verkehrsproblemen in der Stadt.
Diese Studenten…, kommentierte ein junger Mann kopfschüttelnd die Nachricht. Er saß am Tisch nebenan, war wie ein Geschäftsmann gekleidet und hatte den Blick von seinem Notebook gehoben und uns zugewandt. Sie haben alleweil gegen irgendwas zu demonstrieren, statt etwas für ihre Zukunft zu tun!
Ich hob die Schultern und zog *Jakubs Notizen* aus meinem Rucksack.

27. September 1975, La Cerda de Oro
Es ist vorbei. Alles. Und ich weiß nicht, ob ich dem Henker für sein Ungeschick dankbar sein soll und Torbern für seinen Mut, mich aus der Engelskammer zu holen.
Theo Woltz, nach seiner OP am Herzen, scheint der alte.
Hat mir Papiere besorgt, auf den Namen Jakub Woltz.
Edgar Trybek ist tot.
Marie wartet auf ihren Prozess, obwohl oder weil sie zurück kam über die Grenze.
Nicht einmal Max, sagt Woltz am Telefon, kann da noch helfen. Der Märchenkönig wurde des Landes verwiesen, sein Sender geschlossen.

Eine Gruppe Halbwüchsiger in blauen T-Shirts kam fröhlich lärmend die Treppe herab und besetzte mehrere Tische. Ihr Reiseleiter sorgte zwar mit ein paar leisen Worten für Ruhe, doch begannen sie sogleich ihre Smartphones zu bearbeiten; Tastendrücke wurden piepend quittiert und Musik überlaut in Ohrhörer eingespeist.

Draußen kettete der Rezeptionist eben Stühle von einem Tisch und faltete einen Sonnenschirm auf. So zog ich mich vor dem Lärmen nach draußen zurück.

04. Oktober 1975
Woltz rief an, deprimiert: Max sei im Starnberger See ertrunken. Ich habe mir eine deutsche Zeitung besorgt: „Selbstmord des Roten Märchenkönigs!"
Ist nun alle Hoffnung tot?

Der Geschäftsmann kam heraus, bat um Feuer und deutete fragend auf einen der Stühle. Ich nickte, er setzte sich und entließ mit einem Seufzer den Rauch aus seinem Mund. Er klappte seinen Rechner auf und starrte einen Moment lang abwesend auf das Display. Plötzlich sagte er: Es wird nicht für alle reichen. Die Kinder tun mir leid. Er deutete mit dem aufgereckten Daumen zu den Jugendlichen hinter der Scheibe.
Sie drängten sich um eine Gefriertruhe, der Reiseführer verteilte Eis, und der Rezeptionist rechnete die Preise zusammen. Der Reiseführer hielt noch zwei Portionen in der Hand und sah sich suchend um, hatte offenbar ein Eis zuviel gegriffen. Da begegneten sich unsere Blicke, er hielt die Hand mit dem überzähligen Eis – halb Scherz, halb Ernst – in meine Richtung. Ich schüttelte den Kopf. Er wandte sich um, und ich sah auf dem Rücken seines blauen T-Shirts ein Signet, in dem ich auf schwarzrotem Grund das Pfeilbündel der spanischen Falangisten zu erkennen glaubte.
Der Geschäftsmann hatte meinen Blick bemerkt und gab ein leises verächtliches Lachen von sich: Die wollen

weiter nach Madrid, zum Mausoleum General Francos. Er schüttelte den Kopf, folgte mit zusammengezogenen Brauen den Zahlenkolonnen auf seinem Bildschirm. Dann nickte er und sagte: Wissen Sie, was der Reiseleiter sagte? Ich saß gestern Abend mit ihm noch auf ein Bier an der Bar. – Was man von Franco lernen könne, ist, sich rechtzeitig zu distanzieren. Von Hitler, vom Krieg, von der Judenvernichtung, vom ganzen zwanzigsten Jahrhundert. Die Leute wollten das nicht. Sie wollten nur ihren Anteil. Ein Finger seiner Hand betätigte eine Taste in hämmerndem Rhythmus, sein Blick folgte den über den Bildschirm nach oben huschenden Zahlen.

Man muss ihm recht geben, sagte er und fuhr sich mit der Hand durch die Haare. Das Problem ist, es reicht nicht für alle! Da kann man nicht mehr abstimmen lassen. Nicht wenn die Dinge knapper werden. Der Boden wird knapp, das Wasser wird knapp, eines Tages die Luft. Das gibt gute Geschäfte. Schwieriger wird Politik. Man wird die Menschen einteilen müssen, in solche, die atmen dürfen und in andere …

Ich fragte: Sind Sie utopischer Autor?

Entschuldigung, sagte er, ich scherzte. Ich bin Wirtschaftsberater. Er drückte entschlossen die halbaufgerauchte Zigarette in den Ascher. Aber mal ernsthaft, sagte er, eins muss man sehen, kalten Blutes: Es gibt effizientere Formen, ein Land zu regieren als hier – er machte eine verächtliche Geste ins Rund – in Europa.

20. November 1975
Franco ist tot.

1. Dezember 1975
Post aus Deutschland. Woltz schrieb. Nur ein paar Zeilen: Marie sei trotz Rückkehr in den Osten zu 17 Monaten verurteilt. Eingelegt ein Brief, „für Deinen Hoelzroman“:

„Mein lieber Theo,
ich werde nicht mehr helfen können, dass Ihre Familie eine glückliche Zukunft hat. Das bedrückt mich. Noch mehr aber, dass eine solche Zukunft den meisten Menschen auf unabsehbare Dauer verwehrt zu sein scheint.
Ja, ich bin über die Grenze. Über die Grenze hinweg, über die sich die fetten Seelen und verhärteten Hirne beider Lager begeifern und bedrohen. Bekanntlich treffen die scharfen Klingen einer Schere, die aufeinander zurasen, nur das, was dazwischengerät.
Jener Abend, Woltz, als wir auf Barcelona blickten und Sie, als ich Heines Mohrenkönig aufzusagen versuchte, mir die Worte auf die Zunge halfen, werde ich nie vergessen.
Damals sagte ich: Al Andalus, Ihr Traumland, Woltz, läge in der Vergangenheit, meines, der freiheitliche Kommunismus, in der Zukunft. Dass der Spanische Bürgerkrieg verloren ging, sei eine Niederlage, aber doch nur eine verlorene Schlacht. Man kann besiegt werden, schrieb Hemingway, aber man darf nicht aufgeben.
Seither sind vier Jahrzehnte vergangen, und ich sitze am Ufer, in meiner Hand die Angelschnur; sie hält nur noch die Knochen des Schwertfisches.
Sie, wie Sie mir schrieben, sitzen gleichfalls am Meeresufer und träumen noch immer von Al Andalus. Ihr Al

Andalus kann Ihnen niemand nehmen, es bestand und besteht in Ihrem Innern selbst unter den widrigsten Umständen fort.
Mein Al Andalus, das die Zyniker aller Seiten heute ein Märchenland nennen, lag in der Zukunft. Diese Zukunft gibt es nicht mehr.
Ach, Theo, wie gern sehe ich Ihr Bild vor mir, sehe Sie am Strand sitzen und von Granada träumen, von einer unter Orangenbäumen wandelnden Schönheit.
Mich hingegen sehe ich erneut in eine schlechte Gesellschaft geraten; lässt sie sich bessern, soll man sie verlassen? Aber wo, Theo, ist noch eine Grenze, über die sich lohnte zu fliehen?
Es grüßt Sie
Ihr Max"

19. Dezember 1975
Post von Karge: Woltz ist gestorben. Seine Vaterschaft war also nur von kurzer Dauer. Das Haus in Cambrils? Ich kann nicht dort leben!
Torbern war hier. Mit neuen Plänen und mit der alten Leidenschaft für Freja; unerhört in jedem Sinne des Wortes. Von Anfang an, seit Ewigkeiten, sagt Torbern, bis zum Ende.
Sein Plan: Ein stillgelegtes Bergwerk im Süden, sagt er. Theo, toter Vater, höre: in den Bergen von Al Andalus. Nicht ungefährlich, aber vielversprechend. Die Blaue Blume, sagt er.
Und, sage ich, wenn du sie findest, legst du sie Freja zu Füßen? Oder stellst du sie ins Museum: Seht, das ist sie gewesen!

Vielleicht, sagt Torbern.
Hörte ich recht? Torbern, Steiger Torbern im Zweifel? Sagt, was ich noch nie vom ihm hörte: Vielleicht wäre es besser, die Legende ein für alle Mal zu zerstören.
Sollte ich nicht, und sei es nur, um das zu verhindern, mit ihm gehen?

Ich schließe *Jakubs Notizen*, ich schließe die Augen. Leise klickt die Tastatur des Geschäftsmannes, von drinnen dringt das Lachen der Gruppe heraus und legt sich darüber.
Die Kontinente wandern. Gestern Diktatur, heute Demokratie. Heute Wohlstand, morgen Barbarei. Die Erde atmet. Schichten brechen. Granitene Gleichmut:
Ich gehe mit Torbern. Wie einmal schon: Wenn ich meinen Schritt verhielt, war es still, wenn meine Lampe verlosch, war es finster. Ich war allein, tief unten. Dann am Ende eines Ganges ein Schein, Torberns Lampe. Ich fasste Mut und ging weiter.
Der Wirtschaftsberater steigt leise telefonierend in ein Taxi, die Reisegruppe entert johlend einen Bus.
Gib acht, hatte Torbern damals gesagt, als wir den Saal der Tiere verließen: Das Lärmen der Treiber übertönt das Flüstern der Jäger.
Ein Auto hupt. Mein Taxi.

Nur langsam schob sich der Verkehr durch die Stadt; es gab gesperrte Straßen, Umleitungen, immer wieder querten Menschengruppen vorwiegend junger Leute die Straße, Schilder und zusammengerollte Transparente geschultert, lachend, gestikulierend. Mit Schrittgeschwin-

digkeit krochen wir an Polizeiabsperrungen vorüber. Das Taxi hielt, der Fahrer fluchte. Ich sah einen Platz voller Zelte, Transparente, Demonstranten, Schaulustige, ein Reiseführer erklärte seiner Gruppe das, was jeder sah, man nickte und fotografierte.
Der Fahrer drehte sich um und hob entschuldigend die Schultern: *Indignados*.
Die Empörten, von denen Dr. Arcas und Armin gesprochen hatten, nun auch hier in Tarragona. Ich kurbelte die Scheibe herunter, um besser zu sehen. Im Moment sah ich nur die Hinterteile von Pferden, die Rücken berittener Polizisten. Meter um Meter schob sich das Taxi voran. Da öffnete sich meinem Blick eine Gasse: diagonal über einen Platz gepanzerte Polizisten, einsatzbereit; ihnen frontal gegenüber eine Menschenkette, untergehakt, vorwiegend junge Leute, wenige Ältere. Einer, sehr alt, sah zu mir herüber. Als sich unsere Blicke trafen, reckte er die Faust, rief etwas, rief: *No pasarán!*
Papacito? Aber wo war, verdammt noch mal, Antonio?
Eine Ampel sprang um. Das Taxi stoppte. Ich sprang aus dem Auto, der Taxifahrer fluchte, und gleichzeitig erscholl ein ohrenbetäubender Lärm. Die Polizisten schlugen mit Knüppeln gegen ihre Schilde und setzten sich in Bewegung wie Treiber.
Papacito!, rief ich und rannte durch die Gasse auf den Alten zu. Ich lief durch Lärm, durch Schreie, durch Kommandos, die aus Mündern und Lautsprechern drangen; ich packte Papacito am Arm und zog; er wehrte sich und schimpfte; ich fasste nach und spürte gleichzeitig einen Schlag auf den Rücken. Es nahm mir den Atem, ich taumelte, wurde gehalten, neben mir Papacito, neben mir

der Taxifahrer, beide hielten mich und zerrten an mir. Irgendwie gelangten wir an den Rand des Platzes, und plötzlich war Antonio da, lachte, schimpfte, umarmte Papacito, umarmte mich und umarmte auch den Taxifahrer. Der hob die Hand und rieb herausfordernd den Daumen an seinen Fingern.
Ich sagte: *Si, señor*, und sah auf die Uhr, *aeropuerto?!*
Adiós, Chef, sagte Antonio, wir sehen uns zur Hochzeit. Ich werde Doña Josefa heiraten.
Papacito grinste wie ein Schuljunge und streckte die Hand mit dem versteiften Mittelfinger empor.
Adiós, rief ich und die Tür des Taxis schlug zu.

Mein Mobiltelefon schwieg; Märte anzurufen, wagte ich nicht. Es war, trotz der Staus, noch viel Zeit bis zum Abflug geblieben; ich setzte mich auf die Terrasse einer Cafeteria, so, dass ich die Eingangszone gut im Blick hatte, und las.

22. Dezember 1975, La Cerda de Oro
Wir packen. Eine Nachricht lasse ich zurück, eine Hoffnung: Jakubs Notizen. Die Hoffnung, dass einer sucht. Hartwig, der Laubjunge vielleicht. Mich wundert, wie oft ich an ihn denke, als dächte ich zurück an meine eigene Unschuld. Ich sah ihn damals die Steinhaufen an den Feldrändern durchwühlen, um einen Kupferhering zu finden, einen Ersatz für den, den er zerbrochen hatte. Das wusste ich wohl, als ich sagte, ich selbst sei es gewesen.
Manchmal sehe ich den Laubjungen vor mir, wie er über die Enzthaler Felder läuft, Steine zu lesen. Sehe ihn, wie

er immer wieder einen in den Händen hält und betrachtet, als versuche er den Weg des Steins zu erkunden. Vielleicht werden meine Notizen für ihn ebensolche Lesesteine sein.
Schick dein Büchlein nach Enzthal, sagt Torbern, in solchen Dingen pragmatisch.
Selbst wenn es ankäme, unversehrt und ungeschwärzt, was ich erst über Marie, dann über Max vom Laubjungen hörte, lässt mich fürchten, dass er selber die Geschichten streicht. Nicht allein die Wahrheit, Torbern, sage ich, hilft. Was zählt, ist der Weg, auf dem man zu ihr gelangte.
Und die Liebe, sagt Freja, wie ist das?
Torbern und ich, wir schweigen.
Torbern, sage ich dann, und es reift eine Idee: der Weg durchs Kali, durchs Silber, durchs Kupfer …
Und Al Andalus?, fragt Torbern.
Nein, sage ich, Enzthal. Marie. Wir haben 17 Monate Zeit bis zu ihrer Entlassung.

Ein fremder Vogel sang in einem der spärlichen Bäumchen, die die Terrasse umsäumten. Das Mobiltelefon meldete sich mit einer Nachricht:
War 1990 bei Pipers Mutter, mit dem Brief. Armin. PS: Ist Märte bei dir?
Nein. H.

Die mit Metall bedampften Scheiben des Flughafengebäudes imitierten ein kupfernes Licht.
Ich wartete auf Märte. Hatte mir Gelassenheit verordnet, gleichmütig zu sein wie der Granit.

Eine gläserne Tür öffnete sich, schwang auf und reflektierte ein paar Sonnenstrahlen, warf sie über den mit Granit gepflasterten Weg. Ein goldenes Flirren durchbrach das Gestein.

Epilog

Spät in der Nacht von einem auswärtigen Auftritt unseres Chores kommend, fand ich im Briefkasten neben der Tageszeitung eine Einladung Antonios zu seiner Hochzeit mit Doña Josefa in Villanueva de la Frontera.
Mein erster Gedanke war: Märte! Sollte ich sie fragen, ob sie mich nach Spanien begleiten würde?
Ich setzte mich an den Küchentisch und tippte mit dem Mut des Übermüdeten eine Kurznachricht an Märte ins Telefon. Ich drückte „Senden" und erschrak im nächsten Moment vor all den möglichen Fragen, die sie mir noch nicht gestellt hatte. Da fiel mein Blick auf die Zeitung, eine kurze Notiz unter der Überschrift *Unverhofftes Wiedersehen*:

Am vergangenen Freitag wurde in einem alten Kupferstollen Mitteldeutschlands, der wegen der steigenden Kupferpreise reaktiviert worden war, der Leichnam eines Verschütteten entdeckt. Der Körper des Toten, insbesondere seine Gesichtszüge waren außergewöhnlich gut erhalten. Nach Aussage von Fachleuten rührte dies daher, dass der Verunglückte in Kupfervitriol gelegen habe und dadurch konserviert worden sei.
Eine ältere Frau, die auf einem der benachbarten Felder mit Steinelesen beschäftigt war, glaubte, in dem Toten ihren 1972 verschwundenen Verlobten zu erkennen, einen gewissen Edgar Trybek, wohnhaft in Enzthal, Am Eckstein Nr. 5.
Als sich Marie K., so der Name der Frau, über den Toten beugte und mit einem Kuss seine Lippen berührte, berichteten Augenzeugen, zerfiel der Tote zu Staub.

Meine Familie und einige ältere Enzthaler waren, als ich ankam, bereits auf dem Friedhof versammelt. Auch die Grabrede war schon vorüber, und die ersten begannen, Erde in die offene Grube zu werfen. Als ich an der Reihe war, zog ich aus meiner Tasche fünf Patronenhülsen. Mit einem leichten Klingen schlugen sie auf den Sargdeckel.

Als ich aufsah, glitt über den Straßengraben hinterm Zaun des Totenackers ein goldener Glanz, und ein weißer Keiler stieg heraus. Auf seinem Rücken, mit den Händen fest die goldenen Borsten gepackt, saß ein Kind. Ich wusste nicht, ob alle sahen, was ich sah; das war mir nicht mehr wichtig. Ich sah: Der Junge auf dem weißen Tier hob seine Hand und winkte. Dann ritt er gemächlich über die Felder davon.

Die Steine sind gelesen, das Feld ist frei.

Zusätzlich zu den ausgewiesenen Zitaten wurden in diesem Roman folgende Autoren und Texte zitiert:

Almansor / Heinrich Heine
Das einfache Leben / Ernst Wiechert
Das Glöckchen / Franz Fühmann
Der alte Barbarossa / Friedrich Rückert
Der Mohrenkönig / Heinrich Heine
Die Bergwerke zu Falun / E.T.A. Hoffmann
Die Bibel / Hesekiel 9:4
Die Weise von Liebe und Tod des Cornets Christoph Maria Rilke / Rainer Maria Rilke
Orange und Zitrone / Federico García Lorca

Außerdem wurden verschiedene Lieder zitiert, die hier nicht einzeln aufgeführt werden.

Bibliografische Information der Deutschen Nationalbibliothek
Die Deutsche Nationalbibliothek verzeichnet die Publikation in der Deutschen Nationalbibliografie; detaillierte bibliografische Daten sind im Internet über http://dnb.ddb.de abrufbar.

Salzburg – Wien
Lektorat: Mona Müry
Gestaltung: Müry Salzmann Verlag
Druck: Theiss, St. Stefan im Lavanttal
ISBN 978-3-99014-201-1
www.muerysalzmann.at

Aus dem Müry Salzmann Verlag

Ein eindrückliches Buch über die Liebe, die verloren gehen kann ... Ein wundersames Buch, das im Gedächtnis bleibt.
Zeichen und Zeiten

ISBN 978-3-99014-177-9
176 S., EUR 19,-

Eine vielstimmige Collage, ein großes Zeitbild voller Komik und Tragik. Die russischen Spezialisten für absurde Literatur haben eine kluge Nachfolgerin.
Sächsische Zeitung

ISBN 978-3-99014-196-0
464 S., EUR 24,-

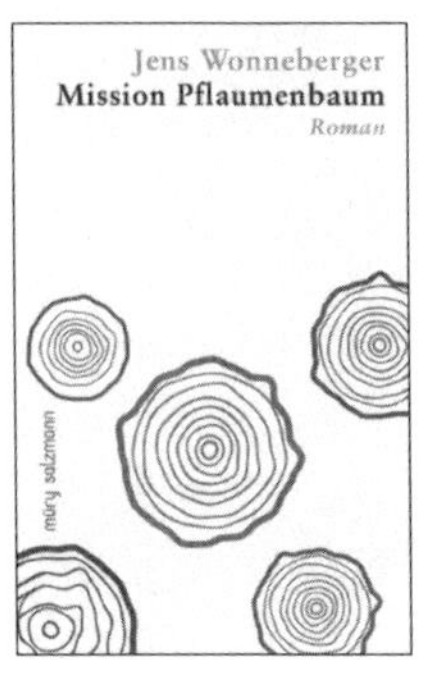

Jens Wonneberger ist ein leiser, behutsamer Autor. Ein Autor, der groß zu entdecken wäre!
Süddeutsche Zeitung

ISBN 978-3-99014-194-6
192 S., EUR 19,-